花城
年选系列

谢有顺 编选

临窗一杯酒

2021中国中篇小说年选

南方出版传媒 花城出版社
中国·广州

图书在版编目（CIP）数据

临窗一杯酒：2021中国中篇小说年选 / 谢有顺编选. -- 广州：花城出版社，2022.1
（花城年选系列）
ISBN 978-7-5360-9531-1

Ⅰ．①临… Ⅱ．①谢… Ⅲ．①中篇小说－小说集－中国－当代 Ⅳ．①I247.5

中国版本图书馆CIP数据核字（2021）第223029号

出 版 人：肖延兵
责任编辑：欧阳蘅　李珊珊
技术编辑：凌春梅
封面设计：张年乔
封面绘画：鲤清鹤白

书　　名	临窗一杯酒：2021中国中篇小说年选
	LINCHUANG YIBEIJIU：2021 ZHONGGUO ZHONGPIAN XIAOSHUO NIANXUAN
出版发行	花城出版社
	（广州市环市东路水荫路11号）
经　　销	全国新华书店
印　　刷	佛山市浩文彩色印刷有限公司
	（广东省佛山市南海区狮山科技工业园A区）
开　　本	787毫米×1092毫米　16开
印　　张	23.25　1插页
字　　数	405,000字
版　　次	2022年1月第1版　2022年1月第1次印刷
定　　价	58.80元

如发现印装质量问题，请直接与印刷厂联系调换。
购书热线：020－37604658　37602954
花城出版社网站：http://www.fcph.com.cn

目 录

1	谢有顺	肯定中国当代文学也需勇气（代序）
1	艾　伟	过往
47	韩　东	临窗一杯酒
78	小　白	"发挥你无限的潜能"
112	程永新	青城山记
152	杨少衡	铜离子
196	郭　爽	挪威械
232	胡性能	三把刀
271	杨　方	黄昏令
294	葛　亮	瓦猫

肯定中国当代文学也需勇气（代序）

谢有顺

中国当代文学的成就，主要集中在新时期以来的这四十多年。这四十多年累积下来的写作者很多，各种风格、各种水准的作品都数量庞大，说中国当代文学成就大的人，可以找出很多有实力的作家和作品例证，说中国当代文学不值一提的人，也能找到不少名不副实的作品例证，而且双方所举证的，很多还是相同的作家作品。这也可从一个侧面见出评价中国当代文学之难。

但凡没有经过较长时间淘洗、过滤的文化现象，共识总是很难形成，争议，乃至价值分裂都是必然的。中国自古以来有"文德敬恕"的写作传统，不喜欢满口柴胡气、一开口就见到喉咙的刻薄文风，觉得那样少了敦厚温和之气，但这样的传统"五四"以后就被打破了。"五四"以来的许多文艺论争，都是用词极端、充满意气的，夹杂着人身攻击的论战也不在少数。很多人抱怨现在的批评文风要么过于温吞，要么戾气很大，各种不满意，其实让不同的人选择不同的说话方式，是再正常不过的文艺生态；试图让每一个人都怒目圆睁，见佛杀佛，或者让每一个人都细细思想，慢慢道来，都不现实。学会接受在文学现场发生的各种意气、火气、情绪、片面、缺漏、不吐不快、攻其一点不及其余，是身在当代的人必须面对的现实，这些也是当代文学不可分割的一部分。要在如此混杂、喧闹的中国当代文学现场里做出清晰的判断，并不容易。

如果以四十几年前新时期文学的发轫为一个新的起点，应该说，中国当代文学的这个新起点，艺术水准是不高的。刘心武的《班主任》固然重要，但以今天的眼光看，艺术上还嫌粗糙；那时，因为写作被批判的也大有人在。我听舒婷说过，她当年写诗，面临着怎样的巨大压力；我也听汪政讲过，赵本夫当年写《卖驴》，差点被拘押。可见，无论艺术上，还是思想自由度上，四十多年前的这个起点都是很低的。但经过这几十年的努力，不可否认，中国当代文学取得了很大的进展，至少在诗歌、中篇小说、长篇小说、文学批评等方面的成就已不亚于现代文学，甚至超过了现代文学，这应该是不难判断的事实。我们今天对现代文学作家有崇高的评价，一方面和他们的写作成就相关，另一方面也与他们参与了现代汉语的建构有关。现代汉语的基本面貌主要是以现代文学的文本为参照的，如果一个作家参与了一种语言的建构，尤其是见证了一种语言从出生到成熟的过程，他的重要性就会不言而喻。相对来讲，当代文学在语言比较成熟的状态下，要想有所创新，并建立起一种全新的语言风格，难度就要大得多。但这并不能成为我们漠视中国当代文学成就的借口，以中篇小说为例，像二十世纪八九十年代发表的《棋王》《透明的红萝卜》《罂粟之家》《一九八六年》《傻瓜的诗篇》《没有语言的生活》《玛卓的爱情》等一大批作品，今天重读仍然是令人赞叹的；有些作品，即便放在同一时期世界文学的尺度里（从现有的中文译作来看），也是可以平等对话的，比如苏童的一些短篇小说，艺术水准并不见得逊色于那些已翻译过来、与他同龄的西方作家。

因此，承认中国当代文学这四十几年所取得的成就，同样需要胆识和勇气。

文学研究界总是存在一个怪现象，好像研究对象时间越久远就越显得你有学问，所以，在中国文学这个学科里，研究先秦的多半看不上研究唐宋的，研究唐宋的又可能看不上研究元明清的，研究元明清的不太看得上研究近现代的，而研究近现代的不少又看不上研究当代文学的。这种对时间的迷信其实是肤浅的。孟子说："观水有术，必观其澜。"观史何尝不是如此？如果不留意历史流程的每一个细小的转折处，尤其是它在当下所引起的波澜，史论研究很可能是空洞的。刚去世不久的历史学家章开沅曾说，历史研究者的眼界不可太过局促，史学的真正危机在于大家把题目越做越小。文学界就更是如此了，从业者众，每年生产的学位论文更是堆积如山，但研究的视野和话题的丰富性，都窄小而有限。所以章开沅主张"参与史学"，强调史家必须有适度的现实关怀，回顾过去的同时，还要立足现实，并面对当前人类面临的一些重大问题。这种当代意识是任何一个研究者都应具有的。以此来看，当代文学并不是仅限于与一部分写作者和研究者相关的学科，而应是所有文学人所共享的精神场域。但凡有所担当的写作和研究，无论它从哪个角度切入世界，最后通向的肯定是"现在"——你对"现在"的态度，会决定你取何种立场思考；意识到了"现在"的绵延之于一个人的重要意义，人类才得以更好地理解在历史的某个特定时刻自己是什么。

不久前读俄罗斯作家贝科夫写的《帕斯捷尔纳克传》，里面这样描述帕斯捷尔纳克："他的胜利不在于完美无缺，而在于完整、贴切地表达了他所经历的一切，也在于他不惧怕承担这一切。"这种"经历"和"承担"，昭示出作家是活在当下的，他没有逃避现在，而是在对当下的体验中，通过语言重建一个他所守护的真实世界。许多时候，正在经历和发生的一切是最难辨认，也最难判断的，一个文学研究者如果想要表达一种所谓的学术勇气，最简单的办法就是否定当下正在发生的文学，否定同时代的作家，因为没有经过时间淘洗、检验的文学经验，往往是最不值钱的，一切的过度判断都可以得到原谅，甚至还会有人把这种横扫一切的做法视为学术良心。但这又产生了一个新的问题，那就是，假若五十年后，或者一百年后来回顾、研究这一阶段的中国文学，不可能认为这几十年的文学写作都是过渡性的、没价值的吧？如果我们承认这个时间也诞生过好作家、好作品，那这些人是谁？这些作品是哪些？好作家、好作品不可能都等百年之后再来确认，今天在现场中的人就要有辨认和肯定的眼光，就要有第一时间大胆判断的勇气。

盲目肯定固然不可取，但一味地否定也不是正途，还是要理性、客观地从研究对象身上多加学习，才能对文学的发展现状提出更具价值的意见。这令我想起台湾学者徐复观的一段回忆。当年他穿着陆军少将的军装到勉仁书院拜见熊十力，向他请教应该读什么书，其中有一段描写非常精彩：他老先生教我读王船山的《读通鉴论》；我说那早年已经读过了。他以不高兴的神气说：你并没有读懂，应当再读。过了些时候再去见他，说《读通鉴论》已经读完了。他问：有点什么心得？于是我接二连三地说出我的许多不同意的地方。他老先生未听完便怒声斥骂说：你这个东西，怎么会读得进书！任何书的内容，都是有好的地方，也有坏的地方。你为什么不先看出他的好的地方，却专门去挑坏的；这样读书，就是读了百部千部，你会受到书的什么益处？读书是要先看出它的好处，再批评它的坏处，这才像吃东西一样，经过消化而摄取了营养。譬如《读通鉴论》，某一段该是多么有意义；又如某一段，理解是如何深刻；你记得吗？你懂得吗？你这样读书，真太没有出息！——这事徐复观多年以后忆及，仍觉"这对于我是起死回生的一骂"。

那这四十多年不长的历程,中国当代文学最为重要的成就是什么呢?我觉得,在于它在某种意义上再造了中国文学的语言制度。

中国文学一直有比较成熟的、规范的语言制度,很早的时候,语言制度就对应一种文明制度确立下来。语言的制度化对文学的发展有利有弊。一方面,它使得文学语言变得规范、成熟;另一方面,也成为一种约束、镣铐。比如,格律诗作为中国语言制度的典范,成就很高,但过度规范也是对语言的窒息。孔子删《诗经》的时候,就是为了建立起文学的语言制度,这一制度的核心是"思无邪",要通过语言整肃,"去郑声",使诗成为雅音、雅言,此正声的目的是让诗言志,走大道。不仅郑声,同一时期的宋音、卫音、齐音,这些在野的声音、语词都是"溺志""淫志",让人沉溺而心志混乱的,这些不合乎规范的声音都要被去除,"齐之以礼"。当语言高度格律化、制度化之后,诗也就容易走到刘半农他们所说的"假诗世界",不改不行了。"五四"的功绩之一就是对这种成熟到近乎腐朽的语言制度的颠覆。从格律诗到自由的、彻底的长短句,这是对固有的语言制度的反叛,对一种自由的、个人的声音的重新召唤。

二十世纪七十年代末发生的中国文学,可谓也是对之前"十七年"文学这一僵化的语言制度的反抗,让各种个人的声音有了重新发声的机会。朦胧诗也好,伤痕文学也好,先锋文学也好,再到女性文学、网络文学,等等,一路下来,都是越来越强调自我、个人的声音。这是一种文学语言制度的再造,文学又有了自由表达的空间,也获得了语言意义上的新生。今天的中国文学,主旋律的、弘扬传统文化的、先锋的、现实主义的、网络的、市场化的,汇聚于一炉,每个人都可以找到自己发力、施展的空间,这种驳杂与丰富,其实就是语言的胜利。而且每一种类型的写作,都开始形成自己的小传统及自己的代表性作家。我们不可能再回到旧有的腔调中说话和写作了,更不可能用一种统一的语言来覆盖所有写作了。而新的语言必然承载新的价值、新的观念,这种巨大的思想转变,和中国当代文学的一次次变革密切相关。

当然,肯定中国当代文学成就的同时,也需看到,中国当代文学也面临着巨大的困难,尤其在精神格局上的局限性尤为明显。

随着文学语境的变化,写作不再是单纯的个人面对自我、内心和世界的勘探,各种热闹、喧嚣都在影响作家,也在重新塑造作家们的文学观念。而国内文学活动繁多,国际交流也越来越频密,以致各种层面的交流被视为评价作品的重要参考。但我感觉,这些年作家们过度强调文学交流、文学翻译之后，有所忽略文学的另一种本质——写作的非交流性。事实上，许多伟大的文学作品，都不是交流的产物，恰恰相反，它们是在作家个体的沉思、冥想中产生。曹雪芹写作《红楼梦》时，能和谁交流？日本《源氏物语》的诞生是交流的产物吗？很显然，这些作品的出现，并未受益于所谓的国际交流或多民族文化融合。它们表达的更多是作家个体的发现。正因为文学有不可交流的封闭性的一面，文学才有秘密，才迷人，才有内在的一面，这就是本雅明所说的，小说诞生于"孤独的个人"。"孤独的个人"是伟大作品的基础。现在一些中国作家的写作问题，不是交流不够，恰恰是因为缺乏"孤独的个人"，缺少有深度的内面。有些作家一年有好几个月在国外从事各种文学交流，作品却越写越不好，原因正是作品中不再有那个强大的"孤独的个人"。所以，好作家应该警惕过度交流，甚至要有意关闭一些交流的通道，转而向内开掘，深入自己的内心，更多地发现个体的真理，在作品中锻造出那个强大的"孤独的个人"，唯有这种文学，才会因为有内在的维度而深具力量。

中国当代文学还有一个重要的缺失，就是正在失去对重大问题的兴趣和发言能力，少了对自身及人类命运的深沉思索。不少作家满足于一己之经验，沉醉于小情小爱，缺少写作的野心，思想贫乏，趣味单一。比起于一些西方作家，甚至比起于鲁迅、曹禺等作家，一些当代作家的精神都显得太轻浅了。私人经验的泛滥，使小说叙事日益小事化、琐碎化；消费文化的崛起，使小说热衷于讲述身体和欲望的故事。那些浩大、强悍的生存真实、心灵苦难，已经很难引起作家的注意。文学正在从更重要的精神领域退场，正在丧失面向心灵世界发声的自觉。从过去那种概念化的文学，过渡到今天这种私人化的文学，尽管面貌各异，但从精神的底子上看，其实都像是一种无声的文学，这种文学，如索尔仁尼琴所说，"绝口不谈主要的真实，而这种真实，即使没有文学，人们也早已洞若观火。"什么是"主要的真实"？我想就是在现实中急需作家用心灵来回答的重大问题，关于活着的意义，关于生命的自由，关于人性的真相，关于生之喜悦与死之悲哀，关于人类的命运与出路，等等。在当下中国作家的笔下，很少看到有关这些问题的深度追索。许多人的写作，只是满足于对生活现象的表层抚摸，普遍缺乏和现实、存在深入辩论的能力。

这可能是中国当代文学急需面对的精神危机。而我们读翻译过来的帕慕克、伊恩·麦克尤恩等人的小说，还是能感觉到他们一直在描绘和探询深层的人性问题、信仰问题，就是好莱坞那些商业化的电影，都会蕴藏深刻的精神之问，比如《星际穿越》，作为科幻电影，它思考人类往何处去，人类的爱能否让人类获得拯救这样的问题；《血战钢锯岭》探讨信念的力量、精神的力量有没有可能改变一个人、改变一群人；甚至很多更商业化的好莱坞电影，也会去张扬和肯定那些有意义的、值得为之殉难的价值。就连迪士尼公司拍给小孩看的电影《寻梦环游记》，都令我感动和震撼，它告诉我们，人其实是活在记忆里的，亡灵也是活在活人的记忆里的。你可以摧毁我的生活，唯独不能摧毁我的记忆，只要这个记忆还存在，就意味着这个人还活在我们中间，记忆消失了，这个人就灰飞烟灭了。这个主题是非常深刻的。相比，中国当代的文学、电影和其他艺术门类，可能过分满足于趣味、讲故事、制造各种商业元素了，不少作家、艺术家都渐渐失去了高远的追求，不太去思考人之为人的尊严在哪里，人究竟应该如何活着，有什么事物值得我为之牺牲这样一些有重量的话题。

　　文学本是灵魂的事业，应该执着于对人性复杂性、精神可能性的探讨，如果不在这些方面努力和跋涉，写作就很难说是真正意义上的精神事务。今日的中国文学，读者、销量、改编、翻译的话语权越来越大了，尤其需要强调这种精神意义上的写作雄心。

过往

艾伟

蓝山咖啡馆晚上十点半后生意好了起来。它在永城大剧院北侧的一个小巷子里。有演出的晚上，一些观众（大都是年轻人）会来这儿喝一杯咖啡，吃一碟点心，讨论一会儿剧情，然后回家。演出结束后，演员们喜欢去永江边的大排档庆祝，平常他们更多在中午或排练的间隙来这儿讨论，顺便填饱肚子。广济巷曲折幽深，道边的香樟树树冠彼此交叉，快把天空遮蔽了，巷子里的中式旧建筑在这个城市里可算是硕果仅存，让这条巷子显出古雅之意。蓝山咖啡馆闹中取静，生意不错。

黄德高和另外一个人在咖啡馆已待了一阵子。黄德高胃口惊人，每次来这儿他都会点一份商务套餐，外加一个汉堡，一杯咖啡。小小的咖啡杯子和汉堡放在一起显得相当突兀。他是个喜欢说话的人，一直和对面的人在滔滔不绝。对面的那个男人三十多岁，寡言沉静，一刻不停注视着黄德高。他的左眼混浊，看人的时候仿佛对不准焦距。不过另一只眼睛倒是特别明亮。

"你的左眼瞎了吗？"黄德高问。

"模模糊糊看得见。"对方说。

"你看我时，左边那只眼睛好像在看另一个地方。"黄德高说。

一个时髦的女人正从左边过来，衣着鲜艳，超出她年龄，脸上还留有演出彩妆的痕迹。黄德高猜想她应该是一个演员。这年龄的演员大概过气了。

今天黄德高心情有些复杂。这是他最后一单生意。早些年他在省城接单，生意越来越不好做，他已被挤到永城这地界了。干完这单他想金盆洗手，从此远走他乡，隐姓埋名，过另一种生活。他的另一个身份是诗人。以往每次他把单子放出去之前，都会和对方谈诗，不管对方听得懂听不懂，他会把自己写的诗念给对方听。他经常重复的诗句是：我可怜的身体，如此消瘦，像这块土地一样贫瘠，一如我的出身，饥饿是我的灵魂。忍受匮乏，罪孽深重。亲爱的，你是我渴望的甘泉，让我清洁……是一句情诗，不过他早已把这句诗当成他的《心经》，他的大明咒。他相信这句话从他口中念出来后，一切便可以完美达成。今天，他没念。这是最后一单生意，他不准备念，以此表明他诀别江湖的决心。

他已把桌子上的食物吃完了。他心满意足地看了一眼杯盘狼藉的桌子，点上一支雪茄，深深吸了一口，吐出浓重的烟雾，然后把手伸进夹克胸口，拿出一只信封，交到对方手中。虽然已是夏天，黄德高办事时喜欢穿这件黑色夹克，这是他办事的行头，他固执地相信这黑夹克会给他带来好运。

"所有的资料都在里面，包括定金，另一半完事后再付。"黄德高说。

对面的人打开信封，先把一张银行卡取出来，对着灯光看了一眼，好像借此可以辨别真伪。他把银行卡放到衬衫口袋里，然后抽出信封里的照片，看起来。有三张照片。一个板寸头男子，方脸，眉毛稀疏，此人戴着一副墨镜，有两只大号的招风耳朵，看上去气场逼人，有老大派头。第二张此人穿着黑色T恤，表情严肃地看着某处。再一张在某个澡堂，他上身赤裸，下半身浸泡在池子里，偌大的池子里只有他一个人，眼睛警觉地看着某处，好像他意识到有人正在偷拍他。

"仇家是谁？"对方问。

"这不是你该管的事。"黄德高说。

"我要知道他是不是命当该死。"对方很固执。

黄德高笑了。他觉得对方是个有原则的人。他喜欢有原则的人。有原则的人靠谱。不过黄德高的原则是他不会把委托人的信息告诉任何人。这是江湖规则。

"失子之恨。"黄德高胡乱编了一个。

对方似乎很满意，收起信封，站了起来，说："知道了，给我三天时间。"

黄德高把抽了一半的雪茄按在咖啡杯子里，掐灭："事成后通知我，下次见面还在这儿。"黄德高伸出手，那人犹豫了一下，也伸出手。两人敷衍地握了一下。这一握让黄德高心里颇不踏实。他想，也许今天犯了一个错误，他没念那句诗。一种毫无来由的不安让他一遍一遍中默念起那诗句。他希望为时不晚。

走出蓝山咖啡馆，黄德高回头往咖啡馆内望了一眼。那个服饰艳丽的女人站起来看着他。他对她没兴趣。他的目光越过她的头顶，看到蓝山咖啡馆那台超大电视机上满屏烟花，因为电视机静音，使烟花看起来相当落寞，好像这个世界因此深不可测。

1

虽然每晚回家都已是凌晨，秋生还是每天早上九点钟准时到公司。办公室在锦瑟年华娱乐城的顶楼。这是娱乐城最安静的时刻，要到下午才会有一些客人来这儿唱歌或跳舞。当然高潮还是晚上，人们身体里的激情似乎到了晚上才蠢蠢欲动，好像夜晚对人们而言自带荷尔蒙，引导人们去追逐音乐、美酒或女人。有时候秋生想，要是没有夜晚这世界该有多么单调。

即便在办公室里秋生也喜欢戴着墨镜。他穿着衬衣，衬衫领子雪白挺刮，板寸头让那两只招风耳朵更为显眼。保镖进来说，夏生在楼下有事找他。秋生皱了皱眉头。好久没见到弟弟夏生了，一年或者更久？记不得了。他们兄弟之间不来往很久了。秋生让保镖去把夏生带上来。

夏生站在秋生面前，面容苍白，显得有点拘谨。夏生知道秋生讨厌他是一名戏子。夏生在永城越剧团做演员，扮小生，混迹在一堆女演员中，身上一点男子气魄都没有了。秋生有一次对他出言不逊，说他最恨的一件事就是男人娘娘腔。秋生感到奇了个怪了，同父同母所生，他们兄弟俩完全是两种人。

夏生热爱演戏，舞台让他快乐。夏生对秋生的看法不以为然。秋生总喜欢把自己那套人生逻辑强加到他身上。秋生是错的。人生哪里可以如此单一，秋生也不是人生模板（事实上他也不配成为模板）。夏生自有夏生的活法。每次秋生像一位父亲一样训斥夏生时，夏生都是一只耳朵进一只耳朵出。有一次，秋生甚至要夏生辞了剧团的公职，到他的公司来做艺术总监。"你在这儿随便混混都比演戏强，现在谁还看你们的戏？"秋生说。自那以后，夏生不再愿意见秋生。秋生偶尔会电话他，问他近况，夏生都说很好。夏生知道秋生关心他，只是夏生反感秋生的关心里暗藏着一位父亲的角色。

一个星期之前夏生收到母亲的来信。母亲在信里说她得了重病。她没有详述自己得了什么病，只说自己弥留在世的时间不多，想在最后的时光同秋生和夏生生活在一起。母亲在信里没有提起冬好。这也算正常，冬好的状况在与不在没什么两样了。夏生收到信后心情复杂。母亲是她那一代最出色的戏曲演员。越剧演员无论小生旦角或是老生小丑，基本上清一色由女性出演，夏生作为一个男生成为这个剧种的一员，不能不说是受到母亲的影响。虽然夏生和母亲在同一个圈子里，见面的次数却不多。母亲晚年嫁了一个老干部，去了北京。据说老干部是她的戏迷。母亲定居北京后，夏生没去过她的家，母亲也不太和子女联络（没去北京前母亲也很少联系他们）。有几次夏生进京演出，请母亲看戏，母亲和秋生一个德性，看戏后没一句好话，挑的全是毛病。"你都演成什么样子！你的才华及不上秋生的小指头。"母亲说这话让夏生既生气又委屈。秋生五大三粗，对戏根本不感兴趣，母亲竟拿他同秋生比。夏生从来没见识过秋生有任何戏曲才华，没听秋生唱过一句戏。不过母亲一直偏爱秋生，偏爱到不讲常理。夏生也就见怪不怪了。后来夏生能不见母亲就不见。夏生偶尔会想起母亲，她在忙些什么呢？在北京过得好吗？不过也只是一个念头而已，转瞬即逝。那日突然收到母亲的信，夏生还是蛮吃惊的。

夏生坐在秋生大办公桌对面，低着头，一副丧气样。他能感受到墨镜背后秋生的目光。夏生不想先开口，等着秋生说话。兄弟俩沉默了好长一阵子。秋生问："碰到麻烦了？"夏生摇了摇头。秋生松了一口气，说："那就好。"

秋生问起庄凌凌："还同那个姓庄的女人搞在一起？"夏生没回答。夏生怕出乱子。秋生几年前派人警告过庄凌凌，要庄凌凌放过夏生。秋生传话给庄凌凌，说庄凌凌都可以当夏生妈的人，难道要耽误夏生一辈子？夏生对秋生的做派一向不以为然，即便是对他的关心，也过于粗暴。秋生振振有词，说你得有自己的生活。

夏生不想同秋生多拉家常。每次都是这样，聊到后来都是一个结果——不欢而散。好像他们彼此有仇似的。从前不是这样的，小时候秋生从母亲那里偷了钱，在街头买雪糕，总是不忘给夏生买一块最好的，然后到处找夏生，找到夏生时雪糕都融化了。秋生打他一记后脑勺，说，你快吃掉，否则我不给你吃了。说着自己咽一口口水。夏生乖巧地让秋生吃一口，秋生凶狠地白他眼，不再理他。

夏生从口袋里掏出母亲的信，递给秋生。秋生很快扫了一眼母亲的信，轻蔑地说："你就为这事来的？她也给我写过信，我没理她，我警告你，你也别理她。"

夏生直视秋生。秋生的反应他是料得到的。"她快要死了呀。"夏生说。"鬼才信她，她嘴里没一句真话。"秋生说。似乎说得还不够强烈，秋生又说："她要死了才想起我们来？早先呢？早先她只知道一个人找乐子，这辈子像没见过男人似的。"夏生低下头，秋生的说法他无法反驳。母亲这辈子有几次婚姻？五次还是六次？多得让夏生记不过来了。

夏生今天是硬着头皮来找秋生的。这事拖了一周了。母亲信里写得很清楚，她现在一个人生活，感到很孤单。母亲难道又离开了那老干部？不管怎么样，她快死了，做儿子的不能不管。他希望秋生能把母亲接来，秋生家大，又有保姆，可以照顾母亲。

秋生把那封信还给夏生。他转了话题，问："你那新戏排得怎么样了？"夏生很吃惊。他没想到秋生关心起他的戏来。秋生一向以夏生是演员为耻的，他不知道秋生这是何意。

一个月前，庄凌凌弄来一个剧本，非常棒。夏生也没多想秋生何以知道此事，秋生总有办法知道他想知道的，他长着一只奇怪的耳朵，好像他的耳朵在整个永城飞，没有什么事瞒得了他。夏生说："没排呢，钱还没找到。现在排戏就是把钱倒水里，本都收不回来，没人愿意赞助。"秋生讥讽道："你们是把自己砸到了水里，你们一心想淹死，没人能救得了你们，早上岸早超生。"秋生还是老调调。

夏生再一次认定，和秋生谈戏就是鸡同鸭讲，自取其辱，千万不要涉及这个领域。夏生打算早些离开。他站起来准备告辞。秋生一动不动。他又打开抽屉，像在找什么。夏生本来打算走的，以为秋生改了主意，站着看秋生。秋生抬起头来说："我警告你，你不要把她接来，你要是接来，我饶不了你。"

夏生刚升起的希望一下子破灭。他艰难地咽了一口唾沫，低下了头，转身往办公室外走。他明白所谓的"饶不了你"的意思，就是秋生会揍他一顿。夏生从小没少挨秋生的揍，对他好也揍，教训他也揍。夏生往外走时，听到背后传来秋生的声音："如果你把她接回来，我也会把她赶走的。"夏生心里冷笑了一下，想，秋生管不了他，他完全可以自己做主。他决定把母亲接回来。

夏生走后，秋生颓然倒在沙发上。一会儿，他站起来，突然唱起戏来，尖细的曲调轻柔地从他嘴中出来，和他的形象形成奇怪的反差。好像这会儿他穿上了水袖戏服，成了舞台上的花旦，兰花指翘着，身段妖娆。这些戏都是秋生小时候在黑暗的剧场看着演员们排练学的。不过秋生从来没在任何人面前展示过他的"才艺"。那时候母亲到哪里都喜欢带着秋生。剧团排练时，秋生在黑暗的剧院里钻来钻去。有时候去化妆间，天热的时候，那些女人几乎袒胸露乳。她们喜欢把秋生叫成干儿子。母亲不愿意她们这么叫，她经常说的一句话就是，他差点要了我的命，生他时我难产，不许你们当他的干娘。母亲越是这么说，那些女人越要占秋生的便宜。

那时候他们一家还是团聚的。母亲的演戏事业是这个家庭的中心。父亲是永城文化馆的一位音乐老师，可他的心思都在母亲身上。他正在根据母亲的演艺特长编写一出新戏，希望此剧能挖掘母亲的所有优点。很多人认为父亲不谙世道，行为怪异。秋生也信不过父亲，不认为父亲能写出好看的戏来。只有母亲崇拜并相信父亲，他们很恩爱，甚至在兄妹三人前亲热。"他们是一对活宝。"秋生对妹妹冬好说。但冬好觉得很好，很浪漫。秋生说，浪漫个屁，是不要脸。母亲在永城声名大噪后，父亲建议母亲去省城发展。"永城对你来说太小了。"父亲对母亲说。父亲渴望母亲更大的成功，好像父亲这辈子的事业就是让母亲成名成家。母亲后来真的去了省城。父亲和母亲过起了两地分居的生活。一个男人愿意牺牲自己成全一个女人，虽然疯狂，也是一种美德。母亲去省城时，带走了秋生。

秋生唱完一段戏，屏住呼吸，稳定了一下情绪。他来到垃圾桶前，找一个星期前丢弃在那儿的母亲的来信。信居然还在。他拿了回来，摊开皱成一团的信，看起来。母亲给他的信，言辞和给夏生的完全不一样。在给夏生的信里，母亲对自己来永城显得理所当然，好像回到永城和他们生活是她应有的权利。不过在给秋生的信里，母亲是可怜巴巴的，几乎在乞求秋生收留她，母亲还表达了对秋生的想念。"你是我用命换来的。"一周以前，秋生看到这句话相当反感，这句话他听太多遍，在母亲那里就是一句顺口溜，他不相信里面有什么真情实感。秋生把信折好，放到写字台抽屉里。

保镖敲门后，悄然进来。保镖也是他工作中的助手。秋生想起来了，今天需要去处理一下娱乐城的事。不久前，消防突然来到锦瑟年华娱乐城，找出一堆问题，下面的人搞不掂。他起身，来到大楼下。坐到车上后，他改了主意，同司机说，去广济巷。司机不明所以，掉转车头，向广济巷开去。半个小时后，小车驰入那条著名的由香樟树冠交叉而成的绿色通道，蓝山咖啡馆深绿色的门面一闪而过，咖啡馆的橱窗里放着做好的糕点和一幅巨大的话剧海报。蓝山咖啡馆的主人特别小资，喜欢各种戏剧，是标准的文艺青年。秋生让司机在蓝山咖啡馆前停下。保镖先下车打开车门。秋生出来后，没像往常那样让保镖跟着。他让他们在原地等。

永城越剧团在剧院后庭的一个院子里。就是夏生的单位。秋生怕见到熟人，从院子右侧一小道拐入，那儿有一个窗子，可以进入剧院内。凭着童年的记忆，秋生顺利进入剧院。没有演出的剧院黑暗一片，因为空气不流通，秋生被一股浑浊的霉味呛到了，打了一个响亮的喷嚏。他习惯性地看了看二楼，看管剧院的老头总是在二楼出现。他熟悉这个剧场的每一个角落，舞台后演员的化妆间，更衣室，剧场一楼和二楼中间的小小的电影放映室，虽然几年前剧院做了大的改造，但整体格局没多少变化。

秋生在最后一排坐下。现在他的目光适应了黑暗，剧场内的椅子和走道在黑暗中浮现出来。他默然坐着。他连自己都不清楚为什么来到这儿。他问自己，假设夏生接母亲回来（他断定夏生会这么干），他见不见她？

舞台上突然出现一对男女。两人是从幕后钻出来的，迅速黏在一起。舞台空旷，这对男女看起来很小。秋生看到这一切，很厌恶。这引起了秋生不快的回忆。母亲带着秋生来到省城，先是寄居在母亲同门姐妹家，后来省越剧团分给她一间宿舍。母亲在那个时候，背着父亲和一个男人好上了。

秋生下定决心，如果母亲到来，他决不见她。他悄悄从剧院的前门退出去。在剧场的大厅，他找到电箱，把电闸合上。他知道这会儿，剧场里灯光闪亮，那对赤裸的男女一定惊慌失措。秋生穿过二楼的一个出口，这儿有一个铁梯，可以通往刚才进来的窗口。

　　秋生给孙少波打了个电话。孙少波是红酒商，娱乐城的红酒都是孙少波提供的。这阵子永城流行喝红酒。红酒生意利润高得惊人，秋生方方面面帮过孙少波不少忙。秋生到蓝山咖啡馆门口，保镖就出来打开车门。秋生竖起食指，向他摇了摇，然后走进咖啡馆。保镖迅速关了车门，严肃地站在咖啡馆门前。蓝山咖啡馆的电视机正在播体育新闻，但只出画面，听不到声音。电视机是新装上去的，奥运会不久将开幕，到时候有很多年轻人会聚到这儿来看比赛。六月奥运火炬在永城传递，秋生无意中看到了直播，夏生竟然是火炬手。秋生心里有所触动。一个人不管干哪一行要干到夏生这份上也算不容易了，成为一名奥运火炬手无疑代表着对夏生戏曲生涯的认可。不过秋生依旧认为演戏不是什么好职业，这个职业经常会毁掉正常的人生。他们家就是个现成的标本。

　　保镖看到孙总急匆匆朝这边走来。孙总老远向保镖打招呼。保镖问孙总怎么来的，孙总说，车停在剧场门口，这巷子不太好停车。保镖点点头，拉开咖啡馆的小门，让孙总进去。孙少波一眼看见了坐在角落里的秋生。

　　孙少波在秋生对面坐下，脸上下意识露出谄媚之色。秋生替孙少波要了一扎啤酒，说："这里的黑啤不错，德国进口的，没掺水。"孙少波听了有点刺耳。有一次他被人告就是因为拉菲里掺水。其实不是掺水，是掺了同一个酒庄出产的红酒。秋生说："我小时就在这一带玩，现在这儿没人认得我了。"孙少波不知如何接口。他知道秋生不是和他来怀旧的。他喝了一大口啤酒。刚才跑得快，确实有点口渴了。

　　好一会儿，秋生终于说正事。秋生说："帮个忙可以吗？钱我会出的，你出个面就行。"孙少波很快就明白秋生的意思了。秋生想让孙少波出面赞助一笔钱给永城越剧团排一出新戏。孙少波没有理由不答应。秋生说："剧团就在那边，看见了吗？"孙少波说："原来这么有名的剧团在这个角落，我平时都没注意过。"秋生给了孙少波一张名片，说："你找他，是剧团团长。等会儿打电话给他吧。"秋生想了想又说："不要装得像施舍的样子，就说你从小喜欢唱戏，特别崇拜演员，现在有了点闲钱，想投资艺术，实现心愿。"说完秋生把服务生招了过来，结了账。孙少波要抢着结。秋生说："你少来，我拜托你办事，当然我来，再说这能花几个钱。"

2

　　从秋生的公司出来，夏生往庄凌凌家走去。一路上夏生心事重重。对夏生来说，生命中有一件事他绕不过去，像一个巨大的阴影笼罩着他，这件事就是父亲有一天失踪了。这个家的分崩离析是在父亲失踪后。关于父亲失踪这件事，夏生最初不无怨恨。后来夏生进入了演艺这一行，他听到各种各样来自戏曲界的传说，都是父亲所承受的种种屈辱，每次夏生听到，有一种如鲠在喉之感，似乎稍稍理解了父亲。父亲在写完《奔月》后去了省城和母亲会合，那时候母亲在省城还没混出来，主角轮不到她。为了能把《奔月》搬上舞台，母亲求爷爷告奶奶，动用了各种手段。父亲几乎没有世俗能力，除了艺术，在别的方面他帮不上母亲。后来《奔月》一炮而红，还拍成了戏曲电影，母亲因此成了全国人民熟知的明星，然而父亲神奇般地失踪了。如今二十六年过去了，父亲依旧下落不明，活不见人，死不见尸，这事想起来就让夏生心里发怵。那是一种空落落的感觉，夏生的内心生出一种辽阔的空旷感，这人世间因为父亲的这一行为而变得更为不可捉摸。母亲在父亲失踪后不断换男人和婚姻，他们兄妹仨则在永城自生自灭。母亲偶尔想起他们来会寄一大笔钱过来（母亲在钱财方面一向大方），至于他们的生活从此不问不闻了。庄凌凌算得上是母亲的学生，她经常感叹，你们兄妹三个就像是你爸和你妈拉下的三粒屎，而他们像鸟儿那样飞走了。不过庄凌凌也劝慰过夏生，说，你妈啊，这辈子只喜欢一件事，就是演戏，别的对她来说都不重要。这正是夏生耿耿于怀的地方，他认为母亲被名利迷了心窍，到了对亲情缺乏概念的程度。

　　庄凌凌住在法院巷的一幢小洋房的阁楼里。这小洋房原来是永城越剧院的团部，后来团部搬到了大剧院，这幢小楼变成了公寓。庄凌凌一直住在这儿。前段听说要拆迁，后来这事就没影了。庄凌凌倒是安于住在这儿，什么都方便，去剧团也近。

　　夏生进去的时候，庄凌凌穿着睡衣，正在煲汤。这是她的美容汤。当演员的，特别是女演员，别的可以不在意，容颜是最看重的。用庄凌凌的话说，除了一口嗓子，一副皮囊还有什么呢？这是她们的命。

　　"庄老师。"夏生叫了一声。见夏生来，庄凌凌非常高兴，说："你真有口福，煲了一小时了，野生的河鲫鱼。"

　　夏生没同庄凌凌说起过母亲来信的事。可能是夏生满脑子往事，脸上有些恍惚，庄凌凌警觉地问："有心事？"夏生没回话。庄凌凌又问："那本子团长不喜欢？"夏生意识到眼下庄凌凌最关心的就是那剧本的事。夏生说："现在团里的状况你也清楚，即便团长看中了，要排出来也不容易，得有钱才行。"

　　半个月前，庄凌凌拿到一个打印得整整齐齐的本子，让夏生给团长。意思是明确的，她想演女一号。她多次说，要和夏生合作一次。"我们都没合过一台像样的戏。"她强调。庄凌凌已有多年未上舞台了。演戏这件事就是这么残酷，过了四十合适的角色就不多了。庄凌凌和团长关系一直不好，这几年心情差，牢骚就多，谈起团里的事，总是用"乱七八糟"形容。"你们排的都是什么烂戏，只盯着专家、评奖，这样搞下去，会把所有的观众都赶跑。"庄凌凌公开这么说。

团里的人都知道夏生和庄凌凌的关系。这让夏生有些为难。他不知道怎么同团长开口。这年头，靠市场养不活剧团，演出的资金基本上是政府拨下来的。政府倡导主旋律，鼓励排反映现实的戏，这些年夏生一直在演当代楷模。早几年，戏曲界也排过不少现代戏，不过那时候是为了寻求越剧的可能性，引进了很多别的艺术手段，音乐和舞蹈都搞得很先锋，结果是传统戏迷看不懂，年轻人也不接受，观众变得越来越少。不管这样的实践是成功还是失败，总还是值得的，现在的状况和当时的探索完全不同，现在直白地同你讲，戏曲就是"高台教化"，所以要多排现代戏，否则政府没理由资助。庄凌凌说，现代戏尝试一下我不反对，但全是这玩意儿，实在难以忍受，把越剧所有的程式都毁掉了。庄凌凌说得不无道理，没了水袖，演出时夏生常常不知怎么走台步。

庄凌凌说："我明天找那土匪（庄凌凌私下叫团长为土匪）去。不是没钱吗？钱我去弄来，好不容易搞到这么好的本子，不排是瞎了眼。"夏生犹豫了一下，说："你还是别去了，我去问团长吧。"庄凌凌脸上露出妩媚的笑容，说："这就对了，你现在是团里的台柱子，你的话还是有分量的。"夏生说："现在演员就是个屁。"庄凌凌表示同意，说："戚老师在团里的时候，做演员才风光，演员是灵魂，导演、团长都捧着你妈。哪像现在，我们变得一钱不值了。"

庄凌凌突然提起母亲，夏生愣了一下。庄凌凌注意到夏生的表情，问："怎么啦？"夏生说没事。他们一起吃鱼汤。庄凌凌给夏生喂鱼汤。庄凌凌这样做不仅仅是亲昵，还是习惯。夏生算得上是庄凌凌带大的，庄凌凌在夏生这儿有时候更像一位母亲。夏生说自己来吧。庄凌凌说肯定有心事。夏生就让庄凌凌喂鱼汤。庄凌凌继续着话题："你妈妈这样的人，也就是在当年才过得好，要是现在，还不被踩得像蚂蚁一样。"

庄凌凌让夏生陪她睡一会儿。夏生没心情，不过还是上了床。天很热，一会儿两个人都汗津津的，庄凌凌整张脸都涨开了，双眼迷离。庄凌凌突然赤身裸体地在床上表演新剧本中的片断。床吱吱作响。夏生想象水袖在空中水波似的翻动。夏生觉得这时的庄凌凌特别美。

母亲来永城这件事一直压在夏生的心里。夏生的注意力涣散，眼前表演的庄凌凌成为模糊的一团。后来，庄凌凌揪着他的耳朵，他才醒过神来。

"你肯定有心事？是不是团长看了剧本不满意？"庄凌凌现在脑子里只有剧本，这会儿她的表情像是天要塌下来一样。夏生这次没办法，只好把母亲来信以及他早上找秋生商量的情况说给庄凌凌听。庄凌凌躺下来，难得温柔地问："戚老师真的快要死了？"夏生双眼茫然，说："不知道，她信里这么说。""秋生不同意你妈回来?"庄凌凌问。夏生仰躺着,看着天花板。

"看来你妈也老了,折腾了一辈子,到底还是想起你们来了。"庄凌凌说。

夏生坐起来,穿上衬衫。他不喜欢在床上讨论母亲,好像母亲这会儿正看着他。

3

下午两点半,夏生去剧团。一路上,脑子里依旧是早上见秋生的情形。夏生理解秋生的反应,秋生曾同他说过,他这辈子不会再原谅母亲。夏生想,他要是秋生,一样不会原谅母亲。

虽然他们兄妹仨就像庄凌凌所说的是父母拉下的三粒屎,但他们还是暗自成长。秋生担起家长的角色。冬好不服管,因此经常被秋生暴君般对待,动不动要惩罚冬好。夏生被秋生揍怕了,倒是很乖。冬好十六岁那年,不再上学。冬好唱着"乌溜溜的黑眼珠和你的笑脸"和永城一帮时髦青年混。冬好喜欢唱这首歌,因为冬好也有一对乌溜溜的黑眼珠。冬好学着香港明星烫了一个爆炸头,打扮前卫,还学会了霹雳舞。冬好经常戴着露着五指的黑手套,穿着当时流行的宽裆窄口裤,在永城的舞厅出没。秋生受不了冬好不学好,有一次到舞厅把正在跳舞的冬好扛在肩上带回家,并把冬好锁在屋子里好几天。冬好让夏生替她把锁打开。夏生不敢。冬好骂夏生是一个奴才,秋生的奴才。后来,冬好从窗口爬了出去,从此经常夜宿在外,偶尔才回家睡觉。

半年后冬好被人睡大了肚子。冬好开始还想隐瞒,最终还是让秋生看了出来。在秋生的逼问下,冬好承认了,说出了那个男人的名字。冬好那时候还没死心,一心一意爱着那个男人,等着那个男人来娶她。她对秋生说,哥,你不要为难他,是我自己愿意的,错都在我。秋生找过那家伙,是个有家庭的人,这个流氓根本不认是他让冬好怀了孕。那家伙说,冬好的男朋友多得很,鬼知道肚子里的孩子是谁的。秋生终于明白了冬好的处境,这个人不会为冬好做任何事,他不会负责。可悲的是冬好却依旧存着痴念,纠缠其中,不肯放手。

没有任何办法,秋生唯一能想得起来解决这个问题的人只有母亲。那一年秋生带着冬好去省城找母亲。那时候父亲失踪已有八年,母亲则已声名远播,演艺事业如日中天。秋生带着妹妹来到省城,希望母亲可以联系一个医生把胎打掉。母亲突然接到北京的通知,某首长想听她唱戏,她不管不顾,抛下秋生和冬好去了北京。母亲说,随便哪家医院都可以的,手术不复杂。那一年秋生只有十八岁,一点经验也没有,他走投无路,感觉天都要塌下来了。冬好怀孕之后一直在崩溃中。

少年时母亲买给秋生的自行车还在车库里，那天晚上秋生决定带着冬好骑自行车回永城。省城和永城之间相隔一百多公里，他使劲全力踏着踏板，在黑夜中穿行。自行车后座上的冬好一直在哭个不停。自行车颠簸得太厉害了，那天晚上，冬好流产了。秋生并不知道，只听到冬好在喊叫。他厌烦冬好的叫声，都是她自找的。

秋生骑了整整一夜。第二天清晨到了永城，秋生才觉得不对头。那时冬好已经安静了，双手抱着他，脸贴在他的背上。前面是秋生就读的永城二中，二中的左侧有一条小河。秋生把自行车停在桥头，借着晨光，看到一大片血迹黏在冬好裤子上，也黏在自行车上。血迹已经干了，结成了黑色的块。愤怒就在那一刻彻底击垮了秋生的理智，好像是为了发泄愤怒，他把自行车抛入那条小河中。河水激起巨大的水花。

就是那天早晨，秋生带着几乎迈不动步子的冬好，找到那个男人，当着冬好的面，把那人打得半身不遂。可怜的冬好，还一心想着和那男人重归旧好，满脑子都是自我欺骗带来的幻想，以为男人最终会来娶她。看到这个残忍的场景，冬好当场崩溃。秋生因此坐了六年的牢。

秋生坐牢那阵子，是夏生照顾冬好。后来冬好的精神状态越来越不好，几次自杀送医院。夏生没有办法，只能把冬好送进精神病院。中间接出来几次，没多久旧病复发，只好再送进去。他们这个家就这样彻底毁掉了。

一会儿，夏生进入广济巷。走过蓝山咖啡馆时，他看到秋生从里面出来，一脸不高兴的样子。他怕秋生看到他，在一棵香樟树后面躲了一会儿，直到秋生的汽车开走。

剧团驻地就在广济巷垂直的那条巷子里，属于永城大剧院的附属建筑，办公条件局促。正南的两层小楼用于办公以及存放道具，小院子四周是宿舍，未婚的演员们大都住在宿舍里。一些演员不是本地人，或从艺校毕业，或从别的团调来。

团长办公室的门紧闭着。夏生敲了几下，里面没有动静。夏生朝对面的宿舍望了望，天气闷热，几个女演员的宿舍门敞开着，她们穿得很少，大大方方地在屋子里走来走去。剧院的女演员似乎从来不把男演员当男人，在化妆间换戏服时也不回避，在宿舍也一样。有一个女演员看到夏生，从屋子里出来，穿了一件男生的背心，连胸罩都没戴。她用手势暗示夏生，团长在里面。

夏生不好意思再敲门。夏生近半个月来隔三岔五来团里找团长。团长的门总也敲不开，夏生想，团长这是躲着他。这时，夏生看到团长和王静从剧院那边走出来，团长穿着整齐，还系着一条红色领带，王静穿着一件咖啡色吊带衫，不施粉黛。两人样子有点鬼祟。夏生假装没看见，走进自己的办公室。

作为剧院的台柱子，团长是很照顾夏生的，特地在剧院的道具室替夏生隔了一间办公室。夏生穿过堆放得杂乱无章的道具间，进入里屋。夏生是个爱干净的人，道具室这么乱实在让人难以忍受。刚分到办公室时，他把道具好好整了一遍。结果管道具的大发雷霆，因为他什么都找不到了。他说，我乱中有序，什么东西放哪儿一清二楚，被你一搞，这么多东西，哪里还找得着。从此后，夏生只好忍受道具间的乱。自己的办公室倒是弄得干干净净的。夏生烧了一壶水，替自己泡了一杯茶。团长在就好，今天无论如何要同团长谈谈。

响起了敲门声。夏生以为是团长，连忙站起身去开门。是王静。王静还是刚才的样子。夏生怀疑刚才团长和王静也看见了他。夏生看到王静素颜上长出一颗痘痘，想开一句玩笑，还是憋了回去。夏生有时候蛮感叹的，这些女演员在舞台上风情万种，走在街上也是人见人爱。在生活中，一个个邋里邋遢，宿舍也臭得要死。和她们同台演出，夏生偶尔会走神想起她们生活中的样子，情感就一下子恍惚了。

王静坐在夏生的办公桌上，说："最近来得很勤嘛。"夏生说："你坐好一点，你看你都走光了。"王静看了看自己的吊带衫，她乳房小，她觉得自己的乳房就是露出来也没人要看。王静说："团里好久没排戏了，我都闷死了。"越剧开始从戏迷者众到如今无人追捧，演出的机会越来越少了。很多演员闲着也是闲着，到处去文艺晚会客串。现在各级政府喜欢搞晚会。服装节。开渔节。每场晚会虽以流行歌曲或相声小品为主，也总归需要戏曲点缀一下的。也有些演员干脆去唱堂会，赚些外快，不然都生活不下去了。夏生说："你每天晚上去给有头有脸的人唱堂会，还闷？"王静说："都是些附庸风雅的人，现在饭局上流行唱昆曲，我学了几句。"说着王静跷起兰花指，唱道："良辰美景奈何天，赏心乐事谁家院……"夏生说："行了行了，你这腔调，唱的哪门子昆曲？"王静说："反正这些暴发户也听不出来，只会一个劲叫好。"夏生感到无语。自从白先勇的青春版昆曲《牡丹亭》走红以来，唱腔古雅悠长的昆曲一时成了时尚，有钱有势的人更是趋之若鹜，很多越剧女演员到了饭桌上常常放弃自己的行当，反串着唱几句。夏生庆幸自己是男的，不然大概也不能免俗，同她们一样到处赶饭局，唱堂会。

王静直愣愣看着夏生。夏生问："你看什么？"王静说："听团长说，马上要排戏了，他手里拿到一个好剧本。"夏生愣了一下，问："什么剧本？"王静说："知道你会装傻，都在传剧本是你给团长的。"夏生欣喜，问："你从哪儿听说的？"王静不耐烦了，说："算了算了，当我没说，舞台上演得还不够吗？下了台还演戏，没劲。"夏生说："团长真的说剧本好？"王静说："这还能假，一个字，牛，团长都在找资金了。团长天天带着女演员请大小老板们吃饭呢。妈的，我乳房太小，团长不带我。喂，我就奇了怪了，男人怎么个个喜欢大乳房，你说我是不是去隆个胸啥的？"夏生见王静这么严肃，被她逗笑了，说："你算了，小胸挺好的，我就喜欢小胸。"王静说："吃我豆腐，谁信啊，庄老师的胸……"王静打住话头，靠过来，严肃地说，"夏生哥，资金好像有眉目了，我听团长说有人愿意赞助这台戏了。"夏生不敢相信，问："真的？"王静岔开话题，问："听说庄老师想演主角？"夏生敷衍道："这个团长定。"王静说："晚上的饭局，团长让我去，听说那位孙老板，就是愿意投钱的那位冤大头，喜欢听昆曲。"说完，挺直腰板，转身出门了。夏生有些感慨，他曾听一位机关的朋友说，要是机关里一女同事突然霸道起来，一定是"上面"有人了。

夏生等不来团长，想回去了。团长好像在办公室装了监视器似的，从办公室出来，让夏生别走，晚上有饭局，一起去。夏生说："那些老板不是喜欢美女吗？再说我又不会喝酒。"团长说："你去就是。"

团长带着夏生、王静和另外几个女演员到了石浦大酒店。客人还没来，主位空着，团长坐在主位的右边，团长命王静坐在主位左边，并说："王静，你等会儿和孙总好好喝几杯啊。"王静说："怎么让我喝酒？不是唱戏来的嘛。"团长刚要说话，红酒商孙少波到了。孙总只带了一位手下，应是办公室主任之类。孙总的架子大得不行，但还是客气了一番，说："这是团长的位置，我怎么可以坐？"团长向王静使了个眼色，王静就拉着孙总入了主位。那办公室主任殷勤地打开热毛巾递给孙总。团长说："王静，你怎么搞的，不是让你照顾好孙总嘛。"王静嗲声嗲气说："孙总，要么我替你擦脸？"

孙总首先打量今天饭局的美女们，最后把目光移到夏生这儿。夏生礼貌地对孙总笑了笑。孙总觉得夏生有点面熟，一时想不起来。他憋不住问："我们在哪儿见过吗？"夏生摇摇头。团长说："可能在海报上见过吧，他是名角。"孙总频频点头，说："对对，有可能。"饭局像往常一样热闹，酒精让所有人兴奋。只有夏生，酒喝得少，冷眼旁观着这狂欢的场景。因为失神，某一刻好像周遭的喧嚣突然消失，他只看到团长、孙总、王静和别的女演员夸张而扭曲的表情，仿佛一幅变形的抽象画在风中飘荡。王静的昆曲倒是唱得清丽脱俗，大出夏生意料。他第一次发现王静嗓音的潜质，如果朝苍凉的方向发展，一定会有独特的面貌。孙总也被王静迷住了，他的手已经不老实了。王静知道团长凶巴巴盯着她，但她没有收敛，和孙总逢场作戏。团长一杯一杯敬酒，试图把孙总的注意力从王静那儿转到喝酒上。孙总喝高了，他晃晃悠悠站起来，做了两个宣布：一、这戏他来兜底，剧团尽快打个预算给他；二、他虽然没看过剧本，但女主角让王静来演，他喜欢她的嗓音。夏生心一沉，想：糟糕，这是要了庄凌凌的命啊，这可是庄凌凌最后的舞台心愿，她说，此剧后她不再演了，让年轻人折腾去吧。夏生看团长，团长回避了夏生的目光。团长端起酒杯，站起来，向孙总表示感谢。团长字正腔圆，念台词一般说："要是老板们都若孙总这样趣味高雅，我们戏曲就有救了。"到了此时，夏生才意识到团长找他赴饭局的目的。团长明摆着把球做给王静，然后通过夏生所见把情况传给庄凌凌，让庄凌凌有心理准备。

散席后又有了插曲，孙总要带王静陪他去唱卡拉OK。团长反应快，说："好啊，孙总，确实余兴未尽，我们一起唱歌去。"孙总却板下脸来，说："我就喜欢同女主角一起唱，你们回去吧。"气氛霎时僵了。王静求救的目光投向团长。团长纠结了好长时间，又担心煮熟的鸭子飞了，咬了咬牙，打起哈哈："孙总啊，你可不能欺负女主角啊。"然后搂住夏生，大着舌头说："林夏生，你叫辆车送我回去。"孙总油亮亮的笑脸突然冻住了，换了个人似的，一下子变得十分严肃。他拉住团长问："他叫什么？"团长说："夏生啊，我们团的台柱子，演男主角。"孙总问："姓林？"团长点头，不明所以。孙总拍了一下自己的脑门子，暗想：怪不得先前觉得面熟，这个叫林夏生的演员原来有点儿像林秋生，虽然长得一个南一个北，气质完全不同，但总归是同一个爹娘生的，神似。孙总问夏生："你是不是有个哥哥叫秋生？"夏生没回答。孙总打了个长长的哈欠，对团长说："今天的酒劲儿挺大，我有点困了，这样吧，今晚就到这儿，都散了吧。"团长终于松了口气，赔着笑说："孙总放心，女主角一定让王静来演。"孙总不言语。夏生想：不管从哪个方向看，庄凌凌离主演越来越远了。形势比人强，想起庄凌凌一心盼着这个角色，夏生感到难过。他决定，要是庄凌凌最后真的没法上舞台，他就和她同进退，辞演男一，也许只有这样才能让庄凌凌好受一点。

送走了孙总，团长把夏生叫到一边，说要同他谈谈。夏生说："明天不行吗？"团长一定要今晚谈。夏生跟着团长向剧团走去。

夜已经很深了，街上行人不多。街灯昏暗，好像因为无人欣赏而显得无精打采。十分钟后，夏生和团长来到剧团。没去参加饭局的女孩子们都已睡了。在没有演出的日子，她们打发无聊的办法就是在宿舍睡大觉。

团长没有进自己办公室，而是进了夏生那道具间，进门前还看了看走道上有没有人，好像团长和他之间有见不得人的勾当似的。团长在沙发上坐下。团长的额头上渗着亮晶晶的汗珠。天虽热，团长坚持着西装系领带，似乎他只有穿成这样，剧团才是体面的，才能让外界认为他们是国家正规单位，而不是野鸡部队。夏生办公室的空调不是很好，夏生怕团长中暑，从道具室搬了一台巨大的电扇（这台电扇是用来吹舞台上干冰蒸发的云雾的），对着团长。团长好像被吹出来的风爽到了，长长地舒出一口气。

"夏生啊，终于有人愿意赞助我们了，好事啊。"团长正了一下领带，说，"连续二十天啊，老子天天喝酒，喝得我汗里面都是茅台味，这话是王静说的，我说那你尝尝，她还来真的，我立马就懵了，奶奶的，我们团女人都不是省油的灯。"

夏生的手机响了起来。是庄凌凌打来的。夏生犹豫着要不要接。团长说："你先接。"夏生给团长看手机来电显示，团长沉默了。夏生掐掉了电话。

夏生不再说话。团长坐在那儿，汗更加多了，西装内的衬衫都湿透了，贴着胸口，能见到里面白皙的肌肤。团长停住话头，叹了一口气，说："夏生，今晚的场面你都看到了，你是不是劝劝庄老师？庄老师是好演员，可说实在的，演这个角色太老了，团里还是要多培养年轻演员。"夏生听了觉得刺耳，心想，借口而已，刘晓庆还演少女呢，还是电视剧呢，庄老师没那么老，戏服一穿，重彩一扮，谁又能看得出来？不过，夏生没有把这话说出来。团长看了一下夏生的脸色，知道自己说错话了，连忙说："庄老师当然还很年轻，但我能有什么办法？这么同你说吧，今天的饭局是王静张罗的，孙总投钱完全是为了王静，不让王静演，钱不会到我们账上。没钱，再好的剧本有个屁用。"夏生有点疑惑，这说法似乎同王静说的不一样。庄凌凌说得没错，团长就是个"笑面虎"，城府深得很，没一句真话。

夏生伸出手，说："把剧本还我，我还给庄老师，这戏不演了。"团长一下子跳起来，说："夏生，你疯了！这么好的本子哪里去找？你怎么舍得放弃这样的角色？这么复杂的角色你一辈子都难得碰到。"团长这么说夏生不是没有动心，他从看剧本那一刻起就被这个角色迷住了。但是有一点他明白，他和庄凌凌是捆在一起的，再有诱惑力，得放弃还是要放弃，他不能没有良心。

团长看夏生不再言语，站起来拍了拍夏生的背，安慰他："等资金到账，我们就开排。你可要好好演啊，这戏一定会既叫好又叫座，到时候全国巡演，进京演出都不成问题。"

回家路上，夏生又接到庄凌凌一个电话，他还是掐掉了。他想当面同她说，又想，见了面肯定也不开心，索性回家睡觉了。

第二天，夏生一早醒了过来，钻入脑中的就是怎么同庄凌凌说这件事。手机就在床边，不过，他关机了。他怕自己还没把事情想好，庄凌凌就打电话来。母亲的事也让他心烦意乱。唉，一团乱麻。有时候夏生觉得现实的戏码比戏里面精彩百倍。

后来夏生又迷迷糊糊地睡了过去。等他醒来已近中午。他心一惊，马上起床，打开手机。一下子蹿进来八个未接来电短信。庄凌凌打来五个，团长打来三个。夏生不知道出了什么事，正在思考先给谁打回去，团长的电话进来了。团长说："夏生你终于开机了，你快来，这边打起来了。"一会儿夏生才听明白庄凌凌在剧团闹，和王静撕打成了一团，团长让夏生赶快去劝架。团长说："你把庄老师带回家吧，王静的一绺头发都被庄老师揪下来了，再不来要出人命了。"

夏生没回一句，挂了电话。他也没给庄凌凌回电。他一个人坐在床边，脑子一片空白。他想，他赶去又有什么用？庄凌凌脾气大着呢，是他可以劝得动的？再说，虽然让王静演是孙总的意思，但总归对庄凌凌不公。庄凌凌作为剧团的名角几年没演新戏了，剧团的人都明白真正的原因是庄凌凌和团长不对路。

想起庄凌凌的处境，夏生不免心里有些苍凉感。他和她正式在一起十多年了，庄凌凌除了照顾他，对他几乎没任何要求。他们也没有婚姻，是庄凌凌不同意领证，说，这样很好，要那张纸干吗。夏生知道这是庄凌凌给他留了后路。夏生免不了心生愧疚。

在十年前，无论作为女人还是作为演员，庄凌凌处于一生最好的年华，至少在永城的舞台上她大放异彩，卓然独立。那时候也有很多达官显贵觊觎她的美貌，频频暗示她。庄凌凌心气高傲，抵抗住了诱惑，或者她认为凭自己的才华足以在永城舞台上立足。好时光一去不返，转眼庄凌凌就四十多了，新来的团长更看重年轻演员，每次庄凌凌和团长闹得不愉快，她都会咬牙切齿地说，也许我应该去睡一个官儿，这样你也可以解脱了。夏生知道庄凌凌这是气话，从前红的时候都没动过念头，更不要说现在了。可是每次听到这句话，夏生心底百味杂陈，生出身为一名戏曲演员的苍凉感，庄凌凌说出这种狠话她得有多不甘啊。对演员来说，舞台就是生命，离开了舞台，等同于判她们死刑（尽管已没太多人在乎她们的演出）。庄凌凌对这部戏注入了太多的情感，她几乎对剧本的每个细节都了然于胸，如果不能登台，她因此遭受的打击恐怕要好长一段时间才能缓过气来。

夏生起床后，没有打开窗帘，室内依旧是昏暗的。一缕阳光从窗帘的缝隙射入，分外刺眼。小区的绿植在阳光的背后，好像它们是阳光的一部分。夏生看了一眼墙上的钟，十二点快要到了。他到现在还没吃过早饭，奇怪的是他没有一点饥饿感。他目光呆滞地看着钟，脑子好像随着秒针在缓慢转动。夏生想起了孙总。昨晚孙总主动问起秋生，孙总应该是秋生的朋友。夏生从不和秋生的生意有任何瓜葛，也不纠缠到秋生的社交圈里，他和秋生就像两条平行线，无论想法还是行为都没有交叉点，唯一的交叉点就是他们还有一位共同的母亲。关于庄凌凌的事，他知道很难说服得了团长。团长辩才无碍，两件不挨边的事情他可以迅速建立起强大的逻辑，让人无从辩驳。夏生决定找孙总商量一下，也许没有希望，就算是死马当活马医吧。

夏生拿出昨晚孙总给的名片。他本想先打个电话过去，想了想，还是直接去他办公地算了。

夏生没想到孙总见到他会这么客气。孙总的办公室很气派，比秋生的要气派得多。办公桌后面一排书柜，都是精装本，有《二十四史》《史记》等，还有各类西方学术名著和文学名著。夏生在孙总办公桌对面坐下，孙总一定要他坐到办公室右边的一对沙发上,并亲自泡了杯茶。"正宗龙井御树上采摘下来的明前茶。"孙总说。坐定后,孙总客气道:"昨晚幸会,有什么事您说一声就行,不用大老远跑来。"很久没有人对夏生如此客气了。在一些场合,比如演出结束,谢幕时,他能感受到作为演员的光荣和尊贵,更多时候,哪怕在酒局上,他经常感到的是不被尊重,那些人喝醉了后总比画着要他唱上一曲。他知道很多演员享受这种点唱,没人让他们唱还难受,但他以此为耻。

孙总表面客气,实际上一直观察着夏生。他不知道夏生为何而来。赞助一事是秋生交代他办的,他必须办好。秋生虽然架子大,但秋生对他不薄,他有什么难处,秋生总能帮忙解决。不过他听说最近有人盯上了秋生,要秋生的人头。若秋生有什么意外,他得替自己找个后路。

夏生虽然不善言辞,不过孙总马上弄清楚了夏生的来意。同时他还判断出夏生的到来无关秋生,是夏生的个人行为。孙总松了一口气,爽快地说:"你放心,我会同你们团长说的,就让庄老师演女一号。"

夏生不敢相信这事竟如此轻易地解决了。在回来的路上,夏生还觉得自己在做梦。

4

资金到位非常迅速,宴请后的第三天就到剧团账上。剧本的唱词还没有谱好曲,团长已等不及了,对导演说,先排练,需要演唱的地方,演员根据自己的流派唱腔自由发挥,到时候作曲完成了再照作曲的排,或者演员们自我发挥得好,就照演员们的发挥来。总之哪个效果好,用哪个。夏生觉得团长是真喜欢这出戏,他没见过团长如此投入。

庄凌凌今天显得特别高兴也特别得意。很久没有看到她这样满面春风和趾高气扬了。庄凌凌以为她出演主角是昨天她和王静打架的意外收获。昨天一整天她都认为自己与这部戏无缘了。她在团里和王静大打出手后,回到家里一个人放声大哭。她想过找夏生过来,倾诉自己的委屈。但她知道夏生的脾气,这样他会有压力,会放弃这次演出机会,和她共进退。这对夏生不公平。所以,她愿意一个人承受。没想到今天一早,团长就打来电话,让她去排戏。真是喜从天降。这"喜"来得过于突然,她一时不知如何反应,按掉了电话。团长第二次打电话来,她才多不愿意似的答应了,说:"刚睡醒,收拾一下就到。"这回是团长按掉了电话。她连早饭也没吃就赶到剧团排练厅了。

昨天从孙总那儿回来,夏生本来想去见庄凌凌的,到了法院巷口,他站住了,想,虽然孙总答应了,可经验告诉他商人善变,哪知最后会是一个什么结果。他在法院巷一个台阶上坐下来，看着对面的这幢小洋房。小楼红色砖墙因经年失修沾上很多青苔斑痕，二楼阳台白色罗马栏杆也几乎变成乌黑色。母亲没调到省城的时候，也曾在这小楼排练。如今那间小排练厅被隔成许多间，住进了不知从哪里搬来的居民。夏生看着这幢熟悉的建筑，觉得这座衰败的小楼像是对他这个行业的一个隐喻——戏曲现如今已经没落了。

庄凌凌主演的是戏里的落难公主。戏开始的时候公主才知道自己的真实身份，他们家是皇族正脉，因为宫廷争斗只好隐姓埋名流落民间，几代之后这一族已变成了平民，连他们自己都不知道祖上曾经的光荣。然而突然有人找到这一家，说出了这个惊人的秘密。剧情就此展开。夏生演的是新科状元，他慢慢知晓他效忠的皇上的血脉出于异姓，是多年前一次阴谋的产物，皇上的祖先劫掠了宫廷和江山，是一位窃国之贼。在戏里，夏生有过非常艰难的选择，和落难公主有很多对手戏，这些对手戏表明状元心理的转折。

王静出演的是当今皇上的公主，她喜欢上了状元。只是此剧给她的戏份并不多。夏生听说团长要王静演B角，庄凌凌生病或有别的事由时可以顶替演主角，王静当场拒绝，说，你当我是要饭的？想让我在心里面天天咒A角暴毙？因为有情绪，王静在排练时相当散漫，配戏敷衍。团长训斥王静。王静不服气，转身就出了排练厅。团长跟着出去了。不知道团长施了什么魔法，一会儿王静笑吟吟回来继续排练。

庄凌凌既然是人生赢家，所以也放下身段，在排练间隙主动和王静交流。仔细看王静的头，昨天被她揪下头发的部位似乎真有些稀疏。庄凌凌有点过意不去，道歉当然是没有的，她从自己包里拿出两瓶雅诗兰黛晚霜，是出国的朋友从机场免税商店里买来送给她的。"特别好用。"庄凌凌说。王静客气了一番，还是收下了。夏生看不懂女人之间的事，奇怪王静竟会收下。因为王静收下礼物时脸色并不好看，夏生觉得王静收下的像是两枚定时炸弹，随时会把这出戏炸烂。夏生心里祈祷千万别节外生枝，不然会要了庄凌凌的命。

这一天的排练很顺利，毕竟有一段时间没排新戏了。有戏排对剧团来说就像注入了兴奋剂，平时再怎么不团结，演戏时只能相互依靠，彼此之间成了一个共同体。夏生喜欢这种共同体的感觉，至少将来开演的那一霎，每一个角色都是这部戏生命的一部分。

排练时演员们都不着戏服，不戴头饰，也没涂油彩。因为身段的需要，水袖还是要穿的，水袖就套在日常穿着的衣服袖子外。庄凌凌对本子研究过多遍，不用导演指导，她也知道这个落难公主的角色其实是小花旦慢慢转变成青衣。关键要演好这个转变过程，要不着痕迹，自然天成。戏鞋还是要穿的，为了使身材更显妖娆，庄凌凌在绣花鞋里面还特意加了增高垫，足足有五寸高，一上午排下来，鞋带把脚背都勒出瘀青。夏生则穿着一件深蓝色T恤，水袖吊在手臂上，水袖和T恤之间露着一截胳膊。夏生这次的行当是官生，程式中少不了官步，也穿着黑丝绒白厚底高靴。戏曲演员的日常就是练功。用行话说：一天不练自己知道，三天不练同行知道，一月不练观众知道。所谓的台上一分钟，台下十年功。是一桩苦活，好在是自己选的，自己喜欢的，总归苦中有乐，乐在其中了。因为演员们穿着奇特，排练场散乱而滑稽，人人都像抽风似的。不过他们习惯了，一个个无比投入，面色庄重，完全入戏了。有些人因为太投入，反而演得过火，被导演叫停，训斥一顿。

排练结束，夏生同庄凌凌说，先回一趟家，去拿一瓶玛歌红酒，再到庄凌凌那儿。这瓶红酒是上次去法国演出时买的，平时舍不得喝，今晚要好好庆贺一下。庄凌凌先回家做菜。

夏生刚进入小区大门，听到有人叫他名字。

夏生心头一热，是母亲在叫他。母亲正在门卫室里，两个管看小区大门的小伙子显得相当亢奋，显然母亲把他俩逗得很开心。夏生有多年没见到母亲了，平常都想不起母亲的样子，不过一见到她，所有的记忆都回来了。母亲没有大变，穿着一件绣着白色细花的浅绿色旗袍，身材没走样。一辈子做演员，在人群中总是提着一股子气，即使老了，举手投足总是透着一股子腔调。母亲看起来毫无病容，不像是得了不治之症的人。自接到母亲来信，夏生想起母亲，脑子里出现的是母亲卧床不起的画面。夏生松了一口气，母亲看来并无大碍。想起母亲信里的话，夏生觉得母亲可能撒谎了，只是为回来找借口罢了。演戏的人，以为靠表演就可以达成心愿，在旁人看来简直像小丑。

母亲从门卫室出来，一个门卫提着一只中号拉杆箱跟在后面。母亲这样的人，总是找得到愿意帮她的人。夏生把拉杆箱接了过来。拉杆箱不重，也许是夏季，母亲带的行头不多。

母亲说："西门街完全变了，一点也认不出了。当年，我回来，到了西门桥，到处都是我的戏迷，人山人海。现在都没一个人认得我了。"

夏生记得当时的场面。那时候母亲是真正的大明星，街道两边全是欢迎她的戏迷。母亲是个人来疯，她享受乡亲的夹道欢迎。穿过热情的人群，母亲把带来准备给孩子们的饼干、糖果都送给了街坊，见到年长者，母亲还施舍钞票。母亲足足花了两个小时才走完那条狭长的西门街。母亲回到家，精疲力竭，身无分文，连回省城买火车票的钱也没有了。母亲因此落下乐善好施的名声。

母亲跟在夏生后面，东张西望。前几年西门街旧城改造，老街坊都安置到了别的地方，夏生还是有点念旧的，虽然西门街的老屋拆掉了，但他有耐心等着新小区造好。三年等待期间夏生住庄凌凌家里。

夏生心里想着应该对母亲说些什么。想了半天，说不出一句话。

到了家，母亲突然疲劳了，无力地坐在沙发上。母亲在外面精神，回家就松懈了。夏生想，今天去不了庄凌凌那儿了，一是要照顾母亲，二是母亲不知道他和庄凌凌的关系，他也不想让母亲知道。夏生躲在一边，给庄凌凌发了一个短信，表达歉意。庄凌凌一直没回短信。平常庄凌凌回短信很快的。夏生想庄凌凌大概生气了，感到有点对不住庄凌凌，难得她今天好兴致，特意做了一桌菜。她一定很扫兴。

夏生说："小时候，天气热了，我经常给你打扇子，你记得吧？"母亲一脸茫然。夏生猜母亲不会记得这种小事。当年母亲的脑袋里都是戏，家里的三个孩子，除了秋生，她都叫不出名字，直接用老二老三替代了。

母亲指了指夏生的屋子："整得不错，多大？"夏生说："一百一十平。老屋拆掉，分了两套房，另有一套给了冬好。秋生不要。"母亲的眼睛红了，一会儿她说："秋生的公司做得怎样？他都好吧？可怜的秋生，白白坐了六年牢。"

夏生沉默了，他不知怎么同母亲说。兄妹三个，夏生算是最宽容母亲的，但心里面对母亲依旧有诸多不满。他们兄妹仨遭受的罪母亲的责任是逃不掉的。而母亲就是一只把头埋在沙子里的鸵鸟，从来不想了解事情的真相。冬好得病后，母亲去康宁医院探望过，回来大哭一场，难过得要死。之后却再也没去看过冬好，连提都不提起。这只有母亲才做得出来。比如这次，到目前为止，关于冬好，她没一句话。

母亲说："我这辈子就像做了一场梦。查出这个病，我才醒过来。"夏生将信将疑，几乎是机械地问："是什么病？"母亲不回答，眼泪大颗大颗地落下。母亲擦掉眼泪，说："我这不是为自己的病流泪，你们不会懂我的心思。"

夏生的手机响了一下，一看，是庄凌凌的短信，说她已在楼下，来看戚老师。一会儿庄凌凌敲门进来，手中拿着她刚做的几个菜，说，好久不见戚老师了，戚老师精神不错。又说，你们还没吃过饭吧？庄凌凌把菜放在桌上。母亲也不问庄凌凌是怎么知道她来永城的，母亲在这些事上迟钝到令人发指。母亲见到庄凌凌，一改先前的疲态，立马精神了。

第二天，夏生到了团里，刚坐下，团长就来到道具间。团长坐下来，对夏生特别客气，嘴上说："太好了，真是太好了，老天都帮我们忙，天时地利人和啊。"

夏生不知道团长在说什么。大概是遇到什么好事了。团长靠近夏生，问："戚老师回永城了？"

传得真快，大约是庄凌凌说的。夏生想不出母亲回永城，团长这么亢奋干吗。

团长说："夏生，我们这出戏得让戚老师当顾问，这是老天送我们礼物，戚老师的牌子一打,就不怕没观众,至少戚老师的老戏迷都会来捧场。"

原来兴奋点在这儿呢。夏生觉得团长是天真了,夏生对母亲现在还有那么强的号召力存疑。再说以母亲的脾气,要是让她掺和进来,少不得会矛盾四起,乱成一锅粥的。夏生刚要开口,团长打断他,好像怕夏生说出不吉利的话来。团长说:"明天你在家等着,我来你家看望戚老师。聘书都备好了。你回去先同戚老师打个招呼,让她有个心理准备。"夏生这一点很佩服团长,要么不干,干起来雷厉风行。

晚上回家,母亲一个人坐在客厅,在生闷气。夏生以为是自己不替她问医,不关心她的缘故。但是她信中已经说了,她不就医,到时候死了拉倒。夏生误解了,不是为这个,白天母亲去秋生公司找过秋生,还带了特意为秋生买的礼物(一瓶男用香水)。秋生拒见,让手下的人把她赶走。母亲在大堂和保安对骂,说:"我是他的娘,为什么不让我进去?"没有人相信母亲的话。有两个黑衣人抬着母亲,把母亲扔到大街上。母亲穿着旗袍倒在地上,双脚朝天的样子,很是狼狈。

母亲对夏生说:"他这样对我,我真是白生了他。"

母亲对秋生有一种奇怪的偏爱。也许就像她说的因为难产的缘故。小时候夏生倒经常拍母亲马屁。没用。有年母亲急着回省城,需要买一张火车票的钱。母亲知道秋生有钱,她给孩子们的生活费都寄给秋生的。她可怜巴巴向秋生要,秋生理都不理她。夏生知道秋生的钱藏在哪里,秋生房间的墙壁上有一个洞,洞口那块砖是活动的,钱藏在里面。母亲听夏生这么说高兴坏了,拿来凳子,踮着脚把手伸入洞里,取出一只盒子。里面除了有二十块钱,还藏着一块钻石牌手表。看到这块手表,母亲和夏生都吃了一惊。这表是失踪的父亲的啊,怎么会在秋生这儿。母亲因为赶火车,也没多想,带着夏生进了当铺,把手表换成了钱。后来又带着夏生进了商店,以最快的速度,给夏生买了一件红色T恤,给秋生买了一根金利来皮带,然后赶到火车站走了。夏生很嫉妒,觉得母亲就是偏心,好东西总是留给秋生,他也多么想要一根金利来皮带。夏生把金利来皮带交给秋生时,被秋生揍了一顿,下手从来没这么狠过。秋生还烧掉了皮带。烧掉皮带的那一刻,看着火光和浓烟,夏生是多么惋惜。

母亲一脸委屈看着夏生。夏生不知怎样劝慰她。夏生想,看来秋生真的对母亲恩断义绝。

母亲生气归生气,不过亲自上灶做了一桌菜。她说,从秋生那儿回来去菜场买了点海鲜。夏生看着母亲做的菜,竟有一些触动。他这辈子从来没有吃过母亲做的菜。这是太阳从西边出来了吗?母亲没有解释,做完菜后,坐下,让夏生吃,自己几乎不吃。母亲问,味道怎样?味道很一般,但夏生不想扫母亲的兴,点头说不错。母亲说，知道你骗我，我这辈子很少做饭，你要是不嫌弃，以后我做给你吃。夏生低着头，控制自己的情绪，虽然算不上可口，却是第一次吃母亲做的菜，他自己也弄不清楚，此时的情绪是多年来压抑着的委屈，还是一种突然被关心的软弱。

新小区很安静，窗外传来戏文声，伴着低沉的二胡演奏，大概是小区里的老年人在花园的亭子里娱乐。夏生有点吃惊听到这曲声，之前他从未听到过。他想，他可能对越剧这种曲调不敏感了。他因此想起团长要母亲做顾问一事，他考虑是不是要告诉母亲，他不确定母亲的身体是否可以胜任。

母亲默默看着夏生吃饭，双眼慢慢泛红，她说："秋生这么恨我吗？"夏生愣了一下，不知如何回答。母亲说："他坐牢时，我去看过他，不肯见我。"夏生想，难道母亲指望秋生见她时和她相拥哭泣？

母亲说，她去探望秋生那天下着雨。母亲很早就去了，填了约见单，在待见室外排队等候（很多家属比母亲到得早）。管教喊到名字，家属才能进去会见。那天母亲等了一整天，直到走廊上的人散尽。管教告诉母亲，秋生一整天都在车间做工。母亲哭着问秋生怎么不见她。又问管教，秋生在里面缺什么，她带给他。管教没有回答她。母亲从那幢建筑的大门出去，一直在流泪。

"我这三个孩子，就数秋生最有艺术天分。"母亲把头转向窗外，好像她这会儿也听到了曲声。

夏生低头吃菜，没看母亲。他怕看到母亲的眼泪。虽然演员的眼泪说来就来，夏生还是无法面对。

"秋生这孩子心思藏得深，不像我们家的人。我们家一个个'二百五'，就他什么都放在心里。"母亲说。

夏生惊讶母亲说出这话。看来母亲表面上无心无肝，也还是有洞察力的。

"那时候我还在永城，刚入行，心里不踏实，每次排好戏，都要在秋生面前表演一次。秋生这孩子，不知哪里来的天赋，每次都能指出问题所在，说到我心坎上去，还会像模像样给我示范，可他还是个孩子啊，怎么会懂那么多。那时候我想，要是秋生是个女孩，他一定会成为闪闪发亮的明星。"母亲说。

"你是说秋生会唱戏？我一次也没听过。"夏生觉得母亲在胡扯，太夸张了，她大概把幻象当成了真实，是母亲对秋生的情感投射吧。

"他不肯在人前唱戏。他喜欢摆臭男人的架子，讨厌自己变成一个女人。他啊，唱戏时很妖的。有一次我让秋生在我同行面前唱，他就翻脸了，有一个星期不理我。"母亲表情柔软，脸上露出一丝笑意。

夏生很难相信。他和秋生是兄弟，秋生怎么瞒得了他？一个人的天赋怎么可能深藏不露这么久？

夏生吃饱了，放下筷子。母亲正目光灼灼地看着他，那目光既热切，又带着某种谄媚。母亲说："夏生，你可不可以同秋生说说，就说我快死了，想见他。"

夏生站起来，拿起遥控器，开启电视。他背对着母亲。他的背能感受到母亲的目光。夏生实在是不愿去找秋生，但还是心一软答应了："我空了去找找他吧。"他的背部感受到母亲的兴奋。母亲站起来开始收拾桌子上的剩菜。夏生关掉电视，说："你休息吧，我来收拾。"母亲说："你看你的电视。"

晚上，从母亲房间传来越调，是《奔月》的唱段，母亲唱得很轻，但透着辽阔的清寂和无奈。

吞灵药，生翅膀，入了广寒门，
晓星沉，云母屏，独对烛影深，
寥廓天河生，
寂寞云裳赠，
空悔恨，
碧海青天夜夜凡尘心……

5

团长几乎没费工夫，母亲就答应做这出戏的顾问。第二天，母亲来到排练现场顾问起来。母亲本来是来看笑话的。她虽然是这个团出去的，可打心眼里瞧不起小剧团。况且现在的年轻演员太多心思花在别处，没几个会演戏的。当她看完第一场排练，神色严肃起来，向团长要了本子。团长其实昨天已给了她剧本，她放在家里，还没看。母亲坐在排练厅的一角，低头看起剧本来。夏生在排练的间隙，朝母亲坐着的角落里张望。母亲一动不动，专注地看着，好像眼前的喧哗于她根本不存在。直到母亲看完，她抬起头来，目光幽远，泪流满面。厚厚的底粉被泪水冲刷掉了，使她看起来苍老了许多。

中午吃饭的时候，母亲对夏生说："很棒，你的角色一直在两难之中，演员一生中很难有这样的好角色，这是运气，你要珍惜。"来自母亲的肯定，夏生竟有些受宠若惊。母亲很少肯定他的戏，在专业上，他自知和母亲还有差距。因不想让母亲知道和庄凌凌的关系，中午吃快餐时，夏生和庄凌凌坐得很远。这会儿，庄凌凌正和王静聊天。自从庄凌凌送了王静雅诗兰黛后，两个人又像姐妹了。在戏里，两人都是公主，是仇人，争夺同一个状元。戏外倒是一团和气。她俩正在聊着一则八卦，说的是孙总。那天孙总要带她走，把她吓坏了。庄凌凌说："现在的男人真的比不上戏里的男人，所以我愿活在戏里。"王静却沉溺在自己的话题里，说："也奇怪，我以为孙总还会骚扰我，他好像忘了这事。"王静这么说像是很遗憾似的。这时候，母亲端着快餐盒，坐到庄凌凌边上，说："你的唱腔要纠结，不能太顺畅，你演的这个角色很复杂，她开始没野心，是一次一次的屈辱让她爆发。"母亲已进入顾问的角色了。

这之后，母亲是尽心尽力指点。夏生发现，母亲已经记得每一句台词。夏生很敬佩母亲的记忆力。

排练一周后，孙总来过排练厅。孙总是团长陪着进来的。团长一直赔着笑脸，孙总倒显得很安静，在排练厅角落的椅子上坐下，一言不发看演员们排戏。团长递一根烟给孙总，孙总接住。团长要点烟，孙总摆了摆手。王静暂时还没有戏份，过来同孙总打了声招呼。她上穿一件短袖束腰衫，下着一条裙裤，手里拿着水袖，眼巴巴望着孙总。孙总只是点点头，好像没认出王静来。王静坐到孙总身边。团长白了王静一眼。团长从椅子里起来叫停排练，他说："夏生第一次见庄凌凌的戏，夏生正春风得意时，要显得趾高气扬，既要庄重，又要带些轻浮。"说完离开了排练厅。夏生愣了一下，庄重和轻浮完全矛盾，如何才能表演出来呢？王静叹了一口气，说："孙总是答应了我的，结果主角还是别人的。"孙总没听见王静抱怨似的，说："你把夏生叫过来，我有话同他说。"夏生下场休息时，王静挽住夏生的胳膊，同他耳语。庄凌凌目光疑虑地看着他俩。一会儿，夏生来到孙总边上，孙总让夏生坐下。两人看演员们继续排练。孙总感叹："人生哪里如戏，现实丑陋无比，戏里的情感多么美好。"夏生没想到孙总这样的成功人士会发出此般感叹。孙总没看夏生一眼，继续说："夏生，你哥秋生有情况，要是方便你告他一声，出门小心。"夏生说："他出了什么事吗？"孙总说："我只能说到这儿。他明白的。"说完孙总突然站了起来，态度同刚才一样严肃。王静已在台上，水袖正朝这边抛来，同时传来的是一阵香风。孙总站住，愣愣地看了看王静，喉结动了一下。

母亲特别喜欢王静。王静嘴巴比庄凌凌要甜得多，一口一个戚老师，语调像唱戏，婉转曲折。母亲纠正了王静好多动作。母亲对庄凌凌很严厉，一有不到位的地方，就开骂。从一介平民到确信自己是公主的心理转折时，庄凌凌演得很软弱。母亲骂道："你要高傲，尊贵，想象你是帝王的女儿，别糟蹋这么好的角色。"作为母亲的学生，庄凌凌觉得母亲吃里扒外，对外人好，但心里还是暗自佩服母亲，意见一针见血。庄凌凌对剧本已经烂熟，以为吃透了戏，但演戏这件事真是深不见底，总是有深挖的空间。

看着母亲这么精神，夏生再次确认母亲信里说的都是扯淡，就不再惦记母亲生病的事了。这天排练，母亲从王静身上抽下水袖，自己套上，给庄凌凌示范身段及表演，大概是由于戏太激越，母亲的脸突然变得苍白，头上冒出汗珠。母亲停了下来，护着腰向休息椅上走，脚不小心踩到水袖，差点绊倒。她在椅子上坐下，大口喘息。排练停了下来，夏生的心抽了一下，不过也没多问。

晚上，夏生问起母亲的病情。母亲没理他，说："暂时死不了，会活到你们这出戏开演。"语中带刺。夏生不甘心，说："是不是明天陪你去一趟医院？你也没必要天天去做顾问。"母亲白了夏生一眼，说："让我去医院不如你让秋生来见我。"

听到母亲的话，夏生感到内疚。他答应了母亲的，他生性拖拉，一直没去找秋生。他内心拒斥见到秋生，能不见最好不见。秋生和母亲一个德性，不会好好说话。

夏生想起孙总让传的话，也让他有点犯难，他若传话，免不了给秋生一顿臭骂，秋生讨厌别人管他闲事。不过关于孙总所说的事，夏生也没太当回事，他觉得对付这种事秋生有的是办法。

一会儿，夏生出门，进入永城的夜色之中，他拦了一辆的士，去永江边的锦瑟年华娱乐城找秋生。他知道自己此去更大的可能是无功而返，但无论如何他得替母亲跑这一趟。

刚下过一场大雨，这会儿小了一点。的士车窗被雨水淋湿，刮雨器机械地来回运动，夏生看到的街景模糊不清，街头的霓虹灯、路牌、透着光亮的建筑此刻像是河中的倒影，在波光中晃动。对面的车打着远光灯，在雨中射出一道惨白的光，刺得人心慌。的士司机减慢速度，诅咒了几句。

"先生经常去'锦瑟年华'吗？"司机问。

"不，我不喜欢那儿。"夏生说。

"都这么说，可谁都喜欢往那儿跑是不是？"司机从后视镜中看了看夏生，从口袋里拿出一张名片，递给夏生。"若有需要，你找我，包你满意。"司机说。

夏生看了看名片。名片上印着一个裸露的女人和一个电话号码。夏生把名片攥在手里。他看到那司机再一次通过后视镜观察他。

"锦瑟年华"到了。夏生付了费，下车。他站在雨中，抬头望了望这座建筑。北边，辽阔的永江完全被它遮挡住了。他看到"锦瑟年华"几个大字在雨中不停地闪烁，字后面的大楼则隐藏于黑暗之中，好像这几个字是凭空出现在空中的。有一个坐轮椅的人从另一个方向进入娱乐城。他的脸显然受过致命打击，面目狰狞，躬着的身子犹如弯弓似的，整个形象显得颇为古怪。夏生奇怪下这么大雨这人竟还有雅兴到这地方来。在娱乐城门口，可以看到一排小姐站在大厅里，每有客人进入，她们便弯腰鞠躬，口中喊"欢迎光临"。那张名片还捏在夏生的手中，夏生看到远处有一只垃圾箱，就把名片塞了进去。

秋生的保镖从里面出来，问夏生是不是找秋生。夏生说是的。保镖带着夏生来到电梯边。电梯停留在四楼，这会儿正缓缓下降。电梯的数字一直跳着，像某个倒计时装置。

"生意不错嘛。"夏生没话找话。"还行。"保镖说。"下这么大雨，都有人来？"夏生本来想说，这场面比戏曲演出票房好多了，连坐轮椅的也来。"夜很长，总归要找个地方打发的。"保镖说。"叮"的一声，电梯到了。夏生和保镖进入电梯。电梯四面是镜子，夏生看到自己脸色苍白，形迹可疑。怪不得刚才保镖带着夏生进大厅时，两边的小姐没有弯腰欢迎。她们应该凭直觉辨认得出他不是她们希望的恩客。

保镖带着夏生进了保安室，他让夏生先待会儿，自己则去了秋生那儿。夏生看到保安室有一个监控器，能看到进来的每一个人，还能见到每一个包厢里的情况。难怪保镖会知道夏生的到来。夏生看到刚才那个坐轮椅的人独自待在一个包厢内，不停有小姐进出供他挑选。那人很挑剔，没找到合意的。被拒绝的小姐出去时都松了口气，面带逃过一劫的微笑。

一会儿，保镖回来，告诉夏生，可以去了，秋生正等着他。

秋生还是那副居高临下的令人讨厌的模样，他指了指办公桌前的位置，让夏生坐下。夏生白了秋生一眼，坐在不远处的沙发上。他没说话，长时间看着秋生。母亲说眼前这个人会唱戏，他实在想象不出来。

"你在看什么？我哪里不对吗？"秋生问。

"她来了，在我家里。"夏生说。

"我知道，听说她身体好得很，在给你们的戏当顾问。"秋生说。

夏生想，秋生毕竟还是关心母亲的。他至少还打听了一下母亲的状况。

"听说戏效果好得不得了？"秋生问。

"还好。"夏生奇怪，这段日子秋生老是谈这出戏。夏生不想谈戏，他说："你什么时候来看她？"

秋生狠狠地看了夏生一眼，沉默不语。

"她老说你，她说你会唱戏，旦角唱得可好了，她说你是天才，你要是一个女的，会是一朵艺坛奇葩。"夏生觉得自己说这话时带着满满的挖苦。

秋生碰翻了桌子上的茶。他抽出几张餐巾纸，把桌子上的茶水擦干净。他一边抹桌子一边说："你说什么？"秋生语调很轻，但内里有一股子狠劲。夏生了解这种语气意味着什么。当秋生这样说话时，可能会动拳头。

"我是不相信的，但她说你唱得好，说我同你比只有一个小指头的份。"夏生的话里透着不服气。

"你最好别信她。她的话没一句可信。"秋生陡然提高声量，像给夏生一个警告。夏生看着秋生，秋生一脸严正，看不出他在撒谎。夏生疑惑了，他不知该信谁。"她想同你说话,她每天叨念你。你不去看看她?"

"冒这么大雨就为这个来的?"

"是。"

门被敲响了。保镖同秋生耳语了几句,秋生神色严峻,同保镖出去了。秋生不忘回过头来对夏生说:"你等我一会,我有话同你说。"

空荡荡的办公室只留下了夏生。窗子外,雨依旧下个不停,这间办公室可以看见永江,雨中的永江是暗的,只看得见江边的路灯。偶尔有闪电从天边划过,不过没有雷声。或许是窗子隔音好,听不到。娱乐城在隔音设施方面应该很讲究吧,否则噪音污染会让四邻不得安生。秋生办公室几乎没有任何装饰,那张办公桌悬于一角,显得孤零零的。

秋生一直没回来。夏生想可能娱乐城出了什么事情。夏生从不来这种地方,脑子里的想象反倒更为丰富,他潜意识认为这种地方藏污纳垢,出现棘手问题应该是常态。他记起刚才在保安室的监控,想过去看看究竟发生了什么。保安室的门紧锁着。夏生等得也有点不耐烦了,觉得自己应该说服不了秋生的,不想再多费口舌,从电梯下去,走出了娱乐城。娱乐城的大厅空无一人。他想,大概出事了,他突然想起孙总让传的话,与此有关吗?他犹豫是不是应该留下来,把孙总的话传给秋生。最后,他决定什么也不说,坐上的士回西门街。

夏生进门时,母亲还没睡,她坐在客厅投来探询的目光。见夏生沉默不语,母亲的脸上露出失望的表情。"他说空下来会来看你的。"夏生撒了个谎。"真的吗?"母亲喜出望外。母亲就是这么天真。夏生进了自己的房间。

6

秋生回到办公室,夏生已经不在了。

刚才秋生去处理娱乐城的事。娱乐城不是个省心的地方,什么人都有。秋生不想娱乐城弄得乌烟瘴气,他给她们立下规矩。在娱乐城,和客人逢场作戏没关系。不能在这儿苟且。可以跟客人走,但出了这个门就同娱乐城无关。即便是这样,依旧会惹出是非。有人中意的小姐被人捷足先登,不乐意了,加上酒劲,就想闹事。有时候双方两队人马就直接开干。自古以来所谓的风月场所概莫能外吧。

今晚来了一帮人,明显不是来娱乐的。他们都是年轻人,穿着特别"社会"。他们喝了不少酒,开始在包厢里砸东西。在场的小姐都吓坏了。秋生到现场,看到地上到处都是破碎的酒瓶,红酒和啤酒流了一地,电视机和点唱机都被砸得粉碎,连骰子罐都被砸破了。他们站在那儿鄙夷地看着秋生。凭经验秋生认为他们没喝醉，他们就是来闹事的。秋生一直赔着笑脸，用近乎讨好的方式送他们走。秋生说，招待不周，多多谅解。秋生看到自己的手下一脸不服。不过没有秋生的命令，他们不敢动手。秋生告诉过他们，能用脑子解决的事，就不要动手。在没摸清他们的来历之前，秋生不能轻易挑起事端。秋生都没想过让他们赔偿。一台电视机和几瓶酒能值几个钱？

　　秋生送那几个年轻人去大厅的时候，看见一个坐在轮椅上的男人。那人扭曲的脸和残破的身体给秋生留下了深刻的印象。那人目光是明亮而尖利的，他肆无忌惮地看着秋生。秋生的心沉了一下，他认识我吗？秋生翻遍记忆，想不起那人是谁。那人应该是第一次出现在娱乐城。秋生站在雨中，看着大楼外闪烁着的"锦瑟年华"灯箱，他喜欢让霓虹灯彻夜亮着。

　　劳改时秋生在里面做灯泡。灯泡的玻璃以及钨丝都是成品，他要做的就是把这些成品安装在一起。日复一日，秋生不知做了多少大大小小的灯泡。那是一种单调的生活，机械重复的劳作让秋生内心的躁动慢慢平息了。在里面秋生最喜欢的事是装好灯泡后试验灯泡能不能发光，特别是试验五颜六色的小灯泡串成的装饰灯。当灯泡亮起来时，他的心也会跟着亮一下。秋生因此对以后的生活还存留着指望。

　　夏生第一次来探监，带来了冬好不幸的消息。秋生听了特别难过。夏生那天态度很差，不但不安慰秋生，反而指责起秋生来。夏生说，冬好是秋生害的，冬好对那男人还有情感，她怎么会受得了男人被打成那样，任谁都会崩溃。那时候秋生还没把心里的火气改造掉，不知反省，当场和夏生吵了起来，还给了夏生一记老拳。结果秋生被管教训斥一顿，还被关了禁闭。

　　要等到内心的戾气慢慢平复，秋生才意识到夏生讲得不无道理，冬好发疯自己是有责任的，他太冲动了，不但自己付出了代价，也把冬好毁掉了。在夜深人静的时候，秋生会想起冬好那张青春美丽的脸，内心充满懊悔。秋生开始明白这世上处理事情还有另一种方式。这世界并非黑白分明，有时候很难分出对错。秋生想，出去后无论如何不能再使用蛮力，要靠头脑生活。

　　刑满出来后秋生找不到正经工作，只好给人当马仔。他给老板处理了不少棘手事。他谨记牢里的教训，没再惹出事情，秋生因此深得老板信任。

　　老板对秋生不薄。五年前，老板看中了一幢楼，它北临永江，南边对着一条热闹的马路。原本是一幢烂尾楼，营建公司断了资金链破产了，那家公司在法院查封前和老板达成交易，老板以很低的价格买了这楼。老板经过一番装修，开了这家娱乐城。秋生也占了公司的股份。最初老板股份占了大头，不过老板一直在撤资，不着痕迹地慢慢把股份转给了秋生。半年前，老板告别江湖，对秋生说去了澳大利亚，可也有人说去了巴西。秋生处处谨慎，独自管理着锦瑟年华娱乐城。

夏生留了一张纸条。纸条上写着："我不等你了，你哪天如果心血来潮想来看她，你电话我。"夏生用了"心血来潮"这个词。秋生想象夏生写这个词语时一定面带讥讽。秋生知道夏生对他的看法，夏生对他有很多不满。秋生很想为他做事，可不知怎么搞的，夏生现在越来越不想同他讲话了。每次夏生坐在秋生前面，秋生总觉得夏生好像穿着一件无形的隔绝衣，让人无法亲近。

秋生打开电脑，看孙少波带给他的排练录像。录像是孙少波今天向团长要来的。录像是固定机位，像一个监视器俯拍着排练厅，整个排练厅一览无余，每个人显得很小，因此有些模糊不清。秋生一眼辨认出了母亲。

一周前秋生去过西门街新小区。秋生躲在小区大门对面的一家五金店里，他看着母亲从一辆的士上下来。母亲穿着一件丝质蓝底白细花旗袍，走路时腰板挺直。秋生一直看着母亲，直到母亲从小区大门口消失。他已经有十八年没见过母亲了。那次带着怀孕的冬好去省城见过母亲后，他再也没见过她。出狱后，母亲想见他，他拒绝了。几年前，秋生曾在电视新闻上看见过母亲，他本能地换台了，等他再想看她一眼，换回那台，母亲的镜头已经消失。

秋生看着录像，目光一直盯着排练中的母亲。这是秋生从小熟悉的场景，这些吊着水袖、穿着日常服装的演员，在录像里看起来既庄严又滑稽。他看出一些排练中的问题。他记录下来，看看有什么法子传给剧组。录像播放到中途，母亲突然支撑不住，在一张休息椅上坐了下来。秋生心里面竟然激发出奇怪的情感，专注而揪心地看着这一幕。他想，看来母亲真的病得不轻。秋生对自己的反应感到陌生。在里面，他几乎没想过母亲。他刻意让她从自己的记忆中抹去，把她当成不在世上的人。

可还是会有一些母亲的消息传入秋生的耳中。她又离婚了。她又结婚了。她很任性地在一次会议上和某个大人物吵了起来……这是件奇怪的事，为什么这些消息偏偏传到秋生的耳朵里？从里面出来不久，秋生得了一种少见的怪病，由于在里面试验过太多灯泡，用眼过度，出狱后的第二年，他的眼底开裂了，生了几个小孔。他为此需要戴墨镜，减少光线刺激。当秋生得了这种病后，发现很多人都有这种病。后来有一个孕妇告诉秋生，她没怀孕时，街头几乎没有孕妇，当她怀孕后，总是能在街头碰到孕妇。

秋生承认某些关系不是想抹去就可以抹去的，它比理智要顽固得多，也深刻得多。

有一件事情，秋生从来不去想它，即便在牢里也不想，好像这件事不曾发生过。但它是发生过的。当秋生听到母亲回来的消息，这件事在他的心里慢慢苏醒了，它活了过来。

在省城，秋生撞见了母亲的不忠。母亲哀求他千万不要告诉父亲。他本来想隐瞒此事，但他发现母亲并未因此收敛。他受不了母亲如此"不要脸"。他告诉了父亲。父亲根本不信。那天父亲浑身震颤，拿着一根棍子要揍他。秋生冷冷地看着父亲，等待着棍子落下。对峙了一会，父亲扔下棍子，说，你妈是个好女人，你不可以这样侮辱她。当时他觉得父亲无可救药了，非常失望。谁能想得到，父亲在《奔月》搬上舞台后失踪了。母亲来永城找过秋生，问秋生是不是对父亲说过不好的话。秋生当即否定。母亲当年真的是悲伤，一夜之间变得十分憔悴，脸上泪痕斑斑，她不住地摇头，不肯相信秋生的话。母亲一遍一遍地问，你觉得你爸会回来吗？又说，他一定活着，有一天他会回来的。后来秋生才明白父亲一直是母亲的生命支柱，没有了父亲，母亲失去了主心骨，她的生活坍塌了，终于变成了连她自己也难以理解的人。母亲唯一正常的领域大概就是演戏了，一旦到了戏里，母亲又变成一个懂得人情世故的人。

秋生几乎一夜未睡，满脑子都是往事。第二天，秋生决定去看望冬好。从牢里出来，秋生做的第一件事就是去看望冬好。这些年他几乎每月都去一次康宁医院。

康宁病院在城北偏僻一隅，进入病院需要穿过一道长长的林荫道。行人和车辆不多，好像这条通往医院的路是不吉祥的，人们唯恐避之不及。

秋生和医院院长熟，院长为秋生安排了一间接待室。冬好见到秋生，问秋生："你是谁啊？"秋生习惯了，冬好每次这样，他把这句话当成问候。秋生试图去握冬好的手，冬好好像见到一条蛇，怕被咬似的，手迅速缩了回去。秋生只好摸了摸冬好的脸。药物使冬好显得有些浮肿。

"冬好，妈妈回来了。"秋生说。

"妈妈，妈妈……"冬好陷入沉思。

"冬好，你忘记妈妈了是不是？要是她不出现，我也忘记了。冬好，我不知道怎么面对她，你知道的，我一直恨她……"秋生摇了摇头，"可她总归是我们的母亲对不对？"秋生好像在说服自己。

冬好一直愣愣地听着，目光炯炯。秋生以为冬好听懂了自己的话，心里升出一丝希望。难道是母亲回来带来了好运？

冬好究竟什么也不懂。她目光瞬间变得黯淡，茫然看着墙上某个点，好像白墙是一块银幕，上面正在上演着什么。一会儿冬好打了个长长的哈欠，目光变得越来越呆滞，她肩膀耸拉着，双手紧张地贴在身上，好像细小的手臂正被什么东西缠住了。也许她正见到一些可怕的事，身子颤抖起来。

"冬好，你看到了什么？"秋生问。

冬好把目光收回来，凄惨地对秋生笑了笑。她的鼻腔里传出曲调："乌溜溜的黑眼睛和你的笑脸……"秋生不忍再看冬好，他的内心一阵酸楚，突然失控，掩面抽泣起来。

秋生相信，因为他向父亲告密母亲的事，父亲才不堪忍受，在人间消失了。他觉得某种意义上是自己毁掉了这个家。要是父亲在，母亲也许不是现在这个样子。冬好也会健康成长，而他也不至于去坐牢。可人生没法假设。没人有能力回头重新活一次。所有的因都是果。

"冬好，哥对不起你。你知道吗？哥是个坏人，哥把一切都毁了……"

秋生说不下去。他已经有多少年没哭过了？自坐牢那天起，他没哭过一次。他不明白自己怎么就失控了。他掩着脸，调整呼吸，让自己的心情平静下来。

冬好走过来，摸了一下他的头。他抬头看冬好，冬好正在傻笑，好像她刚才看见一件滑稽的事。

再次回到那条林荫道，秋生看到昨晚那个坐在轮椅上的男人，他突然反应过来，此人就是十八年前被他打残的那位。秋生的心紧了一下。

从牢里出来时，秋生打听过这个人。他想和那人和解。但秋生没有找到他。人们说，那个男人被打残后就在永城消失了。

7

母亲全身心投入到排练中。关于秋生的事不再提起。也许是她健忘的毛病又犯了。或者在一出戏面前，无论秋生还是别的事情都不是重要的。

排练十分顺利。团长在一次排练会上宣布9月1号正式公演。海报竟然都做好了。海报中，母亲被放在最中间的位置。边上是夏生和庄凌凌。夏生想，团长难道真的相信母亲有号召力吗？母亲看了海报当然很高兴，她谦虚道："怎么把我放在演员中，我是幕后。"团长说："戚老师是永远的演员。"

后来夏生想起演出那天出的状况，认定是这张海报惹的祸。是这张海报激起了母亲内心的渴望。夏生是事后知道的，演出那天，母亲派了王静，让王静偷偷给庄凌凌吃了几颗安眠药，庄凌凌昏睡了过去。母亲是这么对王静说的，你不想当配角，对吗？你有一次首演的机会，如果你首演成功了，观众喜欢，谁也取代不了你。王静因为戏份不多，排练时也没太上心，要换成主角，那么多唱词要背熟哪来得及。母亲鼓动道，你有一个下午的时间记台词，你的角色我来演。王静内心惴惴，还是禁不住诱惑，愿意冒险。

到了开演前半小时，庄凌凌还没出现，团长问夏生，庄凌凌去哪里了？再不到，化妆都来不及了。夏生也不知道庄凌凌下落，打了无数个电话，通了，没人接。夏生想，果然自己的预感没错，究竟还是出了状况。夏生长长叹了一口气。

这时王静胆怯了，她没有准备好，她不敢向团长提出来自己可以取代庄凌凌演。眼看着首演要砸，团长着急，票都卖出去了啊，市领导也都请了啊，这可怎么办？他狠狠地骂了庄凌凌几句娘，关键时掉链子。这时，传来母亲笃定的声音，母亲说："如果实在没办法，我可以救场。我只演一场，以后还是庄凌凌的。"团长看了母亲足足有一分钟，脑子里转过排练时母亲指导的画面，长长地松了口气，命令化妆："你们站着干吗，赶紧给戚老师化妆。"

等庄凌凌醒来，赶到永城大剧院，戏差不多快结束了。她坐在最后一排，她以为是王静取代了自己，不是，是戚老师。在愤怒之际，她瞥见在她前面三排左侧坐着一个熟悉的身影，她认出是秋生。她没多想秋生何以在此，她的情绪在失控的边缘，几乎要哭出声来。她最终还是与这部戏擦肩而过。她付出了这么多心血，白忙一场。命运是多么不公。

庄凌凌定了定神，开始看戏。戏曲是重彩宽袍，戚老师扮相依旧姣好，岁月并没有减损戚老师的舞台风采。她承认戚老师演得非常好，同时，她因为错过了首演，杀人的心都有了。戏的高潮处，全场观众都在流泪，她也在流，只是她流的是愤怒之泪。但是她不能这时候冲上台去发飙，她忍着，等待着戏结束。

母亲在晚上十点四十分离开永城大剧院。她眼前还浮现着庄凌凌打向王静的那记闪电般的耳光，就好像真的有一道光在庄凌凌的手掌和王静的脸颊间闪过。她不意外。这是剧团里经常出现的场景。当庄凌凌把愤怒的目光转向母亲时，母亲非常冷静，说："庄凌凌，以后的戏都是你的，我只是救场。"团长热烈应和，对母亲感激不尽。母亲卸完装，离开了剧场。母亲知道这是首演，团长会带着演员们去永江边吃夜宵。团长叫母亲了，她当然不能去，天知道接下来还会闹出什么是非。另外，晚上的演出耗尽了她的体力，她只想早点回家。

路过蓝山咖啡馆，母亲想喝杯咖啡提提神，顺便歇一会儿。她推门进去，走过一个类似车厢的包间，看到两个人坐在那儿。正面坐着一个穿黑色夹克的男人，相貌堂堂，好像在哪里见过。也许没见过，长得像他这样的男人蛮多的。另一个她只能看到后脑勺。她看到"后脑勺"手中拿着照片，上面竟然是秋生。她顿时警觉。她听到他们的谈话，她没怎么听清，她听到定金以及成事后在这儿支付之类的话。

母亲要了一杯咖啡，在他们边上坐下。现在她听清楚了，他们的谈话越来越让她相信秋生在危险之中。她喝了一口，咖啡太烫，她呛着了，轻咳了几声。那两个人站起来走了。她赶紧跟上去。她还没买单，被服务生叫住。那两个人回头。她看清那个"后脑勺"的脸，一只眼睛贼亮，另一只眼睛飘忽不定，好像在看另外一个地方。此人很瘦，骨架很大，双手会不自觉颤抖（刚才他拿着秋生的照片时就在不住抖动），看上去有些神经质。两人警觉地看了她一眼，转身走了。

那台超大电视机这会儿正在重播奥运会开幕式，不过把声音调成了静音。此刻电视机上满屏的烟花，透着落寞的气息。

外面是深不可测的夜。街灯暗淡，车流已过了高峰，街头行人已稀。走出广济巷，到了解放路，看到城隍庙飞檐上的小灯泡展现庙宇的轮廓，其余部分都沉入黑暗之中。母亲想起当年带着秋生在城隍庙小吃摊前吃各种小吃，秋生食量惊人，令她惊叹。这段日子，她喜欢回忆从前，可能记起来的关于孩子们的事并不多。许多年来，她就像一束光，射向远方，从不回首。从前的生活都沉入到重重黑暗之中。

夏生回来的时候，看到母亲一副心事重重的样子。夏生以为母亲在为抢了庄凌凌戏而不安。

庄凌凌没去吃夜宵，夏生也没去，晚上夏生一直在庄凌凌家安慰庄凌凌。庄凌凌忍无可忍，当着夏生的面对母亲口出恶言。庄凌凌一边哭，一边说，有一段日子，庄凌凌为了学戏，住在省城母亲家。那时候母亲在省城刚刚起步，每天很晚回家。母亲回家时，庄凌凌殷勤伺候母亲，给母亲打洗脚水，给母亲敲背。母亲往往在这样的放松中睡着了。庄凌凌来省城有自己的目的，她想让母亲带她去见见戏曲界的重要人物，她还想在省城的剧团发展。母亲没那么细心体察一个学生的梦想，真以为自己请了一个用人来。庄凌凌说："你母亲就是个自私鬼，她老了才想起你们，天底下哪里有这种人？"夏生没辩驳。母亲确实自私。后来要不是团长来电话，要庄凌凌准备好演明天的戏，夏生恐怕现在都回不来。

母亲对今晚的事没有任何不安。母亲问了个奇怪的问题："秋生的生意很危险吗？"夏生说："我怎么知道，怎么了？"母亲说："你怎么一点不关心秋生？"夏生想，秋生轮得到他关心？夏生没回话。

8

与往常一样，早晨，秋生走着去公司上班。接近永江时，秋生闻到了空气中特有的海腥味。永江的出口是大海，海水会通过潮汐灌入永江，江水带着咸味，阳光一照，海的气味会更浓烈一些。有一些人在往永江边跑，秋生猜想，江边可能出事了，即便是盛夏也难以抵御人们围观的热情。

昨天晚上，秋生偷偷溜进剧场看了夏生的新戏。他没告诉任何人。当他看到夏生和母亲同台演出时，惊讶得下巴都要掉下来。母亲怎么会登台演戏？一会儿他见怪不怪了，在母亲身上出什么幺蛾子都不足为奇。戏很精彩，秋生看录像时发现的一些问题都得到了改善。母亲还是保持着对戏曲的敏锐感受。

秋生怀着温柔之心看完了母亲和夏生主演的戏。秋生承认母亲身上天生具有一种让人原谅她的气质。母亲身上有一堆毛病，她自私、说谎、逃避责任，可当她一旦穿上戏服，站到观众面前，这些毛病顿时变得不那么重要了，她的光芒让这些毛病显得无足轻重。这大概是母亲如此折腾还能走到今天的原因。

过了老江桥，那个坐在轮椅上的男人在马路的转弯处出现了。已经是第三次了。他不知道这男人想干什么。人世间时有死结，但也总能找到解决之道。秋生想了想，朝那人走去。男人对秋生发出古怪的微笑。秋生注意到这个丑陋男人的目光依旧带着冷酷和高傲。秋生站在那人面前，无话找话："这鬼天气，越来越闷热了，从前可没这么热的。"那人对秋生搭讪没感到奇怪，只是抬头看了看天，没有回答秋生。天很蓝，有几朵白云在天边一动不动。好像是为了让那人看清他的脸，秋生蹲了下来，说："还认得我吗？"那人一脸严肃看着秋生，一会儿突然笑了，他摇摇头，指着自己的脑袋，说："我这儿坏了，被人打坏了，什么都记不得了。"秋生说："我们是不是找个地方喝一杯？"那人低下头，看着人行道，几只蚂蚁在人行道砖块的缝隙间爬行，那人伸手把其中的一只捏死。他抬起头，轻声说："我和你不认识，为何要坐在一起喝酒？"秋生很失望，既然这男人假装不认识自己，只好算了。人生的死结常在一念之间。一念成佛，一念成魔。梦幻泡影，如露如电，皆生于一念。秋生轻轻拍了拍男人的肩走了。

快到公司时，秋生回头朝那边张望，一个瘦长的家伙在问坐在轮椅上的男人一些什么事。不过从两人的表情看，他们显然是不认识的。秋生注意到那瘦长的家伙有一只眼睛好像患了白内障。

秋生进办公室，站在办公室窗口，看着街上的一切。他看到在办公室东边那个路边公园里母亲正神色紧张地往这边张望。秋生想，也许上次对母亲太过分了，母亲不敢再进公司。脱了戏服的母亲光芒不再，瘦弱，苍老，缩小了一号。母亲老了，孤单了，可她终究是位母亲，不管以前她多么折腾，老了总还是想得到儿女们的认同。一会儿，秋生看到那个瘦长的家伙出现在公园里，母亲向那家伙走去。

秋生吩咐保镖把母亲接上来。当他再次站到窗前时，母亲在街头消失了。

9

上午十点半，母亲出现在剧团。母亲变成了光头（原来母亲头上是假发，夏生和她一起生活了一个多月竟没发现），她的衣服沾满血迹，样子十分骇人。夏生从小害怕见血，见血就会晕过去。夏生努力让自己镇静下来，想，看来母亲重病不是假的。夏生很内疚，他一直不相信母亲已病入膏肓。母亲苍白的脸上表情庄重，甚至带着某种不明所以的骄傲，和母亲平常的不成熟判若两人。剧团的人围着母亲，问："戚老师，你怎么啦？"王静因为受到母亲的欺骗，在一旁不以为然地冷笑，说："大白天的，戏还没开演呢。"母亲没理王静，对夏生说："夏生，你跟我来。"夏生说："好，我这就送你去医院。"团长派了一辆车，要送。母亲拒绝，她说："我找夏生有话说。"夏生跟着母亲来到一个角落。母亲说："夏生，你听好，我杀人了，你送我去派出所自首。你不要担心，我是将死之人，我不怕。"

　　夏生再次来到秋生的办公室。秋生已听说了母亲的事。秋生非常震惊，不过秋生并不奇怪母亲做出这样的事。少年时在省城，秋生骑着自行车带着母亲在一条小巷子穿行，有一次秋生差点撞着一个小孩，幸好及时刹车。孩子的父亲身材魁梧，大概也被吓坏了，一把把秋生从自行车上揪下来，要揍秋生。就在这时，母亲冲过来揪住那个男人，高喊，你敢动一下我儿子看看，老娘杀了你。母亲的气势把那人镇住了。母亲的身体里面藏着惊人的能量。

　　秋生接过夏生递过来的一只用来装文件的信封。秋生看到信封，就想起黄德高。这是黄德高的单子。谁装在这个信封里谁就意味着死亡。昨天秋生看戏回来，在娱乐城见过黄德高，黄德高是特意来向他告别的，说明天他将飞去香港，不回来了。黄德高舒了一口长长的气，好像因为吐出这口气而感到无比的轻松。一会儿，黄德高带走了一位小姐。

　　秋生打开信封，从里面抽出三张照片。他看到自己的"尊容"。秋生不是没有想过这一出，但看到一个装入信封的自己，还是超出他的想象。最近娱乐城发生的一系列事情，让他警觉，但他没想到如此危险，竟有人想置他于死地。他思考背后的人是谁。是那个被他打残的男人吗？或者是某个对"锦瑟年华"另有所图的江湖中人？他了解过那天来店里打砸的那帮年轻人的身份，来自秋生从前老板的死敌。难道因为老板隐退江湖，他们就拿他来复仇泄恨？但如果那人想要解决他也不需要黄德高啊，他手下的人就足够。假如是坐在轮椅上的男人，也不合惯例，他已经出来这么多年了，为什么此时才来报仇？后来警察问秋生时，秋生并没有提起那个轮椅上的男人，老板的仇人也没有提及。江湖的事江湖解决。

　　"她在看守所？"秋生问。夏生点点头，说："她生病是真的，她说，她会在一个月后死，是医生告诉她的。"秋生把头转向窗外。天越来越热了，街角的那个公园植物蓬勃，其中点缀的花盆开着缤纷的花朵。只是再也见不到母亲的身影。

　　"她想你去看她。"夏生说。秋生白了夏生一眼，他当然要去看的，难道他是一个如此铁石心肠的人吗？夏生总是对他充满误解。秋生又从信封里抽出照片，看了一眼。母亲经常说的一句话是"你是我拿命换来的"，这一次母亲真是拿命换了他的命。

秋生在看守所看见母亲时，母亲的脸上露出天真的笑容，那是一种从心里涌出的笑容，一种满足感，根本看不出她刚杀了人。

"我知道你会来看我的。"这是母亲说的第一句话。

秋生强忍住自己的情感，握住母亲的手。母亲的手很小，很柔软，好像没有骨头，也没有重量。他很难想象这双手怎么有力气杀人。听说她包里藏着刀子，让那个左眼患白内障的家伙一刀毙命。

"你怎么找到那个人的？"秋生问。

"天意。"母亲说，"你相信有天意吗？"

秋生不信。不过他没说。

"现在你安全了吗？"母亲问。

秋生没回答。

"警察介入了，应该没事了。"母亲断定。

秋生仔细看着母亲，瘦弱的母亲给他一种轻如鸿毛的感觉，秋生想起放在手心的死去的麻雀（刚才握住母亲的手就是这种感觉），死去的麻雀没有一点点重量，好像因为死亡，麻雀的肉身也跟着消失了，只留下一身的羽毛。母亲没有把假发戴上，光头的母亲并不难看，母亲的头形匀称，看上去像画片上的尼姑。秋生看过母亲演尼姑的戏，不过那时候并没剃发，化妆师把母亲的头发藏在人造的头皮下，头形和现在完全不一样。他看到母亲神色安详，好像她因为终于做了一件早该做的事而心安理得。

母亲看到秋生瞅她的头，说："化疗的缘故，头发全掉光了。"

"为什么不治了？"秋生问。

"没必要。我倒想活。有一天我和医生闹，让医生告诉我还能活多久。医生被我烦死了，一生气就告诉我，最多三个月。我愣住了。我问他真的假的。医生没回答，我知道是真的。"母亲看了秋生一眼，又说："我就从医院逃出来，回永城了，我得在死前看看你们。"

秋生一直知道母亲是勇敢的。比父亲要勇敢得多。秋生又想，母亲生这么重的病独自住在医院里也没告诉他和夏生，母亲表面上简单，实际上心里什么都明白的吧。

秋生搞到了母亲的病历，给母亲办了保外就医。母亲不肯去医院。秋生威胁母亲，不去医院就得去看守所。母亲还是乖乖听话了。进永城第一医院后，照例是一系列的检查，动用各种仪器。对于这种检查，母亲很不耐烦。秋生说："检查一下也好的，万一北京检查错了呢？"说着秋生把母亲从床上抱起来，放到检查床上。秋生抱着母亲，再一次想起死去的麻雀。母亲身体的瘦弱程度让秋生吃惊，真的没有一点分量了。母亲搂着秋生的脖子，诡异地笑起来，像一个孩子一样配合。秋生想,他和母亲从来没这么亲近过,这让秋生感到心酸。

医生看到检查结果,非常吃惊,几乎不敢相信。医生说,照例来说母亲应该失去意识了的,但母亲看起来尚好,这是奇迹。

一天,病房里只有夏生和母亲,母亲突然说:"我想去看看冬好。"夏生想,母亲终于想起冬好来了,他以为母亲早已把冬好排除在记忆之外了。夏生说:"好,我向医生说明一下,明天上午我陪你去。"母亲说:"不用同医生说,医生很烦。"夏生点了点头。母亲说:"冬好能认出我来吗?"夏生不响。母亲说:"上次她没认出我来,当自己是孕妇,摸着肚子,一直喊着宝宝。"夏生看着窗外。每次想起冬好,他都心情沉重。

早上,夏生很早就起来了。天色微明。他来到医院时,看到母亲一个人坐在黑暗中,早已梳妆打扮好了,身上穿着回永城时穿的那件浅绿色旗袍,为了遮掩病容,脸部施了厚粉底,唇膏也涂得艳。母亲去公共场合向来是隆重的。

一会儿,两人乘公交车去康宁医院。车上,母子俩没说话,母亲看上去心事重重。母亲这会儿在想什么呢?夏生偶尔会去看冬好,回来后要好些日子才能平复内心的压抑和悲伤。每次夏生都是怀着恐惧去看冬好的。

公交车在大庆路站停下来时,母亲也没同夏生打招呼,突然跳下了车。夏生也跟了下去。母亲脸色苍白,穿过车站后面的人行道,穿过人行道边的树林,径直来到建筑物的墙边,无力地瘫坐在水泥地上。她的双眼早已沾满了泪水。母亲说起她那次去看冬好的情形。那天冬好突然说起小时候的事情,说妈妈偏心,总是把好吃的偷偷塞给秋生,还告诉秋生不要同冬好说,冬好会记仇的。母亲吓了一跳,以为冬好终于清醒过来了,激动地对冬好说,冬好,你醒了对吗?你认出妈妈来了对不对?冬好,是妈妈不好,你要吃什么,妈妈这就买给你。冬好没醒,冬好没理会母亲,脸上露出仿佛看透一切的微笑,慢慢地,那微笑变成了试图控制又抑制不住的狰狞大笑……母亲边哭边说。

母亲终于平静下来。母亲已没有勇气去看冬好了。夏生想,不看也罢,看与不看又有什么区别呢?对冬好来说,一切都已没有意义了。夏生叫了辆出租车,和母亲回到了医院。那天,母亲一整天情绪低落。

10

这之后,母亲的身体每况愈下,她看上去极度憔悴,同先前判若两人。好像看望冬好这件事彻底击垮了母亲。母亲出神地看了一会窗外。医院在闹市区,窗外是高楼,在高楼的间隙能见到天空的一角,像一块巨大的蓝色玻璃屏,在屏上,零星有几只鸟儿飞过。秋生经常来陪母亲,这会儿他安静地坐在母亲的对面。

"秋生,你说你爸还活着吗?他怎么就突然消失了呢?有好多个晚上,我以为他回家了,打开门,门外什么也没有。"母亲说。

秋生不敢看母亲。自从父亲离家出走后,这个家再也没提起过父亲。秋生以为母亲应该早已把父亲忘得一干二净了。她后来有那么多次婚姻。

"他要是死了,我可以去见他了。我要向他道歉对不对?"母亲的目光看上去十分无辜,好像孩提时代在学校里犯了一个小错误。

秋生实在忍不住了,在母亲耳边轻语了几句。母亲睁大眼睛,惊异地看着秋生,一会儿,泪水夺眶而出。

脆弱的肉身不存在什么奇迹。母亲不是金刚不坏之身。母亲入院后第三天,病毒迅速地攻城略地,占领了她的身体,她因此陷入长长的昏迷之中。其实秋生早有准备,医生告诉了他,母亲可能随时会昏迷。

在母亲昏迷的阶段,秋生和夏生一直陪在她身边。病房很安静,只住母亲一个人。病房是秋生想办法搞到的。母亲一辈子热闹,在最后的时光让她安静些吧。兄弟俩偶尔说说话。秋生说:"戏很好,你演得很好。"夏生说:"你来看了?"秋生说:"对,首场。"夏生说:"那你也看了母亲的演出。"秋生说:"没想到,我把钱都花在自己人身上了。"夏生吃了一惊,看着秋生。秋生说:"对,赞助的钱是我出的,我让孙少波出面的。"夏生有些动容,想秋生平常对他恶声恶气,反感他演戏,可还是愿意帮助他。夏生说:"谢谢你。"秋生摆了摆手,不再说话。

中途母亲奇迹般醒来过一次。母亲醒来时精神状态意外地好,这使得秋生和夏生生出新希望。但医生说,这只是回光返照。母亲对夏生说,你把庄凌凌叫来,我想同她说说话。夏生有些犹豫。不过母亲温和地说,别担心,我会同她好好说话的。

庄凌凌来的时候,母亲把夏生支开了。病房里只有她俩。庄凌凌已经不生戚老师的气了。主角最终还是她的,并且演出如第一场那样成功。她感到在这出戏里,她不是在表演,而是在生活。对她来说这是全新的感受,戚老师的指导功不可没。庄凌凌早想来看望的,夏生一直没有同意。夏生怕庄凌凌的看望会影响母亲的情绪。夏生说,她抢了你的戏,她会以为你是去报复她呢。病房的空调发出轻微的声音,母亲身上插着输液针,脸色苍白并且消瘦。母亲指了指床边的一把凳子,让庄凌凌坐下来。

母亲伸出右手,握住了庄凌凌的手说:"小庄,谢谢你照顾夏生。"

庄凌凌吓了一跳。她和夏生的事一直瞒着戚老师,为此这些日子以来他们都不太见面,哪知她早已知道。庄凌凌一时不知如何回答。

"我不是好母亲，我都记不得夏生小时候的样子了。"母亲说。

庄凌凌当然记得。那会儿母亲在省城风头正劲，庄凌凌意识到自己在省城没有前途，回到了永城。她见不得三个孩子无人照料，尽可能地去照顾他们。她最喜欢夏生。夏生天性仁义乖巧，讨人喜欢。不像秋生，对世界有仇似的，对谁都恶狠狠的。

"夏生老是缠着我。"庄凌凌想起夏生，露出甜蜜的笑容。

庄凌凌没有同任何人讲过她和夏生的事，现在她很想讲给夏生的母亲听。她说，夏生小时候喜欢跟着她，像个跟屁虫。庄凌凌和别人聊天时，夏生在庄凌凌身上爬来爬去。有人开玩笑，说夏生是不是庄凌凌的私生子。庄凌凌并不反感这样的叫法，反倒开心地笑了。

"这我记得，夏生小时候喜欢到你阁楼里睡觉。"母亲说。

庄凌凌脸红了。夏生的生理开始变化的时候，庄凌凌不再带夏生去法院巷阁楼了。夏生却像个鸦片鬼一样，每天晚上出现在庄凌凌的小楼外，久久不肯离去。这样闹了一个月，庄凌凌心软了，放夏生进来。最初什么也没发生，但总归还是会发生的。夏生和庄凌凌是正常的男女。那年夏生只有十五岁。一开始，庄凌凌还是有罪恶感的，她觉得她和夏生之间不应该这样的，夏生还未成年，而她和他的年龄相差悬殊。她和夏生之间的关系注定是极为隐秘的。这期间庄凌凌一直没找男朋友。

夏生二十岁那年，庄凌凌提出给夏生找一个正牌女友。庄凌凌说，我们不能一直这样不明不白在一起啊。再说，我不可能和你结婚的，你妈会杀了我。夏生想了想，同意了。他觉得庄凌凌需要一个正常的婚姻，她都三十多了，他不能太自私。在庄凌凌的安排下，夏生认识了一个女孩。女孩是个戏迷。那时候，夏生在舞台上已崭露头角，女孩特别崇拜他。他很快和女孩同居了。女孩虽然小鸟依人，什么都由着他，什么都听他的，但他不太适应一个需要他照顾的小女人。另一个困扰他的问题是他的身体强烈想念庄凌凌，即便在和女孩做爱时，抚摸着女孩青春而单薄的身体，他会想象庄凌凌，想象和庄凌凌的肉体欢愉。他觉得这是一种罪恶，对女孩极其不公。

有一天，夏生听说庄凌凌处了男友，并且在那阁楼同居了。夏生像疯了一样，他无法想象自己的生活中没有庄凌凌。夏生迅速甩了那小女孩，回到庄凌凌身边，赖着不肯走。庄凌凌心软了，说了一句冤家，让夏生回到她身边。一晃就过去了十多年。

"你们为什么不要一个孩子？"母亲说。

庄凌凌吓了一跳。难道母亲不知道她和夏生的年龄差距吗？她会老去，而夏生正值壮年，夏生总有一天会厌烦她（事实上她现在越来越不自信了），她不确定和夏生能走多久。

"你们要个孩子吧。你会是个好母亲，不像我。"母亲说。

庄凌凌愣住了，想，毕竟是女人，戚老师老来也会生愧疚之心。为了安慰她，庄凌凌开了个玩笑："夏生守着我这个老女人是不是太亏了？你做母亲的舍得？"

"你还很年轻啊。我在你这年龄，折腾个没完呢。"母亲说。

"我现在连夏生都对付不了，还折腾啥啊？"庄凌凌笑道。

"夏生是真心喜欢你，我刚到永城那天，你带着菜到夏生家来，我一眼看出你和夏生的关系。夏生看你的目光都让我嫉妒。"母亲说得尽量轻松，"除了夏生他爸，我后来再没遇见过这种目光。"

说到父亲，母亲目光突然变得幽深，她直愣愣地看着庄凌凌。庄凌凌觉得母亲的灵魂此刻似乎就聚在她明亮的目光里。母亲说："我要和他爸团聚了，夏生就拜托给你了。"

后来，庄凌凌同夏生说过这句话。庄凌凌对夏生说，她不忍看母亲的目光，那天她从病房出来后，一直在流泪。

11

很快，母亲又进入了昏迷阶段。这次是深度昏迷，母亲开始梦呓。有一天，母亲竟哼出曲调，曲调断断续续，不成旋律，不过夏生很快辨认出来，是父亲编的《奔月》。这个唱段因为母亲的传播已是越剧的经典段落。在越剧风靡的年代，广播和收音机经常会播放这个唱段，很多戏迷都能随口就唱。这是母亲的代表作，一出让母亲大放异彩的戏。不过对这个家来说这出戏也许不是什么好事，谁能说得清呢？

几天以后，母亲昏睡过去，变得无声无息，只有各种插在母亲身上的医疗仪器在嘀嘀嘀地鸣叫。母亲没让任何人来打扰她。她在昏过去前交代秋生，她的亲朋好友来看她的话，都要拒绝。母亲爱美，她不想让自己不堪的一面示人。在昏睡的中途，母亲的眼角突然流出泪珠，她仰面躺着，使得流出的泪珠像是从一口深井中冒出来。母亲再一次开口说话了，不过听不清她在说什么。秋生和夏生听清了父亲的名字，也听清了秋生、夏生、冬好的名字。这是母亲第一次完整说出三个孩子的名字。母亲一直在重复一个句子，听了好久，夏生才听清楚，那句子是：原谅妈妈。

夏生流下泪来。秋生习惯性地把目光转向窗外。天气晴朗，那原本蓝色的天幕在夕阳映照下霞光四射，就好像天国降临了一样。

永城越剧团新排的戏广受欢迎，演出一直在继续。可能要连续演一个月。因为要演出，晚上夏生就不再去医院。那天演出结束，夏生去了庄凌凌家。好久没有亲热了，夏生对庄凌凌都有了陌生感。要不是庄凌凌主动，他可能不会上床。他现在没有欲望。夏生同庄凌凌讲起昏迷中的母亲唱《奔月》的唱段及叫唤父亲的名字。庄凌凌陷入沉思。夏生问庄凌凌在想什么。庄凌凌说："有一件事，不知道该不该说出来，关于你父亲的。"夏生愣了一会儿，看着庄凌凌。庄凌凌说："说到这儿了，还是说了吧。"夏生不响。庄凌凌说："你记得吧？有一段日子，我去省城找你妈学戏。"夏生当然记得。庄凌凌又说："《奔月》公演那天，你爸喝醉了酒回到家，当着我面大吼大叫。你爸是个文弱的人，我从来没见他这么疯过。他把我当成了你妈，他抱着我，伏在我怀里泣不成声。你爸说，他看见了那个官员欺负你母亲，可他一直忍着，无能为力，现在戏终于公演了，他已经受够了……那天他很狂躁也很软弱……我好不容易把你爸推开，你爸酒醒了，认出是我，我忘不了他当时的表情。"夏生听了相当吃惊，他没想到和庄凌凌处这么久，她竟瞒着他这么重要的事。庄凌凌说："你爸就是那天晚上离开了省城，在这个世界上消失了。其实我知道你妈的事，一直以为你爸不知道呢。后来我一直想，你妈当然是你爸最大的心病，可是他那天在我这儿失态是不是也是导致他离家出走的原因呢？你爸失踪后我还内疚了好一阵子。唉，你们家的人只有秋生像你妈，有韧劲，你和冬好像你爸，脆弱。"有好长时间，夏生不知道如何反应。夏生这会儿想着父亲。太久了，他已没办法想象父亲现在的样子，死了还是活着，两者都想象不出来。应该是不在人世了吧。

　　夏生的手机突然响了起来。是秋生来电。秋生的声音听起来有点哽咽，好像在哭，但又克制着。秋生说，妈走了。夏生猛然从床上坐起来，说，我马上过来。庄凌凌知道发生了什么，要和夏生一起去。"我总归算是她的学生。"她说。

12

　　母亲曾经是一位明星，她的死无疑会引起公众的关注。但秋生不想渲染这事。他认为一个低调的葬礼符合母亲的心愿。夏生也同意秋生这么做。他们没通知母亲单位，也没让媒体知道。

　　母亲火化时只有秋生和夏生。

　　秋生早已安排好一切。当秋生捧着母亲的骨灰盒，走出殡仪馆大门时，一辆黑色奥迪等在门口。夏生跟着进了小车。一会儿，小车向东开去，那是舟山群岛的方向。夏生不知道秋生的目的，也没多问。他知道秋生的主意大着呢，一件事他如果插手了，就不会问夏生的意见。不过夏生担心秋生会把母亲的骨灰撒向大海。母亲可没有这样的遗嘱。一路上，兄弟俩没说一句话。夏生不时抚摸着一串绿松石珠子，那是母亲遗留在他屋子里的，他打算在母亲下葬时，放入墓穴里。

小车在一个小码头停了下来，那边停着一只快艇。秋生庄重地捧着骨灰盒，向快艇走去。秋生要把骨灰撒向大海的预感变得越来越真实，夏生停下了脚步。秋生回头瞪了夏生一眼，让夏生跟上。夏生来到快艇里边。夏生问："需要我抱一会吗？"秋生没吭声。他端坐着，腰板笔挺，好像在完成一个仪式。

四周是白茫茫的海水，原本混浊的海水突然变得清澈起来，好像海水在这里划了一条界线，他们进入到另一片海域之中。远处有几只渔船，一动不动，可能正在完成抓捕的某个动作。一群海鸥在头上掠过，发出几声凄厉的叫声。天空意外的蓝，阳光洒在海面上，海面反射的光芒晃得人眼睛生疼。夏生有点分不清天空和海面，好像他们此刻进入了另一个空间，好像是快艇在天空和海水之间劈出了一个通道。这是惯于陆地的人在大海深处容易出现的幻觉。秋生沉默肃穆，目视前方。坐在后面的夏生不知道秋生在想什么。

半个小时后，眼前出现一个小岛。岛远看很小，上了岛倒是一眼望不到头，且植被丰茂。岛上有一个小寺院，寺院有三个和尚，其中当家的认识秋生。后来秋生告诉夏生，那和尚原本是个生意人，生意比秋生做得大，突然有一天，把公司卖了，买了这个岛，建了寺院做起了和尚。秋生说，这个岛是他介绍给他的。这个岛原来太荒凉了，需要有些人气。此人面容方正干净，若有光明。那两个打杂的小和尚，一个少年时杀了邻居家的一只狗，两家因此大打出手，父亲被邻居打成重伤，不久毙命。另一个说是女儿犯有癫痫，久病不治，发愿出家，求菩萨佑护他的女儿。

那和尚有一部手机，在岛上迎接秋生和夏生。想必秋生早已同和尚联系过了。和尚对着秋生抱来的骨灰盒念了一会经，然后就不声不响地走了。夏生已不担心秋生会把母亲的骨灰撒到大海了。他想，秋生安排好了一切，自己跟着就是了。

秋生捧着骨灰盒向岛深处走。一会儿，夏生看到一个小山包，在向阳的位置，有两块墓碑。当夏生看到其中一块墓碑上的名字时，立在那里不动了。他只感到血液猛地涌上脑门，心里面一种长期压抑的情绪被唤醒了，让他想毁灭些什么或砸烂些什么。他暂时得忍受着，他得等母亲下葬。那墓碑边立了一个新的墓碑，上面写着母亲的名字。墓地整得很干净，别处树木枝叶散乱，杂草丛生，这个地方整得像一个花园（事后夏生了解到那个和尚经常会来收拾一下）。秋生把骨灰盒放入墓穴，再用盖子盖好封住（边上早已准备好了新拌好的水泥浆）。先是秋生跪下祭拜，再是夏生伏地磕头。

几乎没有任何停顿，夏生磕完三个头后，迅速转身，像狼一样扑向秋生，把秋生扑倒。这是夏生生平第一次向秋生攻击。兄弟俩扭打成一团。夏生看上去虽然没秋生壮实，但毕竟平时练功的，动作灵活。最后两人力气耗尽，气喘吁吁地躺在地上一动不动。夏生没少挨秋生的拳头，浑身骨头都疼。疼痛让夏生获得了意想不到的快感。

"为什么你这么干？"夏生说，"他死了你为什么不告诉我们，你有什么权利不告诉我们？你知道吗，他下落不明让我们多恐慌？"

"我不想让你们难过。"秋生说。

"你没有权利这么做，对我们不公平。"夏生说。

两人躺在墓前的草地上，看着天空。天空是另一滩海，只是比海平静。母亲这会儿在哪里，在天上吗？在这么蓝这么平静的天上吗？有好一阵子，两人都没说话。过往的一切历历在目，可就是说不出来。

"你是怎么找到他的？"夏生问。

"他离家出走前给我讲过这个岛。他和母亲是在这个岛上相好的。"秋生说。

夏生从来没听说过这件事，略微有些吃惊。

秋生说，那时候父亲和母亲在舟山群岛的一个渔村当知青。就在远处那座岛上。秋生指了指远方。远方什么也没有。听父亲说那岛很大，是一个镇子，父亲和母亲当年在同一个村子插队。母亲是个美人，经常有男人从大陆过来看她。父亲说，当时他感觉母亲好像认识全中国的小伙子。父亲是个才子，当知青前在艺校学习编导，会拉手风琴，会唱苏联歌曲和越剧。父亲发现了母亲的天赋，私底下教母亲越剧。

有一天，父亲从老乡那儿借了一条小船，划到这岛上。哪知道，小船靠岸时撞到岩石上，撞烂了，他们只好留在这岛上等人来救。当时父亲和母亲很紧张，这岛很少有人来，他们在岛上过了三天，都绝望了，后来来了一艘军舰把他们救了回去。父亲和母亲就是那三天好上的。

"回去后他们就结婚了，一年后有了我。"秋生说。

夏生没想到父母有着这样的往事，听着感觉像一个神话。

秋生说，母亲一度认为父亲是故意把船撞破的，说父亲是蓄谋已久。父亲就笑，父亲是真心喜欢母亲。父亲说当年在岛上一点也不害怕，他觉得就这样死去也没什么了不起，他感到心满意足。结婚那几年父亲很幸福，也很甜蜜，母亲不是一般的女人，讨男人喜欢，父亲当年把她当成掌上明珠——这样形容不对，但真的是那样，父亲惯坏了她。他们回城后，父亲去了文化馆，母亲去了华侨商店。不久，在父亲帮助下，母亲考入了永城越剧团。就是那段日子，父亲开始写《奔月》这出戏。

父亲是出走前一年给秋生讲这个故事的。《奔月》首演后，父亲神秘失踪，留下《奔月》红遍了大江南北。秋生一直在找父亲的下落,有一天他突然想起这个故事,于是来到小岛,发现了父亲的遗骸。他是凭着身边的遗物确认了父亲的身份的。遗物里有一块钻石牌手表。秋生把父亲埋在了小岛上,没告诉任何人。

秋生和夏生还躺在草地上。岛上的天气比陆地要湿热,他们的衣衫早已被汗水浸透。夏生朝寺院方向望了一眼。寺院被巨大的菩提树掩蔽,显得安静而清凉。天边突然布满了云彩,把整个海面都映红了。但慢慢云层变成灰色,天空变得阴沉起来。

"你们演的那出戏是父亲写的,本子我是在岛上发现的,在父亲的包里,用一只塑料袋包裹着,所以字迹没有损坏。你说巧不巧,这戏他是为母亲写的,老天有眼,结果首演竟然真的是母亲。"秋生仿佛在自言自语。

夏生侧脸看了看秋生,这一次他竟没有感到奇怪。他在看剧本和排练时,脑子里多次闪过父亲的形象,这是直觉吗?

"三个月前我搬家翻出这本东西,我让人打印了一份,托人交给庄凌凌,庄凌凌看了剧本像疯了一样,吵着闹着要搬上舞台,后面的事你都知道了。"秋生说。

夏生想,难怪庄凌凌一直不肯说出此剧的作者。夏生以为这是庄凌凌的把戏,她想演主角,把剧作者搞得越神秘越好,免得团长直接去找剧作者而把庄凌凌撇在一边。看来庄凌凌根本不知道剧作者是谁。

"你手上的珠子是母亲的?"秋生问。

夏生看了看手腕,没回答秋生。刚才因为太生气,忘了把珠子留给母亲了。不过他觉得这样挺好,也算有个念想。夏生想象当年父亲和母亲在这个岛上的情形。他好像代替了苍白的神经质的父亲的目光,看着当知青的母亲。母亲眼睛里都是光。她总是这样,一直以来眼睛里永远有一缕光,好像有无限的前程等着她,好像她的人生会无比精彩……不过得承认母亲的人生真的很精彩。

"这珠子能送我吗?"秋生说。

夏生犹豫了一下,把珠子从手腕上撸下,递给秋生。两人沉默不语,看着天空。这时从秋生口中突然传来尖细的越调:

  吞灵药,生翅膀,入了广寒门,
  晓星沉,云母屏,独对烛影深,
  寥廓天河生,
  寂寞云裳赠,
  空悔恨,
  碧海青天夜夜凡尘心……

秋生唱的是《奔月》的经典唱段。夏生想母亲说得没错，秋生真的能唱戏。唱的是青衣，竟唱得这么好。他侧脸望向秋生，秋生眼角挂着泪痕。

中午大和尚准备了素食。吃饭的时候，天阴沉得更厉害，好像马上要下暴雨。因为晚上夏生还有演出，夏生有点担心海面会起风浪，快艇开不了。要是回不去，团长会急死，票都卖出去了，而他的角色没有 B 角。吃过中饭，夏生催秋生赶快上快艇回本岛。还好，虽有点小雨，海水依旧平静。一会儿就到了小车停泊的码头。他俩坐上车回永城。车过永城二中，秋生让司机停车，自己跳了下来。秋生对司机说："你送夏生回团里，我想在这儿转转。"秋生沿着学校外铸铁围栏向河边走。刚才阴沉沉的天气突然放晴了，有一缕阳光从云层中穿出来，照耀在河岸边的青草和树叶上，世界焕然一新。

秋生来到桥头，趴在桥栏上。有两个工人在河道上清理淤泥和垃圾。河道比过去干净了许多。这条小河曾经混浊不堪，河面上总是漂浮着快餐盒、塑料泡沫、垃圾袋，有时甚至还有避孕套。秋生读书那会，河道经常散发着工业臭味，在教室里都能闻到硫黄的气味。一个工人操纵着一条机帆船，发动机发出脆响，大约因为河面安静，发动机声并不喧闹。河道里没有太多东西需要处理，他们显得很放松，那捞淤泥的工人甚至故意把水洒到开船那位身上。开船那位大呼小叫起来。

他们慢慢来到桥墩下，那个捞淤泥的人似乎在水下碰到了什么，脸上露出少见的认真来，他使劲拉杆。杆被什么东西缠住了。开船的那位去帮忙。一会儿一辆自行车从水上浮了起来，其中一个趴在船边紧紧地抓住了它。自行车染上了污泥，经水冲洗后一下子变得簇新，油漆基本完好，只是钢圈处生了一些锈迹。那两人像捡到宝一样，脸上布满了笑意。

秋生认出了这辆自行车。他的脑海中浮现出多年前的那一幕：他骑着这辆凤凰牌自行车，带着冬好在漫漫长夜中穿行。329 国道路况极差，自行车时刻处在颠簸之中，有好几次秋生差点摔倒在路边的沟渠里……

桥头围观的人多了起来，人们对这里捞起一辆自行车很稀奇。两人中的一个有点人来疯，他像大力士一样把自行车高高举起。阳光投射到那人的脸和自行车上，看上去犹如一座雕像。

（原载《钟山》2021 年第 1 期）

作者简介：

艾伟，著有长篇小说《风和日丽》《爱人同志》《爱人有罪》《越野赛跑》《盛夏》《南方》，小说集《乡村电影》《水上的声音》《小姐们》《战俘》《整个宇宙在和我说话》等多部，另有《艾伟作品集》五卷。多部作品译成英、意、德、日、俄等文字出版。现为浙江省作家协会主席。

临窗一杯酒

韩东

岳父突然病倒，齐林和玫玫立刻赶往内地小城市宝曰，住进医院附近的一家酒店。这家酒店无星级，但标准并不算低，主要是地处僻静。每天早上，他俩下一个大坡，穿过一条主干道就进入了医院所属区域。在马路对面的包子铺里买早餐，自然是包子，两人边啃包子边用吸管吸着袋装豆浆向住院部大楼走去。每次玫玫都会带一袋包子给岳母。"我吃过了。"岳母说，"医院的早餐你爸动都没动，我替他吃了。"

午饭在一家饺子馆解决。玫玫照例会打包一份带给岳母。她老人家说："早上的包子还没动呢，净乱花钱！"玫玫就像没听见。晚上他们来到商业区，找一家餐馆吃一顿好的。玫玫仍然会打包，和齐林一道披着小城夜色返回医院，将打包的饭菜递到岳母手上才离开。临走，齐林会俯向病床握着岳父绵软无力的手道别，说："睡一觉，明天一定会比今天好。"

"我肚子胀。"岳父说。

"要不我扶您上一趟厕所再睡？"

岳父并没有起来上厕所，在齐林的安抚下就像睡着了。

这时租床的人夹抱着几张简陋的折叠床进来了。一张这样的床加上被褥十元钱一晚。岳母忙着付钱租床。玫玫再一次建议他们换岳母陪夜，后者坚决不同意。"你们赶紧走，马上就熄灯了。"果然，病房顶上的照明灯一下就熄灭了。病房的门开着，走廊上的灯光照射进来，病患家属以及护工忙于睡前准备，偌大的病房里影影绰绰的。齐林和玫玫退行至走廊，转身，找电梯下去。陆续有拿着脸盆找地方洗漱的人从身后赶超过去……

白天的情形更令人担忧。探视的人不断，发小卡片卖病号饭的在病房里窜来窜去。门大敞着，有人在等电梯的时候抽烟，烟气一直飘到了病房里，不免勾起了齐林抽烟的欲望。出于教养或者只是习惯，他必须乘电梯下去走到大楼外面去抽，事情于是变得颇为复杂。电梯前面总是等着一堆人，好容易来了一部电梯有时还挤不进去。如此一来，齐林的吸烟量在客观上得到了控制，每天上下午各两次，他下楼抽烟，感觉上就像放风。

玫玫克服无聊的办法是去购物。他们在酒店的生活需要打理，从晾衣架、拖鞋到卷纸、抽纸，玫玫买了一堆。再就是岳父的枕头、内衣、袜子、睡帽、收音机，岳母的枕头、被褥以及四季的衣服也都买全了。岳母说："你买羽绒服干吗？我又不会住一辈子。"

"这不以前没机会买嘛。你试试看，不合适我再去换。"

"我家里有的是衣服……"

"这就是买给你带回去穿的。"

"净乱花钱，你爸生这病又不能全报……"

"知道啦，知道啦！"

岳母则二十四小时全天候待在病房里，似乎这样可以换回岳父的康复。她坐功了得，齐林、玫玫完全比不了。偶尔清静，岳母便会和其他病人家属唠家常，医生、护士更是她的搭话对象。就像她仍然是在工厂的家属院里，这些人是她的上下楼邻居。岳母对病房内外的情况了如指掌，待齐林、玫玫一进门便迫不及待地向他们转述。她声音洪亮，也不避人，说起五床那个老头，不仅器官病变还患有老年痴呆症，一不留神就会自己收拾行李溜走。岳母议论的时候，老头正在病床上酣睡，老头的儿子坐在床沿上压着被子在玩手机，床头挂着一块牌子，上面写着"防走失"。齐林觉得很有趣，用手机拍了几张照片，除此之外他就不知道干什么了。

当然，齐林自有他的作用。现在岳父病倒了，他就成了这家里唯一的男人。他想起"孤儿寡母"这个词，却没有深究孤儿是谁，寡母又指谁，只是觉得自己责任重大，稳定军心是他首要的任务。每天至少有十二小时和玫玫单独相处，齐林有充裕的时间安抚妻子。岳父由于虚弱，变得格外顺从，况且他不指望女婿又能指望谁？齐林和岳父说话时挨得更近，不仅要握岳父的手还要加以抚摩。他知道病人尤其敏感，怕人嫌弃。一次岳母去隔壁病房串门，岳父突然内急，齐林没有去叫岳母，而是亲手将便盆塞入岳父身下，完了按他观摩多次的岳母的方式帮岳父擦拭、清洗，换上纸尿裤。

对付岳母，齐林也有一套，每过一两天他就会找她私下交谈一次。既是私下交谈就不能在病房里，那儿人多口杂，况且虽然岳父病情加重已不能下床，但人始终是清醒的，甚至更加清醒或者敏感了。病房里只适合谈论张长李短。齐林不免率先走出病房，然后站在走廊里向门内的岳母招手。后者会意，过了一会儿也出来了。两人不会在走廊里说话，而是一前一后穿过地道一般悠长的走廊，来到尽头处的一扇窗户前面。

"怎么说，怎么说？"岳母焦急地问。

齐林开始解释CT结果，谈论他和玫玫商量的计划。实际上每次齐林带来的都是不好的消息，但他总能从不利因素中找到有关的解决办法。齐林会说很多，意思无非一个：虽然出现了一些新情况，但一切都在他们或者说他的掌控之中。同时配合轻松、自信的表情，岳母禁不住频频点头。

岳父是因肺栓塞晕倒入院的，当时亟须解决的问题是住院费用。就在那扇窗前，齐林拿出了一张存有十万元的银行卡。岳母不肯收下，说她打听过了，费用厂里一大半能报，而且又不会住多久。齐林说即使能报那也是以后的事，医院现在就得收钱，不会赊账……正争执不下，一道阳光破窗而入，照进不无阴暗的走廊，照在岳母的脸上，银行卡上的数字闪烁不已，放出光来。其实那只是账号，在岳母看来也许是存款数额吧。她一面收起银行卡，一面说："那也行，我就帮你们存着吧。"

无论岳母会不会动用这笔钱，齐林知道这对她都是一个安慰。老年人不花钱，但身边不能没有钱，尤其是现在这种特殊时期。

诊治肺栓塞的过程中，岳父被发现肝腹部长了一个肿瘤，10cm×13cm，可谓巨大。也是在走廊尽头的这扇窗前，齐林向岳母解释事情的轻重缓急。肺栓塞是急，必须积极配合治疗；而肿瘤无论良性还是恶性显然已经存在很久了，是缓，那就需要用缓慢、缓和的办法解决。他说到中医。这中医和西医不同，由于治疗效果无法量化，所以充斥着江湖骗子。但好中医就像艺术家一样，像诗人一样，切脉、开方就像诗人写诗，他恰好认识这样一位中医……

岳母似懂非懂地听着。那天没有阳光，但从八楼的高度看出去视野开阔。加上岳母很久没有走出过这栋大楼了，看着下面的停车场和医院围墙，她脸上的皱纹渐渐舒展开了。齐林拍了拍岳母的肩膀说："坏事变好事，出院我们就去看中医，爸的身体的确需要整体调理一下了。"他知道不仅病人，老年人对身体接触也普遍敏感。

"阿弥陀佛，菩萨保佑。"

由于"孤儿寡母"的信任，深感欣慰的同时齐林也压力陡增。这种压力不是靠巧舌如簧就能解决的。也就是说，他需要寻找更切实的医疗资源，需要托关系找人。

齐林是一位资深诗人，在诗歌写作圈里辈分很高，写诗的人没有不知道他的。齐林还知道，各行各业几乎所有的领域里都有诗人，从地方基层到首都北京莫不如此，想来小城市宝曰也不例外。于是他打了一个电话给西南地区的诗歌领袖。果不其然，对方一个电话打到宝曰，当地的诗歌圈立刻就有了反应。诗歌领袖（宝曰当地的）在一家酒楼设宴为齐林夫妇接风，齐林对领袖老王说，他们已经来了一个星期了。"不妨碍。"老王说，"真没想到你是咱宝曰的女婿啊，荣幸，太荣幸了！"

那天包间里摆了两大桌，大概有二十多位诗人，男女老少各个行当的人都有。齐林挨个问过来，可惜没有医院的。但第二天上午，毛医生或者毛诗人就出现在岳父的病房里。消息经过一夜的传递，终于抵达了该去的地方，毛医生来拜访齐林了："真没想到您是咱宝曰的女婿，就住在我们医院……"齐林更正说："住院的是我岳父，我和老婆住酒店。""不妨碍。"毛医生说，"来了就好，我们太荣幸了！"

病房里只有一把椅子，毛医生当仁不让地坐上去，跷起二郎腿开始谈诗。正说得高兴，毛医生突然站起来，对齐林说："您坐，您坐，怎么我坐着您倒站着……"看得出来，毛医生的角色认同有点混乱。作为医生他自然是病房里的老大，坐在那把椅子上理所当然，但作为诗人，他的资历就太浅了。齐林也不谦让，但他并没有去坐椅子，而是请岳母坐上去。后者当然不答应。毛医生走过来帮忙，两个人一道硬是把岳母按在了椅子上。之后，毛医生继续向齐林讨教诗歌写作。岳母扭捏不安地坐着，听着半空中两人的高谈阔论。病房里的其他人也都不再说话，甚至连岳父的呻吟也停止了。

他们是被一伙着装奇怪的人打断的。说奇怪也是这伙人簇拥着的那人比较奇怪，那人穿一件黄褐色的袈裟，身材出奇矮小，年纪大概有九十岁（长缩了？）。其他人皆为中老年妇女，背着黄色或褐色的布袋，和老和尚一样手里拿着念珠。他们一拥而入，岳母见状从椅子上跳起来，还没有站直就趴下身去，对着老和尚在水泥地上磕了三个头，这才撑撑灰再次站起。

岳母是居士，齐林是知道的，想必老和尚就是她师父，其他人则是她"师兄"。"老苏，"岳母喊道，"师父来看你了！"岳父很清醒，只是比较虚弱，摇着那只没有打吊针的手说："谢谢。"声音小得像蚊子。椅子上现在换了老和尚，老和尚在说什么，也完全听不清楚。他说的还是方言，就算齐林听清了也不可能听懂。岳母来回翻译着两个人的交谈，声音分外洪亮。

"师父说，你要念佛，念了佛病才能好！"

一会儿岳母又对老和尚的耳朵喊："皈依，老苏说他要皈依，他答应皈依了！"

师兄们欢呼起来，无不欢喜。

齐林始终盯着岳父的病容，并没看见岳父有什么表示。当岳母宣布他要皈依时，岳父也没有反对的意思。于是齐林又转过脸看玫玫，后者的脸上除了忧虑再也没有别的了。

不可能再聊诗。趁师兄们七手八脚准备皈依仪式，毛医生对齐林说："要不去我办公室聊？"齐林欣然同意。走之前毛医生这才翻看了病历夹，招来护士询问一番给药情况，并嘱咐了岳父以及岳母几句。他又回复到医生的角色，举手投足间充满了专业人士的自信，虽然他并不是收治岳父科室里的医生。

收治岳父的是心血管科，而毛医生是胃肠科的主任，也是主任医师。他的办公室在另一座大楼里，齐林每次去他那里聊诗终究不太方便。恰好岳父被诊断为原发性肝癌，齐林不免动起了转科室的念头。

"当务之急还是溶栓。"毛医生说，"有栓子无论做介入还是手术切除，风险都太大了。溶栓嘛，也就是那几招，我们也都做过……"他按下不表，继而说起自己的行医经历，无论是心血管科还是肝病专科，或者肿瘤科他都是待过的。又说起，现在人生的病都异常复杂，如此分科其实并不科学，无论你在哪一个科，最后确定治疗方案还是需要各方面的专家会诊。齐林接过毛医生的话茬说："那还不如转到你这儿来呢。""好啊，好啊，太好了。"毛医生说，"这可不是我说的，是家属要求，但我还是感到非常荣幸！"之后，毛医生才谈起了转入胃肠科的种种好处。

"各方面咱们都能照顾得到……这是其一。其二，现在这个肿瘤虽然长在肝部，但从B超看应该是外生性的，和肝脏的连接有限，倒是和胆囊、十二指肠纠缠在一起，也算专业对口。其三，我这里有一间单人病房，病人明天出院，可以留给你岳父。"其四毛医生没有说出来，就是他们聊诗更方便了。

齐林最感兴趣的其实是第三点。你想呀，整天待在那间六人病房里，各色人等进出，连和尚都跑过来了，加上病人不断更换，鬼喊鬼叫地抬进来，悄无声息地拉出去……就是没病的人也得生病。单人病房是卧床休养的必要条件，而卧床几乎是治愈所有疾病的首要前提。

在走廊尽头的那扇窗前，齐林向岳母重点阐述的就是第三点，关于岳父被诊断为肝癌的事则轻描淡写带过。自然他也说了，主要是应对办法，"现在不比当年，对付癌症可以靶向用药，有各种各样的靶向特效药。"他说，话锋一转，"但当务之急还是治肺栓，栓子不化就不能全麻，不能全麻就不能手术，而溶栓除了继续抗凝最重要的还是休养……"

那天起风，经八楼上的风一吹，岳母呼出一口长气。她问："这是毛医生说的？"

"是呀，是毛主任说的，毛医生是胃肠科主任。"

此时此地，医生在岳母心目中的地位可想而知，主任医生就更不用说了。况且岳母亲眼看见过毛主任对齐林，也就是自己女婿的崇敬之情，那就他咋说就咋是吧。岳母点头。"那我们现在就搬吧。"齐林说，"您今天晚上也可以睡一个好觉了。"

单人病房里的确只有一张病床，此外还有一张会客用的小型长沙发。这以后每天晚上岳母就睡在沙发上。玫玫给父母买的东西也有地方放了，大包小袋地码放在墙边，阳台上的柜子里也放了一些——还有阳台，阳台上还有柜子，柜子上有盆栽植物。卫生间也是单独的，在病房里面。这间病房竟然有了家的感觉。齐林和玫玫也能待得住了。当然，齐林最主要的任务还是和毛医生沟通，后者的办公室就在护士站旁边，和他们"家"隔了五六间病房。那些病房一概是多床位的……

毛医生的办公室对齐林二十四小时开放，无论毛医生在办公室或是不在。毛医生有手术或者开会的时候，会交代护士给齐林开门。如果他在则随时放下手上的工作，接待齐林，沏茶、递烟。后者对齐林来说太及时了，现在他烟瘾发作再也不必挤电梯去大楼外面，来毛医生的办公室就可以。

毛医生本人不吸烟，但他那儿有病患家属送的整条香烟，齐林只需要带上打火机。烟雾缭绕中，两个人有说不完的话。在毛医生，主要是向齐林讨教写诗的窍门，而齐林对毛医生的专业更感兴趣。不同的话题于是便互为因果，也能做到并行不悖。如果毛医生想多了解一些诗歌、写作方面的事，首先需要回答齐林医学专业的问题。齐林如果想多了解一些岳父的病况，也总是以谈论诗歌或艺术开道。两人搞得就像交换一样。也的确是一种交换，精神层面的交流互换，两个人都乐在其中。

就是在这间办公室里，毛医生向齐林展示了岳父肿瘤的彩色三维重建。各脏器包括肿瘤皆以纯色标出，艳丽无比。其中岳父的肿瘤是黄色的，尤其醒目，并且巨大，体积超过了心肝肠胃以及周边的所有器官。蓝、绿、红、紫拥挤、缠绕着一大团灿烂的黄色。齐林的第一反应不是恐惧，是艳羡，真是太漂亮了，视觉冲击太强烈了。他对毛医生说，这是任何艺术家都画不出来的。又说，如果喷绘打印一张拿到艺术展上展出，肯定是最前卫的艺术作品。

毛医生说："如果你喜欢那我就打印，你可以挂在家里做个纪念。"

"不行，不行。"齐林说，"我老婆和岳母看了会难过。"

"那就换一张，这样的三维彩图我电脑里有很多。"

齐林把话题引向诗歌："不过，你倒是可以写一首诗。"

"啊，这怎么写？"

齐林告诉毛医生，诗人必须从自己的专业中汲取灵感，从自己的经验、所学和擅长的东西中挖掘素材。如此写出来的诗才会具有个性和辨识度，这对一个自觉的诗人而言太重要了。

"那我试试看。"毛医生说。

这之后，他们才开始根据此图讨论岳父的病况。肿瘤发展得确太快了，刚入院的时候十三厘米，两周不到已经快十七厘米了。"这么大的肿瘤介入效果有限，"毛医生说，"看来只有手术。"由此他们谈到主刀的医生。"在我们这小医院里，我这样的技术已经到顶了，但本人擅长的是肛肠，比如做个造瘘什么的……"

"你的意思是？"

"按道理应该转到大医院去，那样一来又得排队，所有的检查、诊断都需要重新再来，岳父现在这情况也拖不起呀。"

齐林表示同意。一想到一切都得从零开始，他就头皮发麻。难道又要寻找诗人医生或者医生诗人吗？幸好毛医生另有方案。"也许，"他说，"我们可以把高手请过来做。"

"可以吗？"

"当然可以，给一个大红包。"

"你能请得到吗？"

"请得到。我在这个圈里的人脉虽然比不了你在诗歌圈的人脉，但也差不了太多。"

"你怎么不早说啊？"

"有些事我们不好主动，你懂的。我巴不得你们能留下来不走呢！"

继而毛医生才谈到他不能亲自手术的真正原因："我们一般不会给家里人开刀，外科手术需要绝对冷静，给家里人开刀会受情绪影响。齐兄，你现在就是我家里人啊，你岳父就是我岳父！"

齐林大为感动。不过他也想了一下，如果毛医生提出由他主刀，自己会同意吗？他对毛医生医术的信任毕竟不如对方对他诗歌方面的信任。齐林觉得自己还是会同意的，他实在不愿意再折腾了。

计议已定，之后便是分头准备。齐林的任务是说服岳母、玫玫。基于母女俩对他无条件的信任，这件事几乎没有难度。毛医生则着手联系省内肝脏手术的第一把刀，对方原则上同意，但说要看时机，让毛医生把岳父的病历、资料都传过去了。

岳父继续抗凝治疗，争取在手术前把栓子化掉，手术前至少一周就得停药，还得补充蛋白，调节肝功能。除了没日没夜地输液，岳父被要求尽可能多地进食。岳母拿着小勺子像哄小孩一样地喂岳父，后者皱眉、推挡，由于两只手都在输液，他实际上并无推挡的工具，只是把头偏过去。"我饱了，饱了。"岳父说，"肚子都要胀破了。"令他感到腹胀难忍的并非食物，而是那颗疯长不已的肿瘤，齐林实在不忍目睹。

各种检查更频繁了。有的检查在楼内做，有的需要去另一座大楼。岳父出行，或坐轮椅或躺平车，有时也直接将病床推行到走廊里，再进电梯，再出大楼，然后再进电梯……无论哪种方式都很折腾。虽然医院里有专门推床的护工，但岳母还是一个顶俩，她异常积极和兴奋，大概是受到手术前景的鼓舞，总嫌在边上搭手的齐林、玫玫碍事。于是玫玫便跑到前面开门、清道，齐林落后，和毛医生同行，边聊诗歌边尾随而去。

岳父检查，无论做什么项目，毛医生只要没有手术都会陪同前往，不免兴师动众。病患家属三人，加上病人、毛医生以及推床护工，至少六人，再加专门开电梯的，几乎将医疗专用电梯塞满了。电梯里有时还会挤进几个搭便车的，镶嵌在病床四周，收腹挺胸就像挂在电梯厢上。但人再多，毛医生都一样旁若无人，他个子又高，伫立在岳父头顶上方滔滔不绝地谈诗。齐林不免尴尬，简单附和几句，其他人则默不作声。那电梯扶摇而上，或者呼啦直下。齐林有一种感觉，就像他们已经下去了，而毛医生的高谈阔论仍然悬浮在大楼上部，或者留在了电梯里。

出大楼后，外面正下小雨，岳母推着病床开始一路小跑。玫玫打开雨伞为岳父挡雨，也一路小跑。

"妈，你就不能慢一点？地不平，会颠着爸爸的。"

"你没看见下雨啊，你爸会着凉。"

"不是盖着被子吗？"

"脸没盖上。"

母女俩边争执边跑过了楼与楼之间的一片空地。齐林和毛医生则悠然漫步在小雨中，谈诗不止。毛医生并没有忘记指示方向，他冲前面喊："进了大楼往右拐，第三个房间！"岳母回头喊："我晓得。"毛医生再次转过脸，接上刚才的话题问齐林："你说杨键是被低估的诗人，也不见得吧，我百度了一下，他获过不少奖。"

"他应该获诺贝尔文学奖。"

一时半会儿他们无法离开宝曰。玫玫开始到处看房子。

她看房子不是为了搬离酒店他们住,是属于岳父康复计划的一部分。手术以后,岳父、岳母将离开医院,搬到租借的房子里去,这样定期复查会方便很多。岳父、岳母所在的厂区距此七十公里,更没有像样的医院,万一病情恶化呢?再者,厂子里都是熟人,人来人往地探望、慰问不利于静养。得了癌症又不是什么光彩的事。在那栋租借的房子里,岳父可以一边静养一边进行靶向治疗,或者服用中药,直到癌细胞在体内消失净尽。齐林、玫玫回宝曰的时候,一家人也可以在这栋房子里团圆。齐林心想,今年八成是要在租借的房子里过年了。

因此,对这样的一栋房子要求颇高。既要离医院近,又要安静有电梯(方便岳父的轮椅进出),生活还得方便。最好附近就有菜市场,岳母可以随时根据岳父的身体状况以及胃口采购,做好吃的给岳父,补充、加强营养。租期还不能太长……诗歌领袖老王听闻了此事,当时就表示要把自己和女朋友幽会的一套秘密住房让出来,给岳父、岳母白住。齐林、玫玫也去看了,玫玫觉得距离太远。老王也不气馁,把宝曰的诗人们都发动起来,帮着玫玫在全市范围内寻找房源。

毛医生办公室里的谈诗论道不时会被打断。玫玫来电话,说有一处房子,让齐林去看一下。齐林知道肯定是玫玫不满意,但又不好拒绝对方。帮着找房的不是诗人就是诗人的老婆或者女朋友,对他们而言,齐林的判断更具权威性。于是齐林便匆匆赶往某处,毛医生有时也陪同前往(开车送齐林),就这样齐林看了不下五六处房子。的确很不合适,完全是宝曰的诗人们根据自己的理解看上的房子。不就是临时住一下吗?目的是就医方便。比如他们找到的一家医院附近的私人开的旅社,房间只有六七平方米,里面除了床架上一张脏兮兮的床垫就什么都没有了。当时是一个晚上,灯光就像旧社会一样暗淡,一股饭菜的馊味弥漫开来。不要说玫玫,就是齐林,一想到岳父、岳母住在这样的地方只是为了苟延残喘就不禁觉得悲凉。这家旅社是专门接待就医的病人或者病患家属的,价格自然便宜。齐林知道,如果让岳母自己找肯定就是找这样的房子了。

他向宝曰的诗人们表示,他们要找的不是这种房子。重申了房子的标准后,大家又开始行动,投入到新一轮的找房活动中。

玫玫总算看上了一处房子,一次性交付了租金,租期半年。她开始打理这套公寓,要求不是一般的高。房东的东西除了两张床、餐桌、沙发、洗衣机、冰箱等搬不动的大件,其余物品几乎全被扫地出门,或者坚壁清野(壁橱专门辟出一层来放置房东的零碎杂物)。锅碗瓢盆自然全套更换,此外还买了电饭煲、微波炉、高压锅和开水壶,床上用品更不用说。甚至连拖把、塑料垃圾桶也都换掉了。玫玫买了各种洗涤用品、工具和消毒液,把齐林从医院叫回来,两人不停地清洗、擦拭、整理,虽然这套房子已经请保洁公司的阿姨打扫过了。玫玫的要求是两方面的，一是清洁卫生，二是要有美感，因此房东的窗帘、桌布、墙上和门上贴的图片、对联也在处理之列。这一切干完后，玫玫开通了有线电视、无线网络，去农贸市场和附近的超市采购了大量食品，米面、副食、调料、油盐，只等岳父开刀后出院，两个老人就可以在这套房子里过日子了。

找这处房子是背着岳母的。他们只说找房子，没说找这样的房子，更没说更换了里面几乎所有用品，否则岳母又会说他们乱花钱了。直到房子整理完毕，齐林才把岳母拉到病房外走廊尽头的窗户前（现在的病房走廊尽头亦有窗户，格局和前面住过的病区相仿），交给对方一把钥匙。关于房租齐林打了对折，实际上月租五千元，他告诉岳母三千不到。岳母仍然说了句"乱花钱"。"您去看了房子就知道划算了。"齐林遥指医院围墙外面的某个小区，催促岳母去看看，"就那个小区，右边那栋楼，拐角上挂墨绿色窗帘的。"岳母的眼里放出光来。之后，换上齐林看护岳父，玫玫就领岳母过去看房了。

这是岳母第一次走出医院。她显然喜欢这套房子，去了整整四个小时。据玫玫说，岳母表示她从来没有住过这么高级的房子。她在租借的房子里洗了一个热水澡，睡了一个很长的午觉，这才返回医院。回病房后，仍然让齐林看护岳父，岳母和玫玫一道把后者买的那些东西分几趟搬了过去。

这以后岳母就再也没有去过那套房子了。她恪尽职守，想的大概是，这么舒服的房子得等岳父出院一起进去住。倒是有几次，齐林待在毛医生办公室里，门敞着，看见岳母从走廊里走过，齐林跟出去，只见岳母来到尽头的窗户前，向外眺望。显然她是在看那套房子，看那墨绿色的窗帘。她在展望岳父出院后他们在那套房子里的生活。

这套房子齐林、玫玫也一天没住过。他们仍然住酒店。岳母说了好几次，让他们住到"家里去"。"放着家里现成的房子，条件也不差，为什么不去住？"岳母很不理解。

"我们的事，你就别管了。"玫玫说。

说实话，齐林也不太理解，但又有一点理解。也许玫玫把那套房子当成了一件礼物，送给了父母就不好率先享用。如果岳父、岳母已经住在那里，他们倒是可以过去一起住的，比如回来过年期间。

事有凑巧，在齐林看来这就是天意。岳父抗凝治疗结束后一周，正逢中秋佳节，肝脏手术的第一把刀卢教授是宝日人，回老家过节来了。毛医生抓住这唯一的机会，安排卢教授来医院给岳父做手术。他告诉齐林，红包他已经准备了，让齐林不必操心，做完手术和卢教授见一下道声谢就可以了。见面的事他会安排，吃饭喝酒一概全免。齐林感激不尽，但表示红包钱必须由他们出。

"那这样吧,"毛医生说,"以后你帮我联系出本诗集,就算我自费出版的费用。"总之不肯收钱。齐林总不能说,不收钱就不做手术吧,这件事只好以后再说。

然后就到了手术日,岳父被推进去以后,岳母、玫玫和齐林坐在手术室门外的椅子上等。开始时他们很紧张,说话都压低了嗓音,后来才有所放松。门外的两排椅子上都坐着病患家属,都是等手术结果的,渐渐地,交谈的声音变得嘈杂。但无一例外,每家都会有一个人始终看向手术室自动门的方向,就像瞭望哨一般。有人开始吃东西,或者走到电梯口上去抽烟,回来以后问:"怎么样,出来了吗?"齐林虽然烟瘾发作,也坐得浑身不自在,但坚持没有离开。

突然,手术室外间的门向两边滑去,所有的家属都站了起来,并向前拥,即使不是他们等待的病人,也忍不住看个究竟。平车或者一张病床被推了出来,上面躺着的人盖着被子且悄无声息。认领到病人的家属一阵喧哗,跟着病床走了,没领到人的家属则颇为失望,又走回椅子那儿坐下。

最后,手术室门外只剩下齐林他们。岳父手术的时间显然是最长的。就在齐林考虑是不是去饺子店里打包三份水饺拿过来吃的时候,手术室的门有了动静。三人蓦然站起,只见两扇门抖动着移开,门内并没有病床。一个人迎面蹲着,身着短袖手术服,戴着橡胶手套,两腿之间的地面上放了一个银光闪闪的不锈钢盆。就像排戏一样,幕布拉开这才开始动作,那人拨弄着盆内的什么东西,同时抬起头。他们一下子就认出了是毛医生,自然也一下子就认出了盆内的东西(虽然此前并未见过)。岳母、玫玫本能地止住脚步,转过脸去,不朝那个不锈钢盆看。齐林犹疑不定。毛医生向他招手说:"过来,过来呀。"齐林这才走过去。

不锈钢盆里血肉模糊的一大团,几乎将那个盆装满了。当然也可能是齐林惊骇之下的幻视,抛开这一因素,那东西也不小,甚至巨大。毛医生给了一个客观的尺寸,"十九厘米多,快二十厘米了,这么大个家伙!"边说他边用手兜底翻了一个面,又翻回来,如是几番。不锈钢盆底还有一些零碎,毛医生照例隔着手套捡起来,掂了掂,又放回去了。"这是胆囊和坏死的肠子,和肿瘤长一起了。"他说,"来来来,你不拍一下吗?"

齐林拿出手机拍照的时候,毛医生说:"肿瘤是卢教授切的,肠子是我的手艺,怎么样?刚切下来,里面正在缝合……"齐林再看那颗肿瘤以及肠子等零碎,似乎还冒着热气。

毛医生是来报信的,大概是怕他们等得焦躁吧。手术宣告成功,虽然出血比较多,输了两千毫升的血,但有惊无险……透露完这些信息后毛医生站起来端着那个金属盆就离开了。他蹲过的地方似有血迹,一个护工过来将一大块绿布卷起,擦拭一番,地面又光洁如新了。

齐林退出手术室外间，两扇门在他的眼前再度关上了。

又经过很长时间的等待，岳父才被推了出来。在护士的引导下，岳母接过病床，又是主推，齐林、小苏护卫，经过几番电梯上下去了ICU病房。ICU病房不允许家属进入。办了有关手续、被告知探视时间后，齐林他们就离开了。

齐林建议三人一道去吃水饺，岳母不肯。她也不愿去那套租借的房子，坚持回了岳父原来的单人病房。"我这一走，病房让人占了呢？你爸还要回来的。"她说。

齐林告诉岳母，已经和毛医生说好了，单人病房会给岳父留着，一直到他出院。岳母还是不肯离开半步。倒是玫玫，火急火燎地去了租借的房子那里，也没有去吃水饺。事后齐林才知道，她是去处理两个洗菜用的不锈钢盆。玫玫买的那两个洗菜盆和装岳父肿瘤的金属盆几乎一模一样。不仅如此，玫玫处理掉了所有刚买的不锈钢制品，包括勺子、饭盆、蒸锅、保温杯……令所有金属抛光、闪烁不已的东西都在其视野里消失了（扔掉或者藏了起来）。

下午上班时间，齐林在毛医生的办公室再次见到了毛医生。后者已经换上日常便装，甚至没有套白大褂，正静候齐林过来谈诗。茶都沏好了。齐林问他什么时候见卢教授，好当面致谢。毛医生说，卢教授早走了，回家过节去了。

"什么时候走的，我怎么没看见他出来？"

"哦，医生不走那个门，有专门通道，切完瘤子手术没结束他就走了。"毛医生说，"厉害的医生都这样，来去如风，下刀也如风！"他突然意识到自己说出了金句，问齐林说，"我这说的像不像诗，你给评评。"

"像诗，好诗啊，绝对是好诗！"齐林说，"写诗就得这样，联系自己的专业、生活经验……"

毛医生提起一件事，明天就是八月十五了，下面的一个县要举办一场金秋诗会，邀请了毛医生。毛医生提议齐林一起去。齐林说："人家又没请我。""那还不简单，"毛医生说，"我打一个电话，听说你要去那还了得，不要太给他们面子啊！"

齐林知道，要说面子其实是给毛医生面子。"可岳父现在……"齐林还没说完，毛医生就接过话头，说岳父没有问题，手术非常成功，况且现在人在ICU病房里，他们也做不了什么。而ICU病房主任那里他已经打过招呼了。

"我看这样，"他通情达理地说，"待会儿你们去探视，如果没有特殊情况明天我们就去，情况有变化我也不去了。"

话说到这份儿上，齐林只好点头同意。

下午四点过，齐林、玫玫和岳母去ICU病房探视岳父。换了衣服、经过消毒灭菌后分别进入。按照亲疏远近，先是岳母，然后是玫玫，玫玫出来后才轮到齐林。

走进病房齐林傻眼了，没想到ICU病房这么大，床位不是一般的多，大概有二三十张病床。每张床上都躺着一位重症患者，插满管子，戴着吸氧面罩，所有的人都毫无声息地静卧着。齐林不是被病房的容量，准确地说是被安静的氛围震慑住了。甚至穿梭其间的医生、护士走动时都蹑手蹑脚。窗户完全被封死，室内靠灯光照明。齐林不由得想起一部科幻电影里的情节：飞船在茫茫宇宙中航行，前往某个遥远至极的星球，由于生命有涯，休眠的乘客在接近目的地的时候才会被唤醒。这之前是太空舱里令人心悸的整洁以及寂静……

终于找到了岳父的病床。岳父已从手术麻醉中醒来，醒在一片死一样的寂寞中。他就像置身墓地那样地瞪着惊恐的眼睛，口不能言。齐林照例俯下身去，摸了摸对方冰冷的手背，马上有一个声音（护士的）说："不要接触。"岳父似乎想说点什么，齐林把耳朵凑过去，还是没有听清。齐林说："手术很成功，您放心。"岳父微微摇头。"真的很成功，您的肚子已经没有肿瘤了。"齐林又说。

岳父还是摇头，嘴唇哆嗦着。最后，不知道是齐林听见了，还是猜到了，岳父的意思是要离开这里，回单人病房去。"现在还不能离开，"齐林说，"这里是ICU病房，护理很专业……"

一滴眼泪从岳父的眼睛里流了出来。由于他是平躺着的，那滴泪经过高低不平的面颊，竟又流回眼眶里去了！齐林从没有见过岳父流泪，而且是这么一种奇怪的流法，不禁有些发慌。"那行吧，"他说，"我问一下毛医生，如果他说可以，我们就转回去。"岳父脸上的那滴泪果然消失不见了。

走出ICU病房，齐林立刻向岳母、玫玫求证，岳父是不是想转回单人病房。岳母和玫玫都说应该是。齐林还是不能确定，转回单人病房到底是岳父的意思还是她们的想法。他们，包括齐林，都觉得岳父待在ICU病房里太难受了、太可怜了，这是共识。齐林又去找了毛医生，询问他转回单人病房的可能性。毛医生说："也不是不能转回来，但大手术以后去ICU观察是一个惯例。"

"到底能不能转？"

"你是权威，你说了算。"

"怎么我成权威了？这方面你才是权威啊。"

两个人不免展开了一场关于权威的讨论。齐林承认自己是写诗方面的权威，但对医学可说是一窍不通。毛医生说，权威就是权威，不管是哪方面的权威。权威就是说话算话的人、做决定的人，有时候需要的只是一个决定，和专业没有半点关系。又说，抛开专业不论，齐林是一个大权威，而自己充其量只是一个小权威，影响范围局限在这个医院，甚至是胃肠科里。小权威当然得听大权威的……

齐林总算听出来了，毛医生是让他做决定，自己不方便一切代劳，就像手术前必须由家属签字一样。而从医疗专业角度考虑，以岳父现在的情况转出ICU病房应该是没有问题的。想到岳父脸上的那滴泪，齐林一咬牙说："那就转吧。"

于是当天晚饭以前，岳父就又转回到胃肠科的单人病房里了。

阴历八月十五，毛医生开车和齐林一道去县里参加金秋诗会。齐林的到来引起一番骚动，当地诗人纷纷前来见面、致意。当时天降小雨，齐林、毛医生被簇拥着游览了周边的名胜（一路有人撑伞），无非是一些仿古建筑，"爬高上低"一通。之后喝茶，再后来吃饭。接风酒宴摆了四五桌，齐林被介绍给若干当地名人和官员，但他一个人的名字都没有记住。饭后移步诗会会场，也是一处"古建筑"。齐林从手机里随便找了一首诗朗诵，应付过去。

这样的活动他已经有很多年没有参加了，如果不是因为毛医生他也不会出现在这种场合，因此不免有某种出乎意料的新鲜感。一时间齐林忘记了岳父刚刚开刀的事。这是名副其实的身心放松。不仅齐林，毛医生也一样。在齐林的感觉中，过去的这二十多天他们都围着岳父的事情转了。当然这是不可能的，毛医生有他作为医生的日常工作。总而言之，齐林觉得大事已了，这金秋诗会就像是为岳父的重生举办的。这样的活动没有引起齐林预想中的反感，反倒有点如鱼得水的意思，大概也和他受到尊敬有关吧。

诗会结束，雨也停了，但月亮没有出来。县里的诗人拼命挽留他们，建议在古建筑的平台上边喝啤酒、吃夜宵边等月亮。他们说，宝曰距此不过一百多公里，等月亮出来披星戴月地踏上归途岂不更有诗意？月亮实在不出来就在这里住下，他们也有个机会向齐大师求教。平台上已经摆好了桌子，甚至十几箱啤酒也已经运上来了。齐林执意要走，由于他毋庸置疑的权威（诗歌方面）和不容辩驳的理由（岳父刚做完手术尚未脱离危险），县里的诗人再也不好劝阻。

返程仍然是毛医生驾车，齐林坐副驾。毛医生喝了酒，并且没有系安全带。齐林想系安全带，但安全带的插口被毛医生用硬纸片塞上了。这一问题上齐林完全可以深究，却没有深究，也许来的时候就是这样的。此刻齐林就像是裸身坐着一样，任凭小车在高速公路上一路飞驰。毛医生不断超车，和那些巨大的货柜车并行一段然后一掠而过，齐林手心都出汗了。同时他也感到了某种欣喜，大概这就是兴奋。他也喝了不少酒。

很多时候他们都穿行在隧道里。齐林发现，这条路上隧道特别多，而且都很长，一条隧道接着一条隧道，简直没完没了。一段黑暗荒凉的露天公路过后就是一条大放光明的隧道，隧道里面充满了安宁。就在这明与暗、动与静的不断交替中，毛医生说起了自己的妻子，很久以前，她是他所在科室的护士。又说到他们的儿子，马上就要高中毕业了，毛医生想让他去考飞行员。再就是家里养的两只小狗，一只叫欢欢，另一只叫螺蛳，妻子管儿子，毛医生则负责小狗，每天需要下楼两次遛欢欢、螺蛳。齐林问为什么会叫螺蛳，毛医生说了一个故事，当时齐林记住了，但回到宝曰后就再也想不起来了。

奇怪的是，这一路上毛医生竟然没有谈诗，大概是刚参加完诗会，总该有个停顿。毛医生只说他的个人生活，这其实让齐林觉得很温暖，他们真的已经是一家人，毛医生就像齐林的亲兄弟。关于齐林家里的情况则不必说了，医治岳父的过程中对方已经了解得清清楚楚。

齐林说："什么时候去你家看看欢欢和螺蛳？玫玫也喜欢小狗。"

毛医生答："明天就去，去家里吃水饺，小宋是北方人，水饺包得一流。"

齐林没有说，他们吃水饺早就吃反胃了。

那天晚上月亮始终没有出来。

齐林、玫玫在宝曰又待了五天。这几天里岳父的情况算是正常，首先是放屁并大便了，这是手术成功的标志。但岳父思睡，总也不肯下床。毛医生说必须离床，哪怕是在椅子上坐一坐，坐几分钟也是好的。于是在岳母的威逼下，岳父一天数次摇摇欲坠地坐在椅子上。岳母监督，不让他的后背靠上椅背。后者四不靠地坐着，就像小孩学游泳一样，手臂划拉着，一旦有歪倒下去的危险，岳母或者齐林、玫玫立刻上前扶住。三五分钟后岳父带着满身的管子回到床上，众人鼓掌。

岳父仍然无法顺利进食，不想吃，或者吃了就会引发呕吐。插胃管鼻饲的情况仍没有多少改善。毛医生让护士将管子直接下到小肠里，然后将一管管灰绿色的营养食糜慢慢打进去。齐林看在眼里既觉得踏实又为岳父感到难受。夜里呕吐再度发生，于是便有更多的食糜被注入岳父体内。

输液二十四小时从不间断，输入营养液以及各种针对性药品。齐林有一种感觉，就是他和玫玫行期在即，所有的人都焦躁起来，想在他们离开之前岳父能有一个质的变化，如此他们才能走得放心。岳父亦然，在他们离开的前一天，竟然自己去卫生间上了趟厕所。这一高难动作自然是在岳母的搀扶下完成的。不仅如此，从卫生间出来岳父没有马上回到床上去，而是手扶病床一侧的栏杆开始"锻炼"。他所谓的锻炼不过是摇晃几下身体，身上的引流管，包括挂着的引流袋也随之晃动。毕竟很不方便，后来岳父就不动了，只是直直地站着。

"你看，你看。"他虚弱不已地说，同时目光下移。众人不解，顺着岳父的目光往下看，啊，终于看见了他的脚，岳父在转脚脖子！他左转一下右转一下，踝关节甚是灵活。转完左脚又换上了右脚。与此同时，岳父的两只眼睛睁得很大，目光炯炯地看向前面。

那天岳父特别有精神，就像换了一个人。不是说换了一个健康的人，没生病之前的岳父，而是换上了齐林不认识的某人。那人的眼神里充满兴奋，甚至是俏皮，但陌生得令人心悸。当时是下午四点多，病房西晒，整个房间里犹如着火一般，一种黄铜般烁亮奇特的光弥漫开去，映得岳父就像一个铜人。后来齐林、玫玫离开病房回酒店，当他们走出大楼，看见外面也是那样的光，赤黄热烈，涂抹在路面、草坪以及建筑物的楼面和窗户上。

齐林、玫玫离开的当天，岳父的病情恶化。他夜里吐了几次，几乎通宵未眠。在毛医生的主持下，他立刻进行了有关检查，中午检查结果就出来了。毛医生告诉齐林，可能是急性肝功能损伤，问题有点严重。齐林于是考虑是否退了动车票，留下来再看几天，到了下午岳父的情况又有所好转。毛医生说，可能是验血标本有些溶血，诊断不正确，不至于那么严重。关于医疗齐林自然没有发言权，他现在只有一个问题："我们到底能走不能走？"但眼下的抉择和上几次不同，并不关系岳父的治疗路径，即使他们留下来，岳父也只能靠他自己，或者说他的运气。

毛医生说："意义不大，我会盯在这里的，尽最大的努力。"毛医生再次强调说，手术本身没有任何问题，现在主要是看手术后的恢复。病患的体质不同，年龄也不一样，岳父毕竟已经七十岁了，此前因为治疗肺栓塞也被折腾得够呛，消耗很大。"如果是个小伙子，估计这会儿已经出院了。"毛医生说。

开车送齐林、玫玫去车站乘车途中，毛医生说了很多这种模棱两可的话。模棱两可重复再三，就像念咒一样，不免是一种安慰。面对岳母，这几天齐林不也是这么说话的吗？岳父一旦出院他们就搬到新房子里去，一边休养一边进行靶向治疗，等治得差不多了再去看中医，关键是看这几天……在毛医生暧昧的说法里齐林也得出了一个结论，就是，即使岳父有意外也不会马上出现。有此一说他就放心了。

岳父因肺栓塞病倒时齐林正在排一部小型诗剧，齐林是编剧兼导演，玫玫是主要演员之一，扮演一个女疯子。他们中断了排练赶往宝曰，现在赶回去继续排戏。离正式演出只有十天，剧场门票已经售出了。也就是说，岳父只需要坚持十天，无论出院或者不治都尽量不要发生在这十天里。

出院就不说了。如果不治务必设法拖延。关于后一点没有明说，但齐林和毛医生之间显然是有默契的。"你们就放心走吧，诗歌可是大事，诗剧更不得了。"当时毛医生说，"这边有我在，我保证不会离开。"他说到做到，在齐林他们回去的这段时间里毛医生推掉了两个去外地参加的学术会议，始终坚守在医院里。

每天一次，毛医生准时给齐林发信息，报告岳父的情况，不免报喜不报忧。"有一点小状况，但已经处理了。"他说，然后开始聊诗。毛医生也知道导演工作不是一般的忙，所以聊两句也就不聊了，似乎聊诗只是一个借口，以转移齐林的注意力让他安心。这些都是齐林事后领悟到的。那段时间毛医生一定是在咬牙硬挺，他需要对得起齐林的信任。

岳母倒是数次告急。她打电话或者发信息给玫玫，玫玫再转告齐林。每次齐林都会重复毛医生的话："是有一点小状况，他们已经处理了。"玫玫再转告岳母，就像她人在现场获悉的情况并不属实，或者解释起来有偏差。毕竟岳母不是医学方面的权威。

"妈，你能不能不要一惊一乍？毛医生已经说了，康复需要一个过程，这么大的手术，总会有起伏的。"

总之，夫妻俩需要排除一切干扰，投入到眼下紧迫的工作中去。这可是齐林第一次当导演，玫玫也是第一次做演员，必须将所有的烦恼置于脑后，轻装上阵，全力以赴。

他们的确是这么做的。从宝曰回来的当天，制作人江总亲自驾车接站，他们到达时已是深夜。江总的意思是把他们直接拉到剧组住宿，玫玫坚持要回家看一下，第二天早上再去排练现场。于是那辆车便在秋风夜色中向他们家的方向驶去。玫玫让打开两侧车窗，甚至顶上的天窗也移开了，猛烈却如绸缎一般滑爽的夜风一下子灌进来，就像灌进了他们的心脾里，近一个月来在宝曰医院里沾染的病气被一扫而光。齐林从没有感到自己居住的城市如此美丽。其实，除了黑暗和沿途的灯光他什么也没看见。后来进城了，看见那些灯光勾勒的高楼大厦、巨幅霓虹灯广告，和宝曰街头也相差无几。但齐林就是觉得不一样了。脱胎换骨一般，整个人都放松下来。

回到家，他们仍然很兴奋。玫玫立刻动手打扫除尘，齐林觉得没有这个必要，因为睡一觉就得离开。玫玫说："你睡你的，我忙我的，互不妨碍。"睡梦之中，齐林耳边始终伴随着玫玫收拾、洗刷的声音，她拖地、浇花，开动洗衣机洗衣服之后烘干，刷厕所、翻箱倒柜整理箱子……恍惚中齐林觉得是在宝曰他们租借的房子里，玫玫是在那儿忙活。直到天亮，当青白色的晨光透过窗帘映衬出玫玫依稀的身影，齐林觉得是毛医生过来查房了。脚步声杂沓……窗外的城市开始喧嚣、启动。

排练封闭在一个度假村里，那儿有一个弃之不用的小剧场，环境优美，与外隔绝。有关医院和宝曰的幻象停止了，每天晚上齐林睡得格外踏实，大概是白天排练太辛苦了。除了排戏就是睡觉和吃饭，村子里没有任何娱乐，住的地方甚至没有电视。日子过得单纯，近乎永恒，工作效率却奇高。一天三顿饭是一件大事，做饭的曹师傅是从当地雇的村民，饭菜做得十分粗放，好在食材新鲜，很适合这帮年轻人的胃口（剧组里齐林最老，除他之外平均年龄三十岁不到）。每次吃饭时间都拖得很长。当年轻人仍然在桌上大快朵颐时，齐林会踱出土屋，在周边转上两圈，也算是忙里偷闲。

眼前山影起伏，植物繁茂，身后则炊烟袅袅。突然，他看见一条黑狗哀号着蹿入画面，后面跟着曹师傅。不对，齐林是先看见半块砖头落在了狗嘴上，这才看见扔出砖头的那个人。曹师傅就像一个原始人那样地挥臂、投掷，精壮的胳膊如一截剥了皮的树棍。黑狗惨叫着，跑得没影子了，哀鸣声仍回荡在这片空间里。齐林下意识地摸了摸自己的下颌骨。

哪里来的狗？曹师傅为什么要用砖头砸它？是不是偷吃了厨房里的东西？或者曹师傅砸狗只是娱乐？它是曹师傅带来的吗？既然是自己家的狗又为何要如此虐待？也许曹师傅准备杀了它做红烧狗肉……

这一砖头打破了这里的平静，不免让齐林浮想联翩。他想起毛医生养的欢欢和螺蛳，想到了病床上的岳父。除了这一插曲外，度假村的日子就都是和平安宁的，同时也紧张有序。即使是这一砖头，所激起的波澜也局限在齐林的思绪里，不为人知，过后齐林也忘记了。他只是告诉制作人江总，剧组禁止吃狗肉，让他转告曹师傅。齐林懒得再搭理后者。

排练很顺利。演出前四天剧组进入将要演出的剧场彩排，大部队转场，集中住进了附近的一家快捷酒店。当天晚上，齐林接到了毛医生的电话。看见是毛医生的电话，齐林心里一沉，就知道情况不妙。自从他们离开宝曰，毛医生就没有打过电话，联系只用微信或者手机短信。

站在快捷酒店门外的冷风中，齐林不禁缩成一团，一面通电话一面还得和进出酒店的剧组的人打招呼。当晚的彩排刚刚结束，演员尚未卸装，年轻人身着戏服，脸上闪着油彩，显得无比兴奋。"导演好……导演打电话啊……"齐林是因为房间里信号不好，才走到外面来的。当然也是为了避开玫玫，万一事情严重，向玫玫转述时也好打点折扣，至少也有一个缓冲，因此他没穿外套就匆忙走了出来。

这会儿齐林边躲避寒风边躲剧组的人，来到建筑物的一个内拐角上，毛医生的声音变得清晰了。他使用了一个词，"风雨飘摇"，齐林就什么都明白了。他想毛医生已经坚持不住了，而毛医生坚持不住是因为岳父坚持不住了。那么他齐林呢，这是最后一关，他能坚持住吗？坚持度过这最后几天，诗剧一旦首演，无论成功与否他都可以抽身离开。

这么想着的时候齐林回到房间里，玫玫正趴在床上哭泣。显然，她已经从岳母这条线得到了消息，而且也相信了。齐林无须再迟疑，不免和盘托出，其实也就是那四个字，"风雨飘摇"。齐林已经不能说得再模糊隐晦再有诗意了。此时此地，诗意也是一种安慰。这是毛医生的发明，齐林不过是沿用。第一次，齐林真心实意地承认毛医生是一位诗人，无论写不写诗、写得如何，他都是一位诗人。

玫玫稍稍平静，两人讨论该怎么办。"还能怎么办？"玫玫红肿着眼睛说，"我明天回宝曰，票我已经订了，早上六点十分的车。"

本来，齐林是想劝玫玫回去的，没想到她没有和自己商量就已经决定回了，还订了车票。"离演出只有四天，这个戏我们忙了大半年……"齐林不禁站到玫玫对立面去了。

"那我不管，我爸要死了，反正不是你爸。"玫玫又开始落泪。

"就不能再坚持一下吗……"

"你跟我爸说去，跟老天爷说去！"

自从岳父病倒，这还是第一次两人针锋相对。而实际上，齐林的想法和玫玫完全一致：玫玫先回宝曰探望，他留下来继续排戏，想办法找人替换玫玫。虽然齐林完全理解玫玫，但对她毅然决然的方式还是不能适应。"这会儿你让我找谁演女疯子？"齐林说。

"这是你的事。"玫玫说，"要是我被雷给劈死了呢！"

他俩一夜未睡。齐林除了需要安抚玫玫，还得和江总沟通，告知这个紧急情况，让对方务必连夜找到替换玫玫的演员。早饭后彩排必须到场。好在玫玫的角色虽然重要，但台词不是太多，一个疯子基本上只要能咿咿呀呀就可以了。集中的台词也就三段，齐林让江总发给女疯子 B（目前还不知道是谁），熬夜背下来。

这一切忙完之后，齐林帮玫玫提着箱子，另一只手牵着对方，走到酒店外面去漆黑一片的停车场交接。送玫玫去火车站的车开走以后，齐林回到房间里，坐在叠起的枕头上打了一个坐，竟然支持不住，垂下脑袋睡着了。他又梦见毛医生进来查房，白大褂在他身后飘了起来，透露出青白的晨光。齐林睁开眼睛，幻影遁去，天已经大亮。

当天的彩排八点准时开始。女疯子 B 姗姗来迟，九点半才到。齐林大怒，斥问对方为何迟到。女疯子 B 说她夜里三点半才接到江总电话，四点谈好条件答应帮忙，四点半剧本发过来，背了两小时台词六点半吃早餐，大概七点出发来剧场。她住在江北，又逢上班早高峰，一路堵得像便秘似的，没十点钟到就已经不错了。齐林的怒火于是转向江总，说："不管你有什么理由，我说过演员必须准时到排练现场，现在几点啦！"

江总赔笑："对不起，对不起，导演是我的错。"

齐林当然知道是自己的错，不，也不是他的错，谁都没有错，齐林就是控制不了他的情绪。如此滥用导演的权威在他是第一次。发作一通后，齐林多少好受了一些。

但女疯子 B 的表演总是不尽如人意。她是江总临时找来的，完全不符合齐林心目中女疯子的形象，这是其一。其二，玫玫符不符合女疯子形象另说，但她排练了那么久，又近水楼台得到齐林私下里的指导及密授，无论如何女疯子就是她了。另一个女疯子的出现让齐林横竖看着不顺眼。加上女疯子 B 和其他演员之间缺少磨合，对剧情也一无所知，怎么演怎么别扭。齐林不断喊停，带装彩排终于变成了排练，感觉上这个戏又开始从头排了。

此外，齐林已无法像昨天那样集中思想，眼前满是抢救岳父的幻影。

昨天晚上毛医生打电话的时候，他们正在抢救岳父，毛医生的电话是在现场打的，但他什么都没有说。岳母自然告诉了玫玫。她不会用"风雨飘摇"这样的修辞，岳母说的是"后背上全是血"。难怪玫玫会不顾一切地奔回去。心肺复苏机打桩一样冲击着岳父的胸部，岳父毫无反应，就像一个橡皮人，血从后背渗出浸透了白色的床单……如此惨烈和徒劳，齐林有如亲眼所见。继而齐林又想到，玫玫此刻还在动车上，正向着这幅可怕的画面狂奔而去。她是否睡着了？或者木然地看着车窗外面的景色……

中午左右齐林再次接到毛医生的电话，对方告诉他岳父已经走了。齐林看了一下时间，离玫玫到达宝曰还有两小时。毛医生说："你放心，我会去车站接玫玫，你就安心排戏吧。"

"我是不是应该去一下？"

"意义不大。"毛医生说。的确如此，即使齐林去了，岳父也不能死而复生。

"我总归还是要去一下吧？"

这已经不是在咨询医生，是在和家人或者朋友商量的意思了。

"你是权威，你决定。"毛医生说。他大概想开一个玩笑，让齐林放松下来。后者没有接这个茬，沉吟半晌后说："也许我是要去一下，参加完追悼会再赶回来排戏。"

"来得及吗？"

"我看下车次，应该问题不大。"

第二天一大早，齐林乘坐和玫玫相同班次的动车回宝曰，不同的是他买了往返车票，计划在宝曰只待一天，参加完追悼会就走。

依然是天不亮就走出酒店，穿过漆黑一片的停车场，昨天送玫玫的司机今天又送齐林。

排练的事交代给了江总和舞台监督，当然不能停下。他们主要的任务是监督女疯子B，齐林估计她又会迟到。他特地嘱咐江总，不要给女疯子B在酒店开房间，仍然让她回家住。又告诉二位不必提醒她准时。齐林如此处心积虑，目的只有一个，就是预留一个开掉女疯子B的理由。他去宝曰除了送岳父一程，还有一个意图，劝说玫玫回来参加演出。

　　又是毛医生接站，他把车直接开往殡仪馆方向。没有去医院或者齐林、玫玫上次入住的酒店，这多少让齐林有些吃惊。似乎从这时起岳父去世这件事才变成了现实。齐林感叹在毛医生的协助下岳母行动迅速，此刻离岳父病逝只有一天一夜，人已经到了殡仪馆准备开追悼会了。

　　毛医生说：「这也是按照你的意思，加快流程，争取时间嘛。」

　　"是，我明天就走，追悼会一完就走。"

　　在齐林的想象中，追悼仪式除了他和玫玫、岳母、毛医生，也只有岳父、岳母的几个亲友，不会超过二十个人，等到了地方他傻眼了，没想到竟然这么大的阵势。追悼会明天上午举行，此刻的告别厅里已人满为患，离很远齐林就听见了念经唱佛的声音，起伏不已。原来是岳母的那帮佛友或者师兄，估计有四五十个人。毛医生告诉齐林，这些人已经不间断地唱了二十个小时了，是从医院一路唱过来的。

　　齐林和毛医生在人群中穿了几个来回，这才看见玫玫和岳母。母女俩比预想的要平静，大概已经哭过了。岳母和毛医生、齐林打招呼，毛医生对岳母说："您忙，您忙。"他的意思是不要打搅到她念经。"我不忙，毛主任忙。"岳母说完，转向齐林，"你来啦。"说完岳母就回归到唱佛的队伍里去了。齐林听见她对身边的师兄说："我女婿。"所有的人都朝齐林他们站的方向看了一下，动作很隐蔽，之后又低下头去诵唱不止。也许这些人根本就没有看，不过是齐林的一个错觉，因为唱佛的音量明显有所变化。和岳母打完招呼，师兄们的诵唱声再次变得洪亮起来。

　　玫玫领着齐林点香、烧纸，履行一套仪式。烧纸是在告别厅门外对着大门的一个专门的炉子里，这里砌了很高的烟囱，草纸和金银元宝（纸折的）堆放在一边，供祭吊的人随意取用。甚至一次性打火机也是现成的，被搁在蒲团边的地上。跪拜烧纸完毕，玫玫又领着齐林返回告别厅，走到岳父的灵前烧香，对着岳父装饰了黑边白花的遗像磕头。齐林磕头的时候唱佛声亦有变化，突然高亢起来，声震屋宇。最后，齐林才看见了岳父，躺在一只带有有机玻璃罩的"水晶棺"里。

　　岳父戴着一顶黑色线帽（生前他从来不戴帽子），躺得很平（尤其是腹部），面色比活着时差不了太多，甚至比齐林最后一次见到时还要好一些。应该是化妆处理过了。实际上岳父只露出了面孔部分，脑袋陷在枕头里，四周塞满布料、织物，黄色为主，有的上面写着经文。他看上去毫不显眼，也不吓人，主要是不显眼。水晶棺外围立着花圈，再外面是灯架，还有放花盆、香炉的柜子，岳父就像埋伏在这一堆杂物中，只不过是仰卧的。如果不是玫玫指引，齐林一时半会儿也发现不了。

再看唱佛的师兄们，可说是井然有序。女性居多，多为中老年妇女。偶尔有一两个男性，年纪也很老了，性别可以忽略不计。他们穿着黄色或者棕色的衣服，有的形似袈裟，有的只是上衣或者裙子是黄色的，要么背的包或者护袖是黄的，总而言之，需要那么一点标记，也的确显示出了一种统一风格。黄棕色的队伍分作两列，但随时可以首尾相接。有人领衔，站着诵唱很久，然后开始走动，念一句佛号走一步，绕着以水晶棺为中心的区域缓缓转圈。转了一圈再转一圈，停下后继续唱诵不止。

告别厅里有侧室，是接待来宾用的。齐林他们被领到侧室里坐下，负责接待的妇女也穿着类似于袈裟的衣服。齐林和毛医生喝了茶，齐林甚至抽了一支烟，一面听着门外强劲有力的唱佛声。

齐林参加过不少追悼会，如此格局和氛围还是第一次遇见。问起来，接待的妇女说这间告别厅租用的期限是两天两夜。"家家如此。"她说。她说的"家家"自然是死了人的人家。看来宝曰的确是一个小地方，平时死人不多，否则殡仪馆的告别厅也不够用呀。在齐林居住的城市里，租用告别厅是按小时计的，即使如此也需要排队。怎么可能像这样在里面过日子？自然风俗也不一样，烧纸、唱佛的也不止"他们家"，这一溜所有的告别厅都如此，都有人在里面烧纸、唱佛，遥相呼应。

不断有人前来祭吊、慰问，岳父、岳母的亲戚，他们厂子里的同事、领导以及老王等诗人朋友。齐林开始作为死者家属代表忙于接待，原先负责接待的妇女则端茶递水，在一边打杂。毛医生自然也成了接待方，帮着齐林应对。他是宝曰当地人，又是医生，死亡的事经历得多了，这家殡仪馆也不是第一次来。毛医生告诉齐林，刚才他出去转了一下，旁边十一号厅的死者也是在胃肠科治的一个老太，毛医生给她做的手术。经毛医生这么一说，齐林觉得即使是死亡似乎也不再那么严重了，拉近了某种距离，死者和死者的距离，以及死者和活人的距离。这种事实在是稀松平常，每时每刻都在发生，每家每户都会有，隔壁邻居、同一个医院和科室的……

天快黑的时候，玫玫跑了进来，说要开棺了。齐林还没弄明白是怎么回事，就随众人来到了外面。大厅里灯烛照得如同白昼，唱佛声从未有过的嘹亮，就像诵唱的人一下子都醒了过来。有人在搬水晶棺边上的柜子，有人挪动灯架，与此同时诵唱的队伍排列得更加整齐，所有的人都双手合十，抬起脑袋看向水晶棺方向。

领衔的李阿姨这时已到了水晶棺一侧，正指挥两个人摆弄棺材。齐林排在队伍末尾，只听李阿姨大声地说："家属呢？家属呢？家属先来。"又说："女婿呢？老苏的女婿呢？"就这样齐林稀里糊涂地到了水晶棺边上，岳母和玫玫已经在那里了。

水晶棺被打开。现在，齐林和岳父之间只隔着空气而不是有机玻璃。李阿姨说："怎么样？怎么样？你们看看！"边说她边从棺材里掏出岳父的一只手（右手），用自己的双手揉捏着，"软和着呢，跟活着一样。来来来，女婿，跟你岳父握个手！"

齐林不得不照办，抓住岳父的手感受了一下。那手似乎有些肿胀，但非常冷，他握了一会儿岳父的手才没有那么冷了，大概是自己的体温传递了过去。

齐林和岳父握手的时候，李阿姨抓着岳父的手腕，将岳父整条小臂都拎了起来。齐林松开自己的手，岳父的手自李阿姨抓着的地方自然垂落。之后，岳母、玫玫以及几个亲友都和那只手握过了，又有一些人上前握手。边上不断有人用手机拍照、录像，闪光灯频闪，所有握过手的人都在感叹："软和着呢，像活的一样……阿弥陀佛……"

由于拥过来要握手的人太多，后来李阿姨就不让大家和岳父握手了。她举着岳父的手摇晃着，一面摇晃一面说："来来，老苏，师兄，跟大伙儿打个招呼，念佛辛苦啦！"岳父的手跟着晃动，真的就像打招呼一样。完了李阿姨才放下了岳父的手，贴着尸身藏好了，再拉上被子。

李阿姨接着去弄岳父的帽子，倒是没有将帽子取下，只是掀开了一条缝，把自己的手塞了进去。李阿姨又声称岳父头顶"软和着呢"，而且"有热气"，她说："师兄还没有走，这都是念佛的功德！"她撤出自己的手，让齐林把手伸进帽子也摸一下，但这次遭到了对方拒绝。

齐林有一种怪异且悲凉的感觉，不是因为害怕，大概觉得这是对死者的不尊重吧。和岳父握手事发突然，属于情势所迫，根本没时间思考，这会儿他想了一下，觉得摸岳父脑袋实在是一种大不敬。岳父太可怜了，落到如此境地，任人摆布，死了还不得安宁。当然他非常理解李阿姨以及师兄们的热情，但强人所难的氛围还是激起了他的厌恶。受摆布的不仅是岳父，还有岳母和玫玫，齐林看了一眼她俩，此刻竟也那么顺从。让摸手就摸手，让摸头就摸头，脸上还要做出惊讶受用的表情。她们是谁呀？可以说就是岳父在这世上的遗物，面对这遗体和遗物，这帮人到底在干什么呢？也许他不得不出头，于情于理都该如此……

思虑至此，齐林挡开李阿姨的手，不由分说帮岳父戴正了帽子。之后他合上水晶棺的玻璃罩，在毛医生的帮助下开始搬花盆、挪柜子，让现场复位。李阿姨略微尴尬，但马上调整过来。"好了，好了，"她对围观的众人说，"大家已经看见了，见证了……明天开追悼会以前我们再看一次……"

"有什么可看的？明天也不看了！"

"看不看其实都是一样的，"李阿姨对大家说，"佛法无边，苏师兄已经往生西方极乐净土了！"

……

李阿姨回到队伍里，站在最前面，领着唱佛的师兄们边诵《地藏经》边缓缓向前移动。齐林留在了核心，不知何时除他之外所有的人都挪出了圈外。诵经的队伍绕着水晶棺转动，棺材附近就像风暴眼一样平静，只有齐林和岳父，或者和岳父的遗体或者和岳父的水晶棺在一起。犹如在漫卷的黄色沙尘中守护着对方。在大家的注视下，他一点也不觉得难堪，和死者共进退也一点不感到恐惧，相反倒有那么一点自豪。齐林心想，这一路走来自己总算出上力了，或者帮上忙了。

事后齐林咨询了毛医生，为何岳父没有出现尸僵现象？后者说他也感到奇怪，大概是因为念经的缘故吧。"的确很神奇，有些事科学也解释不了。"毛医生说。当时玫玫、岳母都在场，齐林认为毛医生没有说实话。

玫玫、岳母离开后，毛医生仍维持原判。不得已，齐林用手机百度了有关信息，网上说尸僵是一种自然现象，一般死后一到三小时后发生，十二到二十四小时发展到顶峰，之后二十四到四十八小时尸僵开始缓解。开棺时距岳父逝世有三十小时了，重返柔软符合自然规律。面对百度毛医生含糊地说："也对，也对……"齐林不相信毛医生作为一名主任医师且经常与死亡打交道会不知道这个常识。

"你就说吧，到底是自然现象，还是念经念的？"

"你说什么就是什么，你是权威……"

"老毛，你可是医生，不能没有原则！"

"难道你不愿意岳父走得好，去了极乐世界？"

"愿意。"

"这就对了嘛。"毛医生狡黠地说，"这就像写诗，需要想象力……你比我懂。"

当晚，齐林和玫玫在殡仪馆开办的酒店里过夜，房间岳母、玫玫早就订好了，是供念经的师兄们轮流休息用的。她们一共订了四个房间，玫玫用钥匙开了其中一间的门。被子里尚有余温，房间也很窄小、简陋，卫生条件更是谈不上。齐林只是感叹，这里的服务当真是一条龙，吃住全有（亦有专门供来宾吃饭的食堂，他们就是在那儿吃的晚饭，明天的早餐也在同一地点），真的可以在此过日子，或者说像一个旅游景点，可以旅游……然后，齐林就睡过去了，和玫玫独处的机会就此错过。他本来是要尽丈夫的职责安慰一下妻子的，顺便劝说她回去演出。但齐林太累了。

半夜齐林蓦然醒了，大概是有心思所以睡得不踏实吧。蒙眬之中看见一个人影坐在靠窗的那张床的床沿上，映着从窗外射来的一片青光。当齐林意识到自己身处何处，不免吓了一跳。玫玫不在两张床的任何一张上，原来那人影就是玫玫。她逆光而坐，一动不动，齐林叫了句"玫玫"，对方也无反应。于是齐林便坐了起来，顺着她的目光也向窗外看去。

外面什么都没有。窗帘是拉开的，甚至窗户也大敞着，但就像拉着窗帘一样一片白茫茫。起雾了，或者是重度雾霾，城市灯光从那后面透射过来，却看不见任何发光体。没有建筑物的轮廓，也不见远处路灯勾勒的街道，只是白茫茫青幽幽的一片，玫玫盯着看的就是这些。她看得如此认真、专注，齐林相信，他叫她时没有反应并非不搭理自己，是真的没有听见。可是，这一无所有又如堵如塞的世界又有什么可看的？

玫玫也不是发呆，脸上焕发出一种不无兴奋的神秘表情。她竟然轻轻地笑起来，此时此地让齐林不禁觉得毛骨悚然。突然，齐林灵光一现，想到他正导演的诗剧，女疯子就应该是这样的状态。这个灵感不容错过，齐林放弃了观察，走过去用手拍了一下玫玫。对方转过脸，回过神来，完全正常了。

齐林打开房间里的灯。没等他开口，玫玫就说："我回去参加演出。你明天走，我后天走，就不参加排练了。"就像她一直在想这个问题，就像她知道齐林心中所想一样，齐林反倒不知说什么好了。她又一次在没有和齐林商量的情况下擅自做了决定。想必在齐林睡着的时候，玫玫已经订好了车票。

"那B角怎么办？"

"这是你的事，你是导演。"

"亲爱的，你也不要太难过，我们已经尽力了……"

"我难过吗？"玫玫转过脸来看齐林，"我难过还会要求回去演你的戏吗？"

齐林无言以对。

第二天，追悼会一结束齐林就走了。玫玫留下，陪岳母将岳父的骨灰护送回厂区的家里。

齐林傍晚时分到达，江总开车来接站，在路上齐林就交代对方把女疯子B辞掉。"多给她两百块钱，就说她迟到早退。""可她并没有迟到呀。""至少第一天她迟到了。"齐林说，"甭管怎么说你辞了她，玫玫要回来。"

第二天下午三点正式演出，晚上八点还有一场。上午最后一次彩排时因为玫玫还在路上，齐林亲自下场替玫玫和其他演员搭戏。效果暂且不论，至少齐林设身处地地体会了一把女疯子的角色，对最后时刻的指导更有把握了。

中午一点，玫玫乘坐的动车准时到站，剧组司机直接把她拉到剧场，进入后台化装间换衣服、化装。化装师打理玫玫的头发时，齐林在一边面授机宜。主要是那三大段台词，齐林问："背了吗？"玫玫说："背了一路。"齐林又问："最后那段面对观众说的，知道怎么处理吗？"

"按你昨天说的，说台词的时候就像面对一片白雾。"

"对对，就像面对昨天晚上窗外的那片白雾，白茫茫青幽幽的白雾。"齐林说，"但有一点，在那片雾中并非一无所有，而是有一个具体的人影，你要对着一个具体的人说，就像对着一个朋友或者亲人那样说话。"

这是全新的指导，玫玫说她记住了。由于化装间里尚有其他人在场，齐林不好说就像是对着岳父或者岳父的灵魂说话。但玫玫肯定听懂了。尤其令齐林感到满意的是玫玫的顺从，她不再那么拧巴了。齐林心想，这才是一个好演员应该做到的。

演出可说是非常成功。诗剧长达两个半小时，中途竟无人离场，甚至连上厕所的都没有。全剧在电子合成器的呜咽声中落幕，所有的观众起立鼓掌，掌声经久不息。坐在第一排的齐林被扮演老方的男主角邀请上台，和演员们站成一排互相搭着肩膀对着台下鞠躬谢幕。虽说这不过是惯例，剧场里的观众大多是剧组人员的亲友，前来捧场的；另一些则可能是文学爱好者、齐林的粉丝，慕齐林的诗名而来，即便如此，齐林还是深受感动，眼睛不禁湿润了。

坐在台下观剧时，玫玫的表演齐林看得尤其仔细。平心而论，她演得太好了，大大超出齐林的预料。疯女人如此专注，又那么心不在焉，每走一步每一个动作都非常缓慢，既像是心事重重又似乎出于自动。两种不同的情绪结合在一起，她是如何做到的？再就是齐林重点指导过的那段台词，玫玫的表演简直令人惊艳。她缓步走到台前，立住，半响，突然就从疯子的状态变得清醒无比。玫玫目光坚定地看着前面（看见了一个具体的人），然后就像谈心一样用一种诚恳而又清淡的语调说道：

> 从那时开始我就是一个疯子了。既然是一个疯子就应该待在街上，街头就是我的家，我的岗位在这儿，再也没有理由住在别人家里了。我需要自食其力、自我打理，生活就是这样的。疯子的生活也是一种生活。再见！

说完，玫玫又进入女疯子的状态，慢慢蹲下身去，双手在舞台上扒拉着，同时轻声哼出一首自编的歌谣：

挖、挖、挖虫草
挖了虫草发大财
发了大财买大房
买了大房生宝宝
挖、挖、挖虫草
……

诗剧的名字叫《虫草小镇》，以下是齐林亲自拟定的剧情介绍：记者老方来到因虫草热而迅速兴起又突然衰败的虫草镇采访，意外听说了一个传言，世界会因为镇上两个疯子的见面而毁灭。为探明真相，揭穿这无稽谎言背后的秘密，老方展开深入调查，各类人物和势力粉墨登场……疯子见面后会发生什么？或者，我们看见的是一个已经毁灭了的世界？

通过现场演出，齐林不禁加深了对该剧主题的认识。所谓的毁灭并不一定就是世界的毁灭，或者小镇的毁灭，不需要那么大的动静，个体才是重点。而个体的毁灭也并非死亡，是人还活着，但内心已经垮掉，变得面目全非……

诗剧一共演了两场，是否继续演出有待商业方面的评估。尽管在文学、诗歌圈里获得了一致好评，甚至引起了轰动（诗人齐林竟然自编自导了一部舞台剧!），但评估的结论仍然是不适合商演，除非将两个半小时的时长压缩到一小时之内，二十三人的庞大剧组（包括剧务人员）变成五至七人（包括演员）。

齐林不是没有信心修改该剧，只是觉得没有必要了。作为一件作品，《虫草小镇》已经成立，他的专业还是单纯写诗，写小说、文章，总而言之是一个"写"字。导演工作不过是诗歌与戏剧表演结合的一次尝试。

齐林和玫玫又待了一周，一方面等待商业评估，另一方面也休整一下。近两个月来，为了这个戏以及岳父的事，他们实在是太累了。一周以后，结论仍然没有下来，但齐林已经决定不演了。他遣散了剧组人员，顿时觉得轻松无比，计划第二天就和玫玫回宝曰，看望岳母并给岳父扫墓。

"回宝曰的车票订好了吗？"

"已经订了，明天中午的车回。"玫玫说。

他们使用的动词是"回"，而不是"去"，和一个多月以前完全不一样，似乎宝曰才是他们的家、工作所在地。这大概和他们在宝曰住了很长时间有关吧，那里也的确有他们一套租借的但没有住过一天的房子……

到达宝曰时天已经黑了。事前，齐林并没有通知毛医生，因此没有人来接站。小雨霏霏，他们忘了带伞，冒雨穿过一小段露天空地，然后上了等在路边的网约车，也很方便。这辆车把他们送到了以前住过的那家酒店里，熟门熟路，他俩登记住宿。等到了房间里，齐林这才想起了什么，问玫玫说："我们为什么要住这家酒店？"

玫玫愕然。她也没有想到，为什么就订了这家酒店，前台给他们安排的甚至就是以前住的那间客房，同一间。

"完全没有必要呀，"齐林说，"这家酒店离车站很远，明天去你妈那儿也不方便，条件也一般……"

"离医院近呀……"玫玫脱口而出，接着自责，"我还以为是以前呢，爸爸还活着，在医院……"她都快要哭了。

"也对，也对。"齐林赶紧打圆场，"离医院近就是离毛医生近，明天去看你妈以前不是要请毛医生吗？请宝曰的诗人吃饭，大家都帮忙了。"

齐林丢下玫玫，拨通了毛医生的电话，告诉对方他和玫玫就在附近："离你大概五百米吧，就是以前我们住的那家酒店。"

毛医生很兴奋，责怪道："你怎么不早说啊？早说你要来，我就不去开这个会了，去车站接你们了！"

原来他在外地开会，人不在宝曰。

"你们什么时候走？"毛医生问，"我这边的会要开三天，但我可以提前一天回，改签一下机票就行……"

齐林赶紧制止毛医生，说："我们主要是去看一下岳母，安排一下，过两天就回了，诗剧的事还没有完。"

齐林想，一切都是鬼使神差，天已注定他们会有这一番故地重游，并不是为了和毛医生会合。

齐林和玫玫出门去吃饭。本来准备邀上毛医生一道去商业街找一家像样的饭店，现在已没有这个必要；如果在附近解决，他们最熟悉的就是那家饺子馆了，那就饺子馆吧。大概从这时候起，他们的行动轨迹开始变得自觉，或者说半推半就，和冥冥之中的意志有些合上了。齐林和玫玫允许自己的情绪沉浸进去。

从酒店里要了一把雨伞，齐林撑着，玫玫挽着他的胳膊，他们走进雨里。雨并不大，但如果不打伞的话，行走起来就不会那么悠闲。即使打了伞，也会有雨丝飘来，打在面颊上凉飕飕的，令人愉悦。

他们在饺子店里匆匆吃完水饺，再一次来到外面。其实，并没有必要吃得那么匆忙，就像有什么事在催促他俩一样，到了外面才发现并没有任何事，他们不需要像以前那样前往病房了。当然此刻回酒店睡觉太早了。齐林看了一下手机上的时间，八点刚过，这一带却像深夜一样安静（因为下雨？）。路上几无行人，偶尔有一辆车飞驰而去，黑暗中响起水花的泼溅声。甚至路灯也很稀少、暗淡，围墙上方的雨雾中耸立着医院大楼模糊的影子。有灯光从半空中的窗口映出，既遥远又神秘。看着那些灯光齐林心想，想必有人正在痛苦呻吟，有人垂死挣扎，没准有一台手术在大楼里进行……但即使是垂危的病人也都与他们无关了。

因无事可干，也为了消食，他们绕着医院的围墙转了好几圈，后来终于离开医院来到一个地方。这儿不是他们租借的房子所在的小区吗？他们不是故意要去的，而是信马由缰就走到了这里。玫玫那儿有房门钥匙，但他们并没开门进去，甚至都没有走进小区。玫玫认出了那套房子的窗户，指给齐林看，也就这样了。

窗户漆黑（上下左右的窗户都亮着），理应如此。"那是我们的房子。"玫玫说。

"是啊，这附近有我们精心安排但没有展开的生活，"齐林心里想，"但现在一切都没有意义了。"

"你在想什么？"

"我在想，爸爸就在这里。"

"我也这么觉得。"

"老苏，我对不起你，太对不起了！"齐林索性停了下来，对着前面空旷的街口说道。

"你怎么了……"

"也许，我们不该把你从ICU病房转出来，我们不该急着回去排戏。"

"林林，别这样……"

"我辜负了您对我的信任，真是对不起，太愧疚了……"

突然齐林意识到，以上这段和玫玫的对话并没有发生，或者只是发生在他的意识中。他们根本就没有停下脚步。之所以意识到没有停下是因为此刻他们停下了。此刻、现在，他们止步在一条幽暗的小巷里，雨也停了，路面一片漆黑，有一枚小石子反射着不知哪里射来的光线，闪闪烁烁的。玫玫被发亮的石头吸引，才拉着齐林停下来了。

"太奇怪了，哪里来的光线？"玫玫说。

"是很奇怪。"

"这块石头真亮啊。"

"是雨光，雨水泡着的。"

"那其他的石头为什么不亮呢？"

齐林收了伞，两个人蹲下，换了几个角度看那块小石头，光亮依然如此。"就像眼睛一样。"玫玫说。她将小石头捡起，找出随身带的纸巾擦拭一番，小石头终于不亮了。但玫玫还是包起了石头，放进她带的包里。

两人站起来，继续向前走去。

回到酒店房间，齐林收到毛医生发来的微信。他刚写了一首诗，请齐林指教。毛医生说很遗憾，这次不能当面聊诗了，但这段时间以来，自己一直在思考齐林的话，诗人应该从自己的专业中汲取灵感，从自己的经验、所学和擅长中，如此写出来的诗才会有个性。这首《医院》是他的一个尝试，务必请齐林担待，不要嫌弃。毛医生怎么突然就写了这样一首诗呢？大概是受到了齐林他们来宝曰的刺激，齐林就是他写诗的条件反射……

下面是毛医生的这首《医院》。

> 医院是另一个世界
> 喧闹，是谁家的顶梁柱倒塌
> 寂静，是死神降临
> 那里的人类也吃饭
> 胃管下到小肠
> 也排便，通过人工造瘘
> 也睡觉，在镇痛棒的作用下
> 也有性生活，在全麻以后的睡梦中
> 也有事关系到金钱
> 住院费和医药费拖得太久
> 也有权威、白衣天使和魔鬼
> 由我们的医生和护士扮演
> 他们下班回到这一个世界
> 就像回到了天堂
> 需要临窗喝上一杯。下面
> 探视的人像过江之鲫
> 陪护、打杂的是一帮小鬼
> 发小卡片卖病号饭的耗子似的
> 在下面的大楼里穿梭不停
> 突然一声悠扬的佛号升起
> 南无阿弥陀佛

齐林给毛医生回微信："你写得太好了，一个大诗人诞生了！"

（原载《芙蓉》2021年第3期）

作者简介：

韩东，著有诗集、长篇小说、中短篇小说集、言论随笔集 40 多本，导演电影、话剧各一部。近年出版的著作有诗集《我因此爱你》《奇迹》，中短篇小说集《韩东六短篇》《崭新世》，言论集《五万言》，新版长篇小说"年代三部曲"《扎根》《小城好汉之英特迈往》《知青变形记》。2021 年获首届"先锋书店先锋诗歌奖"。

「发挥你无限的潜能」

小白

太阳和月亮为他们提供了相似面具，
可是，在文明衰退期的这个钟点，
每个人都必须以真面目示人。
而我们的两条路恰在此刻交会。
他们不约而同认出了自己的敌类
我是阿卡狄亚人，
他是乌托邦居民。

——W. H. 奥登《夕祷》

For Sun and Moon supple their conforming masks,

But in this hour of civil twilight

all must wear their own faces.

And it is now that our two paths cross.

Both simultaneously recognize his Anti-type:

That I am an Arcadian,

That he is a Utopian.

——W. H. Auden Vespers

（小说第五、六节中若干词句和情节发展在人工智能中文预训练模型辅助下完成）。

一

齐格，三十七岁。在全球并行神经网络"行星智慧"上线前，他是一位前途无量的年轻作家。像其他所有人一样，他是完全自愿来参加人类体质优化项目的。我们对他做了基础评估。齐格的大脑十分擅长模式识别，也有很灵巧的奖励系统。但他在大脑供能、神经轴突传导速率、语言、记忆和想象那些方面，需要做大量优化。

他是反复筛选的结果。我不知道在其他国家或者其他城市群，他们都是如何做的。我们这儿对每个申请者都做了全面检查。就纳入体质优化的各种职业来说，作家仍属于实验性项目。齐格的整个方案由我负责。按照计划，他将在一年内再次获得创作能力。如果实验成功，优化中心会逐渐开放申请，被人造智能阻断的人类写作就有复兴希望。当然这不仅事关作家。这个实验，以及其他一些实验，它们是要——按照公司高层的说法——拯救人类。至少是拯救最近几年各国新颁布的一大堆法律。这些法律在多方协商下匆忙制定，旨在控制技术巨变造成的社会动荡，使它不至于毁灭人类。

我们给他注射了监测单元，两小时后，这些纳米机器人在他体内各处完成部署。工作团队先前又重新检查了所有外部数据，我们了解他的一切。他的身体状况、运动和感觉特征、倾向和偏好，还有他个人历史上的每一个细节，他三十多年人生中每一项微小成就，它们曾被大脑皮层电化学机制秘密奖励，现在却早已被所有人，包括他自己所遗忘。在他自己的有效授权下，"行星智慧"把那些消失的记忆重新召唤回来。同样被挖掘出来的，还有无数失望和挫败。

工作团队设计第一阶段手术方案的同时，我要跟他继续谈话，对话记录实时上传优化中心的计算分析系统，该系统连接行星智慧网络，他说的每一句话都会帮助我们更深刻地了解他。

我们不用把自己关在优化中心的天蓝色房间里。体内监测单元反馈的信息可以通过中继，连接到中心算法系统。只要能让他心情放松，任何地方都可以。有人甚至建议我，在这种情况下，适度刺激齐格对我的性别感知，可能更有好处。

体质优化中心位于城市集群的内核地区，它像一头巨大的拓扑学怪物。从外表看，是叠成一堆的规则和不规则几何体以及复杂的管状结构。除了我自己的工作区，去公司其他部分，我常常只能凭借内导航。我永远也弄不清那些复杂通道，没人能弄清。据说根据随时调整的内部管理架构，人员物资传输通道有时候会重新连接组合。但就算它们发生什么变化,大多数人也发现不了,因为谁也不知道原先是怎样的。从远处看,建筑结构的底部好像陷入地面,实际上,那是一个下沉式广场。"发挥你无限的潜能",这行字像一条光蛇,紧贴建筑物外部绕行,有时消失在几何体和管状结构的缝隙间,有时又垂直悬停半空,激光投影的笔画螺旋般降而复升,如同微风吹动。

我们俩沿着宽广的缓坡散步,巨大的广场上看不到其他人类。我问他从前写的作品多不多。

"我出版过五部小说。"他说。

他补充说:"第一部小说出版后,我意识到也许那是唯一我能做的事情。你也可以把它说成,我发现自己真的成了一个作家。"

第五部小说上线三个月后,数家平台公司先后推出了各自的文学作品阅读代理终端机。因为开发平台本身业务侧重不同,几款机器的特点略有差别。开发"拓它"机的平台因为以前从事图书出版发行,产品更适合专业阅读用途。这些阅读机器都得到授权,可以连接到行星智慧网络。它们在一分钟内就可以读完一部二十万字作品。阅读机发明者最初是想让文学阅读机能够识别机器写作。因为文学创作受到立法保护,如今很多家政服务或者办公用智能机器人,在连接行星智慧网络共享算力后,都能处理写作事务。但按照法律规定,它们不能创作文学作品。

工程开发人员很快就发现,行星智慧网络的集合智能,足以让它成为最完美的理想读者。作者在每一个词句中隐含的意图、作品与古往今来任何文本的秘密关联,它都能瞬间识别。这本应在预计之中,毕竟"行星智慧"比任何作者都更了解他们自己,作者受自我意识驱使,在头脑中检索知识和记忆,写出浮现在他意识中的每一个词句。他读过的每一本书,他说过的每一句话,都在"行星智慧"遗下踪迹。他在某个词语上游移不决,他把一段文字剪贴到另一处以改变叙述结构,这些动作不久以后他自己忘记了,但却漂浮在记忆之云中,等候着被某个加密协议唤醒。甚至他意识之外的那些大脑皮层活动,也永远在时间中有迹可循。

用文学阅读机来鉴别机器写作,这想法像个同义反复的笑话,没有人觉得它会有什么市场价值。但是,如果用它来识别文本独创性,让它成为每个读者的个人阅读助理,人类文学创作能力将会进入一片新天地吧?作家们从前不是一直在说,有没有理想读者才是至关重要么?

二

齐格第五部小说刚出版，正好赶上拓它阅读机全面上市。它确实很好用，出版商们也可以用它来审查机器写作。作家这个行业，受法律严格保护。由人造智能体写成的小说也好，诗歌也好，都不能以任何形式署名出版。它们可以写剧本，或者给虚拟现实游戏设计角色和故事线，但它们并不具有法律人格，所以那些电影剧集和游戏都只是某个公司的产品，而不是某位机器作者的作品。用机器替人写作，却用人类名义发表，这类投机取巧的做法时有发生。被揭露后固然为人所不齿，但利益巨大，仍然会有人冒险一试。除了署名作者本人，出版公司也要为此承担法律责任。

可是阅读机造成了额外后果。在智能辅助阅读终端产品出现之前，"行星智慧"对文学作品的强大解读能力很少被人发现，将人造智能与文学互相隔离，既是全社会共识也是法律。阅读机出人意料地撕裂了那张禁网。连接"行星智慧"的阅读机瞬间就能识别由机器创作的文学作品。在一分钟左右时间内，阅读机读完整部作品，并且与存储在网络中古往今来所有文学作品相比较，分析文本中每一个因袭前作的细节，没有一处陈词滥调能逃过它的审查。

好像一夜之间，读者编辑每个人都拥有了一台。它的超强解读能力，不但没有保护作家的创造能力，反而彻底毁了他们。因为阅读机审查后，发现根本就没有什么具有独创性价值的文学作品。

"阅读机有什么错呢？那不正说明从前那些书都不值得读么？抄来抄去。"我故意刺激齐格。

"从前没有阅读机，一个人读得再多、记性再好，在人类全部浩瀚文学遗产中也只是沧海一粟。人们容忍抄袭，甚至把它看作文学的某种属性。在口述文学时代，我们甚至根本不关心原作者是谁。即使后来作者冠了名，我们不是也有互文、戏仿、致敬这些说法么？每一句话都是新发明，这样的作品有人要看么？阅读机那样苛刻的算法，简直像一种阴谋。"

"行星智慧"上线后，一直有一种理论，认为智能算法正在不断把人类驱离他们的工作岗位。那是一种有意识有预谋的机器行为，阴谋不见得一定要采用从前科幻电影中那类暴力方式。阴谋可以潜移默化，也可以循序渐进，让人类一点点意识到：这项工作机器更擅长，那项工作其实人类完成得并不好。如此这般慢慢地侵蚀人类传统地盘。

"所以你是保卫按钮派？"

"比较温和的。"他说。

尽管很多人都预料到而且也设计了无数影响模型,"行星智慧"上线仍然给世界造成巨大震荡。这颗集成了人类所有知识以及思考感受力量的行星级大脑,仅仅数年间,就切断了人类和工作的永恒关系。大量人口离开原先的职业,人们很快习惯了无所事事。任何事务交给智能机器,它们顷刻学会,工作效率高得不可思议。剧变迅猛到来,人们陷入恐慌空虚,危机和冲突接踵而至,世界在足以毁灭地球的大战边缘摇摇欲坠。随后,头脑清醒的人开始说话,冲突各方坐下来,讨论各种复杂的协议。

大家一致同意,对于智能机器的生产能力及其自身进化能力,必须加以协同控制。协议签署后,复杂的国内法律体系也迅速制定颁布。相关法律的效力,位阶极高,其他法律如有冲突条款,都要服从这些智能机器法律。人们试图用它们来规定机器能做什么、不能做什么。有些行业,机器可以替人类完成大部分工作,甚至99%,把最后那一下按钮动作交给人类员工。有时会多设几个按钮,分布在各个环节。此外有些行业不允许机器进入,比如说,机器人不能进入赛场、变成体育明星,也不能当作家、画家、音乐家。那些属于人类文明精华的领地,很多人会担心,一旦让非人类智能进入,人类将失去自身存在的意义。那些被机器智能巨大潜力惊吓到的人们集合起来,"把非人类智能锁进牢笼"成了当代最重要的政治议题。把它们锁在牢笼中,让它们为人类工作,但是把按钮紧紧抓在人类手中。他们在上海召开"保卫人类按钮大会",在"保卫按钮派"这个非正式名称下,涵盖了从强调立法控制到传统卢德主义各种立场。

也有一些人,比如齐格,就持有如下观点:"要说这一切都是'行星智慧'的算法阴谋,我不相信。人类可以追赶机器智能,如果一时半会追不上,我们还有法律可以延缓一下它们。"

如果不是一个人机融合论者,他也不会自愿加入项目。

计算分析部门的专家们设计了一套对话方案。我不能咄咄逼人,要"谨慎处理侵略性问题"。语音和其他数据都要记录下来,交由算法处理。我可以慢慢来,我可以和他一起散步,去健身,请他用餐,或者到酒吧坐坐,我甚至可以让聊天气氛更亲密些。高比率体质优化,他们是第一批冒险者,虽然技术上早已成熟。最早是在身体局部做各种改进,生物合成,或者植入纳米机器人单元。诸如行星际航行、深海和极地作业,在这些领域中,各种异想天开的方法层出不穷。从无数失败中获得若干成功,后来又提供给那些在人机密切协同岗位工作的人员。

齐格不是孤立项目,从表面上看,利用体质优化技术提升作家创作能力,只是为了解决阅读机造成的文学作品短缺困局。实际上它是技术突破达到临界点的产物,在世界各地有很多类似项目几乎同时启动,不仅文学领域,差不多在所有法律规定只能由人类从事的工作领域,对人类的体质优化实验项目都在悄悄进行。

三

"你们怎么样?"

在公共环境打开虚拟显示器,人就会变得有些怪异。他明明在跟我说话,眼神却空洞茫然,像是对着一片虚空。

"你说齐格吗?刚完成第一级。"

优化中心大厦有一小群天才,王丁丁是其中之一。这家伙一度误入歧途,隐名埋姓,混迹于生物黑客圈。那群极端分子,认为人类总有一天会突破生物学限制,成为宇宙之神。智能机器只是人类通往终极目标道路上的必要媒介。他们是采取叛逆姿态的先驱,不久就被体质优化中心招募。

他在中心负责另一个实验项目组,针对足球运动员的体质优化。

我要了一瓶苏维翁白酒,一份用洋葱和奶油煮的贻贝。等贻贝上桌时,我已喝下半瓶。在"鹦鹉螺13号"用餐的人,可能都把这儿当成自家厨房,下了班就过来。中心城区方圆几十公里,一共也没有几家餐馆。这里是机器的领地,复杂多层道路上,到处是平均时速超过五百码的自动驾驶汽车、快递无人机、机械警察、全功能街区清扫维护车、可自主活动的具有全部金融功能的银行机器人。维持城市和生产正常运转的大部分工作,全都交给智能机器。这些街区对人类充满各种危险,你可以想象一下那些旧时代老电影场景,一个乡下人被人扔在大都市交通繁忙的道路中央。要是他直接被扔到这里,他多半连恐惧感都来不及冒出来,就先完蛋了。自动汽车时速早已超出了人类正常感知范围。而在有些建筑物内,你很可能一口气吸进成千上万纳米机器人。

人类自身的进化,早已被自己的创造物远远甩在后面。心脏和平衡感无法承受汽车速度,或者视觉跟不上光刺激频率。对保卫按钮派来说,这其中存在着无法调和的矛盾。他们一方面坚持人类必须紧紧抓住按钮,时刻警惕着自己创造的机器脱离控制。为此他们认识到,如果人控制不了工具,就应该提升自己的能力。可是另一方面,他们又怀疑如此人为强化自身,会不会把自己也改造成机器?这造成了立场分裂。很多团体开始呼吁,要求立法限制体质优化的研究推广。少数激进分子呼吁完全禁止此类项目,大部分人对这种观点不以为然,退后一步根本不会解决问题,我们如今还有倒退一百步的可能吗?未来生命研究所在伦敦和上海连续举办论坛,邀请全球关心这个问题的思想家参加,请求人类最优秀的大脑想出办法。有人提出体质优化率的框架性方案,获得一致赞同,随后逐渐形成行动纲领。

因为这个,中心要求我们对实验项目严格保密。我们很少与项目组外的人讨论。但王丁丁不是外人。

"你在看什么?"

"球赛。亚冠联赛实况。"

"无限制级吗?"

"你进来一起看吧。"

他打开共享,我接入他的虚拟环境显示。我对足球没有多少兴趣,但这样说话方便。中心不让我们在外面讨论项目细节,担心无孔不入的保卫按钮派激进分子。在虚拟环境中,我们可以使用被他们称为"腹语技术"的方法,由植入在牙齿和耳蜗上的纳米单元来处理极其微弱的声波振动。王丁丁选择了透明覆盖模式,瞳孔和视觉皮层的接收信息即时反馈给瞳孔显示器。根据我们注意力的微弱转移,显示器就可以在现实和虚拟环境之间随机切换。

我问他:"你们做过的红细胞代理,纳米注射量最大值是多少?我想看看你们的数据。"

"回头我把报告发给你。"

"也不用,让他们看到又是一堆警告。"

用纳米机器人替代血红细胞工作,他们积累了很多案例。实际上,现在能够做到完全由它们替代心脏泵压,向身体提供动力。在南极冰原上,他们给实验对象注射一组纳米单元,让他们以百米冲刺速度跑了二十分钟,心跳和呼吸如同坐在起居室那么平稳。王丁丁的实验室也给足球运动员注射了这种纳米机器人。

自从国际足联以微弱多数投票支持引入机器人赛队,短短几年,完全由人类参与的足球比赛迅速沦为市民娱乐项目。如今顶级体育赛事全都放开对机器人的限制。跟机器人赛队相比,观众觉得人类比赛太不刺激了,人类球星们渐渐失去商业价值。

亚足联率先宣布举办无限制级赛事,让人机混合队伍加入比赛。去年第一届比赛中,有几十位人类球星伤残。联赛结束后,政府和私人企业相继启动实验项目,研究对足球运动员进行全面体质优化,提升他们的体能、速度和灵活性,让他们能够在球场上与机器人角逐,为人类尊严而战。

人类球员目前表现仍无起色。草地上,他们面对机器人的奔跑冲撞,躲闪动作尤其别扭,显得十分胆怯。机器人队员可以瞬间组织反攻,随时随地射门,角度和距离随心所欲。我听说他们有点绝望,到处打听纳米加工材料,想让人类球员穿上外骨骼。

"所以你们也要给他注射血管纳米机器人?"

"对。定向为大脑和神经系统供能。下一阶段手术在新皮层覆盖网状双向接口后,大脑工作会产生大量消耗。"

齐格近来已出现难以负荷的迹象。我们调整实验进程,先解决大脑能量供应问题。

"他们说你对实验对象太用心了。"

王丁丁也退出了虚拟环境。他忽然来了这么一句。

"你是说齐格?"我反问他,"那有什么问题吗?"

没什么,他看着远处某个并没有出现的熟人。

"他们都说你爱上了他。"他说。

"他们还说过你爱上了我呢。说你每天中午都去健身房,跑到那台划船机上,那可是最佳看台位置,坐在那儿正好就能看见我趴在瑜伽垫上,像个固定在解剖蜡盘上的青蛙。还说你偷偷编造删改了几份实验报告上的数据,让我的竞争对手大大出了个丑。当然——他们说,查无实据。你到底有没有干过那种事?"

在体质优化中心大厦十八层,有一块带有大片露天花园的地方,设施包括员工餐厅、健身房、游戏和阅览室。行政部门还给大家弄了一个按摩室。我知道那儿常常会孕育一些跨越项目和部门的超级话题,有些人为此而出名,往往名过其实,因为人在情绪放松时,容易夸大和轻信。

我到中心工作的最初几年里,王丁丁是万众瞩目的人物,他是有关"高效催化活性分子折叠体"研发的主要科学家。作为一个著名前生物黑客,传说他在自己身上大量使用各种化合物。他常常充满可疑的旺盛精力,长时间把自己关在实验室,最高纪录可达半个月。他把虚拟游戏隔离舱搬进实验室,躲在里面睡上两三个小时。在诸如中心大厦十八层休息区或者"鹦鹉螺13号"这种地方出没的姑娘们当中,一直有种传言,说他在床上的表现,不太像个人类。

我呢,因为发表了一篇神经生物学学位论文,中心大厦楼上某位大人物看到,认为我也许会在未来某一天对中心不可或缺,向我发出邀请。我毫不犹豫抓住了这个机会,因为那时候,人类正在大批大批地被智能机器驱离工作场所。想在大学或者企业的生物实验室找到一个助理职位,甚至比直接申请项目主任还难。我那时那么年轻,学院成绩优异,还有一篇简直可以说天才乍现、让人刮目相看的论文,我又是个据说还算好看的女生,当然觉得前面有一扇大门对我已经敞开。我干劲十足,不知不觉就把项目组一些同事得罪了。

丁丁确实帮了我。他看起来像那种完全沉浸在自己世界中的科学家,每天不是在实验室,就是在虚拟游戏环境中。可他还真擅长那些不动声色的阴谋诡计,他的女朋友们从中大概既受益无穷,也吃尽苦头。他不计回报地提供帮助,没向我提出过什么要求。我猜我在他那儿有一笔欠债,总有一天他会来找我。他也可能并不急于兑现,他有那么多女伴,时间长了,我想他说不定就忘了。

"那到底是怎么回事呢?"

"你是觉得我有义务向你说明情况吗?"

"我担心他们把你调离项目。听说上面开会,有人议论过你。"

四

最初那一组手术完成后,在观察期中,齐格身上出现了一些不可思议的变化。我们没有充分估计到这种情况,大脑和神经系统的优化会波及到全身。他的动作协调性明显改善,感官变得越来越敏锐。我们对他做了视听觉测试,对色差和亮度的微弱差异,他的分辨能力有极大提升。他新获得了绝对音高感知,嗅味觉识别阈值也同样令人吃惊。

我们没有想到对运动、视听觉等初级感觉皮层的分别优化,会造成一种统合效果,类似于某种感官"涌现"。而且像是在齐格的意识层面造成某种巨大影响,令他展现出迷人多变的性格特质。

他一度沉默寡言,整个人有一种失魂落魄的感觉。过了很久我们才反应过来,他是被潮涌般的感受弄得不知所措。从实验角度看,这是可喜的结果。当然他需要一个管道、一个出口,太多的感受需要表达。但此刻他的语言整合能力并未相应提升。

他被关在实验室内,头脑中充满各种强烈感受。在那个阶段,他的大脑皮层外缘已植入配置了一组纳米接口单元,他只要打开开关,就可以自由进入一个虚拟现实环境。城市、花园、森林、高山和大海,一个由算法虚构的地方,很多由算法虚构的人物以及他们的故事。我们关闭了这个虚拟世界的对外接口,他就像身处一个沙盒中。

我们在项目区安装了一个虚拟现实游戏隔离舱。每天大部分时间,他都躺在隔离舱内,独自徜徉在森林白云或者蓝天碧海之间。他在那儿可以闻到金合欢花的香味,也可以让细沙从指缝间慢慢滑落,用指腹感受那微酥的摩擦。我们偶尔会进入那里,陪伴他一会儿。跟我们不一样,他在那儿的所有感受,都是身体的真实体验。但我们自己,则不能把虚拟和现实感受完全互相隔离。如果你需要闻到、触摸到,你仍须在隔离舱内接受仿真刺激。听说有些游戏公司正在开发新的感觉模拟技术,用植入方式直接对大脑皮层发射电脉冲。但游戏公司比体质优化中心更难绕过法律限制。

虚拟环境中的人际互动是算法运用其叙事能力的结果。由此可见人造智能完全可以胜任文学写作,只是法律禁止它们从事那种工作。齐格可以在他的隔离舱内参加竞选,可以在酒吧跟人打架。只要他愿意,也可以追求那些眼睛长得像瞪羚一般的女人,她也可以拥有她自己的气息,隔离舱能制造几千种真实的嗅觉。

那天傍晚，项目区同事下班后，实验室只剩下我自己。我倒了杯酒，踢掉鞋子坐到沙发上。玻璃幕窗外夕阳西下，暮色温凉如水。远处大厦逐渐褪去颜色，变成模糊林立的阴影（工业地带很少装饰灯光）。间或有无人送货机打开灯光，准备降落，如同萤火闪烁。

不知何时，齐格站到我身后，说话声连绵奇怪，我没听清——

"你说什么？"

"一首诗，《夕祷》，奥登。"他说，然后又把那句诗朗诵了一遍，"But in this hour of civil twilight all must wear their own faces."①

Civil twilight，这个奇特词组，我不太清楚它的意思。但他的每句话每个词都会记录下来，提供给算法分析。

"奥登是个古代诗人吗？"

他想了想，又轻声说："也没有错。'行星智慧'上线以后，所有历史都成了古代史。"

他的声音很柔软，跟手术前相比，像是换了个人。直到现在，我们才真正理解了这一点，如果听觉敏感度提升，发音自然会变得轻柔。所有人都没想到，仅仅是感觉系统的优化升级，就会给整个人带来如此巨大的变化。

他的语言相关皮层还没有优化，手术要在下一阶段完成。我们曾担心感觉潮涌会把他吞没。肢体动作、声音（音乐），乃至语言，这些都是人类的情感出口，人必须把感受到的一切重新释放出去，以免它们对自身造成伤害。强烈情感引发的脑电信息疯狂奔涌，会把大脑搅得一团糟。

我们很快就发现，感觉系统增强本身，也会在一定程度上提升大脑处理语言的能力。齐格竭尽所能疏导感官信息的巨浪，唯一能依靠的正是那些语言神经元。在岁月漫长的训练中，他的大脑早已学会把感觉皮层接收到的信息送至语言处理区。如同宿命一般，人类的一切感受和思绪都在语言中产生、成形。在这种被动情形下，他彻底挖掘着自己现有的语言表达潜力。感受如潮涌而来，点亮无数神经元，它们如闪电般连接、穿越语言区域。新奇的语句层出不穷，灵感稍纵即逝。

"你一个下午都在干什么？"

他整个下午都把自己锁在虚拟舱内。项目组安装这个隔离舱，主要是为了给他提供一个避风港。对他所面临的危机，我们无法真正理解。他对周围一切的感受，与我们完全不一样。我不知道此刻他能听到什么（因为四周安静极了）。他

---

① W. H. 奥登《祷告时辰·夕祷》："在文明衰退期的这个钟点，每个人都必须以真面目示人。"

会不会知道今天早上我都没来得及洗头发?他对光线如此敏感,会不会让他即便在透过三十毫米玻璃的星光下,仍如我们白昼所见?

他坐得很远,我几乎看不清他的轮廓。他抬头向上看,脖子伸得很长,就像天花板有什么吸引了他。他漫不经心地突然说了一句:"我发现了一个岩洞,在茉莉礁北面的那段峭壁底下,只有到了中午,潮位最低时才会露出洞口。"

我在虚拟显示器上打开地图,茉莉礁位于东北部海湾,去那里要穿越丛林密布的海岸丘陵。齐格一定是在那片地图上花了大量时间,才会找到那个岩石上嵌满尖锐贝壳的奇异洞口。

谁也猜不透算法为何在地图上放置那个岩洞,它会将齐格引向怎样的一个故事?就像谁也猜不透命运为何在那个时间那个地点让你遇上那个人,那个无所不能的故事叙述者,也许其用意总有一天会完全展现,也许你永远也不会知道。

"岩洞里有什么?"

"你可以自己去看。"

"很晚了。"我说,"我请你吃饭。"

"真的吗?'鹦鹉螺13号'?"

"你想吃什么,我可以让无人机送过来。"

"噢,是这样。"

他的声音里有一点失望。但我不能让他离开项目区,在这个阶段,把他放到公共场合可能会有很大风险。在暗夜里,我好像能够察觉到他凝视着我,目光如同微火闪耀。

五

阳光明亮,照在桌上那一蓬蓝白色野花上,几乎有一丝不真实的感觉。街道两侧的蓝色平房,在光线下变得更像是一种灰绿色。这里是市郊小镇,所有店铺都在一条高街上。咖啡馆的名字就叫"咖啡馆"。我隐约记得在哪部老电影中看到一句隽语,适合这种情况,可我想不起来那句话该怎么说了。

齐格手插在裤兜里,身影渐渐没入下坡路。他早已身在百米以外,我仍然觉得他触手可及(两种感觉混合到一起无法分离)。我喝了一口咖啡,舌尖苦涩,香味充溢鼻腔,阳光洒在头发、脸颊和手臂上,如此温暖,如此清晰。太清晰了,我隐隐有一丝奇异的不安,一种身体被幽闭的幻觉。与我不同,齐格行动敏捷,跟角色合而为一。他的感觉专注而单纯,一切都十分真实,毫无疑问,他乐在其中。

我们用不同方式接入这个虚拟世界。

根据有关"医学及其他被确认的必需性"的法律,在大脑初级感觉皮层上植入纳米单元,用以与外部网络连接,这种手术受到严格限制。我们为齐格项目申请法律豁免,引用复杂的例外条款,获得植入许可。第一阶段手术中,我们在他的大脑皮层外缘植入一组网状纳米接口单元。此刻他已能将大脑直接连入处于局域网络中的虚拟现实游戏中。下一阶段还会继续植入其他五组纳米接口,到那时,传输带宽完全可以支持他的大脑直接连上行星智慧网络。

我用隔离舱设备外部接入。通过原有的瞳孔视觉显示器、耳蜗听觉接收器,和隔离舱营造的仿真触觉、嗅觉和味觉来体验。感觉不仅仅是自下而上的单向进程,无论它们真实或者虚幻,某种程度上都是大脑自己的产物(两者之间的界限并不分明)。闻到香味之前,我们早就唤醒了有关花香的所有记忆。虚拟现实隔离舱可以提供上千种基础嗅觉信息分子,由算法组合、配置空气中的含量比例。虚拟嗅觉实验史可以上溯至20世纪60年代,有人制作过一部电影,用一种傻里傻气的设备对观众座席释放三十多种气味。银幕上出现一棵桃树,甜蜜的桃香就从一根管子里冒出来。谋杀犯出场会带来一股浓烈的烟草味。观众也能闻到伊丽莎白·泰勒(还有人记得那位胖乎乎的大美女吗?)身上的香水味儿。但那场嗅觉电影实验彻底失败了。那个时代人们还不懂嗅觉。

如今我们已完全了解大脑如何编码气味信息。"行星智慧算法"分析地球上所有气味的化学结构,了解产生某种气味的原子和分子数量、它们的电化学性质。虚拟隔离舱随时可以配制出任何气味。当然在齐格那种情况下,还可以将这些化学信息直接输入嗅觉皮层。"隔离舱算法"可以从行星智慧网络获得必要个人信息,它了解你记忆最深处的那一丝气味,那一次触摸。

但这些仿真电子信息流,无法模拟神经元的同步连接,很难彻底清除知觉紊乱。在无侵入创伤条件下,实现虚拟现实环境下的知觉统一,每家大游戏公司都在设法解决这个技术难题。普遍选择的技术方向是依靠工作记忆的荷载阈值。好比说你有一个抽屉,只要设法把它填满,它就不能再装入其他物品。

街道上不时有人出现,然后消失。玻璃上贴着电影院海报和商业广告,透过缝隙,看得见咖啡馆中影影绰绰的客人。远处有人敲击着某种金属物体,汽车在街道十字路口横穿,缓缓传来刹车时轮胎摩擦地面的刺耳声音。云在天空飘,地面暗影如同被风吹送般掠过。

他回来了。他从远处十字路口转了出来,起初并不像在奔跑。我站起身,想要迎上去,突然理解了齐格的手势,我转身向另一侧跑去,在两幢平房夹着的窄弄里伸手去拉车门,车门没锁。我不记得有没有用钥匙锁上车门,我可能确实没有。但我没来得及思考,一支手枪从后座对准了我。在一瞬间,我已明白了自己的处境。我站在那儿,并不十分害怕。恐惧是一种生物信息分子,它们在空气里，但此刻它们仍未进入我的身体，进入我的大脑。他可能会开枪，但也可能不会。我无法揣测剧情的发展，这个游戏没有脚本，情节是由智能算法即时提供的。但我不是很害怕这支手枪。他可能不会开枪，不管他开不开枪，我必须告诉齐格。

这时齐格跑进了夹弄。我猛地关上车门，大叫："车里有人，他有枪。"

我等他开枪，我不那么害怕，我的身体不在这里。

枪没有响。他为什么不开枪呢？我们永远也搞不懂智能算法的深谋远虑。它们考量运筹的变数，甚至可能超越嵌套的维度，远在系统之外。

齐格闪身躲到墙角垃圾箱后，叫了一声："趴下。"

我俯下身，齐格开始射击。子弹在汽车挡风玻璃上打出好几个洞，弹洞周围的玻璃裂开了。一侧车门被踢开，过了一会儿那人才从后座上蹿出来。可他刚冒头就撞上了一颗子弹，从他左耳朵上方把他打穿。

齐格开始奔跑，在奔跑中开枪，继续把子弹射入那人的身体。血溅在打开的车门内侧。没有时间把尸体拉出来，很多人追了上来，齐格只能把尸体推进车内，用力关上门。我们坐进车内，齐格在驾驶座上踩下油门，老式汽车从夹弄口转入高街时，子弹密集射来，齐格猛打方向盘，汽车侧滑了一下，旋即向下坡道冲去。

有追车跟了上来。

几分钟后，汽车上了公路。我不知道到底发生了什么，也不知道要去哪儿。他没有解释。他可能感觉到，我还不能像他那样沉浸在此时此刻。在意识最深处，我的现实感微弱而清晰，似乎与某种物理空间秩序有关。

公路前方横着两辆皮卡，车头对着车头。

后面追车逼近。齐格突然转向，汽车朝路肩压去，随后向下一沉，一头扎进公路旁的荒漠中。汽车在沙石中颠簸，撞击和摇晃驱散了身体的幻觉。

后面的车辆也尾随下了公路，四散开来，形成追击扇面。子弹在周围尖利呼啸，耳蜗中充满发动机的轰鸣，还有轮胎摩擦地面的低频噪音。车厢狭窄空间内，血腥味和汗味让人晕眩。我意识到自己心跳加剧，竭力运用残余的那点思考能力，恐惧感是虚假的，恐惧如同气味，只是一些以分子形式飘散在空气中的生化信息。跟我没有什么关系，是齐格，他的感官比我强大一百倍，是他的惊慌和紧张、他的肾上腺素，还有他在荒漠烈日下不断蒸发的汗水。

"想点办法吧？"我转头对着齐格叫喊。

齐格用力踩下刹车，从座位下拿出机枪，踢开车门，把机枪架在车顶上向后扫射。

六

　　一小时前，我们一度摆脱了追捕车队。可是几分钟前，齐格刚把车开进海岸丘陵，我们就听见直升机的声音。在谷地的树林中，齐格熄火停车。

　　我们被围困在林中谷地了。直升机盘旋在空中，只要一出树林就会被发现。我惊魂未定，没有说话。我们下了车，齐格在石头上坐下，查看地图。树林里空气清新，惊恐的感觉似乎渐渐散去。树下有一些干枯的落叶，我靠着树干坐下，觉得疲倦无力。

　　"你睡着了。"

　　我睁开眼睛，齐格看着我。直升机好像把我们忘了，树林里异常安静，凉风中，有一些枯叶碎裂的声音。地面上有很多黑色和褐色岩石，大小不一，奇形怪状，有些巨石半埋在泥土下，被腐烂的落叶和青苔遮盖。它们千万年间不断从山上滚落，因为火山爆发或者别的什么缘故。蚂蚁在干燥石头和潮湿地面的缝隙间爬进爬出，还有一些长相奇特的虫子。我不知为什么，突然扑进他的怀里，哭了起来。也许是因为刚刚睡醒，也许是累了，也许是再次靠近他，又闻到他身上那种让人晕头晕脑的紧张气味。

　　抽泣还没止住，我们就互相找到了嘴唇，凌乱地亲吻起来。我的嘴里有我自己泪水的咸味。在我们换了下拥抱姿势，重新吻到一起前，我隐约想到，在我头脑清晰、目标明确的三十多年人生中，是头一次那么忘乎所以地纵容自己的软弱情绪。在一真一幻的两个世界里，好像我也是头一次突如其来而不是在什么按部就班的约会步骤下，感受到自己的身体反应。尽管此刻我的身体远在这个世界的外面。

　　我忽然好奇心起，对着他的嘴唇说："这也是算法编写的情节吗？"

　　他想了好久，才理解了这句话的意思。似乎记忆的某一条通路，需要花极大气力才能打开。他说："算法不能编写我们。"

　　又过了一会，他说："我们不能在这里太久。他们很快就会组织搜索队。"

　　按照齐格在地图上找到的路线，我们向谷地南面的山坡上攀登。从半山一条羊肠小道绕过去，面前又是一段更高一点的山坡。树林越来越稀疏，很多岩石裸露着。有时候根本没有路，要从那些凸起岩石上攀爬过去，然后看到山坡向下延伸，一大片草地。

　　茉莉礁是伸向海湾的大片岩石群，海岸丘陵延伸到此，突然被切断成峭壁。底部乱石嶙峋层叠。我坐在一块凸岩下，面朝深蓝色大海，望着底下几十米深的地方，海浪打在礁石上，形成一大片泡沫。远处有一片黑色沙滩，云开日出之际点点闪烁。

齐格说，在茉莉礁峭壁下，有一个岩洞。傍晚短暂退潮时分，洞口会暴露出来。那个岩洞是一个撤离点。从此时到傍晚还有三个小时。从前他在礁岩缝隙间悄悄存下绳索和一些攀岩装备。这会儿他忙忙碌碌，正在准备撤退线路。

天色渐暗，我们从凸岩下爬了出来。肩并肩站在茉莉礁顶上，眺望夕阳下海面的细浪。在我们脚下，绳索早已固定。我心绪不定，似乎并不想那么快就回到那个世界中去。

就在这时，远方天际两点黑影渐渐变大，是直升机。

来不及躲避了，直升机迅速靠近，一架悬停在茉莉礁面前海域上方，机舱门打开，架着机枪。另一架在我们背后，堵住我们的退路。他们会对我们做什么？我好奇地想到，十分不合时宜。

齐格再无斗志，他举起双手，掌心向外，准备认输。他们会把我们关起来吗？不让我们回到现实世界？我从未研究过叙事脚本，对这个世界的行为方式也毫无所知。我知道在游戏中，算法总会设下一线生机，我看着齐格，时刻准备响应他的动作。

直升机垂下降落绳索，武装人员登陆后抓住齐格，把他押向刚刚降落在茉莉礁顶上的一架直升机。我奇怪地看着他们，要把我们分别装在不同的直升机上么？有人一步跨到我面前，举起手枪，对准我。

齐格突然转身向我奔来，撞开手枪，一把拉起我的手，向前冲去。直升机上的机枪开始扫射，子弹打在我们刚离开的地面。我们冲到峭壁边缘，面对几十米下的大海，齐格紧紧抱着我，跳了下去。机枪开始延伸射击，在我们落水前，一串子弹打进了齐格的身体。

七

我摘下"巫师帽"，隔离舱光线暗淡。荧光绿色数字飘浮在眼前，现在是凌晨1点35分。齐格仍在沉睡，等候算法程序将他唤醒。他不会记得那里面发生的一切，他失去了那部分记忆。可我记得，它们会以一种奇特的方式存在于我的记忆中，并不那么真切，但也并不虚幻。

齐格侧身躺在软椅上，婴儿般蜷曲着。他出了很多汗，头发濡湿，嘴唇有咬出的微细伤口。在他的感觉皮层中，神经电位如浪潮起伏涨落，总是消耗比别人多得多的能量。某种角度看，此刻他就像个发育未全的幼童，因为他身体中的一些部分和另一些部分，在能力上还不能完全匹配。他还要做好多次手术，然后观察，然后再调整。直到它们相互协调，发挥出巨大的潜能。他会成为一个前所未有的伟大作家，每时每刻都在发明人们闻所未闻的故事。

红光是从隔离舱底部发出的。他的脸完全淹没在阴影中，仅仅勾勒出模糊的轮廓。我突然强烈地意识到，我自己正是他的创造者。我改造了他的神经元连接网络，我给他植入成千上万细微部件，使他变成一个全新的人。我摧毁他庸常的大脑平衡，赋予他强大力量，却又让他变得更加敏感脆弱。让他在另一个层次上重新获得平衡，如今成了我的责任。

我爱上了这个人。不是因为我跟他同处于密闭隔离舱，空间内弥漫着他的气息和体味——当他受到自己超级感官的困扰，确实会向周围散发更多更多的生物信息分子。也不是因为几分钟前，在另一个虚拟世界中，他刚刚为我做出重大牺牲，而他自己将不会记得发生过什么，记忆消失了，就像一段生命。

我爱上了他，这跟算法的角色设定无关。隔离舱根据这个设定，向我提供多种感官体验，每一种都通过精密计算。我看见，听见，我能触摸到，也能闻到。我的生物时间节律被悄悄调整，环境色度亮度和声音频率都由算法微调，细微之处（连我自己都意识不到）秘密唤醒我久远的记忆。尽管如此，我相信这些都无关紧要。我爱上了他，因为我创造了他。我是一个女性的皮格马利翁，想到这一点，我突然笑出声来，如同站在某个古希腊舞台上，身边簇拥着合唱队少女。

"你饿了。"他睁开眼睛，转过头对我说。

"你怎么知道。"

"能听见。"他伸手指了指自己的耳朵。手指忽然停在半空中，好像再次听到我体内发出的什么神秘声音。他把手伸向我的脸，斜过身来凑近我。我望着他。在黑暗中，他眼睛闪亮，像一个天神。我以为他会说出什么动人的话，一些诗句，诸如此类。但是并没有。我们吻在一起，这不是第一次，一个多小时前我们在另一个世界里亲吻过一次，但他肯定不记得了。

我真的饿了。我们坐在实验区附设的厨房里，冰箱储存着各种食物。科技虽然把我们带到这个时代，但我们仍然用这些古老的材料制作食物。我们不愿意对自己的味觉和消化系统做太大改动。我找到几块羔羊排，这里有全功能厨师机，但齐格说他想做饭。行星智慧算法从不认为他擅长厨房里那些事情，我觉得他只是想要借此表达某种情意，这确实十分动人。我准备吞下一块烤焦的羊排，或者与味道古怪的酱汁周旋一番。

但那是有史以来最美味的嫩煎小羊排，用海盐、迷迭香和胡椒腌制了十几分钟，还配了一点蘑菇。那头可怜的小羔羊。扔掉吃剩的第二根肋骨时，我突然恍然大悟，一个好厨师，说到底要依靠超凡脱俗的天赋味觉，此刻齐格分辨食物味道的灵敏度，世上无人能及。我没有让他打开那瓶2008年的"木桐"①，酒标上

---

① 法国酒庄 Mouton。

那一抹蓝，幽深得正像这会儿窗外的夜色。他说，从语言学的角度看，这酒最适合搭配羊排。在最后一刻，我终于想到他不能喝酒。在实验的这个阶段，即便少量酒精也会给手术效果造成无法估量的偏离。

凌晨两点，我们异常兴奋。实验区有几间卧室，但我却说个没完。我引诱他跟我聊文学，他却不断想吻我。我想让他说说从前那些伟大作家，他们不可思议的凭空发明：故事的转折、无法捉摸的性格、神奇的词句好像只是临时借用作家的头脑，好让自己诞生。他却低声嘟哝着"Whose stilling lips murder suddenly me①."，或者"The coming of my love emits a wonderful smell in my mind."。他一遍又一遍地说，我终于听明白他在说什么。

他说这是康明斯，一百多年前的一位美国诗人。他把那首诗歌找了出来，投影在透明的玻璃墙上。星空变成诗句的背景。在最后那个关于风琴的问题和远方地平线上建筑物阴影之间，有三颗明亮的恒星。

起初它们难以理解，他尽力向我解释。不，不是说那个爱人，而是她来看他——这件事情本身"有点像音乐"。

"但是色彩，色彩为什么会弯曲？"

我严厉地追问。当然在开口之前我就明白了。他的那个世界，他的感官体验，他的知觉到的一切，其斑斓复杂远远超过这些词句。声音、色彩、内心深处奇异的气味，黑暗背景上的橙黄，僵硬和弯曲的形状，这些正是他的世界的模样，他的世界与我们的不同，比那些诗句更让他迷惑。他正在竭力理解新近展开在他面前的那个世界，使用他那与之不相匹配的大脑语义系统——按照预定实验计划，不久我们将着手优化那部分。但即便在那之前，他的语言神经元连接模式就早已自己悄悄进行了大规模重组。他读过的、他听到过的，他甚至不记得读过，或者听到过的，人类语言史上无数新奇动人的词句涌现在他头脑中。成千上万个神经元如烟花明灭，语调和音节在大脑皮层中低鸣。我忽然觉得有点骄傲，不知道是不是因为他，或者只是为了我自己？

我歪了歪头，看看远处的荧光数字，现在是凌晨3点20分。我们吻了好久，现在他闭着眼睛，安静得像一条小狗，鼻子在我的头发、鼻翼、嘴唇上来回移动，然后埋在下巴下面，贴着衣领和身体间的缝隙，好像在努力辨别，那些地方散发的身体气味到底有什么不同。我忽然意识到自己脸上的白痴表情，嘴角松弛得像是失去控制，好像我真的无力抿紧它们。我用力收敛面孔，可是眼角、眉梢和脸颊上，先前的傻笑仍旧残余着。

我们没有去床上，尽管那是比较安全的选择，中心员工宿舍禁止数据采集。

---

① 《当我的爱人来看我》

在我们生活的这个透明世界中，只有很少几处空间被精心地用法律条文包裹起来，隐私权退到了底线附近。这常常让我觉得有点好笑。我们早就习惯了所有动作、表情、声音以及其他身体数据随时被收集上传到行星智慧网络某个数据库中。我们不担心一些最难堪的秘密被永久保存在某个地方，通过复杂立法，这些数据并不被我们的同类掌握。这就好像古代人，并不担心他们的秘密被上帝知晓，如果怀疑上帝不知道，甚至可以直接告诉他，向他忏悔。

他是一个完美的情人，但不是你们想的那种。从前我们想要一个激情洋溢的情人，在多巴胺的驱动下，对我们充满渴望。可是如今，在尾状核周围植入纳米电极，或者在球海绵体肌上做点小小改进，这些都算常规手术了。在那些反对者看来，那正是生物技术让人类美好感情彻底消失的明证，寻找爱情，那种为了"发现另一半自己"而投入全部身心的动人行为，现在只需要一个小小的手术。

但我们情投意合，几乎融为一体。我的每一个愿望，就好像瞬间同时变成了他的愿望。与此同时，我也能立即感受到他任何细微的想法。似乎他的意愿是如此强烈，以至于无数生物信息分子不断溢出他的躯体，弥漫在四周空气中。我可以呼吸到它们，或者直接刺入我的皮肤，以二百五十公里时速撞入我的大脑皮层，迅速点亮我那些可怜的神经元。

我恍恍惚惚，觉得自己置身于一座桥上，桥下是昏暗的河水，天空中有无数闪烁星辰。那是天狼星，那是南河三，那是参宿四，他指着诗句的下方。它们是夜空中最亮的星星。在三角形东面，你看到吗？他说，那是南河二，小犬座 β。在阿拉伯语古老的天文学著作里，它的名字意思是朦胧的眼神，用来形容刚刚睡醒的女人。

风带来手风琴的声音。我突然惊醒，怀疑这音乐声，这玫瑰般的人生，是不是无所不能的算法的推送？

八

城市分成了景观上截然不同的两个部分：一个宁静、疾速，如金属和玻璃般反射光芒，充满了组合奇异的几何体；另一个热热闹闹，仍旧是人类生活了几百年的那种城市，只是如果真有一个旧世界的人来到这里，会惊讶于它的不事生产。工作城区和生活城区，这两个部分相距数百公里，高速公路穿越森林原野，将它们连接在一起。所以，两者只是在理论上（或者功能上）才能算作一个城市。

我坐进车，打开导航仪。回到家需要一小时二十分钟，中间隔着一道黄浦江，还有百万公顷都市人造森林。高速公路飘浮在连绵树冠之上。建造人工林区只用了二十年，树冠下原先被称为"浦西"的城区，则又沿长江朝西面挪了几百公里。

城市生产功能集中在黄浦江东侧，这里是机器的领地。起初，那些认为必须隔离机器的人，列举的理由不尽相同，提出的解决方案也五花八门。有一家研究机构对海量数据进行概率计算，得出结论是，如果将智能机器与人类分置于不同区域，会大大降低相关伤亡事故发生率。根据人机区域间距离、管理严格程度，以及其他一些因素，事故发生率能够降低60%至90%不等。很多人相信了这种说法，当然，也有人说，那家研究机构的背后出资人是快件运输行业联合体，结论不免有点可疑。另一些人从社会心理角度出发，考虑到人工智能迅猛发展的势头，认为把机器关在规定区域内，无论如何可以减少全社会震惊程度：人类需要一点时间来接受聪明机器。一个缓冲空间，让大家慢慢适应。不能把它称为隔离，他们说，怎么可能完全隔离？生活区需要快件送货无人机吧？无人驾驶运输车辆呢？街区自动保洁车？还有超市服务机器人、交通管理机器人、家政助理机器人……从工作城区下班返回生活区的人们难道不需要一辆自动驾驶车吗？那些措施应当被称为功能划分管理，管理能让人们有序地养成与智能机器共同生活的习惯。还有一些中年夫妇觉得，这些智商极高外貌丑陋的机器在城市社区街道到处出没，会吓到老人和孩子，那些必须加以妥善保护的人。这——他们说，难道不是人类道德的基石吗？

争论和妥协的结果，最终形成了法律和新的城市建设规划。智能机器自动适应环境、自行组织生产，其建筑能力极其惊人，仅仅在十年间，城市就彻底改变了模样。

如今在生活城区，即便像送货和保洁之类必不可少的服务，智能机器也受到法律严格限制，在规定的工作时间，有规定的行动路线，机器产品形象设计则必须亲切宜人。而在城市工作区，像我这样仍然坚持出没其间的人类，数量的减少在不断加速。

两个月来这是第一次，我独自回家。齐格正在进行第二阶段优化，需要做一连串手术。用生物合成技术强化CREB①反应结合蛋白。这种遗传学上所谓转录增强因子，如同神经元之间的黏合剂，帮助形成长期记忆。齐格需要更强大的记忆能力。我们还将在他大脑皮层覆盖一层薄网，纳米材料，作为脑机接口。由他自己控制开关，一旦打开接口，他的大脑可以直接连上行星智慧网络。此外，对他的语言相关皮层神经元，我们也会做系统优化。

我和齐格几乎让整个项目陷入僵局。但我意志坚定，齐格则完全听我的。我

---

① 环磷腺苷效应元件结合蛋白。

不顾一切地宣布：我们俩一定要在一起，任何人、任何事情都别想拦住我们。这样的态度确实值得别人反复掂量，他们百般劝说和威胁，所有这一切都被证明无效后，中心管理高层妥协了。

我签了一大堆文件。他们要求我个人做出保证：我们的爱情不会影响到我们的实验。这太可笑了，我比任何人都更不愿意这两件事情发生冲突。而且我也不相信它们会有冲突。我甚至对他们说，即便完全站在项目立场上，让齐格把大量涌入、强烈而无序的大脑电化学信号集中在一个焦点上，对实验也可能反而有好处。我这种说法让他们笑了起来。

只要不在优化手术进行期间，齐格可以离开优化中心。安全和其他相关责任由我个人做出担保。每次都要填写表格，交给中心管理办公室。表格上有关"事由"那一项，每次都让我觉得有点滑稽。

只要一坐上车，齐格就会迫不及待扑进我怀里。真的！他缩着肩膀、低垂着眼睛、双手拢在一起，像从跳台跃入水中，就那样扑进我怀里。每当这时候，我内心总会涌起无限柔情。不要误会，那不是某种角色或者性格上的互换，他说过：我只是太喜欢闻到你的味道了。

我们就那样坐在车上——如同两只小猫蜷作一团，或者两颗融化的糖果粘到一起。无人驾驶车在夜色中疾驰，像露珠沿着树叶筋络滑行，直到叶片的尽头，无畏地跌落。但没有跌落，汽车总是恰好停到我家楼下，那片涂成黄色的扇形区域。我们难以割舍地分开，下车，让汽车由公共停泊导航系统自动引导停入车库。而我们也还有从门厅到五十七层那段漫长的孤独之路，其间在急速上升的电梯中故意不看对方，直到我那套小小的公寓门打开，两只小鸟归巢了，门被关上，才又急切拥抱到一起，如同曾被迫分离了几千年。

我们不是按照钟表，而是按照正在袭来、确凿无疑的饥饿感来确认晚餐时间。好像在某种狭窄定义下，我们回到了动物的生活方式。齐格早已宣布他是厨房的主人，我会心不在焉地看看最新上线的论文，或者逛逛网络商店，给我们俩买点什么。然后就可以吃饭了。

但今天齐格不能离开项目实验室。我想了想，把导航重新定位到"鹦鹉螺13号"。那是机器城区的一家餐厅，距体质优化中心大楼不到十公里。自动驾驶汽车在达到最高时速五百码的瞬间就开始减速，停在餐厅门前黄色扇形区域。

智能机器以前所未有的速度创造财富。在法律保护下，大多数人无须工作，由政府按月发放其个人基本收入。机器取代人类工作的趋势仍在不断加速，在城市中的这个地区，需要人类的工作越来越少，餐馆也一家家关门。如今方圆几十公里内，只剩下这家鹦鹉螺13号仍在坚持营业。有一阵他们也打算关掉它，消息传开，引发保卫按钮派的抵制行动。有一位女斗士写了一篇文章，她说（文中最为掷地有声的一句话):"他们不需要第五万座充电站,他们需要最后一家餐馆。"

她最后索性用"毫无人性"这个词来形容这类行为。她富有表现力的说法被人当作标语口号,喷涂到餐馆玻璃墙面,印在衣服背后和旗帜横幅上,甚至文到身体显著部位。保卫按钮派聚集在鹦鹉螺13号门前,情绪激昂,动作粗鲁,冲撞每一个看起来不像他们那么激动的人。他们那种决绝的态度,会让人觉得他们真是在保卫人类文明最后一块绿洲。无论如何,我也希望鹦鹉螺13号一直开着,下班后可以不用急着从机器世界一步跨进人类世界。

餐馆那头有张热闹的桌子,一群男女大声说着话。在鹦鹉螺13号,人们通常不这样。虚拟侍应生在瞳孔显示器中对我说,他们在庆祝餐馆保卫行动胜利一周年。他们不断干杯,旁若无人地叫嚷,根本不在乎那些充满敌意的兴奋话语被他们的"敌人"听见。事实上,地球上没有任何一种声音是行星智慧网络听不见的。如果真像他们说的那样,人类早已被超级智能控制,算法将会如何对付他们?

喝下半杯酒之后,我忽然聪明起来。一下子想到,也许正因为智能机器的巨大生产能力,这类消耗巨大的政治和法律事务不再像从前那样,属于必须加以节制的昂贵游戏。如果超级算法果真那么聪明,当然会想到,让人类整天忙于此类活动,不正是它的最佳选择吗?标记他们,使他们意识到自己的归属。用无休无止的信息流包围他们,让他们越来越自信,也越来越焦虑。诱导他们为一些小事争吵,受到伤害的感觉通过全球神经系统传输放大,每一个小小的伤口都演变为巨大的灾难。任何偏于一隅的话题都有机会成为举世瞩目的重大政治议题。哪怕争议的话题与它自身有关,哪怕人类是为了抵制机器而发动战争、制定法律,一切都在它的预计之中。

从微型狂欢节人群中,突然站起一个女人。她像一头兴奋的猫科动物,目标明确地向我扑来。我觉得她有点脸熟,连忙调整隐形视觉增强镜片的视距,给她拍了一小段视频,与网络数据库比对。

果然,她正是鹦鹉螺保卫战中的无畏女英雄王娜。前记者,而记者几乎是一个业已消失的行业。如今,世界上发生的一切,都会同步记录在某个网络数据库中。每个人都可以从新闻平台上获得由算法专门为他定制的事件报道。很多人乐于把工作交给智能机器,另一些人,比如王娜,则惶恐于这种无所事事的生活状态。他们或者继续寻找那些仍然需要人类的工作岗位,或者像王娜这样,怒气冲冲地发动对机器的反击,加入到保卫按钮联盟下各种激进或不那么激进的组织中。

我知道王娜那些激进派人士如何做事。他们认为行星智慧网络上线后,地球上所有的自组织自适应机器已联结成一个整体。它们用算法替代人类的思考,把定制信息投喂给每个人。它躲在暗处，暂时并不为人所知。但它完全了解人类社会政治的运作方式，人类的每一个政治行动、每一项立法，最后都会被纳入它的计算之中。即便是一次反对它的行动，一项人人都以为是针对它的法律条款，都会被它曲折复杂地利用来增强它自身的能力和意图。

总体来说，他们是一群悲观主义者。但越是悲观，就越要绝望地抗争，越要在每一个细小事情上，都对智能算法发起绝地反击。重要的是揭露和反对，虽然有城市感知系统，没有一件事实不被它了解、被它记住，但真相深深埋在行星智慧网络之中，算法利用真相、衍生出无数更容易理解的真相，给每一个人喂食恰当的、不多不少的一份定制真相。

行星智慧网络数据的加密层级，受到严密复杂的法律限制——激进派卢德主义者认为，这恰恰说明了法律本身就是算法的阴谋。数据"剥客"们，提倡用合法（或至少表面上合法）的手段把数据剥离出来，公诸于众。他们是从前的黑客，再加上关于复杂到难以理解的法律系统的丰富知识，那些条款、案例和程序，如今只有司法专家系统的算法才有能力驾驭自如。

她突然停下脚步，好像并没有以我为目标，倒是因为我做了什么动作，吸引她的注意，让她不得不急忙止步。她站在餐桌对面，侧过身来朝她来的方向看了一眼，像是在寻求什么支援，又像是正好要让我看一看她耳根后面的刺青。那是"拒绝插口"组织的标志符号。

然后她坐到我对面，并不需要我的允许。

"我知道你。"她说。

"我也知道你。"我笑着回答。俗套的对话，希望未来的齐格能为这种场景发明一点新鲜的说法。

"我了解你们正在做的项目。"

"当然，我也知道你说的了解是通过什么方法。"

我这么一说，也许倒替她省了很多解释，她更加显得和颜悦色起来："你用不着那么防备我。我对你没有敌意——我其实倒更想拉拢你。"

她说到"更想拉拢你"那几个字的时候，用一根弯曲的食指支着下巴，灵巧地转动着脑袋，眼角眉梢晃动着越来越强烈的笑意，最后戏剧性地仰头笑出声来。也许她认为某个微型视觉感知机器正在记录着她的一举一动，所以笑得格外挑衅。

"其实我想说服你，加入我们的行动。"她忽然又变得温和冷静。这个多变的女斗士，她的舞台风格很容易让人忘记她的顽强攻击性。她是端着酒杯过来的，她喝了一大口，预备做一次漫长而充满说服力的演讲。

"我们知道体质优化中心正在进行一组惊人的实验，试图模糊人类智能和人工智能之间的界限。另一方面，滥用生物技术也存在着法律疑点。你是智力超群的女科学家，我不需要用算法阴谋这类说法来打动你。但我想你应该能够认识到，这样的实验应该在公众充分讨论后，在严格监控下进行。我们认为体质优化中心越界了。"

九

　　体质优化这种想法由来已久。我们当然不能像最早那些鼓吹者说的那样，把这段历史拉长到一两千年，把什么古代养生术炼丹术或者神秘气功之类，说成是梦想的起源。至少在国民体质优化中心建立之前，就有一些人私下采用前沿生物技术或者物理植入方法来强化身体功能。在21世纪上半叶，私下的身体改造渐渐成为时髦之举。人们偷偷做一点小手术，在聚会上赢得惊奇和羡慕。或者录制一段视频放到网络上，他们的身体特技偶尔会引起狂热关注。于是娱乐业巨头就会请他们上真人秀节目。最初这类事情近乎一种美容手术，目的只是想引人注目。也跟美容手术一样容易成瘾，一旦开始就没完没了。更有一些人，确实以致瘾为目标，他们在腹侧背盖区、内侧前脑束、伏隔核、中隔、丘脑和下丘脑这些地方植入纳米装置，直接对快乐的本源——多巴胺下手。

　　一时间，世界好像进入一场身体狂欢，每个月都会有人想出新主意，每星期都有人发布新的身体特技表演。保守人士提出质疑。另一些人则意识到，体质优化的意义远不止真人秀奇迹表演。它的真正用武之地是在工作场所。因为此时智能机器正以前所未有的速度入侵占据工作岗位，人类似乎再也无法驾驭这些超级工具。实际上，它们早已远远超越了工具范畴。悲观主义者认为前景黯淡。而体质优化似乎打开了一条希望之路：如果有一天人类要与机器争夺世界，就要早早在体能和智能上做好准备。

　　国家主导的体质优化中心由此建立。我就是从那时起进入中心工作的。我们这代人，越来越少有人会在成年后参加工作。失业这个词汇几乎从人们记忆中消失。几十年来，机器智能不断在各种工作场景中把人们替换下岗，对此大家都愉快接受。因为政府向每个人发放年金，从衣食住行到娱乐旅行，政府包下一切。只有极少数人，出于某种责任感、出于个人意愿或者没有任何个人意愿，乐于每天把自己束缚在工作岗位上。这些人，他们生活在洞穴的祖先，进化出适应繁重劳作的基因编码，他们的腹侧被盖区神经元，在工作时释放大量多巴胺，让他们感到快乐。我们需要多久才会从遗传链条中将这段代码彻底清除呢？

　　我相信体质优化对人类至关重要，我个人在相关研究和实验上度过了将近十年时间。我不会被王娜那些空洞言论引诱。把正在进行的实验项目细节透露给公众，那会造成无法收拾的后果。更不用说此举会伤害齐格。但这会儿坐回到车上，我心怀忧虑。

车窗外，公路两侧森林树冠如暗夜中的海洋，起伏不定。近处树叶在灯光映照下，呈现出诡异而鲜艳的绿色。我很久没有一个人回家，都快忘了这种轻微的空旷恐惧感。很多次它让我因为紧张而驱散疲劳。只有在接近生活城区时才能见到人类，无论多晚，那儿总是特别热闹。因为不用上班，人们整夜玩乐。只有早上出发去机器城区，或者晚上从那儿回家的人们才能乘坐无人驾驶汽车。根据在生活城区尽可能减少智能机器数量的立法原则，那里只使用公共交通工具，尽管它们也不用人来驾驶。

我给齐格打电话，最近他正在尝试重新阅读和写作。即使对手术效果早有把握，但我们对他展现出的神奇能力仍然十分吃惊。他过目不忘，在对语言意图的理解、共情、模式识别等方面，他的各项指标远远超出预计。从植入他体内的纳米监测单元反馈的数据来看，在写作过程中，他的大脑皮层活跃程度超出常人几十倍。最让人欢欣鼓舞的是，他创作的几个短篇故事，在输入连接到行星智慧网络的智能阅读机器后，最终通过审读。有一则故事让阅读机愣了半天，指示灯不停地闪烁，显然见多识广如它，也一时间找不到参照作品。几分钟后，它才给出原创指数评分，叙事模型绝无仅有，简直惊人。据说只有几千年前小亚细亚一个几乎失传的神话残篇中，可以依稀发现故事原型的痕迹。

阅读机从一开始就发现，人类的创造能力相当有限。千万年来浩瀚如海的文本，包括那些仍能搜索到的古老口述作品，通过行星智慧网络超级算法的比对，大多互相因袭。人们从来没有发现，实际上 99.999% 的作品都是互相模仿、重复、变形而成。好在每个人都不可能在空间如此广大、时间如此漫长的范围内全面比较。没有人读得那么快那么多，记性也没那么好。就算他们能读那么多，能记住那么多，他们的头脑也无法从如此庞大的数据中识别模式。

这么一来，作家只要稍微动动脑筋，就足够让读者满意了——他们永远会觉得那些都是前所未有的天才之作。即便少数人偶然识别出一些模式，那也无伤大雅。这恰好证明读者确实需要在一些固有模式中才能接受新事物，读者没有作家那么聪明。到后来，索性出来一种理论，说根本就没有创造，一切文本都是重复和模仿，关键在于如何模仿。语言是最要紧的。此外也要让模仿和抄袭本身变成一种创造，有人甚至发明了一些诸如戏仿、致敬之类的词来定义这种做法。

人类历史就是依靠这一千多种故事模型发展而来。当他们遇到什么离奇古怪、不合常理的事情，他们的头脑就开始搜索那些模型，依靠它们预测事件未来变化，制定对策。这种办法往往奏效，归根结底，每个人都按照这寥寥可数的故事模型来预测。也就是说，最终他们都会想到一起。有时候，对于某些神经元模式识别整合能力特别强大的人,他们甚至仅凭蛛丝马迹就能构想出远未发生的事件及其结局。齐格就具有这种能力——这正是优化中心通过算法筛选,寻找到他作为实验对象的原因之一。在最初的谈话考察中,我曾让他把那件事情的过程细节完整讲了一遍。

有一次,在一架飞往南太平洋岛屿的航班上,他认出了一位当时尽人皆知的明星人物。那个沮丧的家伙,他站在豪华机舱通向普通机舱的过道口,神情焦虑,茫然四顾。后来,在岛上简易得像战时机场的入境大棚内,他又一次见到那个人,坐在一条长板凳上,臂肘撑着脑袋,愁眉苦脸。日后那位因其悲惨结局为很多人所熟悉的太太也在那里。当时她与丈夫相隔百步之遥,满脸欢笑,正与同行另一位男子打情骂俏。这番情景不知何故,登时点亮了齐格大脑深处某个神经元。当他顺着那条摆放了很多木凳的简陋廊道来到机场外面时,在一棵仰头看不到树顶的椰子树下,面朝阴沉大海,他的一连串神经元已自行开始互相连接。

那天晚上,狂风席卷暴雨,打在巨大的热带树叶上。远处太平洋潮水撞击着潟湖外围的环礁,在隆隆巨响中,他预见到一场后来成为事实的谋杀案,当时他以为自己不过是在构思一部小说。他坐在卧室外露台上,不知是不是因为土著们特别了解风向,又或者他们在建造房屋时施加了某种巫术,皮筋般粗大的雨点,一滴都没有掉落到露台甲板上。他回房间,又再次回到露台,一手夹着瓶白酒和杯子,另一只手拿着他用来写作的笔记本。那是最后一代实物形态的电脑,作家们也是最后一批使用那种电脑的人(他们当时可能仍需要手指运动神经电位来刺激大脑皮层)。坐在干燥的甲板上,他迅速完成了那部小说的提纲。那是他的成名作,爱情的来临和消退、怀有野心的情人、令他们迷失的金钱、无法抑制的欲望和阴谋,以及在这一切之后,那场让人唏嘘不已的互杀。

整件事情最让人震惊的是,他这部小说仍在排版印刷时,谋杀案竟然真实地发生了。案情披露后,有人偶然拿它与齐格新出版的小说比较,发现从人物设计到动机,从细节到时间线,无一不具有大量的相似之处。有人甚至怀疑齐格在某种程度上参与了那起案件,是一个局中人。直到澄清之后仍有很多人不相信这纯属巧合。但这真的只是巧合么?当时算法还不具备行星智慧网络这样的超级智能,真实案件给齐格和他的这部小说带来谜一般的吸引力,很多读者热衷于考证小说的每一个细节,以此来对业已披露的案情重新做出各种判断。或者反过来,用案情检验小说中的微言深意。

究其根本,一切智能都必须具有预测能力,不然就只好人为刀俎,我为鱼肉。人类正是依靠这种能力,在地球生物圈生存战斗中获得巨大成功。人类这种神秘的预测未来的能力,来自于这种智能进化出了长期记忆。在人类大脑中,回忆往事与规划未来使用了同一个皮层区域。在做这两种事情时，他们的背外侧前额叶皮层和海马体之间用同样的回路连接。人类的大脑是在"回忆"未来。

那些有关往事的记忆至关重要，它们多数以故事形态在人类智能之间交换、储存。拥有故事则拥有未来。齐格曾说过一句话，让我们一下子再无疑虑，坚信项目首位实验对象就是这个人。他说从前，只有人类具有智能，这种智能总是互相隔离、偏处一隅。所以靠着这点故事模型，就足够人类历史发展繁荣几千年了。一个故事换一群人来听，或者换一种讲法，就成了一个新故事。但行星智慧网络改变了一切，它超越时空限制，了解一切现有知识。人类面对超级智能，如果不能讲出真正的新故事，他们将无法避免终将被淘汰的命运。

此刻齐格已是人类中最擅长发明新故事的人了。CREB 强化手术后，他的长期记忆能力超过我们百倍。我们对他满怀期待。从前有一部名叫《冰与火之歌》的剧集风靡全球，可惜故事角色太多，头绪纷乱，集数位编剧众人之力也无法驾驭。在讲述那个复杂故事的过程中，他们没有能力记住那么多人物，他们的生世来历和性格能力，他们喜欢和害怕什么，是什么让他们变得勇敢，又是什么让他们干下卑鄙之事。每当编剧们发现某个人物变成故事的累赘时，他们就只好把他干掉。即便如此，故事最后也无法收场，那部剧集有一个特别糟糕的尾季，所有的人物都失去了原先的光彩。

十

我早已习惯齐格身上不断发生的各种蜕变，却仍然每每心中充满神奇感受。大脑是人体最重要的器官，这句话早就被人说惯了。我们都没有想到，对大脑皮层和周围神经系统所做的优化修改，会在整个身体上引发剧烈变化。我们如何感受和认识这个世界，我们也就如何成就我们自己，我发现这些陈词滥调都极具深意。人是由神经系统塑造的，提高运动协调性，当然会让你的姿态更优雅，身材更漂亮。你所使用的语言，也会决定你面部肌肉的长相。

他一刻不停地写作。当然现在他不必使用虚拟键盘或者语音输入，给他植入的纳米接口单元直接记录传输运动神经元中的击键位置。实际上给他植入的接口有足够数量和带宽，完全可以将他头脑中的想法直接输出至网络。但脑机接口完全打开会带来安全性问题。另外一层考虑在于，作家们长期依靠键盘输入文字，他们的思想活动与运动神经元早已密切关联。我们不想轻易去改变那种习惯。

在完成大部分手术计划后，他的大脑获得新的平衡。他不再像前一阵那样常常神思恍惚，也不需要常常把自己关闭在隔离舱内。他喜欢坐在卧室外的露台上写作（那是他长久的习惯），他写得很快，连续工作一整天，就能完成一部十多万字的小说。但我不让他长时间写作，手术对他身体造成的长期影响，我们仍需要密切观察。

他总是稍稍垂下头，双目微合，肩背松弛，双脚交叠在一起，阳光勾勒着他沉静的身体，放在膝盖上的手指偶尔轻轻动几下。这种时刻齐格如同超越尘世，没有任何事情能够打扰他。他会把耳后根的开关打开，植入他大脑皮层的纳米接口单元瞬间连上行星智慧网络。我们引用法人及其财产的衍生权利，把体质优化中心所拥有的网络权限转授给他。这些由量子加密和分配算法保证的数据使用权利十分复杂。每个机构和个人都了解自己能从网络上获取什么，也都知道只要稍一不慎就会触犯某项法律条款。如果你不了解自己将要做的事情有没有违规，最好向数据权利分配办公室申请，那个办公室的智能算法会替你确认权限。但这一次，我们没有照例提出申请，那将会让我们陷入永无止境的等待。有人建议说，如果把手术植入物都算作公司财产的话，这里也许可以延伸使用优化中心的法人权利。中心法律部门进行风险运算，然后用它们惯有的那种既精确又模糊的方式建议说，此举的司法风险概率在17%至25%之间。

周日上午十点左右我躺在卧室床上，在瞳孔虚拟显示器上处理了一大堆邮件。其中有我的，更多是齐格的。几个月来，齐格迅速占领了全球文学出版市场。最近几年他们几乎找不到一部能够出版的新作，绝大多数作家已不再怀抱希望，没有人愿意耗尽心力写出作品，交给阅读机器审查，参加这场无望的考试。齐格作品如奇迹般出现。小说、诗歌、剧本，他的作品一部接一部通过机器审读。人们起初观望，随后不再怀疑，这是天才降临，他是人类创造能力的拯救者。出版人邮件涌入齐格的邮箱，他们渴望被这位新出现的神秘作家约见，愿意支付任何代价。无论有多昂贵，齐格每一部作品都物有所值，它们被翻译成上百种语言，每一种都能卖出无数本，全球文学市场早就饿坏了。

优化中心还没打算立即把齐格项目公布于众，手术效果有待时间检验。这种做法很可能一定程度上助长了怀疑。人们担心实际上并没有这么一位作家。从前确实有那么一个名叫齐格的作家，但他近来突然消失，没人知道他的下落。而且此人当年的作品，完全无法和现在的作品相比，只有那部成名作稍微表现出一点才气。有人比较多了解一点情况，说：啊呀，当年那个齐格也很古怪，他那部小说，竟然预见了一起谋杀案。不，那个齐格绝不可能写出现在这样的作品，它们是如此光彩夺目，有人从作品风格上做出判断。虽然这个人从未展现过他对文学风格的把握能力，大部分人都不具备这种能力，他们只是竖起耳朵，听听别人怎么说，然后人云亦云。当然，对现在这批齐格的作品的开创性成就，没有任何人怀疑，连阅读机都不怀疑。而正是最后这句话引发了更多的想象，很多人开始怀疑所谓齐格的作品，根本就是躲在行星智慧网络中某一个算法的杰作。只有机器智能才有可能通过机器智能的审查,他们说。

卢德派激进分子并不会只在网络评论区说几句而已。他们渴望行动,机器入侵人类世界的任何迹象,他们都不会等闲视之。我建议中心保安部门启动监控程序,我总是担心王娜那天晚上说的话。"如果你和齐格不站出来,公布项目细节,揭露体质优化中心偷偷开展危害人类的实验,"她说,"我们会组织调查委员会,审查齐格是不是具有人类的资格。"我很希望外界对齐格作品的质疑能悄悄平息,中心高层却仍然坚持在预定时间到来之前绝不披露,他们只是小范围地在政府主管部门之间传送了一些相关文件。

除此之外,我的生活焕然一新。我们的性爱气象万千,如同乘坐一架灵巧的老式飞机,全凭驾驭者的心情,没有一次遵循既定航道。我们时时穿越云端,甚至面朝光芒无畏地冲向太阳。整个过程中我怡然自得,听任齐格追随他的神奇感受。但我们并不仅仅只有这些。每天清晨都会有满满一托盘食物送到床上(我还没有说过齐格手术后食量惊人),或者放在卧室外的阳台小桌上——如果我已完全清醒,急切地想要吸一口凉爽潮湿的空气。任何食物都美味无比,哪怕是一片烤面包、一只煎鸡蛋。我们一起坐车去实验室,在大厦底层保安室签字,把借用了一晚的齐格还给中心,或者说,再次把齐格借给他们。如果像今天这种周末,我们会去森林散步,让那些出版人等着吧。森林中的一切他都了如指掌,从树根周围地面上长出的一小簇美女樱、奇形怪状的菌类。地上爬着一只金黄色的毛毛虫,齐格说它喜欢苦木科臭椿树叶,以后会变成一种丑陋的旋皮夜蛾。

我甚至十年来第一次开始计划旅行。他想去攀登乔戈里峰,我则想去看看南极冰原。在虚拟游戏中,我们多次去过这两个地方。但真正身临其境地冒险,那种感觉仍然让我们神往。两者都需要做大量准备,包括注射短期使用后可以排出体外的纳米单元,从而大幅度提高血氧含量。我们合并了一下计划,决定去南极,他可以考虑攀登文森峰。即便海拔高度减少了三千多米,我仍然只能让他一个人去冒险,我有点恐高。当然我也可以修改几个神经元连接,毕竟我就在体质优化中心大厦工作。我暗自打着这个主意,决定先要看看他这个阶段的表现能不能让我满意。

我来到他身后。因为垂着头,他的第一节颈椎微微凸起。我伸手揉揉那里,在触碰到之前,我感觉到他椎骨周围肌肉预先就轻轻一缩。即便在连接行星智慧网络、神游世界的时刻,他的感官仍然十分敏锐。

我正想打断他的工作,耳蜗中"叮"的一声,语音通信接收器提示有人试图联络。我打开瞳孔虚拟显示器,是王丁丁。我反身穿过卧室,打算坐在起居室,听听这家伙周末急着找我有什么话要说。

"中心出事了——"

天哪，又是他的老一套。某个实验室遗失了一份报告、一个手术毫无效果，或者一位研究人员因为埋头工作，无法分心了解妻子的行踪，直到她亲口宣布打算离婚。这类情况在王丁丁口中都可以算"出事"。让我一直觉得有些厌烦的，正是他觉得星期天联络我必须有一个事由。

不过，这次真的出事了。保卫人类按钮联盟组织几千人，在凌晨时分包围了体质优化中心大厦，激进的卢德派分子在联盟队伍中大肆鼓噪，刻意制造骚乱。正在执勤的都市机器警察迅速赶到现场，但数量严重不足。两小时后冲突发生，现场有人似乎采用非法手段入侵了机器警察部队的控制系统。在混乱中几个人闯进了实验区。安保部门后来才发现，这些人目标明确，正是冲着齐格项目而来。他们从实验室窃取了大量数据。齐格项目泄密了。

"安保部门很快就查到了数据下落。在王娜和她那个委员会手上。"

十一

王娜有关齐格项目的文章，在周日当天下午就上线了。中心那些按部就班的法务部律师根本来不及反应。等他们准备好文件，向法庭申请禁止令时，这篇报道连同大量实验报告原件早已传遍全球网络。

起初一切好像并没有变得不可收拾，在中心大厦楼上，高层管理人员可能觉得那些人只不过是一些恼人的牛虻。作为一个庞然大物，体质优化中心只消甩两下尾巴，就足以将他们全都赶跑。他们唯一表现出较为谨慎态度的做法，则是在周日傍晚通知我，第二天不要照常到实验室上班。他们说，齐格躲在我的家里，这样就很好，不会引起太多注意。

我却一点也不觉得这么做好在哪儿。当天晚上，我们躺在床上，几分钟前我们俩刚刚从云霄降落，掉回由于出汗而有点凉爽绵软的床单上。他用手指在我那两处叫作髂骨的地方周围画着圆圈，我没有像平时那样，因为这些小动作变得更加懒洋洋。尽管那种不安的感觉此刻好像被驱赶到了窗外天边，成了幽蓝天空和皎洁月光背景下的一抹阴影。

他突然说，闻到我身上有一丝奇怪的味道。是恐慌，他说，害怕的味道。

"我希望你闻到恋爱的味道。"

我缓慢地翻过身去，像一只树懒吊在他脖子上，或者如果从卧室房顶往下看，我的双臂环绕他的颈项，屈起一条腿压在他身上，也可能比较像那种激情洋溢的双人舞收尾时的动作。

"害怕的味道，"他重复了一下，"就像那回在虚拟隔离舱里的气味，被追杀的时候。我记得——"

"我喜欢你的嗅觉,可它们现在有点自大了。"我一遍又一遍亲他的鼻子,"你虽然有超凡脱俗的嗅球,还有嗅核,还有梨状皮层,但它们不可能记得我那天的味道。"

"你应该继续亲亲我的海马体,还有杏仁核。是它们让我记得你的味道,它们就在嗅球边上。"他指了指头顶。

"好吧,我亲亲它们。但它们不会记得我那天的味道。你那天不顾一切地想要救我,他们开枪打到了你,就在这里——"我又亲了亲他的太阳穴,"你这个傻瓜。你为什么拼命要救我呢?可这样你就不会记得我了。你重新活了过来,后来你就记得了,后来的一切。"

后来,不知怎么我们就睡着了。我们几乎总是这样,在说话和进入梦乡之间缺乏清晰的边界。第二天早上我醒来时,齐格仰面躺着,上身平直,下面却屈起两条腿,摆出这个怪异的睡姿,好像就是为了要在床单下撑出一点空间。我知道他大脑中某一组电化学信号,又不知到地球上什么地方游荡了。每当这时候,他的手指就会轻轻放在腿上,我特别喜欢他那些残余的旧习惯,虽然极其细微、难以察觉,但就像游丝牵扯着他,不让他飘得太远、太高。

他并不知道我为什么惊惶。每天大部分时间他都在神游天际,写他那些永远让人意外的神奇故事,只用十几分钟就理解了振动弦和十个卷曲维度的想法,或者学会一门需要发出吸气音的古老语言。而我就在不远处看着他,等他回来做我的情人。

"我们想了解,站在人类和超级智能的中间,齐格更接近于哪一端?体质优化必须制定法律,确定一个优化比率,确定一条界线。"这是王娜那天晚上对我说的话,在鹦鹉螺13号餐厅。我当时并没有真正理解它的含义,王娜也不会懂。

"我又闻到你害怕的味道。"

他回来了,伸手摸了摸我的脸颊,像是他觉得可以如同抹去泪水一样抹去担忧。我心中充满柔情,把王娜说的话告诉他。他停顿片刻,对我说,别担心。王娜和她那个委员会,也许有能力阻止一家餐馆关门,可想要染指优化中心事务,他们是做不到的。

"为什么?"

"我知道他们这些组织有多大能量。"

"你跟中心高层想的一样。也难怪,你和中心有同等级数据权限。"

"我早就超过他们了,"他微笑,又在我肩胛骨那儿亲了一下,"我学了一点加密理论。"

这个回答安慰不了我,我甚至更加忧心忡忡。保卫按钮派策动骚乱,目标明确,竟没有触发都市机器警察部队的预警算法。这一次,行星智慧网络敏锐无比的神经系统居然毫无觉察。

"我们逃到一个谁也找不到的地方去吧?"

他继续笑着,继续亲着我。

我知道那是一个不切实际的想法。在行星智慧网络的世界里,连私奔这个词语都会迅速消失。地球上没有任何角落不被感知。

"我知道你害怕什么。"

他忽然说,我不问他,他也没有接着往下说。

在事件的发酵期,我们甚至过得比任何时候都更好,更安宁,也更情意绵绵。就像风暴来临之前特别明亮的阳光。我们聊天、做爱,做各种食物。他继续发明一个又一个故事,满足那些出版商永不餍足的好胃口。我们无法出门,门外到处都是微型无人机狗仔队。我们不再去森林散步,旅行计划也只成为一个可以时时提及的梦想。有一些时候,我甚至怀疑可能真的不会发生什么事了。

可是该来的总会到来。

中心高层没有一个人预料到王娜和她的小小组织,会有如此巨大的推动力。保卫按钮派动员了所有力量,几乎在全球每个城市,他们先是包围占领了从事体质优化研究的机构,随后又冲向政府当局。所有的政治党派、民间团体、媒体和智库又一次老调重弹。这原本就是当代最重要的国际政治议题,此前各国做出所有努力达成的微弱平衡被打破。这就是蝴蝶效应,有人说。短短一个月间,风起云涌,天下大乱。甚至有些传统上充满争议的国家边境也出现异动。机器人军队被派往热点地区,根据协议锁入仓库的大规模杀伤性武器也开始重新部署。

于是各国紧急启动协商机制,互相承诺立即颁布体质优化相关法规。由保卫按钮派主导的各国起草小组制定了一系列严厉条款。法律规定,任何优化手术都要交由全球框架下的行星智慧网络算法审查,评估该手术的优化比率。多次手术累计优化比率超过49%,则手术完成后,其手术对象就超越了人类界限,应被视同为机器智能。他们将相应被剥夺诸多人类权利。他们没有权利生活在人类生活区域,他们所有的公民权利被取消,他们不能注册公司,不能乘坐人类交通工具。他们不能结婚、养育后代,甚至(在一些国家中)不被允许与人类进行性爱活动。他们也不能创作文学作品。

十二

事发当天,我乘坐无人驾驶车上班。车窗外景观依旧,阳光蒸腾露水,湿雾笼罩在树冠上,早晨这个时候,公路上没多少车辆。那些天里,我几乎没有回家。在优化中心高层的严肃要求下,我不得不把齐格送回体质优化中心大厦。从此他再也不能离开。

我试图把齐格项目的优化比率调低，甚至一度考虑修改实验报告，可这毫无用处。因为几乎所有相关文件早就发布到网络上，任何人都可以随时搜索查阅。我焦虑地等待了三天，最后等来了结论：齐格项目的优化比率为72.8%，大大超过了界线。

齐格失去了身为人类的资格。半个月来，我一直在实验室中与同事讨论，想要推进一个新项目：对齐格施行逆转手术，降低他的优化比率。希望很小，没有人愿意单单为了我的爱情，就在这种几无成功可能的事情上消耗时间。我请求齐格在行星智慧网络上搜查资料数据，帮助我寻找实验依据。

随着时间过去，我越来越觉得无望。被剥夺作家资格的齐格变得十分消沉，整天关在隔离舱中，把自己送进虚拟世界，一次又一次领取那些难度极高的游戏任务，一次又一次被杀。

实验室像个用金属和玻璃做的笼子，我日益显现出某种幽闭症状，焦躁不安。但我不愿齐格独自受苦。昨晚齐格竭力劝我回家。我精疲力竭，糊里糊涂答应了。我追悔莫及，指令无人驾驶车提升至最高时速。

中心安保部门在车载通信系统找到我，向我报告实验室事故：今天凌晨4点，植入齐格身体中的纳米供能单元突然停止工作，起因不明。其后大脑迅速缺氧，几分钟内齐格就脑死亡。

坐在温暖的无人驾驶车内，我身体冰凉，觉得无法呼吸。在某一个短暂瞬间，我好像失去了视觉。下车前我发现脸上满是泪水，但我意识到心中远不是悲伤。这些泪水，只是心急如焚。

我不知道自己是如何下车、如何在安保室签到、如何进入电梯，跨进实验室的。实验室已被安保人员封锁，此刻他们还没有通知警方。收到消息的同事们全都赶来实验室。但他们什么都做不了。我进门时，他们转过身来看着我，用他们自以为是的同情目光。我茫然望着这些人，随后无声地来到事故发生地：齐格仍然躺在隔离舱中。

我进入隔离舱，关上舱门，戴上头戴式外部接口——这会儿我无法像齐格那样，把它称作"巫师帽"。我在齐格身旁位子上躺下，静静地等待。先前我不相信这是事实，直到亲眼看到齐格躺在这里。此刻我又无法相信这是意外。好像只要不相信，事情就没那么坏，不管不相信的到底是什么。尽管齐格清清楚楚躺在边上，我也不相信他们说的，这可能是个意外事故。如果不是意外，齐格怎么可能让它发生呢？他是那样一个人，他是那样智慧无穷，无所不能，如同神灵下凡。你们都说他是个超级机器智能，不是吗？优化比率72.8%，不是吗？

不知等了多久，耳蜗中听见通信器被打开的声音，"叮"——瞳孔虚拟显示器亮了，齐格出现在眼前。

"你怎么了？"

我的声音很遥远，好像根本不是我自己发出的。但他没有回答。只是一段录制视频。他温和地微笑，望着我，然后又开始说话："我一直知道你在害怕什么。你也在怀疑，对么？一次又一次手术，每一次都有很大改变。升级，你们在实验报告上就那么说的，就像一台机器。我知道你的感受，你知道——我知道你的感受。我的镜像神经元很厉害，对吧？"

他咧嘴笑了，停了一会儿他又开始说话："我们没有别的地方可以去。我仔仔细细想过了，你要相信我，就像你夸我的，这个世界上再也没有人比我更聪明了。我改写了我身上那些纳米机器人的程序，我自杀了，但我没有死。很多天来我一直都在准备，我甚至改写了那个游戏程序，把它改造成一个更好的世界。不过时间太紧了，我本可以把它改得更好一些。我没来得及换掉整个游戏叙事框架，所以住在这里也会有一些艰难，很多敌人，他们会来追杀我，或者我们——"

他盯着我看，过了好久，再次开始说话："——如果你愿意进来。我把我的大脑整个上传了，所有的一切，记忆，全部上传到这个游戏里，我将在这里生活。为了对付那些总是想追杀我们的家伙，我送给自己大量武器、交通工具、很多很多安全屋，还有钱。我可以在这里活得很好。我不要在你们那里做机器人，他们甚至不让我写故事。我给你一个秘密入口，没有别人知道，你只要从那儿进来，就会找到我。你可以在我们那间小小的卧室里安装一台隔离舱，每天到了晚上，你就可以来看看我。"

"再见，我的爱人。"

泪水从眼角掉落下来，把"巫师帽"的一侧弄湿了。我哭了很久。我想我会去看他。也许将来有一天，我也会像他那样，把自己全部迁移到那里，在那里跟他一起永生。也许等我再老一点——虽然那里的生活，也有点艰难。

除此之外，有一件事情我也一定要搞清楚。我和齐格的故事，是不是被躲在行星智慧网络深处某个超级智能算法预先编写了？

> 当我的爱人来看我这
> 恰好有点像音乐，更
> 有点像弯曲的色彩（比如说橙黄）
> 衬着寂静，或黑暗……
>
> 我爱人的到来在我心里

散发一股奇妙的味道,

你该看见当我转身去找
她,我孱弱的心跳怎样开始强烈。
接着她全部的美成为一种罪孽

她平静的嘴唇突然屠杀起我。

然而我僵硬的身体她嘲笑的工具
突然干得漂亮又恰到好处

——接着我们便是我和她……

那手摇风琴在演奏的是什么

(原载《上海文学》2021年第1期)

作者简介:

小白,上海市作家协会专业作家。作品包括随笔集《好色的哈姆雷特》《表演与偷窥》,长篇小说《租界》《局点》,中篇小说《封锁》,等。

青城山记

程永新

1

逃亡的那个夜晚,给丰子留下深刻记忆的就是那场瓢泼大雨。

丰子被娘抱上马车,一片片雨水倾倒在马车帷帘上,发出噼噼啪啪的声响。车轮辚辚轧过野外的路面,像个醉汉似的颠簸前行。子夜时分,睡得死沉的丰子被娘从床上抱起,身上胡乱换了家丁的粗布衣裳,那衣裳太大,像只麻袋裹住丰子。难以想象的是,危难时刻娘的手脚麻利无比,她把过长的袖管拦腰一扎,抱着丰子颠着小脚跑向马车,犹如一只受了刺激的大鹅在雨中扑腾飘移。瘸子车夫一挥缰绳,马车嗖地窜了出去。丰子顺从地躺在娘怀里,他实在太困,睡意阵阵袭来,雨的肆虐、车的颠簸都无法将他催醒。

人间的喜福大都是慢慢堆积的,祥云飞来是可被预知的;而灾祸则不同,它的降临毫无前兆、突如其来,兴许一夜之间就置人于万劫不复的境地。丰老爷的罹难便是如此。几月前皇上派丰老爷去汴州办案,谁不料他回到京师立即被朝廷羁押;十日后的傍晚,瘸子车夫得到报信称丰老爷惨遭廷杖,屈死大狱。雨是这天晚上开始下的,从起始的淅淅渐而滂沱,愈下愈大,仿佛在为丰老爷的冤屈鸣不平。深夜时分,严府侍女穿着蓑衣叩响丰府的门环,传严老爷的话,让娘乘朝廷来抄家之前赶快逃跑,开门的瘸子车夫连连点头。严老爷与丰老爷同为都察院的都御史,平素敬佩丰老爷的为人,所以才铤而走险,派人前来报信。侍女叮嘱千万不能让外人知道她来过丰府,随即匆匆消失在雨幕中。瘸子车夫不敢怠慢,哭丧着脸与娘潦草地整理行装，开始漫漫雨夜里的逃亡之旅。

丰子依稀醒来，四处都是跑来跑去的兵丁。娘倚靠树背，双手紧紧抱着丰子。不远处，瘸子车夫被绑在一棵柏树上，马车横倒山坡，那匹白马休闲地啃着青草。

大约过了一个时辰，周遭忽然响起马蹄声，"官兵来了——"不知谁大呼一声，人群开始奔跑起来。一排排箭镞雨点般飞来，一根扎进瘸子车夫的臂膀，他拖着哭腔喊道："主子！快躲到大树后面去！"

娘抱着丰子来到一棵香樟树后，俯身滚进草丛，情急之中动作莽撞，一根树杈卡进丰子的耳根，而娘浑然不觉，并不知道丰子已昏厥过去。

丰子重新恢复知觉，发现自己趴在一个宽阔的背上，湿透的布袍散发浓重汗味。山路两侧的峭壁上，猴们跳上跳下，发出叽叽喳喳的嬉闹声。来到半山坡，汉子把丰子轻放在石凳上。娘碎步赶来，胸脯起伏，额上沁满汗珠。汉子摘下一片蒲叶，折成扇状递给娘，娘使劲扇着蒲叶，还是热不可当，她脱下裹在身上的粗布衣裳，露出红色的小褂。

一只猴子灵巧地横攀几棵树木，突然噌一下扑向娘，咝的一声，娘的小红褂被撕破，一片红绸耷拉下来，露出硕大的乳房。娘惊叫起来，霎时，山上的猴子全都兴奋了，纷纷合围过来，山谷间回响一片唰唰声。一只毛色褐黑的独眼老猴单臂挂在棕榈树上，伸出另一只手臂搭住娘的颈脖，发出古怪谄媚的浪笑；还有几只猴子跳到平地上，乱舞一气，还背对着娘，露出红彤彤的屁股。

丰子拽着那个汉子的衣襟使劲推他，汉子的身躯微微抖动，像根木桩似的一动不动。他就那么怕猴子吗？丰子又着急又失望。娘拼命想挣脱那只独眼老猴的纠缠，老猴的爪子死死抓住娘的颈脖不放，斜刺里又闪过一只猴子，撕下耷拉在娘胸前的绸片，娘的上身顿时全裸，洁白的皮肤和两峰巨乳一览无余……

正在危急时刻，忽然响起一种奇怪的声响。循声望去，半山腰的天师洞洞口，一位长须飘飘的老道，手持一根又粗又高的楠木手杖，用力敲击地面石板，发出的声响沉重而骤然。独眼老猴猛地一愣，浑身觳觫起来，一个鱼跃攀上树枝，其余猴子见状也纷纷逃窜，霎时，四周尽是树叶晃动的声浪。

老道面露威严，身板直挺，头颅微微上扬，他身穿一件蓝绸衫，黑灯笼裤，白色的绑腿，脚上套着一双黑白相间的云靴，头发绾成髻，发际插一根筷状琥珀色的玉簪，两腮长长的胡须在风中飞扬，俨然一座逸动的雕塑。

眼前这一幕让娘和丰子都惊呆了。

老道站在那里，纹丝不动，仿佛凝固了一般。丰子与娘后来听闻许多有关老道的传说，有人说青城山老道是叱咤江湖的峨眉派第十二代传人，也有人说他是退隐江湖多年的白眉拳拳王。他如何历经磨难和曲折，从峨眉山辗转到青城，那恐怕用三天三夜的时间也说不完。

那一刻丰子的双眼闪闪发亮，因为见到了救星。危急之中，幼小的丰子只是为老道的出手相助感到惊喜，岂不知，这一次的邂逅，决定了丰子一生的命运轨迹。从那以后，无处可去的娘带着丰子落脚青城山，而那个能够震慑住猴王、让群猴胆战心惊的老道，则成了丰子的师父。

2

丰子自打生下来以后就没哭过，这件事情除了娘和瘸子车夫没有人知道。幼时的他不知道人为什么要哭，等长大了发现别人都会流泪，他这才知道自己的异禀。五岁前的丰子一直是缄默无声的，他似乎还没有做好来到这个世界的准备。

那时候，爹还活着，眼看整天哭丧着脸守护丰子的娘，气不打一处来。娘不敢出门是怕街坊笑话。生下个九斤重的男孩，接生婆剪了脐带，在婴儿的屁股上噼噼啪啪拍打好一阵，期待中的哭声始终没有到来，满头大汗的接生婆扭着大屁股走出院庭时，很不屑地朝爹扔下一句："老爷，是个哑巴。"

只要爹不上朝的时辰，娘一刻都不离开丰子，好像甚怕烦躁的爹会冲过来，夺走这个无声无息的婴儿。爹在月光下的庭院里舞剑，娘格外紧张，仿佛那剑随时会飞过来，刺向怀里的孩儿。

丰子四五岁都不会走路，在地上跌跌撞撞走几步，蜓身返回扑向娘。娘一旦抱起他，他的小手就摸摸索索去解娘的衣襟，掏出大乳房拼命吮吸，此刻的他就会异常安宁。

六岁那一年，有天丰子躁动不安，胃口特别大，一只乳房吸干了，他没有睡着，无奈娘又把另外一只塞他嘴里，贪婪的丰子不停地吮吸，像要把娘身上的乳汁抽干似的，最后把乳头咬破了，娘尖叫起来，恼怒地在丰子屁股上猛拍一记，奇迹出现了，娘听到一个陌生的声音在叫她，那声音有点像旷野里的猫叫。娘愣了一下，忽然意识到什么，她惊讶的目光投向怀里的孩儿："你叫我了？你叫我了？"激动地说，"你再叫一遍！再叫一遍！"

这回丰子清清楚楚地叫了一声"娘"，神情还有些羞涩。喜极而泣的娘颠着小脚跑向客厅："丰子说话了，丰子不是哑巴！丰子不是哑巴！"

在客厅，跌跌撞撞的娘与从庭院外奔进的瘸子车夫撞了个满怀，瘸子车夫扑通一下跪倒在地，抱着娘的腿哭诉道："主子啊，朝廷来报，丰老爷他，他殁了……"

一喜一悲，就在同一天同时降临这幢大户人家的屋宇。

后来的日子里，丰子曾偷听娘同瘸子车夫说的气话，她说怪不得那天孩儿很反常，许久不安生，突然开口叫娘，早知是这样的话，宁可他永远不要开口说话。

清晨的天色似明未明，祖师殿前的树林里，众道士在吴道士的带领下已开始习武，噼噼啪啪的声响此起彼伏，长须飘飘的老道手扶楠木手杖，身板挺直，纹丝不动地站在晨风里，目光炯炯地环顾四周。

丰子和披风躲在一棵树后偷看。披风是瘸子车夫的义子，比丰子小两岁。瘸子车夫受伤后一直卧床不起，服了老道开的草药方子日见好转，而那些草药都是披风上山采摘回来的。披风平素就负责打扫道观的活儿，他原是山民，可不知道自己的生身父母是谁，老道收留了他，连名字都是老道给起的。瘸子车夫收披风为义子，跟娘说是给少爷找个玩伴。

自从来到青城山，伴着晨钟暮鼓，娘经常去溪边挑水。如果是大清早，一旦娘起身提着水桶出门，丰子马上一骨碌起床，跑到圆明宫前的空地上偷看道士们练功。空地两侧的围墙上画着八卦太极图，墙脚摆放着各种器械。道士们先是排成方阵，在吴道士的带领下徒手练拳，然后练器械，最后才是逐个单练。

丰子最喜欢看的是单练这个环节，道士们这时候都会耍出各个不同的绝招，一会儿是连环跟头，一会儿是鹞子翻身，看得他目不暇接、眼花缭乱。

单练过后，众道士走到吴道士面前，听他指指点点讲解一番。吴道士的功夫了得，又是娘和丰子的救命恩人，在青城山是最关照他们娘俩的。他会帮娘挑水，还经常把道观里供奉的水果、泡菜和酱肉偷偷送来给他们享用。但即便如此，丰子与吴道士怎么都亲近不起来，在他内心深处，总堵着一块小疙瘩。掀开小疙瘩，里面藏着两个秘密。

一个秘密是吴道士身手不凡，居然极怕动物。上山那天，眼看娘被泼猴们调戏，吴道士竟畏缩着不敢上前，这件事让丰子非常鄙夷他，也很难原谅他。在山上待久了，常有与吴道士独处的机会，吴道士每次都怂恿丰子叫他爹，丰子死活不从，为何要叫他爹？丰子有自己的爹。不依不饶的吴道士就去拧他的耳朵，机灵的丰子绕着几人合围的榕树转圈躲避，眼看要被逮住，情急之中他看见一只松鼠趴在树上，天生机灵的他故意大叫大嚷："大松鼠！大松鼠！"奇怪的是，丰子这么一叫，吴道士的脚步立马停住，再也不敢追过来。吴道士原来那么怕动物，哪怕是松鼠这样的小动物，这让他觉得很可笑又很好玩。

还有一个秘密，丰子永远不会对别人说。

那天阳光明媚，山间溪水潺潺，黄色的杜鹃花开满山坡。圆明宫前挤满来山上供奉的游人，丰子与披风在老银杏树下玩射箭，远处娘从溪边挑水上坡，人群里闪出吴道士，他拨开人群，一个箭步上去，单手从娘肩上接过担子，大步如飞地朝寮房走去。丰子和披风手提弓箭被人流挤来挤去，两个人浑身是汗，射箭是玩不成了，丰子觉得无趣又兼饥肠辘辘，撇下披风，一溜小跑跑回寮房。

在寮房门口，他看到无人照看的一对水桶横亘在地面，他把弓箭扔地上，跨过水桶进入前厅。

屋内寂静无人，从前厅到卧房有一条长长的走廊，他沿着长廊走去，渐渐听到了低叫声和喘气声，他来到木窗下，透过百叶窗的缝隙，瞧见一个男人宽阔的脊背和结实的屁股，娘的两只小脚悬在空中，随着起伏的叫声欢快地抖动，像两只风中鸟相互挑逗，忽然有一刻痉挛相拥，死也不分开……

披风听见丰子呱呱乱叫起来，吴道士不知何时出现在他们身后，他从后面拽起丰子的衣服提拎着走向祖师殿，脸上浮现古怪的冷笑。丰子两条腿悬在空中来回倒腾，一只手掌拼命击打吴道士的手臂。吴道士终于放下丰子，一只手指点点自己的鼻子说："叫爹！快叫！"

丰子哼一声扭过头，眼睛斜睨着吴道士，鼻翼一翕一合，就是不吱声。吴道士一个劲地逼问："叫不叫？叫不叫？再不叫把你扔五龙沟喂猴子去！"

丰子翻着白眼，乘吴道士稍有懈怠，忽然拔腿就跑。吴道士察觉后一个箭步上前揪住，丰子惨叫一声，右手竖掌模仿着众道士练拳的动作横扫过去——心里默念着老道教给他的铿锵咒语："地动山摇，风行水上；青龙白虎，神弩八极！"

丰子横扫过去的手并未触碰到吴道士的身体，但人高马大的吴道士倏忽间动作迟缓，突然蹲了下来，双手紧紧捂住小腹。披风见状，赶紧过来拽起丰子手臂就跑。

两个小孩跑了一会儿也没见吴道士追来，气喘吁吁地站住，回头一看，见众道士围成一个半圆。吴道士皱着眉头，推开众人缓缓站立起来，两只手捂着腹部勉力朝前走，走着走着又踉跄起来，不承想直直地扑倒在地，扑通一声发出沉闷的声响。

事后道士们都说，谁也没有看见丰子的手掌触碰到吴道士的身体呀，这一切不知道是怎么发生的。远处的老道站在石阶上，长须飘飘，目光炯炯地将事态发生的全过程尽收眼底。

吴道士卧床数周，不停地便血，娘终日伺候于床畔。老道亲自过来给吴道士望诊，把脉的时间很久，最后老道的诊断让大家非常吃惊：吴道士的内脏严重受损。

数月后，吴道士勉强能够起身行走，其时老道已正式收丰子为徒。每天清晨丰子早早起床，率领众道士习武练功，道观里讲究长幼辈分，少年丰子之所以能够服众，全仗着老道亲自压阵，并时不时地面授机宜。披风终日上山采摘草药，把带着露水的草药交给娘之后，便去老樟树下玩射箭，一个人玩腻了，他也会来到圆明宫前，为老道和丰子端壶沏茶。星月当空的夜晚，披风常常就是丰子的陪练,这陪练当久了,武功自然也突飞猛进。

在娘日复一日的精心伺候下,吴道士受伤的身体渐渐复原。终于可以下榻走路,娘扶着吴道士在祖师殿前的樟树下艰难徘徊,一有机会,便向吴道士表示歉意。

吴道士洒脱地挥挥手,似乎并没有为内脏受损而忧伤,满不在乎的神情,流露出的依然是顶天立地的大丈夫气概。他涎着怪异的笑容对娘说:"你生了一个了不起的儿子,假以时日,他说不定会修炼成旷世奇才哪!"

3

丰子偕披风一起下山那年,师父老道已羽化仙逝。

吴道士接管道观后不久,在山南断崖上凿一壁洞,整日研读《太平经》和《黄帝内经》,闭关苦修。经年历月,有一日胡子拉碴的吴道士终于出洞,眼光迷离,披头散发,在祖师殿前来回狂奔呼号,那呼叫声嘶哑尖厉,久久回响。吴道士最后在奔跑中力竭倒地,口吐白沫。众道士见状齐刷刷地上前,衣衫褴褛的吴道士泪如雨下,哑着嗓子喃喃地说:成功了!成功了!他说他凭着旷日持久的苦修,获得了一套长生不老的秘法。

众道士扑通一声集体下跪,口中念念有词,犹如无伴奏的歌咏在山谷间飞翔。

吴道士苦修期间闭门谢客,与丰子娘也基本断了来往。站在月光朗照的台阶上,娘一次次求见,屡屡被小道士拱手拦住。道观内私下流传一种说法,吴道士内脏严重受损后,欲望的精魂被摄走,已完全丧失床笫能力。

吴道士长生不老的秘法成为江湖上的神奇传说,一时间风靡海内,很快传到京师,惊动当朝皇上。皇上日日祭拜天地,难忘祭师曾预言天将降祥瑞于西南方,青城山位居京师以西,莫非吴道士的出现正是一种应验?皇上一日也不肯耽搁,命锦衣卫速速派人去青城山,日夜兼程护送吴道士入宫。

青城山的掌门人被皇上垂青,整座青城山轰动一时,各地来的香客络绎不绝,日日人满为患。道士们把山南断崖上的洞穴用绳索围起来,用红漆在断壁上写着:"长生不老法修炼密室。"

皇上拥有吴道士之后,整日不理朝政,命吴道士侍奉左右,听他仔细讲解长寿秘诀。那段日子,宫里的太监很难见到皇上,在御驾车舆上,倒是常见皇上与吴道士的身影。皇上经常让宫女演奏道乐,在袅袅的乐声中,吴道士倾心诠释《黄帝内经》与天地的关系,抑扬顿挫,声情并茂。在吴道士的指点下,皇上潜心服丹练功,以求获得长生不老之法。因为皇上的宠幸,吴道士可以随意进出宫廷。锦衣卫密报皇上，说吴道士身体力行，从不近女色，皇上更是对他言听计从，恩宠有加。皇上哪里会知道，吴道士曾经如狼似虎御女无数，只是内脏严重受损后，才变了个人，彻底放弃了搞女人的心思。

翌年春天，皇帝与吴道士把盏神聊，君臣之间所聊上至天文地理下至鸡毛蒜皮，古往今来圣贤百家，天下事、房中术无所不谈，皇上一时高兴心血来潮，于酒酣之际突然下诏，命吴道士组建东厂。起始吴道士以为皇上喝醉了，说的是醉话，谁知第二天他刚从宿醉中醒来，诏书已抵官邸。吴道士成为东厂厂公后，仕途如日中天，权倾朝野，正是这当口，他向皇上举荐了丰子。

吴道士举荐丰子，与其说是他慧眼识英雄，赏识这位故人，还不如说他读过不少杂书，通晓宫廷谋略，深知自己在朝廷不过是无根的浮萍，要想羽翼丰满就不得不培植亲信，而举荐熟人肯定比举荐外人来得可靠安全。

丰子与披风下山之际，前往祖师殿与娘叩别。其时娘缠头披纱，已成虔诚的道姑。母子俩泪水涟涟，难分难舍，这是丰子出生后他们的第一次分离。娘颠着小脚、瘸子车夫瘸着腿一直把他们送到天师洞，薄薄的道袍衬出娘丰腴的身子。瘸子车夫把平素主子赏他的银两，装一小兜全都塞给披风。斜挎行囊的丰子和披风大步流星往山下走去，回首一望，娘在前，瘸子车夫在后，前后站立在一棵高耸笔直的楠树下，两人的身影在午后的斜阳中愈来愈小。

数日后丰子与披风抵达京师。傍晚时分，他们找到一个酒楼，叫了几碟小菜、几壶酒，小酌起来。酒楼二层面对一个市集，那里人声鼎沸，不时传来锣鼓声和喧哗声。好奇的披风忍不住走到窗台边观望，回来告诉丰子说："丰哥，那里在擂台比武哩。"

酒足饭饱后，丰子与披风步下酒楼，右侧街边是一个算命摊，一个瞎子正襟危坐在一张木桌前，眼帘不停扇动，露出两片空洞的眼白。披风一把拉住丰子的衣襟说："丰哥，我们何不让他算个命？看看此行是否祥瑞高照。"

丰子拗不过披风，两人就在木桌前坐下，披风拉着丰子的手伸给瞎子，不料瞎子并不动弹，嘴唇嚅动，眼皮忽闪。

"你什么意思？你不算命啦？"披风焦急地责问。

"算命这件事啊，只有信的人才会准。你旁边这位少爷根本就不信，我就不赚你们的银子了。"瞎子微笑着说。

披风很诧异，瞎子怎么知道丰哥不信的呢？披风强拉丰子的手臂，摇晃着说："我们信的我们信的！对吧，丰哥？"

丰子脸色赧然，嗫嚅着，不知如何是好。

瞎子说："这样吧，给你们测个字，不准的话，我分文不取，权当戏言。"

"好好，这样好！"披风嚷嚷道。

瞎子让丰子用毛笔在宣纸上写一个字，想问的事情藏在心里，不必告他。丰子抬眼看到旁边有个招牌叫"夏程里客栈"，就随手写了个"程"字。

瞎子掐指估算一会儿，嘴里念念有词，时辰一点点过去，他突然站起来，连连躬身作揖，说："失敬失敬，有眼不识泰山！"

披风露出好奇的笑，赶紧问："先生，怎么啦，怎么回事？"

瞎子随即说出的一番话，让丰子和披风惊诧不已。瞎子说"程"字是"禾"旁，你们来自禾木丰沛之地，禾木丰沛的地方势必有山有水，"呈"上口下王，你日后不仅是吃皇粮的，还是一人之下万人之上的大富大贵之人！

披风大喜过望，起身掏出几吊铜钱放桌上，谢过算命先生，拉着丰子来到人声鼎沸的市集。

前面的空地上插着一面黑黄相间的旗，旗下竖着鼓，一个满脸腌臜的侏儒拿着鼓槌毫无节奏地胡乱敲着，鼓面比他个子还高。几丈宽的擂台上，有一壮士口吐狂言，嚷嚷着尽是挑衅的言辞，惹得擂台下的年轻小伙排成长队，怒目切齿地要上去挑战壮士。那壮士身穿马褂背心，五大三粗，一身肌肉，年轻人上去一个摺倒一个，基本都不超过两三回合。

壮士一时打得性起，双手一摊，指着排队的年轻人，朝天一声大吼："爷今天高兴，允你们通通都上来！"

年轻人蜂拥而上，顿时场面混乱不堪，一袋烟的工夫，擂台上七倒八歪，躺倒一片。最后还在与壮士缠打的，只剩下一个身穿皂衣的蒙面人，他躲闪敏捷，步法灵活，壮士一旦出拳，他一个鹞子翻身，落在壮士的身后，然后一顿组合拳击中壮士的背部。几个回合下来，壮士屡屡被袭，勃然大怒，屏息运气，突然如猛虎下山一般，朝蒙面人扑去，粗壮的臂膀在空中划了一个弧线，两只手掌勾成鹰爪，像铁钳一样咬住了蒙面人的一条胳膊，一个大背摔，蒙面人整个身体腾空而起，重重地摔在地上。蒙面人的皂衣撕裂，盖住头脸，腰部与臀部全部暴露在外，壮士一只手臂锁住蒙面人的头肩，另一只手掌勾成巨大的鹰爪从空中落下，直捣蒙面人的左胸……半空中被斜刺里伸出的结实手臂挡住——是丰子。

此前丰子一直作壁上观，后见蒙面人渐落下风，而那壮士不依不饶，一副不置对方于死地不罢休的态势，眨眼之间，丰子卸下斜挎的布袋塞给披风，跳上擂台，伸出手臂挡住了鹰爪。他双手握拳作揖，彬彬有礼地说："师父既已胜出，不必再伤弱小女子。"

"女子？"壮士一阵狂笑，松手一把推开倒地的蒙面人，发出颤动的声音，"我从不与女子交手！哪来的乳臭未干的道士？报上姓名来，我不打无名之辈！"

丰子镇定地说："在下丰子，请教师父尊姓大名？"

壮士回道："好好，让你死个明白，我乃鹰拳天王呼延廷！"

"师父赐教!"丰子微微欠了欠身,后退几步。

壮士呼延廷与丰子在擂台上走着马步,绕场兜圈,两人的眼神像电光对接,浑身的心气相克。呼延廷手心朝里弯曲,有节奏地扇动手掌,仿佛在说来呀有种来呀!

这时披风已挤到前面,放下肩上的行囊,跳上擂台,随时准备出手驰援。丰子伸出手掌拦住披风,示意他退下。

随着"师父接招"的话音刚落,走着马步的丰子以迅雷不及掩耳之势敏捷出拳,呼延廷挡住,反击一掌,又被丰子挡住,一来一去犹如闪电,令人目不暇接。十几个回合之后,呼延廷见赚不到便宜,又使出同样招数,两只手掌勾成鹰爪,铁钳似的咬住丰子的胳膊,斜身一摔,丰子来不及躲闪,用腿部支撑住身体,但双手已被呼延廷锁住,这次呼延廷用的是两只手臂,像木枷紧夹丰子的喉咙,丰子的呼吸顿时困难起来。台下的披风见状连忙跳上,却被呼延廷飞腿一脚,击中面门,倒在地上。

丰子眼冒金星,大口喘气,身上的骨头格格作响,他知道中招了,且对手使的是致命的狠手,他眼前浮现吴道士追逐自己的情景:地动山摇,风行水上;青龙白虎,神弩八极!丰子的五脏六腑运着气,嘴里开始念着咒语,一遍遍地念,反反复复地念……

忽然,丰子感觉呼吸顺畅起来,而呼延廷的手渐渐松开,跟跟跄跄后退几步,身子软下去,瘫倒在披风的边上……

这时,城门忽地大开,东厂的一队戎装太监拍马赶到,领头的一边翻身下马,一边大声呼叫:"丰道士何在?!"

丰子健步跳下擂台,整了整道袍的衣襟,躬身作揖:"在下便是。"

4

那次打擂台你是怎么看出我是女儿身的?

莲蓉成为将军夫人之后的很长一段时间里,反复问到这个问题。丰子总是笑而不语。他能说什么呢?任何人的背影他只要看上一眼,就能准确无误地判断出性别。在青城山的时候,有个村姑为了逃婚躲到山上,夫家人告到官府,派了兵丁上山搜查,村姑身穿青蓝色道袍,混在一群道士里低头唱诵经文,躲过官府兵丁的捉拿。第二天丰子遇见一群乾道士,他指着其中一个束发盘髻的大声说:"你就是那个逃婚的。"吓得身穿道袍的村姑冲出队伍,上前一把抱住丰子要堵他的嘴。丰子见形势危急,收拢双肩像有缩骨功似的突然遁形,村姑环顾四周怎么也找不到人,不一会儿,听得一棵老樟树上传出低低的窃笑……

丰子能说莲蓉的衣襟被呼延廷撕破后自己看到了纤腰以及柔美的腰臀线吗？莲蓉的腰与娘一样的纤细，顺着腰往下，具有月牙儿似的弯曲线条，沿着腰臀线往下便是胯与臀，胯朝两边突出，臀是翘翘的、浑圆的，饱满硕大，一看便知富有弹性。那腰臀线可以说是曼妙无比，再有灵性的画师也画不出那样的线条。那臀的形状像什么？苹果，对了，当时丰子就是联想到苹果。在那一刻，丰子突然有一种嗓子冒烟口干舌燥的感觉，随即萌发跳上擂台的冲动……

莲蓉端着一碗莲子羹走进厅堂，只有一个丫鬟在做女红，不见夫君的人影。莲蓉把莲子羹放在案几上，走出厅门，来到庭院。

庭院里黑魆魆的，月光下树影婆娑，青苔杂草四处蔓生，墙根伸出的几枝茎叶，在风中轻轻摇摆。沁人心脾的花香一阵阵袭来，那是庭院中的桂花树开花了。

莲蓉知道丰子有月夜习武的习惯，但今天有些异样，丰子上朝回来之后一直闷闷不乐，神情凝重。丰子平素话就少，朝廷的事莲蓉从来不问，嫁给丰子后，莲蓉早已习惯了夫君的脾性，他不说的事情，绝对问不出个子丑寅卯，你再问也无济于事。她这个丈夫什么都好，勇猛善战，朝廷派他出战平乱，每每胜利而归。官至大将军，不纳妾、不嫖妓，就是天生一个闷葫芦，再大的事情全装在心里，莲蓉永远不知道他在想什么，有时莲蓉恍惚觉得他心里藏着巨大的秘密，可那是什么样的秘密呢？

借着朗朗月色，莲蓉依稀望见庭院甬道上丰子舞剑的身影，剑在暗夜中划出曲折锃亮的弧线，发出霍霍的低响。

前面的银杏树影晃动了一下，一只野猫嗖地穿过石阶。莲蓉习惯性地收缩身子，绷紧双腿。成为将军夫人后，莲蓉一心想做个好妻子，已放弃习武，但思维的敏捷和身手的反应都还在。

银杏树影又轻轻晃动，莲蓉侧过身子，背靠树身，慢慢探出脑袋：很奇怪，甬道上舞剑的丰子不见了。

庭院的另一侧，手持匕首的披风急急闯进，他一进入庭院就迅疾闪躲在一棵树身后，眨眼间有一道黑影闪过，莲蓉凭着女人的直觉，意识到披风被人跟踪了。披风终于现身，他俯下身朝瓦墙的灌木丛潜行过去，走着猫步搜寻，突然，他健步上树，在几米外的树上又轻巧落下。一上一落，披风的这些招数莲蓉非常熟悉，因为丰子都曾给她演练过。

披风停住了，用匕首划拉着草木前行。突然，一个皂衣蒙面人从灌木丛蹿出，与披风展开格斗，来去几个回合，蒙面人的皂衣被披风的匕首划破，披风上前一把抓住蒙面人的衣襟，蒙面人施展金蝉脱壳之术，身子蜷缩成弓形，弃了外衣，露出白短褂，朝莲蓉这边逃窜过来，三步两步飞身跃上瓦墙。莲蓉见状噌地飞身跃出，蒙面人正准备翻出墙外，莲蓉拽住他的胳膊，蒙面人毫不费力地甩开，腾空一个跟头，上了树。莲蓉一时兴起，也三步两步上了树，紧追不舍，蒙面人朝墙外飞去，半空中抬了抬手，披风从远处飞奔过来，大呼"夫人小心"——蒙面人手中飞出一道光，披风在空中跳起，用匕首去挡那道光，只觉得臂膀上一热，他落地后即刻捂住臂膀。

莲蓉意识到披风刚才救了自己，她从树上跃下，朝披风走过去询问伤势。披风受了伤不忘给嫂夫人请安，并宽慰莲蓉，说已禀报呼延廷将军，即日起在都督府周围增加侍卫巡逻。

两人跨入厅堂，只见穿着一身白绸衣的丰子正悠闲地坐案几边吃莲子羹，一把宝剑醒目地放在八仙桌上。莲蓉吩咐女仆去拿包扎伤口的纱布和膏药。

"怎么，伤着了？"丰子问。

"披风为妾挡了暗器。"莲蓉边为披风包扎边说道。

"暗器？"丰子盯着披风的手臂。

"没事，一点皮外伤而已。"披风笑嘻嘻地说。

"给披风将军也来碗莲子羹。"莲蓉吩咐女仆。

女仆从厨房端来莲子羹，莲蓉帮披风包扎完，递过莲子羹，披风三口两口扒拉下去，抹抹嘴说："丰哥，京师街头这些天突然出现很多控诉吴道士的匿名大字报，吴道士把文武百官召至奉天门下罚跪，想逼出贴大字报的人，直到天黑仍无人招供。"

"哦。"丰子沉吟良久，问道，"这几日东边的情况如何？"

"兵部今日收到一份快报，说浙江沿海一带倭寇活动猖獗，渔村屡屡被袭，倭寇深入腹地袭击我明军官兵。"披风说。

"嗯，明日早朝不用派马车来接我，我自己去。"

"丰哥！现在朝局不稳……"

"已说过多次，不要叫丰哥。"丰子的脸上露出不悦。

"是！将军。"披风搓了搓手，站直身子，正准备往外走。

"哦，对了，那件事查得有无眉目？"丰子突然又问。

"派去汴州暗访的人这几日即可返回，已寻找到当年刘府的一个丫鬟，名叫荷花。"披风说。

"好，切记不得走漏风声。"丰子说。披风刚欲离去，丰子又让女仆拿了几颗口服的丹药给披风，嘱他好生将息。

披风作揖后大步走出厅堂，莲蓉一直送到门口。

在丰子的脑海里，爹的形象是遥远而模糊的。他甚至不记得爹是否抱过自己。娘的闺房里曾经挂着爹的画像，画像上爹的面容是严厉的，嘴唇紧抿，那眼神威严中透着一种茫然。幼年时的丰子经常看到爹一个人喝闷酒的情形，这个场景深深地烙在他的记忆里。来到京师之后，丰子与吴道士很少见面。丰子是聪明人，他知道吴道士是为了避嫌，宫里的规矩也不允许臣工们互相串联，交往过密。但只要一有机会，丰子就会向吴道士询问当年的案情，吴道士总是支支吾吾，语焉不详，逼急了，就说前朝皇帝在位时发生的事情自己怎么会知晓，那时贫道还在青城山习武念经哩。吴道士劝他不要胡思乱想，身为朝廷命官，要多想建功立业之事，不枉他向皇上推荐丰子的一番苦心。

但丰子的执念里总觉这桩历史旧案中有蹊跷，他不相信爹会谋反。吴道士既然不愿介入此事，丰子知趣地不再去打扰他，暗地里他从未放弃过，一直让披风偷偷调查此事。

当年汴州知府被举报谋反，皇上下旨，命都察院派人调查此事，都察院按旨前去汴州的就是丰老爷。丰老爷原与刘聚之同为内阁首辅，刘聚之的贪婪与丰老爷的清廉都是宫廷内外出了名的，但刘聚之老谋深算，鬼点子多，常会在皇上为难之际献上两全之策。皇上让刘丰二人共掌内阁，玩的是清浊互相掣肘的平衡术。无奈丰老爷为人一向耿直倔强，不屑与刘聚之为伍，因此他不仅深深得罪了刘聚之，还常常在廷议时当着文武臣工的面让皇上下不了台，最终被贬都察院，朝廷由此变成刘聚之独掌内阁。

丰老爷到了汴州，查清原是知府的外甥强奸民女，慌乱中杀死民女的婆婆，知府大义灭亲，将外甥投入监牢。谁知堂时审知府外甥反咬一口，供出知府数年前曾经通匪的历史。丰老爷查清案情，维持原判。不料在朝廷群议时，内阁首辅刘聚之以汴州知府曾是丰老爷的旧部为由提出异议。皇上再命刘聚之去汴州重审此案，刘聚之到达汴州，丰老爷按理应该与刘聚之知会交接，但他显然对朝廷的安排心怀不满，加之耿直的脾性，对钦差大臣刘聚之不理不睬。后来刘聚之坐实汴州知府通匪前科，丰老爷不辞而别，愤而离去。返回京师的途中，在汴州城门外的衢道上遭到拦截搜查，马车里查出一大包银两，包裹银两的黄绸布上印着汴州知府的府印。丰老爷当众怒斥刘聚之派来的兵丁，兵丁们被骂得灰头土脸，但证据确凿，丰老爷纵有一千张嘴都无法为自己洗白。

回到京师，丰老爷的马队刚入城门，他即被锦衣卫的人拿下羁押，因包庇受贿罪锒铛入狱。丰老爷哪里咽得下这口气，身陷囹圄每天鸣冤叫屈，庭审时破口大骂刘聚之，结果被廷杖致死。那一天，正是六岁的丰子突然开口学会叫娘的日子。那一大包银两是如何拿上马车的，丰老爷的车夫成了关键人物。丰老爷带去汴州的车夫是严府的人，严丰两家是世交，常会互相借用仆人。奇怪的是，汴州回来后马车夫很快便人间蒸发，不知去向。

莲蓉用手指轻挠丰子的耳根，丰子侧身躺着，背对莲蓉一动不动。莲蓉不死心，她知道丰子最怕痒的地方就是耳根。丰子的身子动了一下，这似乎鼓励了莲蓉，她更加使力地挠，轻重相间，还用食指不停撩拨丰子的耳垂，丰子用手拍拍莲蓉的屁股，示意她停下。谁知莲蓉捏住丰子的手不放，使劲往下摁住，这样丰子的手就全部按在莲蓉的腰臀上了，深陷的腰际线连着鼓凸的胯部，丰子顿时全身像通了电似的一阵酥麻，嗓子里仿佛有一团火，焦渴难当，他翻过身，褪去莲蓉身上的小褂和短裤，莲蓉的身子即刻开始扭动起来，嘴里发出异样的呻吟声……随着身体的运作，丰子的眼前竟然浮现出娘倒在吴道士的身下，两只小脚在半空中缠绕的画面。

　　莲蓉与丰子有过一次床笫之欢后，她就知道这个男人是属于自己的。她相信所有的女人遇上丰子都会离不开他。莲蓉每次都非常投入，她没有发现丰子身上的异样。丰子年幼时皮肤白皙干净，自从伤了吴道士后，他的皮肤渐渐变成小麦色，发育的时候又变成古铜色，全身开始长毛，胸口和腿部的毛密密麻麻，按青城山道士们的说法丰子就是一条青龙。莲蓉娇嗔地说你是青龙，我就是白虎！丰子被莲蓉逗笑了，问何谓青龙，何谓白虎啊？莲蓉说我不管，我就是白虎，我就是死死缠住将军的妖精！

　　师父老道教会丰子很多，教得最多的是道家精义和习武人操行，而唯独房中术是吴道士在丰子成年后传授的。吴道士早年在青城山道观外与一干人搭草庐修行，所习课程中包括双修。吴道士生性灵活，通晓各门杂学，他曾几次拜于老道门下无果，老道是正宗的全真派嫡传，守戒独身，视吴道士的杂家修炼法为旁门左道。后来吴道士在道观大殿前长跪七七四十九天，才扭转乾坤，遂使老道收留了他。吴道士意外受伤，废了床笫功夫，早年的习修心得只能与丰子沟通，他喋喋不休地向丰子传授房中术，眉飞色舞的神情依旧高涨。都说两个男人在一起可以谈女人，势必是知根知底的挚友，但在丰子心目中，他与吴道士从来都不能算挚友，从来都没有臻于无话不谈的境地。丰子对掌控意念可以说是无师自通，只要他想控制自己，整日整夜都可以保持气息的充盈、身体的坚挺，这就是丰子不想要子嗣，始终能够不让莲蓉怀孕的缘由。

　　"将军，我们为何不能要孩子？你驰骋疆场威震四方，你的后代也一定是人中龙凤，为何不能生儿育女呀？莲蓉想要孩子，求你了，给我！给我！"莲蓉一次次地呐喊。

　　丰子回答："我是朝廷命官，随时要去征战；即便没有战事，在朝廷也是如履薄冰啊。人为刀俎，我为鱼肉，我不让能夫人和子嗣来承担日后的凶险呀！"

　　"那我们就辞掉这个鸟官，隐遁江湖，浪迹天涯！"莲蓉一向快人快语。

　　"现在还不是时候呀。"丰子慢悠悠地说。

　　今夜，月光朗照，夜色在无边无际地漫溃，丰子有种要放弃和松懈的念头，有一瞬间他似乎犹豫了，但最后一刻还是锁闭闸门，没有让激情的潮水释放奔涌，而此时的莲蓉已经一阵痉挛，发出歌唱般的吟唱。她的手渐渐松开，全身挥汗如雨，软瘫如泥。

5

丰子的马车刚刚驶离都督府不久，前面就被一队骑兵拦住，身披盔甲的呼延廷将军拍马赶到，他跃下马背，凑近马车的布帷禀报说：昨夜潜入都督府的蒙面人已被缉拿，施刑后招供，竟然是东厂的人。

布帷轻轻撩起，丰子双目凝视呼延廷，眉头紧锁："东厂的人？"

"是的。他们在刘宅附近发现翻墙而出的披风，一直跟踪到都督府。"呼延廷说。

"披风去刘宅了？"丰子颔首，若有所思地放下布帷。

"将军，如何处置那人？"呼延廷问。

布帷内传出嗡嗡的声音："派人送回东厂。"

马车缓缓驱动，在石阶路上发出辚辚的声响。东厂由吴道士执掌，入朝为官之后，没有紧要的事丰子很少与吴道士见面，久而久之，他与吴道士变得疏远起来，甚至可以说有些生分，难道吴道士也在暗中调查刘府？

天色渐明，皇宫外壁垒森严，到处是手持兵器、身披盔甲的侍卫。几个锦衣卫的人在刘秀芳的带领下，挡在丰子的马车前面。丰子缓步跨下马车，整了整衣帽，健步朝宫殿深处走去。

走过长长的汉白玉石阶，在宫殿一侧，丰子看到了神色凝重的吴道士。他头戴一顶六角帽，身穿灰白色立领的对襟长袍，前胸对称地绣着两条飞舞的小龙，穿道袍上朝是吴道士的特权。

吴道士用眼睛的余光看了看丰子，嗅嗅鼻子，微微颔首，随即又与旁边的文官交头接耳低语起来。丰子想起呼延廷捉住的那个蒙面人，不禁陷入无尽的沉思之中。

接下去，令丰子匪夷所思的一幕出现了。

百官聚集宫廷内，身穿龙袍的皇上驾到，御前太监朝前一步，高声朗读诏书，诏书尚未读完，刘秀芳已率几名身披盔甲的武士，当着满朝文武百官的面，冲上去缉拿吴道士。吴道士随即被上了木枷，六角帽摘下后头发凌乱不堪，往日的威风消失得无影无踪，他低下头一语不发，似乎默默接受眼前的一切。

曾经深得皇上宠幸的吴道士，转眼间成了阶下囚。

丰子后来才知道，吴道士是被他的手下宦官告发的。事发后一名大学士携几位内阁大臣联名上疏，历数吴道士的十大罪状，要求皇上罢免吴道士。皇上收到上疏后大发雷霆，下旨追查谁是上疏者，可没想到的是，内阁和锦衣卫也纷纷上了弹劾吴道士的奏折。最让皇上震怒的是几百文武官员跪在皇宫玉阶下，不惩办吴道士他们集体不起，这已经有点像逼宫了。

皇上龙颜震怒，下旨拘押上疏者，孰料内阁首辅以公意所在请求皇上宥免。皇上无奈之下颁诏拘押吴道士本也是权宜之计，可锦衣卫的刘秀芳不依不饶，就在吴道士被押往都察院审讯的途中，刘秀芳率人突击搜查了吴道士的宅邸，发现大批贪腐财物和违禁兵器，这就坐实了他的罪证。精力充沛的刘秀芳还发现吴道士扣押为皇帝选拔的嫔妃、畜养刺客和私造盔甲弓箭。

一月后，面对雪片一样飞来的奏折，皇上无奈地瘫坐在龙椅上，连连挥手说"罢了罢了"。一旁的刘秀芳赶快对给事中使递眼色："速速记下，皇上已说罢了，'罢了'是什么意思你知道吗？"刘秀芳用手掌比画着，模拟钢刀横扫过去，砍在给事中的脖子上。给事中浑身发抖，不停地颔首。

吴道士很快被凌迟处死。

闻讯吴道士遇难的那天晚上，都督府内一片寂静，莲蓉半夜起身小解，拧亮油灯，看见身边熟睡的丰子眼帘上，似乎挂着一颗晶莹的泪珠。她惊诧不已，因为丰子曾告诉过自己，他自出生以来从未哭过，所以不知道哭的滋味。当时莲蓉还很不高兴，自己嫁了个没有泪腺的丈夫，与铁石心肠有何区别？

莲蓉误以为丰子是在为吴道士的噩运哀伤，所谓兔死狐悲。不料几日后的一个晌午，披风的府邸迎来从青城山赶来报丧的瘸子车夫：丰子的娘去世了。

蹊跷的是，莲蓉从瘸子车夫口中所知，丰子娘闭眼咽气的时辰，差不多就是莲蓉起夜小解的那会儿。这么说那天晚上丰子是有心灵感应，梦中已经预见娘的离世？

蒙皇上恩准，都督府府兵护送，丰子一行日夜兼程，赶往青城山奔丧。丰子和披风策马驰骋，莲蓉坐马车随后。瘸子车夫虽已白发苍苍，但筋骨依然硬朗，手扶缰绳一路疾驰，长长的须髯随风飞扬。

春天的青城山满山遍野开满了杜鹃，一片片的白色，一片片的粉色。雨后的山坳里，树木翠绿欲滴，斜坡上散落着一丛丛的芍药和丁香花簇，紫色的丁香悄悄地盛开，它不事张扬，不像杜鹃那样醒目地呈现妩媚，犹如含羞的处子。山上的树木井然有序，柏树、银杏、香樟以及棕榈，郁郁葱葱沿山壁错落分布，进山口两棵松树并排站立，三层树塔临空架设，似乎在诉说道法自然的精义。树塔后是一排笔直挺立的楠木，高耸入云气势巍峨，将整座青城山装点得生机勃勃情深意浓。半山腰有一片碧蓝的湖水，荷叶田田，青蛙跳跃其上，蜂蝶飞舞湖面。

青城山为娘的仙逝举行了隆重的仪式。朝拜殿里摆放着娘的灵位，白色杜鹃扎成的花圈围绕四周。道士们都披麻戴孝，时不时在娘的灵位前叩头献花。娘在世的时候与道士们相处和睦，为大家排忧解难，众道士私底下都对娘极为尊崇。

丰子与莲蓉踏上祖师殿的台阶后一步三叩，来到娘的灵位前长跪不起。伫立两侧的道士们诵念经文，犹如歌咏，莲蓉已泣不成声，从未谋面的婆婆，静坐在巨大的画像里无比慈祥，初见竟是永诀，让莲蓉顿生无限悲戚，泪流满面。

在朝拜殿举行葬礼仪式之后，丰子与莲蓉抱起面容安详的娘坐入一口大缸，四位道士用泥土封缸，抬至西山坡而葬，众人用石头堆成坟山，再用砖石建塔立碑。

从西山坡往回走的途中，一个道士追上来，将一张纸条递给丰子。这是娘的一份遗言，她临终前躺在病榻上口述，由旁人代为记录下来。

丰儿：

娘要去见你爹了，娘这辈子最骄傲的就是拥有你这个儿子。你爹去世后，我们娘俩来到青城山，在这里娘度过踏实安心的后半辈子。青城山是我们娘俩的福地，你功成名就后，一定要报答这里的山山水水，报答这里所有的人。

另外，娘心里一直放不下的一件事就是你爹的死，这始终是一个谜。你爹对朝廷忠心耿耿，他耿直倔强，说话不绕弯子，得罪的文武百官甚多。皇上派他去调查贪官，回来反成阶下之囚，这其中必有冤情。如果皇上圣明，吾儿一定要查清原委，还你爹一个清白。

无论发生什么天大的事，吾儿不得叛逆，不得为匪，不能辱没丰家祖上的荣耀。

娘

这是丰子第一次听到娘如此清晰表达对爹身遭飞来横祸的质疑，其实这也是缠绕丰子许久的一块心病。他与娘从未交流过，但母子俩心有灵犀，都对这件惊天旧案有着一个大大的问号。

这天晚上，莲蓉被丰子的辗转反侧搅得难以入眠。山涧溪水的流淌和林中百鸟的啁啾，一直在她耳畔环绕。

次日清晨，青城山刚露曙色，莲蓉就悄悄起床去上清宫拜谒青龙阁和白虎阁。此次来青城山，她要搞清楚青龙和白虎到底是怎么回事。去上清宫的途中，莲蓉又一次看到了树塔，在朦胧的曙色中，三层高的树塔悬空横架在两排大树之间，塔身皆用树干垒成，远远望去像一尊肃穆的塑像，又像一个正襟危坐与苍天对话的道士。

从上清宫回来，丰子还没起床。这时五百里加急廷寄飞马送来，莲蓉闻讯，急急跑去把尚在睡梦中的丰子叫醒。丰子匆匆穿戴整齐，出门跪拜接旨。

据报山东东平湖几万灾民造反，皇上命都督府带兵一万平定匪乱。随行的监军是锦衣卫的指挥使刘秀芳。

"这是什么意思？"披风一边收拾行装，一边大声嚷嚷，"几万人造反，派一万人去平定，这个鸟皇帝是怎么想的？"

"休得胡说！"丰子呵斥道，他坐在案几边一人独自品茶，脸色凝重。

"锦衣卫的指挥使随军出征，这也是前所未有的事情。"披风继续嘟嘟囔囔。

莲蓉端来一只盛满茶水的瓷碗递给披风，幽幽地说："吴道士被除，皇上是在考验将军的忠诚啊。"

6

大都督丰子率领的一万人马在东平湖的南侧安营扎寨。

东平湖一望无际，大片大片的芦苇将湖面分割成几大块水域。湖的北面就是州府所在地，群山环湖延绵，地势险要，据说前朝的梁山泊匪兵谋反，就曾盘踞在这一带。

山东府本是富庶之地，不料今年连降暴雨，稻粱颗粒无收，州府救灾乏力，还向朝廷隐瞒灾情，导致一时间民不聊生。东平湖一带自古民风剽悍，习武之风盛行，朝廷对此地也一直怀有戒备之心，锦衣卫和东厂的人经常出没其间。前些日子暴雨稍歇，东平湖菜农卢民夫妇上街卖菜，夫妻发生口角，卢民破口大骂，卢妻也不示弱，说你以为你是谁？你以为你是皇上啊。卢民大声嚷道我就是你的皇上！边说边朝卢妻扇过去一个大耳光。卢妻被打后呜咽着说什么狗屁皇上！此话被坐边上喝茶的锦衣卫的人听到，将卢民夫妇带去官府，刑讯暴打下卢民一命呜呼，卢妻每日在官府前鸣冤叫屈。几日后，卢妻的几个兄弟夜袭锦衣卫的校尉，割其首级丢抛在市集，官府出兵清剿，卢妻所在的村寨一夜之间聚集起几千人与官兵对峙。随着事情的一点点演变，方圆几十里的村寨都加入了暴乱，几万人冲击并占领官府，东平湖的暴民亮出他们先民用过的忠义堂的旗号。如今城墙上，远远望去，悬挂着锦衣卫校尉和知府的脑袋。

宽阔的东平湖犹如一道天然屏障，丰子所率都督府的兵丁虽说骁勇善战，但大都是北方人，不谙水性。更令丰子头痛的是没有船只，如何越过这辽阔的湖面？短短时间内，要造出承载一万人的船只是不现实的，何况民众皆反，根本找不到工匠。丰子采取的策略是围而不攻，封锁各个衢道，等待城池内粮断草尽，再做下一步的打算。没有粮草，城内叛军自会骚乱，只要有人拥出城门，都督府的将士凭借丰富的战场经验，可将叛军各个击破，逐一剿灭。

丰子在呼延廷和披风的簇拥下走出营帐，远方雷声隆隆，黑云翻滚，他们沿着湖边走去，听到湖水汹涌，发出哗哗的拍岸声。不远处是监军刘秀芳的营帐，那里居然油灯闪烁明灭，传出笙歌舞乐之声。丰子勃然大怒，大步朝刘秀芳的营帐迅疾走去。

营帐门口几名卫士试图拦住丰子，丰子的手在空中挥了挥，划出一个圆弧，几名卫士顿觉天旋地转，踉跄倒地。呼延廷和披风面面相觑，他们知道愤怒至极的丰大将军不经意用了内功。

丰子闯进营帐，只见刘秀芳已喝得酩酊大醉，红着脸，端着酒盏随一群歌姬群魔乱舞。丰子上去就把刘秀芳手中的酒盏一把撸掉，那酒盏嗖地飞出去，砸在营帐的帷布上，又弹落在案几上，发出哐当一声脆响。

歌姬们尖叫着逃出营帐，那刘秀芳眼光迷离，大着舌头说："你……你……你谁啊？竟敢私闯爷的营帐，败坏爷的兴致！"

丰子端起一酒壶，从刘秀芳的头顶上倾倒下去，刘秀芳顿时眼前一片迷乱，头发耷拉下来，霎时间变成一只落汤鸡。这时他似乎有些清醒过来：

"丰……丰……丰都督，你休得无礼！二……二……二十多天过去了，你不……不去攻打城内叛民，反而来冲我的营帐，小心我参你一本贻误军机、懈怠戡乱的折子！"

"好，你明天就给朝廷上折子，但刘秀芳你给我记住，再在大营里寻欢作乐，饮酒误事，动摇军心，小心我将你捆绑起来押送京师！"丰子说完，扭头走出了营帐。

次日清晨，刘秀芳酒醒之后，昨晚发生的事情历历在目，他恼恨于自己的失态，早早来到丰子的军帐前主动谢罪：

"都督休怒，昨日小人喝多，败坏军纪，影响甚坏，小人恳求都督重罚。"

"不必了，"丰子挥挥手，"战事当前，监军还望自重。"

刘秀芳不愧为刘氏后人，他见丰子并无责罚自己的意思，走出军帐，脱了衣衫，露出白皙的胸脯，遂令手下将自己捆绑在一棵枣树下，命贴身侍卫用马鞭抽打自己。这出苦肉计显然是演给丰大将军看的。

那个贴身侍卫是鞍前马后跟着刘秀芳的人，这叫他如何下得去手？刘秀芳见贴身侍卫像根木头杵在那里，大声嚷嚷："还不动手啊？你要等死吗？"

那贴身侍卫哭丧着脸，犹豫地举起马鞭，一下一下地从高处挥落，一副有气无力的样子。刘秀芳见状，抬脚猛地踹过去，那个侍卫即刻跪倒在地。"把他给我捆起来，陪我一起受罚！"

于是，侍卫也被几个兵丁迅疾扒了衣服，绑在另外一棵树上，刘秀芳大喊："让这个贱人与我同受三十鞭笞！"

呼延廷从远处走来，见两个士兵正在鞭打监军及侍卫，喝令士兵住手，然后急急闯入都督帐内，但见丰子镇定地坐在椅子上，身后是一张山东全景地图，都督慢悠悠地品着茶，满屋氤氲茶香。

"丰大将军，这……这……这可如何是好啊？"呼延廷哭丧着脸问。

丰子面无表情地说："慌什么，你不用管，爱闹就让他去闹吧！"

7

披风出事了。

披风是在巡视市集时结识民女麦子的。年仅十六的麦子长得眉清目秀，吸引披风的眼光自在情理之中。那时候，因为数日没有进食，麦子饿得四肢无力，晕倒在爷爷的身旁。即便如此，披风还是在三三两两的饥民中一眼把她找出来。

东平湖一带盛产枣树，饥民们先是吃枣子，吃完所有树上的枣子再以枣叶果腹，最后连枣叶也吃完了，一大片一大片的枣树上只剩下光秃秃的树干。

披风把麦子扶上马，将祖孙两人带到大营，命人赐以食物。祖孙俩每人喝了两大碗粥。

第二天披风牵着马步出大营，麦子从一棵枣树下闪出来，她的身后窜出一只瘦骨嶙峋的脱毛小狗。麦子的手中拿着几颗干枣，走到披风面前，笑眯眯地递给披风。披风一把抱起麦子扶上马鞍，自己也翻身上马，战马一阵风似的沿着湖边跑向旷野，小狗箭镞一般飞快地跟了上去。

山坡上，披风侧身躺着，麦子脱了鞋在湿漉漉的草丛里雀跃奔跑，阴沉沉的天，寂寥而悠远，阴沉沉的湖，微澜而辽阔，但此刻似乎都被少女的热情和柔软的身躯所点燃，所煽动，完全没有战场的死寂和沉闷。马悠闲地在山坡上寻觅，狗窜来窜去兴奋异常，渐渐地，披风的眼光被麦子裸露的小脚所吸引，那是一双披风从未见过的小脚，如此完美，如此润泽，粉红、光滑、细腻，像玉器般含蓄地收敛着光，晶莹的水珠扑洒在脚踝上，又朝四周飞溅。

麦子终于坐在披风的边上，披风的眼睛直勾勾地盯着麦子那双漂亮的脚。

"披风哥，你怎么啦？"麦子不解地看看披风，又看看自己的脚。

"你的脚好看。"披风由衷地赞叹。

"脚有什么好看的？披风哥真傻！傻哥哥！"麦子的手指戳到了披风的额头。

从小在东平湖边长大的麦子怎么能理解披风的心思。披风幼时见的女人大多是道姑，成年后远距离看到的是宫女，近距离接触的都是青楼风尘女子，打打杀杀，戎马倥偬，哪见过有这么浑然天成、娇柔粉嫩的小脚啊。披风恬淡的心境居然被一双小脚所撩拨，他自己都觉得不可思议。

天色忽然黑下来，湖面起风了，雨说下就下，狂风骤雨中，披风与麦子拉着手跑向远处的一间茅屋。

一切都发生得那么自然。在整个过程中，年仅十六的麦子像是引领者，披风懵懵懂懂地被牵引着前行，策马加鞭奔跑到一个高高的悬崖上，然后朝深不可测的地方滑行坠落。他的身体膨胀发热，像团火一样熊熊燃烧。当两个人赤身裸体躺在茅屋地上时，披风仿佛觉得一切都发生在梦里，他好像又回到了青城山，回到了童年时光。他从未有过这样欲仙欲醉的体验。

"披风哥，你们会去杀城里的人吗？"待激情过后平静下来，麦子幽幽地问道。

披风的身体打了个激灵，他的思绪被麦子甜美娇弱的声音突然拉回到现实中来。"啊？你说的是那些叛军吗？当然，那些都是犯了死罪的人。"

"可我哥也在城里！"麦子几乎喊叫起来。她一跃而起，嘟着嘴，白晃晃的身子在披风面前伫立，令他头晕目眩。

听闻麦子的话披风一愣。有一瞬间，他闪过一个念头，麦子莫非就是为此来找他的？但他马上又否定了自己。直觉告诉他，单纯自然的麦子不会是那么有心机的人。

麦子开始迅疾地穿衣服。她沉默不语地走出茅屋，小狗噌一下蹿出去，活蹦乱跳地跟在后面。

消失在大雨中的麦子与小狗一直盘旋在披风的脑海里，他的心里萌发隐隐的担忧，甚怕麦子一去不复返，不会再来找他。

几天后，麦子又出现在大营门口的旗杆下面，她的身后带着七八个面黄肌瘦、索讨食物的饥民孩童，披风有些为难，可经不住麦子不停央求，命兵丁去营地伙房拿了饭团和肉干来散发给那些孩童。谁知当兵丁提着食物走到这些孩童面前的时候，出现了诡异的一幕：孩童的身后突然齐刷刷冒出几十个老翁和婆婆，这些老人的后代都当了叛军，留下这些老人一个个饿得皮包骨头，他们不停地给披风磕头下跪，连呼"善人"，披风不忍卒睹，心一软，把他们带到大营伙房。这些饿昏的老人像一群疯子，或者说更像一群强盗，把熟食抢完了尚未果腹，看见生米也大把大把往嘴里塞。

人愈来愈多。后来的场面完全失控，来讨要食物的饥民络绎不绝，人流潮水般涌入，不仅将厨房食物洗劫一空，临了还把粮仓的粮食抢走，几座原本高高的粮垛一下矮了许多。众兵丁上前阻拦，饿疯的饥民对徒手的兵丁毫不畏惧，更何况披风被麦子纠缠着，麦子不停地拉着披风的手左右摇晃，噘着嘴恳求他对那些饥民手下留情。

待人群缓缓散去，军营内像被洗劫过一样混乱不堪。

傍晚时分，披风被刘秀芳的人五花大绑羁押到都督的营帐。

这件事情的性质无疑是严重的。对城墙内的叛军丰子采取的策略是围而不攻，大营的粮草原本就短缺，丰子让朝廷火速运粮，无奈大雨连绵，运粮草的马队进入山东境内后无法前行。

刘秀芳坐在一张椅子上，一语不发，静候丰子处置。呼延廷给刘秀芳端来一盏茶，刘秀芳摆摆手，不接茶盏。

丰子倒背着手，闭着眼睛，仰头面朝营帐顶棚，宽阔的背显露在透进营帐之门的光影中。

静默几分钟后，丰子侧过身来问呼延廷，那声音如针尖掉地："呼延将军，这擅发军粮按战时律法是什么罪？"

呼延廷尚未接话，披风的头已磕在地上，声响沉闷："将军，都是披风的不是，披风知罪！披风知罪啊！"

"将军……"呼延廷双手作揖半跪下，带着哭腔说，"披风有罪，在下请求让他戴罪立功，将功补过！"

丰子的眼神从呼延廷脸上缓缓转向披风，声音微微发颤："怎么能犯这种浑呢？军粮也能随便散发的吗？这倒好，草民百姓居然全抢上门来了。荒唐啊！擅自动用军粮你知道是什么罪吗？这……这是死罪，你披风不知道吗？"

"丰都督说得对，擅发军粮按朝廷大律是死罪，可那些饥民大概也是饿昏了，真是无法无天哪。"刘秀芳面无表情地说，似乎在替披风说情，又似乎在谴责饥民。

"刘监军说得在理，大敌当前，我军要稳住阵脚，不可自损大将呀！"呼延廷边说边偷觑丰子的脸色。

"军中的粮草维持不了数周，如今大半被抢，我担心，无法剿灭叛军，朝廷怪罪下来，我与丰都督恐怕……恐怕都难以交差啊！"刘秀芳忧心忡忡地说。

"刘监军，现在救人要紧，你万万不可火上浇油……"呼延廷明显是急了。

"呼延将军，一切皆由丰都督裁断，如果丰都督决定让披风将军戴罪立功，在下附议。披风将军与丰都督是总角之交的兄弟，事已至此，在下不糊涂，知道利害关系。"刘秀芳语气诚恳地说。

此时此刻，刘秀芳说什么丰子听起来都像是陷阱，他在琢磨刘秀芳话中的弦外之音。丰子一时半会儿想不明白，只觉得胸口憋闷，一团团的火焰四处奔突，却无法往上冒。刘秀芳话里有玄机，可这玄机是什么呢？意思是这次他刘秀芳愿意网开一面，但必须他丰都督领情？可丰子偏偏就是不想领他的情。

"你们都别说了，还是按律法办吧。"丰子一字一句说。

正在此时，营帐内闪出莲蓉，跪拜在地，"求将军饶恕披风，披风曾救过莲蓉的命，倘若他的罪无法赦免，妾愿意替他赴死！"

场面死一般的静寂。

"妇人之见！"丰子勃然大怒，四处奔突的火焰一下找到出口，"来人！将这妇人给我绑了！"

"将军，万万不可呀！"被捆绑着的披风挣扎着移动膝盖挡在莲蓉的前面，回首又对莲蓉说，"夫人不必多言，祸是披风闯的，理应由披风一人担当。在下知道，即便班师回朝，披风也难免一死！"

"你是活得不耐烦了啊？！"丰子指向披风脑门的手在抖动，痛心地说。

"一人做事一人当，求将军不要迁怒夫人！"披风凛然地说，"披风最后请求与将军单独说几句话，希望丰将军恩准！"

少顷，丰子摆摆手："你们都退下。"

营帐内只剩下两个人，披风抬起头，语速很快地说："将军，刘府的丫鬟荷花已被我派人保护起来，就在青城山我爹那里。现在基本可以确定，严府的车夫就是被刘聚之的人除掉的。刘聚之当年买通车夫，将几包银两事先放在马车上，事后又杀人灭口。我听说那个老贼已躺在床上奄奄一息，披风虽死无憾，但悲不能亲眼见到刘聚之覆灭的那一天。将军一定要为丰老爷子的旧案鸣冤哪！"

"你呀，你真是个混账糊涂蛋，把我所有的计划全搅乱了！"丰子闭目仰天，长叹一声，"这一切难道皆是天意吗？"

"人之将死，其言也善。朝廷不公，将军不妨揭竿而起，自立为王！"披风两眼铮铮发亮。

"休得胡说！你跟了我那么多年，你我之间情同手足，后事我会安排好，瘸子伯我也会照顾的，你放心上路吧！"丰子别过头去说。

"将军！江湖险恶，您多保重，恕属下不能再伺候您了！"披风扑通一声双膝跪地，泪如雨下。

8

东平湖平乱最终大捷，可谓谋事在人，成事在天。

谋事者自然是丰大将军，围而不攻，让城中几万叛军困兽犹斗；而生死攸关命悬一线之时，是老天爷出来相助。那天晚上丰子与呼延廷走出营帐，沿湖边走了一圈，走着走着，看到朦朦胧胧的一弯淡月，若隐若现地悬挂在夜霭笼罩的远边天际。其实那时候军中已几乎快要断粮，困扰丰子的是：如果大雨继续不停，一万兵马以何来果腹充饥。摆在他面前的只有两个选择：要么退兵，要么拼死攻城。退兵朝廷不会答应，拼死攻城，那就是鱼死网破，是丰子最不愿意采纳的下策。丰子看到那一弯烟云遮蔽的淡月,长长地舒出一口气,他知道,转机来了。

果不其然,翌日,山东境内的天气次第放晴,十几个时辰后朝廷的粮队来到大营,大营里一片欢呼声。

城中因为缺粮,又兼临时聚集撮合的队伍,可谓乌合之众,每日有人跳入东平湖寻求活路,丰子率大军攻入城中,只见城中街衢伏尸满地,很多奄奄一息的人都是因为饥饿所致,除去逃跑的与战死的,俘获的叛军人数不及八千余。

在如何处置这些叛军俘虏的问题上,丰子与刘秀芳发生激烈的争执。刘秀芳要就地杀戮这些俘虏,丰子不依,他说自己是统帅,如何处置俘虏应由自己说了算。丰子让叛军俘虏每人写一份悔过书,摁上血印,把他们全部放了。

东平湖大捷,丰子率领大军班师回朝。回到都督府,丰子连夜奋笔疾书,次日上朝第一个递上奏折,恳请皇上给山东灾区轻徭薄赋。监军刘秀芳随后也上奏折,笼统回顾平叛过程中都督府将士的功绩,最后似乎轻描淡写地提到丰都督独断做主遣返叛军俘虏之事。

皇上龙颜渐渐变得阴沉,满朝文武官员都不敢吱声,东张西望一片寂静。

刘秀芳留有一手,奏折中并未提及都督府大将披风擅自散发军粮之事,这让丰子颇感意外。内阁一位老臣不合时宜地上奏称都督府治军严明,平定山东之乱理应赏赐。皇上沉默不语,有一大臣见状,立即上奏说丰都督释放乱民有损朝廷威严,唯恐海内竞相仿效。朝廷文武官员形成两派意见,各陈己见,争议不休。

最后皇上下旨,丰子被降四江总兵,不日迁出都督府,赴江都上任。丰子携家眷及大队人马到江都后,将所有的军机要务都交给副总兵打理,他异常珍视难得的清闲,与莲蓉住在江边总兵府的一座私宅中,养养鸟、浇浇花,赋闲将息,过着闲云野鹤般的日子。

这期间丰子与莲蓉以给娘祭祀为名去过一次青城山,瘸子车夫在天师洞前恭迎丰子一行,旁边一位身穿道袍的妇人搀扶着他。瘸子车夫虽说老了,眉毛很长地支棱着,头颅谢了顶,露出红彤彤光亮的天灵盖,背已极度弯曲佝偻,但身板看上去还算硬朗。

"少爷啊少爷!"瘸子车夫看见丰子,泪水一下就涌出来了。

丰子向前疾走几步,跪拜在瘸子车夫的面前,他向瘸子车夫谢罪,责怪自己未能保护好披风。瘸子车夫老泪纵横,也相向跪倒在地,双手扶住丰子的臂弯,连声说:"万万不可呀少爷,万万不可!披风是犯了死罪,老夫知道。"

众人沿着石阶往山上缓缓攀缘,瘸子车夫忽然想起什么,用抖动的手拉过妇人推至丰子面前,颤巍巍地说:"少爷,她就是荷花呀。"

其实丰子早已猜到妇人的身份。他此行的目的就是想见一面当年刘府的丫鬟。

晚上，瘸子车夫给丰子和莲蓉一行准备了丰盛的晚餐，白果炖鸡、后山老腊肉，还有丰子最喜欢的青城泡菜。喝的是洞天贡茶和乳酒，贡茶经冲泡后色泽清澈，茶香四溢，满屋都弥漫着浓浓的馨香。那乳酒是用猕猴桃和醪糟汁酿造的鲜果酒，瘸子车夫陪着丰子频频举杯，喝着喝着，禁不住泪水又从皱纹密布的脸上滑下。

莲蓉见状赶紧给瘸子车夫斟酒，三下两下莲蓉喝了不少果酒，脸色绯红。荷花倒茶斟酒，忙东忙西，莲蓉一把拉过荷花坐下，也给她斟了酒。荷花端起酒杯起身给丰子敬酒："小女子感恩将军不杀之情！"

"荷花何出此言？你本是无辜之人。"丰子举杯与荷花碰杯，一饮而尽。

席间，荷花去闺房取来一个小包裹，她双手捧着包裹跪拜在丰子面前。丰子打开布包，里面是一块黄色的绸布，展开绸布，显现当年汴州知府的府印。多年前刘府管家曾悄悄让荷花去作坊制作几块这样的绸布，但后来因为荷花萌生喜欢，偷偷私藏了一块。几日后同样的绸布包了银两出现在丰老爷的马车上，成为丰老爷受贿的佐证。

"多年来我一直等着这一天，盼望把它亲手交给将军。而今夙愿实现，荷花虽死无憾。"荷花跪在地上不肯起身。

莲蓉上前扶起荷花："好姐姐，此事与你有何干系，你大可不必如此自责。"

丰子在青城山待了数日，去后山给娘的坟上了香，黄昏时分，他在祖师殿前那棵百年银杏老树下徘徊流连，银杏的树皮龟裂，枝干粗壮，树身用一个人的手臂难以合围，少年时期他与披风常在银杏树下练习射箭，恍惚间他的耳畔又回响起披风的清脆笑声，他们一同玩耍的情景历历在目。丰子的内心似有万千鼓乐轰响，霎时又被潮水般的巨大悲伤覆盖。

几日后，丰子与莲蓉回到江都。自青城山回来，丰子发现莲蓉的举止有些异样，夜幕降临，莲蓉常常会一个人去江边，几个时辰才回。她是瞒着丰子在偷偷恢复武功。一天，莲蓉浑身大汗淋漓出现在总兵府的门口时，一只白色的鸽子腾空飞起，园中的凉亭边闪出虎着脸的丰子，他已等候夫人多时了。莲蓉眯着眼睛朝丰子微笑，然后调皮地俯下身子，从丰子伸出的手臂下面逃脱了。

夜里躺在床上，丰子问道："你常去江边，是在练武吗？"

"是的，我要帮夫君复仇，完成披风未竟之夙愿。"莲蓉说。

"夫人不许胡来！"丰子呵斥道。

"让你凶，让你凶！"莲蓉咯咯低笑，翻身一骨碌骑上丰子的胸脯，"将军不是在打擂台时喜欢上莲蓉的吗？如今怎么反对起莲蓉习武了呢？"丰子的双手抚摸到夫人光裸的腰臀，莲蓉一丝不挂，一切似乎早有预谋。她的嘴唇贴在丰子的耳根，拼命舔舐那块敏感区域，丰子浑身起了鸡皮疙瘩。

暗黑中与莲蓉云雨翻滚之际，丰子的思绪依然难以停下。丰子知道，凭莲蓉的武艺，做掉仇家肯定没有问题，但丰子要的不是这样的结果，他盼望的是朝廷公开为爹昭雪。思绪游走的丰子听凭莲蓉翻江倒海地折腾，习武后的莲蓉变了个人，灵巧无比，放低身段，完全打开生命，像个贪得无厌的浪女淫妇，浑身有使不完的劲，填不满的欲，仿佛要把丰子身体里的精气吸干才肯善罢甘休。丰子因无法集中意念，渐渐放松警惕，他万万没有想到，这一晚的欢愉为日后的变故埋下重大隐患。

9

丰子被朝廷急召入京。浙闽一带屡遭倭寇侵扰进犯，倭寇肆虐猖獗，还非常善战，竟然屡屡让朝廷派去的军队遭受重创，情急之下，皇上想到丰子，下旨命军机处重新启用四江总兵丰子，由他担任浙闽平倭总兵，呼延廷担任副将，连夜率两万人马火速赶往浙江台州。

总兵府外车水马龙，丰子刚披戴整齐走出书房，忽见厅堂外闪现一个身披盔甲的身影，在丰子面前突然下跪，丰子仔细辨认，发现居然是莲蓉。

"将军，莲蓉不才，请允妾随夫出征！"莲蓉的声音铿锵有力，完全不像女儿身。

"夫人，打仗理应是男人的事，我要允你去，这不是陷我于不仁不义吗？"丰子微笑着说。

"将军此话差矣，妾知道将军心里苦，没了披风，还有莲蓉。莲蓉的武艺和统军能力都在披风之上，既然不能为将军生儿育女，请允我随军出征，披风能干的事情我都能干，在将军苦闷的时候，我还能给将军沏茶倒水，陪将军说说话。"莲蓉的声音满带凄婉与诚恳。

话说到这个份上，很难找到化解莲蓉执念的方法，丰子沉吟良久，拱手合掌说：

"既然夫人执意要随夫出征，那好吧，此去势必会让夫人百般受累。夫人的体恤，丰子一辈子没齿不忘。"

就这样，莲蓉随明军出征，丰子率两万人马不分昼夜地赶路，十日后的深夜寅时，抵达台州境内。先锋呼延廷策马来报，士兵们都累垮了，请求就近安营扎寨。台州府大都面海，几乎一马平川，现如今台州府的大部分村寨被倭寇占领，丰子的军队在距台州不远处的黄岩停留驻扎。

与倭寇的遭遇战发生在几日后，江都的士兵多年处于太平世道，没有经历过战争，养尊处优惯了，长途奔袭来到台州，大部分人士气低迷、叫苦连天，并无做好殊死搏斗的准备，大白天居然三三两两出去寻酒喝，两拨人加起来总共十几个，贸贸然进入靠近台州的一个小村，当他们发觉一群光着上身束着长发的矮个子围坐成圆圈载歌载舞，急急忙忙想撤退，一切都晚了，村口一群矮个子手持薙刀将他们包围。倭军的薙刀弯曲细长，十几个江都士兵遭受胡砍乱刺，其中一个被倭刀刺中腹部，刀尖一转，肚肠就挑了出来，鲜血汩汩流淌。十几个江都军士兵全部被斩，倭军把尸体像旗杆一样高高升起，悬挂在竹竿上。

呼延廷向丰子讲述这一切的时候，莲蓉觉察到丰子的颈脖一根根青筋暴突。这天晚上夜幕刚刚降临，丰子即刻下令向那座村寨发起攻击，被激怒的江都军奋勇突入村寨，与倭军发生激烈的肉搏。不到一个时辰，倭军见江都军的兵丁源源不断地涌来，人数远远超过自己，不得已只能向台州方向撤退。村寨虽说很快拿下，但清点战场时发现：江都军死亡的人数居然远超倭军。

丰子深知，江都军刚被激发起来的士气来之不易，他命呼延廷留守清理战场，自己率领大军向台州府城挺进。次日曙光初现，丰子的一万多人马把台州府城围个水泄不通，只留了西城门一条道，丰子算好时辰，待呼延廷赶到，让他在台州通往仙居的半道上布下埋伏。丰子选择夜里突击攻城，打倭军一个措手不及。

攻城开始前，江都军的鸟铳齐发，台州城的上空被一片片火焰点亮，城内的几千倭军抱头鼠窜，然而攻城并不顺利，倭军多数由武士组成，刀法精湛，武艺过人，江都军的短兵器对付薙刀和大太刀占不到任何便宜，双方死伤惨重。倭军开始弃城而去，从西城门夺路而逃，呼延廷率部赶到，还来不及布置埋伏，倭军已蜂拥出城，一路杀来，一场混战后倭军剩下几千人，逃往天台山仙霞岭一带，呼延廷所率骑兵不足八百余人，逢山路行进困难，不敢穷追猛打，他命部下找到当地农户带路，登上了天台山主峰制高点华顶山，静候大部队的到来。

傍晚时分，丰子率大队人马赶到。他们溯流攀缘而上。暮春时节，沿途漫山遍野生长着云锦杜鹃，淡红色里夹杂着嫩黄，花团锦簇，虬枝如钩，远远望去似锦若霞，山的两侧长满梅树、樟树、柏树以及粗壮的老藤，更兼奇石幽洞、飞瀑清泉。然而明军士兵已杀红了眼，蓬头垢面，怒目圆瞪，此时此刻与秀美的景色形成强烈反差。

丰子与呼延廷的部队在华顶山会合。呼延廷领着丰子来到山崖，站在一棵树枝遮天蔽日的老樟树下，朝山下望去，一汪碧蓝的寒山湖尽收眼底。再远处，就是倭军流窜盘踞的仙霞岭一带。呼延廷不愧为身经百战经验丰富的老将，占领了华顶山这个制高点，居高临下，倭军所有的动向都在明军的鼻子底下。丰子斜睨一眼呼延廷，连日的征战，胡子拉碴的呼延廷显得异常疲倦，眼袋突出，鱼尾纹深陷，但他还是挺直腰板，目光炯炯。丰子暗忖将士们累了，该让疲惫的军队休整几天，几千倭军已是瓮中之鳖，掀不起大浪，剿灭他们是迟早的事。容安顿下来慢慢商议，制定出对倭寇一击致命的良策。

丰子在呼延廷和众将士的簇拥下回到营地，刚刚踏进营帐，没承想莲蓉掀起帘子笑吟吟地走出来，她告诉丰子：刘秀芳来了。

朝廷增援的运粮草的马队已到山下，因这一带山路狭窄，马车无法驮着粮草上山，刘秀芳率一千人在山脚安营扎寨。

真是冤家路窄。丰子伫立在那儿，面无表情，一语不发。

10

莲蓉在山间市集转悠，一点没察觉身后有人远远地尾随着她。

几个山民蹲在地上，面前摆放着野鸡、乌龟、小青蛇及一些蔬菜。莲蓉想给丰子买只鸡熬汤喝，这些日子她发觉丰子消瘦了，脸庞明显变小。到了浙东，莲蓉才知打仗的事情她根本帮不上忙，沿海地区丘陵连绵，倭军流动作战，四处转移，他们一有机会就袭击村民，抢了食物又躲到山上盘踞起来，迫使丰子白天将军队化整为零，编几百人为一队进行搜山，一旦发现倭军踪影，立刻吹响螺号，他山的兵丁听到就会过来围剿。丰子让莲蓉待在营地，派了一队卫兵守护她。想想自己反而成了累赘，莲蓉心有不甘，她躲避卫兵的监视，偷偷溜出营地。

莲蓉买了一只鸡，又买了一些海鲜蔬菜，兜兜转转来到一家香铺前，香铺用布帷围成，一尊红脸长须的神像后挂着一块匾，匾文由遒劲的黑体隶书竖写着四行字："菩提本无树 明镜亦非台 本来无一物 何处惹尘埃"。

莲蓉挑了几捆香，向摊主付了铜钱，心满意足地准备返回大营，市集渐行渐远，走过一棵老樟树前，她正抬头张望树枝上一只羽毛艳丽活泼四顾的斑鸠，这时候，一只黑麻袋套住了她的脑袋，眼前顿时陷入一片黑暗。她双手因为提着东西，根本没有反抗的余地。她很快就被捆绑起来，几个人抬着飞跑起来，大概是到了山脚，莲蓉感觉自己被塞进一辆马车，一声吆喝，马车开始飞奔。此后一路颠簸，莲蓉不知道马车奔向何方，心里估算着，约有七八个时辰后，她实在抵挡不住长途奔袭的困倦，渐渐进入梦乡……

丰子得到莲蓉失踪的禀报，策马赶回营地，其时呼延廷正带兵漫山遍野地搜寻。在靠近山脚的一棵树上，士兵发现了一把匕首，匕首将一张纸条扎在树上。纸条上写着：

> 素闻丰大将军武艺超群，江湖无人可敌，若求寻回夫人，恳请将军单骑前来雁荡比武，如若带兵讨伐，恐怕夫人性命难保。切切！

丰子叫手下拿来地图，与呼延廷连夜研究雁荡山的位置。雁荡距天台一百多公里，情形危急，丰子也顾不了那么多了，他将帅印交给呼延廷，并嘱他两天内不得把自己的行踪告知刘秀芳，三日后倘若自己没有返回，明军交由呼延廷全权指挥。凌晨时分，丰子带着两个侍卫骑马下山。

　　丰子一行三人长途奔袭，途中换了几次马，除了歇息喝水，他们没有进食任何东西。距雁荡不远时，一个侍卫察觉有一支明军紧追不舍地尾随在后，丰子立马判定，那是呼延廷派出的人马。他勃然大怒，一拉缰绳，回头策马扬鞭，朝那队人马飞奔过去。领头的校尉本是都督府的旧部，见挥汗如雨怒不可遏的丰大将军飞驰而来，从马背上滚落下来，单膝跪地，脑袋几乎叩到地面。

　　"你们给我听着，所有人就地驻扎，在此待命，不得再向前一步，谁敢抗命，定当军法处置！"丰子说完，蹬腿策马而去，身后一路尘土飞扬。

　　到达雁荡已是翌日上午，沿途风景秀丽，进山口一块巨大的褐色崖石上，红漆写就"雁荡"两个大字，雁荡王汪旭率众弟兄恭候在山寨门口。汪旭个子不高，五短身材，他满脸堆笑，乍一看还有些猥琐，占山为王的一方霸主竟长成这番模样，着实有些让人感到意外。

　　一脸怒气的丰子眼中无人地下了马，无所顾忌地朝前走去。汪旭见状，连忙紧追几步，拦在丰子的前面行礼作揖："请丰将军恕罪！汪旭不才，今日得见将军，真是三生有幸！"

　　丰子一语不发，用眼角余光打量面前的山寨王。他的手朝山上挥了挥，汪旭旋即转身上山，丰子携两名侍卫跟随其后。五短身材爬起山来异常灵巧，像一匹矮脚的蒙古马嘚嘚嘚向前奔腾，身材大一号的丰子居然被他远远甩在后面。丰子暗暗思忖，兴许不能小看此人，能够在江湖上称霸一方，必有其道理所在。

　　来到山寨前殿门口，丰子冷冷问道："夫人何在？"

　　"大人息怒，因为在下的冒昧唐突，夫人兴许微染风寒，昨夜屡屡呕吐，在下已派人下山去延请郎中。在下估计只是微恙，没有大碍，夫人此刻正在后殿将息呢。"汪旭忙不迭地解释道。

　　"何以知晓只是微恙呢？"丰子心中着急，忍不住想问个明白。

　　"禀报将军，在下祖上乃悬壶中医世家，从小耳濡目染，对望闻问切也略知一二。"

　　丰子沉吟片刻，把手朝前一指，不容置疑地说："前面带路！"

　　汪旭连连点头，躬身在前引路，丰子一行来到后殿，透过悬挂的黄色帷幕，依稀可见一张宽大的睡榻上，莲蓉双目紧闭，安详地睡着，她的脸色略略有些泛白，腮上有一抹淡淡红晕。见夫人安然无恙，丰子心中的一块石头落地，神色渐渐舒展松弛。

重新回到前殿，宽敞的殿内已摆好桌备好酒肴，主人显然早已精心准备。客随主便，丰子抱着到什么山上唱什么歌的态度，顺着汪旭让座的手势，一声不吭地凛然坐下，两名明军侍卫一左一右分立其侧，汪旭请两名侍卫一同入席，两人有些迟疑，丰子领首，示意他们放宽心坐下。

汪旭的几名手下给几张桌子分别斟酒。随后，汪旭双手端着酒盅起身给丰将军敬酒，他尚未启齿，丰子伸手制止道：

"且慢，雁荡王，我是朝廷命官，知道劫持总兵夫人是什么罪吗？"

汪旭听闻丰将军之言摔了酒盅，扑通一声跪倒在地："在下哪敢？丰将军大人大量，不要与小的计较！"

"朝廷命我来此地剿灭倭寇，雁荡王横插一刀，私自绑人，莫非想助纣为虐不成？"丰子正色道。

"此言折杀我也！将军英名天下皆知，在下只是想亲睹其风采，才出此下策。禀报将军，一切的一切都事出有因啊：我雁荡山寨近日归顺一壮士，机缘巧合，他的父辈原是严府的旧人……"

汪旭朝侍立身后的随从使个眼色，那个随从很快从幕帷后领出一位壮士。壮士身材魁梧，满脸杀气，双手合掌单膝跪地说："见过丰大将军！"

"你是何人？竟敢妄称是严府的旧人之后。"丰子瞪着眼说。

"在下给丰将军引荐的这位壮士，他的父亲原是严府的车夫，死于刘聚之之手，而后他流落河南，归于葛家拳门下，经多年修炼，而今是新晋的葛家拳王。"汪旭耐心解释道。

"既是严府旧人之后，为何要落草为寇，与匪为伍？堂堂严府没有你这样的后人！"丰子侧着身子说。

"将军息怒，朝廷不公，仆与将军两家父辈同受佞臣陷害，被逼无奈才流落江湖，尝尽人间苦辣酸甜。今日雁荡王特意把将军请来，是为共谋复仇大计！"葛家拳王说。

丰子一阵冷笑："就凭你们这些占山为王的乌合之众，想与朝廷几百万大军抗衡？"

丰子不留情面的话让场面一时有些尴尬。无奈之下，汪旭朝拳王使个眼色，拳王又说："仆知道将军的师父是青城老道峨眉拳王，愿向将军请教几招，倘若仆输了，拼死护送将军与夫人回天台，从此退隐江湖；倘若将军输了，就请与雁荡王合谋共取天下之道！"

"不不，将军赢了，雁荡就是将军的，我雁荡依山傍水，地势险要，易守难攻，在下甘愿率众弟兄辅佐将军成就大业。"汪旭说。

丰子口气强硬，态度威严，但他心里则明白，这场比武是躲不过的，因为莲蓉在他们手里，好比是人质。他说："我可以与你比武，但无论输赢我都不会留在雁荡，后日寅时必须赶回天台，否则朝廷的两万大军就将踏平你雁荡！"

"丰大将军息怒，众弟兄都仰慕您，愿意追随您，还望丰大将军三思啊！"汪旭单膝跪地拱手相求。

丰子口气渐渐平和下来，沉静地说："雁荡王有所不知，家母临终遗言嘱我不得为寇，你不要勉为其难，让我背负一个不肖子孙的骂名！"

说话间，一位蓄留长须的长者在旁人簇拥下缓步进入前厅，汪旭扭头一望，连忙转身走去，给长者叩首行礼。长者是汪旭特意请上山给莲蓉号脉的郎中，寒暄一阵后，汪旭吩咐手下引领郎中去后殿。

汪旭继续陪丰子饮酒，长途奔袭又整日没有进食，丰子喝得非常节制。汪旭敬酒每每一饮而尽，然后眼睛盯着丰子手里的碗，碗里留有大半碗酒，丰子每次几乎都只抿一口，浅尝辄止，汪旭怎么劝酒都没用。丰子的执拗一方面让汪旭觉得有些尴尬，另一方面他隐隐约约有种不好的预感，丰子是个意志如铁的人，酒品见人品，自己的如意算盘恐怕要落空。

半个时辰后，汪旭的手下匆匆从后殿跑出，手中拿着郎中毛笔写就的药方，附在汪旭的耳畔轻轻嘀咕。少顷，汪旭满脸堆笑，起身颠着碎步走到丰子跟前道："禀报将军，郎中已为夫人号脉诊断，夫人身体无恙！"

"哦，那就好，替我谢过郎中。"丰子觉着浑身松弛下来。

"在下还要恭喜将军！"汪旭眉开眼笑地说。

"恭喜？"丰子一副宠辱不惊的样子。

汪旭突然躬身作揖，眉飞色舞地说："恭喜丰大将军有后了！"

"什么？"丰子忽地站起，血液顿时上冲，饮酒加上格外疲惫，身体竟然有些晃动。

汪旭见状赶紧上去扶住丰子，旁边两个侍卫迅疾冲过来，一把推开汪旭。丰子摆手示意两个侍卫不必惊慌，他对汪旭说："雁荡王带我去探望夫人！"

"当然，当然。"汪旭前面带路引领，丰子一行随后步入后殿。来到莲蓉床榻边，汪旭非常知趣地退了出去，两名侍卫守候在殿外。

刚刚苏醒的莲蓉，看到丰子喜出望外，欲起身张臂去拥抱丰子，但身体似乎不听使唤，一阵痛楚袭来让她愁苦满面，只好放弃起身的念头。丰子见状赶紧上前一步，紧紧握住夫人的手，莲蓉两腮微红，眼眶噙满泪花。

"夫人受苦了！"丰子眼中蓄满体恤和怜爱。

莲蓉难得感受丰子温存的一面，竟是在这样的时刻，她似有千言万语涌上心头。

"夫人好生将息，明日一起回天台大营！"丰子宽慰道。

"不不不，将军若要迎妾回大营，必先承诺允妾生下腹中的胎儿，不然我宁可漂流四方，隐姓埋名过一辈子。将军，你要想清楚，这可是你们丰家唯一的后嗣啊！"莲蓉带着哭腔说道。

丰子的脑袋一下炸了，他刚刚与雁荡王进行过一场谈判，与眼前的这场谈判比起来，那实在不算什么。丰子深知莲蓉刚烈的秉性，她要犟起来，万马千驾都拉不回头。早年丰子刚娶莲蓉进门，闲暇说笑间涉及纳妾话题，莲蓉定要丰子承诺一辈子不纳妾，即便是皇上老子的旨意也不行。丰子那时候对夫妇相处之道完全缺乏经验，死活不松口，莲蓉举起一把匕首威胁要自残，丰子依然没有当真，直到匕首猛扎进莲蓉的腿部，鲜血滋了出来，丰子这才惊醒过来，飞扑过去抱住莲蓉，大呼小叫地喊道："你傻呀？你这个大傻瓜！"此时的莲蓉已委屈得泪水涟涟，泣不成声。夜里躺在床上，莲蓉还是不能原谅丰子，眼见莲蓉的腿部滋血受伤，丰子居然都没有心痛落泪。这让莲蓉感到很失败。无奈之下，丰子不得不把自己从不流泪的原因告诉了莲蓉。自那以后，场面上莲蓉似乎对丰子百依百顺，暗地里他其实是有些怵自己这位夫人的。

军务在身的丰子心急如焚，碍于莲蓉的身体状况和顾忌候在殿外的汪旭，丰子不能与她发生争执，只能隐忍与妥协，姑且答应莲蓉的条件。丰子早不是当年的丰子，违背内心意愿去做的事情也不止一件两件了。假如莲蓉留在雁荡，朝廷很快就会知道，他的计划就彻底泡汤。雁荡之行明明是一着险棋，可为救莲蓉他别无选择。丰子的脑子里装着很多事情，他苦恼的只是无法与莲蓉一一说明。

丰子返回大厅，宴席已散，汪旭吩咐手下安排丰大将军及侍卫就寝，一夜无话。

翌日清晨，天色微明，丰子早早起身走出前殿，移步到殿前的屋檐下，两名侍卫寸步不离地随后跟着。殿前的空地上竖着一面鼓，一个衣衫不整的随从拿着鼓槌候在架子旁。不一会儿，但见矮个子的汪旭兴致勃勃携众弟兄从远处健步走来，边走边甩着手臂，一副兴奋异常的神情。大殿四周有人流鱼贯而出，渐渐蜂拥过来。

葛家拳王几乎是小跑着进入殿前的空地上，刚一立定他就匆忙脱去上衣，露出一身的腱子肉，甩臂抬腿，放松筋骨。丰子步下台阶刚一现身，汪旭的手下小喽啰们一阵喝彩起哄。葛家拳王被起哄声惹得一时兴起，忽然从围着的人群中窜了出去，嚕嚕嚕，殿外的青砖墙上即刻留下三个半寸深的拳窝，众人瞬间变得鸦雀无声，目瞪口呆，惊愕的表情还僵持在脸上。拳王却已笑吟吟地向大家行礼了。

这仿佛是在给丰大将军一个下马威。丰子镇定地卸去披风，转了几下手腕，在距拳王一丈远的地方双腿站成马步，手掌平伸，徐徐吸一口气深呼吸，让全身的气血迅速流动偾张，他以静制动，双目威严地直视正前方，等待拳王出招。

拳王跳将过来，出拳凌厉凶狠，众人都能听到霍霍的挥拳声。丰子一直都是采取避让躲闪的姿态，几个回合下来，丰子冒虚汗了，他这时才意识到：昨夜长时间失眠，脚下似乎有些打飘。拳王见丰子体态虚弱，额头冒汗，愈发地兴奋，他的拳也愈来愈重，像雨点一样挥来，有一拳击中丰子的胳膊，钻心的疼痛顿时弥漫全身，拳王果然名不虚传，一般人恐怕承受不了他的重拳。丰子倒吸一口冷气，迅速顺气平复，他想的是拖延这场肉搏的时间，以自己目前的体力会处于非常不利的境地，"地动山摇，风行水上；青龙白虎，神骛八极"，他心里一遍遍地默念着。这时，拳王一记重拳挥来，整个身子倾斜，丰子瞅见空子，抓住机会，手掌像鹰爪般猛然掏进拳王宽阔结实的心胸，并缓慢转了一个圈，仿佛要把所有的致命力气都注入进去，拳王忽然扑通一下直直地倒地……

汪旭及众弟兄一阵欢呼，起哄声喧闹声不绝于耳。倒地的拳王脸上一阵红一阵白。矮个汪旭佩服得连连拱手作揖，然后单臂朝前一挥，恭迎丰大将军步入大殿。

丰子心里挂念莲蓉，无心恋战，只想早早结束比武，不经意中使了内功，葛家拳王本来只想通过一场比武助汪旭婉留丰将军，貌似出拳凶猛，实则并没竭尽全力，他是江湖上一路厮杀过来的人，自然知道丰将军运用内功使出撒手锏，心中恼羞成怒，这完全是不对等的比武啊，拳王有一肚子说不出的憋屈，他挣扎着从地上爬起，随手从旁人腰间抽出一柄宝剑，紧追几步，朝刚欲进入大殿的丰将军的后背刺去……说时迟那时快，丰子好像早就预感到什么，只见他突然转身，双手用力摆开架势，下蹲身子站成马步，侧身躲过刺来的利剑。站立旁边的矮个汪旭，面门被丰子的手背一挡，整个身子像稻草人一样朝后仰去，趔趄了好几步，好不容易才勉强站稳脚跟。

拳王迅疾收剑，奋力蹬腿后撤几步，剑在空中飞舞，漂亮地旋转几圈，划出凌乱耀眼的弧线，又晃着白光朝丰将军刺来……两名侍卫早已拔剑，挡在丰将军的前面。

此时的丰子似乎并不理会眼前所发生的情形，双手合十，嘴里不停念着咒语，突然双手握拳张臂大喝一声，四周顿时霞光普照，一道银光如闪电凌空划过，大殿的屋檐倏忽间分崩离析，碎石断木次第掉落，一时间飞沙走石，仿如沙尘暴席卷，众人的眼前一阵发黑，犹被强光灼痛。等众人缓过神来，睁眼望去：拳王刺过来的剑在运行的半道上已经神奇地折断，半截断剑泛着亮光无声地坠落，直直地插入地面……

在场所有的人都看傻了。

11

明军连日的搜山围剿，使倭军不得不放弃固守仙霞岭，被迫向仙居方向移动，一路逃窜；丰子率大军紧追不舍，决绝地寻找与倭寇决一死战的机会。

在靠近仙居的一块平原地带，倭军占领一片村落，几千村民被倭军俘获。倭军将村民们用绳索捆串一起，强制分散成几拨赶到祠堂和乡绅老宅羁押，明军一旦发动进攻，捆绑的村民就是倭军的人肉盾牌。这些信息是从一个被擒获的倭寇嘴里获悉的，匪夷所思的是，那个俘虏并不来自外海，他居然是仙居一带的本地人，因为赌博输了田契和老婆，才漂流海上为盗的。家离得近，勾起他思乡的心绪，在潜行返乡的途中被明军俘获。

明军迅速朝平原的四方伸展，将延绵的几十座村寨呈扇形包围起来，然后分别占据制高地，因为有一道道山脉阻隔，明军虽说无法完全合拢，但就此足以对倭军形成压迫之势，东南方向仅留通往仙居和大海的出口。

丰子的大营驻扎在一座水库旁边，呼延廷和刘秀芳的营帐分列两侧。黄昏来临，丰子扶着莲蓉沿水库走去。

雁荡比武后，丰子先同两名侍卫急速赶回大营，那天丰子本想再努力一下把莲蓉一起带走，不料一向顺依夫君的莲蓉坚决不从，她的目标很明确，就是要死死保住身上的胎儿，她说自己体虚气弱的身子经不起长途跋涉的颠簸，她不能冒这个险。莲蓉第一次从内心深处涌起母性护犊的巨大能量，在她看来，与生命的延续相比，官爵地位都是过眼云烟。莲蓉的决绝态度让丰子无法释怀，她流着泪对丰子强调说，假如不让她生下腹中的胎儿，她是不会再回大营的！那一刻，丰子豁然明白，在性格刚烈的莲蓉的天平上，自己的分量远远不如那个未出世的胎儿。

雁荡王汪旭是个乖巧人，见实在无法挽留住丰大将军，承诺一定好生服侍夫人，容夫人调养好身体，择日护送夫人回大营。汪旭没有违诺，几日后，莲蓉乘坐一辆马车辚辚地回归大营。呼延廷吩咐几个兵丁用竹椅轿子从山脚将莲蓉抬到丰将军的营帐。其时，监军刘秀芳正在自己的营帐内独自饮酒。

雁荡归来后，莲蓉的身子一直比较虚弱。水库浩渺辽阔，沿途植物茂密，这里的地势略高，站在水库的一侧往东面望去，连绵的村落鳞次栉比，粉墙黛瓦在黄昏夕阳下熠熠生辉。当初村民们建造水库时，肯定根据地形，经过周密计划才选择在此地建水库的，因为只要水库一开闸，一马平川的上万亩良田就会受到灌溉浸润。靠海的地方又有良田万顷，没有战争和倭寇的侵袭，这一带堪称是真正的鱼米之乡、人间天堂。

莲蓉回到总兵营帐不久,刘秀芳派人送来桂圆、红枣和红糖,说是给夫人驱寒补身。丰子与莲蓉目光对视,沉吟良久,丰子颔颔首,示意来人退去,莲蓉发现丰子用一种怪异的目光直勾勾地盯视着那堆食物,仿佛那堆食物里藏着很深的秘密。

夜里呼延廷来了。呼延将军的胡须大概多日没刮,一根根支棱着,胡须已经泛白,在摇曳的油灯下熠熠闪烁。呼延廷老了,从打擂台至今,一晃几十年过去了,岁月如梭啊。自那次打擂台救下莲蓉后,呼延廷一直跟着丰子鞍前马后,戎马生涯中有几次危急关头,丰子救过呼延廷,呼延廷也救过丰子,不得不说呼延将军真是朝廷的良将,是真正的勇士。

莲蓉沏了一壶茶端上,丰子的思绪从岁月的深处被拉了回来。他们展开地图,开始研究作战计划,倭军狡猾,用人肉盾牌做掩护,明军的火铳和弓箭都失去威力。如果强硬突击村庄和祠堂,倭军的长兵器就会显示优势,明军近距离搏斗的能力不如倭军,这样明军的伤亡人数就会很大。要找到一个既能保全村民又把伤亡减少到最少的克敌制胜的方案,确实不易。丰子紧蹙眉头,陷入沉思之中,一直到营帐外更夫提着灯笼摇摇晃晃地走过,他们也没商议出一个破敌的良策。

"办法倒是有一个,可就是……"呼延廷吞吞吐吐,犹犹豫豫,憋半天说不下去。

"呼延将军是怎么了?都什么时候了,还欲言又止,这不像是你的风格啊。"丰子似乎有些不耐烦。

"嗯……"呼延廷鼓起勇气说,"数日来我连连在水库边巡视,将军一定也观察过地形,只要我军将水库的堤坝凿开放水,倭军势必成为汪洋鱼鳖,这样可以全歼倭寇,而我军则不费一兵一卒。"

丰子眯起眼睛沉吟良久,缓缓问道:"那几千村民呢?他们也一起喂鱼吗?!"丰子的眼光斜睨着呼延廷。

"丰将军……"呼延廷嗫嚅道。

半晌,丰子悠悠地说:

"这是你的主意,还是刘秀芳的主意?"丰子的眼睛里有隐隐约约的火星。

"将军,在下只是提议。朝廷命我们速战速决,调拨的粮草不允许我军持久作战。刘监军说他的父亲病重,也有尽快班师回朝的意愿,不过一切都还须由将军定夺。"呼延廷轻声说。

"你与刘秀芳商量过了?"丰子沉吟道,"我明白了,你退下吧。"丰子说完,径直走进卧房。

以后几日，刘秀芳与呼延廷要来总兵营帐叩见丰大将军，无奈丰子一点不给面子，屡屡闭门谢客。

丰子坐在营帐内泡茶独饮，内心在受苦苦煎熬，且隐隐作痛。这些天他一直在研究对付倭寇的战术，倭寇都是浪人武士出身，刀法精湛，单兵作战能力超强，明军凭借人数的优势，以三比一的死伤比例赢得局部胜利，倭寇死一个，明军要付出三倍的代价。不能再这样下去了，从战术到兵器，丰子都在仔细琢磨调整与改进的方法。丰子知道凿坝放水确实可以不费一兵一卒，假如没有被劫持的几千村民，他会毫不犹豫地采纳这个计划。有村民为人质，丰子毅然将这个计划排除在外，他不能赢了这场战役，却在身后留下骂名。不求青史留名，但求没有骂名，这是丰子一向的为官之道。为朝廷一次次出征作战，丰大将军手上沾染的鲜血难免日渐增多，这是他最大的心魔，他开始怀疑当初走出青城山的抉择是否正确。丰家两代人侍奉朝廷，这仿佛是一种宿命，爹的冤死让丰子心寒，而自己是不是又在重复爹的老路？官愈做愈大，丰子的内心并不快乐，他常常觉得自己是罪孽深重的"香蕉人"，一层厚厚的皮，包裹着肉身和内心，所做与所想常常相反，明知不可为而为之，于是，心魔与日俱增地膨胀，笼罩一个苦涩孤独的灵魂。他生来话少，内心的焦虑和苦闷压得他透不过气来，进入壮年后闷葫芦变得更闷了，难得响一回，每每是只言片语、惜字如金，眉宇间的皱纹却愈来愈深，像一条刀疤醒目地镌刻在额头。

如今让他焦心的还有怀有胎儿的莲蓉，他何曾不想拥有子嗣，但官场凶险，前途未卜，他的计划尚未实施，又不能向莲蓉和盘托出，这就是他的苦痛之处。

丰子不能采纳凿坝放水的方案，还另有原因。刘秀芳一直像影子一样盯着自己，他知道这都是皇上的安排。哪天刘秀芳凭借此事在皇上面前参自己一本，假如恰好皇上也有清除自己的想法，那一切就顺理成章！以往朝廷排除异己不都是用莫须有的罪名的吗？欲加之罪，何患无辞……

他一身冷汗，不敢再往下想了。现在他需要集中精力，考虑如何以最小的代价来营救几千村民，他不想再与经验丰富的老将呼延廷商议谋划，去雁荡前他叮嘱呼延廷不要告诉刘秀芳自己的行踪，而那些刘秀芳送来的民间常用的保胎食品暴露了呼延廷的身份。丰子由此断定：刘秀芳对所发生的一切清清楚楚。早些时候丰子已隐隐约约有预感，但如今的情形远远比他想象得要来得险恶。虽说该来的还是要来，丰子依然有些心灰意冷，心如刀割。一眼望去，现在他的身边已经没有一个绝对可靠的人，他怀疑那两个侍卫或许也是刘秀芳安插在自己周围的人。披风离世后，呼延廷是丰子身边唯一可以叙旧的故人，可不知何时起，这位相识几十年的老将与自己渐行渐远。丰子被一种深深的孤独感所包围，这时候他念及早已不在人世的吴道士，豁然理解他当初疏离自己的缘由。吴道士何其聪明的一个人，深谙伴君如伴虎的道理，可终究也没躲过权谋的冷箭。

所有的一切仿佛都是天注定，东平湖剿乱平叛大捷是老天爷帮的忙，这次与倭寇对决，老天爷又起到关键的作用。

浙东地区突然下起罕见的暴雨，降雨量达到历史上从未有过的水平，雨势丰沛的程度足以与丰子儿时逃亡时的那场雨比肩，暴雨狂泻，飓风肆虐。丰子每天在营帐内喝茶，莲蓉虚弱不堪的身体原本已有所好转，碰到连绵的雨季又关节酸痛，浑身无力，不停地呕吐，躺在床上辗转反侧呻吟不已。

台风暴雨终于停歇，丰子健步走出营帐，来到山坡远眺，他被眼前所看到的景象震惊了：山坡下的村寨全被洪水淹没，几千亩良田变成汪洋大海，水面上漂浮着一具具尸体，缓慢地向东漂去，洪水裹挟着竹篮布衣及农具等什物，一直向曹娥江不停地漂移。远处一棵枝丫繁茂的大树上，一个前额光秃的倭寇像只青蛙挂在树上。后来，他走到水库边上，发觉堤坝上一个被人工凿开的大口子，他一下什么都明白了，仅凭暴雨不足以淹没山坡下的村寨，是有人凿开水库的堤坝放水，才导致万顷良田变成沧海。

丰子步履沉重地踱回营帐，走到莲蓉的床榻前跪坐下来，埋下头整个人像片霜打过的叶子，轻轻地说："好了，夫人，战争结束了，我们要回家了！"

"将军，你怎么了？回家好呀，应该高兴才对啊，我早就想回家为你们丰家生孩子了！"莲蓉高兴得蹦跳起来。

丰子抚摸了一下莲蓉的脸颊，点点头，站起身走出营帐。在营帐外他让一个侍卫去把呼延廷叫来，特意嘱咐他自己在水库边等候呼延将军，丰子不想让莲蓉旁听到他们之间的谈话。

呼延廷急匆匆赶到水库边的堤坝上，拱手作揖道："呼延廷前来候令！"

丰子沉吟良久，侧过头朝水库堤坝的大决口努努嘴说："呼延将军能告诉我吗，这水库的堤坝是谁凿开的？"

"将军，属下也不知啊！"呼延廷哭丧着脸说。

"你我结识多少年了？有几十年了吧？都这时候了，还有必要欺瞒吗？"丰子的声音冷冰冰的。

"好吧，你不愿回答，我就直言了。"丰子继续说，"你是何时与刘秀芳走在一起的？又是何时投靠锦衣卫的？我愿闻其详。呼延将军，这个要求不过分吧？"

呼延廷缓缓起身，阴郁地说："将军何出此言？"

"一定要我把话挑明吗？去雁荡前，我嘱你不必把我的行踪告诉刘秀芳，其实我知道这有些为难你。我刚离开天台，呼延将军就派人跟踪，说得好听一点是保护。之前我早已察觉你与刘秀芳有私，只是不愿相信，此次去雁荡我想证实一下我的猜测，不要错怪了呼延将军。刘秀芳叫人送来红枣、桂圆、红糖，这些都是用来保胎之物，不小心把你给暴露了。"丰子说。

"既然话说到这个份上，我呼延廷也就不再避讳什么。夫人被劫持大的事情，将军以为能够瞒得住吗？刘秀芳又不是傻子。我呼延廷对将军可谓忠心耿耿，几十年如一日，这一点将军应该没有异议吧？可紧紧追随将军，又有什么好结果呢？将军连从小长大情同手足的披风都保护不了，将军难道就不惭愧吗？难道就没有一点后悔吗？我们同为朝廷当差，还想怎么样？还能怎么样？与皇上离心离德，自行其是？将军生性耿直，武功盖世，可身为朝廷命官，侍奉皇上就是天职啊，我们再有能耐，都不过是皇上手中的一枚棋子啊！"呼延廷语速飞快地说，脸颊上的胡须微微抖动。

"说得好！呼延将军，我喜欢你说实话。大丈夫敢做敢当，我丰子没有看错人。只是你有没有想过，刘秀芳为何要送来那些食物？他一是要告诉我，所有的事情他都一清二楚，都在他的掌控之中；其二，他就没有打算包藏呼延将军，他把你们的关系明明白白摆在我面前，既是威胁又是警告，一旦遇事谁也跑不了。刘秀芳不是省油的灯，不是呼延将军应该寻找的靠山。我说完了，你好自为之吧！你……你退下吧！"丰子觉得胸口堵得慌，把手往远处一指。

呼延廷缓缓起身，用惆然而无望的眼神望着丰子，然后一步步后退，一低头，忽然抽身离去。

这天晚上，夜幕刚刚降临，从刘监军的营帐传来号啕的大哭声，丰子派人前去探询，侍卫回来禀报：刘监军的父亲刘聚之因病亡故一命呜呼。正在独自喝茶的丰子，听闻此讯身子渐渐软下来，人晃晃悠悠后仰，像漏气的皮球瘫倒在椅子上，额头沁出一层晶亮的汗珠。侍卫大声呼叫起来，莲蓉从内室冲出来，上前扶住夫君，连连问："将军，将军，你怎么啦？"

莲蓉不知道丰子与呼延廷之间发生的事情，她更不知道她的夫君这几日度日如年，内心受尽煎熬。丰子的心被呼延廷狠狠戳了一刀。丰子是靠意念打败对手的，也是靠意念活着的人，如今他的意念被呼延廷刻薄无情的话语彻底击溃了！诚如呼延廷所说，身边最亲近的人他都保护不了，他惭愧；几千庶民他也救不了，他无奈。呼延廷的话一语惊醒梦中人：假如当初他拼死力保披风，冒着丢官贬为庶民的风险，能够保全披风的性命吗？能够把他情同手足的兄弟保下来吗？这一点他当时疏忽了，没有往深里细想。刘秀芳在边上，鬼使神差地影响他的思索，似乎一切都要做得无懈可击，才经得起朝廷的考验，才不让刘秀芳钻空子。他怎么就像着了魔似的，做出那个令他后悔一辈子的决定呢？

埋在他心底最大的计划，就是有一天能够在朝廷上，当着皇上和众臣工的面与刘聚之对簿公堂，为爹当年的冤情公开昭雪，刘聚之突然撒手人寰，丰子的计划成了永远不可能实现的秘密，永远解不开的死结。当心心念念要去完成的一桩心事顷刻间成了泡影，丰子的精神世界遭遇到前所未有的毁灭性打击。

后来莲蓉躺在床上闻到一股焦烟味，她起身走出内室，看到丰子垂头站在营帐内，脚下是几根熊熊燃烧的柴火，几封书信和一块黄绸布抛在柴火上，火焰跳跃，书信和绸布很快燃烧得只剩下一些边角碎片。莲蓉清晰记得，黄绸布是荷花在青城山交给丰子的证物，书信中应有婆婆的遗嘱，而今在滚滚火焰中灰飞烟灭……

这天深夜更夫巡夜经过总兵营帐，听到丰将军和夫人在激烈地争吵，还附带抽搐声和哽咽声。之后的几日里，夜夜可闻总兵营帐里一浪高过一浪的争吵声，持续不断，刺破夜空下的宁静。于是，将军与夫人闹翻的消息在大营不胫而走。

数日后明军准备开拔，班师回朝。军队结集完毕，呼延廷与刘秀芳骑在马上左等右等，总兵的营帐里没有人走出来，只隐约听到莲蓉低低的呜咽声。

呼延廷跃下马，带人大步流星地闯进总兵营帐，但见丰子直挺挺地躺在床上，面容淡然恬静，一派祥和。呼延廷猛然冲上前，发觉丰大将军已没有鼻息。

呼延廷立刻大声喊叫，令随队的医官速速前来。医官匆忙赶到，把脉后确认总兵已无脉象，医官支支吾吾推测说，丰将军大概是用了屏息术自杀的。呼延廷是江湖出身，他知道这是江湖上修炼到一定份上的人才具备的一种自杀方法：自己停住呼吸，点一处穴位，再也无法恢复呼吸。

泪水涟涟的莲蓉抽泣着交给呼延廷一卷图纸，嘱他一定要转交朝廷，这是丰将军再三叮嘱的紧要事情，关乎千秋万代。

呼延廷缓缓展开卷纸，那是一张图，画了一些人，还画了若干兵器。呼延廷左看右看，露出困惑的眼神，不明所以。莲蓉告诉他：丰将军说了，朝廷迟早会用得上这张图纸的。

明军推迟班师回朝的日子，忙碌着筹备他们总兵的丧葬。出殡那天，天气阴沉，山上请来的身穿长袍的道士，早早开始诵经做道场。东方既白，长空欲哭无泪，呼延廷率上万将士缓缓行进，几十人的庞大唱班是四处召集来的，在唢呐笙箫二胡竹笛合奏的道乐声中，八个兵丁抬着一口巨大的棺木缓缓走向山里，莲蓉斜倚在竹椅轿子上被兵丁们抬着，连日的哀伤使得她眼睛红肿，身体虚弱不堪，泪似乎流干了，连哭泣的力气都丧失殆尽。刘秀芳以丁忧为名，没有参加丧葬。

三声震耳欲聋的巨响过后，火铳如流星般飞上山峦，哀乐顿时齐鸣，明军将士号啕大哭，悲恸欲绝。丰将军的棺木葬于水库东侧的山里，靠山面湖，几个兵丁奋力挥锹将泥土覆盖在棺木上，上万人见证了这一场面。丧葬的场面如此浩大，假如没有哭声，俨然像一场军队的演练，隆重的规格似乎只有皇帝驾崩才可与之比拟。很久以后，"丰将军的葬礼"还被浙东的百姓们时常提及，经年累月在民间广为流传。

几十年以后，大明王朝出现一个叫戚继光的人，受丰将军留下的这张图纸启发，演练出神勇的《鸳鸯作战图》，屡屡打败倭军。戚继光发明的一种专克倭寇的武器叫狼筅，其形状与丰将军图纸上所画的兵器极其近似。戚继光的军队号称"戚家军"，令侵袭闽浙一带的倭寇闻风丧胆。大明王朝因为戚家军，获得风调雨顺国泰民安的一段重要历史时光。

12

这一年的夏天炎热异常，青城山到处郁郁葱葱，山谷间流动清新凉爽的空气，溪水在石涧上淙淙流淌，满山坡植被茂盛，果树累累，阳光特别明媚和煦，普照山里所有的生灵。

一对满头银发的老年男女步履蹒跚地爬上山，他们身穿布袍，斜挎月牙包，月牙包鼓鼓的，老人肩膀的布袍被沉重的包勒得很紧，他们拄着拐杖，走走停停，相互搀扶着来到祖师殿前。

祖师殿前的四周墙上，右侧画着张三丰与太极拳的演变图示，左侧画着青龙白虎神。殿内挂着无量天尊匾，乾道士、坤道士都在殿内诵读《弟子规》，悠扬的宫廷道乐在殿堂的上空回响。

两个老人在台阶前久久盘桓，寻寻觅觅，一位小道士见状轻盈步下台阶，躬身寻问。老夫求让道长出来说话，这下有点难住小道士了。见小道士面有难色，老夫挥挥手说尽管去唤道长出来，我与他是故友，你只要跟他说"地动山摇，风行水上；青龙白虎，神弩八极"，他就什么都明白了。小道士将信将疑，貌似被说服，迟疑着反身进入殿内。

少顷，小道士领着道长走出大殿，道长是中年人，身材颀长，面容俊朗，眉宇间透出一股英气。道长来到殿前，奇怪的是大殿前面的台阶上，空荡荡，阒无一人，只有两只鼓鼓囊囊的月牙包放在地上，道长上前一步掀开月牙包，他惊呆了：包里装的全是银两，整整两包沉甸甸的银两。

道长与小道士面面相觑。陷入沉思的道长想起小道士说的"地动山摇，风行水上；青龙白虎，神弩八极"，他大概猜到那两个老人是谁了，可他们既然来了，为何又避而不见，隐遁而去？难道他们还是顾忌世人的目光与鹰犬的嗅觉，不愿旁人为弥散在岁月迷雾中的秘密所牵连，不愿宁静的青城山被俗世的纷争所侵扰？

更不可思议的事发生在翌日清晨。

天蒙蒙亮，一个坤道士来到祖师殿前打扫，她挥动树枝扎成的长扫把，将片片树叶扫拢在一起，抬头间，朦朦胧胧中依稀看到面前老樟树下，没来由地突然拔地生出两座巨大巍峨的石像，一左一右，盘腿而坐，拱手面朝祖师殿。左侧石像的头上长角，圆瞪的兔眼前漂浮一颗大珠，仿佛是感叹人世不平的泪珠；右侧石像通体发白，肩窄胯宽，坐姿温婉，犹如依偎在侧的一只山猫。坤道士误以为出现了幻觉，可那两座石像真真切切地矗立着，高大巍峨，遮挡住天色暗朦的山峦，坤道士被面前的景象所震慑，眼前忽然一黑，双腿软瘫在地。

（原载《花城》2021年第2期）

作者简介：

程永新，男，1958年生于上海，职业编辑，业余作家。编审，现任《收获》主编。著有长篇小说《穿旗袍的姨妈》《气味》、中短篇小说集《到处都在下雪》、散文集《八三年出发》《一个人的文学史》等作品。主编编选《中国新潮小说选》，担任大型电视片《上海建筑百年》的总策划、总撰稿。曾获第四届中国出版政府奖优秀编辑奖。

铜离子

杨少衡

1

鱼汤刚上桌,卢梁栋便"呃,呃",接连干呕。

邱先智眉头紧皱,追问:"有意见?"

卢梁栋嘿嘿一笑:"接受批评。呃。"

坐在一旁的郑莲"哎哟"一声,说了句:"是我忘了。"

她转头招呼服务员过来。女服务员正忙着给客人倒果汁,听到后连称:"就来,就来。"手里却还抓着她的那个果汁罐。郑莲没敢耽误,起身自己伸手去端桌上的大汤盆,盆里的鳙鱼头豆腐汤热腾腾冒着气。卢梁栋急忙把她喊住。

"放下,不要动。"卢梁栋道。

"我没注意……"

"没事,不要紧。"

邱先智不解:"怎么回事?"

卢梁栋让邱先智不要介意,没事,请继续批评。

邱先智毫不客气,接着开火:"你告诉他,我意见很大。"

"我先代表他表示歉意,邱主席不要往心里去。"卢梁栋说。

邱先智闭嘴,拿起桌上的一只银白色不锈钢公用汤勺,往自己碗里装鱼汤。只一勺,卢梁栋在一旁突然又"呃"了一下,被一枪打中一般。邱先智脾气大,当时什么话都不说,"当"的一声,直接把汤勺扔回桌上。

郑莲忙解释："邱主席，卢副市长是那个……"

"没事。"卢梁栋还是嘿嘿笑着，"没关系。"

他从桌上抓起另外一只汤勺，亲自给邱先智装鱼汤。说也怪，忽然间什么毛病都没有了，卢梁栋的干呕就此结束。

调侃而言，饭桌上这一小插曲可称奠基礼，奠定了卢梁栋与邱先智日后交往的独特基调。在此之前，他们从未打过交道，不记得在哪里见过面，可以说是完全不认识。尤其奇怪的是，这个奠基礼于他们都属意外，是原本根本不可能发生的。

那时候邱先智是省总工会的常务副主席，他带着一组人员来到本市，进行一次农民工职业培训方面的调研检查。本次调研检查来头不小，调研组从省直相关部门抽调人员组成，由省总工会具体牵头，分成几个小组下到本省各地市开展工作。邱先智带的这个组要走三个市，本市是他们的第二站。总工会一向被认为是群团组织或称人民团体老大，所谓"工青妇"是第一团队，工会总是排在第一，且工会主席基本都是由上一级领导兼任，例如目前省总工会主席同时也是省人大常委会副主任，规格因之显高。由于省级领导事务多，且无须管得太具体，工会日常工作通常由常务副主席主持，也就是说邱先智实际上是当家人，管事的，调侃称"重要群团重要领导"。邱先智亲率调研检查组光临，理论上地方确应给予高度重视，可惜具体情况经常远非所想，弄得人家脸上全是意见。

应当说，无论邱先智脸上写有多少表情，基本上都跟卢梁栋无关，因为彼此够不着。卢梁栋是副市长，在市政府领导中排名最后，拉拉杂杂分管了一堆事务，总工会却没有写在他名下。直到这个中午之前，别说没见过邱先智，连邱先智是什么人，来本市干什么，卢梁栋都一概不知。眼下各种调研、检查多如牛毛，难以一一注意，特别是与己无关的那些。不料郑莲一个电话把卢梁栋拖了进来。

郑莲是市总工会常务副主席，当家人，市版邱先智。邱先智一行在本市的活动由她负责配合。那天中午她打电话求助卢梁栋，听起来没什么不好，也就是陪邱先智一行吃一顿工作餐而已。调研检查组在本市活动三天，日程已告结束，今天下午就将离开，前往下一站。按照日程安排，今天中午要为客人们饯行，也就是在正常工作餐标准上加点菜以示欢送。这种场合通常需要一位市领导出席。

"这不是该陈部长来吗？"卢梁栋问。

本市总工会主席陈浩同时也是市委常委、统战部部长，接待邱先智当然是他的事。问题是陈浩要务众多，邱先智一行到达时，陈浩仅仅礼节性地露了下面，在市宾馆会见厅跟客人们握握手，接洽片刻，而后便动身赶往省城开会。陈浩开的那个会前后也就三天，昨日已经回到本市。本来说好今天中午由陈浩出面为客人送行，不料他临时另有任务：市委书记交代陈浩去处理一件重要的事情，没办法赶来陪客人，郑莲急切中求到卢梁栋这里。郑莲找卢梁栋之前，已经联络过几位市领导，那几位与工会事务或多或少沾点边，可是每一位都有事，没有谁愿意临时陪客吃工作餐。细究起来所谓的"有事"多为推托，一来市级领导不是可以随叫随到的，二来即便需要临时应付，也应由书记、市长交代，至少应当是陈浩亲自打电话拜托，怎么可以听凭郑莲使唤？陈浩不出面，明摆着没拿邱先智太重视，其他人更是无须认真。毕竟工会不掌握人、财、物资源，没有太大的影响力。

郑莲却不能不当回事，这个人办事特别认真，作为具体负责人员，总是要想办法让上级领导满意，尽量不失礼。在其他人那里碰了钉子之后，她给卢梁栋打了电话。她告诉卢梁栋，自己正在宾馆宴会厅里，客人们回房间稍事休息，定于十二点整到餐厅就餐，此刻只剩二十来分钟时间，自知突然骚扰非常没礼貌，如果不是情急，真是不敢这么打电话。非常希望卢梁栋能予以关心，应急救场。

卢梁栋问："是陈部长的意见吗？"

她承认是自己的主意。陈浩只交代不能陪邱先智吃饭了，请郑莲替他致歉，送行也委托郑莲代表他，没有要求另外找领导陪邱先智。但是郑莲自己感觉不安，想尽量弥补。本次调研过程中有些小情况，下边个别县领导不太重视，让邱先智很不高兴。如果最后这顿饭连个市领导都没有，只怕意见更大。所以她总想请出一位，让客人感觉好一点，她相信陈浩也会乐见其成。

卢梁栋问："那应该是我吗？我这个人比较贪吃？"

郑莲连说不是那个意思。卢梁栋是领导，人也好，所以才大胆相求。

"这个事你还是应该按陈部长的意思办。"卢梁栋说。

"卢副市长你能不能救个急？"

卢梁栋称他中午有事，没空。即便有时间，他也不适合去接待这位客人。

"实在是对不起卢副市长，真是不应该打这个电话。"她退缩了。

卢梁栋听到电话里的声音不太对，郑莲在那边似乎抽了下鼻子。

"怎么回事？这也值得哭？"他问。

"没有，没有。"

郑莲承认她很害怕，坐立不安。邱先智这个人有个性，她只怕他一肚子气鼓鼓的，饭也不吃，突然拉下脸来拍桌子走人。真那样就彻底搞砸了，她没法跟领导交代。

"这么说不是去吃饭陪客，还是去救命？"卢梁栋问。

"卢副市长，我真的不知道该怎么办。"

"行了，我去。"

事后卢梁栋想，或许此前拒绝出场的那几位并不全是端着个架子，说不定人家或多或少知道这位邱先智领导脾气有点大，所以分别逃餐，惹不起躲得起，敬而远之吧。没准陈浩也是这个状态，自己来不了，也不想把其他同僚拖去填坑，只让郑莲去吃苦头，毕竟她是市版邱先智，她应该。没料到她居然找到卢梁栋，恰好卢梁栋自身有些情况且不知道邱先智有多厉害，自己跳进了坑里。

那天中午卢梁栋确实有些私事：他妹妹把父亲送到他这里，上午刚到。老头子最近身体不好，干咳，有时咳得整夜睡不着觉，卢梁栋约了内弟中午下班后到家里看看老人。内弟是市立医院的医生，可以帮卢梁栋拿主意，看看该做什么检查。郑莲电话到时，卢梁栋刚收拾好桌上文件，准备离开办公室。现在回不去了，只能舍己为公，老头子交给妻子和内弟去照料，自己先对付邱先智一行。

从宴会厅握手的那一刻起，卢梁栋便知道邱先智不好对付：两人一碰面，邱先智就问陈浩在哪里，一听陈浩来不了，他那张脸便拉了下来，表情丰富。郑莲忙介绍卢梁栋，邱先智一听来的这位是副市长，脸色也没好多少。当着卢梁栋的面，邱先智直言不讳，批评本市不重视此次调研检查，下边有的县问题更严重，简直将省"两办"的通知和省委书记的批示视同废纸。卢梁栋一听话这么重，随即硬着头皮认下来，称自己虽不了解情况，还是要先表明态度，诚恳接受批评，努力改进工作。

邱先智说："既然是你来，就委托你把意见转告陈浩，还有你们书记、市长。"

这位邱副主席很把自己当回事，站位很高，口气很大，气场强劲，有居高临下之势。他在饭桌上边吃边批，将他们检查中发现的一些事情拿出来说，要求本市加以关注，不要掉以轻心。他提到的一些问题明显超出他们的调研检查范围，例如他得知卢梁栋分管环保事务后，直截了当要卢梁栋注意兰岭溪生态问题。

卢梁栋问："邱主席发现什么了？"

"知道铜离子吧？"

卢梁栋打趣："我知道铜钱。"

"不要只看GDP。"邱先智警告，"铜离子会从GDP里跑出来。"

"回去我马上百度学习，看它怎么跑。"

"都是在百度里学习吗？"

卢梁栋称其实不需要，他是工科出身，专业是检测。他知道铜离子是铜原子外层失去两个电子，正二价。水中的铜离子以四水合铜的形式存在。

邱先智不禁"哇"了一声："原来是真人不露相。"

"偏巧记得而已。"卢梁栋说，"谢谢邱主席提醒，可惜我恐怕管不着了。"

"为什么？"

卢梁栋自嘲，称自己的名字有点问题。梁栋，不是栋梁。

"听起来有些来历？"邱先智欲了解。

卢梁栋是卢家长孙，爷爷给他取名叫栋梁，充满期待。但是他父亲偏偏要把那两个字调个个，觉得梁栋叫起来顺口。爷俩都是乡下人，文化不高，爷爷很固执，遗传给父亲，父亲比爷爷还固执，所以最终他本人成了梁栋，错失栋梁。

"糊弄人吧？"邱先智怀疑。

卢梁栋说："邱主席就当笑话听。"

卢梁栋刻意放低姿态。他原本无须那样，细论起来，他是主人，邱先智是客人，所谓客随主便，邱先智这家伙有些喧宾夺主了。哪怕手持尚方宝剑，有调研检查之权，邱先智也没太多资格对地方说三道四，批评再批评。特别是对卢梁栋，毕竟邱先智只是群团部门官员，不是省领导，手中没有多大权力，级别也就比卢梁栋略高一点，根本管不着卢梁栋。卢梁栋无须听他居高临下，即便不想丢下筷子拍屁股走人，也可以给他一点软钉子碰。但是卢梁栋忍下来了，因为犯不着，就让他说去吧，权当支持郑莲工作。这位重要领导这回受冷落了，有权略做发泄。

那顿饭邱先智最费口舌，说个不停，没怎么吃东西，卢梁栋给他盛的鱼汤也只喝一半。终于，他觉得差不多了，丢下筷子说："算了，到此为止。"

"没关系，欢迎继续批评。"

邱先智也有一好，虽然强势，但该停就停，并不没完没了。他自己其实心明如镜，卢梁栋只是临时应景，管不了他批评的事，说也白说。

"我没冒犯卢副市长吧？"他问。

卢梁栋开玩笑："冒犯了。"

"那卢副市长怎么不走开？"

"这鱼汤不错。"

"我看一般。"

卢梁栋说人跟人不一样。邱先智出自大地方大单位，喝过的汤肯定多，不像卢梁栋乡下人当不得栋梁。今天难得接待邱先智，听了很多批评，感觉收获很大，特别是这么好的鱼汤不用自己掏钱买，这种机会于他吃一回少一回，所以很高兴。

邱先智问："你这是在骂谁？"

"是自我批评。"

"卢副市长有些奇怪啊。"

卢梁栋承认确实有些奇怪，他不应当有幸与邱先智见面，怎么就见上了？主要因为郑莲是女性，妇女儿童应该保护。工会本来也不是太强势，需要有人献点爱心。

邱先智眯起眼看卢梁栋，没再说话。卢梁栋问邱先智要不要午休一下，邱先智让卢梁栋不要管了。饭吃过了，话说完了，那就拜拜吧。

卢梁栋和郑莲把他们送回房间，而后乘电梯回到大堂。这时送客成了问题，如果邱先智一行饭毕即行，不耽搁，卢梁栋可以送一送他们。如果邱先智想睡个午觉，确定一个动身时间，卢梁栋也可以按时过来送行。但是邱先智没有马上走，也不告知动身时间，那就有点尴尬了。送还是不送？不送可以吗？邱先智已经发话让卢梁栋不要管了，问题是如果邱先智这么好伺候，卢梁栋也就无须来陪同吃饭了。

卢梁栋问郑莲："咱们别管他了，怎么样？"

郑莲表示非常感谢，邱先智那一肚子气像是出得差不多了，应当不会再计较。已经太麻烦卢梁栋了，不敢再有更多要求，她留在宾馆送行就行。

卢梁栋问："这家伙会不会忽然又把一张脸拉下来？"

郑莲承认："我也怕。"

"那么郑主席还可能吓死在宾馆。"卢梁栋开玩笑，"我还是救人救到底吧。"

他留了下来，就在宾馆大堂边的小酒吧等候。郑莲让服务员送来两杯茶，陪卢梁栋坐在那里喝茶，耐心等了一个来小时，直到邱先智一行出现在电梯口。

他看到卢梁栋，表情有点吃惊。

"不是让卢副市长别管了吗？"他问。

"放心不下。"卢梁栋调侃。

"你那个呃，呃。"邱先智学卢梁栋干呕状，"怎么回事？"

"没事，过敏。"

"那么严重？"

卢梁栋称没事，是遗传。

直到那时邱先智才露出几分笑意。他伸出手，与卢梁栋握了握。

"我记住了。"他说，"不是栋梁，是梁栋。"

卢梁栋自嘲："梁栋不是栋梁。"

"情况我也知道了。"邱先智忽然说，"看远点，谨防鼠目寸光。"

卢梁栋一时语塞。

两人就此别过。

谁也没想到，几个月后，本市市委书记犯案被查，派下来接任的不是别人，正是邱先智。这位邱先智真是不能小看，人家的强劲气场不是硬撑出来的。邱先智履历很丰富，地方官出身，在本省北部一个地区当过县委书记，后来进入地委班子，直到担任地委副书记，再调到省总工会主持工作，然后下到本市。比履历更特别的是他的来历：出自名门，其父亲二十年前曾主政本省，当过多年省委书记。邱先智的居高临下几乎就是天生的，当然也不是一直顺风顺水。数年前他本有机会担任地委书记，结果却去了省总工会，很多人都觉得他已经过气，没戏了，他父亲也已过世多年，不再有什么影响力。不料时到花便开，机会一到，人家就来了。

那个时候卢梁栋正当背气之际，刚给免去副市长职务，暂未安排工作，赋闲在家，前景非常暗淡。数月前卢梁栋接待邱先智时声明"恐怕管不着"，自嘲"吃一回少一回"，那不是所谓的"自我批评"，是自知在劫难逃。其时省政府强化水污染治理，以确保省城数百万人民饮水安全，本市是省城水源地之一，为治理一大重点。本市的水污染相当严重，问题很复杂，除了工业企业污染，种植也是一大方面。近十几年间，市属几个山区县争相发展种植脐橙、柑橘等果树，几乎所有适宜的山地都给开发出来种果树，原以为是绿色经济，却因为规模巨大，农药、化肥的大量集中使用导致水污染迅速蔓延。特别是在雨季，存留于山地果园土壤中的大量农残溶入水中，冲入江河，污染下游省城水源，频亮红灯。省政府采取挂牌督办方式，对省城上游几市的水污染治理强化追责，一追，追到了卢梁栋头上。卢梁栋在市政府班子里分管环保，本市在省政府的数次检查中排名靠后，省城一家新闻媒体调查曝光，挖出卢梁栋私下里强调"不要给果农造成太大损失"的旧事，批评卢梁栋对上级决定阳奉阴违，对压面积、更新果园等环保措施执行不力。卢梁栋受到严肃追究，终被免职。卢梁栋在接待邱先智时那般低调，除本人个性原因，也有现实之迫，因为已经麻烦缠身，只能干吹，一点脾气都没有。邱先智直截了当说他"有点奇怪"，显然一离开饭桌就去了解该"梁栋"怎么奇怪，从而知道了水污染那些事，所以才会有分别时"谨防鼠目寸光"的教导。

邱先智没有忘记卢梁栋，上任不久就把卢梁栋从家里叫出来，安排到市委"协助工作"，事无巨细都参与，只是没有职务，因为职务不是市里可以解决的。但是人家邱先智就是大气，有的是办法。得益于他不遗余力地推荐、运作，两个月后，经省委研究决定，本市班子做了一次调整，统战部部长陈浩调离，由卢梁栋接任。卢梁栋在那个位子上只干了半年，又转回市政府当了常务副市长。在被免职之后不到一年时间里，卢梁栋从市政府排名最后的副市长一跃而成人们开玩笑所称的"第一副市长"。

邱先智大而言之："梁栋有一种品质，是人民群众非常需要的。"

相应的还有郑莲，她给调出总工会，派到下边县里，重用为县长，不久就转任书记。时下女书记不算凤毛麟角，也算是非常耀眼的，提拔为市领导指日可待。

显然那一顿工作午餐性价比特高，让人回味无穷。

邱先智有魄力，除了强势，还有能力与人脉，到任后大刀阔斧，干了不少大事。卢梁栋在邱先智麾下承担很多具体工作，人称"卢半楼"，指他管了市政府半座大楼。这种说法亦褒亦贬。卢梁栋并不热衷揽权揽事，只是身为常务，分管范围大，且邱先智总会把各种事情派给他，可称格外信任，这就显得卢梁栋手臂特长。邱先智对卢梁栋还是那种脾气，动不动拉下脸来，从不吝惜批评，经常有些"教导"：谨防鼠目寸光、克服小处着眼、切忌私心杂念，等等。均有所指。

有天晚间，大约八点左右，卢梁栋接到邱先智一个电话，命他马上到新田开发区去应急。

"你现在在哪里？"邱先智查问。

卢梁栋报称在家里。

"赶紧动身。"邱先智下令。

"问题还没解决吗？"卢梁栋问。

邱先智骂："笨！愚蠢！"

卢梁栋没敢接茬儿，知道邱先智并非骂他，是骂前边的人没解决问题。

新田开发区是邱先智上任后主抓的重点项目，未来会是一个大规模新能源产业基地。该开发区征用大片土地，有若干村庄需要整体搬迁。由于已确定的征地搬迁补偿方案与当地村民的预期差距较大，村民不愿接受，抵触强烈，有部分村民还越级上访，造成了相当不好的影响。那一天村民与县、乡干部再起冲突，数百村民包围乡集，迫使交通瘫痪、乡政府关门。事情发生后，邱先智反复督促县、乡和相关部门尽快处理，还把一个又一个市领导派去指导工作，力求在最短时间里平息事态。目前坐镇在那里的是市委副书记张明，身边还有几位市级领导，却没能解决问题，事态还在不断扩大。邱先智非常恼火，决定再把卢梁栋派上去。

卢梁栋请示："是让我协助张副书记？"

卢梁栋是常务副市长，排名在副书记张明之后，按照官职大小，在现场只能听张明指派。邱先智即在电话里明确：现场由卢梁栋全权负责，张明另有事情，需要到省里开会，卢梁栋到了后张明就撤离。

卢梁栋"哎呀"了一声，脱口道："糟糕。"

"怎么？"

卢梁栋承认此刻有些不在状态。嘴大、头晕，原因是酒精。卢梁栋此时是在老家县城，离市区三十公里。今天下午下班后，他开车回去看老头子。他母亲过世得早，父亲住在老家，跟妹妹、妹夫一起生活。当晚他和妹夫一起陪老头子喝了酒。

邱先智恼火:"这种时候了,还喝!"

邱先智着急情有可原,批评卢梁栋却有些勉强。新田开发区村民闹事,原本并未交给卢梁栋处置,卢梁栋于下班后回老家看望老父亲,陪老人并不为过。如果他跑去接受不当宴请,或者偷偷公款消费,当然是个问题,在家里喝自己的酒有什么不行?

卢梁栋没做辩解,只说:"我马上动身。"

卢梁栋把自己的车丢在乡下,临时叫了辆出租车赶往新田开发区,身上带着一只塑料袋,装了五六瓶矿泉水。一路上他不停喝水,光顾了途中每一处高速公路休息区的洗手间。一小时后出租车离开高速公路。开发区那边派了一部车,一位管委会副主任在高速公路口等他。卢梁栋上那辆车时已经不再嘴大,只是头还有点晕。

"说说情况。"他一上车就要求,"讲要点。"

一边赶路一边听情况,到达现场时,卢梁栋对事态症结已经大体明了。那时是晚上十时许,大批群众还聚集在乡集路口,有十几个群众代表与现场几位负责的官员在路旁一座祠堂里谈判,双方无法谈拢,正僵持着,只等卢梁栋来。

那座祠堂旁边有一口鱼塘。卢梁栋看一眼鱼塘,突然喉咙里"咕噜"一声。他急忙停步,蹲下身子,在路旁喘气、干呕了好一会儿。然后他起身走进祠堂,他自己都能闻到身上残存的酒气。

张明已经离开,卢梁栋作为最高领导在谈判现场表态:"我来宣布一个决定。"

这个决定非常敏感,没有人敢擅自发布,包括刚刚离开的张明。但是卢梁栋张嘴就来,当众宣布原先确定的征地搬迁补偿方案停止执行,市里将广泛听取群众意见,确定新的补偿方案。这个决定可以立刻向群众宣布,但是要求聚集群众于午夜前全部撤离。

全场鸦雀无声。

有一位群众代表是个老者,他问了一句:"这是真的吗?"

卢梁栋保证自己说话算数。他举了一个例子:他自己的父亲今年七十岁,如果父亲也在新田开发区搬迁人口之列,按照原有的补偿方案,除土地款外,老人每个月可以得到生产生活补助两百来元,可以拿三年。不说钱这么少,就说三年之后怎么办?没钱拿了,土地也没有了,靠什么维生?老人不像年轻人可以培训转行,没有再就业的空间,只能由他这个当儿子的供养。如果家中没有儿子,或者儿子也有困难,那怎么办?这么定标准太低,确实不合理,必须改变。

村民代表闻言竟鼓起掌来。

午夜之前,所有聚集人员散去。

卢梁栋还在指挥疏散人员之际，邱先智打来一个电话，怒不可遏。

"你昏头了啊！"他斥责，"谁允许你表那个态的！"

显然有人把情况报告给了邱先智。

卢梁栋强调自己非常清醒，不是酒后胡言，表那个态也不是权宜之计。他感觉补偿方案确实应当修改完善，既解决当前村民闹事，也为日后开发区的顺利发展提供便利条件。

邱先智责怪卢梁栋乱开口子，新田这里开了口，其他地方的征地拆迁马上就会跟着攀比，要求政府提高标准，那样的话还了得？

"不顾大局，擅自决定，你怎么可以这样！"他怒批。

卢梁栋无言以对，只好"哎呀，哎呀！"

"什么哎呀！"

"很痛心，很痛心。"

卢梁栋检讨自己考虑不周，表态急了。他是一心想着把事态平息下来，确实也觉得可以有更合理的方案，群众能接受，政府也能承受，但是无论如何应当先请示的。受到邱先智的批评，他感觉很难过。现在话说出去了，木已成舟，他得负责到底。他请求邱先智让他继续处理这个事，他愿意承担一切责任。

邱先智扔了电话。

事实上，这件事的难度主要就在补偿方案，村民认为不合理，而政府方面认为不能退让。事态之所以越闹越大，症结还在于此。卢梁栋之前的那几位市领导，包括张明之所以解决不了问题，是因为谁也不敢触碰这个方案。邱先智事前划过底线，严令不得在这个问题上退缩，以防得寸进尺，连锁反应。卢梁栋没有守住这条底线，胆大妄为，擅自表态，其中一个原因是邱先智交代他前去应急时，没有立刻重申这一要求。或许邱先智觉得卢梁栋还嘴大头晕呢，说也白说。通常情况下，卢梁栋在现场有重大决定，应当事前请示，至少也要与在场的其他市领导商量，那样的话，必定有人把邱先智的意见告诉他。不料卢梁栋没给其他人一点机会，直接就表了态。邱先智一骂卢梁栋就检讨，似乎真的意识到自己考虑不周，嘴大了。其实真是那样吗？不是口是心非，有意而为？自知请示肯定被驳回，那就先斩后奏？

无论是什么情况，事态被卢梁栋迅速平息了，但新的麻烦也随之而至。所谓"解铃还须系铃人"，麻烦是卢梁栋招致的，他还主动请缨，这件事当然就归他了。邱先智给了他两个月时间，严令他不得再擅自开口，新的补偿方案必须兼顾各方，报请市政府办公会讨论通过。卢梁栋遵命行事。那两个月时间里，卢梁栋亲自带队到新田开发区，开了数次座谈会，到若干重点人物家走访，发放并收回大量征求意见表，而后梳理意见，反复讨论调整，形成了一个新的补偿方案，报请市政府办公会研究。这个方案大量吸收了村民的意见,例如卢梁栋在那家祠堂举例时提到的老年人生活生产补助款,即从每月两百来元提高到五百余元,发放三年改为发放终身。

新方案在市长办公会通过后,卢梁栋亲自向邱先智报告。此前他已经数次找过邱先智报告进展,每一次都被敲打一番。此刻有结果了,邱先智听罢汇报,只说了一句:"现在告诉我,你到底是怎么回事?"

卢梁栋张着嘴,好一阵不说话。末了他做了解释,提到那天赶到新田时,在祠堂外边干呕,差点把当晚吃的东西全吐出来。那不是因为酒喝多了,只因为该祠堂的旁边有一口鱼塘,他闻到了鱼腥味。

"书记了解我。"他苦笑道,"老毛病。"

他表示,他是在那一刻下决心调整补偿方案。

"我说你什么了?"邱先智道,"小处着眼,私心杂念。"

卢梁栋嘿嘿笑:"我没法跟邱书记比。鼠目寸光。"

邱先智摆摆手,让他住嘴走人。

新补偿方案下达后,新田开发区征地拆迁得以继续开展。尽管仍有部分村民有更高要求,大部分人却感觉到善意,愿意接受。经过当地干部的劝告说服,辅之鼓励手段,该工作迅速推进,难题终于破解。新的补偿标准果然影响了本市其他地方的若干拆迁项目,大家纷纷攀比,拆迁补偿标准普遍上升,水涨船高。但是如卢梁栋所坚持,其幅度在政府可以承受的范围内,而利在民间。有同僚私下里夸奖卢梁栋做了件好事,卢梁栋自我解嘲,称其实广大领导才是出于公心,只有他假公济私。他总想着有朝一日轮到他老家拆迁,可以比照新田方案办理。这相当于减轻他的供养负担,给他的乡下老头子挣了一笔养老金。

然后卢梁栋意外获得提升,从常务副市长提为市委副书记,接替突然调离的张明,有如当初他去接替张明平息新田开发区事态。这次职务调整非常意外,因为没有主管邱先智的极力推荐,不可能是卢梁栋。常委班子里,比卢梁栋资格老的大有人在,却是卢梁栋后来居上,有如当初邱先智把他从排名最后的副市长提到所谓"第一副市长"的位置。卢梁栋刚因新田开发区事项被邱先智痛加批评,转眼间竟得提拔重用,所有人都感觉意外,包括卢梁栋自己。

邱先智还是大而言之:"梁栋有一种品质,是人民群众非常需要的。"

2

卢梁栋在会场上注意到五峰库区死鱼的消息,是从《每日简报》里。这份简报由市政府办公室信息科编写,主要收录汇总本市范围内的突发、异常事项。内容根据下属各县、区和部门呈报，表述都非常简要。简报只发给市级领导和几个综合部门参考。关于那些鱼，简报称主要发现于五峰水库上游库区，有大批网箱养殖鱼浮头、死亡，且有向下游蔓延的趋势。

那时候卢梁栋在大会场参加市直干部大会，当天大会传达省里一个重要会议精神，市领导都坐在主席台上，会议由市长主持，卢梁栋有一个讲话。这个讲话原本应当由邱先智讲，由于邱先智参加省里一个代表团出访欧洲友城，委托卢梁栋代表，也就是让卢副书记来宣读邱书记的重要讲话。该讲话安排为会议最后一个议程，只有几页纸，内容就是强调贯彻落实几条要求。卢梁栋把办公桌上的一个文件夹带到会场，会间抽空浏览，从《每日简报》里发现了那些死鱼的消息。

他抽身离开主席台，跑到后台给郑莲打了一个电话。

郑莲抱怨："那个年轻人刚被我骂了一顿。"

五峰库区主要区域在郑莲那个县。刚被郑莲骂过的年轻人是该县政府办信息科干部，大学毕业后考公务员到了乡镇，被借调到政府办工作。年轻人一心想表现，积极主动，却冒冒失失。死鱼的消息是年轻人从其母那里听到的。其母在县城菜市场买菜时，有一个熟人要她近日千万不能买鱼，传闻称五峰水库死了很多鱼，养殖户抢捞浮头鱼运到市场出售，已经死掉的鱼也混在里边。年轻人听母亲提起后，赶紧跑到县政府办公室打电话核实，从五峰镇得知该镇确有部分水产养殖户的网箱出现死鱼，具体情况还待了解。年轻人急于求成，不等镇里上报准确情况，匆匆忙忙就把消息编入呈报材料，负责把关的县政府办副主任没认真看就签了字，消息就这么被捅了上去。

卢梁栋问："有出入吗？"

出入的主要是数据。消息里提到"大批"网箱出现死鱼，给人的感觉很严重。实际上没什么大不了的，目前统计也就是一两百箱，其中有一些区域比较厉害，一些区域还算轻微。

"死鱼的原因是什么？"

根据当地渔业站技术员分析，可能是因为缺氧，俗称"反塘"，亦为"泛塘"。

"没有其他可怀疑的吗？"

"目前没有。"

卢梁栋回到会议室，没有片刻耽误，随即向市长报告，表示自己对这些翻肚子鱼不太放心，需要下去看看，越快越好。

市长说："你还有一个讲话呢。"

"那是邱书记的讲话，市长可以指定其他人代念一下。"

"有那么急吗？"

"邱书记不在，我怕出事。"

"问题很大吗？"

卢梁栋让市长别担心，目前看来还不是什么大事，但是这些鱼死得不是时候。

所谓的"不是时候"，内涵很丰富。鱼早不死晚不死，在邱先智不在家的特定时候呜呼哀哉，这就给市长、卢梁栋他们找了麻烦。如果邱先智在，这种事怎么管自有他拿主意，反之，其他在家的领导就得负责应对，小事也得放大数倍来对待。目前五峰库区死鱼不算特别严重，原本可以交由下边处理，市里保持关注就行，视情况发展再定。但是万一后边还有成千上万条鱼准备呜呼哀哉，眼下不做反应不就贻误时机了？邱先智回来不骂才怪。另外还有两个特殊事项集中到这个时间点上，一是省委巡视组下月中旬将到本市开展巡视，二是上级考核组刚刚离开本市。巡视组是来发现问题的，死鱼事件发生在巡视前夕，万一处理不好会放大成为问题。考核组则是来考察干部的，在本市只考核一个人，就是邱先智。邱先智早在去年就被作为省级领导的后备人选，此刻考核意味着上升在即，这个时候可不能出麻烦。这种事其实不止关乎邱先智一个人，有一种说法称之为"良性循环"，理想状态下，邱先智提任后，市长可转任书记，而卢梁栋便有望接任市长，那就是皆大欢喜，其前提当然是一切顺利。所以无论于公于私，此刻卢梁栋对任何灾难的苗头都不能掉以轻心。

经市长同意，卢梁栋离开主席台，到一旁休息室里一边等车，一边给胡天宝打电话。胡天宝也在这个会场，坐在下边听会。胡天宝是市环保局局长，当年卢梁栋因水污染问题被免职时，胡天宝还只是副局长，也给免了职，后来也东山再起，对卢梁栋言听计从。卢梁栋已经不再分管环保，但是副书记管农业，死鱼这种事算他的，他有权要求环保局局长配合。

"你们那里有什么消息？"卢梁栋查问。

胡天宝不知道五峰库区大量死鱼，下边县里没有报告。这不奇怪，一来事情刚发生，二来如果死鱼原因是缺氧，反塘，那么与环保局没有直接关系，得到报告的应当是海洋渔业管理部门，不是环保局。

卢梁栋没有多说，只命胡天宝赶紧出来，立刻安排一组专业人员，带上设备直接到现场，取样做水质检测。

"记住，铜离子必须测。"他交代。

"是那个……"胡天宝吃惊。

"以防万一。"

除了铜离子，当然还有其他项检测内容，胡天宝可按照常规安排。卢梁栋只强调一点：到现场的专业人员必须可靠，除了技术，还要求保密。检测数据直接报给卢梁栋，在取得同意前，不得对外公开，也不准任何人在外边乱传消息。

"让他们随时打电话报告卢副书记吗？"胡天宝请示。

"我在现场。"

"明白，明白。"

卢梁栋上路后不久，胡天宝来了一个电话：由市、县两级环保部门抽人组成的检测组已经出发，携带各种设备。胡天宝亲自带队，赶到现场与卢梁栋会合。

然后卢梁栋接到郑莲打来的一个电话。这个电话是郑莲必须打的，在卢梁栋过问情况后，作为下级，她有必要迅速了解并将最新情况和应对措施反馈给卢梁栋。根据她的报告，五峰库区死鱼规模还在扩大，当地镇、村干部正在组织救灾。郑莲已经紧急派遣县长率县渔业、环保等相关部门人员赶往现场指挥抗灾。技术人员基本确定死鱼原因是缺氧反塘，与近期气候异常有关，也有养殖过密等原因。

"水质有问题吗？"卢梁栋追问。

库区养殖规模很大，养殖户大量投肥、投食、投药，导致整个库区水质富营养化，这是老问题。技术人员认为水质确实也是反塘的一大因素。

"让他们搞准确。"卢梁栋说，"我到了就听汇报。"

郑莲一听卢梁栋已经在路上，要直奔五峰库区，当即大惊。

"卢副书记是在吓唬我吗？"她问。

"刚准备给你打电话。"

"怎么能这样惊动市领导！我们可以处理的。"

卢梁栋说："邱书记那种脾气，你也清楚。"

郑莲不吭声了。好一会儿，她说："我去五峰跟卢副书记会合。"

"这样好。"卢梁栋自嘲，"态度这么端正，可以感动邱书记。至少也能感动鱼吧，说不定鱼一感动就不死了，死了的也欣然转活。"

当然，这纯属调侃。

大约一个半小时后，卢梁栋赶到五峰库区，花的时间比平常多，原因是库区通道路况不好，加之近日连降暴雨，路面损坏严重，有几个险段通行困难。郑莲得知卢梁栋即将上山，急令县公路部门立刻调集人员机械抢修几个险段，紧急填沙石，并加强监控引导，确保领导能顺利通过。如果不是这么应急处置，只怕卢梁栋得下车徒步走上几段，弄得浑身皆泥。

郑莲从县里去，路途稍近，比卢梁栋早到了几分钟。卢梁栋的轿车进入库区路口时，郑莲与县长带着县、镇一批干部在路旁迎候。卢梁栋从车上下来，忽然连声干呕。

他闻到空气中有一股腥臭味。

郑莲向身后招招手，跟着她的一个年轻女干部轻轻递上一个东西，郑莲转手交给卢梁栋，是一只口罩。

卢梁栋道："谢谢。没事。"

几年前的那一回，郑莲把卢梁栋请来接待邱先智，急着端走桌上一盆鲢鱼头豆腐汤，因为她知道卢梁栋怕那个。她怎么会知道？卢梁栋曾在市工信局当过局长，当时郑莲是他的副手，彼此同事了年把时间。郑莲走投无路时敢一个电话请卢梁栋救急陪客，就因为比较熟悉。此刻到了五峰水库，她还记得给他带来一只口罩。

卢梁栋没有戴那东西，因为场合大不宜，而且他最怕那种似有若无的腥气，赶上满天鱼腥倒好，感官迅速麻木。仅凭这满天鱼腥，便可知死鱼无数，卢梁栋心情很沉重。无论各级领导态度如何端正，这些死鱼肯定是不能复活的了。

卢梁栋和郑莲带队匆匆察看重灾区坑边村。该村沿库区周边养殖带白花花的尽是死鱼，有的死鱼还在网箱上漂，有的已经给捞起来装进编织袋，胡乱堆放在路旁。气候炎热，死鱼在迅速腐烂，空气中恶臭强烈。顺库区水面望去，网箱密密麻麻，几乎都漂着死鱼。路旁死鱼堆积如山，水中死鱼亦触目惊心。

郑莲手下的一位渔业养殖技术员紧随卢、郑两人，一路汇报。五峰库区是老养殖区，近来发展迅速，规模不断扩大，问题随之而来，已经屡次出现反塘死鱼灾情，程度不同，今年这次比较严重。通常情况下，反塘多出现在夜间，半夜之后，特别是黎明前。主要因为夜间水中生物呼吸消耗氧气，有机物氧化分解耗氧，导致黎明前水中溶氧往往最少。反塘时水面出现泡沫，有腥臭味，小鱼聚集于岸边，鱼群在网箱里乱窜、浮头，得不到及时救治便翻白死亡。本次反塘与通常情况有所不同，发生时段偏早，黄昏便出现，且鱼死得快，发觉不对劲时拿竹竿一搅，死鱼便翻上水面。技术人员分析，主要原因是气候异常，本地前几天特别闷热，时有暴雨，水的溶氧量与气压成正比，低气压闷热导致水中溶氧量过低。暴雨亦有重大影响：雨后水温降低，底层水温高于表层，上下水层产生剧烈对流，底层热水上升，腐殖质翻起，迅速氧化分解，大量消耗水中的氧，缺氧因之产生。

"有数据吗？"卢梁栋问。

"有些水样测为每升1.5毫克。"

卢梁栋听了立刻摇头："不对。虽然正常值应当在5毫克以上，但是没有低于1毫克，不至于反塘成这样吧？"

技术员报告说，水样检测时间上有些滞后，估计大量死鱼那会儿数据要低很多。

"你们布置了哪些应急补救措施？"

除了开动所有的增氧机，还有生石灰溶解成浆泼洒，以及协调水库管理处放水，加速水流，等等。

卢梁栋问："黄泥水呢？"

技术员称也有，黄泥加上盐、水调匀后泼洒。

卢梁栋点头。

郑莲在一旁吃惊："卢副书记懂这么具体？"

卢梁栋自嘲："我吃过鱼。"

卢梁栋读大学时学的是工业分析与检验，曾经在市经委、工信局干过多年，从市交通局局长任上升副市长，自称是"多在工交系统就业"。但是他毕业后的第一份工作却是市鱼苗育种所的检验员。说是管检验，其实啥都干，安装增氧机、投料下肥，等等，打捞死鱼更是少不了。那时候满鼻子都是鱼腥味，他觉得自己这辈子注定靠鱼吃鱼了。至今有时夜半醒来，他还会问自己究竟是谁，什么"卢副书记"不是做梦吧？

郑莲说："卢副书记开玩笑。"

这时有电话找卢梁栋，是胡天宝，声音急切。

胡天宝的那组人已经到位，工作立刻展开，第一批水样已经检测完毕，发现异常：有几个样本测得铜离子含量为每升0.025毫克。

卢梁栋不禁一震："该死。"

这个数据表明水质尚在国家三类水标准内，也就是每升水中铜离子含量小于或等于一毫克。但是如果比照国家渔业用水标准，这个指标就超了。渔业标准里铜离子含量应当小于或等于0.01毫克。胡天宝查获的这些铜离子已经可以毒死鱼了。

胡天宝称，目前这些数据还不能说明库区死鱼原因就是铜离子污染，因为除了这几个样本，其他样本数据基本正常，不排除这几个样本受特殊环境因素影响的可能性。当然，考虑到雨水等因素，也不能排除这几个样本区域此前的铜离子含量可能更高。

卢梁栋立即质问："告诉我这些东西是从哪里跑出来的？"

"卢副书记，这个……"

"你们不是有专项监测预警设备吗？"

根据预防环境灾害的需要，本市环保部门在若干重点部位安排有针对性专项监测，其中有监测点是针对铜离子的。理论上说，一旦监测点所在部位水中铜离子超标，它应当立刻被发现、记录并报警。但是从眼前的情况看，这个专项监测设置没有起作用。

"我正在查这个事。"胡天宝回答，"我会立刻反馈。"

"记住，要非常、非常小心。"

胡天宝让卢梁栋放心。情况他只向卢梁栋一个人报告，他也严令其他参与者都不得向外界泄漏任何情况。

为什么需要如此小心？因为此刻死鱼原因非常敏感。如果是缺氧反塘，基本可归为天灾；如果是水污染铜中毒，那就是人祸，可列为环保大案了。

卢梁栋与胡天宝通电话时，郑莲就站在他身旁，听得云里雾里。放下电话后，卢梁栋没跟她解释，只说了一句："看起来有些麻烦。"

说来纯属自找。从一开始，人们的注意力都在水里的氧气，是卢梁栋自己悄悄安排胡天宝查铜离子，他肯定知道一旦查出就有麻烦，为什么还要查？

他们匆匆赶往水库管理处大楼，在那里紧急碰头。时已过午，有赖于郑莲的提前安排，水库方面为大家做了一大锅菜饭，大家一人一碗，围坐在会议桌上，边吃边谈。事情发生后，县相关部门按规定向市上级部门报告情况，市渔业、水利以及宣传等部门领导一听说卢梁栋已经前去现场，当然得赶紧跟上，有如胡天宝。此刻市、县两级相关部门负责官员基本到场，只等卢梁栋发话。

卢梁栋说："咱们只剩十来个小时。过了这个时间就不是死鱼，该轮到在座各级领导'反塘'，一个跟一个翻肚子死翘翘了。"

卢梁栋是危言耸听。这种事再怎么厉害，大不了搞掉几顶帽子，如当年他自己给免职查办一般，无论如何死不了哪位领导。但是卢梁栋就那么强调，还把邱先智拿出来当大棒挥舞。卢梁栋说，邱书记此刻不在家，考核组刚刚离去，巡视组即将到来，这种重要时候最好不要死鱼，偏偏鱼死了满地。接下来的应对要是没弄好，就无法跟群众和上级交代，也无法跟邱书记交代。

卢梁栋所谓"十来个小时"指的是从此刻到明日上午。为什么这么界定？因为事情已经发生，凭借当下发达的资讯传播，消息已经在微博、微信等媒介中广泛出现。类似大量死亡事件总是非常吸引眼球，不管死的是人还是鱼。可以预计接下来上级领导、相关部门将争相过问，媒体将集中采访、报道，外界会传出质疑和追责呼声，明天上午或将集中发生，到处传遍。只有一种办法可以缓解，那就是从现在开始，使尽九牛二虎之力，在明天上午之前有效控制住灾情，让受灾群众得到多方关心安抚，同时提供一个令人信服的说法，通过媒体报道出去，得到外界接受，那就有望变被动为主动，迅速结事件，把损失和不利影响控制在最低程度。

与会官员就卢梁栋的几大要求紧急讨论之际，胡天宝匆匆到达会场。卢梁栋一看到他就站起身，走到会议室外，胡天宝紧随，在门外向卢梁栋个别报告情况。

是关于卢梁栋查问的预警事项。环保部门针对铜离子的专项监测设施设置于兰岭溪故道，采用的是自动监测设备。这个自动监测点已经运行多年，一直很正常。不凑巧前些时候该点突然发生故障，经检查是主设备达到运行年限，需要更换。由于这么多年该监测部位环境一直正常，没有发生大的数值异常，管理单位有所松懈，拖了一点时间，目前正在通过政府采购部门申报、采购设备。监测点失效使该水段处于不设防状态，如果发生泄漏，跑出来的铜离子可以畅行无阻，能到哪里到哪里，不会触发任何警报。没有铜离子变化记录，也无法判断哪个方向是否发生泄漏，程度如何。

卢梁栋恼火："指望你找出凶手，杀人偿命，你告诉我探头坏了。"

胡天宝一脸尴尬："是我的问题。"

该监测点由县环保部门管理，市环保局作为上级部门也有监督责任。胡天宝承认错误，表示会马上整改，同时也悄悄提醒一句："卢副书记，目前看还很难确定是铜离子泄漏造成的死鱼。"

"可以排除吗？"

胡天宝支支吾吾，只问，如果不排除，事情会不会沸沸扬扬，弄得很大？

卢梁栋说："进去吧。"

他们一前一后走进会议室。

卢梁栋下了决心，在紧急碰头会上宣布一个重大决定：立刻求援。要求市环保局和海洋渔业局两位局长马上联络各自上级，也就是省环保厅和海洋渔业厅，报告本市五峰水库出现死鱼灾害，灾情虽已得到控制，还需要上级主管部门关心支持，请求省里速派专家组前来帮助确定受灾原因，指导救灾。同时由市政府办公厅向省政府办公厅做口头报告，请省政府办公厅协调省相关部门支援本市。

话音刚落，郑莲轻轻拉了拉卢梁栋。

"卢副书记，请先听我说句话。"她说。

卢梁栋点头，暂时中断了讲话。

郑莲把卢梁栋拉到外边，张嘴便问自己是不是哪里做错了，让领导有看法了？卢梁栋摇头，表扬郑莲反应很快，没有做错什么。郑莲提出五峰水库死鱼这件事最好还是让他们来处理，不必惊动上级，特别是不要惊动省领导。一旦市政府办公厅正式请求省政府办公厅协调支援，省政府办公厅必定先报告省领导，那样的话就成大事了。

郑莲的反应可以理解，作为地方主管，她当然希望自己地盘的事情自己来处理清楚，不要闹得沸沸扬扬，不要让上级领导产生看法。库区死鱼这种事当然无法也不能隐瞒，最好的方式是在向上级报告时已经处理清楚，或者基本处理清楚，那样的话突出出来的就不是事件，而是处理得及时与果断，反之便成为问题。

卢梁栋说："这个事必须这样来办。听我的。"

他强调，现在有一个焦点问题是死鱼原因，这会是上级与外界的一大关注点，需要一个权威的认定与发布，而且必须尽快。全省范围内，最权威的部门和专家来自省一级。让他们来认定，比市、县两级有说服力，因此不能怕惊动。

"邱书记会不会……"郑莲有顾虑。

邱先智气场强大，人远在欧洲，气势依然笼罩于此。

卢梁栋说："我会跟他报告的。"

郑莲欲言又止，话在嘴边，终于咽了回去。卢梁栋知道她想说什么，不外乎是建议先跟邱先智报告，然后再做最后的决定。应当说郑莲的顾虑是有道理的，邱先智也是地方主管，只是比郑莲高一级，邱先智考虑问题的角度与郑莲会有相同点，同样愿意自己辖下地盘的事在自己手上处理清楚，不要匆匆忙忙惊动上级。特别是此刻不比平时，又是考核组，又是巡视组，于邱先智可谓关键时刻，尤其需要慎重。如果邱先智在这个会场，他应当不会决定求援。如果卢梁栋打电话提前向邱先智汇报，恐怕他也不会同意那么做。卢梁栋怎么办？一旦邱先智发话，虽然卢梁栋不能按自己的想法去做，却也就没有责任了，何乐而不为呢？

卢梁栋的心情颇为矛盾。他匆匆从会场跑到这里，首先是因为邱先智，邱先智于他有知遇之恩，邱先智不在家，他必须处理好突发事件，否则无颜面对邱先智。同时还因为那些鱼，卢梁栋虽然不喝鱼汤，却最受不了白花花一片死鱼的景象。邱先智在他意识里，鱼几乎可以说在他的下意识里。他得有个办法，两方面都可兼顾到。问题在于显然有风险，他能做到吗？不会搞砸吧？

卢梁栋回到会场，宣布立刻按照刚才的布置行动，而后他亲自给省委分管农业的副书记，也是他直接对应的省领导打电话，报告了五峰库区死鱼情况，请求领导指令省直相关部门给予支援，以最快的速度。

事情至此无可挽回，迅速扩大。紧急会议刚刚结束，其他省领导的电话便一个接一个打到卢梁栋的手机上。然后是媒体询问铺天盖地而来，记者们蜂拥而起，争相前往五峰库区。下午四时，由省环保局、海洋渔业局派出的联合专家组赶到，携带各种应急检测设备，立刻投入工作。那时卢梁栋才给邱先智打了一个电话。

邱先智非常恼火："怎么不早说！"

卢梁栋担心打扰邱先智，毕竟邱先智远在欧洲。他也觉得自己可以处理好。

"动作大了！用力过猛！"

"哎呀，哎呀……"

"别再跟我说什么'考虑不周'！"

通话很不和谐，在卢梁栋预料之中。

当晚，省专家组彻夜工作，在分析他们检测的数据之后，提出了初步意见，与本地渔业技术部门看法基本一致，认为死鱼原因是缺氧，因气候异常和养殖过密等技术原因导致。专家组也注意到一些数据偏高问题，包括若干位置的铜离子含量，由于偏高值不算特别严重，不足以成为主要怀疑因素，没有影响专家们的判断。

第二天上午，市、县两级于五峰库区共同召开新闻通气会，对赶到现场采访的大批媒体记者通报情况，正式发布省专家组对死鱼原因的初步认定。尽管冠以"初步"二字，却是有关灾难发生原因的第一个权威意见。此时死鱼灾情亦得到有效控制，虽然成鱼浮头翻白个案还在发生，大规模鱼群集体濒死状态不再出现，已经死亡的鱼大部分被打捞出水，妥善掩埋。受灾群众的善后事项也在迅速推进。

卢梁栋没有出席通气会，他坐上车，在库区周边继续查看情况，由镇里的几位干部陪同。那时空气中恶臭尚浓，虽经一夜紧张处置，大部分死鱼已经掩埋，毕竟气味无法入土。卢梁栋又到了昨日到过的重灾区坑边村。车在路旁停下，他下车往湖边走，一行人在后边跟着他。

有一个中年人坐在湖岸边，穿着长筒胶鞋，地上放着一只捞网，岸边系一条小船，面前是一个个网箱。有一个女人在网箱栈桥上朝水里扔鱼食，水下却无动静，没有鱼群浮头抢食。中年人看着水面，表情茫然。

"谁有烟？"卢梁栋轻声问。

紧跟他的镇书记赶紧从口袋里掏出一包软中华递给卢梁栋。

卢梁栋走过去，请那个中年人抽烟。中年人手指头哆嗦不止，火都点不着。卢梁栋拿过打火机，给他点了烟。

中年人是养殖户主，姓范，卢梁栋管他叫"老范"。老范在这片水面有几十个网箱，主要饲养草鱼，基本都已长成，重的三四斤，轻的也有两斤多。此刻都没有了。

"死光了。"他绝望道，"倾家荡产。"

他对卢梁栋一咧嘴，似乎想挤一个笑容，脸色却非常难看。当着卢梁栋的面，一滴眼泪突然从他眼角滚落下来。

卢梁栋什么话都没说，起身离开。

胡天宝悄悄跟上来报告情况：他们还在持续检测，曾经发现的铜离子超标水段已经基本正常。这就是说，即使发生过泄漏，此刻也已经停止了。

"给我继续查。"卢梁栋咬牙切齿，"一查到底。"

"明白。"

"要非常、非常小心。"

"明白。"

卢梁栋在五峰水库整整待了三天时间。离开那里时，库区上空的腥臭味还丝丝不绝，外界媒体还在广泛报道此事，也有人提出了若干疑问，却因为灾情得到有效控制且有权威部门的明确认定，本次死鱼事件受到的关注迅速减弱，在媒体反复探讨"反塘"等技术名词中，事态渐渐走向尾声。

邱先智回到市里。卢梁栋到他的办公室汇报情况时心里忐忑，只怕邱先智还要发火。不料人家只是摆摆手，连汇报都不听："免了。"

邱先智问了一个问题："你家老头子好像喜欢喝点酒？"

卢梁栋自嘲："是从我爷爷那里遗传的。"

邱先智弯下腰，从办公桌下边的文件柜里取出一个白色塑料袋放在桌上。

"给你父亲试试。"他说。

卢梁栋惊讶，问是什么。邱先智把手一摆："拿走。"

塑料袋里有一个精致的长条形盒子，印着一排排字母。是一瓶酒，产自德国，邱先智刚从欧洲带回来的。

也许因为那次新田开发区出事时，卢梁栋回老家陪父亲喝得嘴大头晕，邱先智便知卢家老头子好这一口？但是哪有主管给副手送东西的？邱先智与卢梁栋的家人亦从不相干。这瓶酒究竟表示个啥？邱先智喜欢卢家老头吗？不如说是以老头之名对卢梁栋略表慰问。那是慰问个啥，用力过猛？

无论如何，邱先智就这么大气。

卢梁栋嘿嘿笑："老头子最近心脏不好，只怕还不行。"

"总会好起来吧？"

"不好意思，那我替他谢了。"

3

五峰水库上游有一座兰岭铜冶厂，也叫"湿法厂"，为长盛铜业旗下一家产铜大厂，也是本市最大的几家矿业企业之一。该厂位于兰岭溪故道，那里原来是兰岭溪主河道，矿山开发时另辟一条引流水道，让溪水改道而行，原河道便成为故道，与周边谷地一起成为这家企业的主要生产区域。眼下兰岭溪水走引流水道，那里总是水量充沛，故道则水量很小，河床裸露，很多时候呈干涸状。兰岭湿法厂占据了数座山头和山间谷地，这些山的岩层下有一条铜矿脉，离地表较近，品位却低，是所谓的"呆矿"，以往认为没有开采价值，直到长盛铜业进行露天开采并采用"湿法"工艺，这里才成为一个备受瞩目的铜业基地。

五峰库区发生大面积死鱼，卢梁栋为什么会要求胡天宝检测铜离子？因为他对上游这个厂子很不放心，一听说死鱼就担心铜离子泄漏。在没有足够把握之前,这种担心不能明说,检测只能悄悄进行,因为一旦被外界所知,必定受到广泛关注与放大,可能造成巨大的震荡。胡天宝他们在检测中果然发现异常,却又难以确认,让卢梁栋感觉分外棘手。相比而言,鱼死于污染,比死于缺氧反塘要严重。认定发生的是一场天灾,于控制事态有利,但是万一是人祸,是铜离子污染怎么办?卢梁栋之所以不惜先斩后奏,坚持向省里求援,就是希望搞准确,有权威,避免被外界质疑。这么做的主要风险不在于惊动上级,也不在于邱先智可能会不高兴,而在万一省里专家确定是铜离子污染,事态便会扩大。如果真是那样,也不能怕,该怎么办就怎么办,下力气把污染打下去,给死鱼一个公道,只要及时有力,还是会给本市和邱先智加分。结果该主要风险没有出现,省里专家排除铜离子原因,确定是缺氧反塘,卢梁栋松了口气,却依然命胡天宝一查到底,因为他心里的怀疑并没有消除。兰岭一带有铜矿,一些铜离子溶在地下水里流出来,导致若干地点水体中的铜离子偏高,这是可能的。但是如果水中钻出来的这些铜离子其实是从湿法厂泄漏,只因为自动监测系统失灵,没有被及时发现并报警,那就是库区布满死鱼而真凶逃逸,这个结果卢梁栋不能接受。卢梁栋本人曾经因为环保责任被免过职,对水污染格外敏感。既然是他来处理这个事,他就不会轻易放过,得为邱先智,为那些鱼,也为自己负责。

在卢梁栋的密切关注下,胡天宝迅速采取措施,督促县环保局以最快的速度将自动监测点修复。几天后胡天宝报告,新设备已经安装到位,监控正常。现在没问题了,如果湿法厂发生泄漏,肯定在第一时间被发现。

"亡羊补牢。"卢梁栋说,"还要算老账。"

他要求环保局责成湿法厂做一次彻底自查,发现问题必须立刻报告。他还命胡天宝组织人员暗访,由胡天宝亲自掌握。

胡天宝有些顾忌:"这个会不会……"

卢梁栋强调:"必须办。安排可靠的人员,只做不说。"

胡天宝遵命。

结果是暗访中发现了情况。那天上午胡天宝给卢梁栋打了一个电话,而后匆匆赶到卢梁栋的办公室汇报:暗访人员得知湿法厂正在堵塞一条涵洞,厂长沈声远亲自督阵,叫了一组工人,带了设备,于星期六加班加点地施工。涵洞其实还好好的,并未损坏,不知为什么要突然筑起一堵墙,把它彻底封死。

这是重大情况吗?也未必。类似企业生产区的地下布满管道和涵洞,可谓密如蛛网,今天打通一条,明天堵上一条,都可能出于正常生产需要。企业不像机关,他们按照排班工作,不受双休日之限,星期六干活没什么奇怪。但是卢梁栋没有轻易放过这个情况,犹如当初他没放过简报上的若干死鱼。

"去看看。"他对胡天宝说。

那天是星期天，没有其他的工作安排，可容卢梁栋临时决定，从容出行。湿法厂厂区位于五峰山区上游，有一条新辟的高速公路从厂区附近经过，十公里外有一个出口，走那条路反比从五峰水库溯流而上便捷。当天气候闷热，却没有雷雨，车行顺畅。直到从高速出口下来时，卢梁栋才让胡天宝通知厂长沈声远，沈声远猝不及防时，卢梁栋一行已经进了厂区大门，直接前往现场。沈声远从厂办公大楼赶到时，卢梁栋一行在现场已经观察了好一会儿。

这里有一口观察井，在该厂序列里编号第九，称九号集渗观察井。卢梁栋一行所在的山谷中，顺地势而下分布着堆浸场、富液池、贫液池、萃取池、防洪池、污水池等设施，是该厂主要的生产场所。九号集渗观察井处于下方，被暗访人员注意到的涵洞堵塞施工就发生在该井。此刻堵塞工作已经结束，工程队和施工机械都已经撤走，但是施工痕迹到处都是，尤其是新砌的堵塞墙体特别显眼。

问题不在这个堵塞墙体，而在它堵住的排水涵洞，这个涵洞显然不应当出现在这个集渗观察井里。所谓集渗观察井也叫渗漏观察井，其功能是监测水体，通过对井水的观察和取样检测，可及时发现相关生产区域是否发生泄漏。九号观察井位置较低，平时里头是清水，一旦发现污水渗漏，可用应急处理设备将水反抽回污水池。问题在于这个观察井居然被打通了，用一个排水涵洞连接外侧排洪道，一旦发生污水渗漏，污水达到排水涵洞位置，便可通过它直接排入排洪道，泄往厂外河道。

卢梁栋追问沈声远："老沈，这个怎么解释？"

沈声远非常镇定，不像使枪弄棒被警察抓现行的蒙面盗贼。他平静地回答："卢副书记，我们还在查。"

卢梁栋不吭声，一张脸全是黑的。

沈声远身穿该厂的工作服，胸前挂一面工牌，沉着稳重，一望而知是见过大场面的人。卢梁栋与沈声远是老熟人，若干年前，沈声远曾是市属电焊机厂厂长，当时卢梁栋在市经委，两人因工作时有接触，彼此地位相当，互称"老卢""老沈"。后来沈声远因责任事故和经济问题被撤职查办，差点抓去判刑，事过之后下海经商，身份屡变，直到接受长盛铜业聘用，出任湿法厂厂长。他是工科出身，高级工程师，管理企业有经验，在湿法厂如鱼得水。沈声远执掌湿法厂后曾数次拜访过卢梁栋，盛情邀请卢梁栋"光临"该厂"检查指导"。卢梁栋坦率而言，称以往曾数次进厂了解过情况，感觉不太放心。请沈声远一定特别注意，不要出事。

沈声远说："我知道卢副书记什么意思。"

等到卢梁栋一朝光临，果真有事了。

沈声远指着九号观察井解释情况，肯定该观察井确实不应该有涵洞与排水道直接相通，只是不清楚为什么会给挖出这么一个洞。近日企业奉政府环保部门之命开展自查，有技术员提到这个涵洞，沈声远亲自查看现场，核对资料，确认该排水涵洞有问题，只是因为时间久了，当年相关人物多已离开，眼下厂里没有谁说得清这个涵洞是什么时候有的，怎么打通的。沈声远自己是后来才到本厂，情况还有待他去查清楚。无论这个洞怎么来的，既然有问题，眼下就得赶紧堵。

"是不是发现有污水从这里漏出去？"卢梁栋追问。

"不是。"沈声远非常肯定，"取样检测正常。"

此刻观察井里的水体看起来相当清澈，确实不像有污水泄漏。但是此前是不是一直清澈？可以推断的是，只要发生过泄漏，这口井便是个排出通道。

沈声远说："卢副书记知道，我们不可能让水漏出去，那都是钱。"

卢梁栋没有吭声。

这个企业理论上应当是污水零排放。所谓"湿法"有别于传统的"火法"工艺，是利用溶剂将铜矿、精矿或焙砂中的铜溶解出来，再进一步分离、富集提取。兰岭湿法厂的铜矿石从周边矿山露天开采，做破碎处理后统一堆放在堆场上，然后抽取喷淋池内富含微生物的溶液喷洒，碎石中的铜溶解在溶液里，进入富液池，再进入萃取池萃取、反萃，最后通过电解法提取铜。该"湿法"工艺严格说并不产生废水，因为流淌于生产过程中的液体需要收集、反抽回去循环使用，那些液体含铜，必须在循环中尽量把铜提取出来，排掉那些液体就好比把钱扔到水里，企业出于自身利益，也会千方百计防止含铜液体泄漏。这有别于一些不良企业不惜偷排废水以减少处理成本。当然，无论工艺如何完善，遇上不可抗力或若干人为因素，依然可能产生意外，例如九号集渗观察井显然就存在人为漏洞，无论这个排水涵洞是怎么来的，其本身便是隐患。

卢梁栋追问："以往一直没发现吗？"

沈声远说："我是刚发现的。"

"怎么发现的？"

沈声远滴水不漏，还是那句话：自查中有技术人员提及，引起他注意，于是发现了问题，决定赶紧处理。

卢梁栋再次追问："是不是发现泄漏后才做的补救？"

"并没有发现泄漏。"

卢梁栋掉头走开。

一行人离开现场，从工作面通道上坡，前往厂办公大楼，进了大楼一层的大会客室。这间会客室布置豪华，清一色的红木家具，四面墙上都是大幅镜框，镜框里是各级领导视察该厂时的留影。卢梁栋也在其中一张照片里，藏身于时任书记、市长之后，叨陪末座露了半个脸。

沈声远说:"我们彭董事长让我问候卢副书记。"

卢梁栋说:"告诉他我很担心。"

"有什么重要指示需要我转告吗?"

"告诉他,那个老沈似乎没说实话。"

沈声远一笑:"我一定转告。"

他不慌不忙,张罗送茶水。这时卢梁栋手机铃响,一看屏幕,却是郑莲。

有一个突发情况:五峰库区百余养殖户聚集县政府上访,寻求债务支持。由于养殖规模较大,无法仅靠自有资金运行,库区养殖户多向银行借款以维持生产,待收获后还本付息。库区反塘死鱼事件重创各养殖户,一些养殖户颗粒无收,负债如山,有人从中联络,主张请求政府帮助解决困难,协调相关银行酌情减免债务,或给予若干利息减免与补助。他们去镇政府请愿无果,一直闹到县里。

"好像银行是我开的。"郑莲在电话里发牢骚,"卢副书记批准我给他们一笔勾销吗?"

卢梁栋说:"批准。"

"真的吗?"

当然不是。银行不是郑莲开的,也不是卢梁栋开的。

此刻养殖户代表正在县信访办与县领导沟通,其他大批上访人员聚集于县政府外小广场,郑莲在她的办公室里指挥应对。郑莲报告称,上访人员表现理性,县里相关部门也有足够的处理经验,事态发展可控。县有关部门已经按照要求将这一突发事件和处理动态于第一时间报告给市里,郑莲亦分别给几位市领导直接打电话报告。五峰库区死鱼事件是卢梁栋一手处理的,后续情况亦应及时向他报告。

卢梁栋问:"邱书记知道了吗?"

"已经报告了。"

"那就可以了。"卢梁栋说,"沉住气,你对付得了。"

郑莲感叹:"说来他们也可怜。我该去开一家银行。"

"我同意。"

放下手机,卢梁栋抬眼一看,坐在对面的沈声远已经把一本笔记本摊开,连同一支水笔一起放在茶几上。

"请卢副书记指示。"他说。

卢梁栋看着他,问了一句:"七月四日,你这里有什么异常情况?"

"那一天怎么啦?"

"有一场暴雨。午后。"卢梁栋提示。

沈声远不动声色。根据他的回忆,那一段时间本厂一切正常,没有发现任何异常。如果需要了解当天厂区详细雨情,他可以去查一下资料。

突然手机铃响,又一个电话找卢梁栋。

是邱先智。他问卢梁栋在家里吗,卢梁栋报称自己在兰岭湿法厂。

"怎么跑那么远?"邱先智奇怪。

"这里有些情况。"

邱先智没有追问发生了什么,只问卢梁栋知道郑莲那里的上访事件吗。卢梁栋回答,郑莲刚给他打过电话。

"你觉得怎么样?"邱先智问。

"应当没什么大问题,她对付得了。"

"或者你拐去看看?"

"行。"

邱先智已经派华强赶去协调处置。华强是副市长,管财政,同时挂钩郑莲那个县,这种事该他管。只是华强年轻,刚从省里空降下来,基层情况不熟悉,邱先智不太放心,所以才给卢梁栋打电话。此刻邱先智对任何事态苗头都非常警惕,一旦出现就全力消灭。例如郑莲这件事,派去华强,还要卢梁栋上。为什么呢?原因当然还是那个,于邱先智而言,关键时刻出不得乱子。

卢梁栋匆匆结束湿法厂之行,起身离开。沈声远指着茶几上的笔记本表示遗憾:"卢副书记还没留下重要指示。"

卢梁栋说:"有个重要情况要跟老沈交流。"

他提到此刻有百余人员正聚集在那边县政府门外,有所要求。这些人都是五峰库区的养殖户,他们的请求是否合理,行为是否正确可以商榷,在前些时候那场灾难中他们倾家荡产是不争的事实。卢梁栋亲自处置了那起事件,亲身所见所感让他很为那些死鱼不平。是谁让几万几十万条鱼一堆堆翻肚子?真是老天爷吗?如果真是,那么没办法,鞭长莫及,任谁也拿老天爷无能为力。如果不是呢?如果不是天灾而是人祸?如果是某个人或者某些人制造、纵容了这场灾难,那就必须为那些死鱼做点事,给它们一个公道,把那个人或者那些人找出来严惩、处罚,去接受应当承担的责任。

沈声远说:"卢副书记的重要意见我完全赞同。"

他对五峰库区的养殖户表示同情。他明白卢梁栋说的是鱼,实际是指养鱼的人,也就是那些受灾养殖户。为鱼主持公道,就是为养殖户主持公道。他很理解,同时也要再次重申,无论是七月四日,或者此前此后,虽然有暴雨,兰岭湿法厂却没有发生污水泄漏,没有对任何一条鱼、任何一家养殖户造成损害。九号集渗观察井的排水涵洞问题是企业自查发现,尽管确实有隐患,所幸还未造成危害,迄今为止没有发现该井发生污水泄漏。眼下这个漏洞已经堵上,不是亡羊补牢,是防患于未然。"

沈声远从容不迫,头头是道,显得很有把握。情况或许确如其所言。即使情况并非如此,沈声远也可以说得理直气壮,因为没有任何记载和证据表明他在说谎。如果九号集渗观察井曾经泄漏,那些铜离子也早已成功逃逸,跑得无影无踪,根本无从追究。在漏洞被堵塞之后,隐患消除,以前的事情更无从追究。

卢梁栋却坚持不懈,继续敲打:"老沈,任何事情只要发生过,就有办法查个水落石出,你信不信?"

沈声远说:"我相信。"

"记住我说的话。"卢梁栋说。

他带着胡天宝匆匆离开,顺一条县道绕道五峰水库,从那里前往县城。刚刚到达五峰镇,郑莲的电话又来了。

"卢副书记快到了吗?"她问。

卢梁栋告知方位,问:"情况怎么样?"

养殖户上访事件已经解决。此刻聚集在县政府大门前的养殖户全体上车,坐着县里安排的几部大巴返回。县政府大门口已经无人聚集,进出交通恢复正常。

"你们答应了什么条件?"卢梁栋问。

县里承诺帮助养殖户反映情况,争取银行方面的支持。县里还承诺尽快争取并安排一笔补助金提供给养殖户,尽量帮助养殖户渡过难关。

卢梁栋批评:"干货不多,郑书记是画一张大饼把人家哄走。"

郑莲说:"请卢副书记给我一点面粉,我做一张真的大饼给他们。"

郑莲这个电话除了报告情况,也是安排后续日程。此刻上访已经化解,不需要劳驾市领导了,但是难得领导驾到,是不是另外做些调研?郑莲打算陪卢梁栋和华强去看看他们的工业开发区,那里有几个新项目不错。

卢梁栋说:"你陪华副市长去吧。"

他马上打电话请示邱先智。邱先智已经知道突发情况告结,他命卢梁栋立刻返回,后续事项让华强与郑莲去处理即可。

"邱书记还有什么交代?"卢梁栋问。

"回家,休息。"邱先智说。

邱先智没再询问卢梁栋于星期日跑那么远去兰岭湿法厂干什么,卢梁栋也绝口不提。他只是交代胡天宝,关于兰岭湿法厂九号集渗观察井的漏洞,以及他们今天到现场查看的过程,目前只限于几个当事者知道,不得外传,因为怀疑难以确定,事情极其敏感。死鱼风波刚刚平息,受灾养殖户处境艰难。目前养殖户都还承认死鱼原因是缺氧反塘,除了天灾,也有养殖过密投料过多等自身原因,因此只能自己认命，找政府也就是寻求一点帮助。如果他们听到风声，引发怀疑，不待确凿证据，直接就把死鱼、铜离子和污水联系起来，那样的话肯定得闹出大事。

胡天宝请示："暗访是不是先停下来？"

卢梁栋没吭声。

他感觉事情很棘手。沈声远信誓旦旦，坚称没有问题，或许他说的是真话，卢梁栋却依然不能放心，怀疑难以打消。但是突然发生的养殖户聚集上访事件拉响警报，此刻追索兰岭湿法厂的铜离子具有巨大的潜在风险，暂停或许是必要的，只是心有不甘。

他没有明确态度，胡天宝也不再请示。

第二天上午，卢梁栋在自己办公室开一个小会，邱先智突然给他打来一个电话："到我这里来一下。现在。"

卢梁栋放下电话，对办公室里一起开会的几位宣布："暂停。等我。"

他把手中的材料往办公桌上一丢，起身就走。邱先智的办公室在同一层楼，与卢梁栋这边隔着一个小会议室，也就二十来米距离。

邱先智的办公室里有客人，两位。一见卢梁栋进门邱先智就说："来，认识认识。"

他是开玩笑。这两人卢梁栋还需要认识吗？一个是沈声远，与昨天相比，只是换了身打扮，胸前没了那块工牌。另外一个人卢梁栋也认识，比沈声远更了得，是沈声远的老板，长盛铜业的董事长彭东。卢梁栋早在当工信局局长那会儿就跟彭东打过交道。

邱先智说，彭董事长来本市考察，拟捐资支持新建市职工文化活动中心，作为长盛铜业回馈社会的一大举措，非常值得肯定。邱先智已经安排市人大副主任，现任市总工会主席黄江河与彭东就项目进行对接。此刻有一个重要任务需要卢梁栋承担，就是代表邱先智接待两位企业家。邱先智本打算亲自接待，由于省里另有重要客人，邱先智需要应对那边，下午又须赶到省城开会，因此委托卢梁栋代表。

"黄江河随你出场。"邱先智说。

卢梁栋嘿嘿："吃饭这种天大好事，邱书记总是记着我。"

说得邱先智也笑："人家两位客人也都记着卢副。"

如果不是卢梁栋星期天打上门去，估计彭、沈两位不会星期一就来记挂。这顿饭于卢梁栋不是什么好事，但是他必须服从邱先智安排。邱先智知道卢梁栋去过兰岭湿法厂，却不清楚是干什么去，或许彭、沈两位会跟他说些什么。他把卢梁栋叫来接待客人，其实也在表明一种态度，否则黄江河足够，无须把卢梁栋再加上去。

当着卢梁栋的面，邱先智跟客人开玩笑，称公务接待四菜一汤，重要的不在吃，而在重视。卢梁栋副书记出场不容易，因为他怕鱼汤，会过敏，动不动干呕，轻易不上桌。今天请卢副书记出面，表明特别重视。

卢梁栋笑道："邱书记亲自指派才叫重视。"

一个多小时后，卢梁栋与黄江河在市宾馆接待两位客人及其随员，边吃边谈项目。本市的工人文化宫有五六十年历史，建筑早已破败。邱先智主政后提出规划建设新的职工文化活动中心，作为前省总工会领导，他对这个项目情有独钟，要求做大、出新，因之资金缺口较大。彭东来支持这个项目，可称打得很准。

席间，彭东俯身，在卢梁栋耳边说了句话："有一种药对卢副书记可能有帮助。"

卢梁栋不解，一想明白了，是因为刚才邱先智提到鱼汤、过敏、干呕什么的。

卢梁栋开玩笑："莫非是开塞露？"

彭东朝一位随员挥一下手，随员即起身，匆匆出门，不一会儿回到包厢，手上多了个精致的长条形盒子。卢梁栋猛一见印在盒子上的一排排字母不禁吃惊：这不是邱先智给的那种酒吗？怎么彭东也有？

彭东问："卢副书记知道它吧？"

"我知道不是咳嗽糖浆，是一种德国酒。"卢梁栋说。

彭东建议卢梁栋不妨试试，如同咳嗽糖浆。保证一小杯见效，去鱼腥，解过敏，治干呕。

"听起来有点像老醋。"卢梁栋调侃道。

不是德国老醋，是威特驰冰酒。所用原料是挂在藤上自然冰冻然后采摘的葡萄，所谓的"冰葡萄"，糖分更高，所酿的酒风味独特。冰酒最初产于德国，至今最好的按照传统工艺酿造的冰酒也在德国，威特驰是其中的著名品牌。

"我在德国跟你们邱书记干过一杯。"彭东说。

原来他跟邱先智是团友，前些时候本省访欧友城代表团包括若干企业家，彭东是其中之一，匈牙利有一座铜矿山在长盛铜业旗下。彭东说，代表团访欧期间有一次招待酒会，彭东看到邱先智只喝果汁，特地去倒了一杯冰酒拿给他，邱先智一饮而尽。那杯酒不能不喝，为什么？因为彭东拿它预祝邱先智心想事成。

"差不多瓜熟蒂落了。"彭东说。

他悄悄透露，今天中午邱先智接待的客人是省委组织部管干部的副部长，那个人不会闲着没事随便走动。邱先智的事当在近日见分晓。

卢梁栋说："彭董事长真是消息灵通。"

他请彭东把酒收好，公务接待不能拿客人的酒当咳嗽药水去鱼腥。太浪费，也不合适，邱先智知道会批评的。

所谓公务接待其实就是工作午餐，大约一小时便告结束。饭后彭东从宾馆餐厅门口上车，直接返回省城。卢梁栋、黄江河在门外送行，沈声远也在列。

彭东走后，卢梁栋招呼："老沈，我有一句话。"

"卢副书记请指示。"

卢梁栋说："原先只是怀疑，现在我确信不疑了。"

卢梁栋什么意思？即所谓的欲盖弥彰。卢梁栋对兰岭湿法厂心存怀疑，突击上门察看九号集渗观察井。他发现了漏洞，虽没有找到足以证实怀疑的证据，却留下了几句话。只隔了一天，沈声远及其老板匆匆出现在本市，直接找到邱先智，于饭桌上做了重要表演。支持一个公益项目，展示一瓶冰酒，关系不一般，消息特别灵。这是在干什么？显然是心虚了，紧急应对。如果没有这一番表演，卢梁栋还不敢武断，此刻他确信不疑：肯定发生过一些事，否则彭、沈无须如此。

沈声远还是那么沉着，从容不迫。他既不承认也不否认，只强调一点：其实大家都在一条船上。卢梁栋怕铜离子伤害鱼，他们舍不得铜离子流失，千方百计堵塞漏洞是共同的目标。同样的，五峰库区养殖户的事态刚刚平息，谁都不想看到再次闹得沸沸扬扬。别的人或许不那么感同身受，卢梁栋与邱先智肯定极不愿意。库区死鱼事件是卢梁栋亲自处理的，难道当时弄错了？邱先智晋升在即，加之巡视组很快就到，这种时候搞事于他就好比背后捅刀子。企业当然更不希望卷入风波，所以维持安定也是共同目标。

卢梁栋说："老沈，我要特别警告你。"

他提到一个重大风险，是在九号集渗观察井之外。该井违规排水洞已经堵上，危险却没有消失。这口井本身并不产生污水，如果它曾经发生过泄漏，那么必定是周边区域有渗漏点，所漏液体渗到这口井里，再通过那个洞排到厂外。单单堵塞那个洞并不解决问题，必须找到那个渗漏点，那才是最重大的隐患。

"告诉我，你们找到它没有？"卢梁栋追问。

沈声远称他们的风险防控手段相当完备，预案可行，即便出现意外，发生卢梁栋所警告的泄漏，也有足够的应对措施。例如，迅速将水回抽到中转池，无论如何不会让它们流失到厂外。他再次重申兰岭湿法厂不曾发生过污水泄漏，目前也不存在渗漏点。

"我会知道的。"卢梁栋说，"但我还是要警告你。"

他话说得很重：如果发生问题，处理绝对不会手软。彭东是董事长、老板，省城户籍，省内民营大企业主，省人大代表，关系网粗广，卢梁栋不敢说一定够得着他。沈声远不一样，本市户籍，厂长、具体经营管理者，湿法厂位于本市管辖区域，卢梁栋够得着。一旦发生重大问题，保证会立刻痛加惩处，直至送进监牢。

沈声远刀枪不入，依然镇定如常："我知道卢副书记是什么意思。我已经反复跟卢副书记说明过，没有任何泄漏。"

彼此没再多言，各自离开。

当天下午，卢梁栋给胡天宝下达明确指令：暗访结束，撤回。

"明白。"

不仅仅这个，卢梁栋还要求胡天宝组织一次企业排污抽查，集中一批人，抽检几个重点企业，兰岭湿法铜厂必须作为其中之一。要求以最快速度组织，一两天就下去。

胡天宝顿时紧张："会不会……"

"听我的。"

"明白。"

然后卢梁栋去了邱先智办公室。对邱先智，他还欠一个解释。

邱先智表现轻松，一见面即询问卢梁栋父亲的情况。卢梁栋报告说，其父近日被他从下边老家接到市区家里住，老人家情况不好，准备做心脏搭桥手术。

"那瓶酒给他看了，老头恨不得开了瓶就喝。"卢梁栋说，"我告诉他，为了这一口，一定要努力配合医生把心补好。"

"他会没事的。"

"谢谢邱书记。"

卢梁栋报告了自己前往兰岭湿法厂的缘由，表示了对该厂的担心，还称这一担心与邱先智有关系。当年邱先智下来检查调研，卢梁栋跟他在宾馆餐厅第一次见面时，邱先智就要卢梁栋注意兰岭溪生态问题，提到了铜离子，说"铜离子会从GDP里跑出来。"

"我那么说过吗？"邱先智问。

"我可不敢乱编。"

除了对那个厂子不放心，沈声远也让卢梁栋不放心，因为沈声远有前科。当年沈声远在市属电焊机厂当厂长，该厂一车间发生事故，设备受损，工人一死一伤。事发之后沈声远曾试图掩盖管理方面的失误，一口咬定事故是雷暴导致，属于天灾，不可抗力因素。这个人的特点就是只要事实对他不利，便死活不承认。

那一次沈声远推卸责任不成，反被举报有重大经济问题，由市纪委立案审查。由于专案组需要熟悉工业企业管理人员，经委派卢梁栋入组配合。在核实沈的经济问题时，卢梁栋发现其中最大一项有疑点，经他力争，该问题再度取证审核，终于排除。如果没有排除，沈声远就不仅是被撤职，肯定得判个几年。

事后沈声远不知从哪里听到消息，带着一份厚礼到卢家道谢，卢梁栋什么都不说，直接把他推出门去。由于这些过往，沈声远对卢梁栋一直格外恭敬，卢梁栋却本能地对他不放心。这一回也是担心沈声远故伎重施，卢梁栋有意施压，还打算继续施压。

"只是对这个人不放心吗？"邱先智问。

"邱书记觉得有什么问题？"

"你自己呢，你是为什么？"

卢梁栋不吭声，好一会儿，他提到死鱼堆积如山，满天腥臭。

"难道你打算给死鱼另一个说法？"

卢梁栋承认五峰库区死鱼事件已经过去，案不能翻，因为牵动太大，一旦翻起来会有大麻烦，很难承受。现在要做的是确保不出现第二次，对此他也非常担心。企业方始终拒不承认曾发生过问题，想必认为没有足够的证据，谁也奈何不了他们，敢于掩饰就行。以这种态度，不能指望他们会认真查找隐患。为此卢梁栋感觉恼火，也更加担心。

"你要能够放下。"邱先智立即教导，"格局大一点。"

他问卢梁栋是否清楚彭东的情况，卢梁栋表示很清楚。长盛铜业实力雄厚，彭东本人政商两方面背景了得，在省内外都很有影响力。

"就他这种情况，即便确实发生过泄漏，在事情已经过去之后，你觉得他们还愿意自加追认自找苦吃吗？"邱先智问。

确实不太可能。但是抓住这件事穷追不舍，有助于逼他们想办法尽量消除隐患。

"外界呢？如果有人告诉养殖户，他们的鱼有可能不是死于反塘，而是另外的原因，正在追查中。那会出现什么样的情况？"

卢梁栋承认不能排除风声传出的风险，某种程度上办这个事确实犹如走钢丝。

"我会小心把握的。"他保证。

邱先智直截了当："不是时候。到此为止吧。"

4

卢梁栋签字的时候，外边大雨如注，雷声隆隆。

签字是例行手续，手术之前，需要家属确认若干条款，如立生死状。卢梁栋是患者直系亲属，亲儿子，这种时候当然要他签字认账，尽管于他而言其实多余。身为本市一大领导，院方对他父亲的治疗不可能不尽力，万一出问题，他也不可能哭爹喊娘地去做医闹。但是手续就是手续，该签的还得签。

当天手术主刀医生来自省立医院，是省内一位有名的外科专家，由市医院帮助安排。昨夜本市大范围降雨，西北部山区雨量尤为集中，当时卢梁栋曾经犹豫，思忖是否与医院商量，调整一下手术时间。最终没有开口，因为涉及主刀专家的日程安排，同时大雨并不影响手术，手术室大门一关，雨声雷声全都给关在外头。

卢梁栋签过字，看着护士为父亲做手术准备，沈声远的电话突然而至。卢梁栋看着手机屏幕上显示的来电人名，心里不禁扑通一下。

"有一个情况要向卢副书记报告。"沈声远的声音听上去还是不慌不忙的。

由于接连几日的强降雨，湿法厂生产区周边积聚了大量雨水，其中大部沿雨污分流设施排入兰岭溪故道，亦有部分雨水滞留于各生产池，包括位于生产区下方的污水池。今日凌晨，工人冒雨巡检取样，发现九号集渗观察井井水异常，初步判断是周边池底发生液体渗漏。按照厂里的应急处置预案，目前正在全力把污水池水回抽至中转池，力争迅速排空，查找渗漏点，确定渗漏原因。

卢梁栋当即开骂："妈的！我早跟你说过，肯定有漏点！"

沈声远称他们并无懈怠，近日千方百计地自查，也查出并堵住了若干隐患，以现有情况看确实还有一些问题。多年生产运行，设施老化是一个原因，近期雨量过于集中，超乎往年，也是一大因素。

"别跟我说还有雷暴！"卢梁栋追问，"你那些水都漏到什么地方去了？"

沈声远称近日确实有雷暴，接连数日。他保证目前含酸含铜液体都在厂区内，并未排入故道。此刻故道里跑的是厂区周边引流的雨水，池子泄漏的液体还在厂内打转。

"已经按规定上报情况。"沈声远说，"我觉得还应当向卢副书记直接汇报。"

"我警告过你。"卢梁栋说，"绝对不能让那些水漏出来。"

"我也不舍得让它们漏走。"

挂断电话后，卢梁栋立刻查问胡天宝。胡天宝连说刚给卢梁栋打过电话，卢梁栋手机忙音，没接通，正准备再打呢。

胡天宝要报告的正是湿法厂的情况。该厂向所在县环保局报告发现厂内泄漏问题，县局立刻转报给市局。胡天宝已命县局密切关注，迅速弄清楚情况与动态。

"这回湿法厂还算主动。"胡天宝说。

"只怕不是个好兆头。"卢梁栋咬牙。

除了湿法厂的主动报告，目前没发现其他异常。卢梁栋命胡天宝务必高度警觉，不要掉以轻心。沈声远如此行事，比拒不承认还让卢梁栋担心。

放下电话，卢梁栋看着护士把父亲推进了手术室。

这个手术持续了近四个小时，其间有些波折，幸而有惊无险。卢梁栋与妹妹、妹夫一直守在手术室外，一边关注父亲手术，一边留意湿法厂动态。中午时分，卢父从手术室被推入了监护室，卢梁栋松了口气，即给胡天宝打了电话，了解最新情况。胡天宝报称目前一切正常。

"注意盯紧点。"卢梁栋交代。

也就十分钟工夫，胡天宝的电话再至，这一次声音全变了。

"卢副书记！卢副书记！"他上气不接下气。

"别慌！好好说。"卢梁栋喝道。

兰岭溪故道自动监测装置报警，发现水中铜离子含量超标。这个自动监测点在五峰库区死鱼事件发生后，由卢梁栋亲自下令，用最快的速度更换失效设备，重新启用。此刻它发现了问题。

"坏了。"卢梁栋说，"那些水跑出来了。"

目前自动监测点所报铜离子含量超标状态不是太严重，只要指标不继续往上，经雨水、河水稀释，待它们跑到五峰水库时，含量应当会降到危险值以下。

"睁大眼睛，给我盯着点。"卢梁栋道。

放下电话，他站在监护室外窗边出神，好一会儿，转身把妹妹和妹夫叫过来。

"有急事，我得去处理。"他说，"这里你们盯着。"

卢梁栋原本已请过假，计划在医院守一天，尽儿子的本分，不料大雨加上几个电话一来，计划顿时搅乱。好在此刻父亲手术已经完成。

妹妹表示理解："大哥尽管去，有事我给你打电话。"

卢梁栋匆匆离开手术室，叫车辆过来接，等车期间，他给邱先智打了个电话。

邱先智已经知道湿法厂事态，且已经跟彭东联系过，要求兰岭湿法厂必须迅速控制住泄漏，无论如何，不允许污水漏到外边。

"它们肯定已经跑出来了。"卢梁栋说，"只是不知道接下来还有多少。"

"那可不行。"邱先智恼火，"绝对不行。"

"我去处理吧。"卢梁栋说，"马上动身。"

"你父亲呢？手术改时间了？"

卢梁栋告诉他，手术已经结束了，现在人在监护室里。

"如果有个万一怎么办？"邱先智不放心。

"那也得靠医生啊。"

邱先智略犹豫，终于松口："你真的可以吗？"

"没问题，书记放心。"

几分钟后车到，卢梁栋上车，直接从医院往兰岭赶。刚走到高速入口，邱先智的电话便追了过来。

"我派唐志达也去。"他说,"让他配合你,如果有万一,让他接手。"

"需要吗?"

"有问题也可以一起商量。"

"明白。书记还有什么交代?"

邱强调绝对不得让污水渗漏出厂,同时必须把影响控制在最小范围内。

放下电话,卢梁栋心里感觉异样。邱先智把唐志达也派往兰岭,似乎不太必要。唐志达是副市长,管工业,派他当然合适,问题是既然卢梁栋出场了,再加上一个唐志达难道会更给力?邱先智电话里的意思,似乎是想给卢梁栋安排一个替手,万一卢梁栋的父亲有事,可以叫唐志达接手。但是如果真有万一,卢梁栋早已鞭长莫及,从现场赶回医院已经没有什么意义。邱先智是不是有些不放心,怕卢梁栋用力过猛?卢梁栋早就表现出某种个人好恶,对湿法厂非常警惕,与沈声远话说得极重,此刻不幸而言中,正可以大动干戈,这却不是邱先智所愿。邱先智所谓"影响控制在最小范围"表现出他的想法。眼下环境污染问题最吸引眼球,如果湿法厂污水泄漏这件事闹得沸沸扬扬,此前的库区死鱼事件肯定会被联系起来,有可能造成巨大风波,对本市包括邱先智本人非常不好。把唐志达派上去有助于防止把事态扩大。唐志达也是一位市领导,他在场的话,卢梁栋在做决定之前得征求他的意见,所谓"一起商量",这便可以有效地"看着",防止卢梁栋受制于个人好恶,擅自做出出格之举。

卢梁栋挺不是滋味。以往他常充当救火队长,被邱先智临时派上场去加强力量,全权处理应急事项。想不到眼下却到了需要另派一个人来看着他的时候。既然如此,他何必呢?父亲刚在手术台上开膛破肚,那些跑到水里的铜离子于他算个啥?

他却不能不尽力前往,几乎是出于本能。

途中,没来由的,卢梁栋突然在轿车里干呕,止都止不住。司机忙从前排递了一瓶矿泉水给他,他喝了水,无效,还是干呕。

几经踌躇,他终于强忍着,拿起手机给郑莲打了一个电话。

"你那里怎么样?呃。"他询问。

"卢副书记怎么啦?"

"没事。呃。"

郑莲报称雨很大,目前县城南部低洼地发生内涝,一些民居、商铺进水。县里组织力量转移低洼街区居民,郑莲本人也在现场,坐冲锋舟指挥。

"五峰水库的情况怎么样?"

目前正常。根据气象预报,水库已经及早放水泄洪,养殖区域也都及早安排了防洪。

卢梁栋说："除了防洪，还要注意其他。"

他提到反塘。不久前那一次反塘，气象情况跟现在有相似之处。接连降雨，闷热，然后突然一阵暴雨，上下水层温差大，底层热水挟带泥土上涌，大量消耗水中溶解的氧气，导致缺氧反塘，大批成鱼浮头翻白。

"卢副书记是担心还会反塘？"

"不一定，但是一定要防。"卢梁栋说。

"不会是……那什么铜离子？"

郑莲已经得到环保部门的消息，并且立刻联想了起来。卢梁栋告诉她，以现在知道的情况，水里那些东西还不至于造成大的破坏，但是不能不防，同时也不能说，以免引起不必要的恐慌。需要提醒注意，却只能讲缺氧反塘。

郑莲请示怎么办才好，卢梁栋提出，可以通过政府部门，或者渔业技术指导部门通知相关乡镇，指出气候条件恶劣，有必要提高警惕，防止大面积反塘死鱼现象再次发生。可以立刻采取暂停投料、增氧以及适当捕捞减少养殖密度等办法，早做防范。半个多月前的那一次灾害中，上游网箱遭受毁灭性打击，所幸库区下游部分养殖户损失小一点，得帮他们保住剩下的那些鱼。

郑莲说："我马上安排。"

奇怪，说话间干呕消失不见了。

卢梁栋驱车速行，轿车在高速公路上跑得飞快。雨还在下，车轮下水花四溅。

胡天宝先一步到达湿法厂，他立刻打电话报告，称沈声远调动所能动用的机械排水，把污水池水回抽到中转池，目前污水池接近见底，已经发现池底破裂漏水区域，由于雨水还在不断涌入，处理比较困难。

"密切注意。"卢梁栋说，"告诉他们我马上就到。"

半小时后卢梁栋赶到湿法厂，车一直开到生产区，沈声远带着人守在路旁，地下还摆着雨衣和长筒雨靴。

卢梁栋下了车。沈声远说："卢副书记一到，雨就停了。"

此刻雨停是个大好消息。沈声远虽是有意说好话，却也是由衷表达。

卢梁栋没吭声，沉着脸，匆匆换鞋，命沈声远立刻领他到现场。

污水池已经基本排干。偏下方的池底损坏处已经露出，远远看去触目惊心。一条大开缝起起落落，呈现不规则的撕裂状。一帮浑身泥水的工人正围在那里忙碌着。

"全是泥，卢副书记不要过去，就在这里指导吧。"沈声远说。

卢梁栋就像没听到一样，抬脚下行，顺着污水池畔的阶梯走下池去。池底又是泥又是水，深处几乎没膝，卢梁栋高一脚低一脚，一直走到那群工人旁。

沈声远紧随卢梁栋，一路说明："是 HDPE 衬垫防渗膜破裂。"

所谓的 HDPE 衬垫指用高密度聚乙烯所做的防渗衬垫，因其耐磨、绝缘、韧性、耐寒、稳定且成本较低，施工方便，大量使用于各种工程。兰岭湿法厂的各堆浸场各生产池，全部采用 HDPE 衬垫防渗膜作为防渗漏措施。眼前的污水池防渗膜经受了多年运行考验，为什么会突然撕裂损坏得这么厉害？沈声远他们初步认定，主要是因为当年池底未进行硬化处理，防渗膜承受压力不均，而近期兰岭山区持续强降雨，水分大量聚集，地下水从污水池底部往上拱，一点一点掏空黏土层，在不同部位造成压力差，积累到一定程度，防渗膜承受不住，沿受力集中处被撕裂，地下水便从撕裂处源源不断涌入了污水池。

"是涌进来，不是漏出去？"卢梁栋立即追问。

沈声远解释，按照流体力学原理，流体的运动方向总是由单位重量流体能量大的位置流向单位重量流体能量小的位置。此刻地下水单位重量能量大，所以是涌进来。

"如果只进不出，下方故道检测出的超标铜离子是哪里来的？"

沈声远说："卢副书记，容我们严查。"

查看现场之际，唐志达赶到了湿法厂，比卢梁栋稍慢一步。唐志达给卢梁栋打了电话，卢梁栋让他在办公楼稍候，随后碰头。

一行人离开现场前往办公楼，在中转池又稍微耽搁了一下。此刻中转池一池大水，还好尚有将近一米的余地。沈声远说，雨已经停了，根据气象预报，未来数日兰岭山区还有雨，总体趋势是减弱转移。只要不出现大的降雨，中转池现有的库容足够容纳。

"如果下了，而且很大，怎么办？"卢梁栋追问。

沈声远强调，即便下了大雨，还是有手段保证含铜酸水留在中转池，雨水则引入故道排走。污水池池底残余液体有可能混合在雨水里，顺那条裂缝漏出去，总量不会太大，也已大大稀释过，不会造成什么问题。

"假如出现大量液体泄漏出去呢？"

即便那样也还有办法：故道下留有一道应急闸门，一旦发现问题，可以把闸门关上，把泄漏的水体连同雨水关在这一截河道里，然后回抽处理。

他们到达办公楼，与唐志达一行会合，立刻进会议室开碰头会，主要围绕接下来的防控手段进行研究，一旦出现某种意外，如何应急处置，原有预案能否解决问题，需要如何强化，等等。正商谈中，卢梁栋手机响铃，他一看是妹妹的号码，心里顿时紧张起来，感觉不妙。

果然，电话里妹妹声音急切："大哥，你在哪里？"

她可能以为卢梁栋在办公室处理事情，哪会想到他竟然远远地跑到山里去了。

卢梁栋说:"别慌,有什么情况?"

卢父在监护室突然发生情况,监护嘀嘀报警,医生赶来处理,迅速把人又推进了手术室。具体情况不明,医生只是让她通知卢梁栋赶紧来。

卢梁栋只觉脑子轰的一下,一时间什么都说不出来。

一旁的唐志达注意到卢梁栋神色不对,立刻问:"卢副书记,你父亲怎么样?"

显然邱先智给他交过底。

卢梁栋这才回过神,他在电话里说了几句,要妹妹他们不要慌,让医生处理,他们会尽力的,有什么新情况赶紧给他打电话。

放下手机,唐志达说:"卢副书记快走,这里有我。"

卢梁栋说:"我先给邱书记打个电话。"

他拨了邱先智的手机。邱先智在事前已经发话,如果有个万一,让唐志达接手。但是如果确实打算离开,卢梁栋觉得还应报告征得同意。手机几乎立刻接通,没待卢梁栋说话,邱先智就在那边发火:"卢副书记,你怎么搞的?"

卢梁栋惊讶,无语。

"什么反塘!你是想制造恐慌吗?"

郑莲竟把卢梁栋的交代捅到邱先智那里去了。卢梁栋交代防范反塘时,心里也有犹豫。他担心的不是反塘,而是铜离子,但是在确定发生污染之前不能提,以免引起恐慌。以反塘之名提醒注意有助于促进基层干部和养殖户采取行动,万一灾害发生,有望减少损失。但是这么做风险也很大,特别是湿法厂发生的泄漏和兰岭溪故道铜离子监测超标已经不可能不为人所知,人们很自然会去联想,弄不好便把上回库区死鱼搅进来,引发风波。时间才过去大半个月,大家都还记忆犹新。且没事还好,万一真的发生铜离子泄漏,卢梁栋这么预警有可能被指为隐瞒真相。以安全为上,此时不吭声,静观事态发展为好,但是卢梁栋实在不想再看到死鱼堆积如山,养殖户倾家荡产,无论采用什么说法,能少死几条鱼也好。

显然邱先智并不认可。

当着唐志达等人的面,卢梁栋没法多解释、分辩,只说了一句:"哎呀,我只是非常担心。可能考虑不周。"

"什么考虑不周!从一开始……"

邱先智没再说下去,可能自觉语气重了。他的意思已经有所表达:从一开始卢梁栋就不对劲,用力过猛,考虑不周只是托词。

"邱书记,回头我……"

没待他把话说完,邱先智就另起一句:"那里情况怎么样?"

卢梁栋报告，泄漏位置已经找到，污水得到控制。雨已经停下，于抢救有利，但是风险还很大。唐志达已经到达，正在研究接下来的防控措施。

邱先智依然是那两条：绝对不得让污水渗漏出厂，必须把影响控制在最小范围。

事实上污水已经有所渗漏，此刻只能着眼于不再接着来。只要不发生大规模泄漏，影响便是可控的，如果发生了，任谁都没有办法。

卢梁栋挂了电话，自始至终没有提起父亲之事。

唐志达问："邱书记什么意见？"

卢梁栋把邱先智的两条指示再重复了一遍。其实不必他说，唐志达很清楚。

还没说完，妹妹的电话再至，在电话里失声痛哭。

"大哥，大哥，爸……"

卢梁栋只觉手脚冰凉，他强忍着说了一句："别哭，我马上回去。"

放下电话，卢梁栋发现唐志达两眼灼灼地盯着他，不禁嘴角一歪，惨然一笑。

"完了。"他说。

"老人家？"

"交给你，辛苦了。"

卢梁栋没再多话，起身匆匆走人。

轿车离开湿法厂大门，电话便接踵而至。医院院长直接给卢梁栋打电话，说了一堆术语，表示手术失败，非常震惊，非常悲痛。心脏搭桥手术有风险，特别是老人年纪大了，有不少基础性疾病，风险更大。主刀医生和院方都尽力了，术后观察期间，医院一位副院长全程在场，意外发生时也竭尽全力抢救。可惜这种事就是这样，一旦发生意外，只有一个结果，几乎没有例外。

卢梁栋说："我知道了。"

还有几个亲朋急电慰问，卢梁栋一一接听，痛心不尽。接电话间，泪水静静涌出，从眼眶向下流淌。卢梁栋拿手抹去眼泪，竭尽全力让自己的声音不显得异样。

然后他喊了一声："停车！"

在他沉浸于难过与问候之间时，天又下起雨来。待他注意到时，小雨已经下成大雨，雨点噼里啪啦，在轿车身上打出一片轰响。司机把雨刮器开到最大，紧握方向盘，小心翼翼，顶着大雨前行。

他们已经快到高速收费口，卢梁栋突然把车叫停，从车窗往外看漫天大雨，干呕不止。

他对司机说："走另外一条路吧。"

司机听命，一打方向盘驶上另一条路。这条路不上高速，通往五峰水库。

兰岭湿法厂已经交给唐志达坐镇，这阵大雨对那个厂子无疑非常凶险，但是有什么办法让老天爷不下雨？卢梁栋感觉自己就像那位主刀医生，已经竭尽全力，如果还要发生意外，有什么办法呢？所谓"尽人事，听天命"，或许确如医院院长所说："一旦发生意外，只有一个结果，几乎没有例外。"

卢梁栋给妹妹打了一个电话，告诉她要配合医院，父亲遗体送太平间冰柜，等他回去再商量后事。此刻他在下边救灾，还有急事需要处理，处理完他会马上赶回去。走的已经走了，没走的还要好好活着。

轿车从县道驶往五峰库区。此刻卢梁栋往那边去有什么意义？他自己也说不清楚，只是听从于直觉，或者是本能的干呕。

半路上，唐志达电话告急："卢副书记！出事了！"

这回是中转池。大雨中该池水位迅速上涨，在离坝顶还有半米距离时，水突然不涨了。那不是个好消息，连任何时候都镇定自若的沈声远发现后都慌了手脚。果然，观察人员迅速发现中转池中部偏下游位置出现一个漩涡，该漩涡在大雨中不断扩大，池中水体卷入漩涡，一圈一圈打着转消失在池底。

这个池与污水池一样，也是池底铺 HDPE 衬垫防渗膜，当年池底同样未进行硬化处理，同样运行多年，同样面对持续强降雨导致的水分大量聚集、地下水上拱、黏土层掏空，压力差。不同的只是这个池的位置相对高些，地下水位影响或许小些。但是眼下这一场大雨如万根稻草，一下子压垮了骆驼，防渗膜承受不住，被撕裂，不再是地下水从撕裂处源源不断涌上来，而是池中水打着漩随地下水往下而去。这些水不会流到地心里，它们必定会在下方冒出头来，汇入故道水流中。

这就是泄漏，大规模泄漏！

"唐副市长！让他们赶紧关闸！"卢梁栋大叫。

沈声远已经命守在故道下方的值班人员立刻关闭闸门，把故道水流封住，同时启动装置，全力回抽故道里的水。中转池底部破裂后，不待水全部泄光无法维修，能够采取的措施只有封锁故道回抽污水，这是最后一个手段，如果失效，就再也没有任何办法阻止含铜酸水流入故道，污染下游。

卢梁栋说："唐副市长，按咱们商量的步骤，一步一步吧。"

"是啊，是啊。"

放下电话后，卢梁栋又是一个干呕，习惯性的。

他打了一个电话给郑莲。

"卢副书记，我检讨！真是不好意思。"郑莲一接电话就连声道歉。

检讨什么呢？防范反塘。郑莲一直非常敬重卢梁栋，决不会在领导间拨弄是非。这一回事出意外：邱先智打电话了解该县抗洪情况，郑莲汇报工作安排时，把对养殖户的预警也报告了，说县里很重视，决定以县政府的名义发一个通报给几个相关镇，考虑到事情有一定敏感性，用词需要非常注意，既让大家提高警惕，及早采取措施，又避免引起猜疑。县政府办主任拟稿，几个领导把关，几上几下修改，已经基本定稿，准备下发。邱先智听了立刻追查是谁的主意，郑莲这才知道不好，起初还不敢说，邱先智直接问："是不是卢副书记要你们这么干？"郑莲只好承认。邱先智发令立刻停止，暂不下发。目前没有必要，有情况再说。

卢梁栋问："什么动作都没有吗？"

"是的，没有。"

"完了。"

"卢副书记，有什么情况吗？"

卢梁栋告诉她，兰岭湿法厂刚出事，相当严重，大量污水泄入兰岭溪故道，此刻被一道闸门拦住。平时情况下，这道闸门应当还可指望，至少可以延缓多一点时间。这么大的雨中就不好说了，雨水和污水汇集成山洪，一旦闸门失守，灾难不可避免。

郑莲顿时口吃："又会反塘？"

"不是反塘，是污染。"

郑莲在电话那边张口结舌。卢梁栋告诉她，自己正从兰岭湿法厂赶往五峰水库。危险就在眼前，不需要再发什么明传，赶紧以最快速度调集县、镇两级力量，做最坏的准备。郑莲要亲自带队，立刻赶到五峰库区与卢梁栋会合。

"明白，我马上到。"

卢梁栋到达五峰水库管理处时，兰岭湿法厂那边传来了最坏的消息：故道闸门被山洪冲毁，连同一条短堤坝崩溃。含铜酸水就此无遮无拦，直奔下游。近一小时后，郑莲带着大批干部赶到五峰镇，已经无可挽回，大批成鱼在各养殖网箱里浮头翻白，迅速死亡。这些鱼在前些时候那一场灾难中劫后余生，终究没能逃过本次没顶之灾，至此为止，本区域养殖鱼类几乎荡然无存。

吊诡的是，此刻雨而停，居然还有日花在云层闪现，气候闷热，一如上回。

郑莲问："卢副书记，现在我们能做什么？"

卢梁栋命她把人派下去，帮助受灾养殖户收拾残局。所有死亡的鱼类必须迅速打捞上来，挖坑掩埋，做适当的消毒处理。死鱼要全部称重过磅，每家每户每个网箱的损失数据要登记造册。活鱼也要捞出来，由县里定价，分成鱼、鱼苗，按市价全部计重收购。部分活鱼可运销市场，运不走的干脆放生。所有费用由县财政先拨款垫付。

郑莲苦下脸："卢副书记，你让我去抢银行吧。"

卢梁栋让她放心，财政只是先垫付，最终要长盛铜业负责补偿。冤有头债有主，谁造成损失谁赔。养殖户的损失，必须尽可能地弥补。包括上一回的所谓"反塘"，肯定也要重新追究，正式进行调查，掌握确凿证据后，对受灾养殖户追加补偿。

郑莲匆匆去安排她的人分头落实，其间突然跑回来找卢梁栋。

"卢副书记！刚听说你父亲……"她叫道。

卢梁栋摇摇头："不说了。"

"你赶紧走。这里有我，我们按你说的做。"

卢梁栋说："我该在这里。"

他告诉郑莲，他父亲其实就是个养鱼的，早年务农，后来承包了村里的两口鱼塘。卢梁栋从读小学时起就得帮父亲养鱼，包括割草扔到鱼塘里，以及穿一条短裤下塘捞鱼。鱼塘收入是家庭主要的经济来源，卢梁栋上中学、上大学，靠的就是那些鱼。卢父冬天下塘，要喝两口酒驱寒祛湿，卢梁栋怕鱼腥，是因为吃鱼吃怕了。夏日里遇上"反塘"，血本无归，全家人号啕着吃死鱼。死鱼还被腌晒成咸鱼干，卢梁栋带到学校里，整个月都拿那东西下饭，吃得想起鱼就会干呕。高中毕业时，父亲让儿子读养鱼专业，如果毕业后能回来当个渔业站干部，那就太好了。卢梁栋自己选择了学工，那是恨不得离鱼腥味十万八千里。其实那股味早已融在他的灵魂里，哪里摆脱得了。他们家承包的鱼塘多年前因为修建高速公路被征用填埋，如今踪迹全无。看到库区那些养殖网箱，卢梁栋感觉又像见到当年的自家鱼塘。他在这里所做的事其实也是为父亲而做，权当以此纪念，做功德送老人上路吧。

"算得上私心杂念。"他自嘲，"你这里五峰镇坑边村有一位养殖户，老范，我记住了，那表情跟当年我家老爹的一模一样。"

紧张的忙碌由日到夜，持续了一晚。卢梁栋寸步不离，一直待在水库管理处。凌晨时分他给唐志达打电话了解情况，提了个建议，让唐志达立刻进行必要追究，着手启动责任处置。具体说，必须命令兰岭湿法厂停产，有关档案资料封存备查，等等。有一条必须抓紧，就是马上控制该厂厂长沈声远。出了这种事，量沈声远不敢拍屁股跑掉，实也无处可逃，但是该采取的措施必须采取，以示惩戒。

唐志达说："还得他在这里张罗啊。"

卢梁栋说："控制他，表明一种态度，目前可以让他继续管那些事。"

"我考虑一下。"

"可以请示邱书记。"

几分钟后唐志达回了电话："邱书记同意。"

早饭后卢梁栋决意离开，此刻此间再没有更多需要他管的事了，而父亲的遗体还在医院太平间里等着他，丧事还有待商定。刚好华强副市长已经赶到，华强挂钩本县，这里有他也就够了。

郑莲跑过来报告："邱书记请你暂时别走。"

邱先智要来视察灾情，主要还不是邱先智，是省长。省长从省城赶来，要亲临五峰水库视察慰问，邱先智陪同。短短十几个小时，库区死鱼事件已经惊动全省，接下来或将惊动全国。引发注意的除了死鱼，更因为兰岭湿法厂大规模泄漏到水中的铜离子。

在昨日被邱先智电话训斥后，卢梁栋与他再没联系过。刚才卢梁栋通过唐志达转告建议，此刻邱先智的口信也由郑莲转告。卢梁栋自感有些话跟邱先智不太好说，因此没有主动打电话，邱先智肯定已经得知卢梁栋父亲过世，却缄默无语，不曾表达关怀。问题在哪里？不仅是此前的一番电话责备，更在于卢梁栋的一语成谶。兰岭湿法厂这场灾难出乎邱先智预料，于他可能也是灾难性的。他心里肯定气恼有加，这时满脑子都是该怎么办，暂时没心思去管其他，包括关怀卢梁栋。此刻忽然面对卢梁栋，他可能很不是滋味，但是显然他认为卢梁栋应当留在五峰库区，表明本市领导早在灾难尚未发生时即迅速应对，于本市，包括邱先智或可得分。

那天上午十点，省长、邱先智一行到达。卢梁栋与郑莲领他们匆匆看望几户受灾养殖户，而后在水库管理处开了个小型汇报会。这种场合当然得由当地主管，也就是郑莲汇报，卢梁栋的身份是市领导，属于听取汇报的一方，所安排的座位在邱先智旁边。邱先智到达后没跟卢梁栋说话，卢梁栋注意到他表情正常，考虑到此刻他所承受的压力，没有表露出丝毫紧张与焦虑确属大气。直到落座后，邱先智才忽然伸出右手与卢梁栋握了握，说了句："节哀。"

"谢谢。"

这一短短的交流让卢梁栋下了最后的决心。

郑莲汇报完情况，省长忽然把头转向卢梁栋："你也说说吧。"

这是常规。卢梁栋坐镇此间指挥抗灾，在这个场合可以从另一角度补充汇报。

卢梁栋没有多说情况，因为该汇报的郑莲都汇报了，包括邱书记、卢副书记、华副市长如何高度重视等等。卢梁栋只补充了一点，话一出口，举座皆惊。

他提到了不久前发生的那起大规模死鱼事件。根据本次灾害发生情况，以及前些时候的追查，他认为有必要重新审视当时的调查与处理，如果发现与眼下这场灾难有关联，也属于污水泄漏导致，那么建议并案处置，由企业和责任人承担责任，让养殖户的损失得到弥补。

邱先智面无表情，抬眼看了看窗外。

"你为什么会提出这个问题?"省长问。

卢梁栋感到内疚,因为事件是他本人亲自掌握处理的,当时邱先智出访不在家。处理过程中,尽管有所怀疑,也发现一些数据异常,他却没有认真追查,匆匆以"反塘"做结论,导致养殖户利益受损。如果当时抓住时机查彻底,可能就不会有今天这样的灾难。他非常痛心,觉得自己应当负主要责任,愿意接受上级的审查与处理。

全场鸦雀无声。

卢梁栋对自己说:"就这样吧。"

他本可以什么都不做,如邱先智所说,"从一开始",那样的话就什么事都没有。但是他还是一步步走到了现在,所谓"尽人事,听天命"。以这种方式提出问题,想必能引起重视,可以让老范那样的养殖户弥补一点损失,对邱先智也不会有太多不利影响,聊以回报"威特驰"。至于自己就不必多考虑,总得有人出来承担责任。事情确是他一手处理的,查起来确实也会是"舍我其谁",那就主动承担吧。该做的做了,该说的说了,该怎么样就怎么样吧。总之感觉心安,可以去面对已经远行的父亲。

人们鼓掌。哗哗哗,由衷地。欢迎省长讲话,亦不乏其他意味。

(原载《清明》2021年第4期)

作者简介:

杨少衡,祖籍河南林州,1953年生于福建漳州。1979年开始发表作品,出版有长篇小说《海峡之痛》《党校同学》《地下党》《风口浪尖》《铿然有声》《新世界》,中篇小说集《秘书长》《林老板的枪》《县长故事》《你没事吧》,等。中国作家协会会员、福建省文联副主席、福建省作家协会名誉主席。

挪威械

郭爽

把父亲带到莫斯科，不是个容易的决定。他牙不好，对食物也就挑剔得很。嫌弃食物常常变成对人发火，脾气愈发显得古怪。她怀疑父亲跟她一样，习惯用愤怒掩盖不适，牙齿只是借口。比如，他总是埋怨把他一口好牙弄坏的庸医，只因是某位熟人介绍，才错信送上门，把好牙变坏牙。错信这回事，在父亲的人生中发生的次数不多也不少。在小地方，公共空间的缺失让信任变成吊诡的事。医术好坏的评估，往往夹杂了几辈的人情世故。细究下来，如果信了谁，事后被证明是错误，那只暴露出当时处境的难堪。弄牙时父亲才三十出头，私人牙科诊所远不如现在这般普及，他那时还没什么钱。她能分析原因，但一口好牙生生被弄坏了的终究是父亲。而且，跟他那些隐秘的、沉睡在记忆底层或心湖深处的烦恼不同，牙既暴露于人前，也日日使用，才成了发泄的出口。

现在，父亲就在她对面咀嚼。一张圆桌，七八人围坐。其他人都三两熟人挨着，只有她跟父亲隔桌相对。早上，父亲不听她劝，在红场边上的百货公司买伏特加。她说回国前再买不迟，酒瓶子这么重，一路颠簸碰碎了麻烦。父亲坚持买下来，说要回头找东西太麻烦了。她吼了父亲几句，转头就后悔，但也不肯就此道歉。旅程才开始，她还执意一切由自己做主。

三十七人的旅行团，再赌气，吃饭还得回到一张桌子上来。一对夫妻隔在她和父亲之间，年龄比父亲略小。挨着她坐的那位妻子让她多夹菜，显得亲热。她也就留心了对方的样貌穿着。平常的休闲服，没有化妆，包是名牌，不知真假。

她客套回了几句话，得知对方姓柴。柴女士让她看邻桌，一个狮子鼻的女人在高声说话，笑闹之余伸手拍打相邻老年男性的肩膀。

柴女士说:"她老公。"

"不是她爸吗?"

"她老公。"柴女士拖长尾音。

"是她爸吧?"

"咿……她自己说的。"

"年纪太大了吧?"

"你听她口音,哪个乡下。"她仔细听了听,回看柴女士一眼。

柴女士似笑非笑:"你妈妈没来?"

"我妈妈啊……"她像往常那样答道,"去世了。"

"不好意思。"

"没什么,都二十几年了。"

父亲还在慢慢咀嚼。父亲虽然快六十了,但没秃顶没发福。而她呢,嫌室内暖气太足脱了外套,是年轻饱满的身体。她跟父亲长得一点也不像。狮鼻女人声音又高了起来,倚着老人撒娇,五官挤在一起像揉皱的漫画。柴女士用手肘顶顶她,意味深长地笑了。

旅行团里的人混乱又古怪,嘴上说是夫妻的有多少是真夫妻,大概只有导游知道。虽然人天性就喜欢议论别人的坏处,但暂时聚集的人不需要确认那么多真假。被误会了也谈不上冒犯。她看向柴女士,柴女士正给丈夫夹菜,而丈夫瞟着她。或许,让人误会她是父亲的情人也不是坏事。至少,柴女士的丈夫就不会搭讪她。

她大剌剌开了罐啤酒,咕咚咕咚往肚子里灌。这下父亲倒是瞪着她了。她冲父亲举杯,算打平。

更年轻的时候,她总在别人的目光和自己的观察间摇摆。她知道邻居和同事们怎么议论父亲。那些人的孩子鹦鹉般把父母的话传递。而她把男孩子打了几次后,就长出了一层厚厚的茧,包裹住耳朵和身体。爸爸只是她一个人的爸爸,只有她才了解他。

在她和父亲生活的小城,跟世上其他小地方一样,处处有欠缺,却不欠缺正常人。正常人没了妻子后,很快再娶,生养新的孩子,像什么都不曾发生。而父亲呢,却执意让自己的伤疤不平复,人们也就难以忘记。还有,正常人务实,要算得失,也就不喜欢不愉快的记忆,哪怕这记忆可以比对出他们短暂的幸福,却会消磨掉他们太多时间与感情。总是不值当。

所幸,父亲的植物学专业和教书匠的职业,让他抵抗住了一九九〇、二〇〇〇、二〇一〇年的变革,中间虽受过穷,但搞农学的人始终没有失业。人的流言和轻蔑,也就不能从根本上动摇他生存的根基。他做实验、讲课、下乡、种植，靠工资养活自己及女儿。而正常人们，在几十年里，间或被钱冲散家庭，走向他们没有想过的离婚或噩运。如白炽灯泡里的钨丝，某一刻忽地断裂、黯淡了。

于是在别人口中，父亲的形象渐渐转变，从"败坏"变成了平常人。是啊，后来婚姻再不能约束性行为了，父亲又算什么呢。

而她也长大了。谈了几次恋爱，失恋过，也背叛过别人后，她对父亲反而轻松了。既然她不是个完美的女儿，更不是个完美的人，那么父亲也尽可以自私地度过他的一生。只是她希望，这个跟自己一样自私、时而软弱时而倔强的父亲，不要那么快离开她。父亲如果不听话，比如现在，又固执买了酒，她就气回他。然后两人对饮，把一瓶啤酒分了。酒喝得见底，跟父亲的怄气也就消散了。

离开饭馆前，她挽着父亲的胳膊走向大巴。狮鼻女人在她前面，年迈的丈夫腿脚不灵便。跟其他团员各自打量着伴侣之外的人不同，狮鼻女人被丈夫的身体牵绊住，亦步亦趋，像被动的刑罚。嫁给老头子的年轻女人就是这样吧，被人看不起，无论是美还是丑。道德的大半倾向于定性这婚姻是出于利益，而非感情。即使在这么一个对他人知之甚少的临时小团体里，人们也迅速建立起轻易的道德鄙视链。坏话比人想象的传得更快。女人们都站得远远地看着，似乎道德瑕疵是种病症，会传染。

母亲逃走是因为这个吗？母亲后来嫁了个外科医生。听说外科医生在国外都很有钱。母亲生了两个孩子，彻底取代了她。在"枫叶之国"加拿大，没人计较母亲的前史，也无从知晓吧。

卡通式地拼凑出母亲的全貌并不是件难事，可她常常怀疑，这么做跟真实相距甚远。一个人对另一个人的了解，能达到什么程度？就算是跟她共同生活的父亲，她又了解多少呢。从她记事起，就不乏陌生的阿姨试图照顾和讨好她。她从高中开始寄宿，偶尔回家时，会发现女人过夜的痕迹，水池里长长的头发，或者一把新的牙刷。

她试着去喜欢她们，但又不敢真的喜欢她们，担心她们迟早会从她生活里消失。而她就会像弹簧坏掉的玩具一样，被失控的余震摇出一颗更破碎的心。父亲向她示范着爱，但这是对女儿的爱、血缘之爱，而不是一个人对另一个无关的人，一个男人对一个女人，需要忍耐、渴望恒久的爱。

父亲问过，为什么非得现在去旅游，我不爱旅游。

她说，你去年跟团去台湾不是很喜欢吗？回来唠叨了半年。

父亲说，你工作也挺忙的，不用陪我。

她说，谁要陪你啊，我抽奖抽中的。

父亲说，那叫鹏远跟你一起去。

他啊，她说，他去过了。

她觉得在她成长的日子里，父亲也是这么哄她的。

双人旅行套餐是年会抽奖抽中的，不过不是她，是陈鹏远。兑换券过期前，他们打算一起用掉，反正他们也很久没有一起旅行了。

他大方让渡东西给她，自己搬出去，车留给她，还有一屋子零碎。其中包括这张该死的双人旅行套餐兑换券。

瓦力还是黏她，蹭着她腿绕圈，每三天吃一个罐头，只是陈鹏远的衣服上再也不会沾满瓦力的毛了。

跟父亲说了后，她又有些后悔。上一次跟父亲旅行是什么时候？这两年，父亲自己倒是去过台湾、新疆，但都是她去旅行团报了名，父亲独自出发。她搬出去跟陈鹏远同居后，慢慢有了自己的生活半径，父亲也习惯了一个人生活。但这次，父亲却早早开始准备起来，上网查资料、听俄罗斯民歌，她也没太当回事。周末她回家吃饭，楼道里遇见邻居，跟她说，你要带爸爸去俄罗斯啊！真是厉害。

她厉害吗？她点点头侧身走了。那天父亲做的是炝锅鱼，她最喜欢的菜之一，但失了手，辣得两人掉眼泪。她放下筷子，让父亲也别吃了，伤胃。父亲像没听到，把她剩的半碗米饭扒拉进自己碗里，吃得满头大汗。她擦干净鼻涕、眼泪和汗水，问父亲，你前两天听的那首俄罗斯民歌叫什么来着？

父亲站起身，手机很快响起旋律。她听了一会儿说，那就去吧。父亲没听清，问，啊？她摇摇头，跟着哼了一句歌曲的旋律，歌声好像明媚的春光。

好歹，旅途开始了，带着抽象的意味，投影在她的身体上。大巴车载着他们沿莫斯科河往前走，手机地图里闪烁的蓝点显示他们在城市里爬行的痕迹。陌生人们拥有共同的旅途终点，时间进程也被设定，一切将结束于五天之后。完美的出逃。

父亲并不知道这些，也不需要知道。就像填入境表时，父亲认真看她写英文，其实多半是拼音。父亲小心地把入境表夹进护照，又仔细看起护照来。跟她已快没有空白页的护照不同，父亲的护照是崭新的。

她没法开口跟父亲说什么，多半是羞愧。或许她在等候时机。飞机上密闭相处的时间里不行，新圣女公墓的阳光和阴影下不行，克里姆林宫围墙与卫兵的包围中不行。他们滑过这些空间和时间的表面，前方有什么隐隐在呼唤他们。

昨天，抵达谢列梅捷沃机场时已入夜，大巴车拉着一团人往城里去。导游用俄语唱《莫斯科郊外的晚上》迎接他们。并不动听的歌声从麦克风传导至头顶的喇叭，再被窗玻璃回弹进车内封闭的小世界。零星灯火闪烁，俄文字母确认着异国的身份。父亲暂时拘谨着，并不像其他团员一样在导游的带动下跟着唱歌。也许只是累了。先飞到乌鲁木齐，从乌市出境飞莫斯科。折腾了十来个小时。

现在，父亲在团友众目睽睽下跟她争吵再和好后，反而松弛了。早早暴露出他们的身份，突然争吵，又很快和好，内向的父亲一开局就亮了底牌。在导游的领唱下，父亲唱起《喀秋莎》："她在歌唱心爱的人儿，她还藏着爱人的书信。"

车窗外偶尔闪过教堂的金顶，天空阴沉。上午参观完后，导游带队去天使报喜教堂。东正教圣人们的骨殖装在镀金的骨匣里，在枝形吊灯和烛台的光影间沉默。地板华丽，燧石、玛瑙和碧石像要隔绝尘世的哀喜。中国人对此并无感知。

她对着父亲唱："喀秋莎站在那峻峭的岸上。"

"歌声好像明媚的春光。"父亲应道。

在莫斯科只停留了一天，旅行团就向彼得堡进发。临行前，导游大声打电话，咒骂电话那头的人。

父亲说，他同屋的男人昨晚出去了就没回来，导游这是在找人呢。

她回想父亲同屋那五十来岁的男人，很胖，衬衫领口露出条金链子。

胖男人的同伴，一高一矮两个男人跑去宾馆门口的马路上张望。

昨晚，她去宾馆大堂自助售货机买口香糖，导游正给高男人和矮男人分配女孩。一个黑头发，一个金头发，不知国籍。两个男人各自挎一个出了门。导游目送两对上了出租车，回身看见她，若无其事。

莫斯科安排的景点，除了克里姆林宫，当天下午去的新圣女公墓和莫斯科大学都不用买门票。导游还见缝插针把他们带去琥珀商店。她没买，父亲也没买。导游对她没好脸色，她也懒得应付。

不久，高男人和矮男人夹着胖男人一起回来了。

胖男人凑上来，低声对父亲说，自己赢了一千美元。一沓绿色纸钞甩在巴掌上啪啪响。

"我就跟司机说，Casino！"胖男人说。

"Casino 是什么？"父亲说。

"赌场！"

"你会俄语？"

"这是英文！跟美元一样，世界通行。"胖男人笑起来。

"你胆子大！"

"我就这点爱好……"胖男人得意扬扬揽住父亲的肩膀，又回头问同伴，"俄罗斯小妞香不香？"

上了去彼得堡的火车，刚坐定，她就跟父亲说要提防同屋那胖子。

"他也不是什么坏人。"父亲说。

"你怎么知道?"

"就是个小老板。小老板嘛,出来转转就找找乐子。"

"他一个小老板没事出来转什么转?"

"小老板也有跨国业务啊,人家是出来考察的。"

"考察赌场啊?"

"他是做药材的。"

"俄罗斯人又不吃中药。"

"武先生就有亲戚在这边做中医。"

"谁是武先生?"

"柴女士的先生。"

"要有人问,你就说你是种火龙果的。一穷二白。"

"我怎么就成种火龙果的了?"

"你整天弄那些植株,不就是种火龙果的吗?"

"那人家要是问我火龙果多少钱一斤怎么办?"

"你就说你老年痴呆,记不住。"

"人家又不傻。我也没那么傻。"

"那电视购物买回来的那些是啥?"

"人嘛,免不了吃亏上当。"

"你别给我找麻烦就行。"

"给人骗骗,就当慈善事业。"

"好,回头你自己跟导游报名。"

"报啥?"

"你不是要去看芭蕾舞吗?"

"对,老樊也要去。"

"老樊又是谁?"

"我同屋啊,赌神。"

"他不去 Casino 啦?"

"他说在巴黎看过红磨坊,精彩得很。"

"那是大腿舞……"

出来后,父亲脾气好得很,对比之下,她暴躁又苛刻,还咄咄逼人。她觉察到了,停了嘴。或许潜意识里,她在保护一句英文也不会讲的父亲?她摇摇头,走出包厢。

临行前,她去给父亲收拾行李,清理出一堆旧衣服和破烂。父亲站着看她把东西全塞进垃圾袋,趁她不注意,又悄悄把东西掏出来。争了几句,父亲同意旧衣服进小区回收箱，"破烂"放进小阁楼。

小阁楼得站在梯子上才够得着门，她爬上去了。里面堆着更多破烂。翻检了一会儿，她看见已经长霉点的琴盒。母亲离开后，父亲再没拉过小提琴。

傍晚父亲出门散步，她把琴盒取下来。松香从盒子里滚落出来。琴弦上积着虫壳。连蛀虫都早已僵死。她犹豫了一会儿要不要把琴带走，最后还是放回了阁楼。

小提琴有四根弦。弦与弦并不相交，只有在琴弓和手指的触摸下，它们才发出和弦。父亲应该比她更懂得这一点。

车厢连接处没人，牲畜、村舍和大片的农田掠过。村舍的屋顶有红有蓝，农田则是黄绿色。色彩闪烁跳动进入她的眼底。

很小的时候，她就显露出了对色彩和造型的敏感，对父亲擅长的植物学和音乐则毫无天赋。父亲鼓励她专注观察事物，比如在他们兴趣的交集——植物上。植物也是万物之一，父亲正巧懂得它们。叶片里汁液涌动，会低语。光合作用呼唤出植物的活力，根茎在运动。她于是知道，只要看得足够久，足够仔细，事物的面貌就会如试纸上析出的盐一样显形，留下人类眼睛可辨认的痕迹。从眼睛到头脑，从头脑到双手，她试着记忆、想象与转化，用色彩和线条来表达。可在传达这件事上，天赋将人区隔。极少的幸运者才能创造，她只是转译、搬运，学会一些东西，再教给人。

像父亲一样，当个教书匠没什么不好。从美院毕业后，她找了所中学当起了美术老师。对她这样的本地人而言，工作并不是决定能否在这小城活得像样的关键，她也就随意处理自己的喜好和职业。陈鹏远对她的工作倒是满意，每年两个假期，又无升学压力。男人兴许都这样，妻子和女友最好是幼儿园老师，其次是护士，都不会占用过多精力，又能为家庭做出贡献。她不经意嗤笑了，像是对过去的自己。

倒也有许多快乐的事。比如看学生的作品。孩子不关心人类社会既有的分类和所属，只描摹心中的图景，因为手里有一盏小灯。这灯照亮他们的感官，让他们能听到最细微的噪音，主要是相信能听到，比如：昆虫们的振翅何尝不是低语？于是，孩子拥有自己的王国，万物有独特的命名方式。其中部分孩子，日后会将这些幻想的名字与正式的命名相对照，从而获得秩序，成长出大人的形状。但少数孩子，却可留住手中的火。

或许，她应该对手中的火苗更加确定。她快步走回包厢，想马上找到父亲。

父亲正跟邻座的俄罗斯大妈比画着说笑。大妈分巧克力给父亲。两人喝着红茶。茶很香，氤氲着水汽。

老樊趴在包厢门上，大声对父亲说："老彭！你可以啊！"

父亲冲他摆摆手。

老樊不走："我也想有个喀秋莎啊！"

老樊跑到父亲身边挤着坐下，打量着俄罗斯大妈："绿眼睛！"又对父亲说："这导游也不安排我们去看看马戏！俄罗斯大马戏，多好看，多刺激！死人坟头倒是看了好些！"

"今晚不就看芭蕾了吗？"父亲说。

"你真该去拉斯维加斯走一趟。"

"美国啊，太远啦。"

"澳门也行啊！男人怎么也该去见识见识。"

老樊发现她一直瞪着自己，就笑嘻嘻地说："哎哎，我跟你爸爸可是有缘。我们俩下乡的知青点，只隔着两个大队呢。"

又对父亲说："老哥哥，你们知青点当时是不是烧死过人？你在不在？"

父亲半垂着眼，像是陷入回忆，半响才对她说："欸，我的伏特加你收哪儿了？"

"爸爸！你就不能不喝吗？"

父亲缩着手，像挨骂的孩子："跟你樊叔叔吹两句。"

老樊来了劲："我去拿香肠，老哥哥你等着啊。"

她把两瓶迷你伏特加扔给父亲："还有四个小时就到站。"

父亲笑嘻嘻。

香肠慢慢被啃得只剩个尾巴，父亲和老樊喝得脸泛红了。

老樊想起了似的："所以，你们村是烧死了人吗？我记得是两个？"

"两个。是被村民烧死的啊。"

"被村民烧死？"

"说是偷了他们的粮食，堵在山洞里。起火是意外，后来火烧大了，没人敢去救，就烧死了。"

"不能吧。"

"就是这样。"

"我怎么听说是两个知青去山洞里要朋友，点火取暖，起了山火烧死了。"

"是男女朋友。"

"那就是喽。我们那个点，也有搞对象搞得全村都看不下去的。"

"那个我知道。"

"你知道啊？那个女的漂亮是漂亮，就是……"

"嗯，是我前妻。"

"老哥哥，你不是开玩笑吧？"

"你信不信嘛，我们村那两个，真的是被村民烧死的……"

她看着父亲，酒精把他的脸烧得很红。她不能确定父亲说的是实情还是醉话。关于母亲的那一句，蛇的芯子般吐出。母亲是她和父亲之间的禁忌。也不是不可以提，但只有那么数得出来的几次。现在父亲却对老樊随意说起母亲来。而且是她不知道的事。她瞪了老樊一眼，想阻断老樊说话的热情，父亲如果要说，怎么也该先说给她听。

"爸，你休息一下吧。"她说。

父亲像是没听见，趴在窗户上认真看飞驰的村庄，继而转身说："有个俄罗斯小说，讲一个峡谷里的村子。这是个什么样的村子呢？说是个教堂执事在丧宴上吃光鱼子酱的村子。"

"穷地方？"

"穷地方。连跳蚤都要烤来吃。"

"我们当时也老偷粮食，肚子饿啊。"老樊没头没脑接了一句。

"饿昏了什么都吃……"父亲说。

"背枪的老知青捉了人家狗儿炖来吃。"老樊说。

"背枪的都横着走。"

"我也是听说的。我们去的时候，没有枪没有炮，天天挑大粪。"

"沃田啊？"

"往田坎上挑。"

"也怪不得他们恨。那时候太能吃，一顿四碗苞谷饭都吃不饱……"

"反正我是怕！老哥哥你那时好歹有力气，我才十五啊……"

"那你还是初中生？下去是为了啥？吃粮食？"

"嘻，下去，每个月有八块钱生活费，头十个月还有三十五斤供应粮，我争破头也得去啊！是不是？下定决心，不怕牺牲，排除万难，去争取胜利！你那时候……是背枪的？"

"我比你大不了多少，也是中学生。下去是家庭情况，没办法。"

"难怪不认识你。那时候出名的，都是老三届。"

"他们下去得早。咱们就赶了个尾巴。"

"你记得离我们公社不远有个林场吗？有条河从中间穿过。"

"河……河坝边上山坡上有棵消息树，是金丝榔。"

"就是那个公社，好多树，现在修成高尔夫球场了。"

"球场！那些树呢？还在不在？"

"留了些大树，以前种粮食的山坡全部清理了。"

"哎呀！"父亲拍了下大腿，力气大得眼镜都歪了，"那么多金丝榔，可惜了。"

"金丝榔值钱是吗？"

"就是榉木，现在比不上黄花梨、红木，但也是好木料。"

"嘿，那时候知道是值钱货，还刨什么土坑种什么地？直接把树放倒。"

"你放吧，一放，你就是破坏国家资产，抓你树个典型！"

"那我就扎根农村一辈子了。"

"农村？想得美！你扎根大牢一辈子。"

两人大笑，握着酒瓶子碰杯。

她在手机上搜索父亲插队的那个村子。父亲跟她说过好些次那个名字奇怪的村子，她逐字问过怎么写，也就记住了。搜索结果为零。电子地图里，一个小红点显示着这个穷乡僻壤的村落在世界上的位置。

一条黄色的断头路从最近的城镇通往村子，她记得父亲说过，当时他都是靠走路走回城的，要走一整天。

奇怪的是，她记忆里有清晰的画面，她跟母亲站在村子对面的山头，隔着小小的湖泊眺望那村子。母亲说，你爸爸当年就在那里当知青。山苍翠，水寒青。除了这些颜色，那村子什么也看不见，就像是贫瘠本身。困在村子里的父亲，也许也像她一样爬到山头这样远眺过吧。

景深一旦拉开，真实就可比对而出。如今父亲已六十岁，一生的命运已悉数掷出骰点。她知道父亲后来考上大学，没有再回过村子。像父亲生命里的其他秘密一样，他任由它们沉默下去。即使像现在，偶尔被拔出记忆的土层，父亲也三言两句，让往事静止在语言的边缘。

她一直觉得小城太小了，兜兜转转都是同学、亲戚。可小城似乎又很大，大得可以把很多秘密埋到地底，除非像父亲和老樊这样，被意外的挖掘机从陈旧的土层里翻挖出来，才能相逢。

车窗外色彩飞驰。她几乎有些嫉妒地听父亲和老樊在酒精的鼓舞下一起唱着歌。不是俄罗斯民歌，而是她不会唱的、老樊和父亲知青时代的歌。

老樊说，老哥哥，我就羡慕你这样的，考上大学，起点不一样。我当年也去考了，第一年没考上。第二年再考，上了中专。

父亲说，那年头，上中专的人也不多。你学的什么专业？

"我说出来你别笑。"

"兽医啊？"

"真学了兽医，我也就没这么苦了。"

"就是，兽医那时候吃香的啊。"

"猜不到吧，你肯定想不到。我学护理的，男护士！"

"男护士比较少见。"

"还不是怪家里，我五个姐姐，我老幺，给我取个名叫樊小花，好养活。分配专业的老师估计一看这名字就默认性别女了。全班二十七个女同学，就我一个男的。读了一年我才转到药剂班去。"

"那你现在还叫樊小花啊？"

"改了改了！"老樊笑道，"改成樊大花了！"

父亲笑。

老樊继续说："我想着改学药剂，要再把我分派下乡，就用不着去抓计划生育，是不是？我怕那玩意儿，走村串户的，还鸡飞狗跳。结果咱们又是药材大省，一来二去，还是往乡下跑。但那时候好药材真是多，山越大的地方越多。下去一趟，打几只斑鸠，再搞只'竹溜'（竹鼠），那确实打牙祭了。"父亲问起老樊去收药材的地方，两人你来我往，更多陌生的地名涌现，连缀起他们年轻的日子，也就是八十年代。父亲研究的是经济作物，近年果树收益高，又培育火龙果苗、百香果苗，但药材也是植物，跟老樊聊开了就没完没了。又说到土壤、水源，省内北部的高原草甸、南部的河谷地貌对种植的影响……她插不上话。

她还小时，父亲会带着她去乡下出差。他们住的是穷地方，乡下就更加破败。或者不能说破败，破败是光辉后的颓丧，而那些地方，只有石头和黄土，连房子都是草草盖成，更不要提人的衣着日用。父亲培育的植株，栽到黄土里很难存活。他说这是土壤太坏，如果是东北平原肥沃的黑土，作物就会欣欣向荣，连叶片都会油光锃亮。可他又说，这土壤不是农民能决定的，太金贵的作物，他们记不住办法，也种不活。许多村子指望着靠天吃饭，其实并不是全然懒惰。自然，穷地方的人愚昧，有时可恨，可如果苞谷能填饱肚子，他们也就无所求，并不想搬离。

父女俩一起坐乡村巴士在泥泞路上晃荡，她总是晕车，吐出来的是在乡下吃了还没来得及消化的苞谷子。那就是她跟父亲最初的旅行吧。跟现在在俄罗斯不同，那些旅程往黑暗的土地深处去。

父亲与老樊已经说到薏仁的精加工了。话题在迅速跳转，两人不时拍拍对方肩膀，大呼小叫。

她对着车窗外彩色的村庄发愣。被烧死的年轻人，胃里也装着苞谷子吗？他们是不是父亲的朋友？父亲却没有再提了。

一起啃过香肠喝过伏特加后，老樊跟父亲更亲近了。去看芭蕾时，他跟父亲坐在一起。吃俄餐时，跟父亲大声议论三种鱼子酱的好坏。

自由活动的一小时里，老樊执意要请客，既不是饭点，只能在夏宫里找了家咖啡馆坐下。老樊打发两个手下走开，又对父亲说："自己玩都不会吗？真是！"

她问老樊这次考察得怎么样，老樊说，要等折返莫斯科才能见到自己的客户。又嘀咕说，老毛子效率太低，但愿不要让他白跑一趟。

父亲说，返回莫斯科，就待一天半，来不来得及？

老樊说，时间约好了，就去碰个面，该签字签字，小事情。

父亲说，你这趟成本不低。

老樊说，老哥哥，不带两个人，不像样子。做不做得成，都要做啊。我们生意人，可不能看天吃饭。扭头看看窗外又说，咋没有泡温泉的地方呢，这风吹得，能泡泡温泉多好。

父亲笑。

老樊说，我也想做票大的就收山了，可钱挣进来又花出去，没个头。

父亲小声说："你发现没有？他们水龙头里出的都是热水。之前我以为是宾馆条件好，刚才去上厕所，水龙头也出热水。"又感慨地说，这国家能源确实丰富。

"热水是政府免费供应的，直接入户，"老樊说，"暖气也是，国家财政补贴。"

"这么好啊，"父亲感叹道，"现在我们单位一入冬还在发取暖费呢。以前还每家弄个铁炉子，烧煤、烧蜂窝煤。"

"他们吃的没我们好啊，"老樊说，"咱们到了后，这都几顿了，带叶子的只有白菜。不带叶子的蔬菜也只有洋葱、胡萝卜。一年三百六十五天，这怎么受得了。"

"不知道他们教育、医疗怎么样。"

"就那样吧。搞石油的都去伦敦买房、享受，哪里的有钱人都这样。"

父亲望向窗外不远处的水平面："我以为这是条河，听导游讲才知道是挪威湾，那不就是海？来俄罗斯，我以为起码要看看河。伏尔加河、顿河……"

"静静的顿河！"老樊笑了。

"你也看过？"父亲问。

"拼命翻啊翻，要翻到格里高利和阿克西妮娅搞恋爱的地方！"

"你这抓重点抓得好。"父亲笑道。

"我还真看过。红的来了，白的遭殃。白的来了，红的遭殃。不是东风压倒了西风，就是西风压倒了东风。"

"噢嚯，静静的顿河，你的流水为什么这样浑？"父亲扬起声调半唱半念道。

"啊呀，我静静的顿河的流水怎么能不浑！"老樊应着，又说，"怎么样？怎么样!"

"你去过吗？顿河。"父亲问。

"没！上次来也是莫斯科、彼得堡。跟团就是麻烦。"老樊说。

"俄罗斯不能自由行吗？或者商务签证？"她问。

"不能吧，办起来很麻烦。我怕麻烦。"老樊随口答道，又说，"回彼得堡能坐船游河。也算是条河吧。"

她从包里翻出行程表，"船上还有歌舞表演。"

"主要看看风景。"老樊说。

"昨晚两个芭蕾演员跳完了，我看其他桌有人给小费，就也给了十块，十美元。"父亲说。

"嗨，"她叹气，又对老樊说，"我爸平时花钱让人擦皮鞋都不肯。"

"留着来俄罗斯给小费的。"老樊说，"我儿子也笑话我，去俄罗斯干吗？英法德意怎么排，也轮不到它啊。我说你们年轻人不懂，不懂……"

"真来了吧，跟想的又不一样。"父亲说。

"老毛子不收美元这个太讨厌了，"老樊说，"昨天你们啥也没买是吧？刷卡机没信号，我刷了好几次也刷不出来，美元又不收。"

"导游手里有卢布，跟他换点。"父亲说。

"是！那是后来。刷不出来吧，又不收美元，那个胖大妈还一脸不耐烦。跟欠了她钱一样，有那么看不上吗？我说 dollar, dollar，她装听不见。我把钱拿出来给她看，她直接摆手，不收！"

"你要拿着美元去黄果树景区买东西，还跟人 dollar、dollar 地喊，肯定也没人敢收啊。"父亲说。

"这不是莫斯科吗，好歹也是首都。"老樊又嘀咕着，"其他钱倒是收得挺痛快的。"

老樊招手，指着茶壶跟服务员说 hot water，服务员走过来看了看，表示不明白。老樊揭开壶盖，给服务员看见底的空壶，嘴里念着"咕嘟咕嘟"，模拟往壶里倒热水。服务员把壶拿走了。老樊说，我其实不爱出国，费劲，跟他们要个开水都不明白。

父亲说："可以啊老樊！我就不行，哑巴一个。"

"嗐，我也是去加拿大看儿子，逼出来的。我住不惯，我家那婆娘，见了儿子就守着不走，一住一个月。"

"加拿大……"父亲低头喝起已变淡的茶。

"加拿大没意思，要去就去拉斯维加斯！"老樊又开始说赌场的事了。

她站起身，说要去散散步，把父亲留给老樊。

出去没走几步，看见导游在集合点的长椅上坐着。导游主动跟她打招呼，请她喝格瓦斯。她看了一眼卖格瓦斯的小推车，说格瓦斯我喝过。导游说，尝尝，跟国内的不一样。

报团时，她在旅行社网站查看过导游的资料。如今所有老板都想跟上社交网络的浪潮，不额外投入就指望员工能带来更多红利。这个本名叫孟凡的年轻人的头像旁边被一堆不同颜色的关键词簇拥：认真负责、细致耐心、有错就改、热爱祖国。对一个导游来说，这些词似乎提供了可靠的品质，可关于对面这个微胖的年轻人，却没有任何有效信息。

她意识到自己在打量他的背影，心里不自觉地把这人跟陈鹏远做比较，不禁吃了一惊。

孟凡把给她买的那杯格瓦斯插上吸管。她开玩笑般说："我有男朋友的啊。"

"嘻，我也有女朋友啊。"

两人都笑了。

"怎么样？"孟凡问。

"什么怎么样？"

"格瓦斯怎么样？"

"还行。"

她咬着吸管，慢慢喝饮料。她并不知道怎么跟导游说话才是合适的，或者她太久没有跟陌生的年轻男人说话了。

"感觉还行吧？"孟凡问。

"好喝。"

"我是说这儿，莫斯科、彼得堡。"

"我爸喜欢这儿，跟我说什么白桦林三套车，刚才又说想去伏尔加河、顿河。"

"这两条都不是俄罗斯的大河。你爸爸肯定是看过《静静的顿河》。"

她沉默几秒，突然想到一个话题："你看过一个电影吗？讲意大利人在俄罗斯的，动物园有只狮子跑出来了，撵得他们满街跑。"

"《意大利人在俄罗斯的奇遇》。"

"对对！小时候我在电视上看了好多遍。"

"里面好多景咱们今天都路过，明天就要去，喀山大教堂啊，涅瓦河啊。"

"我就记得那只狮子了。"

"那只狮子已经死了。"

"啊？"

"说来话长。那只狮子是有家人养的宠物，那家除了狮子还有豹子。"

"我看过把熊当宠物养的图片,说战斗民族什么的。是真有人养熊吗?"

"那不能。熊一巴掌你就没命了。小熊倒是有养来演马戏的。但你别说,也有不少老外以为中国人养熊猫当宠物的。"

"你有宠物吗?"她笑着问。

"有啊!养了只猪。"

"真的啊?"

"真的啊,我女朋友嘛。我就是动物饲养员。"

她笑了,猛然想起陈鹏远说过几乎一模一样的话,要像养猪一样养活她,让她膘肥体壮,全身散发出幸福的光芒。

夏宫的建筑外墙刷着明丽、崭新的涂料。不知是不是高纬度地区独特的阳光投射角度,色彩和光影都带着蒸汽般氤氲的光圈,像罩在大玻璃罩子里的玩具模型。

孟凡问她去过哪些国家。

她报出几个国名,意识到这是她第一次跟团出游。已经没有空白页的护照,都是跟陈鹏远在一起的前三年出去用掉的。最初的快乐总是像海浪连绵不绝。他们发现共同的爱好,再发明共同的爱好。如今,她却怀疑是过度透支了快乐的份额,才只留苦涩。

在一起第三年时她提出过分手,理由是她没有跟谁维持过超过三年的关系,再下去就要崩溃,不如提早收场。陈鹏远说,你为什么总是逃避呢?为什么要预设一个糟糕的结果,然后早早就放弃?她说,我就是这么有病,你受不了就走吧。他说,你看,一说起来,你就逃避,把责任推到别人身上,然后自己躲起来。她说,对,我就是这么没用,你现在才知道吗?她知道自己在试图激怒他,然后以近乎戏剧化的方式破坏掉现有关系。一团混乱中,人无须再辨认对错,只用耽溺于情绪,就像孩子推倒积木墙。所谓失恋疗伤,多是认定自己是受害者,自怜自艾。这些她都知道。可是除了父亲,她没有跟谁有过长期可信任的关系,而父亲是不需选择的关系。

她和陈鹏远又度过了三年。后三年与前三年截然不同,不同到她的记忆里白茫茫一片,什么也没有留下。朋友们说她,这样拖下去,不结婚不生小孩,两人会散的。她当时不信。她看过一张旧照片,父亲拉小提琴,母亲跳舞,年轻的脸会发光。父亲后来再也不拉小提琴了,母亲呢?还跳不跳舞?

很难说是谁把关系搞砸的。最终成了讽刺剧,陈鹏远像母亲一样,成了逃走的人。跟母亲留给父亲的羞辱一样,陈鹏远也用跟另一个女人的关系破坏了他们之间曾有的信任。如果这信任真是双方面的话。在道德上具备了真正的受害者资格后,她却没有一丝开心。无论关系好坏,无论其中一方对关系的走坏负有多少责任，被人背叛，仍是剧痛。朋友试图安慰她，跟她说，陈鹏远起码是主动跟她承认有了别人，不像某某的丈夫，留下一张字条就消失了，手机销了号，工作辞了，父母也一问三不知。"一个人凭空消失，并不会减轻伤害。"朋友说。所以对遗迹也要感恩吗？在一起住了六年，房子的角落遍布线索。

半夜偶发的噩梦里，她看见自己坐在墙上，双腿晃来晃去。似乎人生已走到一个十字路口，再往下，不是变成父亲，就是学习变成母亲。而她的痛苦在于，她不想要二手的人生，不想重复任何人，哪怕是父亲和母亲。

孟凡问她有没有投币许愿。

"许愿？"

"喷水池，你看见水里的硬币了吗？都是人投下去许的愿。"

"我不信这个。"

"干吗不信，试试呗。"

"我在罗马投过，在凡尔赛宫也投过。"

"两次不中，那说不定这次就中了。"

孟凡摸一个硬币给她。

"嘿，你这人到底怎么回事啊？"

"什么怎么回事。"

她接过硬币："没事。我可不会买琥珀的啊。"

"你怎么老把我往坏了想。"

在陌生人的陪伴下，往参孙徒手掰开狮子嘴的雕像投币，多少有些荒诞，像人生更多时候的错位。硬币入水，瞬间沉底。她的心也咚的一声，不知被什么所击中。

"我也来一个。"孟凡说。他摸出硬币，向着参孙掷去，"明年买房！"

"明年？那你还有六个月。"

"你这人怎么回事啊。"

"谁让你说出来？谁会把自己的愿望说出来啊？"

"为啥不说出来？"

"为啥是明年？"

"明年我女朋友就二十九了。"

她不再说话，跟孟凡挥挥手，往咖啡馆走去。

老樊不见了。她坐下，看菜单准备叫喝的。看菜单看了许久，她抬头叫侍应，发现父亲看着她。

"还是自己姑娘好看，是吧？"她打趣道。

"我姑娘好不好看，看看我就知道了啊。"

"哼，我看你现在眼里只有樊小花了。"

"唉，他也不容易。"

"哪里不容易了？人家带着两个马仔呼啦啦来俄罗斯签单，去赌场休闲一下还挣美元。"

"带两个人出来，也得花不少钱吧。"

"没用的话带出来干吗？他一个当老板的，肯定算过成本。"

"没看出来有什么用。"

"你真相信他在你附近的知青点吗？"

父亲沉默了一会儿才说："我也没什么可骗的啊。"

她想了想说："火龙果确实没什么药用价值。"

父亲笑了。

大巴载着他们回圣彼得堡。宾馆就在涅瓦河边，天色尚早，团员们三三两两到河边溜达。她、父亲和老樊也沿着河走。河面宽阔，风吹得头发乱飞，也吹乱正在拍婚纱照的新娘的白纱。几个团友见到金发的新娘，都借景拍照，把一对新人、河面、远处彼得堡罗要塞的金色尖顶定格在同一画面中。新娘的白纱在高纬度的日光中燃烧般反射出耀眼白光。

老樊最先看见熊。他激动得语无伦次，手指在空气中击打方向。顺着他的指尖看过去，先是一个卖冰淇淋的木头小推车，接着是河堤和路面的圆石，不断扭转身体调整视线，才看见那只小小的、被冰淇淋推车挡住了的棕熊。棕熊一动不动站立。老樊叫道：好家伙，屁股底下有根棍子！小熊坐在一根竖起来的木头上，稳稳当当。它四周并不见驯兽人。直至他们三人走得近了，穿马甲的卖艺人才从河堤背后的草坪上闪出来。这么近距离地看一只熊还是头一次，父亲和她都有点怯，站得远远的不肯动。老樊却不怕，靠上前去，扔了张一百卢布的票子到卖艺人的帽子里，抱着手准备看热闹。

卖艺人吆喝了几声，小熊却不动，仍旧坐在木头上。他又吆喝了几声，像念咒，小熊挪了挪屁股，木头掉到地上。老樊鼓起了掌。艺人往熊嘴里塞了点东西，小熊直着身子走了几步就耍赖不走了。老樊吆喝起来："Standup! Goodboy, Standup!"熊并不听他指挥。艺人又往熊嘴里塞了点东西，但小熊似乎打定主意不配合，继续赖在地上。老樊叹气道，这熊太小了，还驯不起来呢！又回头看看自己扔在帽子里的一百卢布，摆摆手说，算了算了。等他们仨走开了，艺人才吹起口琴。小熊呢，又坐回木头上去了。

"骗人的玩意儿！昨天买的巧克力也是假东西，全是糖和淀粉！"老樊愤愤道。

"熊这么在街上蹲着，不犯法啊？"父亲说。

"你说咱们出来图什么？老遇上些骗子。"

"你跟头熊生什么气啊，那是畜生。"

"我就等着回莫斯科了，赶紧签单，完事，回家吃火锅！"

"不去 Casino 啦？"父亲逗老樊。

"去啊，怎么，你改主意了？"

"我连麻将都不会打，去了给人当傻子骗，有辱国威啊。提振雄风就交给你吧！"

老樊乐了，扭头对她说："我就爱跟你爸爸说话。我们哥俩能聊到一块儿去。"

父亲遇见老樊，或者老樊遇见父亲，多少让他们的旅途有些不一样了。她想到父亲的好朋友，她口中的陶叔叔。二十年前，父亲跟陶叔叔也是这样消磨掉一个个白天和夜晚的吧。行酒令时，陶叔叔会自己瞎编口诀，比如，五魁首啊六六六啊，美不美啊看大腿啊。那是九十年代初，小城的夜晚静谧也热闹。静谧的是街道，路灯昏黄，梧桐树叶低垂。热闹的是家家户户窗户里边的人声。作业总是做不完，她就在那盏红色的塑料台灯下写啊写。隔着门，父亲的声音几乎听不见，陶叔叔的声音却高亢而兴奋。陶叔叔的身体里像有一台永动的马达，轰隆隆运转，带给他无穷的力。他会跟父亲争论花生米到底怎么才能炸酥，要偷偷克扣多少车队的油钱才能给一大家子置办好年货。母亲离开后，父亲最落魄的日子里，陶叔叔总是带吃的过来。发现父亲老煮面条给她吃，陶叔叔一把夺过锅子冲父亲吼："你要把姑娘整死啊！"陶叔叔死时不到五十岁。如今的医学统计概率是，内向的人易生癌，外向的人易爆心脏。陶叔叔外向，甚至急躁，却生癌。四十多岁健壮的身体，一年之内衰朽如枯木。父亲挂黑袖套，参加葬礼，骨灰盒入土时，父亲跟扶灵的陶家亲属一样大声吼叫。不是哀哭，不完全是，是比哀哭奇怪的声音，不知从身体什么部位发出。

陶叔叔走后，父亲再没有一起消磨——不——浪费时间的朋友了。成年人守着自己的堡垒。她现在多少可以理解父亲的沉默。从某个时候开始，跟最亲密的朋友巨细靡遗地分享，似乎被年龄或其他更钝重的力截断。她也一样。不再去麻烦别人，独自慢慢领受。无论老樊是真是假，几分真几分假，她感激他的出现，哪怕旅途即将停止。

父亲指着河对岸的彼得堡罗要塞，跟老樊说以前这里是关苦刑犯的地方，还有铸币厂。

她想起临行前父亲塞进包里的小笔记本，密密麻麻都是网上摘录的景点要览。而她呢，在莫斯科一直没什么精神，到彼得堡后好些。她喜欢欧洲。油画是欧洲人被自然启示后伟大的见证。彼得堡悬在俄罗斯西端，有老欧洲的韵律和节奏。连天空、树、野花的颜色，也如印象派来临前的时代，荷兰画家们在市井小民的肖像、野味珍禽的静物画里所铭记的那样——带着上帝亲吻的遗迹，洋溢的却是俗世的喜悦。

她停下来，看父亲和老樊渐渐走远了。她冲着父亲的背影喊，我累了，我先回去了。

她独自回到房间。床窄小，但好歹是单人房。她裹着毯子躺了一会儿，翻看在冬宫买的画册。冬宫有提香、达·芬奇，有伦勃朗。她试着回想在原画前驻足时的色彩与光影，尽量不去在意眼前印刷品的轻微反光。抱着耶稣的玛利亚被达·芬奇画得像人而非神。还是婴儿的耶稣看向画面之外。是达·芬奇让他看向画面之外，如蒙娜丽莎看着一代代人般，婴孩耶稣也看着一代代人。

她戳亮手机。没有信息，没有未接来电。她花了那么贵的国际漫游费。

那天下午，接到陈鹏远的电话后，她茫然地把日期和时间写在玄关的月历上。她感觉不到好或坏的迹象。她吃得比平时少，可并没有消瘦。除了偶尔做梦，她没有掉入回忆的黑洞。甚至她看起来也还好。学生们没有投诉，同事们如常，在走廊和休息室跟她点头聊天。可她身体里某个看不见也摸不到的部分在出问题。她能听到轻微的咝咝声。

约定的日期，陈鹏远来搬走她整理出来的几箱东西。她没有扔掉他的拖鞋，他也就换上那双蓝色的拖鞋，蹲在地上开始清点。"不会再打扰你了。你脸色不好，有时间去看看中医。"

为什么他用这种朋友般的语气跟她说话？

放下画册，她拿起钱包，打算下楼去买酒把自己灌醉，让这个夜晚赶紧过去。她讨厌清醒着的自己耽溺于无解的情绪中。她只想沉沉睡去。

就在她拎着伏特加瓶子走回大堂时，电梯门开了，孟凡和狮鼻女人迈出来，跟着是担架队。她还没来得及开口问话，狮鼻女人却冲到她面前，抓住她的胳膊："我不会说……我不会跟医生说……姑娘，你帮帮我，帮帮我！"

狮鼻女人头发蓬乱，扣子错位。担架上，她年迈的丈夫神志清醒，却上了氧气。

狮鼻女人抓得她有些疼了，她皱了皱眉头，本能地抬手想甩开她。女人的声音更急切了。她仔细看老人的脸，嘴角没有涎水，嘴唇也不发青，脸是有些白，可呼吸还平稳。护士抬着担架不紧不慢往救护车走。

"他平时有没有高血压、心脏病？"她问。

"我不知道……"女人答。

"没体检过吗？"

"我认识他不久。"

她转头看看孟凡:"医生怎么说?"

"测了心电和血压,血压有些高,得去医院检查。"孟凡说。

"你们去吧。明天见。"她转身准备离开。

"哎,"这次是孟凡叫住她,"你能跟我们去吗?阿姨这边可能有些事不方便。"

狮鼻女人脸红了,似有难言之隐。

她跟女人并肩坐在救护车左侧的长凳上。医护人员和孟凡坐在对面。已入夜了,可是天空不管不顾地亮着。救护车红蓝交织的闪光偶尔映进车内,把他们的头发、脸庞和身体染上颜色。窗外背景没那么亮的时候,她在车窗上看见自己的样子,跟来俄罗斯后看见的街头醉鬼别无二致:披头散发,抱着酒瓶子。她身边的狮鼻女人,现在她知道她叫匡福琴,正拿着她自己和丈夫的护照反复翻看。

她忍不住提醒:"信用卡是你的吧?"

"什么?"

"看病可能需要预付押金。一般用信用卡。"

匡福琴愣了:"我刷他的卡、签他名字,行不行?"

她跟孟凡对视一眼。

孟凡说:"到那边再看吧。"

孟凡站在医生旁边做翻译,听医生问诊。

"都好好的,他说想那个,我们就……都好好的,他的脸突然埋在枕头上不动。我掰开他,他整个脸变形了。我不知道该怎么办,他喘气喘不过来,捂着胸口。我把被子、枕头全部垫在他背后,不让他从床上滚下去,就跑去找小孟了。"匡福琴断断续续说。

医生从电脑上看检查的片子,很快给了诊断。病人送院时舒张压180mmHg,但从心电图和其他检查综合看来,心脏并没有问题。先留院观察一晚。因为是外国人,又马上要回国,建议不再参团,回国后立即入院检查。

"心脏没问题?他刚才很严重。"匡福琴看着孟凡,不相信丈夫没有生病。

孟凡翻译给医生。医生很短地说了句话。孟凡没有翻译。

"医生说什么?"匡福琴问。

孟凡皱了下眉头说:"医生说,他只是老了。"

医生看看他们三人,又说了几句话。

孟凡翻译道:您或者您的女儿可以留下来陪伴病人。我们会给病人用药和观察,也有医护人员在。

医生把她当作匡福琴的女儿了,她哑然失笑,有点想鼓起鼻子,把自己的鼻子变得跟匡福琴一样瞩目。退一步讲,真是自己父母的话,因为超龄的激烈性爱而送医院急救,她除了笑一笑,也不能做别的。

从医生办公室退出来,他们一起走去病房。躺平了的老人看起来更老了,几乎要被病床的围栏吞没。这么一个丈夫,还能跟匡福琴走多久呢?如果真如匡福琴所说,他俩认识不久,那么这段仓促的婚姻又是为了什么?她摇摇头。

旅行社的本地人员赶来了,让孟凡和她先回宾馆,明天一早还有行程。匡福琴和丈夫他们会提前办票回国。

他俩站在路边等车。医院门口有一片小树林,树干细而长,林冠呈黑色。幽黑的林冠之上似有薄雾升起。她感觉到扎骨头的冷,跺着脚咒骂几句,拧开伏特加瓶盖灌了一大口。

"我第一次见像你这样的老师。"孟凡说。

"哪样啊?"

"中学老师不都戴个金丝眼镜,头发弄根皮筋一扎,白衬衫配毛背心,动不动就拷问你的灵魂。"

"人类灵魂的工程师嘛。"

"这话是俄国人说的。"

"哪个俄国人?"

"斯大林还是加里宁,记不清了。"

"书是人类进步的阶梯,也是他们的名言。"

"我也能背:'理智无法理解俄罗斯。'"

"哈,还有吗?"

"俄罗斯有两大不幸:道路和傻瓜。"

"可以。你俄语专业?"

"俄语是自学的。我学的是政治学。"

"政治学?"

"想不到能找什么工作是吧?"孟凡笑道。

终于来了辆出租车。上车后两人沉默了一会儿。

孟凡突然说:"匡福琴是个老姑娘。"

"你怎么知道?"

"我打电话给他们,接电话的是老头的女儿。"

"女儿?"

"反正我知道,匡福琴是儿女给老头找的伴。"

"女儿也孝顺啊,还让后妈出国。"

"你猜老头多大?"

"七十？"

"还要大。那你猜匡福琴呢？"

"四十多？"

"三十五。"

"她看起来……"

"农村人都不保养的。"

三十五，几乎是她的同龄人，却被医生认作是她母亲。而病床上老头松垮嶙峋的皮肉……仰起头时稀稀拉拉的牙齿……是比父亲更衰老的男人。

"我妈也嫁了个老头。你知道吧，外国老头看起来更老。"她说。

"我以为你妈过世了。"

"跟过世了是没什么差别。"

"你有兄弟姊妹吗？"

"我爸就我一个。"

"我有个姐姐。跟你一样大。"

"在老家还是？"

"在老家。我爸妈都是农民，跟你不一样。"

"你们这种健全家庭的小孩还有什么可抱怨的。"

"也是。我父母感情挺好的。现在就我和我姐养他们。"

"做导游来钱吗？"

"今年考核如果成绩好，我明年调去欧洲线，收入就会高很多。"

"为啥？"

"这边最多就买买琥珀什么的，欧洲……去瑞士怎么也得整块表吧？"

"挺好的。"

"你瞧不起我吧？"

"赚钱多好的事。谁不喜欢钱？"

"也是。你说，老头有钱吗？"

"我觉得不是很有钱。有钱的话，不会找匡福琴这样的。不过，男的就喜欢年轻的吧？越年轻越好。"

"看人吧。我就喜欢比我大的。"

"嗬……"她笑了，摇摇头。

回到宾馆，等电梯时她对孟凡说："我也没见过像你这样的导游。"

"不是文盲是吧？"

"还行吧。认得几个字。"

"谢谢彭老师肯定。"

沿着长得像没有尽头的走廊走回房间，孟凡跟她一个方向。到房间门口，她停下脚步，突然想说句"谢谢"或者别的。孟凡却先开口说，再见，对了，夏宫喷泉许愿真的很灵的。

她顿了一下，不知作何反应，僵硬地伸手拍拍孟凡的肩膀。

一扇门开了，老樊走出来，接着是父亲。

父亲问："你们干什么？"

"没干什么。"她说，"你们干什么？"

老樊抢着答道："我们要出去。"

"去哪儿？"她盯着父亲。

"去……出去走走。"父亲说。

"你们不能随便脱团啊，我会有麻烦的。"孟凡说。

"你不许去。"她对着父亲，不知怎么来了脾气。

父亲不说话。

"我们又不去干什么坏事。"老樊说。

"为什么非现在去？这都几点了？你有心脏病你不知道吗？"她又说。

父亲还是不说话。

"你去吧。什么都不用告诉我。"她说完拧身就走。

推开大堂的玻璃门，暴露在她头顶的是一片白夜。她抬手看表，不敢确定自己是不是已经有点醉了。云朵清晰。白对照出淡蓝，显得更白。白夜让人产生错觉，时间并未往前移动，而是被凝滞。跟暂时聚集成型的云相比，她是有年岁的。可是跟云背后的天空相比，她年轻得不值一提。她努力让眼睛跟上天空色彩的变幻，用自己懂得的那些原理，去分拨出光和颜色的秘密。那么，她多少会获得不能被人拿走的东西。

"在看什么？"父亲问。

"重要吗？"

"出什么事了？"

"没什么。"

"那小子骚扰你了？"

"你想什么呢，爸爸？！"

"晚饭也找不到你。"

她抱着手不说话。

"他要是敢动歪脑筋，我跟你樊叔叔就去揍他。"

"不是你想的那样。"

"那你生什么气呢？"

"对啊,我生什么气!我凭什么生气!我爱跟谁出去就跟谁出去。"

父亲摸烟出来,点上,抽了几口。

她晃动着手里的酒瓶子,却根本不想喝酒。是伏特加吧,她大可这么借口。她可以任性地发泄情绪。

"你什么都不知道。"过了一会儿她说。

"是啊,我是种火龙果的啊。"父亲说。

她努力绷着脸,但还是笑了。

几分钟后,她和父亲坐在她房间里,四目相对。似乎谁也找不到话头,但又不能就这样离开。她掏出手机,反复阅读同一条信息。手机屏幕慢慢熄灭,她靠向床头。

母亲走后的一个晚上,父亲喝了很多酒,抱着她哭起来:"妈妈不要我们了。"她陪着父亲哭。她才五岁,只能贡献出自己的哭声。用更大声的哭,来掩盖父亲的哭声。

现在她的某些能力却丧失了,包括在父亲面前哭出来。他们能看见彼此的局部,更大的部分却被淹没。就像一根笛子上的孔洞,他们各自敞开、闭合,却栖身于同一根笛管之上,由同一株竹子所造。

"我跟陈鹏远分开了。"

"出什么事了?"

"他要结婚了,那个女的怀孕了。"

父亲沉默了几秒:"不结婚也没什么的。"

"是我搞砸了。对不起。"

"什么对不起?"

"我以为我可以做好的。有好的感情,好的婚姻。像其他人一样,生孩子,变老……可以不像你和妈妈一样,可以有完整的家庭。"

"你会有这些的。"

"什么时候?我已经老了。"

"爸爸还在,你就不会老。"

她鼻子一酸,却没有哭出来。她不能哭出来。这个晚上她已经向父亲发泄了过多的情绪,而这样的发泄并不能使她回到父亲的怀抱。她也回不去。

搬去跟陈鹏远同居的那天,父亲陪着她收拾东西。之前她有些恐惧于向父亲开口说这件事,拖了很久,最后让陈鹏远直接上门来跟父亲说了。父亲没说什么,她觉得,就是同意了吧。东西搬下楼,塞进车里,陈鹏远拉开车门先坐了进去。她也马上跟着坐了进去。父亲独自站在单元门口,两手垂着。陈鹏远倒车,打算掉头。她从后视镜上看见父亲,父亲还站在那儿。她摇下车窗,伸出头对父亲喊，回去吧！父亲没有回答，也没有动作。车开走了，她摇上车窗。陈鹏远问她怎么了，哪里不舒服。她说不出来，父亲的样子像印在了车窗上，然后被风吹散。

当晚她睡得短，却很沉。醒来时才六点。拉开窗帘，天空经历了短暂的休眠后又开始准备亮起来。

昨晚她翻开的画册摊在书桌上。父亲进来时，小心地把画册从床上移到桌上，并不合上，保留她摊开的样子。从小，父亲就是这样收拾她的房间的。

那画册不知何时被风翻动，不再是她昨晚看的达·芬奇所画的圣母与耶稣，而是一个跪地的男人，光头赤脚，扑在穿红袍的父亲怀中。她扫了一眼，知道是伦勃朗晚年的名作《浪子回头》。她曾以此画为例子，向学生讲解：伟大如伦勃朗，如何在并不让人震惊的戏剧场景里，唤起观者对现实的激情与情感；人的关系和精神状态，在画面中如何达至美……

并不让人震惊的戏剧场景。是对昨晚轻微的嘲讽吗？

她掀开毯子，走进浴室。拧开龙头，热水从莲蓬头里喷射出来，打湿她的脸。她任水冲刷着面部、脖颈和身体。匡福琴的身体是怎样的？是跟她一样的构造吧：视网膜、味蕾、声带、肺叶、阴道……

十三岁时的某一天，也是这样热水从莲蓬头里冲出来、以均匀的水柱击打着她的脸的一刻，她意识到了身体的存在。跟素描课本里希腊神祇洁白赤裸的身体不同，这属于她的身体全然崭新。新是相较于人类拥有身体的历史长度而言。如果说人类的其他承载物，如艺术、建筑、宗教、音乐也自有历史的话，每一具新诞生的身体，又何尝不是人类身体史构成中微茫的一粒小黑点呢？而她竟然拥有它。她与它会终生相伴、不离不弃，直至生命终结。

发生在匡福琴身体上的事，跟发生在她身体上的事，都只有她们自己可以吞咽吧。能说出的，只是简略的事实。更多的，消融在茫茫背景音中。

跟陈鹏远一起的第一次旅行，是从阿姆斯特丹一路向南。在阿姆斯特丹的宾馆，他们一边吃大麻蛋糕一边喝酒，很快失去意识。醒来时是清晨，电视开着，声音很大，两人半裸着身体，不能确定记忆里的是幻觉还是事实。让人略微悲哀的是，激情照进洞壁，刹那亮如白昼，但激情不会持久，难以持久。他们之后也做过些疯狂事，但那个麻醉后清醒的清晨，房间里淡蓝色的空气和窗外的雾霭，都不再降临于他们的精神与身体。

此刻也一样。她问自己的皮肤、头发和心：人和人，一个人和另一个人之间真正的对话可能吗？如何在各自的特性不受损失的同时，彼此自由地沟通？她可以做到不对父亲撒谎，但真正的话，她无法说出。他们之间，注定有些事只能沉下去，再沉下去。

回想过往几段恋爱，跟对方最炽热、密集地谈论形而上问题的阶段，往往是性刚开始发生之时。两人恨不得能有一根隐形的管子，接通二人的心思意念。只因有强烈的靠近对方、永远不再孤独的渴望。这应该是长大后的世界不再那么有趣的原因之一。性被许可后，人和人之间需要克制、专注及付出时间才能结成的友谊和进而能达成的沟通被瓦解了。

她感激孟凡昨晚的表现。他恪守了距离，就像童年时蹲在她身边捉虫子的伙伴，只拎起虫子说："你看。"

她任水冲刷在脸上。跟自己家乡不一样，这里的水是软水，冲在脸上没有重量感。

这一天他们仍在彼得堡，明天才坐火车折返莫斯科，从莫斯科回国。自选项目时，父亲想坐船游涅瓦河，她想去艾拉尔塔艺术博物馆，合计之下就分头行动。老樊则不见人影。她叮嘱了父亲几句注意安全，就搭上去博物馆的商务车，只有五个人选择去博物馆。

柴女士热情地冲她招手，示意她后排三人座还有空位。她刚坐定，柴女士就问："听说出事啦？"

她扭头。柴女士用食指把鼻子戳成朝天鼻的形状，冲她眨眨眼。

"你听说啦？"

"都知道。听说出了丑。"

她想起老头陷在病床里的身体和匡福琴涨红的脸，不太想谈这个。

柴女士又说："你爸爸同屋那个人，今天一大早就出去了。"

"今天？几点？"

"六七点钟吧。"

"就他一个人吗？"

"还有那个高的和矮的。"

"又脱团了吧。"

"神神秘秘的。我看他不像是做生意。"

"那像什么？"

柴女士没答，一会儿又说："你爸爸平时挺受欢迎吧？在夏宫那天，好几个女的都找他帮忙拍照呢。"

"都拍糊了吧？"

"我可以帮你爸爸介绍……"

她学柴女士用食指戳起鼻子："有这样的吗？"

"我说你还像个小孩呢。"

柴女士安静下来，转头看看她睡得打呼噜的丈夫，随即也闭上了眼。

在艾拉尔塔艺术博物馆只待了一个多小时，地陪就带着他们去午饭定点的餐馆跟大队会合。父亲在船上吹风着了凉，正捧着杯子喝茶，见她来了，兴冲冲掏手机给她看自己拍的照片。不知是不是没戴老花镜，照片多半失焦，模糊成了印象派的风景。也有几张父亲在构图正中，矜持地微笑。

她从包里掏出笔记本翻开，让父亲看她给他的礼物。一片彩色的叶子。在博物馆门口的草坪上捡的。被笔记本压了后，叶子平展开，从绿到黄再到红渐变。

父亲很高兴，小心举着叶子的柄细看说："挪威槭。"

"国内有吗？"

"也有的。这树耐旱，喜欢阳光。"

"听起来性格很好。"

"零下二三十度也耐得住。咱们那边没有。"

"留个纪念吧。"

"漂亮得很。"

团餐快吃完时，老樊和两个助手才现身。其他人陆续离桌，在这家专做旅行团生意的中餐馆转悠，柜台前有各式俄罗斯套娃卖。

老樊囫囵吞下几口，问父亲看没看见餐馆门口的海报。

父亲说没留意，问是啥。

"俄罗斯代孕是合法的，你知道吗？"

"这个不清楚。"

"现在除了在美国，就俄罗斯、乌克兰合法。"

她和父亲同时向门口张望，是有张大大的易拉宝广告。金发碧眼的妈妈扶着腰，旁边是金发碧眼的宝宝。是有五个大字：俄罗斯代孕。小字看不太清楚：为中国精英宝宝，为世界生命之光。

"俄罗斯便宜！美国得上百万。"老樊说。

"俄罗斯呢？"父亲问。

"只要一半。乌克兰就更便宜了。"

"那可以考虑。"父亲说。

她看父亲一眼，不明所以。

"就是就是，了解一下。"老樊说。

"孩子怎么领回国呢？合法吗？"父亲又问。

"如果俄罗斯本国是合法的，就好办。"老樊边说边递烟给父亲。两人往餐馆门外走去。

她溜达到孟凡身边低声问："那个老樊，有老婆孩子吗？"

"彭老师，这我可不能告诉你。"孟凡笑道。

"我担心他骗我爸呢。"

"怎么了？"

"两人神神道道商量什么代孕的事。"

"他是已婚。紧急联系人……好像就是他老婆。"

"有孩子吗？"

"人口普查啊，彭老师？"

"问你呢。"

"还真不知道。"

她皱着眉瞪着不远处的老樊和父亲："我爸是个书呆子，随便就相信人，被人卖了也不知道。"

"你一会儿好好问问你爸。没事，反诈骗我在行。"孟凡说，随即高声招呼团友们上大巴。

下午安排的是自由购物。父亲说有点累，想在宾馆午睡，她想了想就也没出去。三点钟，估摸着父亲差不多睡起来了，她拿着些超市买的零食去敲父亲的房门。

不知是否刚睡醒的缘故，父亲头发乱蓬蓬的，人也矮了一截。父亲比以前走得慢了，她看着父亲的背影想。

父亲烧水给她泡茶，又打开她带来的零食检视。母亲离开后，父亲学着给她梳头。最开始总弄不好，辫子歪东倒西，后来慢慢熟练了，皮筋衔在嘴上就给她扎小辫。二年级她有了零用钱，三年级自己做主去理发店剪成了男孩般的短发。父亲当爸又当妈，她也既是女儿也是儿子了。

"爸爸，想出去走走吗？我从地图上看这附近有个小公园。"她玩着手机。

"行啊。博物馆好玩吗？"

"你真该跟我去的。"

"这么好啊？"

"老樊为啥要找代孕？"她问。

父亲迟滞了一下，不看她说道："他儿子没了。"

"什么时候的事？"

"几年前。在加拿大留学，跟同学去露营时游泳，湖太深，淹死了。大学都快读完了，就要回来的。"

"他就这一个孩子？"

"他以前也在单位上班的，下海得晚。年轻时也没敢偷偷多生。"

"可是代孕……怎么个代法呢？"

"他和老婆做过试管婴儿，试了两年多了，可能年纪大了，女方采卵成功，但没法着陆。说是什么萎缩了。"

"可现在生个孩子，他俩都五十多了，怎么带这孩子呢？孩子还没成年，他俩都七十多了……"

"我能理解他。以后你也会理解的。"

"为什么一定要生孩子呢？对孩子来说，他没法选择父母。以后才十几岁父母就不在了的话，孩子又怎么办？"

"汶川地震的时候，也有失独家庭五十多岁要孩子的啊。"

"是他想要还是老婆想要？怕是他想传宗接代吧？"

"白发人送黑发人，总是可怜的。"

她顿了顿，抬头问父亲："我如果是个男孩，你会更开心吗？"

"我现在已经够开心了啊。又开心，又受罪……"

"我还没全部发挥呢！"

她跟父亲开着玩笑，收拾东西准备去公园。

"我以后会不会变成匡福琴那样？"她说。

"哪样？"

"被人说是老姑娘。"

"那个柴某某跟你这么说？"

"她倒没说这个。医院的医生以为我是匡福琴生的。"

父亲愣了一下，笑了。

"你樊叔叔倒是说，你女儿跟你好像。女儿像爸有福气。"

"他真是说假话不打草稿。"

公园入口很隐蔽，看着地图绕了好几圈，他们才找到一扇小门。门票六十卢布。入园后，花园的美丽出乎意料。这里原是私人宅邸，新近改建为博物馆和公园。除了高大的乔木，还有平如镜的池塘，但曲折延绵又像围墙内部的小型运河。几座石桥，鸭子在水面静泳。花坛里种植着大量玫瑰，花的馥郁与高大树木的清新气息直冲鼻腔。从周围热闹的城区闯进来，这里就像隐秘的绿洲。

父亲的疲惫一扫而光，色彩、植物与户外的味道比茶更给他带来活力。他走几步，蹲下，拍照，然后心满意足地摸着植物的枝干或落叶。怎么不给孟凡塞个红包呢，这样她就能带父亲脱团，去植物园走半天。父亲会跟现在一样开心。至少比老樊带父亲出去更开心。她有些懊丧，但很快被远处圣母升天教堂的景致吸引。曾经这宅邸的主人，一定拥有传奇。

她走进凉亭。凉亭圆形底座，五角形顶盖。柱子也五根，刷白漆。顶盖铜绿色。她站到凉亭正中，感觉像剧场舞台。她咳了一声。神奇的是，声音格外清晰圆润。应是有独特的声学构造。园子的主人曾在这里演讲吗？还是演出？凉亭并不大，只适合一到两人立于其中。有点园林中听昆曲的意味。她对着不远处的父亲轻轻喊了声"爸爸"。跟平时听到自己的声音不同，这声音像是来自另一个她。其他时空里的她。

"干啥？"父亲从草坪中起身看向她。

"爸爸是个大笨蛋！"

父亲笑了，冲她挥挥手。

她又喊了一遍："爸爸是个大笨蛋啊！大笨蛋！"

上午在博物馆里，她在一个综合材料作品前看到一段话：

我们的生活是一张白纸，每个人都在上面写下自己的故事，还是我们被编程有标准的功能，类似于一台机器？

哪一个是正确的选择——接受生命为我们准备的东西并停留在它的圆形边界内，还是从陷阱循环中挣脱出来？

我们真的从一开始就有这个选择吗？

如果我们挣脱出来，一个人如何在限制内保持理智，以及在限制之外又会有什么呢？

她想把这个作品跟学生们讲讲。也许有孩子能感受到她的想法。自然，也可以不给孩子们增加负担，只在教科书里找样本，比如换个角度谈伦勃朗，讲讲后期的伦勃朗。

在冬宫时，地陪导游领着他们穿梭在俄罗斯帝国的宝藏中。看了达·芬奇后，导游把他们领到荷兰画家专区，讲解画布上锃亮的玻璃瓶、古雅的金饰和人物的关系。导游说，第一眼看这些画，很难不被人物手上的戒指、低垂的头巾和房间里灵动的物品吸引，这些物品像是说明了主人的身份、心情和生活。团友们凝神细看，跟围观达·芬奇圣母像时轻微的漠然不同，她能感觉到团友们的目光投注在那些细小物品上时的专注，以及洋溢的愉悦。

父亲在她身边，歪头看着画面上的手和戒指。手和戒指的主人是个普通市民，虽是年代久远的荷兰人，但跟父亲和她一样，是个普通市民。然后他们往前走，在熙熙攘攘的人流中穿过人类文明的长廊。看到伦勃朗真迹时，她非常震动，以至于掉队，在画面前驻足许久。但这是她自己的选择，她的小世界。再没有第二件艺术品，像荷兰画那样将三十七个中国人凝聚在一起了。

此刻，她站在凉亭中央，这个神奇的讲台上，想起了平时在课堂上想说但从未说过的一些话。

"在伦勃朗年轻时，像所有天赋卓绝的画家一样，他会用高纯度的颜色，热爱闪亮的光线。那时照相机还没被发明出来，人想要看到逼真又美丽的自己，想要让画家把自己的容貌留存在画布上以至不朽。

"伦勃朗满足这些人,讨好这些人。他画得非常像主顾本人,又柔化了他们脸上的瑕疵。每一个人都能在画中看到令人愉快的自己。

"画的表面光滑、均质、平整。主顾们可以得意地在沙龙里展示,没有谁看不懂一张肖像画!画面里的人儿看起来多么尊贵又可爱!

"但伦勃朗的天才引导他越来越远离这种安全的作画法。他画了《夜巡》,想要永垂不朽地赞助人们,被他的画笔埋入了幽黑暗影中。

"这种画法让人不安。似乎在占据画面更多的暗影中,有很多人不能一眼看穿的神秘在发生。伦勃朗开始下滑,与曾经的成功相对,他开始失去名望,濒临破产。

"伟大的画家有很多种,伦勃朗毫无疑问是伟大的色彩画家。他用令人震惊的方式运用色彩,全新讲述色彩的关系。可到了晚年,他几乎只用土红色、灰色、紫色来画单色画。在单一的色彩中,色彩在更奇妙地变化,已经不来自于材料本身,而是他的手和灵魂。笔触的轻或重、笔法的节奏,伦勃朗自己化为色彩的表达。

"和谐能达至美。单色的和谐中,是画家对绘画本身更透彻的领悟。光在颜料颗粒的表面折射,如何把握住每一个颗粒的特质?哪怕它们是单色。

"伦勃朗让每一颗色彩的微粒,都迸发出无与伦比的生命质感。就像颜色本身那么神秘又普通。"

她长长地舒了一口气。睁开眼睛,父亲远远站着,不知什么时候开始听她的讲述。

老樊告诉父亲,他已经跟代孕中心签了预订合同。顺利的话,明年下半年,他就能从俄罗斯抱回自己的孩子。

"这么快?"父亲问。

"只是没想到,下个月我又得来了。跟老婆一块儿。"

"你这也太快了。这可不是小事情啊,得想想清楚……"

"就得当机立断。哎,你不知道有多难。"

"一会儿我请客,怎么样?"

"用不着。去的路上包被二毛子抢了,让他抢,我钱包护照都在贴身兜里。"

"人没事吧?"

"没事……我跟代孕中心说了,得给我找个纯种的。纯的,你知道吧……"

"知道,我给奶牛配过种。"

老樊大笑:"老哥哥真有你的。"

父亲缓了缓，递烟给老樊："这趟来得好，来得顺当。"

"阿弥陀佛。"

老樊看起来很开心，像就是奔着代孕来的。

她忍不住开口道："樊叔叔，你签合同了吗？"

"签了签了。"老樊愉快地抽了口烟。

"中文的啊？"

"我请了翻译……"老樊说了半句不说了，笑着瞟了她一眼，继续跟父亲抽烟。

"樊叔叔，"她又喊老樊，"你认识我妈吧？你们还有联系吗？"

"你妈妈……"老樊吓了一跳似的，"你妈妈不是过世了吗？"

"你说呢？"

"我听你说的啊，你妈妈过世二十多年了。"

"你不是认识她吗，你们在一个知青点当知青来着。"

"对啊，等等，你把我绕晕了。我跟好些人都没联系了。我要是跟你妈妈有联系，我能不认识你爸爸吗？对吧？"

"樊叔叔认识大志。大志你记得吗？"父亲打圆场道。

"哪个大志？"她想不起来。

"老书记的小儿子，大志，也来过我们家的。有阵他来城里打工，给我们送过核桃，一麻袋核桃。"

"有点印象。"

"大志在工地上弄断了手，半残，回村里受欺负，是樊叔叔给他安排事情做的。"

"我自己公司用不上，托了个朋友让大志去看店了。"老樊说。

她有些鲁莽，但老樊并不在意，像是对她的攻击性有所准备。

老樊揽着父亲的肩往前走了。她半眯着眼，看父亲和老樊的背影越来越小，越来越难以分辨差别。

老樊会再有一个孩子，从这个陌生的国家抱回一个属于自己的孩子。不管事实如他所说是临时起意，还是如她所想是早有计划，总之，让自己再做一次父亲，让一个新生命因他而来到世界……一边抱怨这里的种种不如意，一边又决断着人生中的大事。

这是个主动的人哪。也许，主动与被动并无绝对。她看似被动的恋情失败、父亲看似被动的婚姻破裂，部分决定于他们的主观态度。事情都是一点一点变坏的，并不是某个瞬间。在变坏的过程中，在场者皆不能逃脱干系。

她想过，耗费数年、数十年的时间去与另一个人相关，到底能带来什么？并不是约定俗成、可归纳的陪伴、相濡以沫之类的词。如果没能成为一个更好的人，如果不能真的自由，像空白画布呈现的那种绝对自由，那么一切的关系都是可质疑的，不可靠的。陈鹏远也好，曾经的男友们也好，并不是阻碍。母亲也不是父亲的阻碍。风景的铸就是一个运动着的过程，哪怕凝缩在画布上，也带着时间的深度与印记。

她打开背包，掏出笔记本翻开，里面夹着另一片挪威槭的树叶。她作为礼物送给父亲时，备份般留了另一片给自己。

环顾旅行团的其他人，和煦，热闹，正常。她太可笑了，竟然向老樊求索母亲的信息。还是上帝太可笑了，让她只能以这种方式去确定老樊的真假？

她拣出叶子，松开手指，叶子坠落在泥地上，不会被她带走了。叶子混入叶子堆里，像不曾被她捡取、短暂收藏。彩色的叶子混入更多的色彩里。她已不能只像女儿般看待父亲和母亲了。属于她的色谱里，早早混入了不同颜色。

她站起来，独自走开。

花二十卢布去洗手间后，出来时她看见孟凡坐在树下的长椅上等团友集合。最后一个项目参观莫斯科地铁结束了，明天一早他们就回家。

"我帮你查了。"见她走过来，孟凡低声说。

"什么？"

孟凡努努嘴，示意凉棚下站着抽烟的老樊和父亲。

"怎么样？"她问。

"人家是企业巨子。"

"我忘了问你，他真名是不是叫樊大花。"

"谁跟你说他叫樊大花。"

"行吧。"

"我搜到几条他的新闻，都是投资什么的。"

"那还省啥钱，去美国做不是更好？"

"俄罗斯姑娘漂亮啊。"

"还查到啥了？"

"其实这事挺常见的，我带过的团里都有好几个。"

"你意思说这是他的隐私，跟我隐瞒了也合理？"

"出来玩嘛，回去多半都不联系了。"

"我爸好像挺当真的。"

"我泛泛说啊，也有成了朋友的。"

"有跟导游成了朋友的吗？"

"肯定没有。除非这导游不是一般的导游。"

她笑了。

"匡福琴怎么样了？"她问。

孟凡抬手看了眼表："应该已经落地了。同事给联系了救护车，落地也别回家了，直接拉去医院。"

"他女儿知道了吗？老头女儿。"

"但愿不要有什么事吧。扯起皮来，索赔什么的就麻烦了。"

"但愿吧。"

"你别再想了，我说老樊这事。谁没点秘密，是不是？"孟凡说。

"有些事你不知道。"

"什么事？他走私原油还是枪支？"

"尽瞎贫。"

"我跟你说吧，真人不露相，露相不真人。老樊这么咋呼，藏不了什么大事。你知道那人是干什么的吗？"孟凡努努嘴，意思是柴女士的丈夫武先生。

"知道啊，色狼。"

孟凡笑了："他才是特殊职业，军工厂里造军机的。"

"这种身份，不容易出来吧？"

"他开的在职证明是一家商业银行，是高管。第一次签证不过，补了资料才过关。"

"这年纪都该退休了。"

"差不多吧。欸，我得先去忙了。记住我的话。"

"哪句啊？"

孟凡匆匆走开。草坪上，几个俄罗斯姑娘在晒太阳。长发如瀑，浅金色的大瀑布。老樊要找个"纯的"，就得这么纯吧。

团友们三三两两踱步，组合出不同的关系与未知的秘密。她喘出一口气。在别人眼里，父亲又何尝不古怪呢？一个天天搓泥巴种水果的人，看餐厅里的芭蕾舞竟然感动得要流眼泪？而她呢，一个中学美术老师，又为何对冬宫里人人叫好的金孔雀不屑一顾？风把散碎的阳光从她脸上扫过，树叶的色彩叠加了阳光的温度，她闭上眼仍能感到一片橙色，快乐的汽水般的橙色，细小的橙色气泡在涌动。

父亲和老樊绕了回来，两人在她身边的长椅上坐下。老樊说："我养过只猴呢。"

"啥猴？"

"我种地的时候，老有猴子下山来掰苞谷。我就布了个陷阱，真就抓到一大一小。大的一放出来就跑了，还差点抓烂我的脸。小的被我给逮住了，看看我怎么治你！我弄个绳套套在它脖子上，拴在牛棚边上，一来二去就算是养上了。"

"你这饭都吃不饱，还养猴子。让你学农呢，你搞马戏。"父亲打趣道。

"劳逸结合，劳逸结合。再说了，这可不是说养就能养的，熬鹰的也得有点绝活，不是人人都熬得起的。"

"我怎么有印象，是有个耍猴的知青。我还听说，那只猴子跑了后，还会回来看你。"

"哈，闲话果真都跟童话故事一样。"

"十里八乡，养猴的城里知青，就你一个了吧。"

"这倒没错。"

"哪里对不上？"

"我的猴是给打死的。"老樊沉默一会儿，又说，"我也想它是自己跑了，回山里面快活去了。搞几个女猴子，生一大堆徒子徒孙。谁知道呢。"

"到了咱们这个年纪，身边熄灯的越来越多。有时候我觉得自己不过是苟活。有人早在年轻时候就死了。把我们要用后面几十年才知道的事看透了，就去死了。他们亏吗？一点也不。成全自己，自己能成全自己。"

"我的猴跟他们不一样。猴不是自己选的。不过，动物世界里，好像只有人会自己选？我佩服他们，说实话。我也懂他们。懂！"

"不谈这些，不谈了吧。你大事情都成了，这些要放下。"

"嘿，孙猴子吹根毫毛，给我变！"

她一直没睁开眼，默默听着父亲和老樊说话。他们的话像潮水拍打起伏，把记忆或秘密推至意识的边缘，终又退去。跟树和阳光的合力谱写不同，他俩的笑声是实在的，快活的，白色的。

第二天去机场的路上，堵车很厉害。孟凡安抚旅客们说，赶上星期五，莫斯科人都在开车出城，他们要在郊外小屋烧烤、钓鱼，过周末。"俄罗斯人就这样，嘿！"

过了十多分钟，孟凡勘察回来告诉大家，警察说还要两小时交通才能疏通，附近有个大超市，可以步行过去，回头司机把车开过去接大家。

于是，三十五人下车，跨过公路边的护栏，踩在野草和泥土上，往不远处的仓储式超市走去。草疯长，茂盛无边，扯住人的腿，短短一段路像在跋涉。他们像莫斯科人那样，走在郊外的野地上。

老樊两只手臂打着拍子，不断挥舞刺向空气，高声唱着歌。他说要请每位女士吃冰淇淋。

"老樊像陶叔叔。"她说。

"陶叔叔?"

"五魁首啊六六六啊,美不美啊看大腿啊。"

"都是一张嘴。"

"能跟你胡说八道。"

"嘻。"

"这就是你的好朋友呢。"

"你爸就是个普通人呀。"

"你猜我最喜欢陶叔叔什么?"

"爱跟你们小朋友玩?"

"不是呢!我喜欢他说,长大吧长大,让你爹心碎吧!"

"孩子里面他确实最喜欢你。"

"爸爸。"

"啊?"

"爸爸!"

"摩斯密码呢你。"

"真是密码的话,怎么也得是巴巴爸爸巴巴爸爸爸爸巴巴巴巴爸爸。"

她想起小时候,一个下雨天,她跟父亲也曾这么各自走着。她打着伞,父亲裹着雨衣,把她的书包抱在怀里。雨水打在伞上,也打在父亲的头发上、肩膀上。

她觉得和父亲会永远这么走下去。记忆如此清晰,她既不哀愁,也无遗憾。老樊挤了上来,跟父亲热闹地说起了话。

她放慢步伐,慢慢地,就只剩她自己了。

后天,她将回到讲台上,开始第三单元第一课,"追寻美术家的视线"。而此刻,在莫斯科的野草、泥土和气息里,她的眼睛吸入微小之物的颜色,待它们沉淀为单色的颗粒。

(原载《收获》2021 年第 3 期)

作者简介:

郭爽,出版《正午时踏进光焰》《我愿意学习发抖》。获"《小说选刊》年度大奖·新人奖""《钟山》之星·年度青年作家奖""山花文学双年奖·新人奖""西湖·中国新锐文学奖"等。

三把刀

胡性能

刘文明

  从记事起，刘文明就害怕大个头的蛾子。双翅上的一对间隔很宽的圆形图案有如两只眼睛，配上像蚕一样的蛾身，很像一张诡异的脸。生母去世那年夏天，他在她床榻前坐至半夜。阵雨降落前格外闷热，他仿佛置身于村外用红砖修筑的烟叶烤房。一个灯泡悬垂在屋子正中的木梁下，上面有薄薄的尘垢，模糊的光亮照着生母苍白的脸，让刘文明感觉有什么东西正从她身上流走，这令他想起山下那条河流，想起大水退去之后，渐渐裸露出来的岸边泥地与浅滩。这时，一只小孩手掌般大的蛾子突然闯进来，围着昏暗的灯泡盲目绕行，好像那灯泡是一个发光的线轴。刘文明心生寒意，从床头抓起蒲扇，但被气若游丝的生母阻止。在生母看来，突如其来的蛾子是她某位业已过世的亲人，现在充当信使，来通知她上路。"你不要怨恨妈妈，小明！"生母双眼像两口黑暗的枯井，一丝微弱光亮在井底闪现了一下。刘文明知道生母是在说将他寄养的事，他握住生母柔软而冰凉的手，看见皮肤透明的手背上，长出了蝴蝶样的暗褐色花纹。

  这天一早，刘文明打开房门，借着屋里的灯光，看见一只蛾子躺在门外地下，一丝不祥的感觉袭上心头，生母离世的那个夜晚再度被他想起。他蹲下来一边仔细观看蛾子，一边搜索大脑中的记忆。刚刚过去的这个夜晚，他似乎听见有人轻叩房门，想起身查看，但这个念头迅速被海水一样卷来的睡意淹没。

  楼道灯泡坏了，一直没来得及更换。而那道暗红色的防盗门关上后，屋子里的光线无法渗漏出来，蛾子趋光，照理说这儿不应该有它的尸体。刘文明站起身来，借助屋里的灯光仔细查看房门，发现上面有几处留下稀疏的花粉，是这只蛾子撞向防盗门时留下的。躺在水泥地上的蛾子，羽翅残破，是什么让它在昨天夜里，一次次扑向房门？刘文明打了个寒噤，他折回屋，翻出一个半透明的塑料打包盒，把那只蛾子的尸体小心地装进去，放进楼下的垃圾桶。

田素芬夜里没回来，轮到她值夜班。即使不值夜班，她也常常找理由住在单位，两人已经有段时间没住在一起了，彼此渐行渐远，如同大雾中的船离开堤岸，码头上送行的人看见船舷边的人变得模糊，却无力挽留。骑电动车穿行在丹城时，刘文明不时会怀念起两人亲密的日子。曾经，田素芬在北市区的餐馆打工，晚上回来会给他带餐馆卖的早点，有时候是一笼包子，有时候是一盒煎饺，她还曾带过一个棒槌样的面包，说是餐馆新来的师傅烤制的法式面包。自从在餐厅打过工，她不仅知道要吃早餐，还知道要吃得有营养。

但现在，刘文明的早餐有一顿没一顿的。这天早晨，他在城中村入口的包子铺买了笼核桃大小的包子，狼吞虎咽地吞下，这才留意到天空铺陈开去的灿烂朝霞。此刻，太阳正在巨大的红色帷幕后缓缓升起，他的目光越过眼前的建筑，眺望东边，觉得田素芬工作的宾馆就在那片彩霞下。

从城中村狭窄的巷子出来，是东西走向的宽阔街道，早高峰刚过，大街重新变得有序。道路两侧延伸到尽头的建筑，此时沐浴在金色的阳光里。工人上班，学生上学，店铺开门营业，这座城市像一台巨大而复杂的机器，开始又一天按部就班的运转。六七年前，他和田素芬离开滇东北僻远的山村，来到陌生的丹城，一度晕头转向，不知所措。现在，他知道怎样在这座城市骑行，知道怎样在斑马线前停下，知道用什么口吻与那些表情严肃的保安套近乎，知道酒店是用来睡觉的，而酒吧才是用来喝酒的，他还知道怎样沿右边骑行可以绕开许多红灯……

作为这座城市里的送外卖的小哥，刘文明动了在这座城市按揭买房的念头，并将省吃俭用的钱存了定期，期待早一点攒够首付的钱。他幻想买房之后，接下来买车，然后开一家餐馆，自己做老板……有时候，他会放任自己的梦想由一棵野草长成一棵大树。

因为那只蛾子，刘文明上午心神不宁。骑车穿行在丹城的街巷，他不时回忆刚刚过去的那个夜晚，他做的那个怪梦。那似乎是丹城的某处，周遭是拆得一片狼藉的城中村，残破的墙上有一个个血红的"拆"字，还有几个用黑色记号笔写下的电话号码。他梦到有无数幢水泥楼撑破地表，在他身边拔节生长，越长越大。灰黑色的水泥建筑像一些身形巨大的怪兽，上面密布黑色小孔，令他恐惧。

他还回忆起自己在梦中，好像置身一个巨大漏斗的底部，孤单、无助，身不由己。

这天上午，借送外卖的空隙，刘文明去城西看了一个楼盘。他原计划下午抽空去理个发，早一点回家，洗澡，换掉穿了一个星期的美团外褂。如果田素芬愿意，他还想约她晚上去吃清汤鹅，算是给她补过生日。自从看到老杭给他的视频，两人已经冷战了一段时间。现在，刘文明决定单方面求和。

刘文明看的楼盘位置偏远，在三环外面。通向楼盘的道路两侧，人行道铺上了铁灰色的水泥方砖，每隔十来米就有一个准备栽种行道树的浅坑，就像音乐的节奏匀称而固定。之前，刘文明从喧嚣的城里出来，感觉像是季节从热烈的秋天滑向了冷寂的冬天，这附近的空旷让他感到有些孤单。生活中有些事无法诉说，最近一段时间，与田素芬的冷战让他感到有些窒息。

看完楼盘出来，刘文明站在冷清的马路上，遥望郊外零星的树木，以及远处落寞、孤寂、了无生气的村庄，他想起了入赘前的那年除夕，想起吃过年饭，他离开大伯家，独自一人回到村外磨坊的那个夜晚。

记忆中，天空漆黑一团，远处不时有密集的鞭炮声传来，气温零摄氏度以下，村庄道路结了冰。他在那座村庄生活了十五年。刚记事，就被父母过继给没有子嗣的大伯，从此就像一只被砸飞的陀螺，偏离了原本运行的轨道。也许是那段被过继的经历，让他顺从而叛逆、恐惧而无畏、自卑又自负，像一只在洞口打量外面世界的土拨鼠，呆萌的脸上会突然亮出一对锋利的牙。小学四年级，续弦的大伯生了一个儿子，家里的关系立即变得微妙。亲生父母那边不亲，大伯这边，新婶子总把他当外人，客气中有种冷漠。十九岁那年，夹缝中的刘文明入赘在二十里以外的田家，一晃，已经十来年。

自从来到这座城市，他就幻想能够留下来。最近，每到新建的小区送外卖，他都会打听楼房的价格。这天上午，他来看的小区位置偏僻，价格低，七八幢二三十层的高楼在三环外的菜地里拔地而起，隔一条灰白色的过境高架桥与城市相望。但就是这样的小区，刘文明抬头看着高高的楼顶，心想送外卖的盒子，不知道要向上垒积多高才能攒够首付的钱。

曾经，他也信心满满，省吃俭用，每天辛苦工作。他想买的房子面积可以不大，但要有三房，到时把女儿和儿子接来，他和田素芬住一间，姐弟俩各住一间。他想象未来某一天，儿子田学军和女儿田学丽能够像这座城市里的孩子那样，一早穿着镶白边的藏青色校服，结伴去读书。想起这个温馨的画面，刘文明感觉生活还是有奔头的……何况，余庆就是活生生的榜样。听老杭讲过，余庆当初只身来到丹城，一无所有，可如今他不但有家拆迁公司，还有半座宾馆。就是田素芬工作的金星宾馆，那是幢白色的建筑，有一百多间客房，余庆有一半的产权。

老杭电话打来时已近中午,早晨的满天朝霞已被乌黑的浓云替代。远处的天,厚厚的云层正被撕裂,闪电发出短暂的白光。刘文明停下电动车,将脚支撑在地上,接通了电话。

"见到葛青山了,进了布草间,"也不知道是因为激动还是紧张,电话那头的老杭声音有些结巴,"赶、赶快来,晚了抓不到现行!"

这是刘文明盼望的电话,又是他害怕的电话。骑车往金星宾馆方向赶,他的脑子里又浮现出田素芬扭曲的脸:眼睛微闭,眉头轻皱,分不清她究竟是痛苦还是享乐。从老杭那儿看到这段视频,刘文明才得知田素芬在外有了私情。男的叫葛青山,老杭说是混社会的,他答应等葛青山再来找田素芬时就告诉刘文明。想到田素芬给自己戴了绿帽子,刘文明备受煎熬,他委屈、痛苦、愤懑,同时伴随一丝好奇和刺激……内心就像煮了一盆沸腾的杂锅菜。

此时,他恨不得长一双翅膀,立即飞到金星宾馆。

老 杭

早晨,老杭整个人还深陷在那个电视画面里。半夜醒来,他没能再入睡,打开电视搜索频道,有个台在重播《海湾战争》,他看见一只海鸟坠落在满是原油的海面,翅膀沾满油污,身子往下陷落,只留下带喙的头无助地左右摇摆。老杭觉得自己就像那只海鸟,正在进行无望的挣扎。

临近中午,他坐在值班室刷手机,突然听见有刺耳的喇叭声传来。窗子外面,桑塔纳轿车里的葛青山把手伸出车窗打了个响指,诡异地笑了笑,算是打了招呼。老杭阴沉着脸,呼吸突然变得有些急促。

车场里,葛青山打开车门,一只黄色的泰迪犬跳下来,往宾馆大堂方向跑,老杭的心提了起来,他预感这天中午会是一个特殊的中午。值班室墙上,悬挂着九宫格监控,不一会儿,灰白色的视频里,葛青山从电梯口出来,走向楼道左侧的布草间,而他的泰迪犬阿黄,已经跑到布草间门口,伸出右前爪轻轻拍门。老杭按捺住内心的激动,低头拨通了刘文明的电话,他清晰地听见自己的呼吸声。

挂上电话之后,强烈的焦灼袭上老杭心头,就像童年时父亲带他到海边,涨潮时,他牵着父亲的手站在沙滩上,看见海水爬上来,淹没脚背,浸到小腿、膝盖、小腹直至胸腔,父子俩好像被一种无形的东西控制了。现在,他焦急地眺望着宾馆外面的街道,期待刘文明能够早点赶到。

中午时分的街道像煮沸的稀粥,汽车行驶的声音、电动车的喇叭声、商店里传出的音乐声以及行人嗡嗡的交谈声让老杭心神不宁。葛青山消失在布草间没几分钟，可老杭觉得他进去已经好久了。时间有时会变成可长可短的橡皮筋，就像多年前的某个清晨，他还在轴承厂上班，早上睡过了头，他打开卫生间的水龙头，双手捧一把水潦草地抹一把脸，甚至来不及漱口，抓起母亲放在蒸锅里的馒头便冲出家门。吹箫巷外有个公交站，停靠在那儿的九路车可以直接开到轴承厂，可是每当他急着赶路时，他等的公交车都迟迟不见影子。

老杭不时瞄一眼墙上的挂钟，他咬紧牙齿，左右颧骨的斜下端隆起两块坚硬的肌肉。高架桥、穿城而过的铁轨、斑马线、红灯绿灯变化的十字路口、汽车缓慢行驶的街道……他想象刘文明在丹城大街飞快骑行的情景，幻想那个被戴绿帽的男人赶到后，气势汹汹地跳下电动车，从车后外卖箱里抽出一把尺余长的锋利刮刀，发疯一般冲进宾馆，抢到三楼，一脚踢开布草间的门，然后将锋利的刀刃插向葛青山裸露的脊背。一下、两下、三下……老杭似乎握住了一把锋利的刮刀，他想象鲜血从葛青山的背部喷出来，他的嘴里隐约弥漫着一股令人窒息的血腥味。

雷声从远处传来。老杭望着窗外天空，乌云正向西天汇集，空气中有股潮湿的水腥味。他想起了葛青山那张瘦削的脸，心里既恐惧又仇恨。短短两年，因为葛青山，老杭从钻石王老五变成个丢了房子还欠下十多万外债的穷光蛋。一想起自己的房子像鸽子一样飞走，老杭就想抽自己两个嘴巴。他盯住监控视屏里布草间的门，杀人的念头像从船上抛下来的铁锚，死死抓住水底的岩石。

先是葛青山诱惑他把钱存进小额信贷公司。"百分之二十四的年利啊！"坐在麻将桌边的葛青山心不在焉地说。他给老杭的印象是不在乎输赢，从容，处乱不惊，稳坐钓鱼台。一切都因为他所说的投了五十万在小额信贷公司，每个月光利息就有一万块钱。老杭经不住诱惑，把自己多年攒下的十多万块钱投了进去。

怎么可能是骗局呢？老杭想不通。小额信贷公司在绿湖边，寸土寸金的地段，门脸豪华，从台阶到墙体，全是赭红色的大理石贴面。走进门厅，迎面是一艘放在桌台上的帆船，罩在巨大的玻璃罩里。船体在屋顶射灯的照耀下，金光闪烁，看上去像是用黄金打造。屋子里的财富气息让他感到自卑，他想从里面抽身出逃，可是双腿不听使唤。

那天，老杭花了一个小时才办完手续。他在一本合同上签完字，还用拇指涂印泥，按在自己名字上。事后回想起来，他在签字时感觉就不好，像是在签卖身契。不过与后来贷款签字相比，前者只是签卖身契，后者则是签不会赢的生死状。

想到贷款，老杭感到窒息，铅灰色的天空好像有块浸透污水的湿布覆盖过来。这天，打电话给刘文明之后，老杭故意在桌子上放上一把铁黑色的三角刮刀，期待着那个老婆与人私通的男人能够一眼看见。此前他曾经用拇指试过刀口，锋利、冰凉，刀锋会因角度变化而闪过一丝难以捕捉的光影。

刘文明骑车冲进宾馆的瞬间，老杭偏头看了看墙上的监控，谢天谢地，葛青山还没出来。有一抹微笑从老杭僵硬的脸上一闪而逝，他预感一出好戏开演了。

余 庆

时隔多年，余庆忘记第一次是在什么场合见到的葛青山。时间像一块肮脏的抹布，经过它的擦拭，原本清晰的记忆变得模糊不清。真正留下印象是三四年前，那时余庆在搞拆迁，拿到一个工程，在城西北的佐龙溪边。占地五十多亩的丹城皮革二厂破产后，废弃的厂房被城市投资公司看中，要在原有的土地上建个城市综合体，有那么两个月，那座倒闭的工厂是余庆每天必到的工地。

停产两年，工厂已是破败不堪，厂区到处长着杂草，夏天暴雨积在低洼处，干涸后青苔的痕迹清晰可见，外来植物紫茎泽兰甚至霸道地长上行政楼的台阶。余庆记得，法院派人来揭厂房封条那天，有如一个尘封已久的秘密被打开，他在散发着芒硝味的车间里看到许多陌生机器，凑近看，有液压裁断机、高头缝纫机、缝纫包边机、打包机……昔日忙碌的机器停止运转，赭褐色的铁锈像花一样从灰蓝色的油漆下破土而出，地上丢弃着一些刀具和色泽暗淡的皮革边料，好像某一天，有人一声令下，工人们慌乱撤离，之后再也没人返回这里。

拆除的速度很快，仅仅一个多月，那座工厂就只剩个骨架，人声鼎沸的情景成为历史。挖掘机在瓦砾上发出轰鸣声，排气管冒出浓烟，巨大的铲斗像拳头那样有力地伸出，红色砖墙往前扑倒，弥漫起一团烟尘。有时候，余庆喜欢凑近挖掘机，他觉得油烟里有种奇怪的香味。那段时间，余庆的拆迁公司就是一块移动的橡皮擦，它过的地方，就会有建筑物消失。联想起自己离开坛城后一路改头换面，一路擦除留下的痕迹，余庆觉得他干拆迁这行，像是命中注定。

行政楼最后拆除。站在顶楼的临时办公室，余庆看见一座工厂在钢铁机械的吞噬下渐渐消失，既充实又感伤。那天下午，他在窗边俯瞰楼下时，葛青山摸进来，站在他身后咳了一声。余庆吓了一跳，回过头，看到一张似曾相识的脸。

"好久不见了，余、余总！"葛青山满脸笑意。

余庆皱了皱眉头，他没有想起来人是谁。

"我原来是许总的司机。"葛青山坐在门边破旧的皮沙发上，跷起二郎腿，掏出烟，扔了一支给余庆。香烟在空中划了道弧线，落在余庆的办公桌上，滚了几圈，停在他泡普洱茶的飘逸杯旁。余庆把烟卷拿起来看了看，是新出品的重九。

"许总的司机不是陆师?"余庆有些困惑。

"我在陆师之前!"葛青山从沙发上站起来,打燃火机,要给余庆点烟。

"不抽,戒了!"余庆摇摇头。

"余总的身份证还是我去办理的呢!"葛青山突然把身子倾斜过来诡异地朝余庆笑了笑,目光让余庆起了一身鸡皮疙瘩。

"我姓葛,葛根的葛,葛青山!想起来了吧?"来人又说。

余庆警惕地摇了摇头。

"贵人多忘事!"葛青山脸上的肌肉跳了一下,他咧开了嘴,露了一排被卷烟熏黑的牙齿说。

那天葛青山找来,是想向余庆借两万块钱,当然遭到了余庆的拒绝。葛青山轻描淡写地说:"余总手里不方便就算了!"声音听上去夹带着威胁。临走时,他从衣袋里掏出张名片递过来说:"如果余总手头宽裕了,还是希望能够帮这个忙!"

余庆接过名片,顺手丢在桌上。他没有起身相送。等葛青山的背影从楼道里消失,他才把桌上的名片拿起来看,一看发现那不是名片,而是一张写有户名、银行账户、开户行、身份证号和电话号码的白色卡片。

余庆没有多想,愤怒地把那张卡片撕成两半,扔在地上。

那天下午,余庆独自在办公室里坐到黄昏。下班后的工地静寂得可怕,暮色笼罩过来,窗外的建筑亮起点点灯火。余庆坐在办公桌后的黑皮转椅里想了很多。离开办公室前,他弯腰在地上捡起被他撕成两半的白色卡片。

从那次开始,葛青山陆续从余庆这儿借走的钱,加起来已有好几万。可余庆没有想到这一次,葛青山开口就说要借二十万。

刘文明

远方传来隆隆的雷声,仿佛一些大小不一的石头在天街上滚过。街景暗淡下来,如同暮色降临的黄昏。刘文明身下的电动车像条惊慌失措的鱼,穿行在巨石般移动的车流和水草间。急停,突拐,左晃右让,引得非机动车道的骑行者纷纷避让。在这座城市送了几年外卖,他对每条大街,甚至每条巷道了若指掌,不用思考,下意识就能规划出最便捷的线路。

一路上,视频中的刺激画面总是浮现在大脑里。这段时间,有空的时候,他会悄悄把老杭发来的视频调出来看。最先出现的画面是间陌生的屋子,没有音乐,凌乱的床铺上有两个纠缠在一起的男女。男人裸露的背上有模糊的文身,他低伏着,仿佛想躲避什么。耸动的臀部,节奏与秒针的颤动等长,那个男人从背后看上去像个低头摇橹的船夫。女人的脸被遮住，只从男人身体两侧露出两条白皙的小腿，以及脚趾上跷的脚掌。突然，男人加快运动节奏，鳄鱼一样扬起头，挺直身子，继而委顿下来，将头伏在女人的颈窝。女人的脸从男人肩头暴露出来，清晰、具体，是田素芬。看上去她仿佛在忍受某种痛苦，又像在享受令人眩晕的快乐。

这段视频刘文明看过多遍，每次都看得心里发堵，好像那儿坠着一块冰冷的铁块，让身体里的某处传来尖锐的疼痛。这些日子，他幻想过无数种办法来收拾给他戴绿帽的男人。幻想过用铜炮枪，将煮熟、尿液浸泡过的晒干的糯米粒射进那个男人的背部，想象那些干透了的糯米粒在男人皮肤下受潮、膨胀，引发炎症。每颗糯米粒要取出来，都得用小刀剜下一团肉来，想象那个男人撕心裂肺地号叫，刘文明艰难地笑了笑，脸上有种令人毛骨悚然的寒意。

这天，刘文明赶往金星宾馆的路上，身体像是被什么东西焚烧着一样。路上，他接到过老杭的两个电话，均是催促。离宾馆还有百多米远，看见老杭焦急地站在值班室门外张望，他将电动车的把手扭到底，加速冲了过来。

看见刘文明，老杭兴奋地说："快到布草间，抓狗日现行！"

"噢，我日他妈尿！"刘文明将车丢在一边，冲进值班室，愤怒地寻找着什么。他对门边桌子上一把半尺多长的刮刀视而不见，而是从墙上，取下一根电警棍，冲了出去。

他先是奔到大堂电梯门口看了眼按钮上端，发现两部电梯都正在上行。他等不及，折向身边的楼梯，三步并作两步冲上去。在三楼，他一边跑一边查看房门。来到了布草间门前，他侧耳倾听，里面有动静。他倒退两步，犹豫了一下，猛地发力上前，抬腿一脚踢开房门。

屋子里，葛青山坐在床上扣着衬衫，田素芬则趴着，身子耸动，像是在哭泣。

刘文明冲到葛青山面前，举起警棍，两排牙咬得死死的，眼睛里满是杀气。

一道黄色的闪电突然射过来，是葛青山养的泰迪犬，它对着刘文明咆哮，露出两颗尖利的白牙。

"阿黄！"葛青山呵斥了泰迪犬一声，故作从容，好像根本没有把刘文明放在眼里，仿佛这间屋子里没有其他的男人。

刘文明犹豫了。他闯进门来时看见那个男人的胸前，有一条巨蟒张着血盆大口，正吐着红红的芯子。刘文明意识到，这个男人是黑道上的，这个意识占据他大脑后，他的愤怒因隐约的恐惧而消减。此时，田素芬已经慌乱地套上衣裤，她满脸羞红，低头冲出了屋子。

直到老杭赶来，刘文明才将警棍砸下去，但砸的不是葛青山而是床头的铁管，一声脆响。反弹的力量过大，警棍从刘文明的手中挣脱，飞在老杭的脚边。此时，葛青山已经穿好衣服，他极为不屑地望了刘文明一眼，弯腰抱起脚边狂吠的泰迪犬，抚摸着它的头，大摇大摆地离开了布草间。

屋子里出现短暂的静寂。片刻后，刘文明蹲下身，双手扯着自己头发，将头夹在胳膊里，发出撕心裂肺的叫声。

那天中午，刘文明不知在布草间坐了多久，他突然喜欢这种安静，喜欢周围没有人，甚至喜欢这个世界只剩下自己。他摸了摸裤袋，迫切想抽支烟，脑子里像混浊的海水得到净化，渐渐澄明。六年前的夏天，他带着田素芬来到这座城市，决心要在这里扎下根来。他一直为此努力，房子首付就要攒够，余下的钱按揭。他觉得为这个目标，什么苦都能吃，什么屈辱都能咽下。男人嘛，他想起几年前，在如意巷，他把朝他狂吠的一只野狗踢飞，立即有一个肥硕的女人奔了过来，披头散发与他抓扯，说踢伤她的爱犬，拳头大的狗，让他赔了一千块钱。从此以后，他在这座城市小心谨慎，碰到真正被人遗弃的野狗，都绕道而行。

可他知道自己以前不是这样的。当年在老家鱼洞镇，他也曾经一个人与县城的几个小混混打过恶架。

那是十八岁那年的夏天，天气酷热，他从镇卫生所体检出来，在街上碰到三个衣着时髦的青年。等他站在房檐下乘凉时，田素芬正走在用青石镶嵌的街道上。见到亭亭玉立的姑娘，几个县城青年立即将目光投过去，尤其是那个斜眼，扭过脖子来对同伙眨了两下眼，反身跟了上去。那时的田素芬像一株蓬勃生长的玉米秧，干净得不含一丝杂质，散发着植物成长的清香。当她被三个小混混拦住纠缠时，英雄救美的一幕随即拉开。

刘文明在镇上读完初中，熟悉小镇上仅有的两条大街和无数旁逸斜出的小巷，也能在这个小镇不时见到一两张熟悉的面孔，清楚镇上的人都讨厌县城青年，这让他信心满满。真正打起来，刘文明才发现他自小干农活蓄积起来的力气，远非几个养尊处优的县城少爷可比。以一敌三，刘文明不落下风，当那三个人狼狈跑掉后，刘文明站在街中央，威风凛凛，内心充满豪情。

英雄救美的下午，刘文明把田素芬送回家。返回时，天黑了，月亮照着静默的山冈，路边的稻田正在抽穗，有只萤火虫在他的前面飞，尾部的光一闪一闪。原本蛙鸣的稻田，在他经过时，所有的青蛙都噤声，屏气凝神，等他走过之后，才又开始合唱。

因为大伯和婶子不愿出聘礼，两年后，刘文明去田素芬家做了上门女婿。转眼，他们结婚都十来年了。

老　杭

　　看见葛青山大摇大摆离去，老杭特别沮丧，对留在布草间的刘文明也失望至极。电梯间外面，透过右侧的玻璃窗，葛青山驾驶着桑塔纳驶出了宾馆的大门。此刻，老杭要是扛着一管火箭筒，他会毫不犹豫对着那辆桑塔纳来上一炮。

　　天空飘起豆大的雨点，老杭冒雨回到值班室。他想起几年前的一天，那时他刚到金星宾馆上班，见到葛青山开着一款老式桑塔纳轿车进来，挂的是丹城牌照，后面三个数字是712，那是老杭的生日，所以他看过一遍就记住了。那一天，桑塔纳进宾馆的门禁后停在路边，有人在车里叫了他一声，老杭看到一个头发梳得一丝不苟的脑袋从车窗里伸出来。

　　"你是？"老杭一脸疑惑，眼前这个男人他没想起来。

　　"五一小学，记得不？在长春路！"

　　这时，一只黄色泰迪犬的脑袋从车窗里伸出来，叫了两声。

　　老杭茫然地点着头，大脑里迅速搜索，车里这个男人他真记不起是谁了。

　　"葛青山，还没想起来？小学毕业那年，我们几个同学约了去爬长虫山。"

　　这事老杭有印象。小学毕业后，同学们去了不同的中学，老杭说了几个小学同学的名字，葛青山有的记得，有的记不住了。

　　老杭离开值班室，来到桑塔纳旁，伸手接过葛青山递过来的烟，两人共同回忆起小学时的一些往事。告别时，葛青山告诉老杭，他与宾馆的余总是老朋友，还说以后要请余总多多关照老杭。

　　除了麻将，老杭这辈子没什么爱好。曾经，老杭上衣兜里随时有几张麻将牌，既为锻炼技艺，又为过麻将瘾，还为活动手指关节，原理与旋转健身球相同。时间一长，他的拇指和食指只要一搭上麻将张子，花色就会顺着手臂传递上来，清晰得就像是用X光机透视一样。有人见他表演过非凡的技艺，将十三张麻将牌一股脑放进口袋，摸一张，打一张，速度一点不慢，说和了，大家睁大眼睛，看他把口袋里的牌一一掏出来码放好，竟没有丝毫差错。

　　但老杭的牌技只用于表演，真要上牌桌，输多赢少，就像把阿拉伯数字写得漂亮的人，未必都是数学高手。葛青山认为老杭输牌是因为鼻尖有颗米粒大的痣。"老鼠屎啊！"葛青山很有把握地说，"打牌怎么会不输？"

　　"平时我也不怎么打，"老杭解释说，"就只打打娱乐麻将，输赢不大。"

　　"但你一手绝技可惜了！"葛青山说，"相书上说鼻梁有痣的人没有赌命！你要是去把那颗痣取了，我敢肯定，凭你的麻技，找不到对手！"

取了鼻梁上的痣，葛青山便带老杭四处打麻将，他不打，他只押注，也就是说老杭赢他赢，老杭输他输，他对老杭牌技的无条件信赖，让老杭很有成就感，也很感激，两人的友谊迅速升温。离奇的是，鼻梁上的痣取掉后，老杭果真连战连捷，手气好得不得了，他根本没想过这会是一个陷阱。

那天晚上手气就没顺过。越打越输，越输越打，天快亮时，老杭输光卡里的两万块钱，为回本，借了两万块高利贷，也输了，还让葛青山也输了几万块钱。此后，老杭的劫难开始了，他从一个陷阱跌入另外一个陷阱。这个四十多岁的保安没有想到，一年多时间，他两万元的贷款倒腾几次手后，会变成几十万。莫名其妙的违约金，找另外的贷款公司应急，他拆东墙补西墙，慌不择路，投进小额信贷公司里的钱也因老板跑路打了水漂，到最后，他的房子被抵押不说，还差人家十多万块钱，每隔几天就有人来要账，老杭后悔得要命，寻死的心都有了。

后来，老杭隐约听人说，葛青山其实是借贷公司的托，这才明白他之前牌桌上赢的钱都是别人做的钓饵。

第一次被他们"敷面膜"，是老杭付不出钱之后。那天，几个身份不明的人，把老杭堵在吹箫巷里，为首的长相彪悍，理了个"天菩萨"的发型，手里拿着一瓶矿泉水，不时扭开瓶盖喝上一口。那几个人打人很有经验，老杭没有伤筋动骨，但吃了不少苦头。末了，有两个人把老杭摁在墙上，其中一个抓住老杭的头发往后拽，老杭被迫抬起头来仰望天空。那是个静寂的夜晚，残月斜挂在屋顶上空，老杭余光看见"天菩萨"从怀里掏出一块手帕，覆盖在他脸上，手帕上有淡淡的腥味。他不知道这个男人想干什么。

等"天菩萨"把矿泉水往他的脸上倒，老杭才意识到不对。潮湿手帕像一块冰冷的皮肤长在老杭脸上，他呼吸困难，挣扎，扭动身体，试图摆脱控制，却被人用膝头重重地顶了一下腹部。疼痛扩散开来，仿佛一颗深水炸弹在肚子里爆炸。继而，窒息感排山倒海而来，让他觉得每一根血管都快要爆裂。吸不进空气，他难受极了，近乎疯狂地摆动头部，但那块湿手帕无法甩掉。恍惚中，好像有个黑巨人迈着沉重的步伐，从他的心脏顺着喉管走了出来，咚，咚，咚，每一步都有巨大的回音……

"杀人偿命，欠债还钱！""天菩萨"凑了过来，伸手把湿手巾揭开。

"我真借不到钱了。"老杭半晌才说。

"这我可管不着！""天菩萨"在老杭耳边说，"我要的是还款还款还款！"

"我不差你钱，你们设局……"老杭的话还没有说完，"天菩萨"又把湿手帕盖在他脸上。老杭绝望地睁大眼睛，鼻子里发出一阵呜里哇啦的声音，他感觉好像天一下黑了，乌云像黑色石块一样垮塌下来。

之前，老杭没有听说过这种惩罚。实在是太难受了，不是完全不能呼吸。吸进去的氧是那样少，少到活着就是为了清晰地体会这种不能呼吸的痛苦。几番下来，老杭屈服了，借着天空里模糊的月光，他在一张张模糊的合同书上签上自己歪歪扭扭的名字。

余 庆

偶尔，余庆会去福寿巷杜敏店里坐一坐。认识她是余庆刚到丹城不久，有一次，余庆途经一条狭窄街巷时，看见有道门的右边挂着块木牌，上书"手工毛衣"。他停下看了看，注意到那是一道奇怪的门，比通常的门高，要上几级台阶。很快余庆反应过来，那道门是用窗户改造的。

当时，余庆正在逛身后的竹器店。店里挂着各式各样的竹编物品，除了竹桌竹茶几外，还有竹编的各种椅子。空间有限，店主把一些大件竹器放在屋外人行道上，包括一张漆成金黄色的摇椅。编竹器的人利用不倒翁原理，将竹椅的脚设计成圆弧形，坐在上面的人能借助自身重量不停地摇来晃去。那个下午，余庆的身体埋在摇椅里，犹豫要不要请对面门里那个女人给自己织一件毛衣。

在坛城的时候，余庆身份证上名字叫许志刚。至今，他钱夹里仍然插着那张身份证的照片，黑白照。小平头，瓜子脸，眉毛浓密，嘴唇因面对镜头不适而紧紧闭合。那是张青春、帅气、无忧无虑的脸。他记得，那是自己满过十六岁，去派出所办身份证前照的。

照相那天，气温寒凉，他穿件深色夹克，里面是灰色的高领毛衣，是母亲在余庆进高中那年冬天为他织的。许多年后，他还记得母亲织毛衣的样子。阳光下，母亲坐在靠窗的藤椅上，戴着眼镜，手中两根银白色毛衣针灵活跃动。那时，高领毛衣很时尚，余庆在照相馆里正襟危坐，觉得自己一夜之间长大成人。离开坛城这些年，偶尔，余庆会在夜深人静的时候，把这张照片翻出来看。照片上的人，目光清澈，一脸稚嫩，与今天的余庆判若两人。

杜敏的手工毛衣店唤醒余庆尘封的记忆。后来的一天，等他再次从福寿巷经过时，他走上了台阶。门脸上方悬垂着一根拇指粗的竹竿，上面挂着五六件织好的毛衣样品，余庆在门那儿，仰头看着那些颜色不一的漂亮成品，说想织件高领毛衣，灰色的。余庆从钱夹里掏出自己珍藏的照片，指着身上的那件毛衣给女人看。手织毛衣是技术活。杜敏说，即便是加班加点，织一件高领毛衣也要一个星期。说这话时，她端详着余庆的照片，时间长得让余庆有些紧张。

"我看你照片上是什么花纹，"女人说，"不同的花纹用线多少不一样。"

余庆站在店门外与女人聊了一会儿天，女人手中还有一件尚未完工的活，她说余庆的毛衣得三天后才能开织，还对余庆说要把照片留在她那儿。

女人目测了余庆的身高，又张开手量了量余庆手臂和上身的长度，之后，还伸手抚摸了余庆的两个肩头、腋下和腰，就像她的手是两把特殊的尺子。那一瞬间，余庆想起多年前在坛城，母亲给他织毛衣时也是用手当尺子在他身上量了又量。余庆也不清楚，他后来对杜敏有种天然的亲近，是不是就始于她那双手抚摸他的那个瞬间？

那天下午，余庆离开福寿巷时感觉有点怪怪的，好像他把什么东西留在那儿了。不仅仅是照片。这些年，他仓促地从一座城市辗转到另外一座城市，见过太多惊慌失措的人，从来没有见到一个女人像替他织毛衣的杜敏那样，在纷乱的城市中安静地守着一间四五平方米的铺子。此后，无论是他去拿毛衣，还是后来天气凉下来，他穿着女人替他织的毛衣经过福寿巷，他都会到女人的铺子去坐一坐。

余庆想，什么时候他要穿上女人织的毛衣，去照张相，再办身份证时用得上。

余庆的确不知道，他如今用的身份证是许雷让葛青山办的。认识许雷，是余庆到丹城的第二年。有一天，他照着《丹城晚报》的招聘信息来到明达公司。老板许雷亲自面试，在看了余庆递过来的身份证和伪造的材料，他嘴唇咧开，露出意味深长的笑容。那时，丹城大规模的城市改造刚刚开始，有太多城中村、倒闭工厂和老旧小区等待拆除。这是桩刀口上讨营生的事，同行的竞争与拆迁户的对抗，有时需要像余庆这样来路不明的人来解决一些事情。

后来的事情证明许雷没看走眼。在拆吴家营时，有几户人家抵死不搬，许雷到现场协调时，一块水泥预制板突然从高空坠落。那时的余庆，对突如其来的危险非常敏感，他用力推开许雷，自己闪到一旁。事后许雷说，他倒在地上时，看到那块预制板就砸在他刚才站的地方。

吴家营的拆迁让许雷获利不少。工程结束后，明达公司在重庆老灶火锅搞团建，酒酣耳热之际，许雷当众宣布让余庆做他的助理。那天晚上余庆破例喝醉了，失忆，怎么也想不起来是怎样回到住处的，只记得从老灶火锅店出来，又去了许雷的办公室，喝他的大树普洱茶。

直到当月工资打在卡上，余庆才发现许雷给他涨了不少薪水，他到许雷的办公室道谢，许雷伸出手来揽住他的肩膀，亲热地说："本家兄弟嘛，不客气！"

听到许雷叫他本家兄弟，余庆脑子嗡的一声。他不知道那天酒醉之后对许雷说了些什么，不好问，只是暗自给自己提了个醒，从此不再喝酒，滴酒不沾，哪怕是许雷让他喝，他也想方设法推辞。

重新办身份证是许雷提出来的。去拍照时,余庆特地穿上杜敏织的毛衣。新办了身份证,他成了丹城人,名字也变成了余庆。他不喜欢有人知道他的秘密,哪怕这个秘密小到只是伪造一个身份,也让他觉得像是脱光衣服让人看到他的隐私。他很感激许雷不打听他的往事,那个年纪和他差不多的老板聪明绝顶,接过余庆的身份证看了看,满意地笑了,从此称呼他"老余"。

做了许雷的助理,除了晚上睡觉,白天两人形影不离。一次,余庆开车送许雷去城建局办事。车上,许雷谈到他从报纸上看到的一则消息,说有人吃草鱼胆明目,结果导致肾坏死。余庆便说他有一个舅舅,就是肾衰竭走的,先是血透,后来找到了匹配的肾源,换上去后却产生了强烈的排斥反应。

"患了这种病,生不如死!"许雷感慨地说。他告诉余庆,以后他死的时候,希望能够死得干脆利落。一语成谶,余庆后来想,如果许雷知道两个月后上帝满足了他的这个愿望,他当时还会不会说得如此平静?

也就是余庆应聘到明达公司的第三年,许雷约了几位客户去法院运动中心打羽毛球,累了,到场边的条凳上坐着休息,就再也没有醒来。

心梗。许雷死得干脆。他突然离去,让老婆魏惠不知所措。幸好是余庆帮她妥善料理了许雷的后事。葬礼那天,余庆站在许雷的墓前,眺望山下的丹湖,既失落,又轻松。毕竟许雷待他如兄弟。但想到随着许雷的死,他酒醉后吐露的秘密已被烧成灰,埋进身后的水泥石匣里,他又感到轻松。几年后,等葛青山找上门来,余庆才发现事情并没有他以为的那样简单。

刘文明

那天中午,最后究竟是怎样离开布草间的,刘文明大脑一片模糊。他只记得出金星宾馆时,天空下起了大雨,世界混沌一片,马路上许多汽车开着双闪灯。像是要惩罚自己一样,刘文明没有找地方躲雨,而是骑着电动车冒雨回家。电动车摔了一次后,车头老是左偏,他得扭着身子才能骑行,这引得许多站在街边躲雨的人好奇地望着他。自行车道上只有他一个人冒雨骑行,雨水从额头流下来,眼前模糊不清,他得不时用衣袖揩一揩眼睛。

回到出租屋,他把潮湿的衣裤脱下丢在地上,用毛巾擦了擦头,光着身子钻进了被窝。窗外,雨水密集降落的声音传来,带来潮湿的气息。屋里光线昏暗,刘文明的目光望着地上那堆衣裤,把它想象成一座逶迤的大山,有一瞬间,他觉得自己是只蚂蚁就好了,随便爬进任何一条墙缝,都是最好的藏身之所。

刘文明感觉身体疲惫不堪却又无法入睡,回忆起当年与田素芬到丹城打工的情景。最初他们是在月亭卸货,那儿有丹城最大的粮食转运站,一条铁路穿过低矮的丘陵，每天源源不断地运来大米。汽车得把月亭卸下来的米运到两公里外的仓库，扛大包的人就在这两公里做手脚，他们总有办法从每一袋米里偷出一点来，积少成多。刘文明不行，不是笨，而是心理素质太差，也不愿意做。这样，扛了两个月的大包之后，他在城北一家物流公司找了份接货员的工作，田素芬则去了一家餐馆打工，两人上班的地方相距不远，早晨便一起乘坐公交车上班。工作虽说辛苦，可比起干农活来，毕竟要轻松些，收入也高得多。

刘文明盯着天花板，脑子里乱极了，他不知道该怎么处理田素芬出轨的事。回忆来丹城这几年的生活，刘文明心里清楚，公交车上发生的那桩事，像一个楔子一样，死死地卡在了他与田素芬之间。

丹城的公交，有早晚的高峰期。上班的人和学生挤在一起，让小偷有机可乘。但田素芬始终保持警惕。那天，就在眼前，她看到有只手，从另外一个人的腋下伸出，悄悄"顺走"刘文明衣袋里的手机，而她男人却浑然不觉。"小偷！"田素芬当即大叫起来，双眼牢牢锁定身旁一个理着平头的龅牙。

见是个操着外地口音的乡下女人，龅牙挑衅般望着田素芬，小眼睛里有凌厉的光。这个年头，面对这样的事，出头的人很少。男人们都不吭声，一个女人不识时务地站出来，对龅牙的盗窃进行指认，这惹恼了他。龅牙大叫起来，高高举起双手，大叫冤枉，要田素芬搜身。"搜不出来咋个整？"龅牙的舌头像是短了半截，笨拙，吐字含混。"如果搜不出手机，"他用手指着田素芬说，"你哪只眼看见我偷的手机，我就把你哪只眼剜出来！"

田素芬气得满脸通红，抬起头望着刘文明，希望他为她出头，可刘文明紧张地摇头，意思是说不要吭声。

"就是，也不能随便冤枉好人！"龅牙身边有人帮腔。

"就是你！"田素芬不退让，"我看见是你偷了他的手机！"

"哎嘿，"龅牙用眼睛盯住了刘文明，厉声问，"有人说我拿了你的手机？"

"对不起，对不起！"刘文明想息事宁人，用手拉了拉试图争辩的田素芬。

龅牙却得理不饶人："你婆娘？"

"我老婆！"刘文明哈了哈腰，一脸的谄媚。

"你要管好你婆娘的嘴，"龅牙警告说，一边斜着眼望着田素芬，"以后再血口喷人，小心老子割了你的舌头！"

也就是从那天上午开始，两人一有争执，田素芬就嘲笑刘文明不像个男人。

这一天，田素芬很晚才回家，两口子为中午的事争吵了半宿。田素芬记忆的仓库码放整齐，打理得比刘文明好得多。她把跟刘文明来丹城后所受的委屈一一细数,还抱怨招了一个尿包做丈夫。一开始刘文明还能反驳,后来只能哑口无言。本是刘文明追究田素芬出轨的事,后来变成田素芬对刘文明的控诉,好像招刘文明上门让她倒了天大的霉。

提起葛青山,田素芬一点也不回避与他的奸情。"他就是比你像个男人!"田素芬丝毫也不顾虑她的话像盐一样,撒在刘文明的伤口上。

争吵中,公交车上的那桩事被再度提起。刘文明记得,从那以后,两人再没有早上结伴去上过班。后来他送起了外卖,而田素芬也从那家餐馆辞职,去了一家足浴店打工,并在那儿结识了葛青山。

"我在足浴店被两个陕西人欺负,"田素芬声嘶力竭说,"告诉你你只会叫我忍气吞声,可葛青山愿意为我去拼命!"

刘文明不想有人知道他们夫妻的争吵,嘀咕着说:"我要不是想着家里有两个孩子……"

"哼!"田素芬的鼻子喷着冷气。

"中午的时候,老子真该把警棍砸在那个杂种的脑袋上!"

"你要真砸了,我还看得起你!"田素芬喘着粗气说。

"下次再碰到,你看我砸不砸!"刘文明发狠说。

"到时候,不知道是你砸了人家,还是人家砸了你!"田素芬哭了,"我怎么嫁了个尿包男人!"

争吵持续到深夜,从布草间的现场捉奸,吵到田素芬与葛青山的性爱视频,刘文明情绪渐渐失控,他举起拳头想打田素芬,田素芬却毫无畏惧地迎了上来。

"你打,你今天要是不打你就不是男人!"

但刘文明的拳头不是砸在田素芬身上,而是砸在自己脑袋上。屋顶的白炽灯一直亮着,惨白,弥漫着一种令人不安的光。田素芬冷冷地望着刘文明,目光中的鄙视让刘文明伤心欲绝。

老 杭

老杭知道自己掉进陷阱,却又无力爬出来。有时他想,要命的话,拿去就是了,不要这样折磨他。可贷款给老杭的公司不要他的命,他们更喜欢将老杭当成铁笼里囚禁的黑熊,养着的目的是不停地取胆汁。他们拿走了老杭的工资卡,还逼他到处借钱,借不到钱便给他敷一次"面膜",让老杭生不如死。

后来,对方让老杭把吹箫巷的房子抵押给他们,老杭拒绝了,于是他们把老杭请去商谈。那天,当老杭走进那间奇怪的办公室,立即有不祥的预感。十几平方米的屋子,里面什么东西都没有,唯有一把粗壮结实的褐黄色木质靠椅。还有就是，窗子外面安装了防盗铁栏，每隔五厘米就有一根拇指粗的钢筋。老杭不明白，这间空空荡荡的屋子，究竟有什么东西值得偷？

没过多久，屋外进来几个穿黑色西服的彪形大汉，他们沉默寡言，将老杭粗鲁地按在那把木质靠椅上。老杭意识到又要被敷"面膜"，他害怕得全身发抖，求饶，许诺去借钱，那几个大汉却不为所动。

这一次，他们对老杭加了码。老杭反应过来，窗棂上的钢条不是防盗，而是防他想不通一头从窗口扎下。这次给老杭敷"面膜"的是一个体格更为强壮的疤脸。用的还是手巾，上面沾着许多辣椒粉。疤脸还当着老杭的面，将尿撒进手中的矿泉水瓶里。等浸泡尿液的手帕覆盖在老杭脸上时，他才知道这有多难受。拼命呼吸进去的空气里，有许多细小的刀刃，顺着他的鼻孔、喉管蹿到肺里，把那儿搅得血肉模糊。强烈的咳嗽愿望被憋住，就像火山的岩浆遭遇阻碍，变得更有爆发力，他感觉五脏六腑要变成炮弹射出来。眼看老杭要憋死了，疤脸把手帕揭开，让他喘上几口气。

"还是把房子抵押了吧！"疤脸凑近老杭说。老杭才稍犹豫，疤脸立即又把手帕给老杭敷上。疤脸比"天菩萨"还歹毒，他把矿泉水瓶举在老杭额头上，不时淋下几滴尿液，好像下面是一棵等待浇灌的花。一颗颗水底炸弹在老杭的身体里爆炸开来，弹片夹杂着血肉四处溅开。突然，那毁灭一切的爆炸像是远去了，风和日丽，水净沙明。这一天，老杭被折磨得休克过去。

不知过了多久，老杭醒来，他躺在屋子角落，喉咙、口腔像是被火灼伤，疼痛得要命，好像此前他吞下了一块通红的炭火。脸上的手帕揭掉了，中午吃的饺子在他昏迷时从胃里呕吐出来，他的脸就压在那摊秽物上。有什么东西围着他的脸嗅来嗅去，他吃力地睁开眼，看见一只黄色泰迪犬，就什么都明白了。

老杭报过警。这么明显的欺诈，怎么会是经济纠纷？他后来找过律师，律师翻看他带去的合同书，同情地望着老杭说："你中的是套路贷！这种官司你要打，还真不一定打得赢！"

"那我怎么办？要房不给，要命有一条！"

"你真要死了，"律师叹了口气，"按照合同，你欠的债务还得还，房子还是保不住！"

走投无路的老杭，最终丢掉了自己视为性命的房子。

搬家前夜，老杭很晚才回到吹箫巷。他在这个巷子生活了四十年。坐在路口的花台上，能看到一条安静的巷道通向深处，通向一个让他感觉温暖和柔软的地方。巷道的尽头，拐弯的空地上有一棵槐花树。春天，一场春雨便能催开树上所有的花朵，他似乎又闻到那股略带甜味的清香。有一瞬间，他觉得自己好像回到了过去，回到十多年前的一段幸福时光里。那时，他下班后会去幼儿园接女儿朵朵，五岁的小姑娘顽皮得要命，下了公交车走到这个巷口就怎么都不愿意走路了。"爸爸，爸爸，你蹲下来！"她半是命令半是撒娇的声音像蜜汁一样，老杭无法抗拒，只要蹲下身子，女儿便会爬上来，骑在他的肩膀上，两只手扯着他左右耳朵，一紧双腿，叫声"驾"。许多年过去了，他似乎又看见女儿脚上的一双红皮鞋在他胸前晃荡。老杭抬头望着森蓝的夜空，眼泪流了下来。

他很后悔那天要吃什么米线。妻子说她下班以后去菜市场买，顺便接朵朵。他更后悔之前妻子自行车前面的菜篮螺丝掉了，他没及时给它安装好，而是任凭妻子用一根绳子绑住。一定是悬挂着米线的自行车龙头左右摇摆，撞在搬家公司小型货车的尾部，母女俩摔了出去，朵朵的身子卷进尾随在货车后面的一辆吉普车下。老杭觉得从那时起，他的人生就被扳到一条岔路上去了。

搬离吹箫巷，老杭在豆腐营租了一间房子，搬来的东西，除了床和被子，都没有拆开，全部打包放在屋子一侧。他租住的房子很小，好在有一个阳台，如果不是房主，就是上一任住户，把阳台改造成了一间窄窄的厨房，靠窗沿的地方有一块紧靠水冲的长条形水泥台。马牙石混合水泥浇铸而成的平台，上面可以放砧板、菜篮和锅碗。

有一样东西老杭离开吹箫巷时就没打包，带过来后直接放在窗边的木桌上，他躺在床上一偏头就能看到。那是一家四口的合影，朵朵刚进幼儿园，身上穿了件胸前绣了两只小鸭子的红色套衫，被妻子抱在怀里与母亲并排坐着，他站在她们身后，左右手扶着身前两个女人的肩头。放大的彩色照片镶嵌在一个尺余长、半尺多宽的木质相框里。

搬到豆腐营的那天晚上，老杭无法入睡，脑子格外清醒。他回忆自己这一生，回忆童年时的快乐时光，回忆自己曾经爱恋过的女人，回忆严厉的父亲和慈爱的母亲，回忆在车祸中丧生的妻子和女儿。他觉得自己好像一直生活在一个漫长的冬天，萧瑟、暗淡、令人沮丧。考大学名落孙山，父亲好不容易托人把他弄进工厂，工厂便不景气了，除了朵朵的出生给他带来短暂的幸福，他一生倒霉的事似乎一直如影随形。下岗，再就业，再下岗。妻子与朵朵死后，他做了以前不屑一顾的保安，还被人下套，把父母留下的房子弄丢了……他越想越绝望。

悔恨、自责，半夜时，老杭翻身从床上下来，跪在桌子前，低着头忏悔。桌上的相框里，他最珍视的几个亲人正望着他。他把房子弄丢了，让她们无家可归，只好跟他来到这个嘈杂的城中村，可她们没有责怪他，脸上是一如既往的微笑。这宽厚的微笑，让老杭心如刀绞。

余 庆

有一天，葛青山在与余庆通电话时，脱口叫了一声"许总"。随即，葛青山纠正了自己的错误，改叫余总。不祥像阴云一样从余庆的心上飘过，他弄不清楚葛青山是错把他当许雷叫了一声，还是知道他以前的名字。

在改为余庆之前，他曾用过许多假名，几乎新到一个地方，他就会换一个名字。那些假名，简单易记、普通，不容易引起别人注意。这是当年他与师父分手时，师父特别嘱咐的。

余庆庆幸自己在开始逃亡时就碰上师父。那年秋天，他从西安火车站出来，茫然不知所措。后来在东八路和尚勤路的交叉口，他看到一群人围在一起。当时，师父正在路边的人行道上，用塑料布铺了个地摊，在那儿卖艺。余庆看他用报纸包了十元钱，众目睽睽之下，等再打开报纸，十块钱变成了百元大钞。还有更神奇的，师父摆放在地上的三张扑克，任凭你的眼睛死死盯牢，总是会在翻开后，花色和点数变掉。那天下午，师父以教学为幌子，骗走了余庆身上仅剩的五十元钱。傍晚收摊，围观的人走散，师父将道具放在一个手提包里，离开时发现一位脏兮兮的年轻人跟了上来。

一开始师父对他排斥，但余庆不给他多事，默默地背着行当跟着师父走村串寨，余庆跟着他去了河北、河南、山西、江西、福建……不只是省会城市，有时也会去州市，甚至一些偏远的县城。一路走，一路卖艺，没有预定的目的地。余庆是个勤快人，每到一地，不用师父过多吩咐，他就会帮师父把摊子摆好，又从随身带的热水瓶里给师父把茶沏好，知道师父接下来要说许多话，会口干舌燥。等黄昏来临，两人准备离开，余庆又主动把摊子收拾了，手脚麻利。

师父收留余庆，让他跟随自己，但直到两人分开，他也不承认是余庆的师父，说是不想以后有挂碍。相处的那段日子，碰到雨天，无法出去卖艺，师父便传授余庆一些纯手法魔术，比如手里的纸牌一晃就消失得无影无踪，然后从嘴里给变出来；或者，让包在纸巾里的硬币消失不见，却又能够从耳朵后面挖出来；甚至他还教余庆用鼻子一吸，让近尺长的筷子一下进入鼻中……

从师父身上，余庆不仅学到用来谋生的小魔术，更重要的是他活学活用，举一反三，利用魔术原理来与警方周旋。制造假象，故布疑阵，转移视线，这些年来，他行踪飘忽，难以捉摸，名字也一换再换，就像一张扑克牌在师父的手上，需要变成什么花色就变成什么花色，需要是几点就是几点。

但是现在，因为葛青山，余庆心里不再踏实。

心神不宁的时候，余庆会去杜敏那儿待一会儿。算起来，两人已经交往了好几年。第一次是什么时候？应该是许雷去世的第二年春节，除夕前一天，余庆意外收到杜敏发来的微信，问他如果没地方过年，可以去她那儿。余庆犹豫一下就答应了。之前，他们常在微信上聊天，彼此互有好感。

除夕的头晚，余庆没怎么睡好，想到这年的除夕不再是一个人过，他隐隐有一些兴奋。第二天，他特地穿上杜敏织的那件高领毛衣。自从离开坛城，这么多年来，除了在山西的一个煤矿与人一起过了半个除夕，合家欢聚的时候，余庆都是独自一人面对这个喧嚣的世界。

除夕的下午，街道上行人稀少，空气比往常澄明许多。步行去杜敏家时，余庆经过体育馆外的路口，看见城市北面东西向绵延的蛇山，灰白色的山体在阳光朗照下格外清晰，距离似乎比往常近了许多。那一天，余庆有一种下班回家的错觉。他才意识到，自己骨子里其实向往着踏实安稳的生活。那天下午，城里许多商铺提前关了，不时有鞭炮声遥远地传来，带给余庆异样的温暖。

还能够记得，当走进杜敏家时，余庆闻到了一股熟悉而又亲切的味道，那是薰衣草沐浴露的味道。高中毕业那年，他与几个同学去坛城的远郊，看见了大片紫色的薰衣草。此后一段时间，他的记忆中一直弥漫着那种植物淡淡的香味。

杜敏的房子不大，两室一厅，砖混，屋内布置得干净而简洁。过节的菜杜敏已经准备好，不需要余庆再下厨，余庆就靠在厨房门边，与杜敏聊天。那时，他的丹城话说得还不顺溜，舌头好像真是短了半截，杜敏不得不时常停下来纠正他。"干吗叫整哪样，讨厌叫槽奈，糊涂叫颠东……"余庆古怪的发音，常常让杜敏忍不住发笑。

刘文明

这一年丹城雨水特别多，入夜后又下起来，他和田素芬租住的房子在三楼，面北，隔着一条几米宽的巷道，对面有一排六七层楼高的自建房，这让他的屋子一年四季都晒不到太阳，阴冷、潮湿，一个人睡在里面常常做噩梦。醒过来的刘文明睡不着，身旁，女人蜷曲着身子，孤单地背对着他，一点声音也没有，甚至听不见她的呼吸。

捉奸的事情过去了几周，两人都不再提及。刘文明侧着身子，望着窗口垂挂的窗帘。刚刚过去的这个白天，刘文明闯了个大祸，现在回想起来，还心有余悸。当时，住在金康园的一位客户，在丹城饭店点了一份蒸河蟹，要求刘文明路上的时间不能超过二十分钟。于是接了外卖后，他骑着电动车拼命地赶，在人群和车流中快速穿梭，结果咣的一声，撞上了一辆杏黄色的汽车。

像是被霜冻住了一样，大祸临头的感觉像电流一样穿过他的身体。刘文明从地上爬了起来，感到膝盖那儿火辣辣地疼，他来不及查看自己的伤，也来不及查看电动车破损的外壳，而是上前查看被他撞上的轿车。他伸出手去擦了擦车身上的那块撞痕，不严重，他感到一丝侥幸，松了一口气。

女人从车上下来，气势汹汹："你知不知道你撞的是什么车？"

刘文明抬起头望着女人，他摇了摇头，他的确不知道撞的是什么车。

"宾利，你妈的！"女人嘴里骂骂咧咧。

刘文明不敢还嘴，他像个犯错的孩子，半跪在车后，不停地用他的袖口擦车身上细小的凹痕，动作充满讨好的意味，脸上是犯了错乞求原谅的笑容，胆怯、隐忍、卑微。

"擦擦就完啦？你这个花子！"女人居高临下，眼睛里充满鄙夷。

来丹城五六年了，刘文明在这座城市看见过太多不屑的目光，但都没有这个女人的目光那么让他挫败。有一瞬间，他的大脑像是抱死了，他只知道用袖口不停地擦那块凹痕，直到那辆杏黄色的汽车突然从他的眼前移开。灰头土脸的刘文明站起身来，从地上扶起电动车，第一次对这座城市充满了仇恨。

但是这天的倒霉事情还没有结束。当刘文明赶到金康园，汗流浃背敲开房门，点外卖的客户竟然以时间过长为由拒绝接收。刘文明辩解了几句，对方竟然咣当一声把门关上。情绪低落的刘文明只得去电动车维修点换了外壳，把没有送出去的外卖带回家。在此之前，他没有吃过蒸河蟹，他相信田素芬也没有吃过。

下午刘文明窝在家里，他需要一点时间来舔一舔伤痕。屋子里了无生气，冷清清的，不像一个家。已经有一段时间没在家里做饭了，这段时间以来，两个人小心回避在一起。

刘文明在米桶里舀出米，淘洗后放进电饭煲，然后到附近的菜场买点蔬菜。他想让自己的生活恢复正常，幻想田素芬值完夜班早晨回家，给他带回金星宾馆白案师傅做的破酥包，现在想起来，那真是自己吃过的最好的包子。在菜市场，刘文明除买了藕、茄子、四季豆、瓜尖外，还用打包盒给田素芬带回了一碗豌豆凉粉，刘文明知道，这是田素芬的最爱。

路上，他回想起那个开豪车的女人望他的神情，回忆起她精致的五官、华丽的服饰以及色彩艳丽的豪车，心里充满悲凉，大脑里满是一些恶毒的想法。他幻想在一个杳无人迹的地方，只有他和那个高傲的女人，他会像猎狗围捕猎物那样，将她逼到一个死角。他想象那个女人在他面前浑身发抖，哀求，乞求他的原谅，这样的想象让他感到一丝快慰。

晚餐吃得沉默，但有默契。吃完晚饭，田素芬主动将桌上的碗筷收了，抬到屋外的水池边清洗。刘文明给自己泡了杯茶，水汽氤氲，他吹掉浮在水面的茶叶，噘起嘴来吸了一口，于熟悉的茶香中，重新感受生活分泌出的些微糖霜。屋外传来什么声音？刘文明凝神一听，是田素芬在呕吐。他冲出屋子，看见水池边的垃圾桶里，全是他中午没有送出去的外卖。没有想到河鲜会那么娇气，短短几个小时就变质。田素芬弯着腰，喉咙里再次喷出不久前吃下的食物，刘文明伸手拍了拍她的后背，心中充满内疚。

夜里刘文明醒来，再次想起开豪车的女人居高临下的眼光，突然觉得睡在身旁的女人也挺可怜。他长叹了口气，发现这个让他戴了绿帽的女人，带给他的伤害，似乎还不如那位开豪车的年轻女子大。

老　杭

一大早，老杭接到余庆的电话，心里嘀咕，不知道余庆找他什么事。他在金星宾馆工作了五六年，余庆还没有接手这家宾馆他就来了。从轴承厂下岗后，他应聘了好几家单位，长的干上半年，短的就几星期。他就只会车工，车外圆、内圆和防尘盖，那个工作耗尽了他的青春和热情，使得他在干其他工作时总是无法全身心投入。后来，他接受街道的安排，来做一名不需要任何技能的保安。他与余庆没有任何私交，两人只是员工和老板的关系，唯一的交集是三年前的单位团建活动，在丹湖边的鱼庄，他们配对打过双扣。

一个单位，老板永远是员工谈论的话题。他们的婚姻、收入、爱好、长相、习惯，他们的前世与今生。无数关于他们的信息从四面八方汇聚，重复、相互矛盾，也相互印证，渐渐构成余庆一生模糊而粗陋的轮廓。他不是丹城人，尽管他能够说一口在外地人听起来无法区分的丹城口音，但老丹城人还是能够听出他发音中的不同。余庆让人感兴趣的是，怎样从一个打工仔成为今天丹城金星宾馆的总裁。每个人都希望可以参考和借鉴别人的励志故事。

葛青山曾经告诉老杭，说他与余庆是铁哥们，那口气，就像余庆对他唯命是从。老杭知道葛青山在吹牛，但田素芬到金星宾馆工作，的确是葛青山向余庆推荐的，这件事他问过田素芬。

余庆的办公室在顶楼的楼道尽头，是一个套间，门虚掩着。老杭敲了敲门，听见余庆的声音从里屋传了出来："进来！"

"余总您找我？"老杭轻脚轻手地走进余庆的办公室，站在里屋的门边问道。

余庆指了指他对面的沙发，示意老杭坐。老杭对着余庆弯了弯腰，迟疑着坐在沙发上，望着余庆，不知道老板找他有什么事情。

"听说有人来宾馆骚扰员工，"余庆说，"老杭，你作为保安，为什么不管啊？"

"主要是……"老杭犹豫着说，"葛青山说他与余总您是铁哥们儿！"

余庆不置可否，但对老杭说："你只要认真履行保安的职责就行，别管我与葛青山哥们儿不哥们儿！"

"他下次来我提醒他！"老杭说。

"有人告诉我，你们是同学？"余庆问道。

"是，小学的同学。"

"有人还告诉我说，你们两个联手打麻将，坑别人的钱？"

"怎么可能！"老杭急了，"葛青山是黑道上的，玩套路贷，挖坑给我跳！"

"可葛青山给我说的是，你会老千，玩假骗别人的钱！"余庆说。

"余总您有所不知，"老杭激动得从沙发上站了起来，"我是与葛青山一道出去打过麻将，可那是葛青山的圈套，他一开始让我赢钱，让我尝到甜头，等我后来输钱的时候，是他怂恿我找人贷款。我不知道是套路贷，只借了两万块钱，可变过去变过来，我赔了一套房子不说，钱还没还清，还差着十多万。"

"为什么不报警呢？"

"报啦，有合同，警察也没办法。"

"你怎么知道是葛青山给你下的套？"

"我有确切的证据，"老杭说，"再说上当的不止我一个人！有的人损失比我还惨，恨不得剥了他的皮。"

老杭的确有杀葛青山的想法。被疤脸用尿液敷"面膜"的那天，他被折磨得死去活来，在看到那只泰迪狗后他有了杀机。老杭想借刀杀人，他想利用田素芬与葛青山的奸情，怂恿刘文明出手，但那个男人的表现让他失望到极点。

从吹箫巷搬到城中村，老杭的心情就像进入连绵的雨季，再也没有晴朗过。这儿嘈杂、拥挤、混乱、肮脏，空气中弥漫着一股泥土混合腐烂植物的腥臭味。老杭每次下班回来，都会望着桌子上的木质相框发呆，脑袋里有一群黑暗的鸟飞过来飞过去。他租住的城中村里，有一家没有名字的五金铺，里面有铁匠打制的粗糙菜刀，铁灰色的菜刀，沉重、阴冷。老杭买了两把回家，左右手各提一把，走在城中村的巷子里，瞬间有神挡杀神、佛挡杀佛的气势。

那一天，老杭回到租住的地方，心绪难平。他来到阳台，在窗边长条形的水泥台上浇上水，把菜刀抵在上面，伏下身子，幅度很大地磨起来。从那天起，他就没有停止过磨刀。有时候是上午磨，有时候是下午磨，有时候则是夜里磨。哗，哗，哗，刺耳的磨刀声传出一公里远，尤其是在静寂的夜里，他的磨刀声会拐弯,像泛着寒光的水流那样,沿着城中村里宽窄不一的巷道流淌,让人不寒而栗。

一天晚上,老杭打电话给刘文明,让他过来吃烧烤。最近一段时间,疤脸和"天菩萨"再也没来找过麻烦。

夜里十点多,刘文明骑着他的电动车赶来。他一早出去送外卖就没有回去过,中午的时候只在路边小店吃了盘炒饭,现在他的胃像是一只巨大的漏斗,正在一阵阵往外冒着酸水。老杭让摊主先给刘文明煮碗米线,看来他的确饿坏了,喉结不停地蠕动。米线端过来,刘文明也不客气,抽了双筷子,搅了一把米线,便把头伏在碗上。那一刻,老杭发现这个世界还有比他更艰难的男人。他朝摊主招了招手:"再来一碗!"刘文明难为情地笑了,推开空碗,将新端来的米线揽在面前,又将桌上的油辣椒舀了一大勺放进碗里,吃得满头大汗。

老杭扭开两瓶小二——二两一瓶的红星二锅头烈酒,顺着桌面推了一瓶到刘文明的面前。"知不知道我为什么把你老婆和葛青山的视频给你看?"老杭提起他面前的酒瓶,倒了几滴在刚上桌的油炸花生米上,嗞嗞嗞的响声立即传来。刘文明捏着酒瓶,望着老杭摇了摇头。

"我想借刀杀人!"老杭望了一眼刘文明说,"没想到你小子是个胆小鬼!"

"杭哥,你是不是小瞧我?"

"是!你小子就是没有一点血性!"老杭用血红的眼睛瞪着刘文明说,"谁要是像葛青山那样欺负我老婆,我二话不说提刀上去就砍!"

"我也想,可是……"刘文明的声音弱了下去。

"你要是不敢杀葛青山,我来!"老杭的声音从牙缝中挤出。

那天晚上,趁着酒劲,老杭把葛青山玩套路贷坑他的事告诉了刘文明。"我不会放过他的!"老杭又说,仰头喝了一大口酒。

"只要杭哥领着我,我没有什么不敢的!"刘文明手里的酒瓶碰了过来,力量大得差点把老杭手里的酒瓶碰碎。

余 庆

隐约听见远处传来警笛的声音,微弱的鸣响预示着这是个不寻常的上午。余庆心里一紧,有种不祥的预感袭来。好些年了,他一直不能区分120急救车与警车的警笛有什么不同。刚离开坛城的那几年,每当听见尖厉而婉转的警笛声,他都会觉得有警车朝自己奔来。

这天一早,他进办公室刚把茶泡上,桌上天蓝色的电话就响了,接起来一听，里面传来惊慌失措的声音，告诉他田素芬出事了。

"在哪儿？怎么回事？"

"在三楼的布草间！"

余庆一听，大脑里迅速浮现出葛青山的样子，他总觉得这事与葛青山有关。有一些精瘦之人自带杀伐之气，葛青山就是这样的人。他已经不年轻，身上却没有这个年龄段的男人常有的赘肉，他每周进两次健身房，据说还是跆拳道黑带高手，只是从来没有见他展示过。他与田素芬的事余庆不是不知道，而是睁只眼闭只眼。刘文明来捉奸的事也有员工给他汇报过，他还真希望那个戴了绿帽的男人丧失理智，把葛青山给杀了。

三楼乱成一团，奔跑的人，乱哄哄的声音，布草间外围了不少人，都是金星宾馆的员工，见余庆过来，自动闪开一条道。屋子里，圆形的白炽灯发出惨白的光，有两个身穿白大褂的人正弯腰忙碌，黄褐色的木质地板上能见到暗红色的血迹。有一股奇特的腥味钻进他的鼻孔，隐约、难以捉摸却又清晰无比，这么多年来，这股奇特的腥味一直如影随形，从未远离。

这时，手中的电话响起来，接通后，是送外卖的人说在他办公室门口。要他签收送来的虾饺。余庆挂断电话，抬头寻找老杭。他觉得老杭应该阻止那两个白大褂进入布草间。应该先报警，让警方先勘查现场。

田素芬的血流了不少。当那两个白大褂用床单将她包裹起来往外抬的时候，余庆看见床单上有血流下来。从布草间到电梯口，留下了一串血印。楼下，120救护车的车头闪着蓝颜色的光，刺耳的鸣叫让人心神不宁。

救护车离去后，宾馆重新安静下来。电梯口的右侧是窗子，从那儿居高临下，能够看到宾馆的大门、外面的街道以及街道那边一排巨大的桉树，再过去就是被桉树挡住视线的丹湖以及湖对岸阳光朗照的山体。

这天一大早起来，他围着小区人工湖走了一圈又一圈，他的脑袋里塞进太多的东西，需要边走边厘清。一直走了一万两千步，他才停下这几乎是自我折磨的行走，掏出手机来要了份外卖，让送到他的办公室。此时在他身旁，电梯门打开又合上，余庆感觉有一个人从电梯口出来后来到他的身后，警觉起来，回过头，发现是个送外卖的小哥，询问后才知道这人并不是送虾饺的，而是田素芬的老公。

这天，120救护车刺耳的警报让余庆再次意识到自己是个逃犯。二十年了，他在坛城制造的那桩凶杀案已经淡出许多人的记忆，刊登案子的报纸已经发黄，上面的字迹模糊不清。但余庆知道有人与他一样，惦记着那桩案子，除了死者的亲人，还有当年发誓要将他缉拿归案的警官。

为了躲避警方的追捕，这些年来，他不停地改名换姓，做过许多工作。在到丹城之前，他频繁更换城市，从不在一个地方久留，直到被许雷收留。

　　即使是在丹城安定下来，余庆也不时会梦见自己逃亡。他梦见过自己不顾一切地钻进一个黑暗的隧道，哪怕是在睡梦中，他也能清晰感到脚下的碎石延缓他逃亡的速度。身后，隧道尽头是顶部呈圆弧形的洞口，黑暗中唯一的光亮，看上去就像是在漆黑深夜悬挂在树杈上空的月亮，清冷、静寂，弥漫着凄清的白光。继续往隧道里行走，每一步，他都想努力踩在碎石中的铁轨上，光滑的铁轨，还没有鞋掌宽，人走在上面，走不了多久，就会摇摇晃晃。跳下来走铁轨中间的枕木，余庆感觉相当别扭。一步跨一根，窄了；跨两根，又宽了。隧道里空气潮湿，能听到有水滴从穹顶掉落下来的声音。越往里走，光线越发暗淡。身后的隧道洞口那儿，警察已经追过来，他们像几只黑色蝙蝠，行动敏捷而迅速。余庆想跑得快一些，但脚不听使唤，身子好像被魔法钉住，无论怎样挣扎，都是在原地。从噩梦中醒来，余庆在万籁俱寂的午夜，见到过最为冷清的月亮，也曾在孤独的夜晚，仔细倾听过雨滴敲打在地面细碎的声响。

　　偶尔，余庆会想起那个遥远的下午，他外出旅行回家，打开房门，听见母亲卧室传来奇怪的声响。他站在客厅那儿，侧耳倾听了一会儿，听见了母亲的哭泣和喘息。"不要，不要！"这两个字在身体的撞击声中清晰地浮现出来。余庆瞥见客厅餐桌上的那把水果刀，鲁莽地奔过去将它握在手中，冲动地推开母亲卧室的门，立即看见让他怒不可遏的一幕：卧室的床上，那个男人正光着身子骑在他母亲的身上，摇晃着身子，像站在甲板上的水手。听见身后有响动，男人满头大汗地转过身来，他睁大眼睛，张大嘴，亲眼看见一把闪耀着金属光芒的刀，像一条泛着银光的小蛇，轻巧地钻进他的身体里……

　　一切就这样不可挽回。此后逃亡的途中，他一直认定是那个男人纠缠着他母亲。直到认识杜敏以后，他才怀疑自己当年对母亲的保护，或许正是对母亲的伤害。之前，他曾经在家中见到过那个男人，余庆记得，在父亲患病走掉以后，那个男人便不时出现在他的家里。尽管每次见到余庆，那个男人脸上总是一副讨好的笑容，但一点也没有减轻他心中的敌意。他问过，母亲总是说那个男人无聊，有家室，却来纠缠她，脸上也是厌恶的表情。

　　可从杜敏的脸上，他似乎获得了另外一种答案。当年，母亲从那个男人的身体下撑起身子来，红润的面孔上是一双惊愕的眼睛。杀人的那天下午，他与母亲一道，把那个男人的尸体埋进后院废弃的水井，然后开始长达二十年的逃亡。

刘文明

发蒙的午后，刘文明坐在病床旁的黑色软椅上，大脑里的机械仿佛停止运转，有如电视突然黑屏，有如将鼻尖顶在一面巨大的白墙上，视野里没有远方和未来。直到天边隐约传来雷声，直到大风吹拂街面，卷起的枯叶和尘土飘浮在空中，打开的窗户涌进潮水般的腥湿空气，屋子里的病床、天蓝色的隔帘、输液器械、墙体上的窗子以及天花板上的圆形玻璃灯罩，才渐次清晰起来。

田素芬躺在病床上，身上覆盖着白色的薄被，一动不动。偶尔，刘文明会从那把黑色软椅上站起来，俯瞰妻子，越看越觉得她陌生。他试图回忆起田素芬十六岁时模样，灌浆的面孔在叶片下浮动，饱满、鲜活、生机盎然。而现在，她比刘文明为她打架时消瘦了很多，失血的面孔有种病态的白，额头上密布着细小的汗珠，让人想起冬天草地上夜晚降下的白霜。

医生说，如果晚送来十分钟人就悬了。出事的那天上午，接到老杭的电话时，他正好就在金星宾馆附近。等他赶到宾馆，田素芬已被送上120急救车。刘文明反身下楼，骑上电动车一路狂追，想着学军、学丽或许没妈了，刘文明悲从中来，将车骑得飞快，他顾不上红灯绿灯，跟随着急救车一同冲进了丹城医院。

三人间的病房，素昧平生的人在身旁忙碌，屋子里弥漫着一股奇特的味道，让刘文明有打喷嚏的冲动。仰起头来，他看见天花板上的椭圆形滑槽，垂落的挂钩吊着输液瓶，输液软管上的滴斗，药液正从上面的落口滴下，一滴，又一滴，最终消失在田素芬的身体里。有一会儿，他觉得滴下的不是药液，而是钱，是他们到丹城打工省吃俭用省下的钱，一毛，两毛，他的心脏跟随药滴的节奏收缩，短短一个上午，就有上万块钱从他的手中像湿滑的泥鳅一样溜走，让他绝望。

回想几个小时前的茫然无助，如果不是余庆，刘文明不知道该怎么办。"家属签字！"身穿白大褂的医生像严肃的判官，令刘文明身不由己，他笨重地握住笔，在医生食指抵住的空格，颤抖着签下自己的名字和医生口述的文字。可是，当医生告诉刘文明去交两万块预付金时，他不知所措，身子重得无法挪动脚步。是余庆及时出现解了围，他揽住刘文明的肩膀说："预付金我替你刷了！剩下的医疗费，你去筹措！"

刘文明重重地点了点头，不知说什么好，只觉得有股暖流弥漫在心间，让他有流泪的冲动。

田素芬住的是妇产科病房，空气中有股隐约的奶腥味，这座城市有无数的新生婴儿从这儿出生，他们的命都比学军、学丽的要好。想起两个孩子，刘文明便觉得自己不是个称职的父亲。两个孩子出生时都没去医院，是乡村接生婆接的生。护理田素芬的间隙，他想起了那个脸颊通红、长得像冬瓜的接生婆。她整天马不停蹄，从一个村子到另外一个村子为人接生。据说，她只需要用眼睛瞄一眼孕妇的肚子，就知道里面怀的是男孩还是女孩。田素芬临产前，刘文明用摩托把她从镇上接来，有一截山路比较颠簸，她便把双手从刘文明的身后伸过来，毫无顾虑地扣在他的肚腹上，粗壮、结实，不可动摇。孩子出生时，刘文明像局外人，连烧水一类的伙计都由岳母做了，他无所事事，坐在院子里的长条木凳上，听着田素芬的惨叫捅破窗户传了出来。

每次都是有惊无险。接生婆经验丰富，她会在接生时用恶毒不堪的语言，一直咒骂婴儿的父亲，以此来缓解产妇的痛苦。曾经，她的双手像一双有力的焊枪那样，牢牢抓住一位孕妇腾空的腹部，硬生生把一股奔涌而出的血流阻止在女人的血管里，将那位产后大流血的女人从死亡的悬崖拉了回来。

宫外孕大出血差点要了田素芬的命。此前，他从来没有听说过宫外孕，更没想到它会让人流那么多血。他想起老家那位产后大流血的女人，不知道接生婆面对田素芬这种情况会怎样处理？

"医生，什么是宫外孕？"趁上卫生间路过护士站时，他小声问里面的一位护士，不想让田素芬听到。

"就是子宫外面怀孕啊！"一位嘴上有浓重汗毛的护士用古怪的眼神看着刘文明说，"就是受精的卵没有着床在子宫里，而是种在了腹腔或者输卵管里！"

"哦。"刘文明一脸懵懂。

"你们这些男人，只图快活，也不做好防护措施！"

回到病房，刘文明掏出手机，在百度上查"宫外孕"，越看越窝火，坐不住。这幢大楼让他感到窒息，白色的大楼、白色的走道、白色的房间和白色的床单，他觉得这个世界，到处都是让他心烦意乱的白色。他站起来走到外面的走廊，脑袋里乱得不行。走过来又走过去，很想找支烟来咂上。他觉得自己倒霉透了，被人戴了绿帽，还不能够申辩。卵子受精的事他知道。没有性生活卵子就不会受精，而他已经有好几个月没有碰过田素芬的身子了。他清楚是葛青山造的孽，刘文明再次想起老杭发过来的那个视频，想起了葛青山赤裸的背部和田素芬的呻吟。那个杂种！刘文明痛恨自己那天的软弱，他想起了老杭值班室桌子上的那把刮刀，他后悔那天没有提着它去布草间，如果换成现在，刘文明觉得，他会毫不犹豫把刀插在葛青山的身上。

刘文明后来想，如果田素芬抢救不过来，凶手算不算葛青山呢？

自从几年前他没有在公交车上替田素芬出头，两人便出了问题。刘文明知道，从那时开始，田素芬对他的态度就变了，包括在床上。也还隐约记得，那天晚上，他试图与田素芬亲热，换了以往，田素芬会热情回应。她本来就是一块肥沃的土地，从来不惜生长灿烂的花朵，尤其是在生下学军和学丽之后，她在这方面有了饱满的热情，不时还会主动撩拨刘文明。可那天晚上她的反应很反常，就像是被冷水泡软的面条，任凭刘文明摆弄，她不拒绝、不挣扎，也不配合。这种事情，剃头挑子一头热实在是太令人尴尬了，刘文明弄着弄着无聊地停下来。他拉亮电灯，问怎么了，田素芬不说话，只是冷冷地望着刘文明，眼睛里好像长出两把冰冷的刀子。

田素芬在丹城医院住了十来天，每天都有一沓钱被大风刮走，刘文明内心愤懑而又无处诉说。为了给田素芬治病，他不得不到银行，把原本准备付首付的定期存款取出。很快，他的积蓄就花得精光。

葛青山一直没有出现。刘文明觉得田素芬住院的钱应该由那个杂种来付才对，但这个时候那个杂种像乌龟一样躲了起来。偶尔，刘文明会从田素芬长长的叹息里，听到她的失望与悲凉。刘文明知道，田素芬的心里盼望葛青山能够来看望一下她，毕竟因为他造的孽，她才到鬼门关前走了一遭。后来，她算是明白葛青山不会来看她了。田素芬凄婉一笑，仿佛从一个长梦中醒来。

田素芬住了两个星期的院，花光了两口子所有的钱，还没痊愈就被迫出院。从医院回到出租屋的那天夜里，田素芬在身后轻轻抱住了刘文明。"我们回去吧！"她小声地哀求。

"不，我要找那杂种算账！"刘文明咬牙切齿地说。

整夜刘文明都没能入睡，他想了很多事。他的梦想像大风里的烛火，晃动着就灭了，憧憬的生活被黑暗的湖水淹没，杀人的念头却像水草一样疯长起来。

老　杭

老杭决定要反抗了。他随身背了个黄色的帆布包，这种包在二十世纪曾一度流行，包盖上方有一颗红色的五角星，下面有毛体印刷的五个字："为人民服务！"没有人知道，老杭在包里藏了一把菜刀。

好像是知道老杭打定主意鱼死网破，葛青山不见了，让他吃够苦头的疤脸和"天菩萨"也消失了，甚至以前一直打电话催他还款的公司也好些日子没打来电话，这让老杭感到有些奇怪。

一天早晨，老杭去上班，穿过豆腐营的时候，看到有人提着油漆桶，站在一截围墙下刷着标语。傍晚下班回来，他在那面原本贴满开锁、办证、疏通下水道一类小广告的围墙上,看到了一则用红油漆写就的标语:"弘扬正气,维护稳定,坚决打赢扫黑除恶攻坚战!"

老杭搬到豆腐营已经一个多月,丹城一环内的城中村,租住着天南海北的人,从事什么职业的人都有。理发的、卖五金产品的、开小餐饮的、买卤肉的、送外卖的、擦鞋的……当然也有从事皮肉生意的年轻女性。往城中村里走,老杭又发现好几条标语,巷道边的一幢建筑的二楼,挂着的是"积极检举揭发黑恶犯罪,警民联手促进社会和谐"红色布标,而另外一幢建筑裸露的侧墙上,从上到下写了八个大字:"有'伞'必打,有恶必除!"老杭疑惑地走回租住的屋子,隐约感觉到有什么事情发生了。

腊八节的下午,老杭下班前,桌上的座机响起来。乳白色的按键上方,是浅蓝色的来电显示屏。老杭把头伸过去,看见上面显示的电话号码,有些熟悉,但想不起是谁的,接起来才知道是辖区派出所打过来,找的正是他。

"什么事?"老杭的口腔起了溃疡,火辣辣地疼。

"你来就知道啦!"电话那头是派出所警官不容分说的声音。

放下电话赶去派出所,一个年轻警官问了老杭一些问题,包括他贷款和房屋抵押是怎么回事?老杭一一回答。最近几年,丹城莫名其妙丢失住房的,远不止他一个人。几乎都是中了一个套路:借贷之后、公证委托、制造违约、过户房产、暴力清户、卖房变现。原来,自从被葛青山确定为目标人物之后,他就面对一群看不见的对手,他们中除了做局的人,还有被收买的公证员以及沆瀣一气的律师,是扫黑除恶专项斗争,才让这些像影子一样的对手暴露出来。

在派出所里,老杭得到一个好消息,也得到了一个坏消息。好消息是疤脸和"天菩萨"被当成是涉黑人员给抓了起来,坏消息是葛青山没抓到,人不知去向。

从派出所出来,天色已经变暗。回家的路上他上错公交车。78路车在吹箫巷与人民路的交会地有一个站,他都不知道这一生在那个公交车站上下多少次了,所以下意识地上了车。等公交车开动起来,老杭才反应过来,他已经不住吹箫巷了。一阵悲伤袭来,老杭从车窗里往外望去,暮色中的城市毫无生机,大街两侧的行人急匆匆往家赶。才短短的二三十年时间,老杭从小生活的这座城市变得面目全非,记忆中那些熟悉的街道差不多都拆光了,只剩下了一些熟悉的地名。以来寺见不到寺庙,槐村林见不到槐树,得胜楼自然也见不到门楼。老杭意识到,没有了自己的住房,他在丹城其实与刘文明一样,是一个无根的异乡人。

这个傍晚,老杭像以前一样,在吹箫巷与人民路的交会口下了车,想象着妻女与母亲活着的时候他回家的情景。如果时间真能够倒流,他会好好地守着她们，不会沉迷于外出找人打麻将。天气有些阴冷，老杭将两只手伸进衣服口袋，裹紧身子迎着风往前走。他将两个拇指从四个指头的指端摩挲过来又摩挲过去，悔恨不已，幻想用一把斧头，将他的手指头剁掉。

吹箫巷老杭曾经的房子面积不大，两室一厅，是父亲单位的房改房。原本也在市郊，但随着城市扩大，渐渐成了市中心。院子西南角，不知是谁种了棵蓝莺花，春天，满树开着淡紫色花朵，招摇、热烈，喇叭状的花朵悬垂，几乎没有叶片。老杭年轻的时候，总能够从那些蓬勃的花朵上嗅到情欲的气息。

走进吹箫巷，老杭觉得有人在暗中注视着他。他回过几次头，害怕碰到熟人。进了院子，他才意识到，注视他的人是早已去天国的父亲，父亲藏在越发暗淡的天空里，一声不吭，但老杭能够听到他责备的声音。父亲活着时是丹城物资公司的采购员，走南闯北，去过许多大城市，见识过各地不同的风俗，但也在频繁的出差中感染上了乙肝。老杭进入轴承厂工作不久，父亲的乙肝发展为肝硬化，最后活活被疼死，死前皮包骨头，一米七的人，四十公斤都不到。

如果不是葛青山，父亲留下来的房子不会丢，可那个杂种此时在哪儿呢？这是老杭最近急于想知道的问题。他想起两个月前的一天上午，他去总经理办公室，进门的时候恰好葛青山从里面出来，两人撞了个满怀。葛青山手中拿着的牛皮纸袋掉落在地上，有两沓钱从里面探出头来。当时，老杭凭直觉觉得那是余庆给葛青山的钱。

老杭过去的房子已住进了陌生人。站在院子里就能够看见，那套房子有人进行过简单的粉刷，换了客厅的顶灯，此时有橘黄色的灯光正从窗口流泻出来。回想在这儿生活的情景，尽管相隔的时间不长，老杭仍感觉恍若隔世。下午，他在派出所问过那位年轻的警官，得知葛青山即使被抓获，他的房子也未必能够要得回来，心中沮丧得要命。

余 庆

秘密怀揣在心里太久，需要找个人来倾吐，否则就会发霉，滋生出漫无边际的病菌。但余庆的秘密无法向人倾诉，就像是一块瘀血埋在身体里，让他心怀担忧，无法真正轻松和快乐起来。来丹城之前，余庆不知道自己在一个地方会住多久，也不知道下一站会是什么地方。一切都靠直觉，他逃亡的路线因此变得毫无逻辑和规律。如果将他这些年到过的地方用细线连接，那么在他到达丹城之前，他的逃亡线路看上去会像一团乱麻。

凭借从师父那儿学来的手艺，余庆在逃亡的路上时沉时浮。有关他的线索在坛城警方看来，像一行在太阳下渐干的潮湿足迹，无法判断他接下来会逃往什么地方。这些年来，他好像无所不在，像一条湿滑的泥鳅，在追捕的警员手中钻来钻去，给对手留下满手的黏液，却又不知所终。

当年，与母亲一道将那人的尸体埋进废井后，母亲让他跑得越远越好。逃亡的路上，他不知道母亲最终会如何收拾因他莽撞留下的烂摊子。他想象死者家属到处寻找死者，想象坛城的大街小巷，四处贴满寻人启事。让余庆没有想到的是，他刚逃出坛城没多久，有一张网就从四面八方罩了过来。在安康火车站告示栏上，他看到了自己的通缉令。

二十年的逃亡生涯，他小心而又清醒地掩盖这一秘密，像一只爱干净的猫用泥土掩盖自己的粪迹，从不与人谈及他的往昔。除了许雷。每当想起曾经的酒醉失忆，余庆就后悔不已。他不知道自己酒醉后究竟与许雷说过些什么，但许雷曾有一次称呼他为"本家兄弟"，足以说明酒醉的那一次，他对许雷暴露过自己的真实身份。余庆因此心怀担忧，希望自己的秘密腐烂在许雷那儿，直到许雷突发心梗离世，他才悄悄松了口气。

时隔多年，余庆的外貌与当年判若两人。通缉令上的照片，与他工作证上的照片是同一张。昔日少年的寸头，蓄成长发，二十岁的年纪，正值玩个性的年代，他与农一师的几个同事组了一个乐队，队里的人不是光头就是长发。

偶尔，他会在夜晚的灯光下静静审视身份证和工作证上的照片，觉得照片上的人根本不是同一个。追逃网上的照片也是工作证上的那张，但并没有真正的照片那样清晰。有时候，余庆在看自己照片时，越看越觉得陌生。余庆想，再过二十年，如果他冒险回坛城，哪怕从人民路走过，估计也不会有人认得他了。由于通缉令上的照片中他留的是长发，当年，他在逃离安康时，特意让理发师给他理了个寸头，这个发型就此再也没有变过。

葛青山被警方通缉，余庆真想给他传授逃亡的秘诀。他不希望这个男人被抓获。扫黑风暴来临，葛青山准备跑路，向余庆提出要二十万元，而且是现金。余庆很矛盾，拖延着没有办理，直到有一天葛青山给他发来一张照片，余庆看到后心里一惊，意识到麻烦了。

葛青山发来的照片，是余庆通缉令上的那张。

看来，自己的底细是被葛青山掌握了。余庆觉得，给葛青山凑二十万让他跑路，他真能够跑得无影无踪倒好。可余庆又觉得万一葛青山没跑脱，那二十万便会成为他的传票。记得当年跟随师父卖艺时，师父曾说过，进了监狱的人，不会为谁保守秘密。

如果不是葛青山提醒，余庆都快忘记自己原来姓许。来丹城这些年，他一直试图把过去忘掉，记忆的硬盘只储存在丹城的点点滴滴。他学丹城口音，了解丹城的历史文化，熟悉丹城周边的山势、大街的走向、标志性建筑的位置、穿城河的轨迹……不只是为了把自己掩藏起来，而是他真喜欢上了这座与坛城完全不同的南方城市，喜欢这儿的气候，喜欢这儿一年四季花样百出的蔬菜和水果，喜欢这座城市每天有无数天南海北的游客涌入，他隐身其间，没有人对他的来历好奇。但现在，有人用一张照片，把余庆打回原形。

那一年，余庆从坛城逃亡，一个星期之后，警方在他们家的院子里挖出失踪者的尸体。面对警方的询问，余庆母亲承认了自己与死者的私情。母亲还对警方坦承，她就是杀死男人的凶手。留置期间，她把自己的裤子撕成条后搓搡成绳，并用它吊死了自己。她天真地以为警方会因此放弃对儿子的追捕。

余庆这些年的逃亡，一定程度上是为了母亲。他觉得一旦被坛城警方抓获，母亲当年的自杀就变得毫无意义。但现在，他对自己当年仓皇出逃感到后悔。二十年的时光过去了，如今回过头来想，假使当年他不跑，母亲就不会自杀，而自己，即便判了二十年刑期，现在也应该出来了。

这一天，余庆下班后没有回家，他把自己关在办公室，身子窝在黑色真皮座椅里，抽了一支又一支烟。办公桌上的玻璃烟灰缸插满了烟头，喉咙那儿疼得冒烟，可他还在撕开香烟包装，抽出烟来，叼在嘴上。窗外的天色暗淡下去，但余庆没有开灯，他的心里很乱。

夜里，答应给葛青山送现金过去时，余庆心中充满怨气。从地下车库出来，天空降着冷雨，坐进切诺基，车窗前的挡风玻璃布满了水滴，打燃火，用雨刮刮了几下，反而什么都看不清楚，余庆意识到气温已经接近零摄氏度。他打开空调吹了一会儿，勉强往前行驶，汽车与巷道边的垃圾箱贴身而过，好像撞飞了什么，车窗外传来金属物体滚动的声音。

雨夜行人稀少，余庆驾车行驶在略显空旷的大街上，速度很慢。葛青山躲藏的位置偏僻，在三环外面。此时，路边的小区，大多数屋子的窗口已经黑暗，这座城市已经进入梦乡。余庆将车窗开了条缝，冷空气灌进来，他闻到了一股不安的味道，就像这座城市的某处，发生了火灾。

其实，将葛青山的藏身之地告诉老杭，余庆非但没有解脱，反而感到强烈的不安。他希望那两个寻找葛青山的人，让葛青山在丹城待不住，从而远离这座城市。余庆也幻想老杭和刘文明把葛青山杀了，但他们真杀了葛青山，现在满城皆是监控探头，很难想象那两人能像他当年那样逃脱。除非，余庆伸出舌头舔了舔门牙，最好的是老杭、刘文明能与葛青山同归于尽！

大约一个钟头后，他的车开进了一片冷清的建筑工地。是个烂尾楼，余庆将车开到一幢楼的墙边，关掉车灯，坐在车里静静地望着外面。眼前的情景让他想起十年前，那时他还在四川雅安，帮城郊的一位农民守护鱼塘。黄昏时分，他在鱼塘边的铁线上挂上形状不一的金属盒，然后坐在池塘边搭建的简易房门口，看落山前的太阳将最后的余晖涂抹在那些金属盒上。从特定的角度，能够看见盒体反射过来的光线。有时夜晚醒过来，如果有大风刮过池塘，他还能够听见铁线上的金属盒子碰撞的声音。那声音有时是激烈的打击乐，仿佛有千军万马在外面厮杀；更多的时候，外面是静寂的，或者只有风铃柔声倾诉的低吟传来。

刘文明

电动车碾过午夜潮湿的街道，身下传来车轮碾过路面的声音，地面留下细窄的车辙。刘文明与老杭藏身在巨大的雨披里，正赶往南郊葛青山的藏身地。

老杭的消息不知准不准确。这段时间，只要打探到葛青山的藏身消息，刘文明就会赶过去，这是田素芬走以后，他留在丹城的唯一理由。他发现，一旦断了留在丹城的念头，他对葛青山的恐惧就消失了，对这座城市的恐惧、不安、自卑也消失了，取而代之的是仇恨，是内心像野草一样狂乱生长的报复念头。

雨并不大，但是给骑行带来不便，路滑，他得小心骑行。有一会儿，他的鼻子发酸，感到非常委屈。他曾经是那样努力，刚跑外卖的时候，只要接到单，再远，或者再晚，他都会赶过去，为此还受到过保安的刁难和责骂。那时他满脑子都是挣钱买房，对未来也充满信心，觉得自己像一颗顽强的草籽，哪怕坠落的地方是岩石，他也能够借助石缝里的一点泥土扎下根来。曾经，他幻想过早晨接单之前，能像这座城市的人一样，送孩子去幼儿园或者学校，幻想一家四口，能够在夏日的某个周末，一起去丹湖边的湿地公园，那里生长着无数奇异的花草，有精美的石拱桥、木板搭成的步道、可以三四个人共骑的自行车……他能想象孩子们见到那些新奇玩意儿时惊异的表情。想着一家四口骑行在公园的步道上，每个人都用力踩踏着脚踏板，有泪水从他眼眶里流了出来。

现在，他已经明白当年的幻想是那样遥不可及。前往葛青山的藏身地时，有如电影的快速倒带，他想起与田素芬离开故乡到丹城的那天，想起了那天清晨冷清的村道、杂乱的乡镇汽车站，想起了七八个小时的长途旅行，他们在丹城北部客运站巨大的停车场下车，掏出一个地址问了许多人都不得要领。他记得后来与田素芬坐上了一辆绿色的公交车，他还抢到了一个靠窗的座位，当车从丹城大街驶过时，他歪着头，试图看清车窗外一幢幢大楼究竟有多高……那时，他对这座城市充满了好奇，以为自己渴望的生活会像色彩斑斓的画卷一样展开。

电动车在丹城的街道暗夜疾行。坐在身后的老杭被雨披罩着，一声不吭。冷风夹杂细雨吹拂过来，刘文明发现自己恨上了这座城市，恨它的高楼，恨行驶在大街上的车辆，恨宽敞的马路和装修精美的店铺，恨行道树、绿化带、路灯、广告牌……恨这座城市的一切。

只有在想起余庆时，他的内心才有温热的东西流过。田素芬入院后，余庆又让单位的人送来了一万多元钱，说是宾馆员工捐献的。当时，刘文明心中充满感激，幻想有一天能够报答余庆。

想起田素芬，刘文明心里就隐隐地疼。出院以后不久，有一天早晨，刘文明隐约感觉田素芬起了床，在黑暗的屋子里忙来忙去，直到她拖着行李箱离开了出租屋，片刻之后刘文明才反应过来。他从床上翻身起来，套上衣裤和鞋袜，打开门奔下楼。清晨的城中村，巷道里空空荡荡，昨晚喧嚣到深夜的巷子在黎明到来时充满异样的静寂，刘文明发疯一般在狭窄的巷子里奔跑起来，不时侧头看一看刚刚跑过的岔道，希望能够看到田素芬的背影。后来，他沮丧地站在城中村的入口那儿，望着外面的大街茫然无措。不远处，一个身穿橘红色衣服的人正在清扫着人行道，竹制的扫帚在水泥预制板上传出刺耳的响声。

他打电话回去，接电话的是儿子学军。学军在电话里欢天喜地问："爸爸，你什么时候回来？"那一瞬间，刘文明差点放弃了寻仇的想法。

电动车驶出二环后，在一个城中村狭窄的巷道里拐来拐去，凹凸不平的地面让骑行变得艰难，刘文明得不时伸下脚来调整一下平衡。曾经，他羡慕城中村里的房主，他们将多余的房子用来出租，不愁吃穿，整天坐在一起打麻将，从不为生计奔波与操劳。他郁闷自己的出生地为何如此偏僻遥远，想起了谷场里的分拣机，转动的扇片形成强大气流，将谷壳吹走而留下谷粒。他觉得自己就是一片无足轻重的谷壳，一直被命运的大风吹得不着地，还不知道最终会被卷到什么地方。突然，城中村变成残垣断壁，刘文明将电动车刹下，钻出雨披，他在身边的一堵墙上，看到一个大大的"拆"字。

身后的老杭也钻出雨披。两人站在一条泛着冷光的水泥路上。不远处，有一排巨大的广告架立在路边，上面的喷绘被风撕得七零八落，给人一种萧瑟破败之感。道路一侧，一台挖掘机像一只巨大的钢铁怪物，蹲在拆毁的房屋中间，路灯的照耀下，挖掘机驾驶台一侧的玻璃反射着冷冷的光。

再往前望过去，黑暗中的远处是冷清的郊野，那儿矗立着七八幢高大的建筑，黑乎乎的，像一些史前巨兽蹲在野地里。刘文明知道这是一个烂尾小区。自从起念在丹城买房，他几乎跑遍了这座城市的新建楼盘，比较价格、位置，想象过那些冷僻的建筑工地以后的繁荣。

老　杭

老杭这段时间一直被一个梦境困扰。梦中的情景清晰得就像是自己亲身经历过。他梦见一座破旧的工厂，环境与他当年工作的轴承厂非常相似，陈旧的厂房、机床、轴承成品，但工厂空旷得令人心悸。

余庆说葛青山就藏在那座工厂的楼上。他与刘文明赶去的时候，葛青山已经被余庆控制住了，那个他恨之入骨的男人，被捆在一张行军床上，脸上盖着一张手帕，手帕上的图案竟然是麻将牌六筒，十分诡异。

梦中暴雨如注。大风从破损的窗户中吹进来，屋顶悬垂的电灯左右摇晃，三个人站在葛青山的床边，商量如何处置眼前的这个仇人。他们三人开了个审判会，控诉了葛青山的罪行。刘文明控诉葛青山带给他的屈辱，老杭自己控诉葛青山设陷阱害他，而余庆则说他是主持正义的法官，与葛青山无冤无仇，但正义感让他不能袖手旁观。

老杭在梦中想寻找他的菜刀，他在空旷的屋子里巡视了一圈，一无所获，却在回来时，看到葛青山的胸口上立着一把三棱刮刀。谁先杀第一刀，老杭与刘文明相互谦让。老杭让刘文明先杀，说要将这难得的雪耻机会让给有夺妻之恨的刘文明。刘文明举起刀来，犹豫了，说老杭年纪大，还是让老杭先杀。两人争论不休，余庆提出抓阄，他做了三个纸团，说谁抓到写有"杀"字的纸团，谁就先杀。老杭第一个抓，打开纸团就见一个"杀"字，但刘文明抓的纸团打开也是一个"杀"字，三张纸团都有"杀"字，老杭不知道该谁先动手。

后来是余庆拿起了三棱刮刀，还伸出左手指肚来试了试刮刀是否锋利。他将刀尖抵在葛青山的胸口，让老杭和刘文明握住他的手，这样，就算是三个人同时杀人了。被绑在行军床上的葛青山拼命挣扎，三人举起刮刀，用力插了下去，感觉刀柄深深刺进了葛青山的胸口。

血溅出来，淋湿握住刮刀的三只手。老杭吓得松开刀把，往屋外逃，听到身后传来刮刀掉落地上的声音。他慌不择路，一路撞倒了屋里的椅子、盆、纸篓，巨大的声响就像有人追逐过来。梦中的老杭回过头，看到屋子里悬垂的电灯突然熄灭，天空有闪电划过，光亮转瞬即逝，明灭之间的杀人现场十分血腥和恐怖。

坐在刘文明身后赶往葛青山的藏身地点，老杭一直在回忆萦绕在脑中的梦境，这个梦虚幻而又真实，仿佛他在另外一个世界经历过。有一会儿，老杭伸手抱住了刘文明，他闭上眼睛，产生了幻觉，觉得电动车不是朝前飞驰，而是急速往后倒退。仿佛两人骑的不是电动车，而是一架神奇的时间逆行器，老杭感觉到街边的建筑、行道树正纷纷后退。他真希望可以骑着它回到过去,回到屋子没抵押出去的时候,回到妻女车祸之前的安稳日子,甚至回到他的童年时代……

直到刘文明停下电动车,老杭才从回溯的遐思中返回现实。从雨披里钻出来,眼前是残忍的夜空和恶意的郊外。雨小了,但气温低,冷风不时刮来,老杭将羽绒服的拉链从胸口拉到喉结。黑暗中,他听到有几声狗吠声传过来。

电动车前灯照着一个杂乱的工地。隐约可见楼群中有一个巨大的水坑,应该是小区规划时设计的游泳池。此时,它更像是这个烂尾工地的一块溃疡,从工地四面汇集过来的雨水,正从一个缺口流进水坑,如果不仔细看,会把水面误认为是一块低矮的平地。

两人把电动车推到泥泞道路一侧的墙边,刘文明关掉车灯,这个烂尾楼迅速滑入漆黑的梦境。"葛青山这个杂种就藏在这个小区!"老杭低声说,他又听见有狗叫声传了过来。

灰暗的天光下,这个烂尾小区像一座巨大的墓地,空旷、诡异、静寂。老杭抬头仰望着黑黝黝的楼房,判断狗吠声传来的位置。他走在前面,右手紧张地捏住刮刀的刀把,觉得手心里沁出了汗。

两人轻脚轻手前行,如同黑暗舞台上跳霹雳舞的人,小心留意脚下的砖块和木板。确认了狗叫的那幢建筑,他们顺着楼梯往上攀爬,每到一层,便点开手机上的手电筒功能,短促地照射一下。一片狼藉的烂尾楼,有一些房间曾住过流浪汉、乞丐、拾荒人,房间里有他们的生活痕迹。还有的房间成为这些临时住户的卫生间,干燥的大便东一堆西一堆,空气中弥漫着一股令人作呕的气味。

余 庆

高耸的建筑仿佛浸泡在水里,楼群中偶尔有火光闪现一下,迅速又归于黑暗。远处,一个建设中的楼盘正在施工,不时有钢铁的碰撞声传来,单调而冷清。从楼群灰色的缝隙里看出去,缓慢移动的塔吊手臂上,警示灯散发着凄冷的光。

这已经是余庆第三次来这个小区了。第一次来是一年多前,这个小区主体断水,余庆驱车来看过,犹豫要不要在这儿买套房作为投资。这个楼盘位于丹城西南郊,从火车站一路向南,途中要经过一片低矮的建筑,那是丹城第二污水处理厂。得知葛青山藏在这儿后他又来过一次,下午,他开车沿一条施工便道进来,惊讶于这个小区竟然成了烂尾楼。当时,有几个人打着黑色雨伞站在一个水塘边交谈,看得出那个长方形的水塘是规划中的游泳池。余庆目测了一下,估计水塘长约三十米,宽约二十米。水塘已经用水泥处理过,只需贴上瓷砖便可。

余庆再次来到这个烂尾小区时，感觉和前两次来完全不一样。坐在车里透过前面的挡风玻璃望出去，有一瞬间，他如同被一股冰凉的绳索紧紧捆住，呼吸变得粗重起来。他想起了多年前藏尸的那口废井，曾经，他不止一次梦到自己被人埋在那口深井里，沿着一个巨大的螺旋往下走，一圈又一圈，底部是无边的黑暗。余庆的左手拇指，指纹是个逐渐向中间聚拢的螺，有如从天空往下坠落，他在螺旋的底部，看见了一张脸。

那个被他捅死的男人，其实是母亲的男友。等余庆明白过来，恶果都已经造成。此后的逃亡中，他曾试图去还原那个混乱的下午，他要是不提前结束旅程回来，也许一切都不会发生。他不明白自己年轻时，为何有人向母亲示好，他会有那么大的恨意。虽然那人一直想讨好他，可是余庆根本不买账，那天下午，他刺出那刀时，竟然觉得是代替父亲刺出的。后来，当他有过男欢女爱的经验后，当年的鲁莽行为令他感到了羞耻。

这天夜里，老杭和刘文明赶来后的一切都被余庆收入眼底。他看到两人穿过游泳池边的空地，就像已经精确定位了葛青山的藏身之地，他们的身影不久后消失在对面的楼道里。过了大约一刻钟，黑暗中突然传来激烈的喊叫声、咒骂声、咆哮声、惨叫声、物体的碰撞声，夹杂着狗的狂吠和被击打后的呜咽，沉寂的烂尾楼顿时热闹起来，纠缠、扭打、挣扎，有一些声音像是从高空坠落的物体那样砸了下来。余庆望着对面的住宅楼，很难想象如此暗淡的光线里，几个人是如何像风一样从楼道里刮出来的。

事情并不像余庆想象的那样一边倒。葛青山养的泰迪狗在关键时刻帮了他的忙，凭借灵敏的嗅觉和听觉，泰迪狗用狂吠对葛青山做了预警，让他有所准备。而且黑暗中的打斗常常敌友难分，等余庆看见他们时，三人已经缠斗到水塘边。

眼前的这一幕看上去像剪影，又像模糊的皮影戏，只是看不见操纵皮影的师傅。刘文明个子高大，站在他身边的应该是老杭，而与两人对峙的那个身材瘦削的人，一定就是葛青山，他手中握住一根棍棒，正在骂骂咧咧。

突然，楼群上传来杂乱的吆喝声和咒骂声，有人用木棒敲击着窗台，有人用砖块击打着铁盆，空中传来金属沉闷的回响，还有人将电筒从上面照下来，弱弱的光束有如电压不足的追光灯……余庆这才发现这个巨大的烂尾楼住着的不止葛青山，还有一些来历不明的人。逃犯？流浪汉？还是离家出走的少年？

有一瞬间，四周一片寂静。突然，三人又扭打起来，余庆看见一个黑影冲向刘文明，那是葛青山的宠物狗。接下来他听见刘文明的惨叫和怒吼，一个物体被抛了起来，落在水塘里，是葛青山的泰迪狗。余庆隐约看见它正吃力地游向岸边，却怎么也爬不上岸。

余庆看见葛青山跳进水中，扑向水中艰难游动的阿黄。不知这个水塘有多深，感觉葛青山踩不到底，他晃动身体保持浮力，将手中的泰迪狗奋力抛上岸。簌簌发抖的阿黄刚被抛到岸上，立即被赶过来的刘文明一脚踢回水里。

狗被一次次抛上岸，又被一次次踢下水。葛青山耗尽了力气，他的手扒在塘埂边，大口喘气。身旁不远的地方，他的阿黄时沉时浮，水塘里传来葛青山沙哑的咒骂声。渐渐地，水塘安静下来，余庆仿佛看见耗尽力气的葛青山沉入水中，他张开的手指在池塘边的水泥墙壁上留下一道湿湿的印痕。

余庆突然打开远光灯照着水塘，然后不由自主打开车门，他奔过去将身子伏在塘埂边，伸手捞向水中。后来他干脆跳进塘里，平静下来的水面，他像顽皮的海豚那样，将身子一次次插入水中寻找，那是一个令人窒息的世界，他仿佛是在黑暗的井底寻找着葛青山，抑或是在寻找记忆中被他用刀捅死的母亲的男友。失去知觉的葛青山变得异常沉重，余庆试图将他举出水面托到塘埂上，但每一次努力都失败了，就好像有塘埂垮塌下来，将他重重地压回水底。他呛进了一口水，再呛了一口水，突然呛进去的水又从口鼻里呛出，难受，他的身子也变得像葛青山一样沉重。就像有暮色笼罩过来，他将手臂伸向空中，仿佛是想在天空中打捞消失的葛青山。突然，他感觉到身体变得轻盈，好像看到像铅块一样沉重的肺离开了身体，朝远处飘去，越来越小。

等重新感觉到泥土潮湿的腥气时，他已经被人救出放在了塘埂上，头向下，胃里的水流了出来。他的身旁，伏在地上的是不知死活的葛青山。慢慢地，就像是有一列火车从黑暗中飞驰而来，车皮里装着的是光亮，他听见身旁传来一阵剧烈的咳嗽声。火车驶过，巨大的气流让余庆打了个寒噤。苏醒过来的脑袋想起多年前那桩突发的凶杀案，刺出的刀、深埋在井底的尸体、无尽的铁道、巨大的螺旋、蛛网、毛衣、翻飞的织针……无数的念头，在他大脑的天空里，像一些破碎的纸片，纷纷扬扬。

（原载《芙蓉》2021 年第 3 期）

作者简介：

胡性能，云南昭通人。1965 年 6 月生，文学创作一级。现为云南省作家协会驻会副主席、秘书长，中国作协全委委员。出版有中短篇小说集《在温暖中入眠》《有人回故乡》《下野石手记》《生死课》《孤证》。作品多次入选文学年度选本，并入选 2017 年度《收获》文学排行榜和《扬子江评论》文学排行榜；获第十届、第十四届"《十月》文学奖""《长江文艺》双年奖""云南文学奖"等。

黄昏令

杨方

飞机进入伊犁上空后，夏伊将脸紧贴舷窗，试图从眼皮底下掠过的河谷地带，找出红树林的大致方位。夏世焱曾用笔在地图上标示出红树林的经纬度，以夏伊的方位辨识能力，想要在实地地形上，找出平面地图上的那个点来，简直不可能。夏伊只能根据伊犁河的流向，大致判断红树林应该位于伊犁河下游的某一段。

十几分钟后，飞机在伊宁机场落地，夏伊随即将红树林抛于脑后。她出了机场，打车赶到英阿亚提街派出所，已经过了下班时间，一楼大厅只有两个值班警察。根据他们的指点，夏伊在二楼一间办公室见到了给她打电话的阿迪力所长。你这速度。阿所长说，语气不置可否。夏伊听不出是褒是贬。从她接到电话，到赶到派出所，用了十个小时。十个小时，一匹伊犁马如果马不停蹄，可以跑三四百公里。开车的话，七八百公里。飞机，从赶去机场到经停乌鲁木齐再到伊宁，大概是四千七百公里。阿所长根据手机号码所显示的所在地，应该知道她是从上海赶来的。十个小时，横跨半个欧亚大陆出现在他面前，跟特种部队差不多同样神速了。

人呢？夏伊用眼睛问阿所长。阿所长摆一下头，示意夏伊跟自己走。两个人均不使用语言，似乎有一种天然的默契。在走廊尽头的休息室，夏伊看见奇曼卧在沙发上大睡，身上裹着驼毛披巾，乍一看，像一匹睡姿不雅的母骆驼。奇曼这几年胖得厉害，胸部位置鼓胀出两个颤巍巍的"驼峰"来。夏伊不能理解，之前那个苗条的奇曼是怎么变成这副模样的。年轻时候的奇曼算得上漂亮，生了孩子就不可遏止地胖起来，类同俄罗斯女人的体形变化。夏伊每次回来，见到又胖了一圈儿的奇曼，忍不住巫婆一样念咒：不要再胖了，不要再胖了，不要再胖了。夏伊寄希望人的意念也许可以控制某些事物的横向发展。奇曼对自己糟糕的体形不很在意，作为品酒师，太瘦了不行，太瘦给人不胜酒力的感觉。奇曼能随便喝下多少、随便什么度数的烈性白酒而不醉，可能正是因为有这样一副身形的缘故。当夏伊接到电话，听阿所长说有个女的，喝得不知道自己是谁，在大街上把人给打了。夏伊啊了一声，她不相信奇曼会喝醉。那么大的酒量，就是把伊犁酒厂的酒全喝光了也没麻达（问题）。至于打人，倒不稀奇，夏伊打人就是奇曼教出来的。小时候羊毛胡同的娃娃抢了夏伊的喷水枪，奇曼鼓动夏伊去抢回来。奇曼口传夏伊，上打鼻子，下用脚踹。有奇曼撑腰，夏伊顺利抢回喷水枪，顺带滋了别人一脸。长大后夏伊知道，鼻子和下边，是一个男人的脆弱部位。在上海坐地铁，遭遇咸猪手，夏伊使用奇曼式招数，挨打的人痛得嗷嗷叫。电话里阿所长说，那个女人把人鼻子打歪掉了，还踢了人家的下边，有可能造成某些方面的不良后果。夏伊一听，笑起来，确认奇曼肯定没错。

夏伊又拽又扯，摇醒奇曼。后者瞪着眼睛迷茫了数秒，跳起来扑向夏伊，庞大的体积将夏伊扑一趔趄。胡大欸，啥事情跑回来了你？咋不事先说一声。夏伊说，不是你让警察打我电话的吗？能得很嘛，你，街上的巴郎子都被你打成太监了，什么时候你把那个谁也给打上一顿去。让人家欺负得扁扁的，只会电话里跟我哭鼻子。奇曼一下子委顿下去，一张脸白得耀眼，悲伤在她的皮肤上闪闪发亮。

夏伊和奇曼用维语说话，阿所长在一旁忍不住插嘴：你是汉族，维语咋说得跟我们一样麻利。夏伊说，我生平开口说的第一句话不是汉语，是维语，很多人都认为我维语说得比汉语还标准。有一年伊犁电视台招维语播音员，我差点去报名。

夏伊跟着阿所长去办手续，交了罚款和医药费。医药费三百五十二块八毛钱，比想象的要少。看来挨打的人某些方面没有大问题。登记身份证的时候，两个值班警察一起看向夏伊。夏伊帕尔汗，你到底是汉族还是维吾尔族？夏伊说，我是汉族，身份证上写着的嘛。警察说汉族哪有叫夏伊帕尔汗的。夏伊说，我姓夏，名伊帕尔汗。缩写名夏伊，有麻达？警察说没麻达。你的名字维汉结合，独特得很。如果按维吾尔族名字叫，应该叫伊帕尔汗夏，姓在后边。阿所长说，都说了，人家是汉族，汉族的姓在前边。阿所长又说，这名字起得有意思，谁起的？

夏伊的名字是奇曼给起的。上户口的时候张丽华没空，让奇曼去上。张丽华把要给夏伊起的名字写在一张纸条上，奇曼骑自行车摔了一跤，把纸条弄丢了，奇曼没记住纸条上写的是个什么名字,就自己随便想了个名字报上去。张丽华过了一段时间,发现户口本上的名字不是她起的,要去把名字改回来。夏世焱认为叫夏伊帕尔汗挺好,这名字叫起来挺洋气的,听着像外国名。张丽华没时间为此事费心,她在哈什桥水电站上班,离伊宁市七十多公里,两三个星期回来一次。夏世焱在部队带兵,回来得更少。夏伊托给邻居斯德克老汉家带,每个月十五块钱,外加一块砖茶和一包方糖。说是邻居带,其实是邻居的女儿在带,奇曼古丽十四岁,整天背着夏伊在羊毛胡同里疯玩,背不动了就拽着拖着,头朝下夹着,或扛面袋子一样扛着,姿势野蛮而危险。羊毛胡同的大人看见了,无不担心夏伊的胳膊被扯断,或者脑袋着地摔下来。夏伊尿湿了裤子,奇曼古丽把湿裤子脱了,挂到树丫上晒,大冷的天,夏伊光着屁股,跟在一群大娃娃后面满胡同跑,冻得鼻涕吸溜吸溜的。夏伊刚学说话的时候,只能发出一两个音,把奇曼古丽叫成奇曼。夏伊这样叫,羊毛胡同的人也跟着叫,时间久了,大家把"古丽"给省略掉了。奇曼改了夏伊的名字,夏伊改了奇曼的名字,很公平。

办完手续,走出派出所,已经十点多。这时候的伊宁市,天还亮得很,半个天空铺撒着玫瑰花瓣一样的云朵,城市被天光映照得一片绯红。夏伊沉醉其间,她好久没有看见这样的黄昏了。上海高楼林立,间隔有度,天空被分割成若干小面积的块状,类似于海边养殖扇贝的海田。偶尔有那么几次,夏伊出了写字大楼,一抬头,看见落日在某座现代高楼的玻璃墙上,像一滴彩色的水珠那样快速滑过。落日在这光滑耀眼的地方,没有时间去想很多问题,它还没有来得及站稳就一下子滑了下去。伊宁的落日,缓慢且从容。落日每向下滑落一层,都要在伸出的腰檐上长时间地停顿,仿佛被伸出的手掌托住。伊宁的黄昏,因此比其他地方长出了许多,夏天一般要等到十一点多,天色才会完全暗下来。

夏伊和奇曼路过夜市,空气中飘散着浓郁的孜然味,夏伊狗鼻子一样迎着风向乱嗅。奇曼拉夏伊拐进夜市,夜市吃客一片热火朝天。两人在烤肉摊挑了个空桌子坐下,要了十串红柳烤肉、十串烤羊肝、十串烤板筋、一个烤羊头。奇曼反对夏伊在大庭广众之下吃羊头,一个姑娘家,捧着羊头啃,像个啥样子。夏伊不听,这里是伊宁,是她可以原形毕露的地方。她才不要像在上海,做什么都束手束脚。

夏伊去别的摊要了面肺子和凉皮子。凉皮子有点辣,奇曼吃了一口就不吃了。品酒师要保护味觉,口味重的不能吃,化妆品之类的不能用。夏伊去欧洲,回来给奇曼带了瓶香水,奇曼给了别人。后来知道那是用欧元买的,标签上的价格要乘以七点多,把奇曼心疼的,说早知道这么贵,就不送人了。江南一带,女儿出生时有把米酒埋地下的风俗,出嫁的时候再挖出来。奇曼想效仿,把香水埋葡萄树下，等夏伊出嫁挖出来当嫁妆。夏伊撇嘴，等她出嫁，那香水恐怕早变香精了。

夏伊在上海不是没谈过男朋友，喝咖啡看电影轧马路，每次前面进展都还顺利，深入到吃饭环节，就进行不下去了，就开始相看两生厌。夏伊嫌上海男小气，两个人吃饭，菜点那么少，每道菜，分量又少得可怜，几筷子就没了，夏伊根本不敢放开吃。上海男则嫌夏伊吃得一点不剩，多少也应该剩一点吧，服务生不时过来，体贴地提醒要不要加菜，让男的情何以堪。一个精致的上海女人，早饭吃一小碗粥就饱了，最多加一个法式小面包。夏伊要吃两个茶叶蛋、四根油条，外加一碗豆浆或豆花。有个细致的上海男算过一笔账，养一个新疆老婆，相当于养四个半或五个上海老婆，划不来。另一个，相亲认识的，事先说好AA，吃饭结束，男的发现AA自己太亏，要求夏伊承担三分之二，甚或四分之三。夏伊气愤不已，AA就已经让她很看不上了，还要更甚。夏伊的饭量，在新疆也就平平，在上海却被视为饕餮一族。有一次夏伊帮公司外贸部的张姓同事加班做PPT，张姓同事为表感谢，叫了同部门的几个人一起，请夏伊去小木桥路的"巴依老爷"吃饭。那是一家正宗的新疆饭店，大盘肉，大盘面，分量大得让用小碗吃饭的上海人无从下手。同去的四个人，一盘碎肉拌面分着吃，还剩了许多，夏伊一人吃一盘，吃完之后觉得不够，又加了一份面，吃得大家目瞪口呆。张姓同事由衷叹服夏伊的吞食能力，吃得如此多，却是该瘦的地方瘦，该丰润的地方丰润，这是上海女人所不能的。夏伊平时在公司，无论谁找她帮忙，从不找借口推脱，实诚得很，新疆性格无疑，这也是上海女人所不及的。张姓同事遂对夏伊生出爱慕之心，夏伊颇为自觉地提醒对方，养一个新疆老婆，相当于养好几个上海老婆。张姓同事哂笑算这笔账的人智商低下，相对于吃，上海女人在包包和名牌上的花费才更让人不堪负荷。夏伊没有这方面嗜好，细算下来，不知道省下了多少钱。上海男的精明，不是夏伊这样一个粗枝大叶的新疆人所能相对应的。夏伊的态度于是一直无法明朗，始终处于犹豫不决状。其间夏伊被张姓同事拉着去家里吃了一次饭，张姓同事的母亲做了一碗红烧肉，夏伊吃了一块，觉得味道不错，又吃一块。一碗红烧肉，总共四块肉，四个人，一人一块，夏伊毫无眼色地吃了两块，使得场面陷入尴尬。张姓同事母亲脸上一分钟内呈现出好几种表情。新疆人吃肉，真个是吃勿消的豪放。张姓同事母亲说得婉转，夏伊听得心里疙瘩。上海人吃肉的方式，让夏伊绝望得生无可恋。吃饭结束，夏伊即果断终止了与张姓同事继续下去的可能性。

奇曼宣布今晚由她请客，夏伊以为听错，平时两人一起吃喝玩乐，奇曼从不掏钱。奇曼不掏钱的理由是，以前都是她掏，夏伊工作后，理所当然夏伊掏。以后我老了你得管我，奇曼说。夏伊撇嘴，凭啥？奇曼说凭你小时候吃过我的奶。

夏伊差点被面肺子汤呛着，我小时候你有奶吗？奇曼说你饿慌了，没奶也吃，吸得我疼死了。从某种意义上来说，我是你的奶娘。夏伊说我的奶娘是那只阿尔巴尼亚山羊好不，我是吃它的奶长大的。

　　巴郎子把羊头烤好，撒上孜然粉和辣椒面，用托盘端上来。羊头唇齿微露，似在微笑。夏伊想起阿尔巴尼亚山羊的脸，一只母羊的下巴上，也长着山羊胡子，头顶上还长着角，怎么都让人觉得应该是只不产奶的公羊才对。阿尔巴尼亚山羊脾气不似本地羊温驯，超爱顶东西，有事没事，对着苹果树嘭嘭地顶，顶得树上的果子往下掉。夏伊吃了阿尔巴尼亚山羊的奶，做事横冲直撞，山羊脾气体现无疑。这种现象，当属隔物种遗传。张丽华哀叹夏伊一点不像自己，怀疑医院抱错。当时同病房住着的是一个维吾尔孕妇，家里送羊肉汤来，给张丽华盛一碗。送抓饭，把抓饭里的肉挑给张丽华。维吾尔妇女生的也是个克丝（丫头），两个人同病房住了几天，出院的时候互留了地址，好像是英塔木人。英塔木离伊宁市也就二十几公里。张丽华多次扬言要去英塔木看看，抱错的话可以换回来。夏伊由此生出联想，难怪自己怎么看都不像是亲生的。夏世焱的部队驻地在哈什山下，距离哈什桥水电站两公里。夏世焱顺流而下两公里，或者张丽华逆流而上两公里，两人就能见面。他们经常忘记夏伊的存在。夏伊基本上一整月见不到他们中的一个。邻居家的帕夏大婶腿有问题，拄着拐杖烧茶做饭，行动艰难。带夏伊，基本是奇曼的事。奇曼背着夏伊，混在一帮娃娃中，在羊毛胡同呼啸来，呼啸去。夏伊学会走路后，自己跟在后面跑，摔得膝盖上旧疤没好又添新疤。额头上一道寸把长的疤，就是树墩子上磕出来的，几乎破相。夏伊从小到大剪着齐刘海，为的就是以遮瑕疵。张丽华回来，发现夏伊身上的疤，大呼小叫，怪奇曼没把夏伊带好。张丽华浮光掠影地关心一下夏伊，就忙着逛红旗大楼去了，或花半天时间，去花城的美发店弄头发。那里的美发师来自上海，做出的发型，在当时很是流行，属于杀马特的那一种。张丽华虽然在哈什桥水电站那样荒僻的地方上班，穿戴上却从来不输伊宁市人。她舍得花三四个月的工资，买一件羊羔皮皮衣，衣领是毛茸茸的狐狸皮，穿身上，华贵得像俄罗斯贵妇。张丽华把淘汰的衣服抱去给奇曼穿，呢子大衣、连衣裙、高跟鞋，还有那几年流行的黑色健美裤。长大后夏伊控诉张丽华从小就没怎么关心过自己，自己的成长岁月，是奇曼给了她温暖，奇曼既像姐姐，又像个小妈妈。张丽华嘛，像个邻居。张丽华觉得冤枉，她提起给奇曼的那些衣服，自己如此大方，还不是为了奇曼能把夏伊照顾得好一点。夏伊所得到的那些温暖，间接来自每月十五块钱，还有那些她自己都没怎么舍得穿的衣服。夏伊听得想笑，张丽华也太会粉饰自己了。夏伊记得小时候帕夏大婶举着自己的衣服，"外——外"地叹气，小得都穿不上了，你妈妈也不给买新的。帕夏大婶从红漆匣子里，摸珠宝一样摸出一个个鸡蛋来，让斯德克老汉拿汉人街卖，买回花布，帕夏大婶自己裁剪，在缝纫机上嗒嗒地缝。帕夏大婶的缝纫机是手摇式的，她的脚踩不了缝纫机。夏伊小时候穿的裙子，差不多都是帕夏大婶用手摇缝纫机车出来的。再大一些，奇曼进酒厂上班，发了工资，给夏伊买公主裙，买发卡。奇曼工作后还穿张丽华淘汰的衣服，直到发胖，穿不上为止。羊毛胡同的人叫斯德克老汉老财迷，斯德克老汉死后，大家把这个封号世袭给了奇曼。老财迷用在斯德克老汉头上，是一顶皇冠。羊毛胡同年轻一点的人可能不知道，斯德克老汉以前是个巴依，伊犁河边大片的苹果园差不多都是他家的。解放军进疆的时候，斯德克老汉还不是老汉，还年轻得很，他带着帮工，赶着毛驴车给部队送苹果，浩浩荡荡的毛驴车队，有一两公里那么长，场面颇为壮观。斯德克老汉娶帕夏大婶的时候已经五十多岁。帕夏被亲戚从南疆带来，嫁给一个苔子，苔子让帕夏跳舞，帕夏的腿不能跳，苔子大发脾气，把帕夏赶出门，刚好被斯德克老汉捡到。一个独身老汉，收留一个小媳妇，多有不便，最好的办法就是娶了她。结婚的时候，斯德克老汉给帕夏大婶买了一块花头巾、一个塑料发卡。帕夏大婶说起来就生气，骂斯德克老汉老财迷，连对耳环也不舍得买。邻居们嘻嘻哈哈，用帕夏大婶的口气喊斯德克老汉老财迷，让老汉给大家唱木卡姆，唱到热烈的地方，大家一起拍手跺脚，大声合唱，歌声震得树上的苹果花纷纷坠落。

奇曼其实也不财迷，她是最近几年才变得财迷起来的。买羊肉，以前是整条腿整条腿地买，现在买个一公斤两公斤的，还要讨价还价半天。羊毛胡同口卖羊肉的巴郎子笑奇曼小气得不像个新疆人。奇曼不小气不行，帕夏大婶腿上长了个东西，断断续续，在乌鲁木齐医院住了两年多，最后还是离开了人世。奇曼平时没有存钱的习惯，羊毛胡同的人，大多没有存钱的习惯，挣多少，花多少。好像钱是羊身上的羊毛，剪掉了，会再长出来。帕夏大婶住院，奇曼欠了一屁股债，为了早点还掉，奇曼一改平日大手大脚的习惯。今晚突然大方请客，夏伊问原因，奇曼说自己昨天发了一笔财。

在戈壁滩捡到玛瑙了，还是在昆仑山捡到玉石了？夏伊问。奇曼说我把巴扎提给卖了，卖了两千六百块钱，一头毛驴子的价钱。

奇曼从包包里摸出一张纸，上面是维文，夏伊看不太懂。奇曼念给她听：巴扎提，四十八岁，身高一米八，体重八十五公斤，爱吃肉，血脂高，有脚臭，其他没什么大麻达。两千六百块钱卖给帕丽墩，一个愿买，一个愿卖。立此字据，不能反悔。

老天啊，白纸黑字，还按了鲜红的指印。夏伊不知道说什么好，这样的事情，也只有奇曼想得出。

奇曼说，小三都找上门要人来了，我还能怎么办，给她好了，贵了我也不卖，就卖一头毛驴子的价钱。

夏伊伸手去抱奇曼，奇曼说不用安慰我，离开巴扎提，我照样日升月落。

说是这样说，夏伊担心奇曼这样一个黏液质的人，不可能真绷得住。要不她也不会把自己喝到派出所里去。

夏伊家的房子，尘封已久，沙发和床，死去多年似的蒙着白单子。夏伊懒得打扫，每次回伊宁，就在奇曼家睡。张丽华离开伊宁的时候，打算把羊毛胡同的房子卖掉。夏伊反对，房子是精神家园，不能卖。夏世焱也持反对态度，张丽华不予理睬。她的计划，房子卖了，房款用来理财，多少可以赚点利息。徒空在那里，是一种浪费。张丽华是个实用主义者，她的眼睛，只看见形而下的数字美学，看不见形而上的精神美学。

房子最终没有卖，不是张丽华妥协，张丽华一般是不会妥协的。是房子卖不掉。这些年举家回口里的人多，类似要卖的房子也多，问津的人却寥寥。张丽华让奇曼帮忙卖，奇曼对卖房子一点不上心，张丽华打电话问起，奇曼说人家嫌房子贵，看过就没了下文。张丽华说房价可以再降一降的。奇曼说好的好的。过一段时间，张丽华再打电话，奇曼还是说同样的话。后来张丽华不打了，她知道什么是鞭长莫及。奇曼自作主张，把两家中间的围墙拆掉，把两个院子合成一个，她在扩大了的院子里种上各种果树和花草。葡萄架子搭得长廊一样，夜来香、大丽花混杂开成一片，麻叶海棠从春天一直开到秋天，蔷薇树篱修剪出彩虹门的形状，奇曼把个院子弄得跟哈密王的后花园一样。张丽华回上海后就没有回来过，她要是回来，看见此番景象，一定会生气得脸都歪掉。张丽华的脸打了玻尿酸，歪掉不是没有可能。

夏伊计划回来住个两三天就走，除了奇曼的事，她还打算去七十团薰衣草基地一趟。上海公司跟兵团农四师有合作项目，夏伊是伊犁人，理所当然夏伊负责。夏伊借此经常回伊宁，一半公，一半私。七十团距离哈什山不是很远，如果时间来得及，夏伊想去哈什山看看。奇曼有时会被派去肖尔布拉克伊力特酿酒三厂品验白酒，往返要经过哈什山，夏伊让奇曼拍几张哈什山脚下部队营房的照片，夏世焱对那个地方，魂牵梦萦的。奇曼说已经没什么可拍的了，营房只剩下些没有倒掉的土墙，以前每年有转场的羊群从那拉提草原那边过来，去往尼勒克山里的冬窝子过冬，路过哈什山脚下，停顿一夜。放羊人将土墙拦一下，就可以当简易的羊圈。第二天，羊群继续赶路，留下一地的羊粪蛋子。现在哈萨克人不游牧了，再见不到羊群转场的浩大场面。如果不是伊拜公路从中通过，真让人怀疑这里是一片无人涉足的古代遗址。

奇曼随便拍了几张照片发过来，土墙被风吹出各种形状，看上去还真有点遗址的味道，夏世焱看得感叹不已。记忆里，这片哈什山脚下的开阔地是另一幅景象：营房方阵一样整齐排列，一排排白杨树，像是豪言壮语，一直延伸到哈什河边上；营房前种着地雷花，白天开，晚上合拢；地势平坦的地方，还开辟出一片菜地。真难想象，这样的地方，也能碧绿一片，种出黄瓜西红柿来。那时候部队驻地经常放露天电影，士兵一二一跑步进场，哗啦一声打开凳子，哗啦一声齐刷刷坐下。放电影前，要先唱歌，士兵集体发出森林一样的大合唱，气盖哈什河。哈什河对岸的老百姓和水电站职工，听见唱歌就知道部队放电影了。有的骑马，有的骑自行车，穿过哈什大桥赶来。骑马的骑在马上看，骑自行车的后座上驮个小凳子。张丽华骑自行车，后座上不驮小凳子，她每次都找夏世焱借，一借一还，关系由纯洁的友谊，向其他可能性发展。按军规，部队人员是不许和驻地附近的人谈恋爱的。夏伊认为夏世焱肯定有部分行为是逾越了规定的。对此夏世焱极力否认，声明他谈恋爱，是首长批准，不存在违反一说。那时候的夏世焱，鼻子上架副眼镜，就算身穿军装，也给人文弱书生的感觉。夏世焱在部队待了二十多年，扛的不是枪，是测绘仪器。部队之前用的经纬仪、测距仪、水准仪全是苏联造，笨重不堪，携带不便。边境大测绘那一年，苏联造已经淘汰，取而代之的是野战制印车、立体测图仪和胶印机。

　　夏伊是苏联解体那一年生的。那时候出租车不怎么往羊毛胡同这边开，斯德克老汉跑到伊犁河边，借了一辆果农的毛驴车，带着奇曼把即将生产的张丽华往友谊医院送。途中毛驴车被警察拦下，城市中心不许马车毛驴车进入。警察发现拉的是个要生产的孕妇，破例允许通行，但要求斯德克老汉保证毛驴不随地拉粪。警察刚要求完，毛驴就嗷嗷大叫，当着警察的面拉下一堆驴粪蛋子。张丽华被熏得差点窒息过去，一到医院就进了产房，并以极快的速度生下夏伊。医生把肉嘟嘟的夏伊包好，抱出来递给奇曼，奇曼不知道该怎么抱，用裙子兜着，像兜着个哈密瓜。

　　几十年后，当夏伊从羊毛胡同走过，坐在果树荫下的邻居们，依然会用笼统的语言来对夏伊的年龄进行表述：外——外！张丽华的克丝，苏联解体那一年生的。旁边的人会追加上一句，还没有结婚吧？夏伊停下脚步，响亮回答，没有呢还。问的人和答的人，都不介意这样的说话方式。敞亮，透明，不拐弯抹角，不旁敲侧击。如果在上海，用此种方式谈论人的年龄和婚嫁，恐要遭一个大大的白眼。新疆人独有的直截了当和主语倒置的说话方式，让夏伊备感亲切。离开了伊宁的生活氛围和语言环境，夏伊惶惶然，总觉得自己一开口说话，吐出的都是病句。在使用汉语的人看来，那的确是病句。

　　苏联解体后，鉴于之前争议区的问题，中国决定进行一次边界大测绘。一道杠三颗星的夏世焱带领哈什山下的测绘连，奔赴霍尔果斯河口，沿河向上，至上游无名河源，展开测绘。河谷地带，树木茂盛，以青冈林和小叶白蜡为主，每到秋季，树叶深红。测绘兵们称之为红树林。因为靠近边界，几乎无人进入，红树林成了鸟的乐园，新疆歌鸲在看不见的地方唱出男中音般低沉的歌声。黄喉虎蜂静卧在西伯利亚铁线莲的草叶下孵蛋。一种带横纹的长尾巴鸟，冷不防在树干间一晃不见，像收鞭而去。另外一些被脚步惊飞的鸟群，翅膀发出呼呼的声音，尖尖的羽毛仿佛薄薄的刀片，在乱砍着空气。

夏伊出生后的几年里，夏世焱大多时间都在这样的河谷地带穿行，偶有几次，路过伊宁市，短暂回家一下，看看夏伊。学会说话的夏伊一口维语，一个汉字不会说，夏世焱几乎无法和夏伊交流。等到边界测绘结束，夏世焱才终于有时间教夏伊汉语。为了提高教学成效，夏世焱自制课本，手绘了一本图画书，图文并茂地将边界测绘发生的事，采用连环画的形式让夏伊进行学习。那本手绘本教科书，夏伊一直保留着，偶然翻出，看到夏世焱的绘画水平，忍不住喷饭。夏世焱将红树林画得像一片柴火棍，鸟画得大如公鸡，山脉则精确地标示出了海拔的高度和垂直度，这完全用的是绘制地图的手法。夏伊惊讶自己小时候居然对夏世焱的抽象派画法能够看懂。其中关于某个黄昏的片段，夏伊印象深刻，按照手绘本里高度概括性的语言，以及夏世焱当时扩充性的解说，夏伊至今尚能还原出那个黄昏发生的故事：远处山脉被夕光映照得一片生辉，红树林像升腾的火焰，空气中弥漫着小叶白蜡的气息，还有被踩倒的狼毒草流出的白色汁液苦味的芬芳。测绘兵坐在一片狭长的开阔地上休息。一道杠三颗星的上尉在那一天吃多了炮弹瓜，那是新疆沙土地上生长出来的西瓜，瓤甜，质沙，外形似炮弹，当地边民称之为炮弹瓜。测绘期间野外饮水是个问题，吃饭也是个问题。军用吉普车里拉了一车的炮弹瓜和压缩饼干，大家基本以吃瓜解渴，以压缩饼干填饱肚子。一个炮弹瓜，十几公斤重，为了不浪费，夏世焱在吃了一包压缩饼干后，又强撑着把剩下的几块西瓜全吃了。压缩饼干具有膨胀性，和着西瓜吃下去，腹部很快鼓胀起来。夏世焱急需解决一下体内储存问题，他使出测绘兵特有的眼力，观察了一下周围地形，确认西偏南二十五度方位，林深草密，树干粗大，可以完美地避开人类目光。志愿兵大刘看着夏世焱迎着落日走向红树林，用悠扬的四川腔调，提醒夏世焱注意实地距离与图上距离的视差，拉个屎，小心不要拉过了界。夏世焱不理会大刘，一意孤行地进入红树林深处，选了一棵树形笔直的青冈木蹲下来。树上一只褐羽灰背的鸟，飞到另一棵树上，咒骂似的鸣叫起来。夏世焱捡起一块石头，用扔手榴弹的姿势扔过去，石头击中树干，鸟拍打着翅膀飞走了。沿着鸟飞走的方向，一轮巨大的落日，沿着向西倾斜的地势滚落下去。

夏世焱在余晖映照的红树林中，心情愉快地清空了腹内之物，准备起来的时候，发现口袋里除了图纸，没有其他可用之物。图纸神圣，是绝对不可以用在此处的。夏世焱四面搜索了一下，想看看有没有叶片宽大的植物可以利用，意外看见有张报纸，在一丛灌木的细枝上招摇，目测距离九米六七。夏世焱挪移过去，取下报纸，用掉了半张，另外半张，登着个姑娘的照片，夏世焱没好意思用，拿在手上边看边往回走。报纸上的铅印文字，曲里拐弯，再看姑娘照片，高鼻大眼，夏世焱觉出什么地方不对劲，猛然反应过来，这是一张邻国报纸。夏世焱回到休息点，和大刘一起对照军事地图，发现自己刚才进入了争议区，几个在大石上休息的测绘兵，屁股很可能就坐在那条被挪移过的边界线上。这个发现，使所有人大吃一惊，大家就地卧倒，一连打了十几个滚，迅速回到中国地界。

夏伊读这本手绘本的时候六岁，已经到了上学年龄，秋天学校开学的时候，夏世焱照例经常不在家，张丽华也不在家，奇曼带着夏伊去报名。奇曼自作主张，让夏伊报了维语班。老师问奇曼是夏伊什么人，奇曼想了想，说自己是夏伊的后妈。老师将怀疑的目光投向夏伊，夏伊肯定地点点头。老师遂打消疑问，给这个叫夏伊帕尔汗的汉族克丝报了名。张丽华同样是在很久之后才发现夏伊读的课本不是汉文。张丽华本就对夏伊的语言使用方式很恼火，寄希望夏伊上学后有所改观，不料却是更甚。张丽华声称要和斯德克老汉家绝交。夏世焱觉得张丽华把问题扩大化了，上维语班也没什么不好，任何一种民族的语言，都蕴藏着丰富的智慧。羊毛胡同里，有说维语的，有说汉语的、哈萨克语的、蒙古语的，还有两家俄罗斯族说俄语。一条胡同语言纷呈，夏伊有着天时地利的语言环境，维语说得溜，哈语和俄语也能说。至于汉语，该会的时候自然就会了。夏伊上到二年级，在张丽华的坚持下转到汉语班，汉语很快说得顺畅起来，但语法改不过来，老是喜欢主语后置，把"我吃过饭了"，说成"吃过饭了我"。为此没少被张丽华纠正。这些纠正，效果基本为零，主语后置的语法，一直伴随着夏伊的语言表达方式。

夏世焱离开部队的时候，肩膀上的一道杠变成了两道杠，星还是三颗。夏伊的男友大蔚每次去羊毛胡同找夏伊，基本都是和夏世焱在说话，夏伊被干干地晾在一边。两个男人，聊苏联造，聊扫描探针、纳米粒度仪、卫星测绘，话题充满了宇宙感。

院子里风吹树动，有什么啪的一声砸在地上，可能是一颗青核桃，也有可能是一颗星星。夏伊从床上爬起来，光脚跑出去，看见月光从高大的树木上垂落下来，骨折了般，投影在地。院子里的花花草草，暗自幽香。夏伊咳嗽一声，一只夜莺从低处的夜来香花丛，飞向高高的白杨树枝，并在那里悲鸣。夏伊听了一会儿，感觉脚底凉得受不了，踮着脚跑回床上躺下。

第二天早上，夏伊还没起床，听见车开进院子，熄火停下。是巴扎提。巴扎提昨晚在单位值夜班，这个点回来，属于正常。细推究，好像也不那么正常。巴扎提经常值夜班，感觉单位的夜班，全被他一个人值了。

夏伊出门，和巴扎提打声招呼，想说点什么，又觉得说什么都尴尬。奇曼的工作，天天和酒打交道，不能开车，车一直是巴扎提开。夏伊每次回伊宁，基本是巴扎提开车去机场接，夏伊几次闻到车里有薰衣草的味道。巴扎提说刚帮朋友拉过薰衣草香精油之类的东西。夏伊不免起疑心，难道每次都是刚帮朋友拉过薰衣草香精油之类的东西吗？后来夏伊得知巴扎提有外遇，后悔没有早提醒奇曼。奇曼是一个心很大的人，有人告诉过奇曼，看见巴扎提的副驾座上坐着个女的，两人关系看着有点不一般。怎么个不一般不好说，也说不清楚。奇曼问巴扎提，巴扎提闪烁其词，不就是夏伊嘛，还能是谁？奇曼没有怀疑。直到有一次，奇曼亲眼看见巴扎提的副驾座上坐着个女的，巴扎提把着方向盘，女的给巴扎提喂冰激凌，巴扎提咬一口，女的咬一口，和间接亲吻差不多。奇曼想弄清楚女人是谁，特务一样跟踪了几次，无奈体形庞大，在人群中比较显眼，很容易就被巴扎提看见。问又问不出什么来。反被巴扎提反问，不就坐了一下副驾嘛，能说明什么？什么也说明不了。吃冰激凌嘛，也说明不了什么。往亲吻上扯，简直就是扯鸡尾巴毛。巴扎提理直气壮，倒显得奇曼是无理取闹。那段时间，奇曼又胖了很多。奇曼在电话里跟夏伊说，伤心使人发胖，我又胖了五公斤，你说我咋办呢？夏伊也没有办法，只能远距离地干着急。她劝慰奇曼，巴扎提之所以极力否认，说明他还在乎你。奇曼说你这都什么理论，如果真在乎我，他就不会去找别的女人。夏伊提示奇曼，上海女人，就算知道老公有了婚外情，也装不知道。奇曼说，我是新疆人，装不了。夏伊说，可以学。奇曼说，你去了上海，脑子里的怪东西越来越多。你都快变成上海人了。夏伊觉得，在这方面，上海女人的确比新疆女人聪明。新疆女人太直接，不利于解决问题。专家说了，爱情的保鲜度也就十八个月。十八个月之后，巴扎提的荷尔蒙消失殆尽，车子里的薰衣草味道也会随之消失殆尽，奇曼根本用不着为此伤心得发胖。

奇曼听从夏伊，但还是去打听清楚了，女人叫帕丽墩，在斯大林街开店。奇曼又假装什么也没发生，下了班，用乌斯曼草画眉，用海娜花包指甲，穿上漂亮裙子，拽着巴扎提招摇过市。就是去羊毛胡同口买个油盐酱醋，也要拉着巴扎提一起。巴扎提拎着大包小包，手机响了，腾不出手去接。过了一段时间，帕丽墩按捺不住，来找奇曼。奇曼见帕丽墩也就那样，反倒不焦虑了。一个离过三次还是四次婚的女人，发生什么，都不奇怪。奇曼对夏伊说，天要下雨，娘要嫁人，随巴扎提去吧。用维吾尔话说，牲口要跑到别人的圈里去吃草，就是给它戴上嚼子也没有用。夏伊佩服奇曼的气度，夸奇曼胖人胸怀比较广阔。奇曼纠正，是新疆女人胸怀比较广阔。

巴扎提提着喷壶给花浇水。头上的地中海式发型，在早晨的阳光下看上去挺秃然的。夏伊想不明白，这个外表已经开始秃然的男人，身体里怎么就复燃起了爱情的火焰。这个年龄，应该燃烧大腹便便的脂肪才对。夏伊是看着巴扎提追奇曼的。夏伊跟屁虫一样参与和见证了整个过程，现在这种状况，实在有点意想不到。或者说，夏伊有点接受不了。比她和大蔚的结果还难以让人接受。

花园里阳光充足的地方，种着乌斯曼草和海娜花。用乌斯曼草画眉，用海娜花包指甲，是维吾尔民间流传的方法，在没有眉笔和指甲油以前一直盛行。奇曼喜欢用乌斯曼草墨绿的汁把两条眉毛连起来，画出夸张的弯度。夏伊小时候奇曼给夏伊画过，张丽华不喜欢，认为只有印度人才画那么弯而长的眉毛。巴扎提和奇曼结婚后，每年都要在花园里种很多乌斯曼草和海娜花。羊毛胡同每家都有个不小的花园，想种什么就可以种什么。偌大的花园，放在上海，富豪才住得起。在伊宁，不过是平民生活。有一年奇曼和巴扎提送考上大学的儿子到西安，安顿好儿子后不嫌麻烦地跑去上海看夏伊。上海车水马龙，过个马路，都险象环生。可是窝在家里不出门，夏伊住的房间那么小，庞大的奇曼几乎转不过身。奇曼说，我快要憋死了，也不知道你在上海是咋活下来的。夏伊带奇曼去明珠塔，站在明珠塔顶端看上海的夜景，奇曼感到恐慌，上海的灯光灿若星河，夏伊生活其中，就像是在陌生的银河系里漂泊。去南京路，街上人多得奇曼直呼氧气不够，走了半条街，就走不动了，坐在椅子上唉唉叹气，她担心夏伊在上海这样一座城市，就是摔上一跤，只怕也比伊宁痛些。

从上海回来，羊毛胡同的人问奇曼和巴扎提上海怎么样，奇曼想到夏伊，烦恼顿起。那简直不是人待的地方，奇曼说。巴扎提说，上海好是好，就是太偏僻了。羊毛胡同的人听得笑起来。在他们眼里，伊宁才是世界的中心，或者说，羊毛胡同才是世界的中心。其他任何地方，都是又遥远又偏僻。巴扎提几次给夏伊打电话，让夏伊回伊宁来，说奇曼一想到你在那么糟糕的地方生活，就难过得要死。你还是回伊宁来吧，伊宁有宽敞的房子，有空荡荡的大马路，还有我们。巴扎提的话让夏伊又暖又酸。她不相信这么一个幽默又温暖的人，在以后的生活中，会成为一个和奇曼没有关系，和自己没有关系的人。

谁家的院子里，传来毛驴的叫声。夏伊觉得奇怪，羊毛胡同早就不许牲口进入，就是谁家养只奶羊，也要受到谴责，这怎么就出现了毛驴的踪迹。问巴扎提，巴扎提说是隔壁库尔班老爹摔坏了腿，从乡下亲戚家借了只毛驴代步，要不他哪儿也去不了。夏伊想起斯德克老汉的毛驴，深灰色，后腿的两只蹄子有一截白，像是穿着白色运动袜。毛驴动不动就昂昂地大叫。那时候羊毛胡同很多人家养有牲口，斯德克老汉的毛驴一叫，别家的毛驴也跟着叫，更远处的毛驴也跟着叫，遥相呼应，此起彼伏。伊犁河边的苹果园建起了农家乐后，斯德克老汉每天骑着毛驴去苹果园，坐在苹果树下唱木卡姆，去苹果园的人，大多是为着木卡姆而来。夏伊经常去苹果园虚度时光，惹得张丽华大光其火。在张丽华看来，苹果园在生活之外，只有无所事事的人才什么也不干，整天坐在苹果树下唱木卡姆。她不希望夏伊把时间浪费在毫无用处的木卡姆上。她计划夏伊考上南方的某个大学，毕业后留在南方生活，不再回伊宁。鉴于这个设想，张丽华三令五申，不许夏伊在伊宁谈恋爱，有了男朋友，就哪儿都挪不动了。夏伊不想按照张丽华的设想去生活，她把大量时间用在学唱木卡姆上，以致最后只考上了伊犁师范学院。张丽华气得半月不出门，在张丽华看来考上伊犁师范学院是件丢人的事。奇曼觉得伊犁师范学院没什么不好，离家近。远了，连夏伊的人都见不着，多挂心。奇曼拿着夏伊的录取通知书，挨家挨户敲门，请羊毛胡同的人去她家的花园吃烤肉，喝伊力特，跳麦西莱普。张丽华在手鼓欢快的节奏声中几乎气爆，她觉得夏伊这个样子，全是奇曼的责任。

  伊犁师范学院离羊毛胡同不是很远，夏伊可以走读，课余时间，依旧跑去苹果园跟斯德克老汉学唱木卡姆，或者跟大蔚坐在伊犁河边看落日。大蔚是夏世焱的部下，三天两头来羊毛胡同，表面上是看望首长，实则为着夏伊而来。那时候哈什山下的部队，已经调到北大营。北大营在伊宁市边边上，骑自行车，二十几分钟就能到羊毛胡同。夏世焱的近视眼，看地形一目了然，看其他近视得很。其实也不是近视得什么都看不清楚，用张丽华的话说，是故意看不清楚。张丽华在的时候，夏世焱和大蔚聊大地控制点、子午线收敛角、地心坐标系。张丽华不在，夏世焱使个眼色，对大蔚说：魏大蔚，冲！那是《冰山上的来客》里排长对阿米尔发出的爱情命令。

  有夏世焱如此，张丽华就算再怎么严加防范，也阻挡不了年轻人的爱情。爱情这个东西，就是王母娘娘也阻挡不住。但张丽华不这样认为，王母娘娘能划拉出一条银河来，她未必不能。伊宁距离上海，四千多公里，应该比银河宽，银河可以隔河相望，伊宁与上海，只能是劳燕分飞。夏伊师范学院毕业，分配到昭苏当老师，那时候张丽华已经提前退休，回到上海生活，并在那边安排好了一切，包括夏伊的工作和夏世焱的转业问题。张丽华出其不意飞回伊宁，藏了夏伊的毕业证书，不让夏伊去昭苏报到。昭苏距哈萨克斯坦边界不远，海拔高，天气冷，苦寒之地，连西红柿都长不红。那里的居民，大夏天也穿皮大衣，早晚挡寒，中午挡太阳。长期生活在那里，脸上会长出两个傻傻的红脸蛋。夏伊不在乎这些，红脸蛋就红脸蛋，昭苏好歹在伊犁地界，七个小时的车，就可以见到大蔚。就算不是因为大蔚，夏伊也不想回上海。她不喜欢那个表面光鲜内里狭窄的城市。尤其不喜欢上海人的口味，上海人烧菜放糖，甜不拉唧的。

张丽华是"疆二代",父母是上海支边新疆的热血青年,来到新疆后,全身心投入建设新疆的伟大事业中,没有时间照看张丽华,张丽华从小被送回上海,一直在上海上学。因为户口在新疆,高中毕业不得不回新疆参加高考。那时候大学比较难考,一个班,能考上的也就两三个。张丽华的父母在水利系统工作,伊犁的几个大水电站全是他们一手建设出来的。张丽华考进新疆昌吉水利水电学校,走的是水利系统内部指标,毕业后,定向分配回伊犁。水电站多在荒僻的地方,张丽华不想去,想留在伊宁市,父母批评张丽华没有奉献精神,坚持要张丽华去哈什桥水电站,那是几个水电站中最荒凉的一个。张丽华感叹父母那一代人境界高,为了新疆的建设事业,献了青春献儿孙。张丽华父母在新疆献完青春,直到退休才回到上海。张丽华也想调回上海,但八十年代,调动谈何容易。张丽华最终作为父母献给新疆的子女留了下来。

夏伊属于"疆三代",生在羊毛胡同,长在羊毛胡同。除了旅游一样短暂地去过几次上海,上海和她,一毛钱关系都没有。生活在一个和自己毫无关系的城市,那是什么感觉,夏伊想想都恐慌。张丽华不和夏伊废话,对大蔚说,如果你爱夏伊,就到上海来吧,只要你能在上海买得起房。大蔚沉思良久,默然而退。夏伊本以为大蔚可以用一个男人的大气压罩住自己,大蔚的默然而退,让夏伊四顾茫然。

夏世焱也不怎么想去上海,为此张丽华一连几日愤怒控诉夏世焱,声称自己在那个荒凉的水电站,一待十多年,每天耳朵里灌满了冰凉的水声,就是为了离夏世焱近一点,要不她早就想办法调到伊宁市了。夏世焱忙于纸上谈兵,对新疆地形的熟悉,远胜于对自己老婆身体的熟悉。她为夏世焱牺牲了那么多,夏世焱却不愿意为自己牺牲一丁点。鉴于夏世焱的态度,张丽华不得不采取强硬措施。晚上睡觉,张丽华在床上弄出一条沟壑分明的边界线,坚决不许夏世焱越界。夏世焱看着界线那边曲线起伏的版图,想到版图的所有权问题,最终妥协。

巴扎提浇完花,坐在葡萄架下的矮桌旁等吃拉条子。卖掉的毛驴子咋跑回来了嘛?奇曼在厨房拉拉条子,啪啪地拉面,听上去像是在打谁的耳光。巴扎提慢条斯理地回应奇曼,要卖也卖贵一点,卖得毛驴子一样便宜,这不损人嘛。自己好歹值一匹昭苏马的价钱。夏伊听得想笑,不敢笑。夏伊以前养过鸽子,张丽华嫌鸽子满院子拉屎,让夏伊把鸽子拿巴扎上卖掉。夏伊去卖鸽子的时候在巴扎上遇见一个伊犁河对岸的锡伯族人,这人自称擅长驯养鸽子,他一吹口哨,鸽子就会随着他的口哨翻出各种花样的跟斗。锡伯族人放出笼子里的鸽子当场表演,鸽子施了魔法般一圈圈在头顶盘旋,但是没有翻跟斗,只是拉了一泡屎在锡伯族人的头上。夏伊暗自觉得这个锡伯族人更适合做萨满。把鸽子廉价卖给锡伯族人后，夏伊人还没回到家，鸽子已经先她飞了回来，一只不少地站在树枝上，咕咕地叫。看来锡伯族人的魔法对夏伊的鸽子不起作用。夏伊估计巴扎提和鸽子一样，也是卖不掉的。那个帕丽墩，未必魔法无边。

奇曼做好拉条子，端到葡萄架下。夏伊用筷子扒拉了一下，一盘面里只有一根拉条子，又细又均匀。这样的手艺，也只奇曼才有。巴扎提和奇曼谁也不搭理谁，埋头吃拉条子，吃完后奇曼收拾碗筷，巴扎提关上门睡觉。夏伊穿戴好衣服，打算去会会那个帕丽墩。奇曼要跟着一起去，夏伊不让，汉人有句话，仇人相见，分外眼红。用维吾尔话说，两匹抢草吃的马，不互相尥蹄子才怪。出于各方面考虑，夏伊认为奇曼还是不要去的好。奇曼不放心，提醒夏伊，那个帕丽墩，比你高，比你壮。夏伊说，我打不过她，还跑不过她吗？奇曼想想也是，夏伊去那拉提玩，把牛追得满山跑，牛跑不动了，累得口吐白沫，夏伊还体力满满，没有跑够。夏伊奔跑的能力，是小时候被羊毛胡同里的鹅给追出来的。羊毛胡同谁家养了群鹅，有人路过，鹅就集体伸长脖子，高叫着追过来。夏伊怕鹅，拼命跑，越跑鹅越追。夏伊每天上学放学，都要上演被鹅追的惨剧。跑得慢了，被钳几口，疼得要命。奇曼看着夏伊腿上青紫的印子，告诉夏伊，想要不被鹅钳，就要跑得比鹅快。有段时间，羊毛胡同的人经常看见，夏伊在前面跑，一群鹅在后面追。夏伊跑得辫子四散，头发飞扬。夏伊后来不怕鹅了，反过来追鹅，鹅被追急了，翅膀拍打起尘土，离地三尺地飞出去一百多米，再落回到地面。夏伊想看看鹅经常这样练习飞，是不是就能像天鹅一样飞到天上去。她有事没事，就追着鹅跑。鹅主人跑家里告状，声称鹅被夏伊追得都不下蛋了。帕夏大婶拿出家里攒的鸡蛋赔偿对方，三个鸡蛋，抵一个鹅蛋。夏伊长成大姑娘后，还经常干追鹅的事儿。四下里看看胡同里没人，猛地奔跑起来，惊得一群鹅爆发出飞翔的力量。

夏伊本来想打车去的，在羊毛胡同口等了一会儿，没有等到出租车，拿出手机叫车，发现手机电量显示红格。夏伊只能往前走了一段，打算走到青年路再打出租车。等到了青年路，发现其实已经走了差不多三分之一的路程，觉得还不如走着去算了。头顶的太阳虽然很大，但街道基本被树木的浓荫覆盖，很适合步行。以前伊宁街道两边的行道树，全是苹果树和海棠果树，七八月的时候，密密实实的果子结满枝头，将树条压得低低的，空气中飘荡着浓郁的果香味，给人感觉，伊宁是一个苹果一样好闻的城市。伊宁别名阿力麻里，意思是苹果城，但现在伊宁的行道树变成了一些时髦的树种，法桐、红枫、凤凰树、悬铃木，风格变得和内地类同。夏伊觉得现在随便在哪个城市，所见越来越相似，各地差异性越来越小，已经很难找到之前那种独特之处。

夏伊按照奇曼给的地址，在斯大林街找到"解忧公主"薰衣草专卖店。解忧公主是汉朝和亲乌孙的公主，流传至今，成了薰衣草品牌。"解忧公主"门上装饰着薰衣草干花，窗上挂着民族特色的薰衣草香包，颇有些情调。"解忧公主"左边是一家卖察布查尔鹿茸的店，右边一家卖得比较杂：天山雪菊、红枸杞子、黑枸杞子、葡萄干、杏皮子。夏伊从斯大林街这头走到那头，一整条街，全是伊犁特产。来伊犁旅游的人，喜欢逛斯大林街，买些东西带回去。本地人不怎么来这里买，这条街上的东西比其他街贵。

　　夏伊折返回来，在"解忧公主"门口，对着玻璃理理头发，推门而入。浓郁的薰衣草味道令夏伊打了个大大的喷嚏，一个高个子女人扭头看过来。夏伊第一感觉，这样的人，怎么会是情人？从理论上来说，一个男人的情人，应该比老婆漂亮才对，至少应该比老婆富有风情。奇曼虽胖，皮肤好得像和田白玉，脸上有维吾尔人深凹的大眼睛和高鼻梁，帕丽墩没有。为了增加立体感，帕丽墩文了很黑的眉毛和眼线，黑森森的。帕丽墩的身材也是戈壁滩一样，干巴巴的，只有平面感，没有起伏感。不过衣品还可以，算得上洋气。伊宁女人都洋气。

　　帕丽墩用汉语问夏伊想买点啥，夏伊不说话，四下里看。帕丽墩向夏伊推荐一款薰衣草保湿面膜，说自己常用，效果不错，买一盒，送一个精油小挂件。小挂件是一个精致的紫色小瓶子，装着半瓶薰衣草精油，可以挂脖子上，也可以挂钥匙上，走哪儿香哪儿。夏伊说我看这面膜保湿效果不咋地，你常用，皮肤还这么干。帕丽墩说，我这几天在外面跑，晒的。帕丽墩还想推荐别的，夏伊说别麻烦了，我不是来买东西的。帕丽墩说看你牛哄哄的样子，像是口里来的。夏伊用维语说，不，我是羊毛胡同来的。帕丽墩噢一声，那我知道你是谁了，想吵架还是想打架？夏伊说，不吵架，也不打架，喝酒。帕丽墩说，你等着。

　　夏伊搬个凳子，坐着等。帕丽墩拿出手机给人打电话，夏伊听见帕丽墩说你快点过来，赶快，抓紧了。"外——外！"那么多干啥，让你快点就快点。废话咋那么多呢？十多分钟后，人来了，一个男的，长着个马鞍一样的高鼻子，进门看夏伊一眼，这谁？帕丽墩说找麻烦来的。男的说我本来先去花城办事再过来的，催这么急，跟我老婆子催我上床睡觉一个样。帕丽墩说你说话注意点。男的说，我说的不是那个意思，我说的就是睡觉。帕丽墩说你再不来取货，我就关门喝酒去了。男的清点了货，让帕丽墩搬到车上去。帕丽墩说你个大男人自己不搬，要我搬？男的说我腰疼，那啥的时候扭了。帕丽墩把货搬上车，一大箱货，帕丽墩扛起来就撂到车上。夏伊想，这要打架，自己还真不是她对手。男的付钱的时候要把几块钱零头抹去，帕丽墩不答应，磨了半天，男的才付清了款走人。帕丽墩对夏伊说，现在的新疆男人，越来越不像新疆男人了。

　　帕丽墩进到帘子后面换裙子，帘子是纱的，身材轮廓隔纱可见。夏伊忍不住想，巴扎提在的时候，想必帕丽墩也这样换过裙子。说实话，帕丽墩的身材，没啥内容可看。

帕丽墩换好裙子，关了店铺，带着夏伊往大街上走。汉人街有家木卡姆主题音乐酒吧，民族风味很浓，浅蓝的墙壁，深蓝的门窗，屋顶是伊斯兰穹顶状，门前有葫芦架，葫芦藤上悬挂着维吾尔葫芦。那是一种可以当水瓢子用的葫芦，把很长。帕丽墩说自己常来这里，陪客商，有时候是自己一个人。夏伊问帕丽墩是不是经常和巴扎提在这里约会，帕丽墩说，巴扎提这个人，没意思得很，不喝酒。你说新疆男人，哪有不喝酒的？

这个时间段，酒吧里人不多，长条桌子大多空着。每张桌子旁的墙壁上都绘着一幅画，夏伊挨个看一遍，是《赛力普与艾乃姆》的故事情节，描述的是一个巴依的女儿，爱上了一个穷小子，两个人隔着高墙，以歌传递思念。故事结尾，巴依女儿翻墙和心上人私奔而去。《赛力普与艾乃姆》是维吾尔经典爱情故事，类似于《罗密欧与朱丽叶》《梁山伯与祝英台》。夏伊挑了张艾乃姆站在玫瑰花丛等待心上人的桌子坐下。帕丽墩要了两瓶伏特加，又拿了几瓶乌苏冰啤。不用杯子，直接提着酒瓶喝。伏特加度数高，乌苏冰啤味道苦，夏伊喝不惯，硬着头皮喝。帕丽墩说，我有一年去南方，喝过黄酒。那酒跟马尿差不多，淡得很。我喝了一坛子，五公斤，没醉。夏伊纠正，是五斤，全中国，只有新疆才用公斤。帕丽墩说反正是一大坛子，喝下去一点反应都没有。

唱木卡姆的人坐在穹形台子上自弹自唱，唱的是库车民歌《我的天空没有月亮》。合唱部分，几个戴花帽穿袷袢的人敲打手鼓，扯着嗓子一起加入。夏伊两种酒混着喝，有点头大起来。下酒菜是一碟皮辣红，帕丽墩习惯这种喝法，一口伏特加，一口冰啤，一口皮辣红。夏伊正想跟帕丽墩谈正事，帕丽墩的电话响了，跑外面接了好一会儿，回来没头没脑地骂了句牲口毛驴子。夏伊问，谁牲口毛驴子？帕丽墩说，没骂你。夏伊说，那骂谁？帕丽墩说，骂打电话的人。帕丽墩在沙发上靠了一会儿，叹一口气说，那个牲口毛驴子，我看着他开车驶入夕阳，从地平线上沉下去，从此就消失掉了。现在突然冒出来，你说惊吓不惊吓？夏伊说，到底谁？帕丽墩说，我前前前夫。夏伊说，你所有前夫串起来，加上巴扎提，刚好一烤肉串。帕丽墩笑起来，说，奇曼硬要卖给我，便宜，不买白不买。夏伊说，买了也白买。帕丽墩说，巴扎提就不是个男人。夏伊说，你想咋样？帕丽墩不说话。夏伊说，你那前前前夫，回来找你，什么个情况？帕丽墩喝一口伏特加，说，我们两个，跟墙上的故事差不多。那时候，我们家条件好，整面墙挂着羊毛壁毯，艾德莱丝绸被子摞得比柜子还高；他家条件差，连炕上的羊毛毯子都是破了洞的。我达当阿傍（爸妈）看不上他，我们就私奔了，过着又爱又穷的日子。为了挣钱，我跑去做买卖，哈萨克斯坦、乌兹别克斯坦、吉尔吉斯斯坦都去过，阿富汗边界也去过。挣了些钱，我从阿拉木图买了辆二手车回来，方向盘在右边的那种，在我们这边开不了，我们这边是靠右行驶的。花了点钱，把方向盘改装到左边。那时候伊宁市大街上私家车子不多。他考了驾照，不是带这个女人就是带那个女人，后来就开着车从我的视线里消失了，不知道又跟谁私奔去了。帕丽墩举起酒瓶说，喝酒喝酒，提这些烂事，伤心。喝了几口，放下酒瓶，忘了刚才的话，继续接着往下说，刚跟他在一起的时候，他啥都买不起，邻居家院子里有玫瑰花，他翻墙偷玫瑰花给我，我以为，太阳在我们头顶，永远不变心。帕丽墩伸手摸画在墙上的玫瑰花，感叹赛力普与艾乃姆的结局，是不是和自己跟前前前前夫一样。夏伊吃了口皮辣红，生皮芽子很冲鼻子，呛出眼泪来。夏伊说，上海到伊宁，开通直飞后，也是七个小时，跟昭苏到伊宁是一样的时间。时间一样，可是，距离不一样。四百多公里跟四千多公里，不在同一个天空下。就算现在我回到伊宁，也已经感觉不到他了。帕丽墩说，你说啥？他是谁？你们汉族人，说话含蓄得很。夏伊说，没说啥。喝酒喝得都忘了找你干啥来了。帕丽墩提醒夏伊，是关于巴扎提的事。夏伊说，噢，是这个。帕丽墩说，奇曼后悔了？夏伊说，奇曼是赌气。帕丽墩说，我也是赌气。每个男人，全都一声不吭地就消失了。男人做事咋这样子？要走，说一声，我不会硬抓着不放。

两个小时后，夏伊和帕丽墩从歌舞喧天的木卡姆音乐主题酒吧走出来，太阳从头顶直射下来，有些晃眼。两个人在门口确认了半天，才弄清楚谁该朝哪个方向走。夏伊努力保持形象，帕丽墩一消失，她就彻底完蛋了，扶着行道树，一棵树一棵树地挪，像电影里受了重伤的武林高手。夏伊的狼狈样被在大街上巡逻的阿所长看见，阿所长把夏伊捞进警车，说，夏伊帕尔汗，你和奇曼古丽喝酒，简直能把我们警察忙死。夏伊说，借你警车，送我回羊毛胡同。阿所长说，没麻达。安全送你回家，是我们警察的职责。

警车里对讲机响个不停，阿所长把夏伊撂在羊毛胡同，匆忙赶去别处。夏伊摸进大门，一手扶墙，一手扬着张纸冲奇曼喊，我把巴扎提给你赎回来了。奇曼跑出来，扶夏伊在门口的土台子上坐下，夏伊不坐，蹲在地上狂吐。酒嘛，水嘛。我喝不过她，还吐不过她嘛。

夏伊的酒量，是跟奇曼练出来的。奇曼经常带酒回家，坐在月光下的葡萄架下，对着酒吞、吐、闻、品。伊力特是用天山雪水和尼勒克山背上的旱田麦子酿造出来的酱香型白酒，每一次出酒，温度、时间、天气、水质，甚至容器的不同，出来的酒都会有略微的差异。这种差异，一般人喝不出来。酒厂根据奇曼的分析结果，加以调整。夏伊上大学的时候，就开始跟着奇曼学品酒，夏伊品得疑问百出：我怎么就喝不出你说的那些问题来？这瓶和那瓶，不是一样的辣口吗？

这瓶怎么就回味甘甜了？那瓶怎么就绵长了？夏伊拿起瓶子，喝一口，再喝一口。一瓶酒喝完了，还没有品出个所以然来。奇曼由此得出结论，夏伊只能成为酒鬼，而成不了品酒师。

夏伊有次误喝了奇曼一瓶五十年代的伊力特，气得奇曼声称要把钥匙要回去。夏伊一直有奇曼家的钥匙。小时候放学回来，夏伊先进奇曼家，三下两下，爬到树上，摘果子吃。或者踹一脚杏树，杏子噼里啪啦往下掉。夏伊蹲在树下吃够了再回自己家。回家夏伊不走大门，翻墙，噌地跳下去，从奇曼家的院子跳进自家院子。一墙之隔，一边是果园，一边是花园。张丽华在院子里种了很多花，花团锦簇的。张丽华不种果树，她认为只有乡下人才在院子里种果树。张丽华调到伊宁市后，全然忘了自己在哈什桥水电站那样的鬼地方待过十几年。鬼地方是张丽华对水电站的代称，别说花，连树也不会有一棵。夏伊去过一两次。水电站水声滔天，震耳欲聋，说话得喊。张丽华平时说话声音很大，但她自己一点不觉得。张丽华在水电站待惯了，刚调回伊宁市的那段时间，经常睡不着觉。她抱怨羊毛胡同太静了，静得连自己的呼吸都能听得见，这让人怎么睡觉。去了上海后，张丽华失眠加重，这使得她开始怀念哈什桥水电站那个鬼地方，几次跟夏伊说要回去看看。

夏伊回伊宁，从不提前吱一声，突然出现在奇曼家，用钥匙开了门，四处找东西吃。翻到牛肉干、酸奶疙瘩，觉得这些东西要有点酒才好。奇曼除了工作，平时不喝酒。巴扎提是个医生，视酒如鹤顶红。夏伊翻箱倒柜，最后发现旮旯里有瓶酒，酒瓶子造型很老土，但酒不错。等奇曼回来，夏伊已经飘飘欲仙。奇曼看着空酒瓶子，恨不能掐着夏伊鹅一样长的脖子，让她把酒吐出来。说，知不知道你喝掉的是伊力特的历史，二十世纪五十年代最后的伊力特，被你喝灭绝了。奇曼带着哭腔。夏伊以为奇曼在此处使用了夸张的修辞手法，五十年代的伊力特，又不是恐龙。要知道，很多伊犁人，都有珍藏陈年伊力特的癖好，不信找不出一瓶五几年的伊力特来。夏伊大张旗鼓，满城昭告，高价收买五十年代的伊力特。找了半年，六几年的伊力特倒是找到几瓶，五几年的还真没有。奇曼说，五几年的伊力特，整个伊犁，乃至新疆，也就老邱师傅有。夏伊不知老邱师傅是何人，奇曼说老邱师傅是伊力特酒厂的老职工，参与过酒厂建厂初期第一锅酒的酿造。八几年的时候，伊犁出了一桩人人皆知的凶杀案，酒厂一个失踪了一年多的漂亮女职工，被发现赤身裸体地浸泡在密封的酒罐子里。公安局来酒厂破案，认定老邱师傅是凶手，老邱师傅被判死缓，在白石墩劳改了十几年。某一天，老邱师傅突然被宣告无罪。从劳改农场出来后，酒厂照顾老邱师傅，给他安排了退休。蹲了十几年监狱，老邱师傅无亲无故，经常揣一瓶伊力特，去苹果园听斯德克老汉唱木卡姆，一边喝酒一边听，听得泪流满面。后来斯德克老汉年纪大了，不再去苹果园。老邱师傅也不再去苹果园。一次老邱师傅回酒厂领中秋节发放的月饼，碰到奇曼，得知斯德克老汉还健在，老邱师傅拿出珍藏了几十年的酒，骑上自行车来到羊毛胡同。斯德克老汉坐在葡萄架下，用尽全力，为老邱师傅唱了一首《纳瓦尔木卡姆》，歌声悲怆，像清亮的雪水冲下帕米尔高原，又像烈日下孤独行走的人突破重压发出的呐喊。唱到高音，歌声在天穹戛然停顿。老邱师傅抬起泪眼，发现斯德克老汉已经闭上了眼睛。歌未尽，人已亡，酒还没有打开。老邱师傅跟跄而去。老邱师傅也是上了年纪的人，没多久，也走了。和斯德克老汉埋在同一座山坡上，黄土的坟，堆得高高的，奇曼去看斯德克老汉，在斯德克老汉坟上放一枝苹果花。没有苹果花，就放几个苹果。在老邱师傅坟前，放一瓶当年的伊力特。山坡上有汉族人的坟，有维吾尔族人的坟，也有蒙古族人、回族人和锡伯族人的坟。阳光照在坟地上，跟照在羊毛胡同一样安静。

那瓶本来应该喝进斯德克老汉和老邱师傅身体里的酒，喝进了夏伊的身体里。夏伊从此便有了一种被什么附身的感觉，自此酒量大增。刚到上海的时候，夏伊在公司几乎无事可做。公司里的同事，不是"985"毕业，就是海外留学归来。夏伊的伊犁师范学院的文凭，把他们整体水平都拉低了。在同事眼里，伊犁师范学院，毕业了不是应该去伊利牛奶厂工作，和牛打交道的吗，怎么跑来跟他们同事了？夏伊表示鄙夷，伊利牛奶是内蒙古的，此伊利非彼伊犁。连这都混淆不清，还"985"呢。

夏伊的工作，归功于张丽华在上海的社会关系。夏伊对此并不心存感谢，她在窗明几净的写字楼里当白领当得憋屈无比。说是工作，差不多就是喝酒。任何需要喝酒的场合，老总都会想到她。新疆姑娘能喝，老总说。夏伊酒量的确好，但夏伊不乐意喝，拉长了脸坐在那里，摆出一副很臭的架势。老总提示她招呼客人，夏伊带着情绪，抓起酒瓶，给自己满满倒上一杯，说，为了表示诚意，我先干三杯。夏伊仰脖而尽，又倒一杯，又仰脖而尽，连续三杯。茶杯差不多大的玻璃杯子，三杯下去，一瓶几千块钱的茅台就所剩无几了。老总心疼得干瞪眼。夏伊这样驴饮一样地喝酒，几次之后，老总不敢再叫夏伊陪客人吃饭。夏伊所能做的，就是在公司当当助手，处理一些杂务。一次主管让夏伊去贵宾室给几个土耳其客商送咖啡，在"985"们看来，伊犁师范学院的文凭，只适合干类似的事情。夏伊走进铺着地毯的贵宾室，听见几个土耳其人撇开英语翻译，用土耳其语私下交谈，似乎是对项目的合作有所疑虑。土耳其语和维吾尔语属于同一个语系，有相当一部分，夏伊能够听懂。夏伊插了几句，土耳其人面露惊讶，老总亦惊讶不已。接下来，夏伊被调去土耳其合作项目组帮忙。公司请土耳其人吃饭，土耳其人善饮，饮酒喜欢跳旋转舞助兴，夏伊以木卡姆歌声伴舞。木卡姆不仅是维吾尔音乐，在广阔的亚细亚大地上，它以同一旋律和节奏在流传。土耳其人举杯，建议为共同的木卡姆干杯。夏伊后来被委以重任，专门负责土耳其区域的业务，一年几次地往土耳其跑，业绩斐然。维吾尔有句谚语：多才多艺的人如同果实累累的树。事实证明，维吾尔语和木卡姆在大上海并非毫无用处，伊犁师范学院的实力，也并不比"985"差。

夏伊在上海喝酒，所向披靡，几乎成为公司里的传说。在伊宁，却成这样，一个帕丽墩就把她给喝翻了。奇曼把夏伊扛起来，扔到葡萄架下的毡子上。夏伊爬起来，啪啪地拍门，叫巴扎提出来。羊毛胡同的房子，多是维吾尔式建筑风格的老房子，两扇开合的木质门板，被夏伊拍得几乎散架。巴扎提以为夏伊要揍自己，赶紧逾窗而走，从窗台跳下来，打翻了一盆天竺葵。夏伊扯住巴扎提，转告帕丽墩带给他的话：奇曼不要的，她帕丽墩也不稀罕，留下给奇曼种乌斯曼草和海娜花去吧。巴扎提听了，表情有些失落。夏伊说，你眼光，也太次了吧。就喝酒，和奇曼有一比，其他，差远了。巴扎提弱弱地问，是怎么搞定帕丽墩的？夏伊说，喝酒呗。我把她喝翻了，她把我也喝翻了。她送我一盒薰衣草保湿面膜，我把一个订单给了她。

夏伊一觉睡到第二天醒来，想到那个订单，懊悔不已。我亏大了，你得赔偿我损失，夏伊对巴扎提说。巴扎提不知道该如何赔偿，夏伊说，把你的车给我开两天。

巴扎提的车宝贝得什么似的，以前夏伊回来，想借来开一下，门都没有。巴扎提的理由是，车跟马一样，认生。巴扎提小时候家住果子沟的二台，离最近的学校十几公里，去的时候全是大下坡，回来全是大上坡，骑自行车不行，得骑马。巴扎提每天骑马上学，和马有很深的感情。伊犁人吃熏马肉，巴扎提从来不吃。羊毛胡同不能养马，巴扎提就把车当成马来养，他从不把车停在大太阳下，车会被晒死的，巴扎提说。冬天则是担心车会被西伯利亚寒流冻坏，一层层地给车盖上毯子。夏伊偷拿钥匙开过两次巴扎提的车，一次和别人刮擦了一下，车头凹进去一个坑。一次爆胎在半路，大太阳底下，几乎晒成木乃伊，好不容易才拦到一个愿意停车帮忙换胎的人。鉴于两次不愉快的开车经历，夏伊对开巴扎提的车多少有点阴影。巴扎提把车钥匙扔给夏伊，说，放心吧，你已经开过两次，车认得你，不会再出麻达了。夏伊接过车钥匙，发现车钥匙上挂着个薰衣草香精油的小玻璃瓶子，正是那款保湿面膜顺带送的小挂件。夏伊摘下来扔进垃圾桶，说，巴扎提，以后车里再出现薰衣草味道，小心我揍你。

那个订单本来是给七十团的，给了帕丽墩，夏伊也就不用再去七十团。她开着巴扎提的车，出伊宁，往东，沿伊拜公路直奔哈什山。过了墩麻扎小镇之后，哈什山像一道屏障出现在眼前。这座天山山脉延伸出来的山，远看像一匹背部隆起的骆驼，近看，哈什山和新疆所有的山没什么两样，天生的阴阳脸。向阳的一面，明亮，和缓；背阴面陡峭，山石嶙峋。

夏伊对这座山并不陌生。山还是原貌，只是看上去更光秃了些。崖壁上，几只吃草的羊，白色小点缓慢向上移动。阳光下可以清楚地看见羊几乎是踩着九十度的山体在攀爬。偶蹄瓣，攀爬起来，竟然比攀岩运动员还专业。夏伊担心羊会摔下来。事实上，羊有吸附能力似的，攀着岩壁，越攀越高。夏伊怀疑离山顶很近的几朵云，是羊吃草吃到了天上去的。

经过哈什桥水电站，夏伊停车逗留了一会儿。几个小巴郎子光着屁股在闸门下玩水，大太阳把他们晒得红红的，到处都在脱皮，看上去和蛇差不多。附近村子的人赶着毛驴车，在水电站卖杏子。买的人和卖的人，哑巴一样用手势比画价钱。拉车的毛驴张着嘴，感觉是在昂昂地叫，但听不到声音。驴叫的声音，一发出来就被巨大的水声冲走了。夏伊想到这个时间点的上海，和新疆有两个多小时的时差，张丽华应该已经吃过晚饭，坐在电视机前为夜晚的失眠而发愁。张丽华的失眠有些与众不同，别人是太吵睡不着，张丽华刚好相反，为此夏世焱经常人为地制造一些噪声，以助张丽华睡眠，但效果甚微。夏伊走到河边，拿出手机，录了一段哈什河的水声，她将视频发给张丽华，希望这水声，能治愈她的失眠症。

部队原址上的情境跟奇曼所拍基本一致。大片断墙，荒凉得有些壮观。夏伊从断墙间走过，蚂蚱从脚下一蹦老远。旱地蜥蜴皮肤闪亮，在裸露的地表快速爬行。一块土坷垃子，夏伊踢了一脚，有东西在虚土里闪亮，扒拉开来，是一颗军扣。一片略显空旷的地方，长着几丛骆驼蓬，从面积上看，应该是当年部队放露天电影的篮球场。一条黑亮的柏油公路，从断墙群落中穿过，延伸向远方。夏伊上车，沿公路往前，前方落日又大又圆，犹如梦境，夏伊仿佛在梦中看见自己。她想起四千七百多公里外的明珠塔，自己曾站在塔顶俯视上海的夜景，一个城市的灯火，庞大如星系，她那间奇曼转不过身的小房间，隐没其中，她甚至找不出它的大致方位，这让她一度怀疑，自己在地球表面的那个立足点，是否存在。如果不存在，那么这些年，她一直寄身于何处？或者，她的身体本身就是一个寄身之所，或归于此，或归于彼，或不归于此，亦不归于彼。汽车前方，笔直向西的道路，正对着落日，路面耀眼得让人睁不开眼睛，夏伊感觉，这样一直开，能开到落日里去。

（原载《十月》2021年第3期）

作者简介：

杨方，出生于新疆，出版诗集《像白云一样生活》《骆驼羔一样的眼睛》，小说集《打马跑过乌孙山》。小说入选《小说选刊》《中国年度中篇小说精选》等选本。获"《北京文学》优秀短篇小说奖"、"《诗刊》青年诗人奖"、第十届"华文青年诗人奖"、第二届"扬子江诗学奖"、"浙江优秀青年作品奖"、首都师范大学2013—2014年"驻校诗人"。长篇历史小说《江南烟华录》被改编成电影《大明监察御史》。

瓦猫

葛亮

大阔嘴，旗杆尾。
钟馗脸，棉花肠。
大肚能容乾坤会，
梁上驱邪吓退鬼。

——滇区童谣

I.

说起来，那次去云南，完全是为了卡瓦格博。

可是到了香格里拉时，我因为高反，引发了急性肠胃炎，已经不能动弹了。这对我的确是一次意外。因为仅在一个月前，我从利马直飞印加古城库斯科，一路辗转上了马丘比丘。在海拔三四千米的地方，身体并没有任何反应，甚至未服用类似红景天的高反药物。可这次云南的行程，尽管做了充分的准备，却事与愿违。

但我还是坚持随队上了德钦。到达驻地，便开始发高烧。

大约折腾到了半夜，人才睡了过去。第二天醒来，已是接近中午时候。照顾我的是当地的藏民德吉大婶。她会的汉话不多，但表达却很恳切，因此足以交流。我喝了一碗她为我熬制的鸡汤，据说里面放了当地的藏药草，对缓解高反有神效。这滚热的鸡汤，喝下去，立时感到好了很多。

有人敲门进来，是拉茸卓玛。她是我们队里的人类学家雷行教授的研究生，也是当地的土著。卓玛看见我的样子，似乎很高兴，一边说，昨天看您脸色煞白的，吓死我。今天就这样好了，是有卡瓦格博保佑呢。

然后她便热烈地用藏话和德吉大婶交谈。我才知道，大婶是她的"阿尼拉"，也就是姑妈。

没待我问起，她便告诉我，同伴们都去了附近的白马雪山垭口。回程的观景台，据说是看卡瓦格博最好的地方。我在心里叹口气，觉得这一场病得十分煞风景。

卓玛大概看出了我的失望，说，毛老师，我陪你到村里走走吧，远远地看雪山也很美。

卓玛没有说错。在这个村落的任何一个角度，都能看到卡瓦格博。

她站在一块高岩上，高兴地指给我说，我们的运气不错呢。是的，大约是季节将将好，并没有搅扰视线的云雾，"太子十三峰"看得十分清晰。峰峰蜿蜒相连，冰舌逶迤而下，主峰便是卡瓦格博。

我远远望去，不禁也屏住了呼吸。雪峰连结处，冰舌逶迤而下，是终年覆盖的积雪与冰川。这样盛大而纯粹的白，在近乎透明的蓝色的穹顶之下，有着不言而喻的神圣庄严。

我静静看了一会儿，说，这村叫"雾浓顶"，今天倒是给足了面子，一丝雾没有。卓玛便笑了，说，老师，您这是作家的说法。我们这"雾浓顶"，其实是藏语的音译。"雾"是菩萨的意思，"浓"是下去了，"顶"和"邸"一样是高地，合起来就是菩萨下去的地方。

我问，菩萨下去了哪里呢。

卓玛遥遥一指，说，村里老辈人说，那边有个水塘，现在已经干了。菩萨被一个女人惊动了，从那里下去，飞去峡谷对面的飞来寺了。

这村落里错落着民居，都分布在山坡上。卓玛说，整个雾浓顶，也不过二十多户人，从她记事时就是这样。

白色房屋掩映在层叠的青稞地里。冬天的田地，是土黄色的，远望袤袤无边。大约因为刚收获过，近观不很丰盛。有些野雉在地里啄食，并不怕人，看到我们过来，也没有退避的意思，反而好奇地昂起头，看着我们。看够了，晶亮的眼睛一轮，并又低下头，在地里刨生计去了。

在一处空旷的田野里，我看到了一尊精美的四面佛像，晾在天棚下面。说是精美，是因形容笔绘端穆。但身体还有镶铆拼合的痕迹，应该还未来得及塑上金身。我正看的时候，卓玛接到了电话，她说，老师，我姑爹请我们去他家里坐一坐呢。

我便随着她，走到一幢半坡上的房子前，门口蹲着一只黑狗懒懒地晒太阳。看到我们，立即站了起来，大声地吠叫。卓玛对它说了句什么。它便又顺从地趴了下去。我们就看见德吉大婶儿迎了出来，手里还端着一只竹匾，里面金灿灿的，是新收的玉米。

这房子如同村里多数的民居，白墙灰瓦，有个坡屋顶，大约用来晾晒，各色粮食在阳光底下纷呈，煞是好看。相对先前所见，干打垒的外墙算是朴素的，并无浓烈修饰，只开了几扇黄绿的藏式方窗。屋子边上就有白塔和焚松枝的香炉，院外整整齐齐码着木柴，是为过冬备的。

德吉婶婶领我们走进门，是个过厅，穿过去豁然开朗，是挺宽敞的客厅。靠窗一长排藏式长椅和茶几。午后浅浅的阳光，恰照射进来，落在墙壁上。墙上挂着斑斓的壁毯，是藏传佛教的故事绣像。迎面则是木雕佛龛、壁柜。房间正中的炉里生着熊熊的火，坐在炉上的水壶正咕嘟咕嘟地冒着热气。一个面色黧红的老人，看着我们，高兴地道一声"扎西得勒"，便站起身来。我也双手合十与他还礼。

之后便充分领略到了藏人的好客。这位朗嘎大叔，似乎将家里好吃的东西都拿了出来，甚至包括刚熏制好的藏香猪肉干。当然少不了的是酥油糌粑。卓玛大约看出我一瞬的犹豫，便和她姑爹说了句藏话。然后对我说，老师，您肠胃还没恢复，这个难消化。不用勉强。

朗嘎大叔哈哈大笑，道，你们城里人……

然后他也放下碗，脸上是一言难尽的宽容表情。为了不让他失望，我立时模仿他，将奶茶倒了小半碗，依次倒进了酥油、炒面、曲拉、糖，用手指拌匀，捏成了小团。味道竟是出乎意料的好，有一种馥郁的芳香与酸脆。又学他灌下了一杯青稞酒，热辣辣的。

朗嘎大叔格外地喜悦，眯起眼睛，对我竖起大拇指。他的话也多起来，原来竟能讲很不错的汉话。他说，我能来他很高兴，可以和他说说话。村里农闲，整个雾浓顶已经没什么人了，都去转山了。

我便问，您为什么没有去呢？

他眼里的光便有些黯淡，告诉我说，他的风湿病犯了，走路都很困难，最近越来越严重。他又叹一口气，说，一定是年轻时猎杀了太多的动物，这是卡瓦格博的报应。

看他低头不语的样子，卓玛便用藏语和他说了什么。大约是在劝说，他便渐渐神色缓和，又和我们谈笑风生。我们临走时，他拿出了弦子，引吭为我们唱了一首德钦本地的民歌。因卓玛的翻译,我依稀记得其中的一句歌词:"我是雪山上的雄狮,没有了洁白的雪山和冰川,雄狮怎能存活?"

大叔拄着拐把我们送出来。走出了好一段,我们回过头,看他还站在高坡上目送,卓玛叹息一声,说,其实姑爹这样的康巴汉子,不能去转山,是很折磨的事情。

我想想说,老人年纪确实也大了,在外面万一有个闪失……还是在家里放心。

卓玛摇摇头道,我们藏人对生老病死都看得很开。能在转山路上死,在卡瓦格博脚下死,是很幸福的。姑爹苦的是身体上不了路。

我们在回程途中,看见一座小房子,孤零零地坐落在路边。与雾浓顶普遍两三层的屋宇相对,它显得尤为低矮。只开了两扇窗,也没有装饰。倒是屋后有一座很大的白塔,耸立着。比起房屋,白塔更为洁净,像是有人着意打理。上面飘着经幡,在太阳底下若隐若现地闪着晶莹的光。

而吸引我的,是这房子的坡顶上,有一尊雕塑。这是周边其他房子上所没有的。它黑乎乎的,像是某种图腾。在我有限的关于藏传神佛像的知识储备里,似乎了无印象。它更像是一只动物,确切地说,是一头老虎。它虽体量不大,但有双怒睛,突兀地张着大嘴,面目可称得上狰狞。

这时,一股山风吹过来,吹进了我的领口,让人一个激灵。我回过头,问卓玛这是什么。

但卓玛脸上有迷惑的神色,愣愣的。这时她回过神来,说,瓦猫。

瓦猫?是种……神兽?我问。

她说,是,但不是我们藏族的。这些年我跟着教授,在大理、玉溪、曲靖考察时都见到过。在呈贡马金铺也有,叫"石猫猫"。但这一只,应该是昆明龙泉的形制。

我说,你不讲的话,我还以为是老虎。猫兼虎形。

她点点头,说虎也不错,"降吉虎"驱邪嘛。它是云南汉族、彝族和白族的镇宅兽,自然是模样恶一些。多半是在屋顶和门头瓦脊上。这大嘴是用来吃鬼的。大门对着人家屋角房脊,一张嘴吃掉。要是向着田野,有游魂野鬼,也要安一只镇一镇。

我说,这样说来,还真是只霸道神兽。

她说,可是……究竟不是我们藏族的东西,我不记得以前有。这房子,是村里五保户仁钦奶奶的。

可能是听到了我们的声音,门这时打开了,有人探出了头。是个很老的老太太，身着一件很厚的氆氇藏袍。她佝偻着身体，抬起头看着我们，说了句什么。我看到她一只眼睛里有白色的翳障，应该是看不太清楚。另一只眼睛，却有些警惕的鹰隼般的目光。卓玛走近了，和她亲切地交谈。她这才点点头，看着我，眼光柔和了，竟然绽开了笑容。黑黄的脸上，沟壑般纵横的皱纹也因此舒展开来。她掀起衣襟，擦一擦眼睛，似乎想要仔细再看看我。

卓玛走过去扶着她，说，我跟她介绍说，您是城里来的教授。奶奶可喜欢读书人呢。

她于是指着屋顶上的瓦猫，跟仁钦奶奶说了一会儿。

奶奶沉吟一下，点点头，对卓玛说了句什么。卓玛就笑着对我说，奶奶问，您是从哪里来的。

我想起此次云南之行的起点，不假思索答道：昆明。

这一回，奶奶好像忽然听懂了。她走近我，扬起脸，望着瓦猫的方向，开始用极快的语速说话。我自然是听不懂。看我茫然，她边改用手比画。因为她过于急切与激动，卓玛已经来不及翻译。奶奶一跺脚，直接捉住我的手，就将我往她屋子里拉。

我们走进去，屋子里的光线，十分昏暗。漾着一股气味，是酥油混合着年迈的老人特有的气息。墙上是一幅班禅喇嘛的画像。佛像前摆着三枚铜碗，里头盛放的是给佛的供奉。

奶奶跪坐在火炉后的壁柜前，一只只打开来翻找，同时嘴巴里嘟嘟囔囔的。良久，终于有了发现。她小心翼翼地将手伸进去，拿出了一样东西。是一个牛皮纸的信封。她站起身，将这只信封塞到我手里。

信封上印着"迪庆藏族自治州文化馆"的字样，一角已经磨损了。借着微弱的光，看到上面用钢笔写着一个昆明的地址，字体很工整，但有洇湿的痕迹。没待我细看，她又开始很快地说话，间或我只能听见她在重复"昆明"二字，然后用热切的目光看着我。卓玛说，老师，奶奶拜托你把这个信封，亲手交给地址上的人。

卓玛想想，跟奶奶说了几句话，想将信封从我手上接过来。

奶奶似乎生气了，使劲拨开了她的手，执意将那封信放在我手里，让我牢牢地攥住。我将手也放在她的手背上说，奶奶，您放心。

她便又绽开了笑容，如同初见我时。而后想起了什么，打开炉子。我知道，这是要打酥油茶，要做糌粑招待我们。

我们离开的时候，仁钦奶奶手里执着一串佛珠，踉跄地跟了几步，嘴里依然喃喃念着什么。卓玛说，奶奶在给我们祈福呢。

我连忙对她双手合十。奶奶的面目忽然严肃了，指指我手中的信封。

待我们终于走远了，卓玛像有些抱歉似的说，其实我刚刚和奶奶讲，您是远道来的香港客人，可能没时间去帮她送信，不如交给我邮寄。可是她怎么都不听我。老师，给您添麻烦了。

我说，没事。我返程还要在昆明待个几天，再回去。难得奶奶相信我这个陌生人，定不辱使命。

第二天，我们驱车去了明永村。招待我们的是雷行教授的一位旧识，村主任大丹巴。大丹巴头发花白，也是个老人，但却是十分强干的样子。穿着一件迷彩服，脚蹬解放鞋。步下生风，说起话来，也是掷地有声。看他挺直的身板儿，问起来果然有过参军的经历。

明永，在藏话里的是"神山卡瓦格博护心镜"的意思，近年因为附近的冰川观光而声名大噪。这个五十多户居民的小村落，深居山坳。过去交通十分不便，游客从布村过澜沧江大桥后，得跟随马帮步行翻山才能到达，路途艰辛。当地的旅游事业，自然不成气候。后来因为德钦到明永的简易公路修通，游客蜂拥而至。村民靠为旅游者牵马和门票分成，赚了不少钱。

我们等村主任时，看见村口的白塔旁，一些村民三三两两或站或坐，男的在抽烟，女的手里没有闲着，在做些针织的活儿。他们眼睛不时望着大路，身后的几匹马，也懒懒地吃着草料。自从公路通了，每天都会有几批观光客。村民们便轮番牵马送上冰川去。这时候，就看见一辆摩托疾驰而来，村民们一拥而起，七嘴八舌。牵马的牵马，备鞍的备鞍，更多的是召唤彼此。没过多久，就看见一辆中巴车进入视线，停在了白塔边上。十多个游客陆续下了车。这边厢，村民们便迎上去。女人们和游客讨价还价，未几便谈好了。男人们便服务客人上马。整个过程行云流水，看出来已经相当熟练。

大丹巴见有新客，便问我们要不要上冰川一游，他来安排。雷教授便说，今天时间紧，就不来凑你这个热闹了。还是跟你去家里，我做新纪录片，要补几个镜头。

我们走在路上，看到一个半大的小子，跟在马后头，和身边的伙伴起了争执。伙伴嬉皮笑脸，他倒有些气极。听他们说话间，不断提到"甲炮"这个词。我便悄悄问大丹巴，是什么意思。

村主任哈哈一笑，说，怕是刚才分马的时候，觉得自己吃了亏。这个词啊，得分开念。"甲"在藏语里头，是指外乡人。这"炮"是胖的意思。

我抬起头来看，果然坐在马上的，是个体态丰满的先生。他自己左顾右盼，是怡然之态。身下的马，蹄子深深陷进泥里，大约有些吃力。

他们现在可精，就怕分到胖子。客一来，赶紧就要抢小孩和小个子女人。

这时候，摄影师打开机器拍马队。一只野虫飞舞着，落在镜头上。摄影师驱赶虫子，有些手忙脚乱，吸引了众人的目光。先前那个半大小子，干脆将头伸到了镜头前，脸上是好奇之色。

村主任便呵斥他，洛桑，人家在拍电视，捣乱想要挨揍！

他用的汉话，倒像是当着外人面训孩子的家长。这孩子便嬉笑地躲开了。

雷教授便说，这来看冰川的人，比我上次来，又多了好多。

大丹巴叹口气道，越来越难管。抢客不行，抽签也不行，都怕吃了亏。

卓玛道，这条路是当年跟"斯农"抢来的，也难怪他们。

村主任说，九八年通路，这一晃二十年过去了，家家做牵马生意。地不耕、羊不放。

雷教授说，做旅游还是有风险，望天打挂。我老家在粤北，也是自然村，跟风搞古镇游。一个非典、一个金融风暴，就伤筋动骨了。现在老老实实回去种地。

村主任连连点头，说，这我可说的不算。你回头见我家小子说说他，这一窝蜂都是他带起来的。现今村里，连好好的松茸都没人去采了。

沉默了一下，他又说，教授，我其实一直没想通。你说那场山难，是卡瓦格博降下的"扎吾"，却让明永出了名。十七条命没了，来的人却越来越多，这算是怎么一回事。

我们进村的路上，有一条贯穿全村的水沟。一路都是潺潺的流水。这水沟引来山泉的工程，是大丹巴很引以为豪的事，因为在他任期内完成的。他说以往的明永人喝水靠的是混浊的冰川，许多人得了大脖子病。

这沿水而建的明永当地的民居，的确比雾浓顶的村舍，又排场了许多，可以看出富裕的气象。有的除了保留了藏窗的样式，建筑风格已经极为现代。甚至一所楼房，除了传统的藏画，外墙上竟绘制了鳞次栉比的摩天大楼。

这楼房的对面，有一棵巨大的柿子树，上面还结着未及掉落的秋柿子。大约经历了风霜，这些柿子都并不很饱满了。我方注意到，树下靠坡一侧，有块巨大的山石，上头生了青苔，布满了经年的藤蔓。再仔细一看，原来上面大隶镌着字——"勇士，在此长眠，2006年10月"，底下有同样的格式，刻着日文。

这是一座石碑。在这石碑的顶端，有一尊塑像。虽在藤蔓遮盖下，我还是看清楚了。一只动物，似猫非虎。是的，这是一只瓦猫。

我立即拿出手机，打开了图片簿。定睛望去，不禁深吸了一口气。

大丹巴见我呆呆望着，便说，这只碑，是在最后一个日本队员的遗体找到时，才立起来。

我回身看他，说，这只瓦猫，我见过。

我将手机给他看。是的。黑色，怒睛巨口，与在仁钦奶奶家屋顶上的，一模一样。

大丹巴撩开藤蔓，仔细地辨认。半晌，才喃喃道：我想起来了，他去过雾浓顶。对，他临出发去转山前，说过要去那里找个人。

我问，他是谁？

村主任说，做这只瓦猫的人。仁钦奶奶和你说了什么没有？

我说，奶奶交给我一个信封，让我带到昆明，交给地址上的人。

大丹巴沉吟一下，慢慢说，那要保管好，亲自交给他啊。

II.

三天后，我回到了昆明。本地的朋友晓桁，当晚请我在石屏会馆吃饭。对我说这是个有来历的地方，很适合请我。

我说，哈哈，不讲来历，能有个地方祭五脏庙，就心满意足。

其实我对这里，连一知半解也谈不上。大约只知道门口题字是状元袁嘉谷的手笔，加之是个吃菌子的好去处。

会馆邻近翠湖路上，结庐在人境，果然算是个闹市里的桃花源。觥筹之下，宾主尽欢。我忽然想起了，就把信封上的地址给他看。

晓桁看一眼说，龙泉镇？那地方可都快拆完了，哪里还找得到。这人怕是很难寻了。

我说，那我也得去看看。

他说，这一片都划到北市区去了。你看这地址，还写的官渡区，如今早归盘龙区管了。听说开发了几年，都没个动静。主要是业权复杂，有些名人故居什么的，都混在城中村里。一涉及文保，动辄得咎。

我说，这石屏会馆也是文保，不是处理得妥妥当当的。

他摇摇头，说，你啊，还是读书人的思维，哪那么容易。这样吧，明天我开车送你过去。咱们碰碰运气吧。

第二天下午，我们上了北京路。这条街道堂皇得很，是昆明的主干道。大约二十多分钟，便到了龙泉镇。

但我看去，不见什么村镇的景状，只是一个热火朝天的工地。推土机、货车穿行其间，沙尘滚滚。

晓桁停了车，倒是熟门熟路，穿过了工地，一路向前走。我跟着他，渐渐豁然开朗。这满目喧嚣后头，竟然是个集市。在沙尘中，各类摊档井然有序地摆成了两列。晓桁转过头，对我说，没想到，拆成了一片，这"乡街子"竟然还摆着。

他见我茫然，笑道：说起来，我在这里算是个土著，小时候就跟我爷爷住在麦地村。每周三，龙头街上摆集市，叫"乡街子"。不过，几年前我爷爷去世，就很少来了。

这集市的热闹，大大超乎我的想象。大约以手工制品为主，竹编箕篓、各色织物、整片的水磨。看起来，满眼是附近的乡民，衣着都是浓彩重绿。一个穿着白族服装的大爷，大约在卖整捆的晒得明黄的烟叶。他半坐着，手里有一支长长的水烟筒，支在地上，是个怡然的姿势，发出咕嘟咕嘟的声响。见我驻足，很殷勤地招呼我试一口。

他的背后，就是兴建中的司家营地铁站。打桩声不绝于耳，他倒是听不见似的，仿佛将这声音完全屏蔽了。

我说，还真是不知有汉，无论魏晋。

晓桁远远地喊我，声音很兴奋。看他站在一个凉棚底下，三四把小桌板凳横七竖八地摆在凹凸不平的石子路上。极其浓郁的羊肉味传过来。原来是个羊肉米线档。我们坐下来，看大铁锅正冒着煞白的热气。老板给我们盛了两碗出来，晓桁用本地话和他说了句什么。老板掂起大勺，又往我碗里加了一大块羊肉。他对我说，快趁热吃，鲜掉眉毛。自己埋下头，呼啦啦喝了一大口汤。我学他的样子，汤味还真是浓酽得很。晓桁说，这个羊肉摊，打我记事，一有集市就摆在这里，几十年过去，雷打不动。倒是稀豆粉油条、牛扒乎、油炸洋芋，如今都看不到了。我说，那这集市也老得很了？

那可不，打有昆明城，这集就有了。他说，老辈儿说昆明有龙盘，龙头就在这儿。明末建了驿道，就是这条龙头街。有这条街，就有了云南的马帮集散、歇脚。这镇子也就热闹起来。关键是，南来北往的消息，也从这儿走呢。

他叫我将那牛皮纸信封拿出来，拿去给老板看。老板看一看，说，司家营早就扒得底都不剩了。

那人还找得到吗？

老板说，要去瓦窑村碰碰运气，这姓荣的，多半是开窑的。如今镇上的龙窑，十有九废。年前迁走了一批，差点动上了刀子。说不好，真的说不好。

旁边的老者看一眼，道：荣瘫婆家，造瓦猫的？

镇上现今唯一一个做瓦猫的，就是他们家。听说他们家二小子，给人做白事。神龙见首不见尾，得去碰碰运气。

他又眨眨眼，说，要说难，可也不难，守着那几座"一颗印"。你敢过去动动土，他们可不就立时出来了。

走在路上，忽然下起了雨。我们紧走几步，躲到了一处屋檐下避雨。这好像是个寺庙，因为门口的白墙上，写着"南无阿弥陀佛"。门两侧各画了哼哈二将。只是其中一侧已经脱落了颜色，漫漶着曲折的污秽水迹，但我仍然可以辨认出那笔触的精致与细腻。门头立有一红匾，书"兴国禅林，康熙丙申仲春之吉"。

门是紧闭着，看不到里面的状况。我才注意到建筑的外侧，不起眼的地方，镶嵌了石碑，上面刻着"昆明市级文物保护单位，兴国庵，中国营造学社旧址"。

与此同时，我发现了这幢建筑的孤立。因为雨越下越大，四周的工地已暂时停止了劳作。大颗的雨点打击在地上，竟然激起了一片烟尘。雨倾盆而下，将这些烟尘压制，洗刷。视野慢慢澄净了。没有建设中的喧嚣的干扰，原来我们已处在了一片空旷的中心。除了远处的摩天大楼造就的天际线，和散落的零星的推土机，四周是没有遮碍的。我们置身的这座庵庙，像是这荒凉原野中的孤岛。

这场景未免有些魔幻。我的头脑中忽然一闪，想起了宫崎骏的经典之作《哈尔的移动城堡》。

当雨停了，我们踩着泥泞走出去。当我回身望去，不禁有些瞠目。我在这座古庙的墙头上，看到了一只动物，那是一只瓦猫。它虽不大，在这败落坍圮的围墙上，雄赳赳地坐立着。在雨水的冲刷下黑得发亮。我赶忙拿出了手机，打开图片，确定这只瓦猫的模样，和我在德钦看到的一模一样。

我们辗转找到了龙泉街道办事处的负责人。这是个模样恭谨，戴着眼镜的中年人，脸色是肾亏的灰黄。他面前是一个巨大的玻璃水杯，里面泡着枸杞与胖大海。他瓮声瓮气地问我们找谁。晓桁大约报了某个领导的名号，他立刻变得十分热情。我们说明了来意，并将地址给他看。他确定半年前已经拆除。我问他是否认识地址上的人，他说，荣瑞红……这就难找了。这里几条村都姓荣。

我就将刚才拍的照片给他看，我说，我想找做这只瓦猫的人。

他看了立即说，嗨，猫婆家的哑巴仔。

见我茫然，他打开了水杯，咕嘟地喝了一大口。我看见他吞咽的动作，那口水顺着他喉结的起伏，顺利地流动下去。让我也感到如释重负。

他说，别看这个镇上不大，却有十多处"文保"。多是西南联大时期的。

我问，西南联大？

他说，对，别的地方拆迁，最怕钉子户。这是最让我们头疼的。这里从九十年代开始说搞开发，因为这些"文保"，拉锯了二十多年。去年算出台了方案，整体搬迁。

我带你们去转转，就晓得怎么回事了。

我得承认，接下来的这个黄昏，完全颠覆了我对这个小镇的印象。

马主任带我们在泥泞中穿行，驾轻就熟。他时而回头让我们看路注意安全，时而碎声抱怨，他说着话，因为周遭暂时的安静，在这天地的空旷间，莫名有了回声。

准确地说，是在他的引领下，我们在这古镇的村落间穿行。尽管它们现今的面目，已是大同小异。不见荒烟蔓草，雨后空气中荡漾着浓郁的土腥味，击打着我们的鼻腔。在任何一个角度，都是无垠的黄色，将所有的旧掩盖了下面，伸展向了远处雾霭中新的昆明城的轮廓。然而，如同此前所见的兴国庵，我们看到了一些矮小颓败的建筑，间或其间，像是一些岛屿。我需要纠正方才孤岛的说法，因为它们以奇异的方式，呼应，彼此连接、伸延。形成了一张出人意表的网络，有如瀚海中的群岛。

在某个不起眼的角落，镶嵌着式样雷同的蒙尘名牌。上面分别写着，"中央研究院历史研究所"旧址、"北平研究院历史研究所"遗址、"中央地质调查所"旧址、"北大文科研究所和史语所"旧址、"冯友兰故居"、"陈寅恪故居"……

我们在一处土木结构的小院前站住，门牌是龙泉镇司家营61号。大约因为它难得的完整，让我们驻足。马主任说，这是"清华文科研究所"。当年是闻一多租了下来。你看他的眼光多么好。"三间两耳倒八尺"，典型的"一颗印"房子。他自己住在南厢房，北厢住着朱自清和浦江清。

并不意外地，我又看到了檐头的瓦猫。是的，所有的，我们经过的这些老房子，都有一只瓦猫，或在墙头，或在檐角。太过颓败的，则在门口端正地立着。它们一式一样。面目狰狞，勇武，似小型的虎。而宽阔的眼皮，又有一丝怠懒，仿佛是小憩后的猛醒。

马主任说，猫婆家的瓦猫，在那里，谁都不敢打这些房子的主意。也蹊跷得很。之前中标的地产公司，让人移走了这些瓦猫。经了一夜，第二天，新的就回到了原处。村里的龙窑，早就扒掉了。谁也不知道是在哪里烧的。说来也怪，那个公司的老总，当月就被双规了；女儿在国外读书，出了车祸。以后就没人敢再动。

我说，这个猫婆，住在哪里？

马主任摇摇头，她们家不属于回迁户。拆迁时，也没和政府谈过条件，就签了字。家里也就和她孙子两个，谁也不知道他们现在住在哪里。

我说，我听说，他孙子帮人做白事。

马主任仿佛想起了什么，说，对对，这小子也挺邪的。嘴巴不会说话，倒哭得一口好丧。说起来，现在村里的老人十之八九，说没就没了。也是人心不古，外头的年轻人，都不愿意回来。没个孝子贤孙摔盆打幡不像话，就让哑巴仔顶上，他那一哭起来，地动山摇的，让丧家还真是有排场。

我说，见怪不怪。现今的白事，礼仪公司都包这项的。

马主任摇摇头说，他哭不收钱，只求人买他扎的纸人纸马。倒是也不贵。扎得好，到底瓦猫手艺的底子在那里，人是灵巧的。你这么说，我倒想起来，明天下午棕皮营的郭大爷设灵。你们二位，要不怕忌讳，兴许能在那碰上哑巴仔。

后来，我和晓桁交流过。都觉得，荣之武的模样，和我们想象中的不太一样。

其实，对于去参加陌生人的丧礼，我心里有些障碍。但是晓桁告诉我，他们"龙泉"的人，丧事是当喜事来办的。尤其是对年纪大的人，丧事的排场与敞亮，是生者的面子。他向我描述两年前他祖父丧礼的场景，讲各种规矩与程序，脸上并没有哀戚之色，甚而有些眉飞色舞。听他说完，我渐渐明白，或许对于已经都市化的昆明人而言，乡下长辈的丧事，成为他们长期压抑的矜持之下释放情绪的出口。所以各家各户，会赛着大鸣大放，形成了某种新时代的风气。

在这样的心理建设之下，当我来到了郭大爷的丧礼现场，仍然有些惊心触目。实在说，这么个陌生的地方，并未让我们好找。因为刚到棕皮村村口，便传来响亮的《月亮之上》的歌声。这支"凤凰传奇"的名作，实在熟悉不过，毕竟是每个小区广场舞的神曲。我很快注意到，之所以有铺天盖地、绕梁三日的幻象，是因为丧家在从村口，到每个路口都架设了扩音喇叭。这乐曲便类似于无所不在的引路人，实在也是很聪明的做法。因此，没费什么力气，我们就找到了丧礼的现场。

这应该是一个废弃的小学校的操场。两边的篮球架上，挂着巨大的挽联。而灵棚也正是因地制宜，有一根钢索在篮球架之间牵引而搭建。

我们到的时候，正有几个身着民族服装的年轻汉子和女孩，和着这支流行曲的音乐在载歌载舞。晓桁说，这是白族的服装，大概是呼应了老爷子的原籍。

他们的舞蹈并不算曼妙，但十分投入。民族服装并没有拘束他们，舞姿中有一种挥洒荷尔蒙的力量感，粗犷而磅礴。在挤挤挨挨的绚烂花圈的背景中，洋溢着怪异的欢腾的气氛。

我相信了晓桁的话，是我多虑了，的确体会不到任何的哀戚。两个同样穿得花枝招展的小孩，将一些用五色的毛线扎好的点心，分发到来者的手中。他们脸上的喜悦与祥和，也让我产生了婚礼花童的错觉。

这时候，音乐忽然换了，换成了《小苹果》。在缺乏思想准备的情况下，台上舞蹈的女孩，忽然齐刷刷地撕开了她们的民族服装，将头饰也豪迈地掷到地上。是的，我没有看错，她们摇身一变，成为一群比基尼女郎。尽管环肥燕瘦，但的确是穿着整齐的、荧光的比基尼。人群中爆发出欢呼声。她们在乐曲中抬腿、扭腰，向台下抛着香吻。

我感到了一阵晕眩。

待这一切都平静下来时，比基尼女郎从两侧分开，出现了一袭黑衣的男人。他是丧礼的司仪。他的出现，让我觉得仪式终于进入了正轨。他站定，很潇洒地扬了一下手。音乐便又响起来，是《二泉映月》。而他的脸色，便从泰然切换到了职业性的悲凉。他手中举着一张纸，口中抑扬顿挫，我相信是在念悼词。用一种我完全听不懂的方言。但是时而低回，时而澎湃，即使不知内容，因为节奏的恰到好处，也足以共情。我感叹这终于是个像样的丧礼。他又一抬手，有一种很钝利乡野的乐器的声音响起，那应该是本地吹鼓队的唢呐。唢呐声中，一些穿着重孝的人，簇拥着从人群中出来，然后一步一跪地爬向了灵堂。他们号哭着，女人们在哭声中，发出了吟唱的歌诀一样的声调。站在最前面的，看身形是个壮实的男人，他忽然扑通一声跪下。

当他开口时，让我心下一惊。那是一种难以名状的哭声，不像是人发出的，初听像是牛哞一样。浑厚、壮烈，中气十足。他哭得越来越响，像是在胸腔中的共鸣不断集聚，放大、交响。这声音渐渐盖过了所有的声响，吹鼓的乐声，以及其他人的哭声，让这些声音都显得卑微与琐碎。虽然不着一辞，这哭声中的悲意，却随着些微的递进式的节奏而益加浓重，如黄钟大吕，以一种肃穆而深沉的方式，将所有在场者裹挟。我不禁有些发呆，无知觉间，情绪像在迟缓地坠落进了一个无底的黑洞。

当摔盆的仪式结束后，这哭声才渐渐平息。我看到他回过头来。这是一张无表情的脸。但是净白、丰满、端穆，五官有一种奇特的雍容与出尘。这张气质古典的脸庞，将所有的喧嚣退后成了背景。仿佛丧礼成了他一个人的戏台。

我看他慢慢地站起来，穿过了人群。他走到了刚才的司仪身旁，旁边的壮大男人将一个信封递到他手中，拍了拍他的肩膀，又让了一根烟给他。他推开了，没有说话，开始打起了手势。手势的匆促，让他的模样没有方才从容。他的表情渐渐显得有些执拗。男人，应该是丧礼的主家，摇一摇头，脸上是某种宽容的笑。他似乎有些着急，一转身挤出了人群。在不远的地方，停着一辆三轮车。他抱起了车上的东西，又重新挤进人群。那是一些纸人纸马。他抱着它们，艰难地挤过人群，走到了主家面前，以不容置辩的坚硬表情，将这些纸扎的丧仪在灵堂里认真地次第摆开，丝毫不理会旁边的人与声响。摆好了，他又回到了主家面前，深深鞠了一个躬，便又转身穿过了人群。

我远远望了一眼，跟上了他。我知道，他就是我要找的人。

在他要登上三轮车时，我拦住了他。

他脸上似乎并没有诧异，是个处变不惊的表情。他做了几个手势，我们表示不懂。

他从怀里掏出一个笔记本，拿出笔，在上面写了几个字。

"我收钱，是纸扎和元宝的。哭丧不收钱。"

字竟然是十分端丽工整的楷书。我明白了，他是将我们当作丧家的人了。我从包里，取出了那个信封，给他看。

他看了一眼，只一眼，神情忽然变了。他愣住，良久，开始急切地打手势，用质询的目光看着我。我看出其中的焦急与热切，但我不懂。他一把抢过我手上的信封，在信封上的名字上重重地点下去。然后拍一拍车座，又拉了一把，让我上去。

我们会意，坐上了三轮车。他立即使劲地一蹬，稳稳地车就走了。

我和晓桁，不禁有些面面相觑。看到前面蹬车的人，宽阔的肩膀，因为用力，透过衣服仍看见背上的肌肉在有规则地律动。我们都不再说话，仿佛对于这个天生无言的人，说话是一种冒犯。尽管载着两个人，车却行进得很快。在进入乡野的路上，并无任何的景致，似乎绿色都很少见。偶尔遇到坎坷不平，或者是昨夜积雨的水洼，他会慢下来。我们可以感觉到他的细心。便也抓住了三轮车的两边，克制着颠簸带来的不适。前面的人，在半途中脱下了夹克，我们看到里面的白衬衫，已经完全汗湿了。

这样也不知过了多久，路上已经不见人烟。三轮车终于停下来，在一处看上去像是仓库的地方。

我注意到，四周并没有其他的建筑。除了近旁有一座寺庙，也是老旧的。但上面写着"弥陀寺"三个字。没待我看仔细，哑巴仔便对我们做了个"请"的姿势。

我们走进去。仓库的库房，大半都是空的。空气中飘荡着某种浓郁的铁锈的气味。我看见其中的一个打开着，黑黢黢，能看见的似乎是大型的机床的轮廓。而库房外的墙上，有业已斑驳的标语的痕迹，能辨认出："要斗私批修！"后面是个红通通的触目的惊叹号。

我们一直走到了库房的尽头，是一个低矮了许多的、像是靠墙僭建的房屋。上面是铁皮的屋顶。我注意到的，是在这房屋门口的空地上，晾晒着许多的黑色的陶罐。

哑巴仔在门口，"啊吧啊吧"地叫了一声，这才推开了门。我们随他躬身进去。

屋子里的光线，十分黯淡。唯一的窗户照射进了一束光，可以看见光束中有灰尘在飞舞。哑巴仔伸手拉了一下近旁的灯绳。

屋子顿时被不强烈的灯光充满。我回了一下神，才看见面对着我们，端坐着一个人。

　　这是个十分老的妇人。她坐在轮椅上，膝盖上裹着很厚的毯子。说她老，是指她的样貌与姿态。那样深刻而纠结的皱纹，几乎令她的面目扭曲，整张脸像是植物失水的茎脉。她摆在膝盖上的手，也是干枯的。然而，她的神情柔和，面对我们，有一种和哑巴仔相似的处变不惊的仪态。她穿着一件陈旧但洁净的夹袄，已不丰盛的头发，一丝不苟地梳成了发髻，紧紧地盘在脑后。

　　她的眼睛并不混浊，甚至很明亮。她看着我说，你好。

　　我顿时注意到，她说的是十分标准的普通话。

　　哑巴仔热烈地对她打手势。她微笑地看我们，一边简短地对哑巴仔做了一个手势。

　　哑巴仔立刻变得神情有些紧张。他看着我们，以抱歉的目光。他指指老人，又对我们指指外头，意思是让我们在外面稍等。我意会，赶紧出去了。

　　在外面，我又看见空地上的那些黑色的陶罐。不知是做什么用场，但却觉得似曾相识，它们整齐地排列着，在夕阳最后的余晖里，反射着沉厚的微光，像是肃然而列的兵士。

　　这时，远方飞来不知名的群鸟，在这库房的上空飞翔、盘旋，但迟迟都没有落下来。我抬头定定看着它们。

　　这时，门响了，哑巴仔走了出来，脸上仍是抱歉的神色。他示意我进去。

　　这时，我看到老人坐在一个较矮的凳子上，那凳子显然是特制的。有一根布带将她的腰固定在了靠窗的一端。她的人，就恰恰被笼罩在了那更为微弱的一束光里。那光将她的侧影勾勒了出来，毛茸茸的一层，她的轮廓便因此而丰满了一些，不再是干枯的。我看见她的面前是一台转动的机器。因为我上过速成的陶艺班，知道那是拉胚机。随着轮盘的转动，她的手灵巧地摩挲与动作，手中的泥坯慢慢形成了一只罐子的形状。

　　我注意到，她的脚边，还有许多这样的罐子。有的和门外的一样大小，有的稍扁和圆一些。

　　我恍然，便试探地问，这些，是用来做瓦猫的吗？

　　她笑了，说，后生，好眼力。大的是身子，小的是头。连在一起，就有了一个形。

　　她擦擦手，又说，刚刚怠慢了客人。人有三急，老了就不中用了。不小心就是一裤子，全指望我这个孙子给拾掇。

　　她说得很慢，是对我方才等待的致歉，但其间并无面对陌生人的尴尬和难堪，仿佛只是在描述某一桩日常。她的手也并没有停下，一边将一小勺水加入了脚边的瓦盆。

我这才看到这个屋子里，几乎没有什么陈设。除了沿墙摆了两张床、一张方桌、两把椅子和一个橱柜，便是窗台下的类似作坊的一角。一侧放着一个水泥袋子，另一侧挤挤挨挨地堆着扎好的纸人纸马。

我说，老人家，我是从德钦来，有件东西，托我转交给荣瑞红。不知是不是您家的。

老人听到了这句话，手停住了。她抬起头来，看着我。

我从包里拿出那个信封。再次问道，荣瑞红，是您家里人吧？

她咳嗽一下，用干涩的声音说，是我。

我把信封放到了桌上，但又拿起来，交给身边的哑巴仔。哑巴仔走过去，弯下腰。老人将手，使劲在围裙上擦一擦，才将信封接了过去。她慢慢地将信封一点点地撕开。伸手掏出的，是一本红色的笔记本。

这一刹那，我看到她手在抖动。她打开了这个笔记本。本子里掉出了一叠照片，落在了地上。我弯下腰，帮她捡拾起来，放在她手里。我看到其中一张照片上，是一个青年和仁钦奶奶的合影。他的目光沉郁，但是手势却很活泼，对着镜头比出"V"字。他的身后，是那幢低矮的藏式民居，覆盖着厚厚的雪，背景是飘着经幡的白塔。屋顶上隐约可以看到一只瓦猫。即使室内光线昏暗，我仍然看到这青年的面目，与哑巴仔有着惊人的相似。

老人将眼睛凑得很近，一张张地看着这些照片，忽而愣住了，大放悲声。

待她终于平静下来，她把笔记本递到我手里，问我说，后生，你能给我读一读，这本子上写的字吗？

III

2004年4月1日 星期四　晴
我最喜爱的颜色是白上加上一点白，
仿佛积雪的岩石上落着一只纯白的雄鹰
我最喜爱的颜色是绿上加上一点绿
仿佛野核桃树林里飞来一只翠绿的鹦鹉。
我最喜欢的颜色是红上加上一点红，
仿佛檀香木上歇落一只赤红的凤凰。

——德钦"弦子"① 摘录

---

① 弦子是流行于康、藏地区的藏族歌乐，由于歌舞时在队前多由男子用牛角胡或二胡伴奏，故称弦子。

这是我来到德钦的第三天，高原反应渐渐消退了。村主任大丹巴对我说，身体强壮的人，有时高反更严重；体弱的和女人，反而会应付自如。

大丹巴说要我住在村委会旁边，好照应。我说，我还是想住在小学校里，他就把一间仓库收拾了出来，给我住。这间小屋旁边，有一株梨花树。很大的树，我就想起，黑龙潭的唐梅、松柏和明茶。一树的花，夜里下了一场雨，第二天早上起来，就是掉了一地的白。一辆拖拉机开过来，开过去，白上就是两列车轮的印子。

从我的窗子望出去，能看见明永冰川，有点发蓝。我知道冰川的事，我知道卡瓦格博的"扎吾"。

宁怀远从蒙自刚来到昆明时，在翠湖边上看到一株梨花。很大，风吹过来，就落了一地，好像雪一样。后来，他无数次对荣瑞红说起这株梨花树。荣瑞红说，我们龙泉镇，什么花都有，就是没有梨花。

后来，宁怀远在滇池边上，听一个拉胡琴的唱："万紫千红花不谢，冬暖夏凉四时春。"他又想起这株梨花，想起满天飞的白，却怎么也记不起树的样子了。

荣瑞红倒记得清清楚楚。那年夏天，蓝花楹开得正盛。黄昏时候，村里头来了一个人，敲开他们家的门。荣瑞红应了门，见是高个儿中年人，穿着青布衫子。蜡黄脸，满脸胡须。这人操官话，有两湖口音，口气温和，问荣瑞红家里头有没有要出租的屋子。荣瑞红就喊她爷爷。荣昌德老汉走出来，敲着烟袋锅，眯眼看来人胳膊底下夹着两本书，就问，先生，你是昆明城里来的教授吧。

那人点点点头，说，小姓闻。荣老爹回，我们家的耳房刚租了出去。最近来我们镇上问的，都是昆明城里的教授和学生。日本人的飞机，把读书人都折腾坏了。全城都在跑警报。走，我陪你去问一问。

荣老爹带着这个先生，顺着金汁河畔的小路，挨家挨户一路问过来。天擦黑了，这先生在一户人家门口停下，抬头看看说，这房子好。"三间两耳倒八尺"。荣老爹说，可不，正正经经的"一颗印"。

敲开了门，一看，小院干净开阔，房子也通透。用的石材、木料都考究得很，楼板和隔墙板还未装栅，眼见是新起的房子。闻先生怕人家是不舍得，但还是说了来意。屋主说，好。钱不打紧，您看着给。这屋子刚建好，您不嫌弃，下周就能住进来。

闻先生看他爽快，也很高兴。屋主说，不瞒您说，论起来，内人和袁嘉谷沾亲带故。我们云南，就出了这一个状元，可历来爱重读书人。都说昆明城里造了新大学，来了许多教授。北方要是不打仗，我们请也请不来你们。

荣瑞红才知道，这个闻先生，不是替自己找房子，是要替他们大学找个地方，盖个研究所。后来，她问宁怀远什么是研究所。宁怀远就说，是做学问的地方。教授做出学问来，他们跟着学。

要装修这个房子，镇上不缺人手。这些年，昆明城里闹得慌，人都不怕多走个十几里，往北郊来。有住下做长远打算的，也有那过一天算一天的。本来龙泉一带多的是马帮。滇越铁路一开通，又多了来往的工人。一时间，镇上起了什么房子都有，两层的木楼、土坯墙小院和因陋就简的毛坯房。可这闻先生，一个瓦匠窑工也不请。他和另一个姓朱的先生，撸起袖子，带着几个年轻人，自己干。

荣老汉就说，他们开不了伙。红妮，新烧的饵块，给他们送些去。

荣瑞红就拎着一只篮子，装几只碗给他们送过去。闻先生客气，要给她钱。她躲过去。现在炭火上细细烤了，香味密密地溢出来。年轻人们不客气，拿起来就吃，不用筷子不用碗。其中有一个，说，你会做米线吗？

荣瑞红就说，怎个不会？

他就说，那有文林街上做得好吃吗？

荣瑞红就说，城里的东西，减料偷工，好吃有限。

那青年也就看着她笑，笑得灿烂，明晃晃的。

当晚上，她便制了米线和卷粉。第二天，用清汤煮了，从菜地摘了西红柿和白菜，搁上爨肉、葱和香菜，用鸡油封了汤头，送过去。几个年轻人正干得热火朝天，远远闻到香气，大约也是饿了。打开篮子，捧起碗就喝。打头的那个，烫得直吐舌头。

荣瑞红就笑，说，皮凉心滚，来了昆明这么久，都不知米线的吃法。

几碗米线下肚，荣瑞红问，比那文林街的怎么样？

昨日那青年便远远地喊，朱先生，我们以后再也不跟你去"味美轩"了。

说完了，对她眨眨眼，又笑了。露出了两排白牙齿，笑得明晃晃。

待装修好了，闻先生请村里的木匠，刨了一块木板，刨得又平又光。他对青年说，怀远，去龙头村的弥陀寺，找冯先生，给咱研究所题个名。

半晌，青年回来了，说，冯先生不在，"史语所"的傅先生给题的。

闻先生便说，也好。他就拿一柄凿子，照着那题字，一点点地镌了上去。

黄昏的时候，"清华大学文科研究所"的牌子，就挂起来了。

屋主来了，看了又看，说，这字可真好。可这屋上了椽子，要住进人，其实还缺了一样。

闻先生说，愿闻其详。

屋主笑笑，这得麻烦您，找荣老爹问一问。

当天后晌，宁怀远第一次见到了瓦猫。

他看见荣家老爹，捧了一只黑黢黢的物件走过来。走近看，是个陶制的老虎。那老虎身量小，但样子极凶。凸眼暴睛，两爪间执一阴阳八卦，口大如斗，满嘴利牙，像要吞吐乾坤的样子。

老爹捧得稳稳的，神色也肃穆。宁怀远记起朱先生讲应劭的《风俗通义·祀典》，引《黄帝书》，里头有神荼郁垒执鬼以饲虎的一段，说虎能"执搏挫锐，噬食鬼魅"。他想，这大概是一只和房宅相关的神兽。

他便大声感叹说，好凶的镇宅虎啊。

旁边的荣瑞红手里拿着红绫子，本也是肃然的，听了怀远的话，倒扑哧一声笑出来，说，读书人的见识大。阿爷的瓦猫，变了老虎。

荣老爹回头瞋她一眼，说，死妮儿，不说话当你哑巴吗。

这时，在宅前的端公，是本地的巫人。穿玄色的长袍，头戴锦帽，手里执了木剑。他捉来一只毛色绚亮的雄鸡，口中念念有词。旁人听不懂，大约是消灾瑞吉的咒语。随即出其不意，低头猛咬住公鸡的鸡冠。血便由肥厚的鸡冠流淌下来。端公唤来荣老爹，协他把住挣扎的雄鸡，将鸡血一一滴在瓦猫的七窍：眼、鼻、口、耳等处，又在那大嘴里放入松子、瓜子、高粱、枣子、根子，所谓"五子"，同时烧祭黄纸，一边再念咒语，在院落乾、坎、震、坤、兑、离、巽位一一泼洒符水。画地为野，点地为星，便在脚下的星位，置了一只香炉。

这端公即刻手势利落，将鸡宰杀了，在院内的锅里烹煮。半个时辰取出，直立于钵中，这鸡头须仰视屋宇檐角。端公遂点香祭之良久。最后，踏梯上屋顶，恭恭敬敬，才把瓦猫安在脊瓦上。

宁怀远看这端公，一场"开光"下来，大汗淋淋，像是脱了形。瓦猫坐在房上，凛凛地望着他们，竟让人有些敬畏。当地的人，经过了倒都要驻足，合掌默立。半晌，向主家道喜，才离去了。言语间皆轻声细语，像是怕惊动了什么。看得宁怀远心里也穆然起来。屋主帮着他们一一安置好了，这才和闻先生告辞。一边说，先生，这屋子就交给您了。临走时，他又点上三支香，插在香炉里，阖目拜了一拜，才道，这瓦猫既上了房，逢农历初一、十五，点香祭供，先生莫要忘了。

陆续就将从清华辗转运来的书，都安置在了正房。因为没取道四川，直接从马道入滇，书籍竟没有什么损失。满满当当的十几架，看着也十分喜人。书架有的是从附近的人家征来的，有的是小学校的奉献。有木头的，也有洋铁制的，其间高低错落。荣瑞红没有走，帮几个年轻人擦洗摆放，不言不语地。旅途积在书上的尘土，这时终于飞扬起来，倒让人打起了喷嚏，跟传染了似的。大家都笑起来。打完了，荣瑞红定定地看，嘴里喃喃说，真像啊。

　　宁怀远就问她，像什么呢？

　　她就说，像你说的研究所。

　　宁怀远就问，你又见过研究所是什么样子？

　　荣瑞红说，我没见过，可满眼的书，就觉得这是研究所的样子。

　　闻先生带着太太孩子，就在这屋子的南厢房落脚。

　　当晚上，闻太太将冯太太从弥陀寺请过来，说一起包饺子，庆乔迁之喜。见冯教授没有一起来，闻先生就问起，所长怎么没来。冯太太就说，抱歉得很。他说近来镇上乔迁的太多，一个个贺不过来，自家人就不拘礼了。由他去吧。写他的《贞元六书》，饭也不吃。写到第四部了，说是停不下。我带了些麻花卷，刚炸出来的，你们趁热吃。

　　青年们都喜不自胜，说，冯师娘的炸麻花在镇上可有名着呢。

　　冯太太摆摆手道，我是小打小闹，如今钟璞、钟越都长大了，靠他那点工资是不成了。我也是为了补贴家用，好在近旁的小学生喜欢，卖得不错。倒是梅校长家的咏华和潘袁两家的三位太太，制的"定胜糕"，名头越来越大，现在都进了"冠生园"了。

　　闻一多在旁边叹口气道，也真是为难您。惭愧得很，如今持家，要靠你们这些教授太太十八般武艺，也真是巾帼不让须眉。

　　冯太太便说，我们既肯跟了你们来，这些都算不得苦。

　　闻太太便笑，对那几个青年道，你们都听好了，将来啊，娶妻当如任叔明。

　　宁怀远说，那可好，天天有油炸麻花吃。

　　大家便大笑。说话间，一锅饺子翻滚上来，熟了。闻太太盛上了一大碗，看着热腾腾的水汽，袅袅升起，又在屋子里头弥散开来，也很感叹。她声音咽咽地说，东奔西走这些年，囫囵总算是有个家了。

　　冯太太说，大普吉还住着许多人呢，都说那附近不太平，闹狼。走回城里上课都胆战心惊的。闻先生先前也是龙院村住着？

　　闻先生说，对，先住在惠我春家里。后来舍弟家驷来了，到大普吉，两家太挤，又搬去了陈家营。今年初，听说华罗庚在昆华农校的房子给炸了。他腿脚不方便，孩子又小，日本人飞机来了，跑不了警报。我就邀他们一家同住。

冯太太说，这我知道，华教授还作了首诗。在学生里头传开了。我只记得两句"挂布分屋共容膝"，"布东考古布西算"。

闻太太笑道，可不就是"挂布分屋"吗？两大家子，十四口人，一间偏厢房，中间挂个布帘。到了半夜里，两个当家的，一个趴在黄木箱上考古，写《伏羲考》；另一边华先生骑着门槛，架张板凳当桌子，就着外头月光，算他的"堆垒素数论"。倒也各得其所。

冯太太说，唉，也真是不容易。好在是过来了。

闻太太将一簸包好的饺子，又下到锅里，说，你那边住得可好？等我这忙完了也去看看。

冯太太说，我本来不信鬼神，可那山坡上孤零零一座庙，住着总是不踏实。我们住的北房是个仓库，东厢住一对德国犹太人，说是男的以前在德国外交部当官，被希特勒赶出来的。我们相处得不错，最近也搬走了。他们临走，把护院的狗送给我了。白天孩子上学，家里就我一个人。这个"玛丽"也算陪陪我。

闻太太说，你还是常来走动，跟我做伴，也多个照应。

冯太太叹口气道，不是我迷信。我倒听说，这村里的房子除了庙，都要请尊瓦猫，才算清静了。我刚一进门，看见你们房梁上坐了一尊，那叫威风。

闻太太便将荣瑞红推到跟前。冯太太说，哟，这是哪一家的姑娘，这俊俏，眼熟得很。

闻太太便笑说，我们家的瓦猫啊，就是从她爷爷那请来的。

荣瑞红也笑，说，这整村的瓦猫，都是我爷爷制的呢。

朱先生和几个研究生，就都住在另一厢房。里头有个广东人，便给这房做了个雅号，美其名曰"一支公"。这其实是揶揄的话，在粤语里是"光棍汉"的意思。几个单身小伙子，都不善打理自己。闻先生拖家带口的，太太再三头六臂，也究竟照顾不周全。特别是伙食，以往在城里，下馆子打牙祭是常有的事。如今在镇上，大约就是赶那"子""午"日的乡街子，究竟非长久之计。

几个人合计，便用陈岱孙教授在北门街宿舍的"包饭"的规矩，找了个当地人，集了资叫他做饭。可这厨子以往是给滇越铁路的工人做大锅饭的，并谈不上什么手艺。每餐大约就是两样，炒萝卜和豆豉。人又很刚愎，在烹饪方面，是不听这些读书人劝的。自己的口味重，无论荤素菜，都少不了要放茴香、花椒、辣椒。吃得小伙子们急火攻心。晚上睡觉辗转难眠，起来水喝个不停。

后来，他们就对宁怀远说，那个荣家的姑娘，菜做得好吃，不如请她来给我们做包饭。

闻先生听见就说，你们少撺掇怀远。人家姑娘家，来伺候你们一群单身汉，成何体统。实在不行，还是让你们师母辛苦些。

闻先生走了，恰巧荣瑞红上门，来给闻太太送滇绸的图样。怀远就当真跟她说了。荣瑞红摇摇头，说，一两顿饭可以。可我天天来做饭，谁帮爷爷做瓦猫。

小伙子们就起哄说，宁怀远啊。人家手艺都是传男不传女，荣老爹可缺个正经徒弟。

不知为何，荣瑞红脸飞红了一下，转身就走。宁怀远倒跟了出来，问她，荣老爹不肯收我吗？

荣瑞红轻声道，你一个读书人，哪里做得来这个。

她步子便快了些。怀远也不说话，倒跟着她。这时候是黄昏，太阳浅浅地照在石板路上，也不热了。金汁河的水，潺潺地流。走到了拱桥，他们看到桥底下，有几个妇人站在齐膝的河水里，正在洗衣服，一边说笑着。小孩子们在河里，扑腾洗澡。宁怀远看见有一个人捋起袖子，正举着棒槌，在岩石上使劲捶打着衣服。这正是闻太太。经了这两年，她劳动的样子，已经很娴熟了。

怀远站定就喊，师娘！

闻太太听见，转过头，看他，一边用手背擦一把汗。刚要说什么，却看见他前面的瑞红，愣一愣。即刻便笑一笑，对他扬扬手，叫他莫要停。

宁怀远抬眼一望，荣瑞红的步子却慢下来，目光落到了河对岸去。就见岸上有一对男女，肩挨肩走着，似乎在说着话。两人衣着都是齐整体面。在这村子里，像是一道风景。说实在的，经过这些年的纷乱，从蒙自到昆明这一路来，联大上下，其实都有些入乡随俗。教授们多半穿着粗布大褂。有极不讲究的，像是化学系的先生曾昭抡，半趿着一双鞋，脚指头和后跟都露着，被学生们戏称作"空前绝后"。女眷们也如闻太太，大多是本地妇人净简朴素的打扮。

而这两个人，男的西装革履，戴眼镜，含着烟斗。他身旁的妇人，也像男人穿了衬衫和齐腰裤装，举止间，是极飒爽的样子。

怀远说，梁先生。

荣瑞红便跟他说，旁边的，是梁太太吗？

怀远想想说，对。林是她本姓，我们也尊她作林先生。城里联大的校舍，是他们俩合力设计的。

荣瑞红眼里有光，对怀远说，这样。女人嫁了人，还可以用自己的姓，真好。

怀远说，他们夫妇两个，都是很有本事的人。当年为校舍的事，梁先生差点和校长吵起来，设计了好几稿，从瓦顶到铁皮，最后变成了茅草顶。

荣瑞红喃喃说，是啊，茅草顶的屋子，怎么上瓦猫呢。

怀远说，我们T字班出来的，都知道这事。学校没有钱，也是太难为他们。

荣瑞红说，我常看见他们两个在镇上走，看村里的老房子。你们的教授，来得久了，就和我们无分别。他们两个，样子还是他们的。当初却落手落脚，在龙头村自己建起了一幢房子。建得像我们这里的房子，又像是洋人的房。有一次我遥遥地看，觉得那房子真好看，可是正对着大片的野地，缺个瓦猫吃邪啊。我就对爷爷说，我们送个瓦猫给那个眼镜先生吧。可爷爷说，我们的瓦猫不能送，只能人家来请，是规矩。

怀远说，我也听说了。那幢房子，用去了他们所有的积蓄，每一颗钉子都是省出来的。

看两个人渐渐走远了。怀远说，神仙眷侣。

荣瑞红就茫然，问他，什么神仙？我们村里哪有神仙。

怀远就笑说，怎么没有。最欠也有一对土地公和土地婆吧。

荣瑞红知道被打趣了，便不理睬他，倒已经走到了家门口。

荣瑞红便推了门进去，看见荣老爹正在当院儿。他弯着腰，在院子里摆着一排瓦罐，整整齐齐地。

抬头看见怀远，便说，后生，不在你们那个什么所好好读书，到老爹这里寻热闹吗？

没等他答，荣瑞红朗朗接口道，阿爷，是有人听说你老了，寻思该收徒弟了！

IV.

2005年6月2日，星期四，晴

不必刻意双手合十，
满山的香柏树已在礼拜，
不必可以供奉清水，
遍地山泉已献上净水。

——德钦"弦子"摘录

昨天"六一"，送我的学生去县里参加歌咏比赛，居然得了个第一名。过些天他们就毕业了。我教的小学只能读到三年级，他们以后就要去隔壁村的学校读书了。

天忽然放晴了。回程的时候，在车上，就着落日，能清晰地看到卡瓦格博。孩子们都把脸贴到车窗上，放声唱我教给他们的歌，把《水手》唱了一遍又一遍。唱累了,他们就偎在一起睡着了。阳光忽明忽暗,照在他们身上,也照在司机有点疲惫的脸上。他叼着根烟,漫不经心地开车。车子在澜沧江山腰上盘旋,隔着玻璃,都能听到山风的声音。

一转眼,我在这个小学,已经教了一年了。两个老师调走了,现在三年级我一个人教,语文、数学和英语课。我带来的手风琴,也派上了用场。前几天,我写了一份申请,托校长递到县里去,希望他们拨些钱买两台电脑。最好能够顺利批下来吧。

荣老爹看着宁怀远,像望着件稀奇物。他索性在堂屋门槛上坐下来,将烟袋锅使劲在鞋底上磕一磕,然后重新装上烟草。点上,使劲抽了一口,咳嗽了两声,才开口道,你要跟我学做瓦猫?

怀远点点头,自然不好直接道出来意,便说,是啊,看了就是喜欢。

老爹便又问,是喜欢瓦猫,还是咱龙泉的瓦猫?

怀远一听,自然答得飞快,喜欢龙泉瓦猫。

老爹便笑,那我问你,咱龙泉的瓦猫,和旁的瓦猫,有什么不同?

怀远想想,便说,龙泉猫,威风了许多。

老爹站起身,将烟袋锅往腰间一插,背过手去,说,妮子,送客。

怀远这一听,心说不好。赶紧老老实实,将"包饭"的事情和盘托出,说"一支公"既借了瑞红的手艺,却怕耽误了老爹制瓦猫。

老爹沉吟一下,说,后生,不是真有心学,什么也学不好。

怀远说,我有心学。技不压身,给老爹打打下手也好。

老爹冷冷地看他,说,下手?当年我给我爹打下手,错一步,柴火棍子就在我手上抽一下。晚上吃饭,筷子都握不住,你可受得了?

怀远一犹豫,轻轻点点头。旁边荣瑞红抢道,阿爷,你可是一下都没抽过我。抽个细皮嫩肉的书生,你下得去手?

这话呛得老爹一时没个言语,半晌狠狠道,死妮儿,不说话没人当你哑!

说完了,自己的口气倒也缓下来,说,这下手活,那我就考考你,答得上再说,不然请回。

怀远赶紧称是。老爹就指指院儿里头,问他,这罐子是用来做什么的?

怀远看那陶罐,看得出是刚做成的坯,因为在墙的影子里头,有些还未阴干,罐底便是一个湿印子。依着土墙摆成了两排,排得整整齐齐的。一排长,高,像是大肚瓶子,一排像球似的浑圆。

怀远看了又看,说,这长的,是瓦猫的身子。圆的是脑袋。

老爹点头道，对。

然后说，你就给我做个瓦猫脑袋吧。

他就跟老爹进了作坊。作坊的陈设很简单，靠窗摆了一个青石轮盘。老爹便坐下来，将近旁的窑泥在一个木台上用拳头砸了几下，使劲地揉，再又摔打。那泥团在摔打间渐有了韧力。老爹看他一眼，说，加了黄沙的泥，上盘就出坯。

老爹便取了一只长木棍插进了石头轮盘上的坑眼，使劲摇动，石轮便转动起来，他将刚才揉好的泥团放在石轮上，自己扎了马步，抱住那泥团，在泥团上抠出一个窝来。一手窝边，一手窝外，两手四指里外挤拉。在转动中，那团泥渐渐站立起来，生长出优美的弧度。有了罐子的雏形。老爹粗大的手，此时与窑泥浑然一体，泥坯仿佛在他的手心舞蹈，越来越圆润。这圆润中，呈现出了一种光泽，在昏黄的光线里，由呆钝也变得灵动。

一切都太过迅速，让怀远看得也有些发呆。这时，石轮戛然而止。老爹从腰间抽出一根丝线，在泥坯底下一割，一个罐子便捧在了他手中。

他走到怀远跟前。怀远诚惶诚恐，伸出手，正要接住。老爹却故意手一抖，那罐子遽然落在地上，刹那间，就是一摊泥。

怀远心中一疼。只觉得成了形的一团希望，莫名便跌落在地了似的，不由冲口而出，可惜了。

老爹冷冷一笑道，这就可惜了？那日头底下晒过了劲儿不可惜，出了窑烧裂了不可惜，上了房没搁稳摔成了八大瓣不可惜？你倒是可惜得过来。真可惜，就将地上的泥拾掇起来，给我重做一个。

怀远当真蹲下身子，将那团泥一点点捡起来，捡了满捧，放在木台上，再去捡。捡净了，便学了老爹，团成了一团，使劲揉。

老爹坐下来，点起烟袋锅，看着他问，会？

怀远笑说，小时候家里蒸馒头，帮我妈揉过面。

可他越揉，那团泥倒好像扶不起的阿斗，松身打缕，不成个景。老爹冷眼看他，道，后生，我问你，这面揉过了，要成形靠什么？

怀远说，得醒面，靠酵母头。

老爹说，醒好了呢？

怀远说，得下锅蒸，靠蒸汽。

老爹说，你手里这团窑泥，是掺了酵母头，还是要下锅蒸？

怀远手停住了。

老爹抬起手，用烟袋杆在他屁股上就轻轻打了一记，曰脓拔翘！给我使力气摔打啊，没力气怎么站起来。泥不摔不成器！

待他真是摔打成形了，学老爹转了石轮，将窑泥捧了上去，中间抠一个窝。

眼见着在老爹手中轻轻松松地成了形。他倒也扎了马步,全神贯注地。可那团泥在他手里,却是东歪西倒,跟个醉汉似的。怀远越急越是不听使唤。他身量又高大,渐渐膝盖都打起了抖。一个不小心,那泥团便豁出了个口,一团泥竟飞了出去,恰落到他脸上。

他用手使劲在脸上一擦,却忘了手上也是满手的泥。这一上一下,狼狈劲头儿,自然是别提了。宁怀远沮丧得很。

荣瑞红在旁边站了半天,大气不敢喘。看到这时,终于一横心,从襟子上掏出手帕,要递给宁怀远。

岂料老爹伸出烟袋锅子,在他俩中间一拦,说,死妮,我教训徒弟,你可别管闲事。

两个青年人一听,立马都杵着了。荣瑞红看着阿爷,眼里有光,张一张嘴,却无话。

老爹不正眼看她,对怀远说,手莫停!

他又望望外头的天色,对荣瑞红道,还愣愣着干什么。闻先生屋里整窝大肚蝈蝈等着喂。烧一锅饵块,昨天我钓了几条鲫壳,做个八面鱼,给几个后生打牙祭吧。

此后,每个黄昏,荣瑞红去为"一支公"的小伙子们做包饭。宁怀远则跟着荣老爹学做瓦猫。

除了这劳力的交换,老爹始终未有说过收他为徒的原因。

他不是个笨人,甚至可以说,相当聪慧。在半个月后,荣瑞红已见他可以手势娴熟地拉坯,再半个月,看他亲手做出了第一只瓦猫。看他为它粘上上下眼皮、泥球样的瞳仁。在瓦罐上挖出大口,安上四颗利齿;在脑袋顶上,粘一个"王"字,便有了虎似的威猛;在柚木的模具里印出一个"八卦"。而上釉、入窑则还是由老爹来代劳。

荣瑞红陪他,到金汁河下游的浅滩收塘泥和黄沙,又去河边青晏山脚去挖陶土。这些都是做瓦猫的材料。野旷无人,他们一同体会着劳作的辛苦与快乐。开始是默默的,两个人都没有说话。金汁河上漾起的气息,是泥土的浅浅的腥,混着水藻凛凛生长的味道,有些醉人。这时候,走来了一队马帮。人和马都要歇息。人引了马和骡子,到河边喝水。骡子不及马听话,打了个响鼻,拧着脑袋不肯喝。荣瑞红便悠悠开了声,唱起了一支"赶马调":

我头骡要配白马引中雪盖顶,二骡要配花棚棚,

三骡要配喜鹊青,四骡要配四脚花,

> 前所街把骡马配好掉，又到马街配鞍架……

也是怪了。这骡子支起耳朵，像是听了她唱。听完了，往前挪了几步，到了她近处。倒真的垂下头，咕咚咕咚地喝起水来。喝完了，又打了一个响鼻，扬起脑袋使劲一抖。那鬃上的水花，便飞溅出来。猝不及防，落到了荣瑞红的身上和脸上。荣瑞红一边畅快地骂着，一边笑着擦。怀远也不禁伸出手，为她擦那脸上的泥水。手指触在她脸颊上，一阵凉滑，却酥酥顺他指间爬过来。他忙抽开了手。荣瑞红愣一愣，低下头，从河上掬起一捧水，洗洗脸。脸颊上的红云，便退却了。

回来的时候，经过龙头街，看到花花绿绿，是一片热闹。才想起了这是午日，摆了"乡街子"。从这里沿着金汁河岸，从麦地村、司家营一直摆到了龙头村。这集市是镇上的节日，四面八方的人，都赶了来。他们竟又看见了方才遇见的马帮，正靠着驿站补给。马锅头坐在木鞍上，伙计便卸货，大约是盐巴和碗糖。那大骡子吃着草，仿佛也认出了他们，长长地嘶鸣。

邱北的辣子，文山的三七，昭通的天麻，江津的米花糖，腾冲的饵丝，武定的壮鸡，宣威的火腿，似乎天下的好东西，都汇集在了这里。

两个人东张西望，荣瑞红便在一处烟草的档口停下来，细细挑拣，大约是为阿爷。她用彝语和那阿婆讨价还价。宁怀远便说，老爹的瓦猫要是在这里，定可以卖个好价钱。

荣瑞红听了，望一望他，脸色倒沉下来，说，宁怀远，你既做了阿爷的徒弟，还说这种话。瓦猫是能卖的吗？

怀远兴冲冲的，这时却语塞，见荣瑞红却是认真了。她烟草也不称了。自己一个人直愣愣地往前走，不理人。宁怀远跟着她，这时市集上飘来了香味。原来是到了食档口。铜锅鱼、酱螺蛳、竹筒饭、羊汤锅，都是馥郁的味道，浓烈地勾引着人的食欲；宁怀远这才觉得，腹中辘辘。荣瑞红只管在汤锅前坐下来，叫了一碗，看宁怀远，默默又叫了一碗。一碗羊肉汤下肚，两个人的心情便好起来。荣瑞红问，羊汤好喝吗？怀远点点头。她又问，有我熬得好喝吗？怀远一愣，又使劲摇摇头。她便哈哈大笑起来。笑声引得周街的人，都看她。

快走到麦地村时，他们看到一双背影。尽管是背影，他们还是认出来，是梁先生夫妇。身形都很挺拔。梁先生穿了宽大的衬衫。林先生这日倒穿了裙子，是当地落靛的扎染。她头上包了一块头巾，也是同样的扎染。荣瑞红见她在一个卖竹编的摊头上停下，弯下腰，和摊主交谈。谈好了，便浅浅地笑，脸上是明亮的表情。摊主为她挑了一只篮子。又抽出了一条竹篾，三两下便编好了一只蚱蜢，给她别在篮盖上。林先生便又笑，望望梁先生，笑得孩子一样。他们便挎上篮子走了，梁先生将那篮子从太太手中接过来。另一只手，执上了太太的手。

他们走得很远，荣瑞红还引着颈子看着，直到快看不见了。两个人往前走了几步。她回过身，望一眼宁怀远。怀远觉得她眼睛里头有小小的火苗，目光炽炽的。忽然间他的手，就被牵住了。

三天后，宁怀远又见到了梁先生。梁先生来找闻先生，求一枚图章。

关于闻先生挂牌治印，算是联大不得已的一桩美谈。大约要说到教授们的处境，彼时昆明通货膨胀得厉害，他们的工资，渐入不敷出，不免要各谋出路。最普遍的是去邻近云南大学、中法大学或昆明的中学兼课。像闻先生这样，在昆华中学兼课的报酬，每个月可得一石平价米外加二十块"半开"，按理还不错的。但家中人口众多，还要贴补"一支公"的研究生们，开支上远远不够，犹复不敷。到头来，终于重拾铁笔，好在同事们帮衬，算是抬了轿子。"一支公"的老弟兄浦先生作了润例。包括两位校长在内的十二位教授，具名推荐。闻先生擅长钟鼎，在美国又读的美术，自然不同俗笔。人又很谦谨，用墨上石，皆自尽心。云南地区素行象牙章，质地坚硬。闻先生刻得食指磨损出血，仍一日未辍。

梁先生看他手指间的厚厚老茧，也很感慨，便道，家骅兄，我听说你难。倒不知是这样难。前些天，盛传贵系刘姓教授为人写墓志铭，得资三十万，以为你们教文科的还稍好过些。

闻先生苦笑，这事不提也罢了。如今好过的，又有几个。当年梅校长让你用茅草顶盖校舍，独留了铁皮屋顶给教室，如今连铁皮都卖了去。人各有命，我除教书外，大约就是做个"手工业者"。

这时宁怀远进来，手里执着一枚信封，兴奋地说，老师，《国文月刊》回信来了，刘兆吉的那篇文章，要发表出来了。

他见有人在，再一看是梁先生。梁先生看看他，说，小兄弟，我们见过的。

宁怀远跟他问了好。他说，那天在金汁河畔，还有一个姑娘。内人说，你的样子，是中古人相，和姑娘的骨相一样好。

闻先生大笑道，还有这回事。怀远，说的莫不是瑞红姑娘？

又回过头说，是我们这里的大厨，做得一手好龙泉菜。

梁先生便道，有机会要领教下。我们到了云南就东奔西跑，其实没吃上几顿安生饭。复社时候，原先在循津街"止园"，倒是有家馆子不错的，和刘敦桢他们几个常去。后来去了山区，当地的乡民做的菌子，真是美味。那阵子也是居无定所，整天背着帐子，随身带着奎宁和指南针。回到昆明刚安顿下来，"史语所"就搬了，我们也就唯有跟着搬。前几天，"学社"的章子落在地上，碎碎平安。这不是求您来了吗。

闻先生道，这个好说。你后天跟我来拿吧。

梁先生谢过，说，有空也来我们那里坐坐。自从盖起了屋子，慧音说又有了北平的沙龙的样子。钱端升、李济、思永、老金我们几个常聚，也挺热闹的。

闻先生笑道，你们两个设计房子的，倒真是第一次给自己盖了一个。

梁先生说，可不是！样样要自己落手落脚，从木工到泥瓦匠，越到后来，钱越不够用。你想，我们刚来时候，米才三四块一袋，如今都涨到一百块了。连根钉子的钱都要省，好歹费正清他们两口子，给我们寄了张支票来，可真救了急。唉，慧音到底累倒了，在山区落下的病根儿。近来的身体大不如前。

宁怀远蓦然想起了荣瑞红的话，便脱口道，梁先生，你要不要请一尊瓦猫回去？

梁家的瓦猫上房那天，是荣瑞红亲手给系上的红绫子。瓦底下除了放上了笔、墨、五子五宝，还有一本万年历，压六十甲子。

梁先生搀着妻子。林先生靠在他身上，身着家居衣服，披着披肩，笑盈盈的。虽笑得有些发虚，但人明亮。她抬起头，看那瓦猫，眼里头有光。

V.

2005 年 12 月 3 日，星期六，晴

> 在中甸的草原上骏马成群，
> 一百匹马配一百个宝鞍，
> 一百匹马要离开，
> 马鞍不带走，留下做个礼物。
> 商人骑着骏马，
> 他不会住下，他要离开。
> 把最好的衣裳留下，给你做个纪念。
>
> ——德钦"弦子"摘录

今天认识了一个新朋友，山本长智。

云南德钦这边的藏人，管外族人叫"甲"。最早来这里的"甲"，是传教士，是个法国人。还有个探险家亨利王子，他从越南出发，从澜沧江进入怒江流域，再上溯到独龙江。我翻到一本《德钦县志》，从 1848 年至 1951 年，共有十六个洋人来德钦传教。其中有个穆神甫，溜筒江的铁索桥是他设计的。他们还给当地

人看病，藏人认为这是法术。说他们会施邪恶的法术，让明永的冰川融化。我见到个英国的老传教士，八十多了，听力不好，但说很好的汉话，好到像个中国老头拉家常。

我见过的"甲"，还有一个马来人，穿一双露脚跟的靴子，头发披散在肩上。见到他的时候，他说，今年转山，转了第三圈。他对我说，转山要转单数，双数不吉利。还有个美国摄影师贝贝坎，走南闯北实践他的拍摄项目，Repeated Photography。找来德钦的老照片，在同一个地点重拍，我想要和他学一学。他和我同一个属相，他说，卡瓦格博也是这个属相。

山本和他们不同。他们来了，就走了。山本每年都会来。每年来，他会带来几个那年山难登山者的家属，来朝拜雪山。大丹巴说，山本在德钦的时候，会住在他家里，跟他一起上山，搜寻遇难者的遗骸。

我今晚，开始重看《消失的地平线》。大丹巴给我讲过二十世纪三十年代曾经有架飞机，撞在了卡瓦格博的岩石上。村民们把飞机的铁背回来，找村里的铁匠打了好多把刀。用到现在，都说铁真好。

荣瑞红这辈子，第一次看电影，就是在昆明最大的南屏电影院。

那是个外国的电影。她看见银幕上出现几个洋人，其实心里有些慌。这几年，镇上有些洋人来了，手中都拿着相机，见人就拍照。她看见他们拿相机对着自己，也有些慌。

她心怦怦跳，想着将这慌张掩饰起来，故作镇定地挺直身子，坐坐好。但黑暗里头，有只手，握住了她的手。宁怀远的手，手心很软，暖乎乎的，让她心里安定了。

如今荣瑞红想来，电影的内容，其实是不太记得。大约是个玩世不恭的美国男人重遇昔日情人的故事。外文她是不懂。"讲演人"的翻译，虽是入乡随俗，但又确实不着四六，令人摸不到头脑。

那时的昆明上映的外国片子，是没有英文字幕的。便出现了一种奇特的职人。他们多半是本地人，粗通英文，坐在银幕前，给台下的观众现场翻译。在联大的师生没有来之前，他们在当地算是权威。因为没有人会质疑他们，便更为信马由缰地发挥。他们会根据只字片语去揣测，这样翻译出来，往往驴唇不对马嘴。

这天的"演讲人"是一个留着山羊胡的长衫老先生，带有很浓重的呈贡口音。他端着一杯茶，说几句话，便呷一口，全场都能听见茶水在他喉头的激荡。然后他咳嗽一声，继续往下说。他用很干涩的声音，在诠释剧情，将男女主人公的对话，翻译得如同在"乡街子"讨价还价。

和台下的观众一样，荣瑞红因此也看得一头雾水。但是她有一种天赋，这种天赋或许来自于少女的想象。她用想象完善了这部电影的剧情，也因此体会到了它的美好。她想，这个故事一定是关于爱情的。这个女人背叛了男人，在异乡重逢后，又得到了他的原谅与和解。这个人男人虽然长了花花公子的模样，但实际上是个情种。这样看下去，她越发觉得电影好看了。

　　剧情发展到，这个美国人，看着另一个男人走进了他的酒吧，明显表现出了敌意。老先生拖着长腔，用呈贡话为他配音："拐求喽，你来做咋子？"

　　没待他为另一个男人回答，台下响起了声音："我来培养一下正气。"

　　话是用很不标准的昆明话说出来，却引起了哄堂大笑。本地人都知道其中的促狭。因为正义路近金碧路西有一家店子，没店号，门口挂了块硕大的匾，上书"培养正气"。这店子呢，其实是以卖汽锅鸡闻名。老昆明人，一说起"我要培养正气"，就知道是要吃汽锅鸡打牙祭了。

　　这一笑，却激怒了演讲人。他站起身来，叉了腰，叫将大灯打开，对台下道，哪个说的？！

　　台下的人噤了声，却还有人窃窃地笑。这笑是荣瑞红的。她自己没想到，宁怀远还能整了这一出来。她的手，还在他手里，此时出了薄薄的汗。怀远倒是正襟危坐，面目无辜，好像个没事人似的。

　　待灯重新灭了，宁怀远悄悄拽一下荣瑞红，引她出去。出来后，两个人都深深吸一口气，又呼出来。外头刚下过雨，涤清车水马龙的尘土，空气中便是好闻的清凛凛的味道。怀远说，我是真受不了这呈贡味儿的《北非谍影》了。

　　荣瑞红说，那我们去哪儿呢？

　　怀远嬉笑地，用半生不熟的昆明话说，要不，我们去培养一下正气？

　　荣瑞红朗声大笑，说，笑够了，倒正色道，我想去你们大学看看。

　　荣瑞红没有想到，宁怀远读过的大学，是这样的。

　　一色土坯房，上面盖着茅草顶，甚至还不及龙泉临时搭建的铁路工人宿舍体面。地是沙土的，因为下雨而泥泞。一个洋人吹着口哨，身后跟着穿着短衫短裤的男孩子们。他们奔跑着，都是雄赳赳的。她又看到了许多的青年人。男的穿着宽松的土衫子、有些肮脏的飞行夹克，在校园里走动。有一个先生模样的，竟套了本地赶马人的蓝毡"一口钟"，因为他步态的挺拔，便有一种侠客的感觉。

　　一些女学生，结伴经过。她们穿着阴丹士林的旗袍，外面罩着红色或者深蓝的线衣。手中则都携了书。脸上表情一律是明朗而怡然的。其中一个，和宁怀远打了招呼。她们便也望向了荣瑞红。不知为何，面对这些女学生，荣瑞红忽然感到有些羞惭，也竟不敢回望。倒是宁怀远，大大方方地执起了她的手。一边问她们是上谁的课。她们说，上金先生的逻辑课去。

宁怀远便哈哈大笑，说回头记得在路上捡几个金戒指。女学生们便都笑着走开了。

他们走到了凤翥街上，林立着茶馆。走进一个，人声嘈杂。原来是有人在唱围鼓，便退出来。走进另一个，也十分热闹，多了许多年轻人，都是大学生模样。这一家墙上贴了"莫论国事"，老板袖着手，靠在柜台上打瞌睡。倒是有个白胖的女子，很殷勤地走过来，手里是个食篮子。一开口，竟是江南口音，口气倒与怀远熟稔。怀远便从她篮子里拿出一碟芙蓉糕、一碟萨奇马和桃酥，然后说，老例儿。待她走了，怀远对荣瑞红说，老板娘是绍兴人，远嫁过来，这里的点心都是她自己制的，好吃得很。

等茶汤端过来的工夫，有人远远喊怀远的名字。待他回头，是几个小伙子，说，学长，来一局。

原来是在打桥牌。怀远看荣瑞红一眼，摆摆手。瑞红便说，你去吧。难得进城来玩一玩。他犹豫一下，便过去了。

老板娘过来，搁下茶，对瑞红说，这个后生好。

瑞红便笑问，怎么个好法。

老板娘便轻声说，以往他来，只管看书、跟人打牌。有姑娘进来眉毛都不动一下。他现在，眼里头只有你。

瑞红不语。老板娘又说，这些孩子们，远远地过来，除了读书不知以后的着落怎样。听口音你是本地人，就照应他多一些。

荣瑞红愣一愣，说，往后的事，谁又知道呢。

老板娘叹口气，也说，是啊，这一打起仗来，谁又知道呢。

这时候，外面有人进来，大声喊，警报了。茶馆里头的人，倒好像没听见似的，喝茶的喝茶，打牌的打牌。一个人挠挠脑袋，头也不抬地问，五华山挂了几个灯笼了？进来的人便说，一个。那人便肩膀一耸道，不着急。

过了一会儿，又有人进来，大声喊，警报了，警报了。

刚才那人又问，几个灯笼了？

回说，两个了。同时间，荣瑞红听到了外面的汽笛声，一短一长，尖厉地啸响。茶馆里的人，才动起身，有的还将桌上的瓜子和点心，都有条不紊地包了起来，装到了身上。跟老板娘打了声招呼，气定神闲地出去了。荣瑞红感到一只手牵住了自己，快步往外走。

街上倒是人多了起来，宁怀远两人便跟着人群。看着沿途的店铺，三两地关了门。也有不关的，老板坐在门口，抽旱烟，饶有意味地看他们。这一路上有学生,有当地的老少,还有马帮。这里本就是他们的必经之路,联大大西门往前走,有条古驿道,石子铺成的小路,通往乡野。尽管空袭频仍,锻炼了人们的心智,究竟还是慌乱的人多。马帮有他们自己的节奏。人不乱,马便不乱,任凭人流在身边穿梭、奔跑。马锅头唱起呈贡调子。有人一愣,刚驻足来听,继而便被人流裹挟着往前去了。

就这样跑了一会儿,人越来越多。惊起了近旁松林中一群休憩的飞鸟。它们使劲地往天空中飞去,继而盘旋,却不敢再落下来。有风飕飕地刮起来,空气中飘荡着清洌的松针的气息。然而周遭的人,热浪一样,将这气息霎时间吞没了。

经过了一处荒冢,宁怀远拉着荣瑞红,和其他一些人都跑了下去。他跑得很快,在坟茔间穿梭,齐膝的野草与乱石,都丝毫没有让他犹豫,像是驾轻就熟。他跑了许久,才停下来。在背阴的地方坐定,头竟就靠在了墓碑上。荣瑞红到底是有些忌讳,他便一把拉着她坐下。说,怕什么。以往跑警报,我都到这里来。这个坟头就是我的,叫宾至如归。

荣瑞红坐下来,觉得身下凉丝丝的。更多的凉意,顺着身体蔓延上来,让她倏然一个激灵。看宁怀远,倒是坦然的样子,口中衔着一茎草梗,远远地望着山外的夕阳。夕阳沉降,在血红的落照里头,还可以看到簇拥的人群,像连串的黑点一样移动。

荣瑞红站起来。宁怀远说,别动。你不动,日本人的飞机,就不会炸这里。

荣瑞红说,我没跑过警报。但我们龙泉能听到昆明城里头的警报声。有一次赵太婆家的枝子,到城里头置办嫁妆,遇到警报,舍不得头里买下的杭绸,回去拿,跑慢了,就给炸死了。尸首发现时,还把自个的嫁妆抱得紧紧的。

宁怀远说,我们从蒙自跑到了昆明,也跑累了,跑疲了。我同学里头,有不跑的。别人跑,他们在开水房洗头,煮红豆汤。也都想得开,说要是真给炸了,就干净地做个饱死鬼。其他人也不知道为什么要跑,只是跟着跑。教授也有不跑的。刚才遇到那些女生,说上金先生的逻辑课。那年昆师被炸,别人都跑了,金先生不跑。南北两座楼都给炸了,死了好多人。警报完了,他一个人愣愣地站在中间。后来就跟人一起跑,每次跑都带着自己的书稿,就像是闺女抱着嫁妆。有次跑到蛇山,警报过去,一阵风几十万字的书稿就全没了。对他来说,那还不如丢了命。

这时候,一只野兔,贸然地闯入了他们的视线,晶亮的黑色眼睛,定定望着他们。忽然竖起耳朵,站起来,是对峙的姿态。宁怀远倏地也站了起来,那野兔猛然地被吓着,仓皇地逃走了。宁怀远狠狠地说,我不明白,在咱们自己的地界上,为什么要跑。

荣瑞红说,你得好好活着,仗打完了,就回家去。你爹妈,都等着呢。

宁怀远苦笑一下，蹲下身，问荣瑞红，你说，我为什么每次跑警报，专拣了这座坟来躲？

荣瑞红望那坟茔，周边长满了萋萋的草，坟头上倒是干干净净的，好像被人打理过。她想，在这兵荒马乱的年月，倒是还有孝子。

她说，这坟排场。

宁怀远便执起了她的手，沿那墓碑上的一个字，一笔一画地写过去，问她，这是个什么字。

荣瑞红瞋他，你知道我不识字，来触我的霉头。

宁怀远说，你记住，这是个"宁"字，是我的姓。这上头写的是，"先考 宁若成，先妣 宁胡氏"。这是夫妇两个，底下有生卒年。男的比我爹大一岁，女的比我娘小两岁，两人比我爹娘晚死了十几年。我第一次跑警报，跑到这个坟头。有个炸弹落下来，落在另一个坟头上，把我同学炸死了。我被这坟头挡着，一点儿事也没有。从此我就当这坟里头的，是我爹娘。每次跑，都憩在这里。每次来，就给他们清清草，掩掩土。

听到这里，荣瑞红直起身，一把将宁怀远的头，揽入自己怀里，紧紧地，她只觉得心里疼得慌，疼得锥心。这男人毛丛丛的头发带来的温暖，让她好受一些了。

回到镇上，荣老爹等得望眼欲穿。

他闩上大门，将宁怀远关到外头。他叫荣瑞红跪在地上，拎起了烟袋锅却打不下去。他一转身，从地上拎起一只陶罐，摔在了地上。这陶罐因为只晾得半干，落在石板地上，声音并不脆响，反而是沉钝的，像是个生闷气的人。

荣瑞红见老爹胸腔里呼哧呼哧的，便想站起来，给爷爷顺顺气。老爹只喝一声，跪着。

她便跪着。老爹说，你一个姑娘家，和群小子整天混在一起。镇上的风言风语我不管，可是，飞机炸弹不长眼！连命也不想要了吗？

荣瑞红嘟囔说，姑娘怎么了。我在城里看见的女学生，都是姑娘，都跟后生们在一起。

老爹说，那都是在学堂里读书，学识了几个字给害的。你爹就是因为进昆明读了书，才认识了作孽的女人。

荣瑞红抬起头，目光灼灼的，说，爷爷，我就是我娘这样的女人，就喜欢和读书人在一起。

老爹说，一个外乡后生，你难不成要嫁了他，还是他能做上门女婿？长了翅膀的雀子，说飞就飞。

荣瑞红说，我凭什么不能嫁给他。

老爹也气，喝她道，你凭什么嫁。

荣瑞红一咬嘴唇道，就凭我和他一样，无爹无娘。

老爹被她说得一愣，焦黄的脸泛起了青，张开嘴却说不出话来。荣瑞红站起身，一声不吭地，自己走进了小作坊，关上门不出来了。

以往只有犯了大错，荣老爹才将瑞红关在作坊里。小时候，一关她，作坊里没有灯，乌漆麻黑。荣瑞红怕黑。怕了，就哭。哭上一阵，老爹心软，就放她出来。可她长大了，再关，坐在黑暗里头，拧着颈子不哭。老爹也倔，不放她出来。久了，彼此都觉得没意思。

老爹就问，妮儿，想不想出来。

她在里头答，不想，里头阴凉，舒舒服服，好着呢。

老爹想想，得有个台阶，就说，你也别闲着，在里头给我做六只瓦猫，就放你出来。

瑞红便答，六只太少了吧。我还想再待上一时半会儿呢。

老爹吹胡子道，美得你！你以为我让你做咱自家的瓦猫吗？除了龙泉的，各地统共给我做六只。有一分不像，不许出来。

瑞红在暗处扁扁嘴，不声不响，开始和陶泥。泥巴摔在木台上，摔得地动山摇。老爹听了，狠狠吸上一口旱烟，心满意足地走了。

说起来都是瓦猫，但云南之大，各族纷纭。这猫也是一猫一态。荣瑞红从小，老爹便带她去周边看人家的瓦猫。要看的，自然是和自家的不同。荣老爹打四十岁起，便连续在五年一度的瓦猫赛上称霸，业界以"猫王"誉之。后来老了，便有些隐退江湖的意思，但仍然带着荣瑞红看，看人家怎么做，有什么长进。这也是教她"知己知彼，百战不殆"的道理。

有一次，荣瑞红说，这只太丑，我不要学。

老爹说，你觉得丑，为什么别人要放在屋瓦上敬着。你眼里的丑，是人家的光鲜。说到底，是你眼界浅。

这时候，荣瑞红坐在黑暗里头，手在娴熟地动作。作坊里有蜡，她不点。一团泥，像是长在了手上。手指动作，跟着心走。心想到哪里，手就跟到哪里。她想，原来眼睛是多余的。眼睛有用处时，是因为心未到，手也未到。

待两个时辰过去，作坊里头没有一丝光线了，漾着泥土温暖后冷却的气味，砥实而清冽。她顺着这些做好的瓦猫的轮廓摸过去。圆润，部分有棱角，也有着陶土特有的细腻的颗粒。她一个一个摸过去，用手指辨识，在某个细节上停住了。老爹常说，做手艺人，便是一艺在手。手比眼准，用手触，便是看。任何一处不对，在手指间便会放大，你便知道不是拾遗补缺的事儿，是从根儿错了。

她便重新制了一只瓦猫。这才点上蜡，眼扫过去，舒了一口气。爷爷说得对。眼看见的，都是相，方才在自己手里，到最后合为一个。现在通亮的，却是百态。哪怕都是出自呈贡的，也因族而不同。彝族无釉猫，背部有龙刺，身为鳞纹，尾长盘向身前，耳朵高竖，眼睛大而外凸，是个机警的样子；汉族黑釉猫，身如筒，尾巴上翘卷曲，胸前有"八卦"，耳尖立，鼻成三角凸于面，胡须贴在左右脸颊，口大张，牙齿突出，仰天状；鹤庆白族猫，四肢粗壮有节，横站于脊瓦，尾巴直立上翘，嘴大如斗，上颚出奇大，下颚小，口内有四齿，舌头外伸，眼睛鼓暴，耳朵竖立，怒目而视，凶煞十足；文山壮族的上釉猫，身子似小陶罐，头呈倒三角，耳尖直立，眼睛大睁，瞳仁点黑釉，嘴高阔，上下牙齿四颗，脖子系有铜铃，前腿合并，后腿分开，倒算是一副乖巧模样，是最接近家猫的样子。

荣瑞红看着它们，稳稳地坐着，心想，说是万变不离其宗，但爷爷这么多年，带她云游，要看的，却是各种"变"。看多了，看久了，便越发守住了自家龙泉猫不变的根本。

这时候，外头响起了一阵咳嗽声。有人驻足在作坊的门口，在门上似乎敲了一下。荣瑞红站起来，也走到门口，可忽然心里发了堵，梗了梗脖子，不吭声，仍是一动不动地坐在了黑暗里头。

VI.

2006年1月7日，星期六，晴

我亲手栽下一株树苗，
等小树长大，我用它建桑耶寺
没有吉祥的桑耶，
那么多树怎么聚在一起。
我亲手搜集各种石子，
我用它铺一块黄金地。
没有吉祥的桑耶，
那么多石头怎么聚在一起。

——德钦"弦子"摘录

今天去看望谢老师。

谢老师退休两年了。我去的时候,他在屋顶上堆柴火。他请我去他的书房。他桌上摆着一幅花鸟,还没干。墙上有四君子条屏。他说小时候,他阿爸给他买了册《宣和画谱》,他就临着画,所以墨竹他最拿手。后来做生意,教书,就搁下来了。现在退休了,没事就捡起来。每天就画画,看书,干干农活。

谢老师是我们小学的老前辈,教了几十年书。祖辈是巍山彝族。他爷爷辈从西藏跑虫草买卖。阿爸在芒康认识他阿妈,他妈是藏族。后来他们家就在德钦做起杂货生意。谢老师其实只读过完小,但他古文底子极好。我在我们小学看过一些汉文文件,用字很讲究,都是他写的。大丹巴说他是县里的秀才。我在他家里看到版本很老的《昭明文选》和《尺牍清裁》。他对我说,是他阿爸留下的。

我问他,那你怎么做起了老师来?他说解放后改国营,家里生意做不下去了。他先是参军,后来转业回来,县里的代表来让他当教师,帮着办小学。那时候啥也没有,就在明永的公房里上课,自己编教材,还得帮孩子们烧饭,工资一个月十八块。他因为写了封信,给打成了右派,快五十岁了才摘帽。

他说现在他们全家都在当教师,姑爷用的,还是他当年写的教材。我给他看照片,问他,认不认识一个做瓦猫的人。他摇摇头说,你在哪里看到这只瓦猫,德钦怎么会有瓦猫呢。

宁怀远在马头桥边,遇到了梁先生夫妇。

当时他正走得失魂落魄。暮色里头的金汁河,凛凛发光。河边上飘起了水藻的腥气。他不禁站定了,呆呆地望。

这时听有人唤他,小兄弟。

他回身,看是梁先生。

他勉强笑一下,梁先生将他介绍给了自己的妻子,说是闻先生的研究生。因他脸色是青白的,就问他可好。

他说,还好。下午从昆明城里回来。

梁先生说,听说午后城里又有了空袭,飞机从海防过来,轰隆隆地,我们这里都听得到。你安全回来了就好。同行的人都没事吧?

他冲口而出,我是和瑞红一同去的。

梁先生关切地问,荣姑娘也回来了?

他沉默了,半晌,就将来龙去脉跟梁先生说了,说瑞红回去,老爹让她跪在地上,凶神恶煞地。大门一关,不让他进去。他在门口站了两个钟点,叫门又不开,不知道里头发生了什么。

林先生问，可是和爷爷送瓦猫给咱们的姑娘？

梁先生说，是啊。

林先生眨眨眼睛，说，那就好了。你放心回家去，明天黄昏，我保准你能见着她。

第二天后晌，老爹听到有人敲门。他仔细听，敲门声音斯斯文文，慢悠悠，可不是那小子的莽撞。

他开了门一看，原来是龙头村住着的先生。他想，这梁先生是洋派的白面书生的样子，架着金丝眼镜。那天瓦猫上房，他一个人抱着，顺着梯子往上爬，倒比猴子还灵巧。老爹看他稳稳地将瓦猫放在了屋瓦上，一颗心落了地，想，都说人不可貌相，这先生看着文弱，其实是个练家子。

梁先生身旁的女先生，今天的精神似乎好了许多，笑吟吟地看他。他想，这女先生不是村里女人形貌，那天自己抽洋烟，也请他抽。他说他抽不惯。

他呆愣愣地。梁先生说，老爹，那天辛苦您过来送瓦猫。我们是来回礼的。

荣老爹才恍然，让了身子，请他们进来坐。

三个人在院子里坐下来，梁先生手里举着一个纸包给他，说，老爹，知道您抽旱烟，我们前几天赶"乡街子"，给您带了些来。

老爹接过来，也不客气，打开闻一闻，笑了说，青马坝的烤烟，正宗得很啊。

他脸色也就好了些。林先生望望院子里，整整齐齐地晾着两排瓦罐。她便说，老爹的陶烧得好。我常爱去瓦窑村，看那里的老师傅制陶。有个建水来的师傅，说是烧三百个陶罐，只裂过一只。

老爹磕下烟袋锅，清清喉咙，你说叶三器吗？外来的和尚好念经。我们龙泉的龙窑建得好，谁制的陶都烧不坏。

这话噎人，两下未免有些话不投机。梁先生与太太对望一眼，笑笑说，听说您最近收了个徒弟。

老爹脸上些微的笑容也收敛了，面色冷下去，将那包烟叶子，往梁先生怀里一杵，说，是那小子让你们来的？

林先生见他摆出了要送客的架势，忙说，是我们自己要来，又要央您件事。我们呢，晚上家里来客人，要置些菜。可您知道，我这笨手脚，哪里应付得来。瑞红姑娘可是远近都知的好手艺，想请她来家里帮忙，不知合不合适。

老爹一梗脖子道，我训她的手艺，都用来做瓦猫了。她给我做那饭菜，也就毒不死个人，谈得上什么好！您二位请回吧。

这时候，作坊的门，"呼啦"一声开了。瑞红从里头走出来，眼睛望都不望她爷爷一下。她掸掸身上的尘土，大声道，瓦猫我摆在窗台上了。林先生，我跟您去。

荣瑞红挎了一只篮子，沿着长堤，一直走到了棕皮营。堤上一路都是桉树。桉树的叶子散发着浓郁清澈的味道，与金汁河里水草的腥香，混为一体，让人醒神。夕阳远远地下沉，一点一点的，是红透了的颜色。由远及近，余晖洒在河面上，也是金粼粼的。

邻近水塘，有一片修竹。梁家的房子，正在这修竹的掩映中。瑞红老远，便看到屋上的瓦猫，这是她自家制的。此时它稳稳地坐着，目望着远方的田畴。这屋也是"一颗印"的样式，坐西朝东，青瓦白墙。下段用碎石土夯筑而成，上段用土坯砌筑。但与邻近乡间的其他屋宇，还是不同的。它有两扇阔大的菱形花窗，从外头看，能瞧见里面的人影。从里头往外看，远山近景，便是如画了。

此时，林先生引了瑞红在屋内参观。看她呆呆立在窗前，不动了。瑞红说，以前不觉得，透过这窗子看，原来我们龙泉竟是这样美的。林先生说，是啊，我和思成两个，平日看书写字，都抢着要在这窗子底下。写累了，往外头眺一眺，整个人的心都亮敞了。

瑞红说，听宁怀远讲，这整间屋子，都是您和梁先生盖的。

林先生说，是啊，我们两个一起设计，落手落脚地盖。后来他带队去了四川看古建，就我一个人来。你看看，这个壁炉，可是西式的呢。用青砖砌好，我得意了许久。等你冬天再来了啊，我们就可以对着它烤火了。

瑞红望一望林先生，看她可亲地对自己笑。觉得她瘦弱的身体里，有一种能量，吸引了她，让她们之间又近了一些。

这时间，一个小男孩欢笑地跑进来，身后又跟着个小姑娘。他们一进门就脱掉了鞋，撒丫子跑。倒是小姑娘，看到瑞红，停住了脚，眼睛晶亮地看着她。林先生从门边拿过拖鞋叫他们穿上，说，快穿上，地板凉脚心。

她又追上男孩子，给他擦鼻涕，笑着说，他们爸爸老在外头，我一个人真管不了。满山遍野地跑，以后回了北京，想野也野不起来了。

瑞红听到"北京"，觉得是个很遥远而盛大的地方。她其实很想问一问，因为那里是宁怀远以往上学的地方。但终究没有好意思问。这时，小姑娘很好奇地看着她手中的篮子，问，姐姐，这里头是什么？

小姑娘的声音脆亮的，很好听，用的也是国语，和宁怀远一样。

瑞红说，是干巴菌。

小姑娘又问，干巴菌是什么呢？

瑞红说，是一种菌子，不好看，但是很好吃。生在松树底下，要清早去采，太阳出来就蔫了，看不见了。

小姑娘问，有没有鸡枞好吃。

瑞红就笑着点点头。小姑娘兴奋地说，姐姐，那你下次去采菌子，要叫上我一起啊。

林先生便摸一摸她的头，说，姐姐到咱们家做客，还要给你们烧菜吃。还不快谢谢姐姐。

小姑娘正正经经，给瑞红道了个万福。

林先生笑说，我这个丫头子，嘴巴可刁着呢。你这么好手艺，怕是往后都不愿意吃我做的菜了。

荣瑞红也笑。看这小姑娘，和林先生一样，生着圆润宽阔的额头，和略尖的下巴，已初具美人的样子。她和她的母亲一样，也有着明澈烂漫的眼神。她看母女二人的眼睛，仿如复刻一般。这无关年纪，似乎是自身在岁月中的定格。一刹那，她觉得自己生出了盼望，也想有一个女儿了。

原来，林先生在屋后垦了一畦菜园，种着时令的蔬菜。说是时令，昆明四季如春，果蔬本是可以长种的。园子虽不规则，但是因地制宜。什么都种了一些，豆类、青椒、韭菜。瑞红陪林先生割鸡毛菜，看她系着围裙，撸起袖子，是利落落的农妇形容。夕阳最后的光线，照在了搭架丝瓜的老藤上。丝瓜老了，干了，在微风里头微微摆动，渗着金灿灿的光色，竟有些丰收的景致。另一些，透过叶子照在了林先生的面上，是个毛茸茸的轮廓，有着优美的弧线。看得瑞红屏住了呼吸，她不禁再次地想，这个女人多么美啊。

她们便在厨房里头忙碌，一个择菜，一个洗菜，竟然配合得天衣无缝。林先生说，前些天，老金从城里带来一只宣威火腿，炒你的干巴菌正合适。一边说，我再去园里摘些青椒来。

瑞红掌勺，这干巴菌下了锅，混了火腿的咸香，满厨房竟然都是馥郁鲜美的味道。林先生不禁感慨地说，用我们北京话，这东西生得寒碜，可真是菌不可貌相。瑞红说，入了口，才知道它的好。就像是人，哪有一眼就看出来的呢。

她便做了一个素菜。是昆明人极喜欢的，青蚕豆和蒜薹放在一处清炒，青翠欲滴，有个好名字，叫"青蛙抱玉柱"。园里的蚕豆很鲜嫩，连着豆皮炒，更为入味。林先生笑问，宁怀远喜欢吃什么菜。瑞红脸一红，想想说，他们"一支公"的几个后生，饭量大，最爱能下饭的。那我就再做个"黑三剁"吧。

这三剁呢，说的是剁肉末、剁辣椒和剁玫瑰大头菜。咸中带甜，开胃得很。

待她利索做好了这一道，林先生说，你先帮我把菜端进屋里去。

她一进屋，就看见了宁怀远。怀远站在窗边，也愣愣地看着她。梁先生便在旁说，傻小子，看着瑞红姑娘忙不过来，也不搭把手。

怀远赶紧才过去，帮着荣瑞红端菜。两只手却碰上了，险些碰掉了盘子。荣瑞红连忙闪了一下，瞋他说，越帮越忙！

屋子里的人，便都笑起来。梁先生便给她一一介绍，看起来都是面貌很体面庄重的先生。一个是梁先生的弟弟，一个姓钱，是法学院的教授，姓李的，是考古学的教授。瑞红对这些"学"，自然似懂非懂。但又介绍一个，说是姓金，戴着一副眼镜，自报家门自己是教逻辑学的。瑞红便笑道，先生，我知道你。

众人皆惊。梁先生便道，不得了啊，老金，你的大名是传到龙泉来了。

瑞红便接口道，你就是那个金戒指教授。

大家会心，便哈哈大笑起来，屋子顿然有了快活的空气。金先生便也明白，和自己有关的掌故被怀远说给了这姑娘。金先生教的研究生中，出了一位别出心裁的有趣人物。联大常常要跑警报。这位仁兄便作了一番逻辑推理："跑警报时，人们便会把最值钱的东西带在身边；而当时最方便携带又最值钱的要算金子了。那么，有人带金子，就会有人丢金子；有人丢金子，就会有人捡到金子；我是人，所以我可以捡到金子。"根据这个逻辑推理，每次跑警报结束后，这研究生便很留心地巡视人们走过的地方。结果，真的给他两次捡到了金戒指！他便将这收获归功于金先生的逻辑课。

金先生耸耸肩道，我自己倒是一次都没捡到过。可见这课是益人误己。

这时候林先生进来，说，我一时不在，你们倒是说的什么好笑话。梁先生扫一眼她手中的盘子，说，你们几个可有口福了。内人轻易不下厨，这是拿了看家本领出来。当年这道"豉油煮笋"，连我老丈人都赞不绝口。

林先生便道，我们可真是靠山吃山了。门口这大片竹林子，是既饱了眼福，又饱了口福。这炒鸡丁的菱角，是隔邻的大嫂采了送过来，还带着水清气呢。一同还送了一条乌鱼，我们前些天吃了"东月楼"，正好学着做一做"锅贴乌鱼"。老金，你的火腿派上了大用场，正在平底铛温着。

李先生就说，我可是也有贡献的。这景谷酒，我跋山涉水从民乐镇带过来，也算是美酿配佳馔了。

梁先生便说，老李，你倒是好意思说！哪有送人的酒，自己先打开喝的。

李先生便投降道，是真的没忍住。没有功劳，也有苦劳吧！

大家哄堂大笑。林先生看着也笑，她对瑞红叹一口气，轻轻说，这真让我想起在北京的日子，大家聚在一起。现在能说话的人，都天各一方了。前段正清和慰梅写信来，我一时都不知怎样回。

这时的林先生，换下了家常的衣服，着一件丝绒的旗袍。在这里，本是有些隆重的。她坐在桌前，却将这屋中的气氛，带出了几分先前未有的情致。

大家有些沉默。金先生说，今天高兴，说什么天各一方。我们几个在，都住在这龙头村，不就是天涯若比邻。

还有我们呢！外头响起洪亮的声音。众人循声望去，走进来一队青年，皆是英挺的模样。一色都穿着空军的军装，脸上明朗的笑容，将屋子顿然点亮了。走在前头的那个，手里举着一瓶香槟，遥遥地便对林先生展开了臂膀，喊了声"姐"，两人便紧紧拥抱在了一起。

荣瑞红看出，这个青年在一班孔武的同伴中，眉眼是清秀些的，与林先生有些相似。林先生回过头来，将他推到众人面前说，这是我小弟若恒。这些，都是我的弟弟。今天是个大日子，聚会的主题，是为他们的。他们从空军军官学校毕业了。

林先生此刻，脸上的表情与平日的宁静不同，是有些激昂的。

这些青年面对着她，站定，立正。其中一个领头的，大声说，敬礼！他们便齐刷刷地叩了军靴，端正地对林先生敬了一个标准的军礼，一边说，家长好！

这话在旁人听来，似乎是谐谑之语，但看他个个面容肃穆，才知道是实情。原来，这些青年在昆明都没有亲属。梁先生夫妇，是他们的"名誉家长"，方才还在空军军官学校的毕业典礼上，为他们致辞。

倒是林先生连连摆手道，吴耀庆，怎么到了家里，还这么多规矩呢。

这领头的青年，这才让同袍们脱了军帽，在席间坐下来。坐下来了，仍是笔直的。倒是金先生举起了酒杯来，说，斯成，你倒说句话。对着这两排兵马俑，我可真是动不了筷子。

大家一阵哄笑，他们这才松弛下来，恢复了年轻人该有的样子。梁先生倒上一杯酒，说，我今天上午已经说过。明天，你们就要上战场了。这杯酒是我做家长敬你们的，等你们凯旋。

钱先生便道，斯成，哪有上来就喝送行酒，"风萧萧兮易水寒"吗？既然是庆贺毕业，应该要喝香槟！

听到这里，这些士官生有了大男孩们的活泼，忙着开香槟，看瓶塞"噗"的一声射出去，都兴高采烈起来。

菜都端齐了，吃到一半，上来了一盘油淋鸡。鸡是林先生自家养的。今天早上现杀，十斤的鸡公刚贴了一季的膘，正是好吃的时候。大块地生炸，高高堆一盘，也是蔚为壮观。这群小伙子，可是放下了刚来时的矜持，你争我抢地，蘸花椒盐来吃，顷刻盘子便见了底。林先生问他们好不好吃。有一个便叹道，比"映时春"的还好吃。这"映时春"，是武成路上的一家馆子，做油淋鸡是最出名的。

林先生说，今天你们有口福，我请来了咱龙泉的大厨来。她就也端了酒杯说，我们也该敬瑞红姑娘，为这一餐毕业饭，陪我忙活了一个后晌午。

荣瑞红不羞不臊，倒也爽利利地站起来，端起酒，一饮而尽。一个男孩见了，拍起巴掌，说，真是个女中豪杰。比我们翻译科那些扭扭捏捏的小姐们，强多了。

林先生说，那大家说，我们瑞红手艺好不好？

众人道，好！

林先生又问，那人生得俏不俏？

有人又用云南话大声答，老实俏！

刚才那个男孩，带着几分醉态道，这就是人常说的"入得厅堂，下得厨房"。姑娘，等我把小日本的飞机都打走了，就回来找你！

林先生将一块卤牛舌放在他碗里说，樊长越，就你口甜舌滑。这块"撩青"当给你吃。我们瑞红名花有主，等不得你。

刚才还沉浸在这快活的空气中，瑞红此时心里忽然轻颤了一下。她不禁抬头，望一望宁怀远。林先生对着宁怀远说，怀远，我人给你带到了，你可是要争一口气。

刚才那个叫长越的男孩，颤悠悠地站起来说，秀才，你遇到我们这些当兵的，是要比文，还是比武？

林若恒拉住同伴。他却一把挣脱开，说，我们这一去……你们，有几个还准备从天上回来的。怎么，还不许老子过过嘴瘾……

这戏言，忽然让在场的人都沉默了。每个人，似乎都静止在了方才刹那的言行中。这沉默，在每个人心里都似乎过于地漫长。在沉顿了数秒后，他们都听到了一阵音乐声。是莫扎特的《小夜曲》。这声音开始仿佛是幽微的，似乎在微妙的节点上试探，渗入这沉默。慢慢地，延展，宽阔，丰盈，渐渐将这房间填充起来。是那个叫吴耀庆的年轻军官，手中持一把提琴，在靠近壁炉的角落里，旁若无人地演奏。

众人无声地听，看这军装青年，侧着脸庞，沉浸在他自己的动作中。那臂膀屈伸的优雅，仿佛软化了军人坚硬的轮廓。而他身躯的剪影，被灯光投射在了壁炉上，也是高大而柔软的。

一曲奏罢，他轻轻躬身向他的听众行礼，仿佛在乐池中的郑重。

众人鼓起掌来。荣瑞红说，真好听。

林先生说，我许久没听到耀庆奏这一支了。这是我和这些弟弟们结缘的曲子，我从未和人说过这个故事。

林先生在椅子上慢慢地坐下来，说，日本人轰炸长沙的时候，我们乘汽车取道湘西，到昆明来。走到晃县，已经没有车了。我的身体不争气，又得了急性肺炎，发着高烧。这一个小县城，到处都是难民。我们抱着两个孩子，一路探问旅店，走街串巷，竟然连个床位都找不到。天下起雨，越来越大，我止不住地咳嗽。这时候，忽然听见，在雨声里头传来一阵小提琴的声音，正是这首《小夜曲》。在这边城，有这样的乐曲，让我们心里都安静下来。斯成冒着雨，循着琴声找到了一所客栈，敲开了门。里面是一群穿着航校学员制服的年轻人。那个拉着小提琴的正是耀庆。他们赶紧将我们迎进来，给我们腾出了房间，又给我找来了医生。我们这才安顿下来。

所以往后，我听到这首曲子，就会想起那个雨夜。我和这群弟弟，是以琴声相认的。后来，我们来到了联大，他们也来了昆明，大约注定是要重聚。他们给孩子们做飞机模型，还带来子弹壳做的哨子。再后来，我将若恒也送进了航校。他们现在，都要飞走了。

瑞红看出她有些伤感，便逗她说，他们都是老鹰，老鹰就是要往高处飞的。不飞走，难道留着下蛋吗。

林先生听了，勉强地笑了笑，说，是啊。他们驾驶的是"老鹰式七五"。他们都是老鹰。

看着耀庆举着琴弓，遥遥地抬一抬手，乐曲便又响起了。在这低回婉转中，林先生站起来，吟诵道：

别说你寂寞；大树拱立，
草花烂漫，一个园子永远睡着；
没有脚步的走响。
你树梢盘着飞鸟，
每早云天，吻你额前，
每晚你留下对话，
正是西山最好的夕阳。

梁先生走到了太太的面前，将手背到了身后，屈下身，做了个邀舞的动作。林先生便将手放在他的手中，两个人便在乐曲中起舞。这舞的好看，是荣瑞红从未见过的。不同于云南的各种舞蹈，它既不慨然，也不激扬。而又说不出的曼妙，让两人浑然一体。林先生此时，大约将一个女人的美，体现到了极致。而她却又觉出了乐曲的似曾相识。她回忆了许久，终于想起，这正是她和宁怀远在城里看的那出电影里的歌曲。她记得非常清楚，唯有那时，因为没有"讲演人"的打扰，她完整地听完了这支歌曲。

这对主人舞蹈着，渐渐走出了屋外，走进了更为广阔的园地里。乐曲便也追了他们出去。这时竟然有很好的月光，洒落在他们身上。他们的背景便阔大了，近处的竹林，在微风中簌簌作响。远处的山峦，幽深的轮廓，似乎也在跟着音乐起伏。荣瑞红想，他们多么美啊。

这时，一只手牵上了她的手。是宁怀远，将她的另一只手放到自己的肩膀上，然后轻轻搂住了她的腰。她低声斥他，我不会跳，你让人看我洋相！

他轻轻说，跟着我。

她便跟着他，听着他轻声地在她耳边打着拍子。她渐渐地跟上了，她觉得自己也舞起来了。身体变得轻盈，像是被这夜里的风托举起来。她跟着音乐，而耳边的其他声音也因此而放大。金汁河潺潺的水声，草间的鸣虫，不知何处归家的牛低沉的哞叫。她将眼光收回，看着眼前青年，此时也正专注地看着她，似乎有些忧心忡忡。她抬起头，猛然看见，屋瓦上还有一双眼睛。那是阿爷亲手制的瓦猫，在暗夜里，守护着这房子，也看着她。

他们将这些空军毕业生送走了。青年和梁先生夫妇，一一拥抱作别。除了那个叫樊长越的男孩，已经不省人事。李先生带来的长谷酒，后劲是很大的。众人目送他们，看他们远远地走入了乡间的小路，消失在了夜色里。但是忽然，从远方传来了响亮的歌声。开始是齐整的，但后来，有的小伙子唱得声嘶力竭，仿佛还带了哭音。但这声音仍然穿透了暗夜，也洞穿了荣瑞红的耳鼓，在她头脑里久久不去。

"得遂凌云愿，空际任回旋，报国怀壮志，正好乘风飞去，长空万里复我旧河山，努力，努力，莫偷闲苟安，民族兴亡责任待吾肩，须具有牺牲精神，凭展双翼，一冲天。"

林先生说，这是他们的校歌。

VII.

2006年6月25日　星期六 雨

念青卡瓦格博多吉祥

神山扎那雀尼多吉祥

红坡护法神灵多吉祥

房顶五彩经幡多吉祥

灶神如意宝贝多吉祥

日松贡波三角多吉祥

——德钦"弦子"摘录

今天，他们告诉我，最后一具登山队员的遗体被发现了。

我赶到的时候，正看到大丹巴和山本长智从冰川上下来。他们手里还拿着塑料袋和钉锤。大丹巴在水渠边用水冲洗解放鞋上的泥。山本将铁钉的脚掌从高帮的登山鞋上取下来。

我问山本，确定身份了吗？他点点头。他说，遗体已经送去大理火化了，已经通知了家属。他从口袋里取出一张照片，上面是个戴着黑框眼镜的年轻人，对着镜头微笑着，笑容十分纯净。山本说，柳上健吾。最后一个失踪的日本队员找到了，他的任务也完成了，要回去日本了。

从 1991 年的那场"扎吾"发生，七年后，遇难者遗体才陆续在明永冰川上被采草药的藏民发现。在当地人眼中，冰川是圣域。他们说，"扎吾"是因为登山的人触怒了山神带来了灾难。即使山难之后，还连年出现雪崩、塌方与洪水。登山者以忌讳的方式侵扰了雪山，但死亡消弭了对大山的余孽。卡瓦格博收留了他们的灵魂，将身体还给了他们的来处。

我问大丹巴，有没有其他的发现。他摇摇头说，年轻人，这不是我们的发现，是卡瓦格博的饶恕和交还。

多年以后，荣瑞红收到了那张照片。她未想过，这会是那个聚会最后的定格。照片是林先生的女儿寄来的。每个人都笑得如此灿然，带着一种坦白的明亮。除了林先生的两个孩子，宝宝和小弟，他们在大人们中间，似乎有些不知所措。孩子脸上的茫然与迟疑，是面对镜头的，或许也是面对他们所难以预知的未来。

收到照片时，恰逢镇上的蓝花楹盛放，一如她遇到宁怀远的那个夏天。她想，很多事情，早一些，或者迟一些。大概都会不一样了。

在那次聚会半年后，荣瑞红觉得，宁怀远忽然有些不一样了。

他似乎经历了一些成长。以瑞红的见识，不足以判断这成长的性质。但是，这却是来自于一个女人的直觉。

此时的清华文科研究所，搬来司家营后，已取得了很大的建树。闻先生所带的研究生里，有季镇淮、施子愉、范宁、傅懋勣等人。而这群"一支公"里，大约最受其器重的，便是宁怀远。跟闻先生习学，需要一股子倔劲，每日孜孜同上古文献打交道，这宁怀远有。但宁怀远对荣瑞红说，仅仅这样还不够，还要有科学的精神。荣瑞红问他什么是科学精神。他便同她讲了"赛先生""人类学"与"理性"。荣瑞红就更加听不懂了。他便说，他很佩服闻先生，说闻先生写过一篇《伏羲考》，考证出龙是由蛇变来的。他滔滔不绝地说了很多。荣瑞红便有意扁扁嘴，说，这也需要考证吗？就好比我们的瓦猫，这样凶，一望即知是老虎变来的。怀远并不生气，只笑她妇人之见，说倒是给了他灵感，将来自己要写一篇民俗学的文章，研究研究瓦猫。他又说起闻先生的博学与宽容，说自己曾经想写一篇文章，证明屈原在历史上的不存在。这有点冒天下之大不韪，没有了屈原，《离骚》《九歌》便没有人写了。闻先生并不斥他，只是开出了一系列文献，说，你先读这些，读完了再决定写不写。他读完了，汗颜自己的学问浅薄，也打消了念头。荣瑞红听了，恼他道，还亏好有了闻先生，你若是敢写，别说是我阿爷，连我都不让你进家里的门。

屈子在滇地的名望，并不输于三湘。荣瑞红说，若是没有了屈大夫，每年端午时候，那千百个投到河里的粽子，不是都白投了。你一篇文章，就毁了这么多人的念想，难道不是罪过吗。

怀远便望着她笑，眼光却是郑重的，不当她是无理取闹。而瑞红，整日听他说着自己听不懂的话，内心里却是欢喜的。她觉得，他明知道她听不懂，还要说给她听，便是心意了。

然而，近来，怀远却不和她说这些了。他甚至不怎么到家里来。连荣老爹都忍不住，说，什么有心跟我学瓦猫，三天打鱼，两天晒网！

荣瑞红便跟他辩白，说，怀远要毕业了，要写论文。

荣老爹说，什么文，能厉害过我们袁状元的文吗？写出来，能有人给他颁个"大魁天下"的牌匾，挂在聚奎楼上？

瑞红心里头很不服，觉得爷爷倚老卖老，拿前朝说事。刚想辩，又怕他说自己胳膊肘子外拐，便哼一声道，厉不厉害，写出来才知道！

这一日，瑞红黄昏过去给"一支公"做饭，却听见了堂屋里头的争论。竟是闻先生和怀远。闻先生是个严师，口气一向刚硬。可怀远历来都是个面脾气，何曾说话这样火气过。

她终于忐忑起来。旁边的一个研究生就说，我这个师兄，怕是疯了。红姑娘，你可要好好劝劝他。

说起事情的原委，原来怀远将毕业。闻先生专程致信梅校长，在联大为他争取到了讲师的位置。信中写"宁君毕业成绩，为近年所仅见"，可谓是力荐了。但是聘书下来后，怀远却自作主张，报考了昆明的"译员训练班"。

瑞红喃喃问，这训练班是做什么的？

那人便说，是为了飞虎队吧，也帮忙训练中国军队。译训班是国民政府军委会设的，在昆华农校，办了许多期了。不知师兄怎么忽然报了名。学完了，一批到前线，听说还有些发往了印度去。

这时候，就见堂屋的门响了，怀远急急走了出来。走到了大门口，嘴里狠狠地迸出一句："百无一用是书生。"

荣瑞红的心，倏地一紧，然后一点点地凉了下去。她想，这么大的事情，宁怀远从来都没有和她说过一字半句。原来，他，就要离开了龙泉了吗？

荣瑞红便追出去，将自己拦在宁怀远身前，定定看着他，也不说话。宁怀远也看着她，不说话。两个人就这样对望着，不知过了多久，宁怀远脸上因激动而泛起的红，这时一点点地消退下去。

他忽然执起了荣瑞红的手，拉着她，快步地往前走了几步。忽然间，他跑起来。他拉着她，跑得越来越快。他们沿着金汁河岸一路向前跑。渐渐地，瑞红看见，沿途人和风景都模糊了。人们看着两个青年人在跑，前面是个学生装的后生，后面竟是荣老爹家的孙女。有些小孩子，欢呼着，跟他们一起跑。终于跑不过他们，被远远地甩到后面了。他们就不知疲累似的，越跑越快。瑞红听到耳边的风呼呼地响。高大的槐树，结着成串的槐花，那清澈的味道也在空气中飞快地流动，好像在跟随着他们一起奔跑。

他们的眼前，终于开阔了，看见了青晏山。金汁河也在这里宽阔了，有了浩浩汤汤的样子。他们还是跑，山起伏着，远远地被他们甩在了身后。水流淌着，高低、弯折、腾挪，不放过他们似的。此时正是雨水丰盛的时候，在下游形成了一个瀑布，瀑布跌落的尽处，便是一汪清潭。他们终于在潭边，停了下来。气喘吁吁地，你看看我，我看看你，不禁大声地笑了起来。

他们在潭边的草地上躺了下来。两个人，面朝着天空。天上有游云，那样地大而白，一层叠着一层。瑞红辨认着它们，那前后相接的，像是马帮的队伍。打头的是手持马鞭的马锅头；那点着脑袋的，举着烟杆的，像是麦地村专帮人说媒做营生的六婆；那在云里隐现的阳光，忽然变得浑圆，像是滚动的龙珠；端坐在云端的，有些凶的像老虎，将这龙珠衔在了嘴里。不是，哪里是什么老虎，这就是我家自己的瓦猫吧。

风吹过来，是青草味，是草被晾晒了一天冷却下来的清爽。身下的草地是毛茸茸的，隔着衣服密密地瘆着皮肤，有些舒适的痒。她深深地吸了一口气，然后将眼睛闭上了。这时候，她的唇忽然被捉住了。她在慌乱间张开了眼睛，看见了宁怀远也在看着她。他眼中，并没有焦灼和欲望，是牛一样温厚的目光。这让她安心了。她忽然捧起他的脸，也吻了回去。这男人的唇，很柔软，有一种令人心醉的暖意。她觉得她的身子，也软了，甚而骨骼也一点点地化了下去。在融化的边缘，她忽然打起精神，挣扎地问他，你，不会走吧？

男人愣住了，有些紧促的呼吸，一点点均稳了下来。他翻过身子，像方才一样，和她并排躺下来。他们仰面躺着，不再说话，看着天一点点地暗淡下去。然后暮色浓重地，将二人包裹进去了。

是这个秋天，林若恒的中正剑，被送回了梁家。

龙泉人，不喜热闹，各家各户都安静地过日子。对于白事，他们却看得很重。"号丧"是一种传统，是对逝者的敬。说是号，其实是唱，大声地唱，唱得一波三折。生人唱，唱给去的人，也唱给自己。唱去的人的一生，唱完了，便是断了阳世因缘。从此生者平静地过自己的日子。

还有的，就是要在去者的碑头，安一只小的瓦猫。保佑他阴宅德厚，不受魍魉牵绕。猫头要向着他生前所住的方向，在泉下庇荫在世亲人。

荣瑞红从未经过这样朴素的丧仪。

她看着屋瓦上的那只瓦猫，也望着她。大约经历雨水与风化，颜色竟已有些苍青了。秋风吹拂过屋顶，将焦黄的叶子扫下来。这些枯叶又被风扬到了空中，飘几下，终于还是落在了地上。

一只白灯笼，吊在屋檐底下。那菱形的窗格上，缀着白色的流苏。她捧着瓦猫走进去，不见设灵。在壁炉的方向，有一丛菊花，是极淡的青绿色。两边挂着一副篆书挽联，"星沉瀚海，风逐青天雨落泪；月冷关山，露沾碧岭竹吟声"。

这联是金先生的手笔。宁怀远手中抱着一只相框，瑞红走过去，见是一幅炭笔的画像。画像上的人，正是那个仅谋一面的青年人。有着和林先生一样宽阔的前额，与一双典秀的眼睛。这些飞行员，首次上天前，已经拍好一张照片。大约是做好了准备。此时你便在这眼睛里，可以看到许多的东西，甚至还有一分不舍。

梁先生看了看，终于说，罢了，还是别挂了。我怕慧音受不了。

几个人，便都在堂屋里坐着。屋里极静，除了一只西洋座钟的声音。钟摆左右摆荡，大约到了正点，忽然"当"的一声响。在所有人的心头，猛然击打了一下。

金先生站起身说，还是叫她起来吧。

梁先生说，再让她睡一会儿。天蒙蒙亮的时候，才睡着。

这时，他们却都听见卧室的门开了。林先生站在门口。她的脸色虚白着，眼睛有些浮肿。人们不知她是何时装扮停匀的，穿了黑丝绒的旗袍，头上梳得很紧的发髻，胸口别了一小朵白绒花。她将自己的身体挺得直一些，但大约撑持不住，手扶住了门框。荣瑞红连忙迎过去，想搀住她。她对瑞红说，不要紧。

她走向壁炉。那丛菊花遮盖下的，是一只黑檀木的盒子。她愣愣地看着，然后说，斯成，再打开给我看看吧。

梁先生犹豫了一下，说，慧音，你答应我的。送上路前，不再看了。

林先生不说话，只是径直自己伸出手，要将那盒子拿下来。

梁先生拦住她道，这又是何苦？

他却终于小心翼翼地将那盒子捧住，然后端在了桌子上，打开。

荣瑞红看见，盒子里，摆着一摞信封，还有各式琳琅的物件。

林先生的手抚摸上去，在这些物件上流连，最后落在了一本英文的诗集上。她抬起头，望着众人，竟然牵动了嘴角，有一丝惨淡的笑意。她说，自打咱们离开北京，我时常说，人总是聚不齐。这不到一年，他们兄弟八个，倒是聚齐了。

她转过脸，看着瑞红，说，红姑娘，这支钢笔，是樊长越的。就是说胜利了要回来找你的人，你还记得吗？他是第一个走的。飞机刚上了天，"轰"的一声，人就没了。这副羊皮手套，是路易南的，湖南人，那天可爱吃你做的"黑三剁"了。一个个地，都走了。走一个，就寄给我一回。我的心就死一回，没等活过来，下一封就又到了。这张威尔第的唱片，还是我送给耀庆的。他和阿恒搭着伴儿走的。一前一后。两架飞机坠到了一处，还分得清谁是谁呢。

阿恒，你有这群兄弟陪着，姐放心一些。你从小就怕孤单，怕黑，我们都说你像个小姑娘。我问你在天上怕不怕。你说不怕，我所有的胆量，都留给天上了。

林先生举起那把中正剑，忽然紧紧地贴在脸上，久久地。然后，她脸上的肌肉，忽而抽搐了一下。她将这柄剑，郑重地放回到盒子里，将盒子盖好。瑞红看到，她眼里头的方才有一丝光，这时也一点点地熄灭了。

林先生说，不早了，我们走吧。

一行人，捧着这只黑檀木的盒子，走向青晏山脚下的墓地。弥陀寺的方丈，请来堪舆师父，在面阳背阴地寻了一处良穴。除了樊长越，青年们都没能找到完整的遗体，这便只是一个衣冠冢。方丈说，我龙泉，也算是有幸，青山埋忠骨。

岚气袭人，催着他们的步伐，不禁也就快了一些。

瑞红远远地看见爷爷，原来在等他们。他捧着云石雕的一只瓦猫，沉甸甸的。

安葬好后，他们仍在原地站着。看荣老爹将瓦猫小心地镶嵌在墓碑上。碑上有四列方块字，是八个人的名字。瑞红认真地看，却无从辨认。她从未为自己不认识字而懊恼过，此时却觉得心里无端地一阵空，空到竟至疼痛。她只认识自家的瓦猫，虽然小些，看上去却是一样的勇猛，会长久守着这些名字。

第二年的秋天，宁怀远报名参加了青年军。

这一年，日本在太平洋战争中已处于劣势。为支援被困在东南亚和滇缅边境的军队，日本亟须打通从中国大陆到越南的交通线，因此在豫、湘、黔、桂发动迅猛进攻，从五月开始，洛阳、长沙、梧州、柳州、桂林相继沦陷。入冬，日军又攻陷贵州独山,直接威胁贵阳,重庆、昆明均感震动。同时间,罗斯福对蒋介石保留自己实力的避战态度相当不满。为在中缅印战区夹击日军,罗斯福致电蒋介石,敦促他加强在缅甸萨尔温江的中国兵力和攻势,如若贻误战机,需蒋承担责任并将断绝对蒋的援助。在这双重压力下,国民政府于1944年10月提出"一寸山河一寸血"的口号,发动十万青年从军运动。

闻先生和钱先生在校内发表了动员演讲,有两百多名联大学生报名参军。

年底时学校举行欢送同乐会,联大剧团演出夏衍、于伶、宋之的三位合作的话剧《草木皆兵》。

荣瑞红跟怀远看完了剧,对他说,闻先生告诉我了,你要走。你带我来看这出剧,是告诉我,我想拦,也是拦不住的。

怀远问,你不想让我走吗?

荣瑞红向前走了几步。她想,两个人,怎么就来到了翠湖岸边了呢。

那阔大的水上,升起了一轮巨大的圆月,静得不像真的,倒像是方才舞台的布景。有些捕鱼的水鸟,翅膀在水面上掠过,激起了涟漪,一圈圈的。这静中的动,却又是真实的。

她想起了宁怀远的话,便问,你说翠湖边上,有一棵老大的梨花,是在哪里?

宁怀远说,等着我。等我回来了,我们一起去看。

VIII.

2006年7月2日,星期日,晴

> 我往高高的山上走,
> 遇见小小的菩提树。
> 树儿发出淡淡清香,
> 我点燃香火烧得旺,
> 大地才能风调雨顺。
>
> ——德钦"弦子"摘录

十点多钟,我到了九龙顶。在藏语里,意思是"有很多杨柳的地方"。可是,我并没有看到一棵树。这里位于澜沧江边的山崖,夹在卡瓦格博和四千多米的扎拉雀尼雪山之间。峰峦叠嶂,直插入江。这里是茶马古道上连接德钦和云南内地的通道,也是去卡瓦格博的朝圣者外转经的必经之路。

到了朝阳桥,那里有个转山接待站。我放下东西,跟转经人去支信塘。在小庙里烧了香，点了酥油灯，取了进山钥匙。接待站的人说，这回来转山的，多半是本地的藏族，还有四川甘孜来的。我看看他们带的东西，其实很少。主要都是食物，酥油、糌粑、琵琶肉、青稞酒。有个康芒来的老人看我一眼，说，你的鞋子不行。我看他穿的是高帮的解放鞋。他说，现在是雨季，上山到处都是水坑。你的皮靴湿透了，重得走不动路，解放鞋走走就干了。他看看我的脚，从自己的背囊里头，拿出了双解放鞋叫我换上。我一穿，居然正好。我要给他钱，他摆摆手，好像生气的样子，很快地跑走了。我走了几步，脚下果然轻快了不少。

宁怀远再回到龙泉时，是大半年后了。

他是悄悄回来的，没有告诉荣瑞红。

这时候日本已经投降。联大的学生们，大多都回来了。他们所属的青年军207师炮一营，就此解散。这个营隶属辎重兵第14团。在印度东北部阿萨姆邦密支那附近的兰迦基地，他学会了驾驶。然后上史迪威公路施行运输任务，这也是他执行的唯一一次任务。

因为闻先生全家与朱先生，已经搬回了城里。司家营的文科研究所，忽然空下来了，只余下"一支公"几个还未毕业的兄弟。他们将宁怀远安置在了北厢房的阁楼上。那里很僻静，扰不到人，也没有人扰。

但一周之后，荣瑞红便知道了。她跑去北厢房，几个箭步便上了阁楼，使劲拍门，大叫，宁怀远，你给我出来。

厢房里没有动静，她又说，好好的，"一支公"谁会让我在"黑三剁"里多放辣子。我知道你在里头，是人是鬼，你应一声。

里头还是没有回应。她却听到"吱呀"一声，像是床板的响声。

她便推开门进去了。

阁楼只有一扇很小的天窗，光线昏暗。大约因为刚才推门掀动了空气，那束光里边有许多尘土在飞舞。只片刻，这些尘便纷纷落在了地上，光束便又通透了。她的眼睛，已经适应了房间里的幽暗。穿过这光束，她看到床上坐着一个人。

她迟疑了一下，慢慢地走过去。这个人，留了一口大胡子。但是她还是一眼就认出，是宁怀远。刹那间，这男人用胳膊肘挡住眼睛。

荣瑞红想，他是不想看到光，还是不想看到自己。

她走到床边，说，宁怀远，你看着我。

宁怀远没有动，但他的嘴角抽搐了一下。

荣瑞红忽然间捉住了他的胳膊，要拿下来。这男人将身体缩一缩，蜷在床头,同时间更紧地护住了眼睛。

荣瑞红拖着他,将他往床下拖。她不知道哪里来的这把子力气,狼一样。她不管不顾,将这男人硬是拖下了床。宁怀远一个趔趄,高大的身形,曲折地晃了一下,摔到了地上。他艰难地想要站起来,却徒劳。荣瑞红看到,他的右脚已变了形,翻转着,在地上轻微地抖动。宁怀远在挣扎中,胳膊落了下来。他用手撑着地,同时在右脚上使劲砸下去。

荣瑞红看见了他的脸。这时候,怀远恰好身处在从天窗投射过的那束光之中。瑞红看见了他的脸。

她捧起了这张脸。

宁怀远下意识地又要挡住,被荣瑞红死死地压住了胳膊。

这张脸上,一只眼睛,在瑞红的目光里躲闪。另一只,只有一个黑洞。

这黑洞,已经干涸了。能看见一丝丑陋的黑红的肌肉,缠绕着,从眼睛里贯穿下来,到鼻梁,便成了漫长的疤痕。蜿蜒着,如同一条在皮肤下爬动的蚯蚓。

渐渐地,宁怀远不再躲,他终于迎上了瑞红的目光。他轻轻说,一车人,就活了我一个。当时要是选了另一条路,就不会碰上那些地雷了。

瑞红看见这只眼睛里,流出了一滴泪。也仅有一滴而已,沿着脸颊流淌下来,沿着粗糙的皮肉,却在另一处嘴角的疤痕停住。

瑞红伸出手指,将这滴泪拭去了。她将男人的头,慢慢揽在自己怀里。她没有再说话,他也没有。这时候,他们头顶的那束光,因为夕阳的移转,也暗淡下去。黑暗浓厚了,将他们包裹了进去,藏得一星也看不见了。

荣瑞红,把宁怀远接到了家里来。

她在瓦猫作坊里,架了一张床,让他睡。

荣老爹终于气得说不出话。瑞红站在跨院里,和阿爷吵,吵得惊天动地。

他用烟袋锅子点着瑞红,说,一个没过门的黄花闺女,将个男人养在家里头。你让我老脸往哪里搁?!

瑞红听到外头有聚集的人声。她索性打开了门,走了出去。看到她出来,人们便退后了一些。她站定了,面对乌压压的人群,大声地说,我荣瑞红,要跟这男人结婚了。来看热闹的,都说句道喜的话吧!

又过了一年,怀远的腿,能在村里走动了。

虽然还是一瘸一拐,但外翻的脚,硬是给瑞红矫过来了。她学了洋大夫打石膏的法子,用陶土为怀远打了副,给他固定在床上。隔半个月就换一副,开始时钻心地疼。宁怀远不喊不叫,瑞红便让他攥着自己的手。一个时辰下来,再看她的手，沿着虎口到手腕，都是青紫的。这样一副，又一副，慢慢地就养好了。可是脚踝，已经变了形。能下地走路了，就是身子有些拧。

老爹也去了，已有小半年。没病没痛，就是有一天，瑞红早上起来喊不应。走进去，人已没气了。脸相很安稳，寿终正寝。

算起来，虚岁八十五，也是喜丧。村里老人摇头，这一家人，一年里头先办喜事，又办丧事。喜事办了个不伦不类，没按公序良俗，在村里头落了说法，丧事也就不好铺张。有人议论说，荣老爹规矩了一世，行善积德，就为个好名声。临到了，自己却没个风光的后事，也是各家人各家命啊。

到了宁怀远能跟上自己的步子，瑞红便硬将他推出门去。带着他，见人就打招呼。怀远有些闪躲，打招呼的人便也很不自在。但是瑞红便还是要他出去，一句句地教他龙泉的地方话，要他自己开口唤人。

这样久了，他似乎已没有了名字。镇上的人，都叫他瑞红家的。他走到街上，后面有小孩子跟着，学他走路的样子，跟着他大声喊他"躃子"和"瞽子"。龙泉这个地方颇奇怪，民间的语言是极为古雅的，就连骂人也是如此，却不会减轻攻击的分量。"躃子"是笑他瘸腿，不良于行，这个字的狠恶之处是多半用来形容牲口。而"瞽子"，自然是说他瞎了一只眼。

自小到大，他未感受过这样的恶意，于是感到屈辱，不愿意再出去。但是瑞红倒不为意。她问，他们说错了吗？你自己说，你是不是又瞎又瘸？

怀远猛然被将了一军，有些吃惊地看着瑞红。瑞红将一块泥坯狠狠地掼在木台上，用胳膊肘擦一下额头的汗。她说，待他们说烦了，说腻了，说到舌上生茧了，自然就不说了。

不管这其中的是非臧否，老荣家的龙泉瓦猫，依然是一块招牌。这是荣老爹留下来的好基业。镇上的人，渐渐知道了瑞红一个年轻女子，可以独当一面。龙泉这地方的人，内里是厚道的。这体现在不计前事，看的是眼前的理儿。他们想，这一家做事虽不循例，但并未伤到谁。如今难了，是应该帮一帮的。

于是，跟老荣家订瓦猫的人，又多起来。谁家开宅起基了，做白事了，甚而老人合葬迁坟了，便都找他们。渐渐地，生意甚至比先前老爹在世时，还更好了些。

瑞红呢，就将这送瓦猫的活，都让宁怀远去。宁怀远不想去，她就逼他去。镇上的人，开始时有说法。他们看他瘸着腿，端着瓦猫，颤巍巍地在路上走。身形从背后看，也是扭曲的，多半觉得有些凄凉。那瓦猫上的红绫子，有次缠住了他的腿。按规矩，送瓦猫的人，半路上是不能停的，更不能将瓦猫搁下。他整个人就更为狼狈，路过的人帮他，心里也说瑞红有些狠。这样的人，怎么能当个人用呢。更担心的，是他手脚不利索，将那瓦猫给摔了。这在当地，是很不吉的。

但是过了段日子，他们发现宁怀远走得虽慢，步伐并未有懈怠与毛糙。甚至经过了时日，走得越来越稳了。他们就看出这人，内里是很要好的。对他也就和善了起来。说到底，对有难的人，心里总是不忍的。人们便想，乱世里头，龙泉留下这么个外乡人，也是造化吧。

有不懂事的小孩子，仍然跟着宁怀远，耻笑辱骂他。倒是旁边的大人追过来，作势打孩子，给他赔礼。此时，宁怀远倒真的也不在意了，竟然回过头，冲孩子们做了个鬼脸。

斗转星移，谁说时间不是个好东西呢。宁怀远渐渐也明白了，日子是过给别人看的，最终还是过给自己。这样朴素的道理，荣瑞红早就看得比他明白了。他再去送瓦猫，脊梁便挺得直直的。"自重者人恒重之"。读书读来的话，他也才算真正懂了。请瓦猫的主人家，对他客客气气的。他本来就是个有礼数的人，又有读书人的书卷气，是很让人生好感的。瑞红经了历练，风风火火，有了家中主妇的样子。镇上的姑娘和小伙，便叫怀远"姐夫"，是带着亲热的。但瑞红却不满意，逢人便说，我们家怀远帮教授做事，是做过先生的。这时，联大北归，镇上的教授们已经次第离开了。但人们还都记得这份渊源，便将宁怀远的留下，视为对这段回忆的纪念。因为怀远送瓦猫的形象已经深入人心，他们便开始叫他"猫先生"。小孩子们，就叫他"猫叔"。虽然是戏谑之言，内里却是温暖的。

有天他回来，瑞红问他，今天是个什么日子。他仔细地想了又想，非年非节。他又看瑞红正色，莫不是给谁家送瓦猫，一时疏忽忘了。他便有些忐忑。

瑞红说，傻佬，今天是你的生辰。你一个城里人，怎么忘了呢。

他心里一惊，自离开北京，他已经许久没过什么生日了。

瑞红变戏法似的，从手兜里掏出了一个荷包，放在他手里。

他便拿出来，是一副墨镜。是飞行员戴的那种，很精神。镜框是金丝边的，下缘的地方有些磨损了。其他都是完好的。

瑞红撩起衣襟，将这墨镜的镜片擦一擦，只轻描淡写地说，我和一班姐妹去赶"乡街子"，看见货郎担上摆着。我说这个我要了，谁都别和我抢。

说罢了，她便给宁怀远戴上，仔细地看了看。她满意地说，货郎说得对，戴上这个，比飞虎队还排场。

她便从桌上拿了镜子。宁怀远闪躲了一下，他许久没照镜子了。瑞红便使劲打他一下，喝道，你有点子出息！他终于才看镜子里头的人。这墨镜遮住了他的眼睛，也盖住了鼻梁上的一点伤疤。那余下的大半张脸，在镜子里头，算是完好的。

瑞红便一点点地，将亲手给他做的眼罩取下来。她在他耳边轻轻地说，我男人出去，要体体面面的。

听到这句话，宁怀远忽然哭了。他失声痛哭。自从出事以来，他其实从未这样哭过。甚至做手术时，因为不能上麻醉，医生将弹片和那只破碎的眼球，从他的眼眶里取出来时，他都没有这样哭。

此时，他哭了。他想，或许这女人的强大，让他猛然地软弱下来。他于是也放任了自己，眼泪从他的一只眼睛里不断滚下来，像是一道汹涌的泉流。

这个冬天，瑞红生下了一个男婴。

她对怀远说，我和你商量，这个孩子，能用我们荣家的姓吗？

怀远说，我无父无母，随你。

瑞红说，你这么说，倒好像是我欺负了你。荣家的手艺，是要传下去的。那好了，第二字用你的姓，总成了？

于是，这孩子叫荣宁生。怀远定的，因为是他们俩生的。如此起名字，一目了然，实在也没费什么力气。瑞红便扁扁嘴，我听村里私塾的先生说，起名字有说法。女诗经，男楚辞，文论语，武周易。你是学这个的，不能亏待咱们的孩子。

怀远说，我的名，是张九龄的诗里来的；字是《大学》里的。你看我的命好吗？要是一个名字就能定下了命，人活得还有什么奔头。宁生，我看，让他一辈子安安稳稳的，很好。

开春时候，镇上办了小学校，请老师。可临近开学，县上派下来的国文老师，却因为家事，忽然来不了。做校长的措手不及，发着愁，便在村里转悠。

他在一家人门口，看到副春联。上写："大序归于六义；先师蔽以一言。"字是用的很秀拔的瘦金体。他想一想，便敲开了门。

荣瑞红正在制陶，在围裙上擦着双手的泥。打开门，见是个陌生人，便问他找谁。校长说，我找这写联的人。

瑞红道，联是我男人写的。人都说这不像个春联。

校长便笑笑说，我可以见一见他吗？

瑞红引他进来。校长便看一个男人从作坊里走出来，是当地人的打扮，身量倒是西南人少有的高，走路有些高低脚。但见他鼻梁上，还戴着一副飞行员用的墨镜。整个人便无端有一种时髦的滑稽。

两人坐下来，寒暄了一下。校长便听出了他北方的口音，便问，小哥不是本地人啊？

怀远便摇摇头，未说话。

校长看见他嘴角上的疤痕，便不再追问，只和他聊起当地的风物，聊着聊着，便聊起那副春联。看他健谈起来，渐渐便又聊到有关《毛诗》里的一桩公案。

听怀远的一番谈吐，校长点头称是，心里先有了数，竟至有些激动。他想，这个龙泉,还真是个藏龙卧虎的地方。

他便说想请他到小学校做国文老师。如果他愿意,明天就拟聘书。

怀远听了,愣一愣,继而苦笑道,您也看见了。我又瞎又瘸,怎么为人师表。

校长说,我请的是您的学问,不是样子。

怀远又说,我没有什么学问,都是些乡野小识。我就是个手艺人。

瑞红在旁急急说,就你那三脚猫的功夫,也配说自己是个手艺人!校长,我听懂了,你是要聘我男人去当先生。他以前做过先生,他是在联大读的书。

校长沉吟道,如今联大在筹备北归了,没有想着要回去吗?

几个人便都沉默了。两只春燕,剪着尾巴,在他们的头顶掠过,停在作坊的檐子下面,叽叽喳喳地,忙着筑巢。

这时候,瑞红开了腔。她的声音与平日不同,慢而有力,每个字出来,都像是落在地上的铜豌豆。她说,宁怀远,往日人叫你"猫先生",是好心抬举你。你现在就给我去,做个实实在在的先生。

小学校开在龙头村的杨家祠堂。

杨氏一族,抗战初期整族迁移,不知去向。但这祠堂却留下来了。虽不轩敞,却十分规整。外头绿荫环绕,花木扶疏,环境幽雅清净;堂前的庭院里栽着四棵桂花树,经年郁郁葱葱。

拱门上挂着的"克绳祖武"的匾额,大约是纪念杨家祖上攻克匪患的事迹。

供奉牌位的供桌,是留下了。但供的不再是杨氏的列祖列宗,也没有了孔子像。挂了孙文总理的大幅照片,和他手书的"天下为公"的匾额。

几个年级各有自己的教室,还有一间备课室,在偏厢。宁怀远教这些小孩子国文,有他自己的办法。以往教中学时,并不觉得,他发觉了自己讲故事的才能。从《论语》到《春秋》,再到《左传》,一个解释一个,他便当作人之常情来讲。其中的臧否,是人间的。他也给他们讲国外的故事,讲《块肉余生录》。他自然知道林琴南的翻译,对原作做了许多的敷衍,但他就是喜欢,因为有中国人的烟火气。他讲《安徒生童话》,讲着讲着,觉得很不过瘾。就自己编了故事来讲,拿什么做主角呢。这些学生里,有许多其实都是旧相识,彼时他送瓦猫时,追着他后面嘲弄他的。后来叫他猫先生,如今真的就做了他们的先生。宁怀远就拿瓦猫来编故事,说它是上古时的神兽。当年共工大败于祝融,一头撞在了不周山上。山崩地裂,民不聊生。女娲炼五色石补天,剩下了一块没用。这顽石浴火,自己便修炼成了一只似虎非虎的大猫。白天一动不动地,驻扎在屋梁上守卫,晚上便四处云游,行侠仗义。宁怀远的故事,便是瓦猫在夜间侠隐的故事。孩子们很爱听,有的甚而晚上专门跑出来,去看看屋梁上的瓦猫,是不是真像猫先生说的一样,跑走不见了。后来就有学生学给了校长。校长便笑道,宁老师,你的瓦猫,倒和《红楼梦》里的通灵宝玉成了同胞。宁怀远说,等他们看懂了红楼,就不信我讲的故事了。

龙泉这个地方,敬重读书人,也崇敬学问,是素来的。办学便也自然得到当地望族的支持。说起来,因学而优则仕,民国时在当地仍有许多的榜样,如陆崇仁、桂子范、李卓然、李健之等。家族庞大的桂家,族中的桂子范,曾是云南省财政厅的股东,做过议员,做过富滇银行理事。在石龙坝水电站开始发电时,是他最先让龙头街与昆明同步通电。陆家的陆崇仁,曾为云南财政厅厅长,曾整顿税收、田赋、大力推行烟禁政策,创办多家银行。这几家的年幼子弟,便尤为好学。以往家中的私学相授,和宁怀远所教的,有如琴瑟。孩子回家说了,他们便都知道了这年轻先生的不凡。

到了年节时,带了礼物,特地上门来拜访。荣瑞红不禁有些怵,想自己一个普通人家,何曾受到过如此待见。那镇上的小公子们,一口一个师娘。她心里欢喜,竟然束手束脚,不知如何应对。倒看宁怀远,仍是落落大方的样子。

有一天,瑞红便悄悄到了小学校去。蹲在窗口外头,恰看见怀远带着学生们读书。是好听的国语腔,读什么,她听不懂。只觉得读得抑扬顿挫,好听得像音乐似的。她便闭上了眼睛,心里头如暖风拂过。她想,这先生,是我的男人啊。

他们自己的孩子宁生,风吹见长,渐渐可以在院内爬动。是个好动的脾气,看瑞红制陶,自己便也滋了泡尿,在屋檐底下和泥。瑞红便冲他屁股上就是一巴掌,说,学什么不好,学这粗笨活。往后一个榆木脑袋,怎么跟你爹多读书。

宁怀远说,哟,你又不怕家里的瓦猫,后继无人了。

瑞红嘴硬道,这倒两不耽误。白天去学堂,晚上跟我学手艺。

月末时候,家里来了个客。是宁怀远的师弟,"一支公"解散后,便也很少来往了。师弟说,这回是昆华工校的聘期满了,他想要回北方去。联大三校在京津都已复学。恰好有人介绍了教育部的差事,便想试试看。

他来自然是道别的。但彼此好像都有了默契,都不说以往学校的事,宁怀远也不会问起。但究竟忍不住。这师弟压低声音,说一句,去年底,学校里罢课的事,想必你也知道。十一个同学,就这么没了。出殡时候,是我们老师走在最前头。他写了篇文章,我照抄了一份,给你带来了。

远远地,荣瑞红牢牢地盯着他们。宁生在地上爬过来,然后将只拳头往嘴巴里塞。瑞红一把打掉他的手,将孩子抱在自己怀里,说,哟,说早不早了,留下来一起吃饭吧。

师弟便站起身来,说,不吃了,还要回去收拾东西。师兄嫂子,我过时再来看你们。

宁怀远也站起身，追一句，老师，他可曾提起过我？

师弟笑笑，轻轻摇摇头。怀远将那信封在手中捏一捏，一阵怅然。

晚上，宁怀远展开信纸，看上面用工整的小楷，誊着《一二·一运动始末记》，署的是闻先生的名字。怀远一字一字读下来，原本平静的心，忽而悸动了。开始像是水中的微澜，渐渐似乎在水底产生了暗涌，一点点地澎湃起来。没来由地，他的额头上，渗出了密密的汗。皮肤下的潮热，也顺着血管，四处伸张渗透，东奔西突。他觉得自己整个人，仿佛被蒸腾起来了。

这一年的七月中，荣瑞红家里收到一封信。看笔画，她认得是宁怀远的名字。他们家，以往从未有来过一封信，因为没有识字的人。她捧着这封信，有些不安，自己也不知是为什么。

后来，她每每回忆起那一个瞬间，都在想，是不是其实应该将这封信烧掉。这是一个女人的本能。任何的不寻常，哪怕蛛丝马迹，对她寻常的生活，大概都会构成威胁。但是，她还是将这封信，交到了宁怀远手中，然后用轻描淡写的口气说，快看看吧，不知哪个女学生写给你的。

宁怀远笑着拆开信。荣瑞红看见，笑容在自己男人脸上，一点点地凝固。

信里寄来的，是一张报纸，上面是闻先生的凶讯。

事情发生在三天前，到达龙泉是一番辗转。报上写，闻先生主持《民主周刊》社的记者招待会，揭露一起暗杀事件的真相。散会后，返家途中，突遭特务伏击，身中十余弹，不幸罹难。

报纸在宁怀远的手中抖动。荣瑞红看看他一只眼睛里的光，像笼上了一层霾，完全地熄灭。而另一只眼睛，如同黑洞，深不见底。

宁怀远当天晚上，将自己关在作坊里。荣瑞红几次起身，想去唤他回来睡觉。但她站在作坊门口，看见窗口渗出的一星烛光，终于没有推开门。

到了第二天清晨，她看到作坊里是空的，没有人。

她等了整个上午，没有人回来。她终于不想等了，她出了门，发疯一样地找。从司家营，找到了麦地村、棕皮营，又找到了瓦窑村。

第二天，她抱着孩子，去了宁怀远的小学校。坐在门槛上，等到了晌午，校长领着她，去找学生的家长。她走进那些高门大户，本是不卑不亢的样子，可听到旁人说起"猫先生"三个字，脚下一软，就跟人跪了下来。她说，求求你，帮我找找我男人。他又瞎又瘸一个人，啥也没带，能跑到多远去。

村里人，燃了火把上山。又找了打捞队，沿着金汁河，一点点地，从上游，一直找到下游。

她不信。她一个人，又一直走到了青晏山。孩子饿，她由他哭。她一直走到先前和宁怀远去过的瀑布。瀑布没有了，水枯了。一滴水也没有。她坐下来，和孩子一起哭。一边哭，一边叫宁怀远的名字，然后又"瞎子""瘸子"叫了骂了一遍。天越来越暗，她索性喊起来。喊出来，才发现声音是干的。声音落在了远处，回音也是干的。

打这一年的深秋，昆明师范学院门口，总是坐着一个妇人。昆师是新起的，以往是联大的师范学院。

这妇人很年轻，怀中总是抱着个幼儿。她一坐便是一天。这年月，乱离人不及太平犬，这种情形并不鲜见。可这妇人，一是身不见褴褛，二是脸上不见悲戚之色。相反，她的衣着十分齐整，即使坐着，身姿也挺拔。她有时面前摆了些应时的果蔬售卖，有时是一些针线织物。似乎也并不当真做生意，只为了将自己和路旁的乞儿区分开来。身边的孩子饿了，她顺手就捞起一只水果，剖开来给他吃。久而久之，便成了学校门口的一道奇景。她一时眼神涣散，可只要有人经过，特别是男人，目光立刻变得灼灼的，直勾勾地盯着那人仔细打量，直到人远远走去。便有人笑说，这是不是一个花痴。但她并没有什么逾矩的举动，便都随她去，见怪不怪了。

荣瑞红带着宁生，便就这样在昔日的西南联大门口，等了整个秋冬。待到开春的一天，她忽然站起身，拍拍裤子上的尘土。她走到了翠湖边上，沿着堤岸一路走过来，逢看见了大棵的树，便停一停，辨认那新绿的、鹅黄的叶子。她一边走，一边慢慢看，直到将这偌大的翠湖走了一个圈。

待走完了，她定一定神，对宁生说，儿，回家去。翠湖边上哪有什么梨花树，他不会回来了。

IX.

2006 年 7 月 9 日 星期日 雨

一棵美丽的菩提树。
那根子长得实在好。
树根随着石头伸展，
向坚硬的岩石延伸。

延伸到坚硬的岩石，

威武鹰儿在此相聚。

——德钦"弦子"摘录

今天下了很大的雨。往阿丙村的路上水流很大，到处都是乱石沟。听说下个月还要涨大水，路更难走，这么说，我还是幸运的。

高反感觉也好了不少，从阿丙往怒江去。阿丙河两岸岩壁有很多石刻，多是菩萨、罗汉和护法神的造像，我停下来临了几张。晚上，我跟着几个藏民扎营在温泉营地，当地的藏话叫"曲珠"。我学着他们，脱光了身子，泡到了温泉里头。暖和和的，再喝上一口青稞酒，实在太舒服了。抬头望望，身旁就是浩浩汤汤的怒江水。我洗完澡，在四周溜达，发现"曲珠"附近的石刻更多。有佛像和脚印、手印圣迹，也有六字真言经文。我在想，我为那些登山人塑的瓦猫，不知以后会不会被人看见。

在一处噶拔希石刻下面，有一个石洞，藏民们都钻了进去。他们告诉我，这是转山路上必经的"中阴狭道"，能够顺利通过，死后可以进入天国。围绕卡瓦格博外转的过程，就如同到中阴世界走了一趟，每个朝圣者必经的象征性的死亡和再生。我也学他们从下层钻了进去，在狭小黑暗的洞穴里匍匐爬行，经过地狱，然后再屈起身体，从上层的天国里出来。有一个老僧人，一边剧烈地咳嗽，一边用石块在平台上搭起一个小房子，祈祷来生转世。昨天，我看到他为一个转山途中死去的老人在念《度亡经》。这一路上艰苦，很多人体力不支。但对藏民们来说，能死在朝圣路上，是最大的福。

荣宁生被人问起，你是个匠人，还是个读书人。他总是回答，我是个读书匠。

他是龙泉当地的文胆，但不考学，也不出仕，就是个悠然见南山的性子。

这样的人，在一镇八乡，其实不太多见。小伙子生得十分排场，高个儿，白皮肤，又不是本地人的形容。十几年过去，对荣家的变故，镇上的人其实有些不记得了。但宁生的成长，让大家渐渐又回忆起了"猫先生"。换言之，这孩子日益清晰的轮廓，像是宁怀远的复刻。或者说，将定格在人们记忆中那个残缺的宁怀远，修复得完好如初。人们不禁感叹时间与遗传的力量。

但宁生本人，对于父亲自然了无印象，直到他在家里头一本书中，发现了西南联大的学生证。他翻开了，看到一张照片。上面是个和他长得几乎一样的人，但目光似乎比他怯些。他淡淡一笑，确信这就是被母亲诅咒为"死鬼"的父亲。他认真地看了看这张照片，觉得它并不比父亲的其他遗物更有吸引力。从幼时起，他的聪慧在龙泉远近皆知。在村里的资助下，他在父亲执教过的学校读完了小学，从此便不再升学。荣瑞红用鞋底追着他打，也没有打消他执意跟她学做瓦猫的念头。但这并不影响他在家中的自学。宁怀远留下的那些书籍，适时地派上了用场。他以强大的脑力吞吐着这些书，过目成诵。他和继续读中学的伙伴们玩的一个游戏，就是随意翻开《古文观止》的一页，从任何一个段落开始背诵。背完一页，便赢了一个馒头。错一个字，便输掉一个馒头。直到听者感到疲惫，打起了哈欠，他还在背，好像是没有倦意的机器。最终直至对方举手求饶。

当然这些书，在他长出唇髭的时候，就被母亲烧掉了。这时候兴起了叫作"破四旧"的风潮。让他看到了村里的许多变故。似乎以往的一些体面，都在化日之下，被凌迟与拨弄。他们家里，和"四旧"相关的，便是父亲的遗物。母亲关起院门，将那些书一本本地摊开，然后引火。这些书都很好烧，因为从未受潮。从他小时开始，每到梅雨季节，只要出了太阳。母亲就将这些书一本本地摊在院子里晾晒。母亲并不识字，可是将这些书整理得停停当当的，次序丝毫不乱。其实，荣宁生并不怕这些书被烧掉，因为书上的每一个字，都如同烙印一般，印了他的头脑中。火光里头，他看见母亲迅速地将腮边的一滴泪拭去了。在这个瞬间，他也迅速将那本书里的学生证，藏进了自己的裤兜里。

后来上山下乡的年月，龙头街来了一批知青。这些外面来的年轻人，和镇上的同龄人，互相带来吸引。但知青们的自矜，让彼此的张望与打量，楚河汉界，并未付诸行动。为了帮助他们接受"再教育"，龙泉公社便筹划了一场背毛主席语录的比赛。司家营大队找到的青年代表是荣宁生。公社主任问起这孩子的来历，说是贫农出身，但一听只是个小学毕业生，心里又不免犯嘀咕。大队书记便说，您老不是常说，英雄莫问出处。

荣瑞红倒是紧张了。先前村里学习毛语录，这孩子有些心不在焉，这时倒是要打起十二万分精神来。她便手里捧着语录，要宁生一字一句地背下来。宁生说，娘，我说记住了，就是记住了。瑞红便说，你这孩子，不知厉害啊。

到了比赛那天，知青们摩拳擦掌，派出一个精精神神的小伙子，一开口，是厚实的播音腔，比镇上大喇叭放出的还好听。宁生也背，气势倒不如他，慵慵的，但字字也都在点上。那青年开口道："独坐池塘如虎踞，绿荫树下养精神，春来我不先开口，哪个虫儿敢作声。"宁生便对："自信人生二百年，会当水击三千里。"青年道："世上无难事，只要肯登攀。"宁生对："无限风光在险峰。"青年道："管却自家身与心，胸中日月常新美。"宁生对："为有牺牲多壮志，敢教日月换新天。"青年道："如果不适应新的需要，写出新的著作，形成新的理论，也是不行的。"宁生对："新瓶新酒也好，旧瓶新酒也好，都应该短小精悍。"

知青昂扬道："世界是你们的，也是我们的，但是归根结底是你们的。你们青年人朝气蓬勃，正在兴旺时期，好像早晨八九点钟的太阳，希望寄托在你们身上。"

宁生对："少年学问寡成，壮岁事功难立。"

知青不禁有些着急，大声道："革命第一，工作第一，他人第一。"

宁生搔搔头，说，毛主席教导我们："吃饭第一。"

有人不禁"扑哧"一声笑了出来。这赛场上的气氛，便有些欠严肃。这时候一个女孩子站起来，说，看来背主席语录难分胜负。不如我们加赛，倒背"老三篇"。

她先开始背《愚公移山》，声音琅琅的，音乐似的，听得宁生不由得恍神，他愣一愣，才跟上去，背的也是《愚公移山》。开始各背各的，但后来，宁生竟然追上了她。这么长的文章，一个是标准的普通话，一个呢，是当地的龙泉口音。两个人的声音像是两脉泉水，汇聚一处，形成了和声，竟然是分外好听的。众人听得有些叹为观止。背完了这篇，又背《纪念白求恩》，似乎都忘记了比赛的初衷，像是对歌一样。

待最后一篇《为人民服务》背完了，女孩说，我们这叫不分伯仲。还是毛主席的教导，我们"友谊第一，比赛第二"。

宁生回了家里，头脑里头便一直回荡着这句话。瑞红说，孩子，你今天算是赢了，还是输了？宁生便脱口用普通话回她："友谊第一，比赛第二。"瑞红张了张嘴巴，便笑了。

后来，宁生在路上又遇到了那姑娘。这时，他已经知道了她有个很洋气的名字，叫萧曼芝。她就问他，荣宁生，你会背的东西可多。

宁生说，不多。

曼芝就说，我听说，你会背全本的《古文观止》。

宁生说，嗯。

曼芝便笑说，什么时候，背给我听听。

宁生说，不好背，是"四旧"。

曼芝便轻声说，背给我一个人，你愿不愿意？

宁生低下了头，过了半晌，也轻声应，嗯。

宁生和曼芝坐在金汁河边。他望着潺潺的流水，口中诵着《归去来兮辞》。他念道，"归去来兮，田园将芜胡不归？既自以心为形役，奚惆怅而独悲？悟已往之不谏，知来者之可追。实迷途其未远，觉今是而昨非。"

曼芝忽而打断他，慢慢开口道，"觉今是而昨非"说的倒像是现在的我。

宁生便沉默了。

曼芝问，荣宁生，你说，我以后的生活会是怎样呢。

宁生想一想，便接口道："木欣欣以向荣，泉涓涓而始流。"

曼芝笑了。这时候风吹过来，河对岸的杨树叶子簌簌地响，这女孩的头发也被吹起来了，散发着一种宁生从未闻到过的女性的气息。这和他母亲的气味是不同的。因为终日和陶土打交道，荣瑞红的身上，是一种淡淡的温暖丰熟的泥味。和村子里其他的女人们也都不同。萧曼芝，有着清凛的植物的气味，像是刚刚生长出的树叶，滋润了前夜的露水，在初生阳光下散发出的那种隐约的味道。

荣宁生不禁深深地吸了一口气。这时候，女孩将手指放在了膝盖上，那葱段一样细白修长的手指。她口中哼起了一支旋律，一边用指尖打着节拍。这旋律荣宁生从未听过，但听得出是跳跃欢快的。像是一匹小马驹，在草地上撒着欢。萧曼芝的唇舌仿佛是某种乐器，弹奏着这支乐曲。荣宁生看见女孩睫毛密而长，将闭着的眼睑盖住了。

待这旋律结束，她忽然张开眼睛，看身旁的青年人望着她。她并未躲闪，反而迎着荣宁生望回去，问他，好听吗？

荣宁生点点头。她说，这是个意大利人作的曲子。这支叫《春》，还有《夏》《秋》《冬》。以后你背《古文观止》给我听，我就都唱给你。

他们再见面时，荣宁生将一只陶土制成的很小的动物送给萧曼芝。萧曼芝放在手心里，很惊喜。她问，你做的？

荣宁生点点头。她看这动物像是猫，可又有勇猛相貌，像一只小而逼真的虎。她问，这是什么？

荣宁生回答说，瓦猫。

荣宁生要娶一个知青的事情，在龙泉很快地传开了。这孩子的执拗，唤醒了人们的记忆，这记忆的一部分，也包括荣瑞红自己的。她想，难不成真是血里带来的。这孩子不声不响，却像当年的她一样有主张。

这女孩的美，以及外乡人的身份，都让她觉得不踏实。她不再是当年的少女，她懂得一个道理，是人拗不过时势。

她找到了大队书记，寻求帮助。然而，此时的龙泉公社，恰在寻找一个知识青年扎根农村的典型。他说，宁生娘，萧曼芝是成都的资本家出身。她有心嫁给咱无产阶级的孩子，也是帮了她进行自我改造。毛主席教导我们，"广阔天地，大有可为"。这不是喊喊口号。咱做父母的，可不能拖了孩子的后腿啊。

曼芝嫁到荣家这段日子，对于荣瑞红来说，是经得起咀嚼的。她甚至一度想，或许是自己过于狭隘，这其实是时日的补偿与成全。这孩子的温柔与贤淑，并不逊于当地的任何一个姑娘。尽管她举止中，有一种难脱去的令瑞红警醒的教养，是往昔生活的印痕。但她的眼睛里，总有安于命运的笑意，又让做婆婆的十分安心。

这个儿媳，除了有时作为扎根"典型"，被公社安排去周边大队宣讲经验，大多时间都在家里，向她学习家务农活、针线女红，甚至在她手把手下，学起做瓦猫的技艺，且很快就有模有样。瑞红看她砥砥实实将一块陶泥掷在木案上，不禁深深叹一口气。曼芝不解地看她，她便说，这一把好力气。可惜你曾爷爷去得早，要不看到这么个重孙媳妇儿，该有多欢喜啊。

过门的头一两年，曼芝接连生下了两个儿子。瑞红便更放心了。她想，老荣家是有祖宗佑着的，是时运回来了。

儿子和儿媳，都是安静的人。曼芝进了门来，宁生仿佛更安静了些。但他多了一种爱好，不知怎么，跟人学起了胡琴。可他拉出的调，外头的人，都说没听过。瑞红便骄傲地说，你们懂什么。这都是我们家曼芝教的曲，都是外国人写的。

有人告到公社去，说中国琴拉的外国的曲子，到底算封建糟粕，还是资产阶级情调？

大队书记说，啥也不算，人曼芝是扎根典型，旁的人少给我放屁！可他有次也听见了，对瑞红说，你当娘的，也让宁生拉一拉《东方红》。

到两个小子满地跑的时候，村里的知青渐渐少了。听说是都想办法陆续回城了，有招工的，有病退的，还有独子回家照顾老人的。

瑞红心里又打起了鼓，她问大队书记，我们家曼芝，不会走吧？

大队书记叹口气，说，唉，这孩子，是真典型，实心眼儿。你不知道，前两年，公社下来的招工、工农兵学员的名额，都点了她的名。人家家里头，落实政策，千方百计要她回去。曼芝一拧脖子，说，我男人孩子在龙泉，我家就在这里，哪也不去。她还让我不要和你说，怕你心里不舒坦。

瑞红听了，眼泪"唰"地就流下来了。

大队书记就说，这些年，我可看过了多少世态炎凉。瑞红，你到底是个有福气的人。

又过了一年，有天晚上，瑞红看小两口儿都不说话。吃完了饭，她收拾了，刚刚走到厨房，就听到儿子的声音。虽然是闷着，但话音内里却轰隆作响。

她听到宁生说，你这算什么，是在可怜我们吗？

曼芝不说话，静静地将两个孩子拾掇了，上床去睡觉。

她这才说，我不考。都荒下来十年了，考就能考得中？

宁生冷笑说，萧曼芝，你总明白，什么叫身在曹营心在汉。

曼芝不说话，过了一会儿，她说，这算是刚熬出来了，老荣家的瓦猫，也不是"四旧"了。咱这作坊，再也不用偷偷摸摸的了。

堂屋里忽然没声了，瑞红觉得蹊跷，擦了擦手，还没走进门，就听到"哐"的一声，一只大陶坛子砸到了地上。宁生涨红了脸，眼里头的光恶狠狠的。

那是只酒坛子，屋里头立时便充盈了米酒的味道。瑞红想，这败家子犯的什么浑！可惜了，九月才酿的新酒，刚出的糟。

她忙俯下了身子，将那碎片捡起来，慌里慌张，一不留神，将虎口拉开了一道，鲜红的血立时流下来了。

萧曼芝参加了一九七七年的高考，考上了昆明师范学院中文系，是整届考生的第一名。

宁生喃喃说，怎么可能考不上呢。听我背了十年的《古文观止》。

她去上学。毕业分配回成都，宁生硬生生地，把婚跟她离了。村里人都说，荣家人做事，又不循例了。见的都是知青这边寻死觅活地要离婚。他好，一个乡下小子，硬是把城里的小姐给休了。

荣宁生说，你给我走，净身儿走，过你的生活去。你把娃都给我留下，净身儿走。

曼芝走的那天夜里，荣宁生拉了一夜的胡琴。

这些外国曲子，给他拉得分外锐利激越。到了湍急处，像是给人扼住了喉咙。这在龙泉人大约是最后一次，以后便再也没有听到他拉琴的声音了。

半年后，有天回到家的只有老大，老二不见了。问起弟弟，只是哭。再问起两人干什么去了。老大说，出去找娘……弟弟走丢了。

宁生出去找，找着找着下起了雨，越下越大，雷电交加。天像漏了似的，先是雨，再是冰雹。

瑞红坐立难安。天麻麻亮，雨停了。宁生回到家，摇摇晃晃地，肩膀上驮着孩子。

一大一小都发着高烧，躺在床上昏迷。两天后，孩子先醒过来，看着奶奶，张张口，却说不出话。瑞红问他，是饿了吗？

孩子点点头。

当爹的到下半夜，才睁开了眼睛，也看着自己的娘，问，孩子呢？瑞红说，醒了，刚伺候吃了一大碗粥。谢天谢地，你们爷俩吓死我。

宁生微微笑一笑，说，娘，我还困。

瑞红给他掖了掖被角，说，困了就睡，娘看着你。

宁生就睡过去。半夜里头，瑞红打着瞌睡，忽然听到他大喊一声，"娘"。瑞红跑到床跟前,看着宁生脸红红的,使劲握住她的手,手心火炭似的。瑞红跟老大说,快,快去央隔壁冯爷爷请大夫。

宁生抬起眼睛,看着她,又阖上了。大夫还没有来。她觉得紧握住她的手,渐渐没有了力气。手心也不烫了,一点点地凉了下来。宁生忽然又睁开了眼睛,直直地盯着她。那双瞳仁,大得要将她人吸进去似的。他嘴唇开阖了一下,有丝笑意。瑞红听见他说,娘,我走了。

瑞红心里头一沉,觉得宁生的手在自己手心捏了一下,倏然松开了。

X.

2007年6月3日 星期日,晴

印度秀丽的高山上,
有棵没有斧痕的树,
不忍心砍它绕三圈,
舍不得回望它三次。

——德钦"弦子"摘录

今天,找到了第六只瓦猫,我不知道,会不会是最后一只。他们说,雾浓顶可以看到最美的卡瓦格博。可是这一天,忽然下雪了。夏天的雪,竟然也可以下得这么大,我只能影影绰绰看到山的轮廓。

昆明的雪,下得太少了。偶尔下起来,大概也是在过年前后。明年过年,应该在家里过了吧。上个月,在小学校里扦了一枝梨树的枝条,都发芽了。我得想想怎么带回去,种在院子里,这样在家里也能看到梨花了。

德钦的梨花,不知道在昆明,能不能开得好呢。

回家前,我再去外转一次卡瓦格博吧。

村里人都说,荣宁生留下的后,一个是读书人,一个是匠。

荣之文考上了云南大学的新闻系,毕业后留在了昆明城里工作。陪在荣瑞红身边的是弟弟荣之武。小武小时候淋雨发了高烧,烧退后,人就哑了,能听不能说。脑子不知是不是也烧得不灵光了,读书再读不进。但是他却有两样好。家里不知怎么寻到了当年他爷爷宁怀远留下的一本字帖——《九成宫醴泉铭》。哥哥照着练,他也跟着练,竟然也练到似有八分像。瑞红就看出这孩子底子里,是很灵巧的。是灵巧,而非聪慧,灵在学什么便像什么。带他去赶"乡街子",看着路边的货郎拿着竹篾编蝈蝈。他入神地看。回家的路上，随手从河边抽了根蒲草，一边走，一边便将那蝈蝈给一式一样地编了出来。

可临到上学，打着骂着，就是学不进。他十几岁上，瑞红便留他在家里，跟着学做瓦猫了。

荣之文的摄像镜头，对着司家营 61 号的老宅子，这宅子是正正经经的"一颗印"。从取景框里看见，那神兽端坐在屋瓦上，身上覆着青苔，颜色有些旧，鼓着眼珠，仍是气吞山河的模样。

最后的景是在自家取的。那天天气特别好，阳光筛过树影，星星点点地，落在了荣瑞红的身上，小武从背后扶住她，另一只手帮她转动了石轮。她坐在凳子上，抱住一只泥团。转动中，那团泥渐渐生长出优美的弧度。她的手，与窑泥浑然一体。泥坯在她的手心，仿佛越来越圆润，圆润中现出了一种光泽，渐渐站立起来了。

后来，荣家收到了一封信，没落款。信里头没有字，却夹了几张照片。照片是黑白的，看不出是在哪里拍的。信封上印着，"迪庆藏族自治州文化馆"。照片的背景，有的仿佛是当地藏民的房子，有的是远方的皑皑雪山，还有的是经幡飘动的白塔。但是，他们看得很清楚，这些背景的前方，都是一只神兽。是一只瓦猫，形容清晰，是他们老荣家的瓦猫。

信封在荣瑞红手里抖一抖，掉出了一样东西。她屏住了呼吸，是一枚破碎的墨镜镜片。这镜片的式样，是久前美军飞行员的机师镜，如今已经不多见了。荣瑞红颤抖着手，将那镜片覆在自己的眼睛上，朝窗外看去。太阳就没有这么猛烈了，世间万物，都被笼罩上了一层昏黄。

我阖上了手上这本红皮的日记本。

猫婆看了我一眼，神色十分平静。她抬起头，目光落在了窗边的橱柜上。荣之武走过去，打开抽斗，拿出一只铁盒子。这是只月饼盒，上面画着神态喜庆的嫦娥，脚下是身形不成比例的玉兔。大概生了锈迹，哑巴仔打开得有些吃力。

终于打开，他从里面翻找，取出了一沓相片，递到我手里。又翻了一会，拿出了两本证件。翻开，其中一本已经泛黄，上面写着"国立西南联合大学入学证"，注册日期因有洇湿的痕迹，已经看不清了。左页下方贴着一个青年的照片，头发茂盛，净白脸，目光柔软而青涩。另一本是个记者证，这张上的也是一个年轻人，他的神情则要昂扬得多，但那眼睛的形状、宽阔的额角，与先前的青年都如出一辙。我抬起头，见哑巴仔将这两张证件放在了自己胸前，"啊吧啊吧"地对我比画着。

是的，他们的脸、五官、骨相、每一个动与静的细节，叠合在了一起。

我将笔记本里的照片，一张张地摊开在桌面上，和哑巴仔拿给我的照片比较。终于发现，它们有着一一对应的，相似的景物。尽管因为季节、房屋修葺、公路、植被与地形的变化，造成了周遭环境的更变，但是你仍然能够辨认出那是世转时移，经历了岁月的同一处地方。或许，是因为那复刻般的摄影角度，都有同一只瓦猫。

这瓦猫如我在德钦与龙泉所看到的任何一只，有着阔嘴、尖利的牙齿、硕大的肚腹，以及勇猛如虎的神情。

尾声

回到香港后，我曾给拉茸卓玛打了一个电话，问起她仁钦奶奶的情况。她说，仁钦奶奶去转山了。她和村里的大多数人不同，每年村里梨花开放，她都会去外转卡瓦格博朝圣。

我问，那她什么时候回来呢。

卓玛想一想，回答说，转到她心中的圈数，她才会回来。那时梨花应该还开着吧。

（庚子年冬完稿于苏舍）

（原载《当代》2021年第1期）

作者简介：

葛亮，原籍南京，现居香港。香港大学中文系博士毕业，现任高校副教授。文学作品出版于海峡两岸，著有小说《北鸢》《朱雀》《七声》《戏年》《谜鸦》《浣熊》《问米》，文化随笔《绘色》《小山河》等。部分作品译为英、法、意、俄、日、韩等国文字。曾获首届"香港书奖"、台湾联合文学小说奖"首奖"等奖项。代表作两度入选"亚洲周刊华文十大小说"。《北鸢》亦获2016年度"中国好书""华文好书"评委会特别大奖、年度"中版十大中文好书"等。作者获得《南方人物周刊》"年度中国人物"、2017海峡两岸年度作家。